U0530334

IL PENDOLO DI FOUCAULT

傅科摆

[意]
翁贝托·埃科
——
著

郭世琮
——
译

上海译文出版社

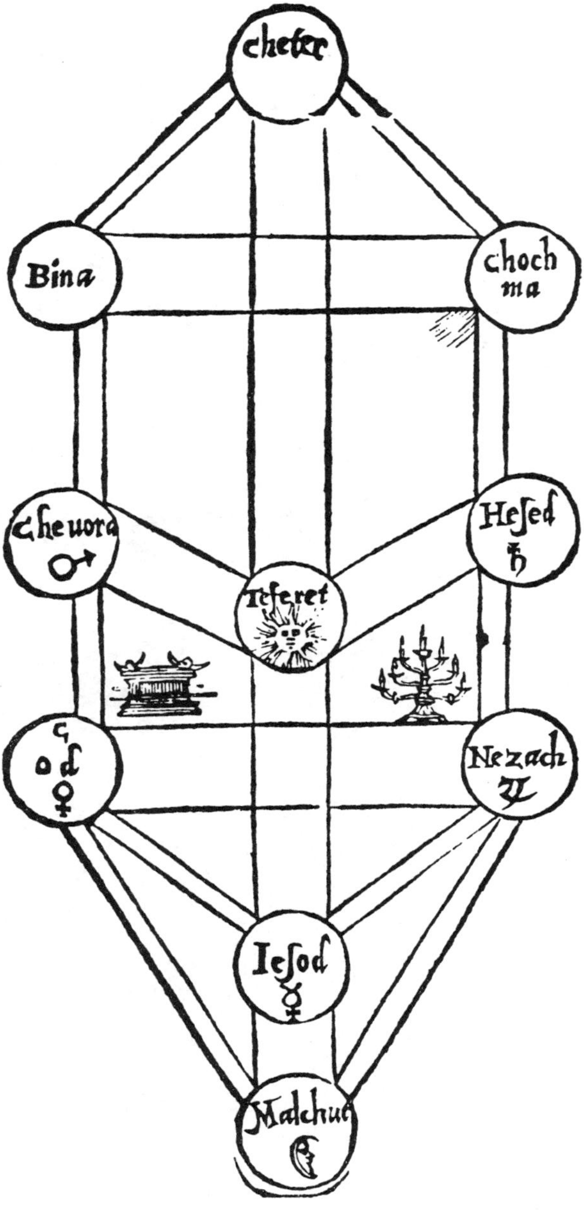
chetér
Bina
choch ma
Cheuora
Hesed
Teferet
od
Nezach
Iesod
Malchut

我们撰写本书，只献给你们——教义与学识的宠儿。请你们仔细阅读这本书，心无旁骛地思考我们分布和安排在不同地方的图谋和意向吧；我们将其隐藏在某个地方，又在另一个地方揭示出来，以便你们以自己的睿智认识和理解它。

海因里希·科尔内留斯·阿格里帕·冯·内特斯海姆《论隐秘哲学》3,65

迷信招致噩运。

雷蒙德·斯穆里安《公元前五千年》1.3.8.

目 录

第一章　凯特尔 / 1
　　一　当无限的宇宙之光 / 3
　　二　我们有各种各样离奇古怪的钟表 / 11

第二章　贺克玛 / 23
　　三　出于该目的,温柔的天使 / 25
　　四　谁要是没有钥匙 / 34
　　五　从排列组合这个名字即 YHWH 开始 / 40
　　六　犹大·莱昂热衷于字母置换排列 / 52

第三章　比纳 / 57
　　七　不要过于期待世界末日 / 59
　　八　我来自光明与诸神 / 64
　　九　她右手握着一支金光闪闪的小号 / 71
　　一〇　最终,从喀巴拉的角度看,从葡萄酒中什么也推断不出来 / 75
　　一一　他的贫瘠是无限的 / 84
　　一二　耶和华,在你翅膀的荫佑下 / 90
　　一三　兄弟,圣殿的主持 / 99

I

一四　他甚至会供认杀害了我们的上帝 / 118

一五　我会为你们向安茹伯爵求助 / 130

一六　他在被捕前加入骑士团才九个月 / 137

一七　圣殿骑士团就这样带着他们的秘密消失了 / 145

一八　一个被裂缝和洞穴镂空的巨大建筑物 / 152

一九　骑士团一刻都没有停止过存在 / 159

二〇　隐形的中心,即将苏醒的君主 / 169

二一　圣杯很重 / 179

二二　骑士们不愿再面对提问 / 184

第四章　赫赛德 / 191

二三　对立的类比 / 193

二四　拯救脆弱的阿伊莎 / 198

二五　这些神秘的入会者 / 204

二六　地球上所有的传统 / 207

二七　他说有一天,他在耶路撒冷认识了彼拉多 / 213

二八　有一个实体把世界上的一切都包裹在一起 / 219

二九　因为他们改变和藏匿自己的名姓 / 225

三〇　闻名遐迩的玫瑰十字会 / 231

三一　很可能多数自称是玫瑰十字会会员的人 / 239

三二　瓦伦丁教派的人通过模棱两可的双关语 / 242

三三　幻影是白色的、蓝色的、浅红白色的 / 246

第五章　凯沃拉 / 255

三四　贝伊德鲁斯,德梅伊梅斯,阿杜莱克斯 / 257

三五	我是莉娅 / 265
三六	请允许我进一言 / 269
三七	任何思考四件事的人 / 278
三八	秘密大师，完美大师 / 282
三九	地球平面球形骑士 / 289
四〇	懦夫在死去之前会死很多次 / 296
四一	位于"深渊"的那个点上 / 299
四二	我们大家一致同意 / 305
四三	在街上相遇的人 / 309
四四	呼唤力量 / 314
四五	由此产生一个非同寻常的问题 / 317
四六	你多次接近青蛙 / 323
四七	头脑清醒和记忆无碍 / 328
四八	比较近似的数值 / 334
四九	入会骑士的传统 / 339
五〇	我是第一个又是最后一个 / 345
五一	当一位喀巴拉大学者 / 354
五二	在地下陈设着一个巨大的棋盘 / 359
五三	不能公开驾驭尘世的命运 / 362
五四	地狱里的魔王 / 371
五五	我们称这样的地方为剧场 / 374
五六	他大力吹奏他那支漂亮的小号 / 381
五七	在每三棵树的两边都悬挂着一盏灯笼 / 387
五八	炼金术是一个贞洁的妓女 / 396
五九	如果这样的魔鬼得以产生 / 401

III

六〇　可怜的傻瓜 / 403

六一　金羊毛 / 407

六二　我们认为那些就是德鲁伊特团会 / 411

六三　那条鱼使你想到什么呢 / 416

第六章　蒂菲莱特 / 423

六四　梦到居住在一座陌生的新城市 / 425

六五　一个边长六米的正方体 / 429

六六　如果我们的假设是正确的话 / 434

六七　现在我们不要说任何关于玫瑰的事 / 439

六八　穿上洁白的衣服 / 445

六九　她们变成了魔鬼 / 453

七〇　我们对秘密隐喻记得很清楚 / 455

七一　我们并不确切知道 / 459

七二　我们所说的隐形者 / 463

七三　另一个关于密码的有趣事例 / 467

七四　尽管他的愿望是善良的 / 482

七五　洞悉奥秘者和信徒组成这条路的边界 / 487

七六　浅薄涉猎 / 491

七七　哲人称这种草为驱魔草 / 500

七八　我当然可以说这个怪异的杂种 / 504

七九　他打开了他的小匣子 / 508

八〇　当"白"诞生时 / 512

八一　他们将有能力炸毁地球表面 / 514

八二　地球是一个磁体 / 518

八三　一张地图并非疆域 / 524

八四　按照维鲁拉米乌斯的想法 / 528

八五　菲莱亚斯·福格。一个名字就是一个真正的签名 / 531

八六　埃菲尔求助于他们 / 533

八七　这是一个有趣的巧合 / 535

八八　圣殿骑士主义就是耶稣会主义 / 538

八九　在黑暗的最深处 / 544

九〇　所有归咎于圣殿骑士的臭名昭著的劣行 / 546

九一　您了不起地揭下了那些邪恶派别的假面具 / 549

九二　拥有撒旦全部力量 / 551

九三　我们却在幕后 / 554

九四　这难道有丝毫的怀疑吗 / 556

九五　他们是信仰喀巴拉的犹太人 / 558

九六　掩护总是必要的 / 561

九七　我是自有永有的 / 566

九八　有自己的种族主义教义 / 582

九九　盖农主义加上装甲师 / 586

一〇〇　我宣告地球是空心的 / 588

一〇一　从事喀巴拉的人 / 592

一〇二　一堵又高又厚的围墙 / 594

一〇三　你的秘密名字将有三十六个字母 / 599

一〇四　这些文章并非针对凡人 / 604

一〇五　言语出轨，神智失控 / 607

一〇六　五号清单 / 612

v

第七章　耐扎克 / 625
　　一〇七　你可看见那黑狗 / 627
　　一〇八　有各种不同的"力量"在运作吗 / 634
　　一〇九　圣日耳曼……文雅清秀，幽默诙谐 / 642
　　一一〇　他们弄错了运动的方向，向后退走 / 649
　　一一一　这是给后来人的告诫 / 654

第八章　贺德 / 659
　　一一二　就我们的"礼仪"和"仪式"来讲 / 661
　　一一三　我们的事业就是秘密 / 668
　　一一四　理想的摆 / 689
　　一一五　如果眼睛能够看见魔鬼 / 692
　　一一六　我愿变成一座塔 / 698
　　一一七　有座大屋真荒唐 / 703

第九章　叶索德 / 709
　　一一八　阴谋诡计的社会理论 / 711
　　一一九　小号的花环烧着了 / 721

第十章　马尔库特 / 733
　　一二〇　不幸的是，他们确信他们是在光明之中 / 735

第一章
凯特尔

一

ב) וְהִנֵּה בִּהְיוֹת אוֹר הָא״ס נִמְשָׁךְ,
בִּבְחִינַת (ה) קַו יָשָׁר תּוֹךְ הֶחָלָל
הַנַ״ל, לֹא נִמְשָׁךְ וְנִתְפַּשֵׁט תֵּכֶף
עַד לְמַטָּה, אָמְנָם הָיָה מִתְפַּשֵּׁט לְאַט
לְאַט, רְצוֹנִי לוֹמַר, כִּי בַּתְּחִלָּה הִתְ־
חִיל קַו הָאוֹר לְהִתְפַּשֵּׁט, וְשָׁם תֵּכֶף
(ז) בִּתְחִלַּת הִתְפַּשְּׁטוּתוֹ בְּסוֹד קַו,
נִתְפַּשֵּׁט וְנִמְשַׁךְ וְנַעֲשָׂה, כְּעֵין (ח)
גַּלְגַּל אֶחָד עָגוּל מַסְבִּיב.①

就在那时，我看到了傅科摆。

一个圆球系在一条长线下端，长线上端固定在教堂祭坛上方拱形的天花板上。圆球等时庄严地来回摆动，描绘出它那宽阔的振幅。

我已经晓得——但无论是谁都会在这宁静气息的魅力中明白——周期是由线长的平方根与圆周率之间的关系决定的。对常人来讲，圆周率是一个无理数，但出于神圣的理念，却必然将所有可能的圆的圆周同它们的直径联系在一起。这样一来，圆球形锤摆从一端游移到另一端的时间，则是由最不受时间限制的一些尺度之间奥妙的协力作用而形成的结果。这些尺度就是悬挂点的单一性、抽象维度的双重性、圆周率的三元性、平方根神秘的四边性和圆的完美性。

我还知道，在悬挂点垂直线的基点上有一个磁性装置，它向隐藏在锤摆中心的圆筒形装置发号施令,保障锤摆持续不停地运动。这一巧妙的装置旨在抗衡阻力,非但不违背傅科摆的原理,相反能使之彰显。因为在真空状态中,任何悬挂在一条既无重量又不可延伸的线索一端的重物如果不遭遇空气阻力,也不同支点发生摩擦,就会有规律地永远摆动下去。

铜质的圆球形锤摆涂抹上了一层从教堂彩色玻璃窗透进来的夕阳余晖,散发出暗淡的闪光。如果——像过去那样——在教堂祭坛的地上铺设一个湿润的沙盘,让锤摆的末端接触沙盘,那么它的每一次摆动就会在沙盘上划出一道浅浅的凹槽,凹槽在每一瞬间都微微地变换着方向,逐渐扩大为缺口和沟谷形状,使人联想到一种辐射型的对称美。就像曼陀罗的轮廓,一个隐形的五角形结构,一颗星星,一朵象征圣母马利亚的玫瑰。不,更像是游牧民族常年迁徙的足迹,将他们的里程刻录在广袤的沙漠之上。这是缓慢迁徙者历经千年的历史。也许大西岛人就是这样从"穆"大陆动身,开始了固执的唯我独尊的流浪生活,从塔斯马尼亚流浪到格陵兰,从南回归线走到北回归线,从爱德华王子群岛漂泊到斯瓦尔巴群岛。锤摆的末端无休止地重复刻划和描绘,在短暂的时间里继续讲述着他们从一个冰期到另一个冰期曾经做过、也许在成为"主宰者"的使者之后仍继续在做的一切——也许末端在从萨摩亚群岛前往新地岛的途中,在其平衡点上触及了"世界的中心"阿加尔塔。我的直觉告诉我,一个独一无二的计划将极北之地阿瓦隆和南半球保留着艾尔斯岩谜团的荒漠连接在一起。

---

① 希伯来文,当无限的宇宙之光以直线形状在空间散播时……它并非骤然向下扩散传播,而是缓慢地行进;或者说,当光线第一次开始扩散传播时,在其开始阶段,在线的奥秘之中,它描绘一个完美的旋转轮状。(卢里亚拉比,见菲利普·格鲁伯格《喀巴拉〈光辉之书〉研究》,耶路撒冷,一九七三年)

六月二十三日下午四点的那一刻,傅科摆到达摆动面边界时减缓速度,懒洋洋地向中间移动,在移动途中又恢复了原有的速度,充满自信地杀向主宰其命运的神秘力量的隐形四边形。

如果我一任时间流逝,长时间地待在那里,注视那鸟头、那矛头、那翻转过来的头盔,而锤摆仍继续在空中描绘那些对角线,碾过象散圆周上的那些相对点,那我就可能为臆想和幻觉所害。因为傅科摆会使我相信,振荡平面在三十二个小时里已经旋转了整整一周,回到了起点,它画了一个扁平的椭圆形——一个以与纬度正弦成比例的角速度围绕中心旋转的椭圆形。如果悬挂点被固定在所罗门圣殿的圆顶上,那它怎么旋转呢?也许圣殿骑士已经在那里验证过了。也许计算和最终的含义并没有改变。也许圣马丁修道院就是真正的圣殿。不管怎么说,理想的实验或许只有在极地才能实现。那里是唯一的理想之地,悬挂点正好在地球自转轴的延伸线上,傅科摆会在二十四小时内完成明显的旋转周期。

然而定律的偏差——定律已预见到了会有偏差,对黄金尺度的悖逆也没有削弱这一奇迹的神奇性。我知道,地球一直在旋转,我跟随地球转动,圣马丁修道院、整个巴黎和我一样都随地球转动,而且我们大家都在傅科摆下一起转动。事实上,傅科摆从来都没有改变过它的振荡平面的方向,因为在上面,在它悬挂的地方,沿着锤摆线不偏不倚地向上无穷延伸,直至最遥远的星系,那里有一个永远静止的"固定点"。

地球在转动,但固定直线的那端却是宇宙中唯一的固定点。

因此,我的视线并非只投向地球,而是要向上投向那由绝对静止主宰的神秘王国。傅科摆曾告诉我,一切都在运动,地球、太阳系、星云、黑洞以及宇宙膨胀后的所有产儿,从最初的始源到最黏滞的物质,只有一点是静止不动的,轴、螺栓、理想的钩,让宇宙绕着它转动。而我现在分享着这一最高境界的体验,尽管我随着万物一起转动,但我能够看到"那个"、"静止点"、"要塞"、"保障"、光亮无比的烟雾,它既无体又无形,既无量又无质,看不见听不到,也难以感觉到;它无居所,不处在时空之中,它不是灵魂、智慧、想象、主张、数字、秩序、尺度、实质、永恒;它既非黑暗,也非光明,既不是谬误,也不是真理。

一个戴眼镜的男孩和一个可惜没有戴眼镜的女孩一次无趣却明白无疑的对话使我为之一怔。

"这是傅科摆,"他说,"最早的实验是一八五一年在地窖中进行的,后来在天文台,再后来又挂在先贤祠的穹顶下。摆锤线长六十七米,锤摆重二十八公斤。最后,从一八五五年起就移到了这里,规模较小,悬挂在教堂穹棱肋中间那个圆洞处。"

"挂在这里干什么,就那么挂着吗?"

"用来展示地球的旋转。因为悬挂点是静止不动的……"

"为什么不动呢?"

"因为有一个点……怎么说呢……在它的中心点上,你注意看,在你看到的那些点中间的每一个点,那个点——几何点——你是看不到的,它没有体积,而没有体积的东西就不能移动,既不能向左也不能向右,既不能向下也不能向上。总之,不能转动。你懂吗?如果点没有体积,它甚至也不能围绕自身旋转。它也就没有自身的存在了……"

"即使地球转动,它也不转动吗?"

"地球在转动,但是点不转动。不管你喜欢不喜欢,反正就是这样,不然就随便你吧,明白了吗?"

"随它去吧,不干我的事。"

真是可悲。在她的头上有一个独一无二的宇宙固定点,一个独一无二的对 panta rei① 的灾难与祸害的救赎,她却认为与自己无关。事实上,说完这段对话之后,这两个孩子就马上离开了。看来,他接受过某种教科书或什么手册之类的教育,这就使他成为奇才的可能性大打折扣。而她则比较迟钝,对无限所引发的激情无动于衷。他们两人都没有把他们那一次——是第一次也是最后一次——同"一",也就是同"恩索夫"、"不可言喻之物"相遇时的恐怖经历印刻在自己的记忆里。在"确定性"这一祭坛前怎么能不跪倒顶礼膜拜呢?

我怀着敬畏的心情观看。此时此刻,我确信亚科波·贝尔勃是对的。当他对我谈到傅科摆时,我将他的冲动归因于美学上的胡思乱想,归咎于正在其灵魂中慢慢形成和扩散的癌肿,在他毫无觉察时,逐渐把他的游戏转变为现实。不过,如果他谈论傅科摆时是正确的话,那么他谈到的其他一切,"计划"、"宇宙大阴谋"也都是对的了,我在夏至夜前夕到达这里是适宜之举。亚科波·贝尔勃没有疯,他是在玩乐中,通过游戏揭示真理。

神圣的体验只要时间一长必定会扰乱人们的心神。

于是我试图分散注意力,将目光移向呈半圆形排列的众多柱子,柱头沿着枝肋导向拱顶石,反复演绎着尖形穹窿的奥秘,它依托阙如、至高无上的静态伪善,使列柱相信是它们将枝肋推上了穹顶,又使被拱顶石推开的这些枝肋相信是它们将列柱固定在地上,这样,拱顶就成了一切和虚无,同时既是果又是因。这时,我意识到忽视悬挂在拱顶上的傅科摆而只欣赏拱顶,这就好比醉心于甘泉水而放弃了饮用源头。

圣马丁修道院里的祭坛之所以能够存在,只是因为傅科摆因定律而存在,而后者的存在是因为有前者存在。我告诫自己,不可能通

---

① 即万物处于流变之中。出自古希腊哲学家赫拉克利特的格言。

过逃向一个无限,来逃避另一个无限,不可能通过幻想能够遇到"差异",来逃避发现"同一"。

我仍然难以将目光从拱顶石上移开,我一步一步地向后退着走——因为我进入教堂后,没有几分钟就记住了通道。巨型的金属龟列队在我走过的通道两旁以雄壮威武的姿态侵入我的眼角余光,标志着它们的存在。我沿着教堂中殿向后倒退着走向入口。那些用破烂画布和金属丝制成的凶猛的史前鸟又居高临下地出现在我的头顶,还有那些受隐秘意志支配而悬挂在中殿天花板上的不怀好意的蜻蜓。我感觉到它们是博学的隐喻,比假装如此的说教借口更有意义和更具有影射性。侏罗纪昆虫和爬虫掠过上空,傅科摆在地面上概述着漫长迁徙的寓意,阿尔康①、罪恶的散布,所有这一切都压到了我头上,布雷盖飞机、布莱里奥飞机、埃斯诺飞机和迪福直升机纷纷用像始祖鸟一样的长尖嘴来对付我。

穿过一座十八世纪建筑风格的庭院就可以进入巴黎国立工艺博物馆,踏入古老的教堂。教堂被后来建造的建筑群围得严严实实,就好像当年它被"镶嵌"在原先的修道院中一样。人们进入教堂,就会被美妙的尖形穹窿上描绘的至高无上的宇宙和无度挥霍矿物油的地下世界联手设计的密谋弄得眼花缭乱、不知所措。

地上陈设着汽车、自行车和蒸汽机车,在它们上方是开拓先驱们的飞机。有些器物虽完整无缺,但因历时已久而斑驳腐蚀,它们在部分自然光和部分电灯光的照射下披上了古旧物品特有的色泽,像古老提琴上的清漆一样;有些东西只剩下一副骨架、框架,那些连杆和手摇把手虽然已经脱钩散架,但仍然会使人感受到难以言喻的酷刑逼供的

---

① Archon,诺斯替教义中统治世界的诸力中的一种,与物质世界共为巨匠造物主所创造。

威胁。你好像看到自己被铐在审讯床上,上面有某种活动装置可以把你翻转过来,让那些东西扎进你的肉里,直到逼出口供为止。

这一系列古物的精髓已经锈掉,原本可以活动的,现在也不能活动了,但是它们作为技术骄傲的象征展示出来,为的是受到观众的青睐和敬仰。除了这些东西之外,在左边,"自由女神"如守护神般竖立着,这是巴托尔迪为另一个世界设计的自由女神像的缩小模型,在右边竖立着帕斯卡的雕像,在祭坛上,一位病态的昆虫学家的梦魇为傅科摆的摆动戴上了桂冠——出现了各种各样的螯、下颌骨、触须、昆虫的节片、翅膀和爪足——一座机械尸体的墓地,这些机械整修一下,就能同时运转起来——磁石发电机、单相变压器、涡轮机、变流机组、蒸汽机、发电机,在最里面,在傅科摆后面的走廊里,陈列着古亚述人、迦勒底人、迦太基人的偶像,还有曾经一时有着灼热大肚皮的伟大的巴力①和"纽伦堡铁处女",它们的心脏裸露在外,插满了针刺,还有以前曾是飞机发动机的那些玩意儿——心醉神迷地崇拜傅科摆难以言喻的光环,就好像"最高理性"与"启蒙之光"的产儿注定永远守护"传统"与"智慧"的同一象征一样。

平时付九法郎门票,星期天可免费入内参观的游客有点厌倦。他们思索那些十九世纪的老先生留着被尼古丁熏黄了的胡须,衣领皱折还沾有油渍,打着黑色领结,礼服散发着鼻烟的味道,手指被酸性物质染成了褐色,脑袋也被学术方面的嫉妒心培育成酸溜溜的,这些彼此互称"cher maître②"的可笑幻影为什么把那些东西陈列在拱穹下面的教堂里呢?是出于想把它们展示于世的正直愿望吗?是为了讨好资产阶级和激进派纳税人?抑或是为了表彰科学技术光辉灿

---

① Baal,古代近东许多民族,特别是迦南人崇奉的司生生化育之神。
② 法文,亲爱的大师。

烂的进步？不，全都不是。圣马丁修道院原本设计时就是一座修道院，后来却变成了一座革命性的博物馆，集最神秘智慧之大成的博物馆。飞机、内燃机、电磁机器的骨架摆放在那里，似在对话交谈，至于交流什么内容，至今我仍无概念。

  博物馆的目录称这座美丽的博物馆是法国大革命时国民公会的先生们创意修建的，他们想让大众能够进入这座包含所有艺术与工艺的殿堂。可是显而易见，目录使用的语言同弗朗西斯·培根在《新大西岛》一书中描述"所罗门圣殿"的语言别无二致，难道我还能相信目录虚伪地告诉我的东西吗？

  可能只有我们——我、亚科波·贝尔勃，还有迪奥塔莱维——觉察到了真相？今天晚上我或许就能够得到答案。我需要在闭馆之后滞留在博物馆里，等待午夜时分的到来。

  "他们"将从什么地方进来，我不知道。我怀疑沿着巴黎的排水系统有一个通道，把博物馆的某个点同城市里另外某个点连接起来。也许这个点就在圣但尼门附近。但我知道，如果我出去，就不可能从那里返回。因此，我必须躲藏起来，才能留在里面。

  我试图从这个地方的魅力中抽身，冷眼观看教堂中殿。现在我不再寻找什么启示了，我想得到信息。我可以想象，在其他大厅里将很难找到一个地方避开博物馆看守的检查（检查是看守的职责，在闭馆时，他们在各大厅巡视，认真察看有无小偷隐藏在什么地方）。但是在中殿密密麻麻地陈列着各种车辆和机械，还有哪里比此处更适合一个过客容身吗？一个活人钻进一部死的车辆里躲起来。这样的游戏我们玩得够多，甚至太多了，何不再尝试一下？

  好吧，灵魂告诉我，不要再诉诸"智慧"了，去求助于"科学"吧。

二

　　我们有各种各样离奇古怪的钟表，还有一些是往复运动的……我们还有错觉屋，我们在里面成功地制造出任何种类的阴谋诡计，幽灵鬼怪的假象，欺骗与错觉……啊，我的孩子，这些就是所罗门圣殿里的宝藏。

　　弗朗西斯·培根《新大西岛》
　　伦敦，罗利编辑整理，一六二七年，第四一至四二页

　　我又恢复了对自己神经和想象的控制能力。我必须像之前那样，带着讽刺态度，不把自己牵连进去。现在我置身于一个博物馆，我应当戏剧般地变成一个聪明和头脑清醒的人。

　　我信任地观看我头顶上方的那些飞机：我可以登上一架双翼飞机，等待黑夜降临，好飞越英吉利海峡，提前享受荣誉勋章的殊荣。摆放在地面上的那些汽车的名称深情地呼唤着我怀旧的情思……一九三二年的"西班牙—瑞士"牌轿车，漂亮舒适。要躲开这个地方，因为离售票处太近。但是，如果我穿着高尔夫球裤，紧跟在一位雍容华贵的夫人身后（设想这位贵妇身着米色套装，一条长围巾缠绕在她那修长的脖颈上，头戴一顶狭边钟形小帽，梳着男孩子的发型），也许我就能骗过博物馆的管理人员而闯关成功。一九三一年的雪铁龙C6G型车呈断裂状，对教学大有裨益，但只能是一个可笑的藏身之处。更不要说庞大的"居纽"蒸汽动力机动车，整个就是一个大锅炉，或者是

一口军用大锅。看来要看看右边。那里沿着墙壁陈放着一些花叶饰风格的大轮自行车和木制无链条的德耐式自行车,这是一种扁平车身的滑行车,使人联想起头戴大礼帽的绅士们和这些进步的骑士在布洛涅森林里疾步滑行的情景。

在自行车的对面摆放着状况良好的车子,那可是诱人的藏身之所。一九四五年的"庞阿尔·迪纳维亚"也许过于透明了,修饰过的流线型车身也过于狭窄了。一九〇九年的"标致"车身较高,像带复折屋顶的顶楼,如同一个凹室,这完全可以考虑。一旦进到里面,就会深陷在皮座位里,不会引起任何怀疑。但是很难爬上去,一个看守正背对着那些自行车坐在这部车对面的长凳上。我想象穿着皮领大衣爬上车的踏板实在不太方便,那位裹着护腿、手握鸭舌帽的看守或许会彬彬有礼地为我打开车门……

一八七三年的"奥贝桑特"引起了我的注意。它是法国第一辆机械牵引车,可乘坐十二人。如果说"标致"是一套公寓的话,那么这车称得上是一幢大楼了。可是要爬进这辆车而不引起注意,也不可想象。当隐身之处都是展览场景时,要藏匿其中是多么的困难。

我再次穿越大厅,迎面竖立着"éclairant le monde[①]"的"自由女神"。它的基座差不多有两米高,设计者构思时仿效古代战舰的喙形舰首,内部的格局像一个隐蔽的岗哨亭。透过船头舷窗朝前望去,纽约港湾的全景一览无余。在午夜时分,这里是一个很好的观察点,因为它可以在阴影里监控左边的祭坛和右边的中殿,后面则有一尊法国电气工程师格拉姆的巨型石雕像掩护。从这里还可看到其他厅廊,仿佛坐落在一种十字形的耳堂里。但是在大白天,岗亭里只要一有人就会被看得一清二楚,而一个正常看守的目光也会在参观者散去的时候,本能地立刻投向那里。

---

① 法文,照亮世界。

留给我的时间不多了。五点半博物馆就要闭馆了。我又匆忙地扫视了一下走廊。那些引擎中的任何一种都不可能给我提供藏身之所。就连摆放在右边、像沉没在大海里的卢西塔尼亚号皇家邮轮的遗骸那样的大型装备也派不上用场，而偌大的勒努瓦燃气机车虽然带有各种不同的齿轮，对我藏身来说却无济于事。不，不行，现在天也暗下来了，光线像水滴一样，从灰色的玻璃窗浸透进来。我又重新感到害怕，因为在黑暗中藏身在这些家伙中间，会看到它们在我手电筒的照射下在阴森森的暗处复活，发出像从地下冒出来的那种粗重的喘息声，无皮的骨头和内脏吱吱作响，散发出油质黏液的恶臭。我开始感到这个展览邪恶肮脏，柴油机像阳具，涡轮机像阴户，无机的咽喉曾经、也许今晚就会再次喷射出火焰或蒸汽，发出咝咝的响声，或者像风筝那样浅唱低吟的嗡嗡声、像知了似的高歌齐鸣。在那些只有纯粹抽象功能的表演中，在那些只能轧、锯、割、切、移动、加速、碰撞、爆发、吞咽、像活塞抽动那般无病呻吟、像阴森的木偶那样散架脱臼、抡起鼓点、转换频率、转化能源、舞动飞轮的自动装置中，我还能生存吗？我要面对的，或许就是由"世界的主宰者"唆使的对创造失误的讨论，那些无益的装置，那些低级宇宙的主人们的偶像，我怎样才能毫不动摇地抵挡住这一切呢？

我必须离开这里，我一定得离开这里，这里的一切纯属荒唐。我正陷入一种曾使亚科波·贝尔勃失去理智的游戏里，而我并不是一个轻信的人……

我不知道我那天晚上滞留在那里是不是一件好事。否则，今天我或许就只能知道故事的开端，却无法知道它的结局。或许我现在就不会在这里，被困在这个山丘上，听远方山谷里传来的犬吠声，自问这是否真的就是结局，还是结局尚未到来。

我决定继续往前走。从格拉姆的石雕像旁走过,走出教堂向左拐,转向另一陈列回廊。我来到了铁道设备展厅。那里有一些五颜六色的机车和车厢的模型,看上去酷似儿童玩具,是皮诺曹想象中的安乐乡"玩儿园"的什物,是荷兰微缩景观城市马都拉丹里的零部件,是"迷你意大利"主题公园中的摆设……现在,我正在习惯这种忧虑和信任、恐惧与祛魅相交替的感觉(这难道就是疾病的先兆吗?)。我对自己说,这里的情景使我感到困惑,因为我是受了亚科波·贝尔勃的文章诱惑来到此处的,我是以解开那么多谜团为代价才解读了他的文章,尽管我明白那都是无稽之谈。我是在一座技术博物馆里,我告诫自己,你置身于一座技术博物馆中,技术是诚实的,虽然不免有点愚钝。这里是一个无害的死者的王国。你知道博物馆是什么,从来没有人被蒙娜丽莎——雌雄共体的魔鬼,也只有对美学家来说才是美杜莎——所吞噬,更不要说会被瓦特的机器吃掉,它只能吓唬崇尚奥西昂风格和新哥特风格的贵族们,因此悲怆地在全部功能与科林斯式的优雅、各种把手和柱头、锅炉和圆柱、车轮与三角楣之间仲裁。亚科波·贝尔勃虽在别处,但仍处心积虑地把我拖进那使他倒霉的幻觉陷阱之中。我告诫自己行为举止要像科学家那样。有谁见过火山学家像恩培多克勒那样跳进火山口自焚?像弗雷泽那样在内米丛林中被追得落荒而逃?行了,你就是山姆·斯佩德[①],好吧?你只需要探索那些最底层的东西,这是工作。征服了你的那个女人在故事结束之前就会死去,很可能就死在你的手里。再见了,埃米莉,不错,但你是一个没心没肺的自动装置。

过了运输设备展厅,正好是拉瓦锡前厅,它面对一个通向楼上的大楼梯。

---

① Sam Spade,达希尔·哈米特小说《马耳他之鹰》的主角。

陈列圣物的橱柜装饰在两旁,炼金术的祭坛位于中间,还有那已经文明化了的十八世纪的马库姆巴①礼拜场所,所有这些并非偶然巧合的安排,而是一种具有象征意义的策划。

首先有一大堆镜子。如果有一面镜子,你就想看看自己。而在那里你是看不到自己的。那你就要寻找自己,寻找你在空间里的位置,镜子会以命令的口吻告诉你:"你在那里,那就是你。"你很难受,而且焦急不安,因为拉瓦锡的那些镜子——不论是凸镜还是凹镜——都使你失望,都嘲弄你:向后退一步,你看到了自己,然后一移动,你就又不见了。这种反射镜场的设置就是要剥夺你的任何身份,使你感觉到自己的地位不可靠,就好像要告诉你:你不是傅科摆,你也不处于傅科摆的位置上。不仅你对自己产生了怀疑,连放置在你和另一面镜子间的那些物体也变得捉摸不定了。当然,物理学会告诉你这是怎么一回事,为什么会这样?请看:你放置一个聚集光线的凹镜——这里的物品是一个置于铜锅上的蒸馏器——凹镜反射光线的方式让你无法在镜中看到摆放物体的清晰轮廓。但你可直觉地感到它幽灵般瞬息即逝地悬浮在空中,而且是在镜外倒置着的。自然,只要你稍微移动一下,这种效应就会消失。

但是后来,我又突然看到自己头朝下脚朝上地反映在另一面镜子里。

难以忍受。

拉瓦锡究竟想说明什么呢?巴黎国立工艺博物馆的主持者究竟想给人们什么启示呢?从中世纪的阿拉伯人那里,从海桑②那里,我们就熟悉了镜子的全部魔力。难道为了确认弯曲镜面能使人跌入想象的世界就值得编一部百科全书吗?值得来一次启蒙时代和大革命

---

① Macumba,融合非洲传统宗教、欧洲文化、巴西唯灵论和天主教义而成的非洲-巴西宗教。在户外举行礼拜,以动物为祭献,以物品供奉神灵,并表演礼仪性舞蹈。
② Alhazen(965—1039),阿拉伯数学家、物理学家,对光学理论作出重大贡献。

吗？那不就是普通镜子的一种幻象吗？你每天早晨剃须时在镜中看着你的那个人，不是注定是一个左撇子吗？这个展厅只告诉你这个，有必要吗？还是为了告诉你，需要另眼看待这里的一切，这些陈列橱窗和好像是在颂扬启蒙时代的物理与化学起源的工具？

"一个在煅烧实验中使用的皮质面罩。"但真是如此吗？那位戴着面罩、手持蜡烛的先生，真是为了不刺激眼睛而戴上了像阴沟老鼠和外星入侵者的首饰那样的半截面具吗？Oh, how delicate, doctor Lavoisier.① 要是你想研究气体分子运动论，那么当第一个希罗汽转球在诺斯替年代由希罗②发明后，你为什么还要固执地重建小希罗汽转球——在一个圆球上安装一个小斜嘴，加热后喷出蒸汽并使该球转动——作为埃及祭司的会说话的雕像和其他奇迹的替代物？

一七八九年制造的研究腐烂发酵的装置、针对造物主的那些杂种的漂亮影射究竟是什么？一系列玻璃管从气泡形状的子宫里通过一些球体和由叉形器支撑的导管导向两个细颈玻璃瓶内，再通过伸到空中的蛇形管由一个瓶内导向另一个瓶内，以传输某种东西……这就是腐烂发酵的过程吗？Balneum Mariae③，水银的升华，mysterium conjunctionis④，生产出了万灵药⑤！

还有那个研究葡萄酒发酵（又是发酵）的机器，是从一根导管到另一根导管、从一个蒸馏器到另一个蒸馏器进进出出的弧形水晶玻璃的游戏吗？还有那些长柄单片眼镜，那小小的计时用的沙漏，微型验电器，透镜，楔形文字状的实验室小刀，带弹射手柄的刮刀，玻璃刀

---

① 英文，哦，多么微妙呀，拉瓦锡博士。
② Hero of Alexandria（活动于公元62年前后），又名赫伦。希腊几何学家、发明家。
③ 拉丁文，双层蒸锅。
④ 拉丁文，结合之神秘。
⑤ 指古代炼金术中认为能把贱金属转变为黄金的物质。也指长生不老药。

刃，长约三厘米、用来制作何蒙库鲁兹①的耐火陶土坩埚，用于微型克隆的极小的子宫，里面装有像乡村药剂师的扁胶囊药那样的白色小包（用羊皮纸包装，上面书写着无法解读的文字）的桃花木盒子以及矿物样本，事实上却是巴西里德斯②殓布的碎片，装有赫耳墨斯·特里斯墨吉斯忒斯③遗骸和包皮的圣骨盒，装修工使用的又长又单薄的小锤，它可以用来宣告极为短暂的审判日的开始，阿瓦隆的精灵小人国里舞动的那种小棍棒长矛，用于分析和研究油类燃烧的难以形容的微型仪器，四瓣三叶草形状的玻璃球，更多的四瓣三叶草形状的小球用金管相互连接在一起，而那些四瓣三叶草形状的小球又同另一些水晶玻璃管连接着，再与一个铜制圆筒相连，在最下面的一端又有一个金色的玻璃圆筒，再往下还有另外一些导管，像悬挂着的盲肠、睾丸、腺体、赘疣、肉冠……这一切难道就是现代化学吗？作者该被推上断头台吗？可他没有创造或毁灭任何东西。啊，杀掉他是想封住他的口，让他不要说出他煞有介事的发现？他如牛顿那样展开天才的翅膀，不停思索喀巴拉和质的本质。

拉瓦锡展厅的陈列品是一种表白，一种加密的启示，整个工艺技术博物馆的概述是对现代理性强大思维之傲慢的一种嘲弄，是关于另类奥秘的窃窃私语。亚科波·贝尔勃有理，但"理性"却错了。

时间紧迫，我必须抓紧看。这是米、公斤、各种尺度，是保障的虚假保障。我从阿列埃那里得知，如果你不用米尺，而是用古老的肘尺去量，那么金字塔的秘密就会昭然若揭。这些是算术机器，是数量获得的虚构胜利，事实上，是数字的隐藏特性的一种许诺，是逃难到欧洲

---

① Homunculus，炼金术士创造出的人工生命。
② Basilides（活动于二世纪），诺斯替教亚历山大派的创始人。
③ Hermes Trismegistus，意为"非常伟大的赫耳墨斯"，是希腊神话中的神祇赫耳墨斯和埃及神托特的综摄结合。

荒原的拉比们回归到"诺塔里孔"①的原点。天文学、钟表、自动装置,小心别被这些新的发现拖慢了脚步。我正在深入以理性剧场形式表现的秘密启示的核心部分。我会在之后的闭馆与午夜之间,在夕阳余晖的斜照之下,发现那些器物呈现出本来面目,而非工具或仪器。

向前走,经过了工艺厅、能源厅、电器厅,反正在那些陈列柜中,我是无法藏身的。我逐渐发现,或者直觉地感受到了这些序列性的意义。我因来不及找到一个藏身之地而焦虑万分,这样的话我就无法目睹它们那秘密的缘由在夜间被揭露。现在,我就像是被时钟和可怖的数字移动追逐着。大地在无情地旋转,时间到了,过不了多久,我就可能被逐出博物馆。

到目前为止,我已穿过电器陈列厅,来到了一个小玻璃器皿展厅。除了展示现代智慧创造的先进昂贵的设备外,还专辟一个区域来展示几千年前就为腓尼基人熟悉的活动与实践,这是多么不合逻辑?这里是一个混合陈列的大厅,有中国瓷器、拉立克畸形瓶罐、花饰陶器、意大利法恩扎彩绘陶瓷以及威尼斯穆拉诺玻璃器皿。在展厅最深处有一个大展柜,里面赫然是一头实物大小的立体的雄狮咬死了一条大蟒蛇的景象。表面看来,眼前的这一切都是一大堆玻璃制品,但是它们的象征意义却另有所指……我在记忆中搜索,究竟在何处看到过那一形象。后来我想起来了。造物主,索菲亚可憎的产物,阿尔康,伊尔达包斯,世界及其彻底的缺陷的缘起,它拥有蛇和雄狮的形体,它的双眼喷射着火焰般的凶光。或许整个国立工艺博物馆就是展示这一系列过程的形象,从第一定律的圆满,即傅科摆,从

---

① Notarikon,和后文中的杰马特里亚(Gematria)和特木拉(Temurah)同为喀巴拉信徒和学者用来重新组合与修订《圣经》中词句的三种方法,目的是挖掘和提取其中的神秘意义和深刻的精神内涵。

"普累若麻"①的光辉闪耀,从永世到永世,埃及八神剥落成碎片,飘向由"恶"统治的宇宙王国。但那条蛇、那头雄狮却正在告诉我说,我的入门之旅——唉,真不幸,是à rebours②的——现在已经结束了,不久我就会再次看到那个世界,不是应有的世界,而是现有的世界。

事实上,我发现在面对窗户靠右边的角落里,有一间潜望镜室。我迈步走了进去。迎面竖立着一面玻璃板,犹如一块仪表板,可以看到正在传送一些模糊不清的电影影像,好像是城市的局部。后来,我觉察到影像是从安置在我头顶上的另一个屏幕里投射出来的。那里的影像是倒置的,而那块屏幕是一台原始粗糙的潜望镜目眼。怎么说呢,它由成钝角的两个大匣子镶嵌而成,那个较长的匣子从我头上和身后如管道一样延伸到潜望镜室外,直至上面的一个窗口。那里——自然是由于内部的透镜排列——为它提供了一个广阔的视角,从而得以捕捉到外面的景象。我计算我走过的路程,明白了潜望镜能使我看到外面的东西,和我从圣马丁修道院的半圆形后殿大玻璃窗向外眺望到的风景一样,如同一个悬挂在傅科摆上的上吊自杀者向世界投出最后的一瞥。我让自己的眼睛更好地适应了那暗淡的景色。现在我已能看到沃康松路,祭坛就朝向这条大街。还有孔泰路,它使教堂的中殿理想地延伸。孔泰路又左右分叉成蒙戈尔菲耶路和图尔比戈路。街角开设有两家酒吧,周末酒吧和圆厅酒吧。对面一幢建筑物的正面显现出一行字,我费了好大的工夫才辨认出来:LES CRÉATIONS JACSAM③。潜望镜。把它放在玻璃器皿展厅,而不是光学仪器展厅,这有些费解。说明必须让外面这一角度的图象引达这个地方,不过,我还是不明白这一选择基于何种考虑。为什么这个有着实证主义色彩和上了油漆的小房子会站立在具有象征意

---

① Pleroma,诺斯替教用语,即"神力的充满"。
② 法文,逆行。
③ 法文,雅克桑制造。

义的雄狮与蟒蛇雕像旁边呢？

不管怎样,如果我还有力量和勇气在这里再待几十分钟的话,也许看守就不会看到我。

我如同潜伏在水下似的待了一会儿,就觉得时间已经过去很久很久了。我听到了拖延着迟迟不离馆者的脚步声,最后一批博物馆看守的脚步声。我将身子尽量蜷缩在仪表盘下面,为了更好地避开可能不经意扫射进来的视线。随后我放弃了这个想法,保持站姿,因为如果被他们发现的话,我仍然可以装作一个全神贯注的参观者停留在那里欣赏奇迹。

没多久,博物馆熄灯了,展厅笼罩在半明半暗之中。那岗哨似的小屋在屏幕微弱光亮的映照下变得不那么黑暗了。我继续注视着屏幕,因为它代表了我同世界的终级接触。

谨慎起见,还是站立着为好,因为至少要待两个小时,如果腿酸,蹲下就是了。对参观者闭馆的时间不同于工作人员离馆的时间。一想到保洁工作,我蓦然感到了恐惧:如果清洁工此时此刻逐一清扫所有展厅,那可如何是好?稍后我又想,鉴于博物馆早晨开馆时间较晚,清洁工可能在白天工作,而不是在漆黑的夜晚。看来就是如此。起码在上面的一些展厅是这样的,因为我没有听到有任何人走动的声音。只有好似从远方传来的微弱而干巴巴的吱吱声,那可能是门关闭时发出的响声。我应当待着不动窝。我来得及在十点至十一点,或稍晚一点赶到教堂,因为那些"主宰者"只有在近午夜时分才能到达那里。

这时,一群年轻人从圆厅酒吧出来了。一个女孩子穿过孔泰路转向蒙戈尔菲耶路。这里不是闹市区,我寻思我有足够的耐心在这里长时间观望我身后平淡无奇的世界吗?但是,既然潜望镜在这里,它难道不应当向我提供一些重要的秘密信息吗?我想要出恭:不该再想这事,是紧张不安造成的。

　　当你独处潜望镜室时,就会有好多事涌上心头。背井离乡的偷渡客藏身在船舶底舱就该是那种感觉。事实上,船的最终目标是背景为纽约全景的自由女神像。也许睡意会不时向我袭来,这倒也好。不行,等我醒过来也许就太晚了……

　　最令人生畏的是焦虑发作,也就是当你确信自己顷刻间就会叫出声来的时候。潜望镜,被困在水底的潜水艇,也许在周围有你看不见的深海,大个的黑鱼成群游弋,而你只晓得你已经没有足够的氧气了……

　　你深呼吸了好几次。你全神贯注。在这样的时刻,唯一不会使你失望的就是那张清单。回顾一下事实,把它们罗列出来,弄清前因后果。

　　清晰、准确和井然有序的记忆忽又涌上心头。最近三天来的狂乱经历、最近两年来的点点滴滴,同四十年前的记忆混淆在一起了,这是我闯入了亚科波·贝尔勃的电脑重新找回来的。

　　我正在回忆(我也曾经不止一次地回忆过),想要赋予我们的错误创造所带来的杂乱无章以一定的意义。现在,正如那天晚上在潜望镜室一样,我的注意力锁定在我头脑里很久很久以前的一个点上,由此牵出一段故事来。像傅科摆。迪奥塔莱维曾向我提起过这件事。第一个塞菲拉①就是凯特尔,是冠冕、起源、原始的空茫。它最先创造了一个点,后来变为"思想",从此设计了所有的形体……它曾经存在过,却又不存在了,曾经封闭在名字里,却又从这名字中逃了出来。它只有"谁?"这个名字,被人称呼其名的纯粹欲望……开始时,它在空气中绘制一些符号。一股暗色的火焰从它那秘密的深处

---

① Sefira,犹太教喀巴拉神秘主义用语,指造物主上帝的十种表征。

冒了出来,像无色的云雾给无形以有形,当它刚开始扩散开来时,在它的中心就形成了一个火源。火源溢出,照亮了下面的塞菲拉,直至最下面的王国。

然而,也许在这 tzimtzum① 之中,在这退却之中,在这孤独寂寥之中,如迪奥塔莱维所说,已经有了回归的允诺。

---

① 喀巴拉术语,意为"回归"。

第二章
贺克玛

三

  出于该目的,温柔的天使找到造型、字母、形状和声音,并传播给我们人类,尽管这些东西我们并不熟悉,但它们光彩照人,代表着某些事物,虽然也不符合通常使用的语言,但是由于我们的智慧对它们给以极大的敬佩与赞赏,对可理解的事物进行孜孜以求的探索,从而导向对它们本身的崇拜与爱慕。

  约翰内斯·罗伊希林《论喀巴拉秘术》
    阿盖诺,一五一七年,Ⅲ

  那是两天以前的事。那个星期四,我懒散地躺在床上,还无起身之意。我是前一天下午到达的,并给出版社打了电话。迪奥塔莱维一直在医院里,而古德龙充满了悲观情绪:还是那样,也就是说越来越差。我都不敢去看望他。

  至于贝尔勃,他不在办公室。古德龙告诉我,贝尔勃打来电话,称他家里有事,需要离开这里。什么家?真奇怪,他把名为阿布拉菲亚的文字处理机和打印机都带走了。古德龙告诉我,他把它放在家里是要完成一项工作。但为什么要如此劳神费力?难道不能在办公室写吗?

  我有无家可归之感。莉娅和孩子可能下个星期才能回来。昨晚我到皮拉德酒吧去了一下,没有找到任何人。

我被电话铃声吵醒了。是贝尔勃打来的,他的声音变了,好像来自远方。

"那么,您是从哪里打来的呢? 十一点……您迷失在利比亚了吧……"

"不要开玩笑,我的卡索邦,说正事,我现在在巴黎。"

"巴黎? 是我想去的地方! 我才应该参观巴黎国立工艺博物馆!"

"不要开玩笑,我重复一遍。我是在电话亭里……不,是在酒吧间,总之,我真不知道我能说多久……"

"如果您的电话投币不够了,您可以叫通接话者付费,我在这里等着。"

"不是投币够不够的问题。我陷入麻烦了。"他开始急急忙忙地说话,不给我任何插话的时间,"'计划'。'计划'是真的。求您了,不要对我说这是明摆着的事。他们现在正在到处找我。"

"谁在找你?"我仍尽力想弄清楚。

"天哪,卡索邦,是耶路撒冷圣殿骑士团的那些人,我知道,您不会相信的,但这全是真的。他们认为我有地图,我被困住了,他们逼我来到巴黎。他们想叫我星期六午夜去巴黎国立工艺博物馆,星期六,您明白吗? 圣约翰之夜……"他有点语无伦次,我很难完全听懂他的话,"我不愿到那里去,我正在逃命,卡索邦,那些家伙会杀死我的。您要告诉德·安杰里斯,不,德·安杰里斯也没用,千万不要报警……"

"那怎么办?"

"我不知道该怎么办,您看看在阿布拉菲亚文字处理机中的那些小磁盘,最近几天的事,我全部存在那里了,最近一个月发生的事也全在里边。您当时不在,我不知道该向谁说,我是用了三天三夜写成的……听着,去我的办公室,在写字台的抽屉里有一个装有两把钥匙的信封。那把大钥匙是乡下房子的,不要管它,那把小钥匙是米兰公寓的,您到那里去,读一下全部的材料,然后做决定吧,或者咱们再谈谈,我的天哪,我真不知该怎么办……"

"好吧,我去看。但是之后我在哪里能找到您?"

"我也不知道,我每晚都换旅馆。这样吧,您今天把这些全办了,然后明天早晨在我家等我电话,只要有可能,我会想方设法给您挂电话。我的天哪,口令……"

我听到有什么响声,贝尔勃的声音时远时近,节奏也在变化,好像有人企图夺他的话筒。

"贝尔勃,发生什么事了?"

"他们找到我了,口令……"

砰的一响,像枪响。可能是话筒掉下来碰到墙壁的声响,或者是碰到了电话机下面的小桌上的声音。熙熙攘攘的嘈杂声。后来就是话筒挂断的咔嗒声。可以断定不是贝尔勃挂断的。

我立即去浴室淋浴。我要使自己清醒过来。我不明白究竟发生了什么事。"计划"是真的?多么荒唐,"计划"是我们发明的呀。谁逮住了贝尔勃?玫瑰十字会?圣日耳曼伯爵?俄国社会安全和秩序保卫局①?圣殿骑士?阿萨辛派②?走到这一步,所有这一切都是可能的,因为这一切都是荒谬的。也有可能是贝尔勃疯了;近来他是如此的紧张,我不清楚是否与洛伦扎·佩雷格里尼有关,或者是因为他总是迷恋他的创作——更确切地讲,"计划"是我和他、还有迪奥塔莱维共同拥有的,但是他看来似乎突破了游戏规则的底线而昏了头。不要再做其他无益的猜测了。我去了出版社,古德龙以酸愁的言辞

---

① Okhranka,十九世纪晚期俄国秘密警察组织。
② Assassin,十一至十三世纪伊斯兰教中伊斯玛仪派尼查尔支派的成员,以暗杀敌人为宗教义务而出名。

接待我，说事实上现在是她一人支撑着这家企业，我急忙奔向办公室，找到了那个信封，一溜烟地跑到贝尔勃的寓所。

关着门的霉味，烟蒂的腐臭味，几个烟灰缸全是满满的，厨房的洗碗池里满是脏碗盘，垃圾桶里塞满了空罐头。书房的柜架上摆放着三个威士忌空瓶，第四个瓶子里还剩一点点酒。看来近来住在这个寓所里的人从不出门，有什么吃什么，像上了瘾似的疯狂地工作。

这是一套两居室，到处横七竖八堆满了书，那些书柜都被沉沉的书压弯了腰。我一眼就看到了桌上摆着的电脑、打印机和磁盘盒。在书柜之间不大的空间里挂着几张画，正对着桌子的地方有一幅十七世纪的版画，这张复制品精心镶在一个画框里，在一个月之前我都没有注意到这张寓意画，当时我正要去休假，曾来这里喝过一次啤酒。

在桌子上摆放着洛伦扎·佩雷格里尼的照片，上面题有像孩童写的小字。照片只能看见面部，但是那眼神，单单那眼神就使我激情涌动。出于高尚和教养（或者是嫉妒？），我把照片翻转了过去，没有看上面的题词。

有一些文件夹。我翻找我感兴趣的东西，但是只有一些表格和出版社的报价。在那堆文件里我找到了一份打印文档，从日期上看，似应追溯到文字处理器最初的实验时期。事实上，文档的标题是"阿布"。我记得当阿布拉菲亚出现在出版社的时候，贝尔勃像孩童一样兴高采烈，古德龙不停嘟囔，而迪奥塔莱维则冷嘲热讽。

"阿布"自然是贝尔勃对他的诽谤者的一种私人性回击，是一种大学生式的、新教徒式的游方玩乐，但也很能说明贝尔勃对排列组合的渴望，他就是怀着这种渴望接近了这台机器。他总是带着恬淡的微笑说，自从他发现自己不可能成为主角的那刻起，他就决心成为一名聪明的观众——如果没有像样的动机,写作就是多余的,还不如重写别人的书,这会造就一名好编辑——他从机器里找到了一种类似迷幻药的东西,让自己的手指在键盘上左右开弓地敲击,好像是在家里的旧式钢琴上弹奏《小山里人》一样,不怕别人说三道四。他并没有打算创造什么:他被写作吓破了胆,他明白那不是创造,而是电子效率的一个证明,一种肢体训练。但是,他忘记了习以为常的幻想,在那游戏中找到能使半百之人返老还童的方子。不管怎样,在某种程度上,他那天生的悲观主义,他那难以割舍的过去,都溶化到了他同记忆的对话之中。这种记忆如矿石般坚固,是客观的、屈从的、不负责任的、晶体管化了的,它是如此人性化的不人性,使他觉察不到自己已经习惯了那种痛苦的生活。

阿布.doc

啊,十一月末的早晨多么美好,格言就是准则,阿喀琉斯的女神啊,为我歌唱吧,赞颂女人和骑士、武器和爱情吧。句号并另起一行。试验试验,试验吧,parakalò[①] parakalò,用对了程序,你还能玩字谜游戏,变移字母位置构成新词,如果你写完了一整部小说,是关于一个叫白瑞德的美国南方英雄和一个叫郝思嘉的轻佻任性的少女的故事,而后,你又后悔了,你只需要发出指令,阿布就把所有的白瑞德换成安德烈公爵,把郝思嘉换成娜塔莎,把亚特兰大换成莫斯科,那你就写出了《战争与和平》。

阿布现在要做一件事:敲完这个句子,我就给阿布下指令,让它将每一个"a"换成"akka",将每一个"o"换成"ulla",那就会出来一段几乎带有芬兰语腔调的话来。

[①] 希腊文转写,请。

Akkabu fakka ullarakka unakka cullasakka; bakkattulla questakka frakkase, dulla ullardine akkad Akkabu di cakkambiakkare ciakkascun "akka" cullan "akkakkakka" e ciakkascun "ulla" cullan "ullakka", e ne verràkka fuullari un brakkanulla quakkasi finniculla.

哎呀,高兴呀,哎呀,差异弄得人眼花缭乱,哎呀,我的患了理想的失眠症的理想的读者/作者呀,哎呀,芬尼根的守灵夜啊,哎呀,多么招人爱的温顺的造物呀。不是帮你思考,而是帮你去为它思考,完全是一台精神机器。如果你使用鹅毛笔,你就要时不时地蘸墨水在渗水的纸上沙沙作响地书写,思绪就会重叠,乱了阵脚。如果在打字机上敲击,字母就会聚集,你就不能以你神经元突触的速度,而只能以机械笨拙的节奏前进。可如果用它的话,手指可以充分发挥想象力,头脑一旦触及键盘,就如插上了金色的翅膀飞翔。你终于可以对乍一看的幸福持批评态度的严肃理由进行反思了。

E d ecc cosa faccioora, prend questo bloco di treatologie ortigrfiche e comando la macchian cdi cipiarlo edi srstarlo in memoria ditransto e poi di farloiaffioriare da uel limbo sullo schemo, in conda a s stesso.①

我正在瞎打一通。我现在选中了这段拼法奇怪的文字。我命令机器重复那一连串错误。不过这一次我纠错了,终于呈现

---

① 此段原文都由拼写错误的单词组成。

出完美的可读性。从白字连篇摇身一变为纯洁的"秕糠学会"①了。

我也许可以改变主意,摒弃第一块文字:我留着它只是为了昭示,在这个屏幕上存在本身和存在应当有的面目可以共存共处,偶然性和必然性可以共存共处。不过,我只能从可见的文字、而不是从记忆里抹去声名狼藉的错字,保存我受抑制的档案,打消弗洛伊德五花八门的追随者和辨识不同稿本的行家们偏爱揣测的癖瘾,剥夺他们的生计,摘掉他们学术荣誉的桂冠。

这比真实的记忆好,因为即便是以艰苦的训练为代价的记忆,也只会让人学会记起而不是学会忘记。迪奥塔莱维像塞法迪犹太人那样,沉迷于有大楼梯的宫廷和殿堂,那里陈列着对毫无抵抗力的妇女施暴犯罪的武士雕像。还有两旁排列着上百个房间的走廊,在每一个房间里都有一种奇迹呈现出来,突然的显圣、令人焦虑的变迁,还有复活的木乃伊。在这里,你会产生许多联想,针对每一个非常难忘的形象你都会想到一种思想、一个类别、一种宇宙间的元素,甚至会想到三段论法、巨大的复合三段论、一连串的箴言、一系列的置换、轭式搭配的玫瑰、逆序的舞蹈、废话连篇的急止法、斯多葛派的等级制度、分点岁差、视差、草木标本、裸体修行者的家谱等等——无休无止——啊,雷蒙多,啊,卡米洛,只要你们带着自己的观点再回想一下,就会立刻在 love and joy② 之中构想出一个存在的大链条,因为宇宙在你们的头脑中像翻书似的一页一页展示的那些东西,已经汇集成为一大卷,而普鲁斯特定会使你们露出满意的微笑。然而那一

---

① Accademia della Crusca,意大利著名学会,旨在纯洁意大利文艺复兴时期的文学语言托斯卡纳语。
② 英文,爱和喜悦。

次,我们同迪奥塔莱维本打算完成 ars oblivionalis[①],却未能找到遗忘的规则。没有办法,你可以像拇指姑娘在森林中探寻转瞬即逝的踪迹那样去追寻逝去的时光,但却难以故意丢失重新找回的时光。拇指姑娘总是会返回的,这已是固定的概念。并不存在遗忘的技巧,我们仍处在自然偶发性的过程中——脑中风、健忘症或者手抄即兴作品,还有什么?旅行、酒、睡眠治疗和自杀。

不过阿布还可以允许你一些小的局部自杀、暂时的健忘症和无痛失语症。

昨晚你在何处,L

哎,冒昧的读者,你永远不会知道,上面朝向一片空白的半截子句子曾是一个长句的开头,事实上,我写好后又不愿自己曾经写过(我甚至不愿自己曾经想过),因为我本希望我所写的东西甚至从未发生。只要一个指令,一丝乳状的东西就在那不幸的、不合时宜的位置上蔓延开来,我按下"删除",一切就全消失了。

但这还不够。自杀的悲剧在于从窗户跳出去,跌到六七层之间时就后悔了:"唉,如果我能回头该多好!"一切都完了。这样的事从来都不可能。砰。然而阿布却很宽容大度,它允许你悔过自新,如果我能及时下决心,按下恢复键,就还能找回消失的文字。多么令人欣慰啊。只是因为我想记起,我就能够回忆起来,所以我立即遗忘了它。

我永远不会再去那些小酒吧,玩用曳光弹击碎外星飞船直至魔鬼把你撕碎的游戏了。这里更美好,你可以分解思绪。这

---

① 拉丁文,遗忘的技巧。

里是由千千万万颗小行星构成的星系,它们是白色或绿色的,都排成了队列,而你则是它的创造者。Fiat Lux①,宇宙大爆炸,七天,七分钟,七秒钟,而一个处于永恒液化状态的宇宙就在你的眼前诞生了。在这个宇宙中既不存在天文学上的准确界线,也不存在时间的限制,更没有名额的限制,在这里,时光会倒流,字母产生了,懒洋洋地从虚无中探头探脑地显露了出来,回归了,而当你再次呼唤、连接、删除时,它们消融并又外质化,回到它们天然该待的地方。这是一部由温柔的连接与断裂谱成的水下交响乐,是自我吞噬的彗星的凝胶质的舞蹈,就像黄色潜水艇的白斑狗鱼那样,用手指肚按一下,不可修补地开始向后滑向一个凶恶的字,这字就消失在它的咽喉中,它吮吸,然后就是黑暗,如果你不中止,它就吞食,并且以空无来喂肥自己,柴郡猫黑洞。

如果你写的那个东西是羞耻心厌恶的,那就全输进磁盘中,你在磁盘上下一道命令,谁也不能再读到它,对情报人员来说这是最好的办法,你写份情报,存储密封起来,然后把磁盘装进口袋里,溜达溜达,就连托尔克马达②也永远不会知道你写的是什么,只有你和另外一个人(老天爷?)知道。设想即使他们酷刑拷打你,只要你装成要招供的样子,悄悄地按一个键,那份情报便荡然无存了。

咳,我写了点什么,动错了一下大拇指,结果全消失了。怎么回事?我记不起来了。我知道我没有发现任何"情报"。但后来,天晓得。

---

① 拉丁文,上帝说要有光。
② Tomás de Torquemada (1420—1498),西班牙异端裁判所第一任总裁判官。

四

  谁要是没有钥匙就想进入哲人的玫瑰园,犹如一个人没有双腿却想走路一样。

  米夏埃尔·马耶尔《飞奔的阿塔兰忒》
  奥本海姆,德布里,一六一八年,图徽二十七

  都在这里了,一览无余。我应当在文字处理器的磁盘中找找。那些磁盘按数字顺序整齐地码放着,我想,不管怎样,我先从第一张磁盘开始。然而贝尔勃曾提醒过有口令。他一直对阿布拉菲亚的秘密十分珍惜。

  事实上,我刚刚打开机器,就出现了一行字:"你有口令吗?"非命令式口吻,贝尔勃真是一个有教养的人。

  一部不合作的机器,它晓得它应当接到口令再打开,接不到口令就沉默。不过,它好像对着我说:"你瞧,所有你想知道的全在这里,在我的肚子里,但挖吧挖吧,你这只老鼹鼠,你永远也找不到。"我告诫自己,你如此喜欢同迪奥塔莱维玩弄置换法,你就是出版界的个中翘楚,正如亚科波·贝尔勃所说的,去找猎鹰吧。

  在阿布拉菲亚上,口令可能由七个字母组成。用二十五个字母来置换排列七个字母的口令,会有多少排列组合呢?而且还要把重

复的字母计算在内,因为难保不会有"cadabra①"这样的词出现。有某种公式可以计算出来,结果大于六十亿。假设一台巨型计算机能以每秒计算百万次的速度来寻找六十亿的排列组合,那它还要一组一组地将排列组合通知阿布拉菲亚,而我晓得,为了验证这些组合,阿布拉菲亚需要花十秒钟来发问及验证口令,这样就需时共六百亿秒。鉴于一年只有三千一百多万秒,我们就取整数三千万秒吧,那么工作的时间就将需大约两千年。真不少呀。

需要进行推测。贝尔勃可能采用什么词呢?首先,是他开始时找到的一个词,即当他开始使用电脑的时候,还是在最近几天,当他意识到磁盘中存有爆炸性材料,起码对他来说游戏已经不再是游戏了,细细琢磨了一下又改变了主意?要这样,那就完全是另一回事了。

最好专注于第二个猜想。贝尔勃感到被"计划"追逐。他确实把"计划"当成了一回事(所以他在电话里如此这般地强调,让我明白此事),那么,他一定想到了同我们的故事相关的某些词汇。

啊,或者并非如此:与"传统"相关联的词汇,"他们"也会想到。我突然在想,可能"他们"也进入过寓所,复制了磁盘,而此刻,"他们"又在某个遥远的地方查验着所有可能的排列组合。超级计算机就隐藏在喀尔巴阡山脉的古堡里。

多么愚蠢啊,我自言自语。那些人不会玩计算机的。"他们"是同"诺塔里孔"、"杰马特里亚"和"特木拉"打交道的人。"他们"把磁盘当做《托拉》②来对待,耗用了与编纂《创世之书》③一样多的时间。不过,也不应当忽视推测。"他们"如果存在的话,可能会遵循

---

① 阿米加文,如我所言。
② Torah,广义泛指上帝启示给以色列人的真道,狭义专指《圣经·旧约》的首五卷。有时也包括口传律法和成文律法。一般也称《摩西五经》。
③ Sefer Yetzirah,犹太神秘主义最早的典籍。

喀巴拉的启示,而如果贝尔勃确信"他们"存在,他也可能因循其道。

想到了这一点,我试了十个塞菲拉:"凯特尔"、"贺克玛"、"比纳"、"赫赛德"、"凯沃拉"、"蒂菲莱特"、"耐扎克"、"贺德"、"叶索德"、"马尔库特"。另外,我还把"舍金纳"①也加入到试验的行列……自然不管用,因为这初步的想法任何人都会想到。

不过,这个口令必定是某个明摆着的词,是不假思索就能想到的,因为当你着了魔似的摆弄一个文件,像近日来贝尔勃那样,你就难以摆脱你生活的相关领域。认为他因"计划"而发疯,比如说,想到了林肯或蒙巴萨,那就太不合理了。应当是某种同"计划"有关联的东西,但是什么呢?

我试图进入与贝尔勃相同的思维过程。他写东西时,一边抽烟,一边翻阅材料,还喝两口小酒,并左顾右盼。我进入厨房,找到了唯一一只干净的酒杯,为自己倒了剩余的最后几滴威士忌,然后又返回键盘前,背靠椅背,脚搭在桌子上,呷吮着酒(山姆·斯佩德不就是这个样子吗? 不,可能是马洛②),并且还环顾四周。书离我的身子太远,我无法看清书脊上的书名。

呷尽了最后一滴威士忌,我双目紧闭,复又睁开。跃入眼帘的就是那幅十七世纪的复制版画。那是典型的玫瑰十字会寓意画,充满了探寻兄弟会成员的隐秘信息。显然它表现的是玫瑰十字会神庙的形象,那里竖立着一个有圆顶的高塔,遵循了文艺复兴时期基督教和犹太教的绘画标准,这个时期的耶路撒冷圣殿就是以奥马尔清真寺为范本修建而成的。

---

① Shekinah,犹太教神学名词,表明上帝为永在之神。
② Philip Marlowe,美国作家雷蒙德·钱德勒(Raymond Chandler, 1888—1959)创造的虚构人物,职业是私家侦探。

塔楼周围的景色并不协调，而且住宅密集，在画面的左下方，一位贵族从井中出来，悬挂在有枢轴的辘轳上，辘轳通过荒唐可笑的绞盘，固定在塔楼圆形窗内的一个点上。在画的中心有一位骑士和一个路人，在他们右边是一位跪拜的朝圣者，手扶一个沉重的铁锚，权作拐杖。在画的右边，几乎在塔楼的对面，有一座山峰峭壁，一个人正从那里跃下，他的佩剑已经先他一步坠落山崖。而在画的左边是该画的远景部分，描绘的是阿拉拉特火山，山顶上停放着诺亚方舟。在画的上端两角各飘浮着一朵分别被一颗星光照亮的白云，斜照的光线辐射在塔楼顶，沿着这些光线凸现出两个形象，一个被蛇缠绕着身躯的赤裸男子和一只天鹅。在画面正中的上面有一个圣像的光环,上面写有希伯来文的叠印字"oriens",上帝的手从那里伸出来,用一根线提着塔楼。

塔楼安装在轮子上可以移动,它有一个方形平台底层、一些窗户、一道门、一座活动吊桥。在它的右侧有一个类似大阳台的东西,上有四个哨岗,里面各有一武士,手握(用希伯来文字写成的故事装饰的)盾牌,另一只手挥动棕榈叶。但这些武士只有三位可见,可以猜测第四位隐藏在后方,在其上竖立的是八角形的顶塔,伸展开一对巨大翅膀。在上面还有另一个更小的圆顶,带有一个四角形的小塔楼,有被细长支柱支撑的敞开的大拱门,能看到里面有一口吊钟。而后,就是最后一个,有四个方形圆拱墙面的小圆顶,上面系着上帝手中提着的那根线。在小圆顶两侧有"FA/MA"字样,在圆顶上面有一个漩涡花饰带,上书:"Collegium Fraternitatis"①。

奇形怪状的东西还没有完,塔楼的另外两扇圆形窗户里,从左边伸出了一只同其他形象不成比例的巨大手臂,握着一支利剑,好像隶属于被关在塔楼中的那个长翅膀的怪物,从右边则伸出了一支巨大的小号。小号还是……

我对塔楼的门窗数产生了疑问:圆顶上开得太多,而且又过于规则,基座部分的却又十分随意。从正交透视角度看,只能看到塔楼四面里的两面,可以想象,出于对称,在一侧可见到的这些门窗和舷窗在另一侧按同样样式重现。这样,在钟楼上有四个拱门,下面的顶塔有八扇窗,四座哨岗,东西两面有六扇门窗,南北面有十四扇门窗。加起来共三十六扇门窗。

三十六。这个数字已折磨了我十多年。还有一百二十。玫瑰十字会。一百二十除以三十六等于3.333 333(保留七位数)。过分完美,但或许值得一试。我试了。没有成功。

---

① 拉丁文,兄弟会。

这时我想到乘以二,那么约等于那个"兽名数目"六六六。而那种猜测也被证实想入非非了。

突然,中间的那团云彩吸引了我的注意力,那里是神圣的所在。那些希伯来字很突出,从坐椅这里都能看到。但是贝尔勃不能在阿布拉菲亚上书写希伯来字。我仔细观看:我当然认识这些字,从右到左它们是 jod, he, waw, he,雅赫维①,上帝的名字。

---

① Yahweh,犹太教所尊崇的上帝的名字,原为希伯来文的四个辅音字母。

五

从排列组合这个名字即 YHWH 开始,开始是单个地组合,再研究分析它全部的组合,让它移动并像轮子一样转动……

阿布拉菲亚①《Hayyê ha-Nefeš》

慕尼黑,408

上帝之名……当然是了。我回想起在办公室安装上阿布拉菲亚的那天,贝尔勃和迪奥塔莱维之间的第一次交谈。

当时迪奥塔莱维站在他房间的门口,卖弄大度与宽容。迪奥塔莱维的大度与宽容总是咄咄逼人,但是贝尔勃似乎能够承受,他正是采用了"以其人之道,还治其人之身"的态度。

"它对你没有任何用处。你不会把你不读的手稿重新输入那里面吧?"

"它可用于分门别类、整理清单、修改补充卡片。我可以把我自己的文章写在里面,而不是写别人的东西。"

"但你曾经发誓永远不会再写任何东西了。"

"我曾经发誓,我将不再用另一份手稿祸害世界。我说过,我发现我不是当主角的料……"

"……你将是一位聪明的观众。这我晓得,但那又怎么样呢?"

"一位聪明的观众听完音乐会回家时,会低声哼唱第二乐章。当然,这并不意味着他奢望去卡内基音乐厅充任指挥⋯⋯"

"所以你试着写下你浅唱低吟的文字,是为了发现你原本不应当写。"

"那也许是一种诚实的选择。"

"您说什么?"

迪奥塔莱维和贝尔勃都是意大利皮埃蒙特人,他们经常议论皮埃蒙特人的那些本领和能力,即待人和善,谦恭地倾听你,注视你的眼睛,一开口就是"您说什么",口气好像很有教养,对谈话很感兴趣,但事实上却会使你感到一种深藏的不赞成。他们说,我是野蛮人,所以这种吹毛求疵常常逃过我的注意。

"野蛮人?"我抗议道,"我出生在米兰,但我祖籍在瓦莱达奥斯塔⋯⋯"

"瞎说,"他们说,"要是皮埃蒙特人,从其持怀疑论的态度就可立即识别出来。"

"我是一个怀疑论者。"

"不。您只是一个不轻信的人,这不是一样的。"

我知道为什么迪奥塔莱维不相信阿布拉菲亚。他听说它可以变更字母的顺序,这样一来,一篇文章可能产生出与其相背逆的文章,并且能预兆一些晦涩的推测。贝尔勃试图给他做出解释。"特木拉不也是一种置换的游戏吗?"他对他说,"虔诚的拉比难道不是借此攀登荣耀之门的吗?"

"我的朋友,"迪奥塔莱维对他说,"你一窍不通。不错,《托拉》,我指的是现在能看到的《托拉》,它只是永恒的《托拉》文字的一种可能的置换,也就是上帝构想出并交给了亚当的那一种。通过多世纪以来对该书文字进行置换,就能重获《托拉》的原本。但这里重要的

---

① Abraham Abulafia(1240—约1291),犹太教、基督教和伊斯兰教推崇的古代圣人。

不是结果,而在于过程,依靠忠诚使祈祷与文字的风车永不停息地转动,逐渐揭示真理。如果这台机器可以立即告诉你真理,那你不会认出它,因为你的心灵还未被一长串疑问净化。而且还是在办公室里!《托拉》应当是在犹太人居住区的一间狭小简陋的房子里低声诵读。你在那里日复一日地学习低头弯腰,两臂紧贴身侧活动,在拿《托拉》的手和翻阅它的手之间,几乎不应当留有任何空隙,而如果你需要舔湿手指,你要沿直线向上,把它们送到嘴里,好像你要咬碎未发酵的面包那样,小心翼翼地唯恐掉下一粒碎屑。文字被慢悠悠地咀嚼掉,你可以分解它、重新组合它,只要你能让它在舌头上消融,要注意,不要让口水弄脏你的长袍,因为如果一个字母蒸发了,那么将你同高级塞菲拉连接在一起的那根线就断了。正当你们的圣托马斯·阿奎那行进在'五条道路'上如饥似渴地寻找上帝时,亚伯拉罕·阿布拉菲亚却为此献出了毕生的精力。他的《贺克玛哈泽卢弗》既是字母组合科学,又是心灵净化科学。神秘的哲学,字母和它那无限旋转置换的世界是一个极乐世界。排列组合的科学是思想的乐章,但要小心谨慎地慢慢操作,因为你的机器可能使你谵妄,而不是让你迷醉。阿布拉菲亚的许多门徒不懂得谨守把默祷上帝之名同玩弄魔法、操纵名称隔开的脆弱界线,他们把上帝之名变成了护身符和主宰大自然的工具。他们不晓得——正如你和你的机器都不了解——每一个字母都同身体的一个部件相关联,如果移动一个辅音却不知道它的功能,那么你的一个肢体就可能错位,或者很自然,你就会残酷地——从外表讲,一生;从内在讲,永远地——变成一个畸形的残废。"

"听着,"正是在那天,贝尔勃对他说,"你非但没有劝阻住我,反而是在鼓励我。总之,我握有我个人的'阿布拉菲亚',它听从我的指挥,就如你的朋友们拥有'假人'[①]一样。我将叫它'阿布拉菲

---

① Golem,犹太人的民间传说中一个被赋予生命的偶像。

亚'，昵称'阿布'。我的'阿布拉菲亚'将比你的更为谨慎和受人尊崇，更为谦恭。不是要找到上帝之名的全部组合吗？好吧，你看看这本手册，有一个 BASIC 语言的小程序，能置换排列出四个字母的所有顺序，好像就是专为雅赫维设计的。这就是，你想叫我转换一下吗？"他向他演示了程序，那对迪奥塔莱维来说的确与喀巴拉异曲同工：

```
10 REM anagrammi
20 INPUT L$(1),L$(2),L$(3),L$(4)
30 PRINT
40 FOR I1=1 TO 4
50 FOR I2=1 TO 4
60 IF I2=I1 THEN 130
70 FOR I3= 1 TO 4
80 IF I3=I1 THEN 120
90 IF I3=I2 THEN 120
100 LET I4=10-(I1+I2+I3)
110 LPRINT L$(I1);L$(I2);L$(I3);L$(I4)
120 NEXT I3
130 NEXT I2
140 NEXT I1
150 END
```

"试一下吧，当 INPUT 询问你时，你就书写 I, H, V, H（雅赫维），并启动程序。也许你会感到不悦：可能的组合只有二十四种。"

"天哪，你想用上帝这二十四个名字干什么呢？你认为我们的智者和贤人没有计算过吗？你读一读《创世之书》的第四章第十六节吧。他们可没有什么计算机。'两块石头建造两幢房子。三块石头建造六幢房子。四块石头建造二十四幢房子。五块石头建造一百二十幢房子。六块石头建造七百二十幢房子。七块石头建造五千零四十幢房子。依此类推，想一想那嘴不能言、耳不能听的东西。'你知道在今天这叫什么吗？阶乘。而你知道为什么'传统'提醒你说依此类推你最好停止演算吗？因为如果上帝的名字有八个字母，置换组合将是四万多个，如果是十个字母，置换排列将是三百六十多万个，而你那个可怜名字的置换排列将几乎达到四千万个。谢天谢地，幸亏你的名字不像美国人那样，中间有大写字母，否则将会上升至四亿个。如果上帝的名字是由二十七个字母组成——因为希伯来文的字母表中没有元音，只有二十二个辅音和五个词尾发生变化的字母——那么他名字的置换排列就可能达到二十九位数了。另外，你还必须把重复的排列计算在内，因为不能排除上帝的名字可能是重复二十七次的'alef'①，这样，阶乘对你来说就不够用了。你就要计算二十七的二十七次方，这样，我想就能得出四四四后面再加三十六个○，总计是三十九位数的置换排列。"

"你在骗我，想吓唬我一下。我也读过你那本《创世之书》。基本的字母是二十二个，而上帝用且仅用那些字母构建了所有的创造物。"

"不要再诡辩了，因为如果你陷入这种规模的序列，如果你不是计算二十七的二十七次方，而是二十二的二十二次方，得出的结果也差不多是三千四百亿乘十亿再乘十亿。就你个人的测算来看，有多大的差异呢？而且你知道吗？如果你以每秒钟一个数的速度一、二、三地数下去，要达到一个十亿，我说的是一个极小的十亿，那你几乎就要数三十二个年头。但事情比你认为的还要复杂。犹太教喀巴拉也不仅限于《创世之书》。我要告诉你为什么《托拉》的一种正确的置换排列需采用二十七个字母。不错，如果在置换过程中，五个词尾变化字母恰好在一个词中间，那么，这五个字母就变为正常形态了。但并非总是如此，在《以赛亚书》的九、六、七章中，LMRBH 即 Lemarbah——恰好词义为乘——在词的中间有个词尾变化字母

---

① 希伯来文的第一个字母。后文音译作"阿里夫"。

'mem'。"

"那是为什么呢?"

"因为每个字母都有一个相对应的数字。如果正常的 mem 等于四十,那么结尾的 mem 就相当于六百。这并不涉及'特木拉',它只是叫你置换,而是同'杰马特里亚'有关,它在词与数值之间找到了极大的亲和性。有了词尾变化的 mem,LMRBH 这个词的数值不是二七七,而是八三七,这样就与意为'那个慷慨施舍的人'(ThThZL, Thath Zal)相等了。所以你瞧,需要考虑二十七个字母,因为不只要注意到音,还要看到数。现在再回到我的计算上去:置换排列为四千亿乘十亿乘十亿乘十亿以上。而你晓得不晓得,按每秒验证一个置换排列的速度计算,要验证全部置换排列,我们需花费多少时间?假设一台计算机——当然不是你那台可怜的小机器——能够完成的话,按一个组合需时一秒钟计算,你就要花费七十亿乘十亿乘十亿乘十亿分钟,即一点二三亿乘十亿乘十亿乘十亿小时,五百万乘十亿乘十亿乘十亿天多一点,一万四千乘十亿乘十亿乘十亿年,一百四十乘十亿乘十亿乘十亿世纪,一百四十亿乘十亿乘十亿千年。如果你有一台计算机,每秒可验证一百万个置换排列,想想能节省多少时间,你只要用一千四百乘十亿乘十亿千年!但事实上,上帝那个秘密的真实名字同《托拉》全书一样长。世界上还没有一部电脑能够穷尽对其置换排列的计算。因为《托拉》本身就是二十七个字母反复置换排列的结果。而'特木拉'并未说你只应置换字母表中的二十七个字母,而应当置换《托拉》的全部符号。在书里,每个符号本身就是一个单独的字母,尽管在另外的页码中会无限次地出现。怎么说呢,'雅赫维'的两个 he 就相当于两个不同的字母。因此,如果你想计算《托拉》整部书里全部符号可能的置换排列数,那么全世界的零都不够你用。你试一试,用你那个供会计使用的可怜的小电子计算机试一试。'机器'当然存在,但不是在你那个硅谷生产出来的,而是神圣的喀巴拉或者'传统',拉比们几个世纪以来一直在做的是任何机器永远做不到的,我们也希望它永远不要去做。因为当组合穷尽时,结果仍应是一个秘密,而无论何种情况下,宇宙都会结束它的周期——健忘的我们就会在伟大的迈塔特龙①的荣耀中发出闪光。"

"阿门。"亚科波·贝尔勃说。

然而从那个时候起,迪奥塔莱维就一直撺掇他搞这些头昏脑晕的事,这一点我当时就应当注意到了。我好几次看到贝尔勃在下班之后仍专心致志地摆弄程序,验证迪奥塔莱维的计算。他要向他证明,起码他的"阿布"能在几秒钟内就把真相告诉他,不用在发黄的羊皮纸上采用洪积代以前的、照我说连零都不知为何物的那种数字系统徒手计算。白费工夫,"阿布"尽其所能,还是只能给他一个指数的答案,贝尔勃也就没法用一个排满无穷无尽的零的电脑屏幕来羞辱迪奥塔莱维了,这些零却应是对宇宙组合相乘和所有可能世界爆炸的无力的视觉模仿……

不过,所有这一切发生之后,面对那幅玫瑰十字会的复制版画想口令的时候,贝尔勃不可能不想到就上帝之名而做的那些操作。然而,他可能摆弄的是三十六或者一百二十这样的数字,如果我猜得没错的话,他是在这些数字上走火入魔了。他之所以不会组合希伯来文的四个字母,是因为他知道,四块石头只能建造二十四幢房子。

他或许在意大利文的转写上做了些文章,这种转写包含有两个元音。用六个字母就能组成七百二十个置换排列。可能有一些重复,但迪奥塔莱维也说过两个 he 就相当于两个不同的字母。他或许可以选择第三十六个或第一百二十个排列。

---

① Metatron,犹太教神话传说中最大的天使。

我到他家时大约是十一点，现在一点了，我要编制一个玩六个字母字谜的程序，只要改变一下现成的为四个字母设计的程序就行了。

　　我需要呼吸一点新鲜空气。于是我上了街，买了一些食物和一瓶威士忌。

　　回到他家后，我把小面包往角落里一扔就打开威士忌，并放入 BASIC 语言系统磁盘，编写置换六个字母的程序——像通常一样，总是会出错的，于是又花费了整整半个小时，大约在两点半，程序开始运作了，我眼前的屏幕上列队向我显示上帝的七百二十个名字。

```
iahveh    iahvhe    iahevh    iahehv    iahhve    iahhev    iavheh    iavhhe
iavehh    iavehh    iavhhe    iavheh    iaehvh    iaehhv    iaevhh    iaevhh
iaehhv    iaehvh    iahhve    iahhev    iahvhe    iahveh    iahevh    iahehv
ihaveh    ihavhe    ihaevh    ihaehv    ihahve    ihahev    ihvaeh    ihvahe
ihveah    ihveha    ihvaeh    ihvhea    iheavh    iheahv    ihevah    ihevha
ihehav    ihehva    ihhave    ihhaev    ihhvae    ihhvea    ihheav    ihheva
ivaheh    ivahhe    ivaehh    ivaehh    ivahhe    ivaheh    iveahh    ivehha
ivheah    ivehha    ivhahe    ivhaeh    ivhhea    ivhhea    ivhhea    ivheha
ieahvh    ieahhv    ieavhh    ieavhh    ieahhv    ieahvh    iehavh    iehahv
iehvah    iehvha    iehhav    iehhva    ievahh    ievahh    ievhah    ievhha
ievhah    ievhha    iehahv    iehavh    iehhav    iehhva    iehhva    iehvha
ihahev    ihahve    ihaevh    ihaevh    ihaevh    ihaevh    ihahev    ihhave
ihhvae    ihhvea    ihheav    ihheva    ihvaeh    ihvaen    ihvhae    ihvhea
ihveah    ihveha    iheahv    iheahv    iheavh    ihehav    ihevah    ihevha

aihveh    aihehv    aihevh    aihehv    aihhve    aihhev    aivheh    aivhhe
aivehh    aivehh    aivhhe    aivheh    aiehvh    aiehhv    aievhh    aievhh
ahiveh    ahivhe    aihhve    ahievh    ahivhe    ahiveh    aihevh    ahivhe
ahveih    ahvehi    ahvhie    ahvhei    aheivh    aheihv    ahevih    ahevhi
ahehiv    ahehvi    ahhiev    ahhiev    ahhvei    ahhvei    ahheiv    ahhevi
aviheh    avihhe    aviehh    aviehh    avihhe    aviheh    avhieh    avhihe
avheih    avhehi    avhhie    avhhei    aveihh    aveihh    aveihh    avehhi
aveihh    aveihh    avhihe    avhhei    aveihh    avhhei    avehih    avehhi
aeihvh    aeihhv    aeivhh    aeivhh    aeihhv    aeihvh    aehivh    aehihv
aehvih    aehvhi    aehhiv    aehhvi    aevihh    aevihh    aevhih    aevhhi
aevihh    aevhhi    aehihv    aehivh    aehhiv    aehhvi    aehhvi    aehvhi
ahihve    ahihev    ahievh    ahiehv    ahihve    ahihev    ahhive    ahhiev
ahhvie    ahhvei    ahheiv    ahhevi    ahvihe    ahviehv   ahvieh    ahvhei
ahvehi    ahveih    aheihv    aheihv    aheivh    ahehiv    ahevih    ahevhi

hiaveh    hiavhe    hiaevh    hiaehv    hiahve    hiahev    hivaeh    hivahe
hiveah    hiveha    hivhae    hivhea    hieavh    hieahv    hievah    hievha
hiehav    hiehva    hihave    hihaev    hihvae    hihvea    hiheav    hiheva
haiveh    haivhe    haievh    haiehv    haihve    haihev    havieh    havihe
haveih    havehi    havhie    havhei    haeivh    haeihv    haevih    haevhi
haehiv    haehvi    hahive    hahiev    hahvie    hahvei    hahvei    hahevi

hviaeh    hviahe    hviaeh    hvieha    hvihae    hvihea    hvaieh    hvaihe
```

hvaeih	hvaehi	hvahie	hvahei	hveiah	hveiha	hveaih	hveahi
hvehia	hvehai	hvhiae	hvhiea	hvhaie	hvhaei	hvheia	hvheai
heiavh	heiahv	heivah	heivha	heihav	heihva	heaivh	heaihv
heavih	heavhi	heahiv	heahvi	heviah	heviha	hevaih	hevahi
hevhia	hevhai	hehiav	hehiva	hehaiv	hehavi	hehvia	hehvai
hhiave	hhiaev	hhivae	hhivea	hhieav	hhieva	hhaive	hhaiev
hhavie	hhavei	hhaeiv	hhaevi	hhviae	hhviea	hhvaie	hhvaei
hhveia	hhveai	hheiav	hheiva	hheaiv	hheavi	hhevia	hhevai
viaheh	viahhe	viaehh	viaehh	viahhe	viaheh	vihaeh	vihahe
viheah	viheha	vihhae	vihhea	vieahh	vieahh	viehah	viehha
viehah	viehha	vihahe	vihaeh	vihhae	vihhea	vineah	viheha
vaiheh	vaihhe	vaiehh	vaiehh	vaihhe	vaiheh	vahieh	vahihe
vaheih	vaheni	vahhie	vahhei	vaeihh	vaeihh	vaehih	vaehhi
vaehih	vaehhi	vahihe	vahieh	vahhie	vahhei	vaheih	vahehi
vhiaeh	vhiahe	vhieah	vhieha	vhihae	vhihea	vhaieh	vhaihe
vhaeih	vhaehi	vhahie	vhahei	vheiah	vheiha	vheaih	vheahi
vhehia	vhehai	vhhiae	vhhiea	vhhaie	vhhaei	vhheia	vhheai
veiahh	veiahh	veihah	veihha	veihah	veihha	veaihh	veaihh
veahih	veahhi	veahih	veahhi	vehiah	vehiha	vehaih	vehahi
vehhia	vehhai	vehiah	vehiha	vehaih	vehahi	vehhia	vehhai
vhiahe	vhiaeh	vhihae	vhihea	vhieah	vhieha	vhaihe	vhaieh
vhahie	vhahei	vhaeih	vhaehi	vhhiae	vhhiea	vhhaie	vhhaei
vhheia	vhheai	vheiah	vheiha	vheaih	vheahi	vhehia	vhehai
eiahhv	eiahhv	eiavhh	eiavhh	eiahhv	eiahvh	eihavh	eihahv
eihvah	eihvha	eihhav	eihhva	eivahh	eivahh	eivhah	eivhha
eivhah	eivhha	eihahv	eihavh	eihhav	eihhva	eihvah	eihvha
eaihhv	eaihhv	eaivhh	eaivhh	eaihhv	eaihvh	eahivh	eahihv
eahvih	eahvhi	eahhiv	eahhvi	eavihh	eavihh	eavhih	eavhhi
eaivhh	eavhhi	eahihv	eahivh	eahhiv	eahhvi	eavhih	eavhhi
ehiavh	ehiahv	ehivah	ehivha	ehihav	ehihva	ehaivh	ehaihv
ehavih	ehavhi	ehahiv	ehahvi	ehviah	ehviha	ehvaih	ehvahi
ehvhia	ehvhai	ehhiav	ehhiva	ehhaiv	ehhavi	ehhvia	ehhvai
eviahh	eviahh	evihah	evihha	evihah	evihha	evaihh	evaihh
evahih	evahhi	evahih	evahhi	evhiah	evhiha	evhaih	evhahi
evhhia	evhhai	evhiah	evhiha	evhaih	evhahi	evhhia	evhhai
ehiahv	ehiavh	ehihav	ehihva	ehivah	ehivha	ehaihv	ehaivh
ehahiv	ehahvi	ehavih	ehavhi	ehhiav	ehhiva	ehhaiv	ehhavi
ehhvia	ehhvai	ehviah	ehviha	ehvaih	ehvahi	ehvhia	ehvhai
hiahve	hiahev	hiavhe	hiaveh	hiaehv	hiaevh	hihave	hihaev
hihvae	hihvea	hiheav	hiheva	hivahe	hivaeh	hivhae	hivhea
hiveah	hiveha	hieahv	hieavh	hiehav	hiehva	hievah	hievha
haihve	haihev	haivhe	haiveh	haiehv	haievh	hahive	hahiev
hahvie	hahvei	haheiv	hahevi	havihe	havieh	havhie	havhei
haveih	havehi	haeihv	haeivh	haehiv	haehvi	haevih	haevhi
hhiave	hhiaev	hhivae	hhivea	hhieav	hhieva	hhaive	hhaiev
hhavie	hhavei	hhaeiv	hhaevi	hhviae	hhviea	hhvaie	hhvaei
hhveia	hhveai	hheiva	hheiav	hheaiv	hheavi	hhevia	hhevai
hviahe	hviaeh	hvihae	hvihea	hvieah	hvieha	hvaihe	hvaieh
hvahie	hvahei	hvaeih	hvaehi	hvhiae	hvhiea	hvhaie	hvhaei
hvheia	hvheai	hveiah	hveiha	hveaih	hveahi	hvehia	hvehai
heiahv	heiavh	heihav	heihva	heivah	heivha	heaihv	heaivh
heahiv	heahvi	heavih	heavhi	hehiav	hehiva	hehaiv	hehavi
hehvia	hehvai	heviah	heviha	hevaih	hevahi	hevhia	hevhai
Ok

我手持打印出的纸张不放手,仿佛是在查阅原版《托拉》的卷轴。我验证了第三十六个名字。屏幕完全黑了。我呷了最后一口威士忌,然后用迟疑的手指企图试试第一百二十个名字。一无所获。

当时我真想死。可我现在成了亚科波·贝尔勃了,而亚科波·贝尔勃当时就猜到了我现在的念头。我肯定犯了一个错误,一个极愚蠢的错误,一个微不足道的错误。我曾经离解决问题只有一步之遥,或许出于我没有想到的原因,贝尔勃是从底下向上数的?

卡索邦,你这个傻瓜,我对自己说。对,一定是从底下开始的。或者是从右向左排的。贝尔勃是把上帝之名转写成拉丁字母输入电脑的,当然包含了元音,由于原来是希伯来文字,所以他是从右向左书写的。他输入的不是我开始想的 IAHVEH,而是 HEVHAI。所以很自然,置换排列的顺序就倒过来了。

所以我应当从底下向上数。我再次验证那两个名字。

一无所获。

看来,我全弄错了。我在一种美好却虚假的设想中固执己见。最优秀的饱学之士就会犯这种错误。

不,不只是饱学之士,所有人都会犯这种错误。我们难道没看到近一个月来至少出版了三部小说,其中的主人翁在电脑中寻找上帝之名吗?贝尔勃不会是如此平庸之辈吧。再说,人们选择口令时,会选某个容易记忆的词,一个瞬间浮现在脑海中的词,几乎是本能地输进去了。可想而知是 IHVHEA! 也许后来他会把"诺塔里孔"置于"特木拉"之上,再发明一个字谜,以便能记起这个词。也许是:伊梅尔达,你替被凶残杀害的希兰复仇①……

再说,贝尔勃为什么要考虑迪奥塔莱维的喀巴拉术语呢?他曾

---

① 原文为 Imelda, Hai Vendicato Hiram Empiamente Assassinato。首字母构成 IHVHEA。

迷恋"计划",而我们在"计划"中放了那么多东西,玫瑰十字会、"秘密共治"、何蒙库鲁兹、傅科摆、埃菲尔铁塔、德鲁伊特①、以诺②……

以诺……我想到了洛伦扎·佩雷格里尼。我伸手将被我查处的照片又翻转过来。我尝试着压抑不合时宜的思绪,在皮埃蒙特大区那个夜晚的回忆……我靠近照片并阅读上面题写的文字:"因为我是第一个又是最后一个。我既被尊敬,又被憎恶。我是妓女也是圣女。索菲亚"。

这应当是在里卡尔多家的欢宴之后写的。索菲亚由六个字母组成,为什么需要置换它的字母呢?是我想得过于晦涩了。贝尔勃爱洛伦扎。他之所以爱她,是因为她就是她,索菲亚——在那一刻想着她,谁晓得……不,相反,贝尔勃的想法更离奇古怪。这时我想起了迪奥塔莱维的话:"在第二个塞菲拉中,阴暗的阿里夫变成了光明的阿里夫。从黑暗之点涌现出《托拉》的字母。身体是辅音,呼吸是元音,两者皆伴随着虔诚教徒的赞美诗。当符号的音律移动时,辅音与元音也跟着动起来。这就产生了贺克玛——聪慧、知识,这些原始的思想像宝盒似的包含了一切,并且随时都能在创造之中展现。在贺克玛中包含着以后将会产生的所有那些东西的本质……"

那阿布拉菲亚是什么?它可是藏有很多的秘密文档啊!贝尔勃晓得的,或者他认为晓得的那个宝盒就是他的索菲亚。他选用了一个秘密的名字,深入到阿布拉菲亚——他做爱的(唯一)对象——的深处。但他在同阿布拉菲亚做爱的时候,却同时想着洛伦扎。他想如同深入阿布拉菲亚的内心深处那样,也深入到洛伦扎的心里去探个明白。他想叫阿布拉菲亚难以被其他人深入,正如对他来说,洛伦扎也谜团重重一样,他幻想守卫、了解和获取洛伦扎的秘密,正如他

---

① Druid,古代凯尔特人中一批有学识的人,来往于橡树林,担任祭司、教师和法官。
② Ennoia,即思想、意念。

拥有阿布拉菲亚那样……

  我在为自己发明一种解释,并幻想那是真的。正如对待"计划"那样:拿我的愿望当现实。

  但因为我已经醉了,于是我又敲起了键盘,输入 SOPHIA。电脑彬彬有礼地询问我:"你有口令吗?"愚蠢的电脑,你想到洛伦扎时难道也不激动吗?

六

> 犹大·莱昂热衷于字母置换排列
> 和复杂的变化
> 最后他宣读了名字,即密码,
> 门,回声,宾客和宫殿……
> 　　豪·路·博尔赫斯《假人》

那时,我抱着对阿布拉菲亚的仇恨,对多次愚钝的发问("你有口令吗?")答以"No[①]"。

屏幕上开始充斥了词、句子、索引,各种言语滚滚而来。

我闯进了阿布拉菲亚的秘密。

我为这一胜利而激动,甚至没有想一下,为什么贝尔勃恰恰选用了这个词。现在我知道了,我知道他在清醒的时刻,明白了我现在才明白的事,在星期四我脑子里想的只是:我赢了。

我手舞足蹈,拍着手唱起了一首在兵营中传唱的歌。然后,我停下来去洗手间洗脸。我返回桌前,首先打印了最后的文档,即贝尔勃在他出逃巴黎前写的那份。在打印机不停息地轧轧作响之际,我狼吞虎咽地吃了起来,还继续喝着酒。

当打印机停下来时,我读到了打印件,我被震撼得心慌意乱,无法断定在我面前的是不寻常的发现还是胡言乱语的见证。我对亚科波·贝尔勃到底了解多少呢？两年来，我几乎每天都不离其左右，但我究竟了解他什么呢？我对这个人的日记能相信多少呢？根据他的自白，他是在一种特殊的环境下，在受到酒、烟、恐惧困扰的迷糊状态下，在三天时间里完全与世隔绝写成的。

现在夜晚降临，这是六月二十一日的夜晚。我的双眼酸痛得流泪。从早晨到现在我一直盯着屏幕和那些打印出来的密密麻麻的点描式的东西。我读到的也许是真的也许是假的，反正贝尔勃说他次日要来电话。我应该在这里等待。我感到头晕。

我摇摇晃晃地进了卧室，和衣一头倒在了凌乱的床上。

早上近八点，我从沉睡中苏醒，睡眼惺忪，根本不知自己身在何处。庆幸的是还剩一罐咖啡。电话铃声尚未响起，我不敢贸然上街买东西，生怕贝尔勃就在此刻打来电话。

我又回到电脑前，按时间顺序打印其他磁盘上的东西。我找到了游戏、练习、我所知道的一些事件的概述，但那些事件折射了贝尔勃的个人看法，所以现在在我眼里也显得完全不同了。我找到了一些日记、自白、苦心孤诣写出的小说草稿，他也知道，这些东西不会获得成功。我找到了一些注解和对一些人物的描绘，尽管我记得他们，但现在他们完全是另一副面孔了——我想说的是更险恶的面孔，或者变得更险恶的是我的目光，是我把那些偶然的影射拼凑成一幅可怕的镶嵌画的方式？

我首先找到的是一份完整的文档，它收集的只是一些引语，都是贝尔勃最近读书时摘录的，我一眼就看出来了，在这些个月里，类似的文章我们读了多少呀……一共有一百二十条。这个数字不是随意

---

① 即意大利文中的"不、没有"。

写的,不然这样的巧合会令人担忧。但为什么是这些话而不是别的呢?

现在我只能在那份文档的启示下重读贝尔勃的文章,重新演绎我脑海中的整个故事。我念那些摘录,就如同数着异教徒的念珠祷告似的,尽管我发现其中有一些片断对贝尔勃来说可能敲响警钟、指明解救的道路。

或许我再也分不清善意的建议和意义的偏移了吗?我尝试着说服我自己,我的重新解读是正确的,但是那个早晨,某个人对我,而不是对贝尔勃说,我是个疯子。

月亮慢慢地在布里科山丘后面的地平线上升起。一幢很大的房子,里面有沙沙声响,不知是什么东西,也许是蛀虫、老鼠,或者是阿德里诺·卡乃帕的幽灵……我不敢穿越走廊,我站在卡尔洛姑父的书房里,从窗户向外探望,我不时走到露台上去查看,是否有人靠近这里上到山丘上去。我似乎置身于一部电影之中,真令人焦虑:"他们快来了……"

然而山丘在这夏季的夜晚却是如此的宁静。

另一个晚上,从五点到十点,为了消磨时间和振作精神,我潜伏在潜望镜室里尝试着重新构建的往事远比这些更冒险、更不确定、更疯狂,为了使血液流通,我缓慢轻柔地活动双腿,犹如跟着非洲-巴西风格的节奏起舞一样。

我好似一边沉浸在由非洲手鼓伴奏、蛊惑人心的摇摆舞中,一边回想近几年……也许为了接受启示,我们像机械芭蕾舞那样开始的幻想,或许会在这座机械的殿堂里变成伊苏驱魔仪式、附身、显灵和主宰?

那天晚上,在潜望镜室里,我没有任何证据能够证实那份文档所说的是真的。我还能以怀疑来自卫。在午夜之前,我将会发现我已来到了巴黎,像盗贼似的藏身在一个无辜的技术博物馆里,只是因为我糊里糊涂地参加为游客组织的马库姆巴教活动,任由自己被那些气味和鼓点的节奏催眠了。

而我的记忆在重拼镶嵌画时,不停在祛魅、怜悯和置疑之间摇摆,还有精神上感受到的那种气氛,感到在神话般的幻觉和对陷阱的预感之间摇摆不定,现在我愿保留这种记忆,用我非常清醒的头脑反思我当时所思所想,重温我曾贪婪阅读过的资料。我在前往巴黎的前一天、去机场的那天早晨以及赴巴黎的途中都手不释卷地阅读着。

我尝试弄清楚那种不负责任的手法,我、贝尔勃,还有迪奥塔莱维都使用它来描绘世界并且——迪奥塔莱维好像对我说过——再次揭示《托拉》,它们在炽热的火焰中刻在密密麻麻的昆虫留下的间隙里,仿佛使《托拉》变得更清楚明了。

现在,在我——但愿如此——平复心境和 Amor Fati[①] 之后,我就在这里讲述我两夜之前在潜望镜室里以不安的心情回忆起的故事——但愿它是虚构的,两天前我在贝尔勃的寓所读到了它,这也是十二年来,我无意识地在皮拉德酒吧的威士忌和加拉蒙出版社的尘埃之间经历的故事。

---

① 拉丁文,欣然接受命运。

第三章
比纳

七

不要过于期待世界末日。

斯坦尼斯瓦夫·耶·莱茨《格言》

克拉科夫,文学出版社,一九七七年,"粗野的想法"

在一九六八年之后两年进入大学学习,就好像在一八九三年被录取进入圣西尔学院①一样,有一种生不逢时的感觉。比我至少年长十五岁的亚科波·贝尔勃在稍晚些时说服我,每代人都会经历这种感觉。人总是生在错误的标记下,而要有尊严地生活在世界上,就意味着要日复一日地修正自己的星占。

我认为,人会成为父辈在空闲时、在他们不操心如何教育我们时,顺便教导我们要成为的那种人。人是在智慧的垃圾中成长的。我十岁时,想叫我的父母给我订阅某一周刊,那上面刊载文学名著的连环画。不是因为吝啬,而是怀疑连环画有什么问题,我父亲倾向于不订。"这本杂志的宗旨,"那时我以权威性的口吻辩称——因我是一个机灵而又会说服人的孩子,"归根结底是用一种娱乐的方式教育人。"我引用了广告上的话。我父亲正在读报,连眼也不抬:"你要的那份杂志的宗旨是所有报章的宗旨,那就是卖得越多越好。"

从那天起,我开始变成一个不肯轻信的人了。

也就是说,我后悔我曾经是一个轻信的人。我曾任由激情支配,感情用事。那种冲动就是轻信。

不肯轻信并不等于什么也不相信。不要相信一切。一次相信一件事,只有当第二件事是从第一件事衍生出来的时候再去相信它。做事要以近视的方式去做,不要冒远景的风险。如果有两件互不相关的事,你两者都相信,而且还认为会有来自某个方面的第三件事把这两件事联系在一起,这就是轻信。

不轻信并不排除好奇心,相反可以抚慰它。我不信任概念的链条,却喜欢多声部的概念。只要不去相信,两种虚假的概念相遇后可能创造出美好的音程,或者 diabolus in musica②。我不尊崇那些别人为其赌上生命的概念,但我不尊崇的两种或三种概念却能够构成一个旋律。或者节奏,如果是爵士乐那更好。

后来莉娅对我说:"你生活在表面。你感到自己有深度,那是因为你把许多东西镶嵌在一起,做出一个固体的样子,如果真是固体的话,它是站不住脚的。"

"你在说我是一个肤浅的人?"

"不,"她回答我,"其他人所谓的深度只是一个超立方体,一个四维的立方体。你从一面进去,从另一面出来,你处在一个不能同你的世界共存的世界里。"

(莉娅,我不知道还能不能再见到你,现在"他们"从一个错误面进去了,侵入了你的世界,都是我的错:我让"他们"相信有深渊,这是"他们"因脆弱而求之不得的。)

在十五年前,我究竟在想什么?我知道不要去相信,却感到身处那么多相信的人中,我是有罪过的。我感到他们是正确的,所以我决定像服用阿司匹林一样去相信。没有害处,还会变得好些。

---

① Saint-Cyr,十九世纪初由拿破仑在法国高埃特奎坦创办的一所法国国立军事学院。
② 拉丁文,三全音。直译为"音乐中的魔鬼",从中世纪到一九〇〇年左右,它的运用或被完全禁止,或被严加控制。

我置身于革命之中,或者至少是一种激动人心、从来没有经历过的模仿之中,寻求一种荣耀的信仰。我说的荣耀,是指参加集会和游行示威,同其他人一起高呼口号:"法西斯、资产阶级,你们的日子不长了,再过几个月就完蛋了!"我没有扔过石块或金属弹子球之类的东西,因为我总是怕他们会以其人之道还治其人之身。但当警察出动后我沿着市中心大街逃跑时,还是感受到了道义上的激情。我回到家里以后,有一种履行了义务的快慰感。我实在不喜欢人们在各种集会上因分派别而产生的矛盾和对抗:我对那种只要听到一个正确的语录就从一派跳槽到另一派的做法深表怀疑。我以找到正确的语录为乐,我在"调音"。

那时我在一个接一个的横幅标语下行进在游行队伍中时,偶尔会跟在一位让我想入非非的姑娘身后。由此我得出了结论,对我的很多同学来说,政治活动就是一种性经历——性是一种激情。我只感到好奇。不错,在阅读有关圣殿骑士团及归咎于他们的各种残暴行为的材料时,我偶然看到了卡波克拉蒂斯①的主张,他认为为了摆脱天使和宇宙主宰者的暴政统治,就要把坏事做绝,从自己对世界和对自己的身躯所负的债务中解脱,而只有完成这所有的行动,灵魂才能从各种激情中解放出来,回归到原本的纯净境界。当我们发明"计划"的时候,我发现很多受秘密蛊惑的人为了找到启示,走的就是那条路。但是阿莱斯特·克劳利这个被认为是自古以来最变态的男人,他不分性别同他的崇拜者无所不为,据其传略记载,他只选择最丑的女人(我可以想象,那些男人也好不到哪里去)做他的性伴侣,我真怀疑他从来就没有好好地做过爱。

这应当取决于权力欲和性无能之间的关系。马克思是我心仪之

---

① Carpocrates(二世纪),基督教诺斯替派首脑,主张推翻《圣经》律法。

人,因为我确信他同他的燕妮的性生活十分愉悦。我们能从他文章的平静气息和幽默感中觉察这一点。然而有一次,在大学的走廊里,我说,常同克鲁普斯卡娅上床的后果是只能写出《唯物主义和经验批判主义》这样的东西。当时我差一点吃了拳脚之苦,他们指责我是个法西斯。指责我的人是一个留着鞑靼人胡须的高个子,我对他印象很深,他现在把胡须全剃光了,加入了一个编箩筐的团体。

我之所以又提起那时的心绪,只是为了找回我和加拉蒙出版社联系上和与亚科波·贝尔勃相熟时的心情。我是本着讨论真理的精神去那里的,目的是为了使自己提高到可以修改稿件的水平。我认为,根本的问题是引用"我就是那种人"时决定把标点符号放在哪里,放在引号外面还是里面。

所以,我的政治选择是文献学。米兰大学在那些年代是个范例。当全国其他地方的学生到处占领教室、攻击老师、要他们只讲无产阶级的科学时,我们这里除了个别冲突外,宪法还起作用,或者说地方的妥协还是存在的。革命进驻外部区域、阶梯教室、大走廊,而官方的文化退隐到内部的走廊、楼上各层受到保护和保障,人们照样畅所欲言,好像什么事都不曾发生一样。

这样,我上午到楼下去讨论无产阶级的科学,下午去楼上做贵族的学问。我在这两种平行的世界里过得很惬意,并未感到丝毫的矛盾。我曾认为可能已到一个平等社会的大门口了,但我也对自己说,在那种社会里,比如说铁路应当还通吧(应该比以前好),而围着我的那些无套裤汉事实上并没有学会如何向蒸汽机车头的锅炉里加煤,如何搬道岔,如何草拟火车时刻表。总要有人有能力操作火车才行。

我并非没有一点内疚,我感到自己像斯大林一样捋着胡须微笑并思索着:"可怜的布尔什维克,你们干吧,干吧,我正要去第比利斯的研讨会,然后五年计划由我来制定。"

也许因为早晨我情绪比较高吧,下午我就对学问将信将疑了。

所以，我想学习某种东西，某种能在资料上得到确认的东西，以便将它同信仰的内容区别开来。

几乎是出于偶然的原因，我参加了一个关于中世纪历史的研讨会，选择的论文题目与圣殿骑士团遭审判有关。自从我看到第一批文献资料起，圣殿骑士团的历史就对我产生了很大的吸引力。在那个同执政者斗争的年代，我对审判史极为憎恶，它纵容限定推理诉讼，结果圣殿骑士就凭这个推理被判火刑。但我很快发现，自从他们被判火刑以来，有一班追逐神秘事件的人设法到处寻找他们，但从来就提不出一个证据来。这种浪费精力和时间的幻想大大刺激了我的不信任感，我决心不再同这些秘密爱好者浪费时间，只靠当时的原始资料。圣殿骑士团是宗教-骑士性质的社团，由于获得了教会承认，才得以存在。如果教会解散了它，并且在七个世纪以前就这样做了，那么圣殿骑士团就不复存在了，就算还存在，那也不是圣殿骑士团了。我制作了至少关于一百部书籍的卡片，但最后我只读了三十本左右。

当我大约在一九七二年末开始写论文时，我同亚科波·贝尔勃正是因为圣殿骑士团而相识，当然是在皮拉德酒吧。

八

我来自光明与诸神，现在却被流放，同它们分离开了。
Turfa'n M7

皮拉德酒吧在那个年代是一个自由港，是星系里的一个小酒馆。包围地球的蛇夫座外星人同巡逻在范艾伦辐射带上的帝国军队在那里友好地相会。它是位于米兰老运河边上的一家老酒吧。柜台还是镀锌板做的，有一个台球桌。这地方的有轨电车司机、乘务员和手艺人一大早就来这里喝一小口白葡萄酒。大约在一九六八年和以后的年代里，皮拉德酒吧变成了一家"里克咖啡馆①"，搞"运动"的积极分子能同为企业主吆喝的记者在同一张桌上玩扑克牌。记者在一期报刊截稿之后，就如同孩童般轻松喜悦，这时首批卡车已经出发向各报摊报亭散布政府的谎言了。在皮拉德，记者也会感到自己是受剥削和被利用的无产者，一个被意识形态牢牢拴住的剩余价值的创造者，而大学生们也因此原谅和赦免他。

晚上十一点到夜里两点钟之间，在那里进进出出的是编辑、建筑师、社会新闻记者，他们的文章报道多登在第三版上，还有米兰布莱拉美术学院的画家、一些中等水平的作家和像我这样的大学生。

一点点酒精刺激是必需的，老皮拉德酒吧在为有轨电车司乘人员和比较有贵族气派的客人备有大瓶白葡萄酒的同时，为民主派的知识分子将苏打水和苦涩的拉马佐蒂酒换成法国法定产区的气泡酒,还为革命者提供"尊尼获加"威士忌。我可以单靠记录从十二年"百龄坛"威士忌红标过渡到麦芽酒的时间和方式写下那些年的政治史。

随着新顾客的到来,皮拉德放弃了旧的台球桌(画家和有轨电车司乘曾经在那里用小球相互博弈),换上了一个电子弹球机。

我只能让那只小球停留极短时间,起初我感到可能是我思想不集中,或者手的灵活性不够。直到我多年之后看到洛伦扎·佩雷格里尼玩这种游戏,才明白是怎么一回事。开始我没有注意到她,有一天晚上,我循着贝尔勃的目光望去,才聚焦在她身上。

贝尔勃光顾那家酒吧,就好像是顺便路过时进去的(他成为那里的常客起码有十年了)。他经常在吧台前或者一张小桌旁插入交谈,但几乎总是冷不防地给大家热情的谈话泼一瓢冷水,不管议论的是什么事。他还以另一种技巧,即提问题,来挫大家的谈峰。有一个人讲述一件事,吸引大伙凝神倾听,而贝尔勃总是用他蓝绿色的眼睛不经意地看着那位谈话者,他手握酒杯,保持在腰部的高度,像早已忘了喝酒似的,他发问:"真是这样的吗?"或者:"他真是那么说的吗?"我不知道是怎么回事,反正任何人包括讲述的人都会在这时怀疑故事的真实性。看来是他那皮埃蒙特人的语调使肯定变成了疑问,又使疑问变成了嘲弄。作为皮埃蒙特人,贝尔勃的谈话方式是不注视交谈者的眼睛,但也不是像有的人那样逃避交谈者的视线。贝尔勃的视线不会离开对话。它只是转悠,突然就盯在你不注意的某个交点上,在空间的一个不确定点上,使你感到,好像你直到那时还愚钝地停留在唯一一个无足轻重的内容上。

---

① Rick's café,《北非谍影》中美国人里克·布莱恩在卡萨布兰卡开的酒吧,不仅接待纳粹党和维希政府的人员,也是欧洲难民常去的地方。

但不仅仅是眼神。一个举止、一句感叹,贝尔勃就有能力让人乱了阵脚。我要想说的是,假设你焦急地想表明康德确实完成了一次现代哲学上的哥白尼革命,正拿自己的命运在这个结论上下赌注,坐在你面前的贝尔勃会突然看自己的双手或凝视膝盖,或半闭着眼皮显露出埃特鲁斯坎人的微笑,抑或有几秒钟的时间张着口,抬头仰视天花板,然后带着轻微的口吃说:"哎呀,那、那个康德……"或者如果他更明确地投身于颠覆整个先验理想主义的体系中:"那么,他真的想不顾一切地起那个哄呀……"然后,他关切地看看你,好像是你而不是他破除了魔法,并鼓励你说:"那说吧,说吧。因为当然在那背后有……有点什么在……他是一个有天赋的人。"

有时,当他极度气愤时,会做出很不礼貌的反应。鉴于能使他大动肝火的只有别人的无礼,他的来而不往非礼也仅止于内心的无礼,也就是局部的无礼。他紧闭双唇,先是眼睛向上,然后将视线和头转向左下方,低声地说:"Ma gavte la nata."对不懂这种皮埃蒙特表述的人,有时他会解释说:"就是拔掉瓶塞。是针对狂妄自大的人说的,可以设想,这种人是在屁股里插着塞子的压力下以一种不正常的姿态支撑着,如果拔掉塞子,就嘶嘶地泄了气,他也就返回到人的正常处境中了。"

贝尔勃的这些高谈阔论能使你领悟万事万物的空虚与无聊,我被他的话吸引住了。但是我从中吸取的却是一个错误的教训,我认为这是对他人提出的庸俗真理表达轻蔑的最佳范例。

直到现在,当我揭开了阿布拉菲亚的秘密,即闯进了贝尔勃的心灵时,我才知道,原本我以为是祛魅和上升到生活原则的东西,对他来说却是一种忧郁伤感的方式。他那种知识分子的、消沉的放荡不羁背后,隐藏着一种对绝对的沮丧渴求。第一次看到他时,你很难读懂他,因为贝尔勃也有轻松飘逸、平易近人的时刻,他以此来抵偿逃避、犹豫和漠不关心的时刻,在轻松的时刻,他怀着愉快不恭的态度、以创造绝对的两难选择而自得其乐。他同迪奥塔莱维一起编制了一些关于不可能的手册,那是黑白颠倒的世界和畸形学的图书参考目录。当看到他如此兴奋地高谈阔论,讲述他构建拉伯雷式的索邦大学①时,你很难理解他被真正的神学系放逐而流浪在外遭受了多大的痛苦。

在我把地址删除后,我才理解了他丢失地址时始终不能释怀的心情。

在阿布拉菲亚的文档中,我找到了贝尔勃密存在那些磁盘中的好多页所谓的日记,日记并未背离他多次强调过的做一个世界的普通观众的追求和向往。有一些日记上的日期很早,显然是在怀古之幽情的促使下,抄录了一些古老的杂记,或者是因为他想以某种方式再加以改编。另外一些日记涉及近几年的事,也就是有了阿布之后。他机械地书写着,为的是静静地反思自己的差错,他认为自己不能"创造",是因为创造即便会产生差错,它也总是因对除我们之外的某个人的爱而起。但是贝尔勃却不知不觉地跨越界限,他创作又创作,但从未成功:他对"计划"表现出的热情产生于撰写一本"书"的需求,哪怕其中充满了连篇累牍的、疯狂的、明知故犯的错误。只要你仍蜷缩在你那个虚空中,就还可以认为你同"一"相连,但是一旦同白垩土搅混在一起,即使是电子的白垩土,那你就已经变成了造物主,而致力于创造世界的人也就已经同错误与邪恶达成了妥协。

我生命中的三个女人.doc

---

① Sorbonne,由法国神学家罗贝尔·德·索邦(Robert de Sorbon, 1201—1274)创办。

是这样的：toutes les femmes que j'ai rencontrées se dressent aux horizons — avec les gestes piteux et les regards tristes des sémaphores sous la pluie...①

要有远大目标，贝尔勃。初恋，圣母马利亚。妈妈把我抱在怀里唱着歌，好像在轻轻地摇晃我，虽然我现在已经不需要再听摇篮曲了，但我仍然求她唱，因为我喜欢她的嗓音和她胸部散发出的薰衣草的芳香："噢，天上的圣母，纯洁又美丽——噢，圣女，新娘，使女——噢，救世主之母。"

自然：我生命中的第一个女人并不属于我——正如就定义而言，她也并不属于任何人一样。我立即就爱上了一个没有我也无所不能的独一无二的女人。

后来是玛丽莱娜（玛莉莱娜？玛莉·莱娜？）。富于诗情地描写一下她在曙光初照下的模样，金色的长发，天蓝色的大蝴蝶结。我仰头笔直站在长凳前，她在椅背上从容地漫步，两臂伸开平衡她的摇摆（多媚人的心脏期外收缩），裙裾围绕着粉红色的大腿轻轻飞扬。高高在上，不可企及。

小素描：就在那天晚上，妈妈给我小妹粉红色的身体上扑撒爽身粉。我问妈妈，小妹的"小鸟"何时才能冒出来呀？妈妈说，女孩冒不出小鸟来，她们就是这个模样了。我蓦然又看到了玛莉·莱娜在微风吹拂的天蓝色裙裾下露出来的白色内裤。我明白了，这是一个傲慢的高不可攀的金发女人，因为她与众不同。任何关系都不可能，她属于另类。

第三个女人消失在她投入的深渊里。她刚刚在睡梦中死去。奥菲利亚，躺在鲜花丛包围的处女棺椁中，脸色苍白。此时

---

① 法文，我遇到过的所有女人出现在地平线上——带着雨中信号机的可怜举止和悲伤眼神。

神父正在向她宣读给死者的祷文。突然,她直挺挺地站在灵柩台上,蹙着眉,板着苍白的面孔,愤懑地用手指着神父,瓮声瓮气地说:"神父,不要再为我祈祷了。今晚我在入睡之前已孕育出一个不洁的想法,也就是我生命中唯一一个这样的想法,而现在我被罚下地狱。"再找回第一次行圣礼的书。有插图吗?或者全是我的想象?是的,她是因思念我而死的,不洁的想法就是我渴望得到不可企及的玛莉·莱娜,因为她是另类,命中注定。她受罚下地狱是我的罪过,我是任何受罚下地狱的受害者的罪人,我没有拥有过这三个女人:想要占有她们就要受到惩罚。

我失去了第一个女人,因为她已升入天堂,失去第二个女人,因为她在炼狱中羡慕她永远不会有的阳具,失去第三个女人是因为她已被打入地狱。从神学理论讲,完美无缺。已经写过了。

然而还有一个关于切奇莉娅的故事,切奇莉娅还活在世上。我在入睡之前想到她,我恍恍惚惚地好像到山丘上的牛奶场去取牛奶,当时游击队员正从对面山丘上的控制点射击,我觉得我是跑过去救她,把她从那群黑色凶手①中夺回来,他们手中挥舞着冲锋枪追逐她……她的头发比玛莉·莱娜的更金黄亮丽,比灵柩中的少女更动人,比圣母马利亚更纯洁,更俯首帖耳。切奇莉娅很活泼,但很难接近,其实也没什么大不了,我应该同她搭话,我确信她会爱上像我这样的人,可她爱他,他叫帕皮,也是金发,金发竖立在一个小脑瓜上,年长我一岁,有一支萨克斯管,而我连支小号也没有。我从未见过他们俩在一起,但是在祈祷室里人们都碰着肘腕讥笑着窃窃私语,说他们俩做爱。这准是捏造,这些像山羊一样好色的小农民。他们想让我知道,她(女王、

---

① 指法西斯。

使女、新娘、圣女)是如此容易接近,有人已经得手了。不管怎样——这第四种情况——我出局了。

这方面的故事是否可以写一部小说?也许我应当为逃离我的女人写一部小说,因为我没能拥有她们。噢,我应该拥有她们。噢,或许是同一个故事。

总之,当你甚至不知道这是什么样的故事时,最好去修订哲学书籍。

九

她右手握着一支金光闪闪的小号。

约翰·瓦伦丁·安德烈埃《克里斯蒂安·罗森克罗伊茨的化学婚礼》

斯特拉斯堡,策次纳,一六一六年

我看到这个文档中提到小号。前天,我在潜望镜室里还不了解它有多么重要。我只看到一处提及,很平淡,觉得无关紧要。

那天在加拉蒙出版社,整整一个漫长的下午,贝尔勃被稿件压得喘不过气来。他离开纸面抬起头来,并试图让我也散散心。当时我正在他对面的桌上埋头编排世博会的老木版画。他引出一个新话题,可当他怀疑我把他的话当真时,就立即把这一幕的幕布拉上了。他回忆自己的过去,仅举一些例子来排遣空虚之感。"我反躬自问,我们将会怎么样呀?"有一天他说。

"是说西方的没落吗?"

"没落?反正总要没落的,您说呢?不,我是指写书的人。一周内已经是第三部书稿了。一部是关于拜占庭律法,一部是写奥地利的终结,第三部是论巴福的十四行诗。性质截然不同,不是吗?"

"我看是。"

"好,难道说这三本书在某种程度上都是一种'欲望'和'所爱之物'的表现吗?这是一种时尚。巴福的淫诗还说得通,但拜占庭律法……"

"那就丢进废纸篓。"

"那不行,它们是国家研究委员会给予全额资助的作品,而且还不错。最多,我把他们三人都请来,问问是否能把某些章节删掉,他们看上去都挺机灵的。"

"拜占庭律法中能有什么所爱之物呢?"

"哎呀,总是有办法把它插进去的。当然,如果在拜占庭律法中有所爱之物的话,那也不是他所指的那种。从来不是'那个'。"

"'那个'是什么?"

"'那个'就是你相信的'那个'。我大概是五六岁吧,有一次做了一个梦,梦见我有了一支小号,金光灿灿的。您知道,那是美得像血管中流蜜的一个梦呀,就如夜里遗精那样舒服,就像一个尚未到青春期的人能够享受的那样快乐。我从未像在梦中那样幸福。永远也不会了。自然一觉醒来,发现并没有小号,我便像一头小牛犊似的哭了起来。我整天都在哭。确切地讲,那是在战前,一九三八年的时候,人们都还很穷。今天,要是我有一个孩子,我看到他那样绝望,肯定会对他说,孩子,走吧,我去给你买一支小号——是指玩具小号,不值几个钱。对我的父母来说,那是想也不会去想的。那年月,花钱可得认真考虑,要教育孩子不能想要什么就买什么,那可不能轻率对待。我不喜欢喝有卷心菜的菜汤,我说——真的,我的天哪,卷心菜放在菜汤里使我反胃。但是他们并没有说过,好吧,今天你就不要喝菜汤了,只吃主菜吧(我们那时不太穷,我们有前菜、主菜和水果)。不,先生,桌子上有啥吃啥。作为妥协,更多的是奶奶从我的盘子中把卷心菜一片一片地夹走,一个边角碎屑都不放过,而我就喝那过滤过的菜汤,比先前的还难喝,可连这种让步也会受到我父亲责难。"

"那小号呢?"

他用迟疑的目光看着我:"为什么你对小号如此感兴趣呢?"

"不是我感兴趣,而是您就所爱之物谈到了小号,到最后却并不是那么回事……"

"小号……那天晚上,姑姑和姑父从×××镇来我家。他们没有孩子,我这个侄子自然就成了他们的宠儿。他们看到我为幻想得到一支小号而哭泣,于是安慰我说,这事全包在他们身上了,第二天他们就去乌皮木超市,那里有一个柜台摆满了玩具,那是一个美妙的世界,我将会找到我想要的小号。我整夜未合眼,第二天整个早晨我都兴奋得手舞足蹈。下午我们就去了超市,那里至少有三种小号,是马口铁的,但我觉得很像乐池里的那种铜管乐器。有一种军乐队用的短号、一种带伸缩管的长号和一种假小号,因为它虽然有金黄色的吹口,但按键是萨克斯管的。我真不知选哪个好,也许花了过多时间挑选。我全都想要,但却让人以为好像什么都不要。我想他们这时在看价格呢。他们并不吝啬,但在我印象中他们选了一支比较便宜的银色按键全黑电木单簧管。'你不喜欢这个吗?'他们问我。我试吹了一下,笛音倒还不错,我试着说服自己,它很漂亮,但实际上,我想的是姑姑、姑父之所以想叫我选这支单簧管,还是因为它价格较低,小号一定贵得离谱,我不能把那样的牺牲强加在他们头上。他们一直教导我说,当有人赠送给你一件你喜欢的东西时,你应立即说,不,谢谢,不是只说一次就完了,而且不能一边说'不,谢谢',一边却伸手去接,而是等赠予者再三请求接受并说'请你收下',只有在那时,一个有教养的小孩才可退让而接受礼物。于是我说也许我不要小号而要单簧管更合适,如果他们希望如此的话。我从下面向上看他们,希望他们向我强调要买小号。但他们并未强求,愿上帝保佑他们!他们为给我买了一支单簧管而非常高兴。他们说,看,他就是想要这个。要反悔实在太晚了。我有了一支单簧管。"

他以怀疑的目光看着我:"您想知道我是不是还在梦想得到一支小号?"

"不,"我说,"我想知道所爱之物是什么。"

"唉，"他又开始翻阅那部书稿，"看，您也为这所爱之物走火入魔了。这些事完全由人拨弄，想怎么样就怎么样。唉，如果我当时选了小号呢？我真的会感到高兴吗？您说呢，卡索邦？"

"也许您会梦想得到单簧管。"

"不，"他最后断然否认，"我只是有了一支单簧管。我想，我从没吹奏过它。"

"从没梦想过，还是从未吹奏过？"

"从没吹奏过，"他吐字清晰地说，而我不知怎的，感到自己成了一个轻浮的人。

一〇

  最终，从喀巴拉的角度看，从葡萄酒中什么也推断不出来，而只在于数字的力量。喀巴拉的魔法就取决于这些数字。

    利古里亚海岸的恺撒《半神式英雄的魔法世界》
    曼托瓦，奥萨纳，一六〇三年，第六五至六六页

  我在这里讲的是我同贝尔勃的第一次会面。我们两人曾打过照面。在皮拉德酒吧，我们只交谈了几句。我对他知之甚少，除了知道他在加拉蒙出版社工作，我读大学时买过几本加拉蒙出版社发行的书。那是一家不大的出版社，但比较严肃认真。一个正在写毕业论文的青年总会被某个在文化出版社工作的人吸引。

  "您是做什么的呢？"有一天晚上，我们俩正靠在镀锌吧台一端的角落里时，他问我说。当时在举行大型活动，人特别多，我们是被挤到那个角落的。那个时期，所有人都相互称"你"，连大学生和老师之间也如此，更不用说皮拉德的常客了："你请我喝一杯吧，"穿呢绒大衣的大学生对一个大报社的总编说，就好像是在年轻的什克洛夫斯基年代的圣彼得堡似的。全是诗人马雅科夫斯基式的人物，没有任何一个像日瓦戈医生那样的人。贝尔勃并未回避使用人人挂在嘴上的"你"，但显然他出于轻蔑把这作为一种恫吓。他用"你"这个称呼来表明用粗俗回应粗俗，而在狎昵和熟

稔之间还是有一道鸿沟的。我看到他在不多的几次和对不多的几个人带着善意和激情称呼"你",他对迪奥塔莱维和几个女人就是这样。他对认识不久又很尊重的人是以"您"相称的。在我们一起工作的整个期间,他对我都是以"您"相称的,我很欣赏他给予我的这种礼遇。

"您是做什么的呢?"他问我的时候带着好感。现在我明白了这一点。

"在生活中,还是在剧场里?"我影射皮拉德这个舞台。

"在生活中。"

"我是学生。"

"是在大学学习,还是在做研究?"

"您可能不相信,但两者并不矛盾。我正在写关于圣殿骑士团的论文。"

"哎呀!多么令人厌恶的论题,"他说,"这难道不是疯子才干的事吗?"

"我是在研究那些真实的史料、审判文件。您了解圣殿骑士团吗?"

"我在一家出版社工作,来出版社的人有心智健全的,也有疯子。干编辑这一行,要能一眼识别出疯子来。当一个人提到圣殿骑士团时,他就八成是一个疯子了。"

"我看不一定。他们数量可不少。不是所有疯子都会谈论圣殿骑士团。其他的疯子,您如何识别呢?"

"经验吧。我现在给您解释,您还年轻。对了,您贵姓?"

"卡索邦。"

"那不是《米德尔马契》①中的一个人物吗?"

---

① *Middlemarch*,英国女作家乔治·艾略特(George Elliot,1819—1880)的小说。

"我不知道。不管怎样,文艺复兴时也有一位同姓的文献学家,但我们没有亲属关系。"

"下次就有了。您还喝点什么吗?再来两杯,皮拉德,谢谢。这么说吧,世界上有白痴、傻子、蠢货和疯子。"

"那可不剩下什么了!"

"不,比如还有我们两个。噢,我并不想冒犯您,至少还有我。但是不管怎么说,您仔细看看,不论什么人都能被归到其中一类中。我们中的每一个人都会时不时地成为白痴、傻子、蠢货或者疯子。这么说吧,正常人就是合理地将所有这些成分、这些理想类型混合在一起的人。"

"Idealtypen①。"

"好样的。您还懂得德文?"

"为了查阅参考书目硬啃出来的。"

"在我上学的那个年代,谁要是懂德文,那他就别想毕业了。要想掌握德文要终生去学。我认为就同如今学习中文一样。"

"我懂得不够多,所以才能毕业。让我们回到您那个类型的话题上来吧。天才是什么,爱因斯坦,比如说?"

"天才会通过吸收其他成分来滋养一种成分,让人眼花缭乱。"他喝了一口酒。他说,"晚上好,美人儿。你还想自杀吗?"

"不想了,"路过的女人回答,"我现在加入了一个集体。"

"好样的,"贝尔勃说,他又冲我说,"还可以去集体自杀,您说呢?"

"那疯子是什么?"

"但愿您不要把我的理论看成绝对真理。我可不是在整顿世界。

---

① 德文,理想类型。

我是在说对出版社来讲什么是疯子。理论是 ad hoc[①]，对吗？"

"是的。现在该我请了。"

"好吧。皮拉德，少放点冰块，不然酒精会立即进入血液循环。接着说，白痴是话都不会说的那种人，他流着口水，身体有点痉挛，他会把冰淇淋弄到额头上去，因为他缺乏协调能力。他进旋转门会误入反方向。"

"他是怎么做到的？"

"他总有办法。所以说他是白痴。我们对他不感兴趣，您可以立即识别出他来，出版社不会要这样的人的。我们暂不谈他了。"

"好吧，暂不谈他。"

"傻子就比较复杂了。这是一种社会表现行为。傻子就是那种说话不着边际的人。"

"什么意思？"

"就像这样。"他食指指向杯子外的吧台，"这种人想说杯子里的东西，可不知怎么的，他说的却是杯子外的事。如果愿意的话可以用一个通用名词来表达，就是那种不识相的人，他会向刚刚被妻子抛弃的人问候'您那漂亮的夫人好吗'，我说明白了吗？"

"明白。我也知道这种人。"

"傻子还是很招人喜欢的，特别是在上流社会。他会使所有人都陷入尴尬境地，但是之后他又给人们提供了许多谈资。就其正面讲，他变成了外交家。当其他人不识相时，他不着边际的谈话反而可以岔开话题。但我们对这种人不感兴趣，他从不会有什么创造，工作是给别人搭把手，所以不来出版社送书稿。傻子不会说猫在汪汪叫，只是当别人谈论狗时，他却说到猫。他弄错交谈的规则，而当错得好时，就妙极了。我认为这一类正在走向灭绝，他们是资产阶级崇高美

---

① 拉丁文，特设的。

德的持有者。需要有一个维尔迪兰沙龙,或者甚至盖尔芒特①之家。你们这些大学生还阅读这些东西吗?"

"我还在读。"

"傻子就是若阿基姆·缪拉②那样的人。他检阅他的军官,看见一个马提尼克人,穿着胸前挂满勋章的军服。他问他:'你是黑鬼吗?'那人回答说:'是的,我的将军!'而缪拉说:'好样的,好样的,继续!'然后他就走了。你明白我说的了吗?但是,对不起,今晚我正在庆贺我生活中一个具有历史意义的决定。我戒酒了。再来一杯?别回答,我感到愧疚,皮拉德!"

"那么蠢货呢?"

"啊。蠢货不会在行为中出错,他会错在理性思维中。蠢货会说所有的狗都是家畜,所有的狗都会汪汪叫,而猫也是家畜,因此猫也会汪汪叫。或者说所有雅典人都会死,所有比雷埃夫斯③的居民也都会死,所以所有比雷埃夫斯的居民都是雅典人。"

"那没错。"

"对,但那只是碰巧。蠢货也能说对一件事,但那是出于错误的思维。"

"我们也会说错一些事,只要道理没错就行。"

"该死。那为什么还要受苦受累地成为有理性的动物呢?"

"所有类人猿都来源于低级生命形态,人也来源于低级生命形态,所以所有人都是类人猿。"

"够好的了。您已经开始怀疑某些事不太对劲了,但是需要做一定的工作来表明是什么事和为什么不对劲。蠢货是非常狡

---

① Verdurin 和 Guermantes 是法国作家马塞尔·普鲁斯特小说《追忆似水年华》中的人物。
② Joachim Murat(1767—1815),法国骑兵统帅,拿破仑麾下的著名将领。
③ Piraeus,位于希腊雅典以南的港口。

诈的。傻子您能立即识别出来(更不用说白痴了),而蠢货却几乎会同您一样思考,虽然有一点极微小的差别。蠢货可称得上是谬论推理大师。出版社的编辑对这种人毫无办法,需要花费无穷无尽的时间和精力与其纠缠。我们出版了很多蠢货的书籍,因为他们一开始便使我们信服了。出版社的编辑不会被要求能识破蠢货。难道这不是科学院的责任吗?为什么出版社应当做这种事呢?"

"哲学不干这种事。圣安塞姆①的本体论论点就很蠢。上帝应当存在,他在各方面,包括他的存在都完美无缺,因为我是这样想的。他把思想上的存在与现实中的存在混为一谈了。"

"对,但是戈尼罗②的反驳也很愚蠢。我可以想象海中有一座岛屿,尽管这座岛屿并不存在。他混淆了偶然性同必然性。"

"蠢货之间的争斗。"

"是的,上帝也高兴得得意忘形了。他让自己不可想象只为表明圣安塞姆与戈尼罗是一对蠢货。不啻为创造的最高宗旨,不啻为上帝想往的行为本身的最高宗旨,一切目的都在于揭露宇宙的愚昧无知。"

"我们处于蠢货的包围之中。"

"逃脱不了。全是蠢货,除了您和我。不,为了避免冒犯,可以说,除了您以外。"

"据我所知,哥德尔③的证明好像与此有关。"

"我不清楚,我是个白痴。皮拉德!"

---

① Saint Anselm(1033—1109),经院哲学学派创立者,上帝存在的本体论证明和苦行赎罪理论的创始人。
② Gaunilo(活动于十一世纪),法国基督教本笃会隐修士。
③ Kurt Gödel (1906—1978),奥地利出生的美国数学家、逻辑学家。给出了著名的哥德尔证明,即在任何一个严格的数学系统中,必定有用本系统内的公理不能证明其成立或不成立的命题,因为不能说算术的基本公理不会出现矛盾。

"现在轮到我请了。"

"最后我们分开付吧。克里特预言家埃庇米尼得斯说,克里特人都说谎。他是克里特人,他非常熟悉克里特人,那么他说的就是实情。"

"这是个蠢货。"

"圣保罗。《致提多书》。现在是这样的:所有认为埃庇米尼得斯说谎的人只能相信克里特人,而克里特人不信任克里特人,因此任何克里特人都不会认为埃庇米尼得斯是一个会撒谎的人。"

"他究竟是蠢货吗?"

"您判断吧。我对您说过,辨认蠢货是很难的。一个蠢货还可荣获诺贝尔奖。"

"让我想一想……那些不相信上帝在七天中创造了世界的人当中有一些并非原教旨主义基督教徒,但是一些原教旨主义基督教徒相信上帝在七天中创造了世界,因此凡是不相信上帝在七天中创造了世界的人都不是原教旨主义基督徒。这蠢不蠢?"

"天哪——是得说说……我还不清楚,您的看法呢?"

"在两种情况下都是,即使是真的。它违背了三段论推理法则之一:不能从两个特殊前提得出普遍性的结论。"

"如果您就是一个蠢货又如何呢?"

"我将与一个友好的世俗群体相伴。"

"唉,对呀,我们总是被蠢货围困。或许借助于一种不同于我们的逻辑体系,我们的愚蠢就会成为他们的智慧。全部的逻辑史就在于确定一种能为蠢货接纳的基本理念。太无边无际了。任何伟大的思想家都是另一个思想家眼中的蠢货。"

"思想犹如愚蠢的有序表现形态。"

"不是。一种思想的愚蠢是另一种思想的无条理的表现。"

"深奥。现在两点了,皮拉德马上就要关门了,而我们还未论及疯子呢。"

"来得及。疯子立刻就能分辨出来。他是不知诡计为何物的蠢货。蠢货也有自己的逻辑,尽管是歪逻辑,但他企图用它来证明自己的论点。但疯子却不在乎逻辑,他脑子是短路的。对他来说,一切可以证明一切。疯子的想法很顽固,他能找到的所有东西对他都适用,都可以作为论据。疯子可以从他对待证明的随便态度和轻松找到感悟与启迪这点中识别出来。也许您会感到奇怪,但是疯子迟早会把圣殿骑士团拉进来。"

"总是这样?"

"也有同圣殿骑士团没有瓜葛的疯子,但是那些同圣殿骑士团有关的疯子却诡计多端。开始您可能识别不来,他们说话的方式好像也很正常,但后来就突然……"他示意再要一杯威士忌,接着又改了主意并叫结账,"说到圣殿骑士团,前天,有人给我留下一份就此论题的打印稿件。我想他一定是个疯子,但有一副常人的面孔。打印件开头还很正常。您想瞄上一眼吗?"

"当然。也许我能从中找到我需要的东西。"

"我想,难。但如果您有半小时的空闲时间,可来我们编辑部一趟。辛切罗·雷纳托大街一号。您的造访对我来说比对您还重要。您可以当即告诉我,您感到它是否值得一读。"

"为什么如此信任我呢?"

"谁说我信任您?但如您能来,我就信任您。我信任好奇心。"

进来一位大学生,面有怒色:"同志们,老运河岸边有手持铁链的法西斯党徒!"

"我要用棍棒揍他们,"那个留鞑靼人胡须的人说,他就是那天为列宁来威胁我的那个人,"同志们,我们快去吧!"所有人都出去了。

"怎么办?我们走吧?"我隐约有点负罪感。

"不,"贝尔勃说,"那是皮拉德为清店而散布的虚假警报。今天是我戒酒的第一天,所以感到不自在。这是禁欲引起的不适。包括直至此时此刻我对您说的那一切都不是真的。晚安,卡索邦。"

一一

> 他的贫瘠是无限的。也是迷醉。
> 埃米尔·齐奥朗《造物主魔鬼》
> 巴黎,伽里玛出版社,一九六九年,"被扼杀的思想"

在皮拉德酒吧的交谈使我了解了贝尔勃的外在。一个敏锐的观察者凭直觉就能发现他那讥讽包含的忧伤本质。我不能断言讥讽就是一种假面具。也许他偷偷沉湎于的那些秘密才是他的假面具。他在公众面前表现出的讥诮和嘲讽,深刻地暴露出了他最为真实的伤感和忧郁,他悄悄地想向自己隐瞒,于是用一种做作的忧郁掩盖真实的忧郁伤感。

现在我看到了这份文档,他试图将我第二天去加拉蒙出版社时对我谈到的有关他的职业的情况演绎成小说。其中包含他的困扰、激情,他对"替别人做嫁衣裳"的失望、对那从未实现的创作的向往和遗憾,以及他在道义上的坚定不移,这种坚定逼他惩罚自己,因为他渴望得到他认为无权得到的东西,这给他的欲望一种哀婉动人和石印油画的形象。我从未遇到过任何人像他那样懂得轻蔑和自怜。

七海吉姆.doc

明天见青年人钦蒂。

1. 漂亮严谨的专题著作,也许有点过于学术了。

2. 在结论中,卡图卢斯①、poetae novi② 与现代先锋派诗作之间的比较是神来之笔。

3. 为什么不写在引言里?

4. 说服他。他将告诉我说,在文献学文集中是不搞这些一时心血来潮的东西的。他受导师的制约,否则可能失去序言,是拿前途做赌注。在最后两页阐述的光辉思想会被忽视,但放在开头就不会,它会激怒学术权威。

5. 但是只要改成斜体字,作为一种轻松的引语,跳出真正的研究圈子,假想就仍然只是假想,不会损害著作的严肃性。不过读者将会立即被吸引住,他们将会从不同的角度看待这本书。

但我是真的想让他更自由,还是正在利用他写我自己的书?

用两三句话就可以改变一本书。拿别人的著作来成就造物主。与其拿柔软的白垩土塑造作品,还不如在其他人已经雕好的塑像上来几小刀更好。摩西,好好敲他两锤,他就会说话了。

会见古里埃尔莫·S。

"我看了您的作品,不错。有张力,有想象力,还有戏剧冲突。这是您写的第一本书吗?"

"不是,我已经写过另一部悲剧作品了,是关于维罗纳的两个情人间的故事……"

"但S先生,让我们谈谈这部作品。我在纳闷,为什么这部著作写的是法国的事,而不是在丹麦?这么说吧,并不需要大的改动,只要变更两三个名称就够了,比如马恩河畔沙隆古堡,我们可以改为赫尔辛格古堡……在北欧新教环境中散布着克尔恺

---

① Catullus(约前84—约前54),罗马诗人。
② 拉丁文,新诗人派。

郭尔的阴影以及存在主义的紧张气氛……"

"也许您说的有道理。"

"我确实这么想。还有,您的著作在风格上还需要一点润色,修饰一下就可以了,就像理发师在把镜子拿到您的后脑勺叫您检验之前最后修剪几下一样……比如,父亲的幽灵。为什么放在最后?我会把它放在开始,这样父亲的警告就会立即支配年轻王子的表现,并使他同母亲发生冲突。"

"我认为这是一个好主意,只要移动一幕就可以了。"

"正是如此。最后是风格问题。我们抽出一段来看看,就这段,那个孩子来到舞台前部,开始了他对行动与不行动的沉思。说真的,这一段写得很美,但是我感到不够有力。'行动还是不行动?这就是我苦恼的问题!我应当承受得住来自残酷命运的侮辱,或者……'为什么是我苦恼的问题?我会让他说,这是个问题。您明白吗?这个问题,不是他个人的问题,而是存在的基本问题。这么说吧,就是存在与不存在之间非此即彼的选择……"

让遍布全世界的你的孩子冠上别人的姓,就没人知道他们是你的孩子了。就如同穿上便装的上帝。你是上帝,你在城里游逛,听到人们议论你,说上帝在这里,在那里,这个世界多么奇妙,万有引力多么高雅,而你在胡须下微笑(需要戴一个假胡子,或者不戴胡子,因为能从胡子上立即认出上帝来)。你自言自语(上帝的唯我论富有戏剧性):"咳,我就在这里,而他们却不知道。"某个人在街上撞了你,或者辱骂你,你却卑躬屈膝地说对不起,然后就走开了。因为你是上帝,如果你愿意的话,只要动一下指头,世界就灰飞烟灭了。可就因为你威力无穷,所以能成为一个好人。

一部关于隐姓埋名的上帝的小说。没用,如果我想到了,那其他人应该也已经想到了。

换个题目。你是一个作者,你还不知道自己是多么伟大,你爱的那个人背叛了你,生活对你来说再无意义,有一天,为了忘却,你乘泰坦尼克号去旅行,船沉没在大西洋中,土著人坐独木舟救了你(你是唯一的幸存者),在一个只有巴布亚人居住的岛上度过了悠长的年月,那里的姑娘向你唱起了慵懒温柔的歌曲,晃动着被花环勉强遮住的双乳。你开始入乡随俗,大家叫你吉姆,他们总是这样称呼白人,一位有琥珀色皮肤的姑娘一天晚上进了你的棚屋里对你说:"我是你的,我同你在一起。"毕竟是一件美好的事,那天晚上,你躺在露台上,观看南十字星座,她轻轻地抚摸着你的前额。

你根据日出日落的周期过日子,其他的全然不知。有一天一艘汽艇载着一些荷兰人来到岛上,你方知已过了十年光景,你可以同他们一起离去,但你迟疑不决,你宁愿用椰子换食品,你承诺可以负责种大麻,土著人为你干活,你开始乘船来往于各小岛之间,你在所有人的眼中成了七海吉姆。一个因酗酒而穷困潦倒的葡萄牙冒险家来同你一起工作,从而东山再起,现在所有居住在巽他群岛上的人都在谈论吉姆,他为文莱苏丹出谋划策,掀起反对达雅克人[①]的运动。你让提普苏丹[②]时代的旧大炮焕发新生,装上钉子弹,训练由马来虔诚教徒组建的队伍,他们满口的牙齿都被蒌叶熏黑了。在大堡礁附近的一次冲突中,牙齿被熏黑的老桑潘用自己的身体当盾牌来保护你。他说:"心甘情

---

① Dayak,婆罗洲岛上的土著人。
② Tipu Sultan(1750—1799),印度迈索尔的苏丹。

愿为你而死,七海吉姆。""老桑潘,我的朋友。"

现在你在苏门答腊和太子港之间的所有群岛上已是闻名遐迩的人物了,你同英国人打交道,你在达尔文港港务局以库尔茨之名登记注册,现在对所有人来说你就是库尔茨,而对土著人来说你是七海吉姆。但是有一天夜晚,当姑娘在露台上轻轻爱抚你的时候,南十字星座发出了从未有过的光彩,唉,同大熊星座是多么的不同呀,你明白:你是想返回故里了,只是短暂停留。你想看看你在那里还留下了什么。

你乘汽艇到达了马尼拉,换乘一架螺旋桨飞机到巴厘,然后到萨摩亚、阿德默勒尔蒂群岛、新加坡、塔那那利佛、通布图、阿勒颇、撒马尔罕、巴士拉、马耳他,然后你就到家了。

已经过去了十八年,岁月在你身上打下了烙印,贸易风吹得你的面孔变成了黝黑色,你年纪渐长,或许更英俊了。你刚回到故乡就发现各书店把你所有的著作、带有评论的再版版本放在显眼位置,你的大名被刻在母校的三角墙上,正是在那里,你学会了读和写。你是失踪的伟大诗人,一代人的良心。浪漫的少女在你那空洞洞的墓地殉情自尽。

后来我遇见你,亲爱的,你的眼睛周围布满了皱纹,你那受回忆和温柔的愧疚折磨的面孔还算漂亮。在人行道上我同你几乎擦肩而过,我距你只有两步之遥,你看着我,就像看所有人一样,你越过他们的身影寻找另一个人。我或许可以说话,将岁月抹去。但目的何在?难道我不是已经获得了我想要的了吗?我是上帝,因不能像所有人一样成为我的造物中的一员而同样感到孤独、虚荣、失望。所有人都生活在我的光芒之下,而我却生活在我的暗影之中。

走吧,古里埃尔莫·S,走向世界!你已功成名就,你从我身旁走过,你都不认识我了。我喃喃自语,生存还是毁灭,我对自己说,好样的,贝尔勃,干得好。去吧,老古里埃尔莫·S,享受你那份光荣吧:你只是创作,而我却重塑了你。

我们是为别人接生的产婆,像演员一样,我们不应被埋葬在神圣之地。演员以另一种形式演绎着现实的世界,而我们却从无限的宇宙中演绎出多种可能并存的多样性……

人生怎能如此地慷慨大方,给平庸如此高昂的报酬?

一二

耶和华,在你翅膀的荫佑下。

"兄弟会传说",见《全面与普遍的改革》

卡塞尔,韦塞尔,一六一四年,结束语

第二天,我去了加拉蒙出版社。辛切罗·雷纳托大街一号深藏在一个布满灰尘的小巷里面,从外面可以看到一座院落,有一家卖绳索的店铺,从右面进去有一个电梯,就像工业考古博物馆的陈列品,我试着去乘,它令人置疑地抖动了几下,却下不了决心上升。出于谨慎考虑,我走出电梯,爬了两段布满灰尘的螺旋式木梯。据我后来所知,加拉蒙先生喜欢这个社址,因为这使他想起巴黎的一家出版社。在楼梯平台处挂了一块牌子,上面书有"加拉蒙出版有限责任公司"。一扇敞开的门引向前厅,那里既无电话接线员也没有保安。但是前面有一个小办公室,有人进来不可能不被发现。果然,我一进去,就有一个人上前同我搭话,看上去像是一位女性,年龄猜不准,身高如果叫一个婉约派说的话,为中等偏下。

她操着我似乎在什么地方听到过的语言向我打招呼,直至我弄明白她说的是几乎完全不带元音的意大利语。我告诉她我想找贝尔勃。让我等候了几秒钟后,她才沿着一条走廊把我领到该套房深处的一间办公室。

贝尔勃彬彬有礼地接待了我:"您真是一个守信的人,请进。"他请我在他写字台对面就座,他的写字台如其他家具一样老式,像壁橱似的上面堆满了书稿。

"但愿您没有被古德龙吓着。"他说。

"古德龙?那位……女士?"

"是小姐。她并不叫古德龙。我们这样称呼她是因为她长得像尼伯龙根人,还因为她说话的腔调像条顿人。她想一口气把话全倒出来,于是省略了元音。然而她却有一种恰如其分的平衡感:当她在打字机上打字时就把辅音给省略了。"

"她在这里做什么呢?"

"很不幸,什么都干。您看,在每家出版社这样的人都必不可少,因为她是唯一能够在她自己造成的杂乱无章中找到东西的人。至少丢失了一份书稿时,准知道是谁的过错。"

"书稿也会丢失吗?"

"她不比其他人更糟。在出版社里谁都会丢失书稿。我认为这或许是出版社的主要业务。不过还是需要一个替罪羊的,您不认为是这样吗?我只责备她没有丢了我想要她丢的书稿。善良的培根在《学习的进步》中称这为不愉快的意外。"

"但书稿是在哪里丢失的呢?"

他摊开双臂:"请原谅,您不觉得这问题提得很愚蠢吗?如果知道在什么地方,那就不可能丢失了。"

"合乎逻辑,"我说,"不过,我在各处看到加拉蒙出版社出版的图书感觉都是精心印制的,而且你们有内容相当丰富的图书目录。你们都是在这里编辑的吗?有多少人呢?"

"我办公室对面有一间供技术人员使用的大房间,隔壁是我的同事迪奥塔莱维。他负责教科书,属于长线著作,编辑时间长,销售时间长,意思是可以卖好久。大学论著的出版由我负责编辑。但不要认为这不是一项大工程。噢,天哪,对某些书我是很感兴趣的,我要读那些书稿,但一般说来,所有工作从经济上和学术方面都已有了保障。都是由大学操办与资助的某某机构出版物或者会议论文。如果作者是一个新手,那些导师就要写序言并为他负责。作者至少要修改两次校样、校对引语和注释,并且不收版税。然后书出了,在几年内出售一千册或两千册,开支就平衡了……不出预料,每本书都有赚头。"

"那么您做什么?"

"做很多事。首先需要选择。有一些书是我们自己出钱出版的,几乎总是翻译权威作者的作品,这样会使目录显得更有分量。另外有些是个人投稿。很少有能采用的东西,但必须看,究竟能不能用,谁都不好说。"

"您觉得这工作有意思吗?"

"我觉得有意思吗?这是我唯一能胜任的工作。"

我们的谈话被一个四十岁上下的人打断了。他穿着尺寸不合身的套装上衣,浅黄色的稀疏头发垂在了同样略带黄色的浓眉之上,说话柔声细语,像教育孩童一般。

"那本《纳税人手册》的稿子实在把我烦透了。需要全部重写,而我一点也不想。我打扰你们了?"

"这是迪奥塔莱维。"贝尔勃介绍说。

"噢,您是来这里看那本关于圣殿骑士团的稿子吧?可怜的人。听着,我倒有个好选题:吉卜赛城市规划。"

"好哇,"贝尔勃以赞赏的口气说,"我正想到阿兹台克的马术运动呢。"

"高。但你把它归到'汤水分割系'还是'不可能系'?"

"让我们来看看。"贝尔勃说,他拉开抽屉翻找,抽出了几页纸。他看着我,注意到了我的好奇,"'汤水分割'听上去是把汤水分割开来的艺术,但其实不是,"他对迪奥塔莱维说,"'汤水分割'不是系,而是一个学科。像'七大姑八大姨问候机械学'和'毛发避灾学',它们全属于'毛发四分系'。"

"什么是毛发四分……"我大胆问道。

"就是将一丝细发劈成四股①的艺术。这个系教授的都是无用的技术,比如'七大姑八大姨问候机械学'教授的是制作向婶娘、姨妈、舅母、姑姑们问候的机器。我们没有十分把握,'毛发避灾学'是否也应留在这个系,它是一种在千钧一发之际幸免于难的艺术。您不感到这一切并非完全徒劳无益吗?"

"请您现在告诉我,这是怎么回事……"我抱怨说。

"迪奥塔莱维和我本人,我们正在进行一场知识改革。我们想创立一个'微不足道比较学院',用来教授无益或不可能的课程。学院打算培养能够把微不足道的专业数量无限增加的学者。"

"那么有多少系呢?"

"现在只有四个系,但已经能够囊括所有的学问与知识。'毛发四分系'是预科,它的宗旨是使微不足道深入灵魂。另一个重要的系是'不可能系',比如吉卜赛城市规划和阿兹台克的马术……这门学问的实质是要理解微不足道背后的深刻原因,而在'不可能系'还要理解不可能性的深刻原因。所以就排出以下课程:莫尔斯电报编码词素、南极农业史、复活节岛绘画史、苏美尔现代文学、蒙台梭利②考试机制、亚述—巴比伦集邮、哥伦布之前帝国的车轮技术、布莱叶寓意画艺术、无声电影的语音学……"

"撒哈拉人的心理状态怎么样?"

"好。"贝尔勃说。

---

① 即钻牛角尖。
② Maria Montessori(1870—1952),意大利精神病学家、教育家。她提出一种学前教育和初等教育法,目的是通过身体的自由活动和自助教学器材发展儿童的直觉和感知能力,强调发展个人的独创性和自我引导。

"好。"迪奥塔莱维信服地说,"您应同我们合作。这个年轻人有两下子,是吧,亚科波?"

"是的,我一眼就看出来了。昨晚他非常机灵地构思了一些愚蠢的推理。我们还可以继续,因为看来这个项目引起了他的兴趣。我们在'自相矛盾系'中安排了什么课目?我怎么找不到我的札记本了?"

迪奥塔莱维从口袋中掏出了一张小纸,并以说教式的热情盯着我说:"在'自相矛盾系',正如这个词的含义所指,自相矛盾是课程的重点。这就是为什么按我说吉卜赛城市规划应当归在这里……"

"不,"贝尔勃说,"如果是游牧民族城市规划,才该归到那里,'不可能系'的课程涉及的是经验主义的不可能,'自相矛盾系'则是有关遣词造句的矛盾。"

"我们看吧。我们在'自相矛盾系'安排了什么呢?对,革命的制度、巴门尼德①动力学、赫拉克利特静力学、斯巴达式骄奢淫逸学、人民寡头政治的基本制度、革新传统史、重言式辩证法、布尔②辩论术……"

现在,我感受到了挑战,我要表现一下我是何种性情的人:"我能向你们推荐一门'偏差语法课'吗?"

"好呀,好呀!"两人齐声说,并把它记了下来。

"还有一点。"我说。

"什么?"

"如果你们把这一选题公之于众,就会招来许多带着有望出版的稿件的人。"

---

① Parmenides,公元前五世纪希腊哲学家,巴门尼德原理是"一切是一",与下文中赫拉克利特学派的"一切皆变"相对立。
② George Boole (1815—1864),英国数学家、逻辑学家,致力于近代符号逻辑的建立。

"我对你说过,亚科波,他是一个很聪慧的孩子。"迪奥塔莱维说,"但您可知道,这正是我们遇到的问题?我们歪打正着,勾画了现实知识的理想轮廓。我们论证了可能性的必要性。所以需要沉默。我现在该走了。"

"到哪里去?"贝尔勃问。

"现在是星期五下午。"

"噢,我至圣的耶稣啊!"贝尔勃说。然后又朝向我说:"我们对面有两三套房子居住着犹太教正统派教徒,您知道,就是那些戴黑色小帽子、蓄长胡子留卷发的人。在米兰这种人不多。今天是星期五,日落时星期六就开始了。在对面的房子里开始筹措一切,擦亮烛台,烹调食物,把明天的东西都准备好,这样明天就不需要点火了。就连电视机也整夜开着,不过他们不得不立即选择频道。我们的迪奥塔莱维有一架小望远镜,不光彩地从窗户内窥探,美滋滋地梦想自己置身于街对面的屋子中。"

"为什么他要这么做?"我问道。

"因为我们的迪奥塔莱维坚持认为他是犹太人。"

"怎么说我坚持呢?"迪奥塔莱维有点生气地反问,"我就是犹太人。您对此有何异议,卡索邦?"

"当然没有。"

"迪奥塔莱维,"贝尔勃斩钉截铁地说,"你不是犹太人。"

"不是?那么怎么解释我的名字?它像格拉齐迪奥、迪奥西亚康泰一样是从希伯来文翻译过来的,还有犹太人居住区的名字,比如沙洛姆·阿莱赫姆。"

"迪奥塔莱维是一个仁慈善良的名字,常常是由户籍处的官员发现弃儿时起的。你的祖父曾是一名弃儿。"

"一个犹太弃儿。"

"迪奥塔莱维,你有粉红色皮肤,有喉音,你实际上是一个白化病患者。"

"有患白化病的兔子,那就也会有患白化病的犹太人。"

"迪奥塔莱维,不能像决定成为集邮者或'耶和华见证人'①那样,决定成为一个犹太人。犹太人是与生俱来的。算了吧,别再争辩了,你同我们所有人一样,都是异教徒。"

"我是割了包皮的。"

"那有什么!出于卫生考虑,任何人都可以割包皮。只要有一个携带热烙器的医生就行了。你几岁时割的包皮?"

"我们不要刨根问底了吧。"

"为什么不?犹太人就爱刨根问底。"

"谁也不能证实我祖父不是犹太人。"

"当然,他是个弃儿。但他也可能是拜占庭王位的继承人,或者哈布斯堡王室的私生子。"

"谁也不能证明我祖父不是犹太人,他是在屋大维娅柱廊附近的犹太人居住区被捡到的。"

"不过,你的外祖母却不是犹太人,而犹太人是随母系的……"

"……除了有户口登记方面的证据外,因为市政府的登记也可能会出错,还有血统方面的理由。血统显示我的思维出众,信奉犹太教法典,如果你认为一个异教徒竟然也能像我这样谙熟犹太法典,那就是种族主义了。"

他走了。贝尔勃对我说:"别管他。这类辩论几乎天天有,只不过我每天都尝试提出一个新论据。事实上,迪奥塔莱维是犹太教喀巴拉的虔诚崇拜者。但是也有一些天主教徒热衷于犹太神秘哲学。而且,听着,卡索邦,如果迪奥塔莱维想成为一个犹太人,那我怎么能

---

① Jehovah's Witnesses,1870 年代末由美国人查尔斯·泰兹·罗素在美国发起的独立宗教团体。

反对呢。"

"是呀,我们是讲民主的人。"

"是的,我们是讲民主的。"

他点燃了一支香烟。我想起为何来到这里。"您告诉我有一份关于圣殿骑士团的稿件。"我说。

"对了,有……我们看看。它放在一个人造革的卷宗中……"他翻看一叠稿件,试图不搬动别的而从中间抽出一份来。这要小心谨慎才行。事实上,稿件堆中的一部分已经坍落在地板上了。贝尔勃现在手持人造革卷宗。

我浏览了目录和序言。"涉及对圣殿骑士的逮捕。在一三〇七年,腓力四世决定逮捕法国所有的圣殿骑士。然而,传说在他发出逮捕令的前两天,一辆拉着干草的牛车驶出了巴黎圣殿的围墙,不知去向。人们说那是由某个叫做奥蒙的人带领的一班骑士,这些人可能出逃到苏格兰去了,并在基尔温宁加入了一个共济会分会。传说骑士们同共济会是一伙的,他们传承了所罗门圣殿的秘密。咳,这我早料到了。他也想在这种圣殿骑士出逃苏格兰的故事中发现共济会的起源……这个故事两个世纪以来一直被人们反复讲起,它是幻想出来的,没有任何证据,我能在桌子上摆出互相抄袭的讲述同一档子事的五十来本书。您看这里,我偶然翻开一页:'苏格兰远征的明证就是时至今日——六百五十年之后,在世界上仍存在着自称圣殿军的秘密团体。否则如何解释这种传承延续呢?'您明白吗?鉴于连穿靴子的猫也会说听候他的盼咐,卡拉巴斯侯爵怎么可能不存在呢?"

"我明白了,"贝尔勃说,"我把它'枪毙'了吧。但您说的圣殿骑士团的故事我很感兴趣。我身边终于有了一位专家,我可不愿让您跑掉。为什么大家都在谈论圣殿骑士,却不谈论马耳他骑士呢?不,现在您可别说。太晚了,迪奥塔莱维和我过一会儿就要同加拉蒙先生一起吃晚饭。我们大约到十点半左右才能结束。如果可以的话，我也会劝迪奥塔莱维去皮拉德酒吧一趟——他一般睡得早，而且滴酒不沾。我们在那里碰头吧？"

"不在那里，还能在哪里呢？我属于迷惘的一代，只有同像我这样失落而孤寂的人在一起时，才能找回我自己。"

一三

> 兄弟,圣殿的主持
> 是什么造就了他们如此富足辉煌
> 是谁使他们雍容华贵
> 他们而今在何方?他们成了什么样?
> 　　　　　　　　　《法维尔传奇故事》

Et in Arcadia ego.①那天晚上,皮拉德酒吧简直呈现出黄金时代的情景。在那样的一个晚上,你会感到革命不仅仅会发生,而且将由工业家联盟资助。只有在皮拉德酒吧才能看到一个穿呢绒大衣、蓄着胡子的棉纺厂老板同一个穿着双排扣套装、打着领带的未来逃犯玩二十一点。我们处在成规范例发生翻天覆地变化的初期。在二十世纪六十年代初,留胡子的就是法西斯——但是需要把面颊上的胡子修饰一下,弄得像伊塔洛·巴尔博②那样——一九六八年又成了抗议的标志,而现在却变为中性和普遍性现象了,成了自由选择的风尚。胡须一直是一种假面具(人们戴假胡子是为了不被认出),但是在一九六八年初那段很短的时间里,人们可以用真实的胡须伪装自己。可以通过说真话来撒谎,可以使真相变得扑朔迷离、不可捉摸,因为人们面对一个大胡子已经无法推断大胡子的意识形态了。但在那天晚上,在不留胡须的人的光洁平滑的脸上,胡须也重放光彩,因为这暗示着他们大可以蓄须,不留胡须只是为了挑战。

我扯得太远了。不一会儿,贝尔勃和迪奥塔莱维到了,相互窃窃私语,情绪不太对头,尖锐地评论他们刚刚用过的晚餐。后来我才知道加拉蒙的那些晚餐是怎么回事。

贝尔勃立即要了那些他喜欢的酒,迪奥塔莱维则心不在焉地沉思良久,才决定要了汽泡水。我们在酒吧最里面找到了一张刚刚腾空的小桌子坐了下来。两名有轨电车司机因为第二天一大早就得起来上班,所以较早离开了。

"那么,那么,"迪奥塔莱维说,"这些圣殿骑士……"

"不要再提了,请不要让我出洋相……那些事,你们到处都能读到……"

"我们向来尊重口述历史传统。"贝尔勃说。

"那是更为神秘的传统,"迪奥塔莱维说,"上帝通过说话创造了世界,他并没有拍一份电报来。"

"上帝说要有光,句号。文字随后才来。"贝尔勃说。

"《帖撒罗尼迦书》。"我说。

"圣殿骑士。"贝尔勃问道。

"那么。"我说。

"从来都不应该从'那么'开始。"迪奥塔莱维不赞同地说。

我做了一个站起来的姿态,等待他们挽留,但他们没有那么做。我坐下,开始说话。

"不,我想说那段历史大家都知道。第一次十字军东征,对吧?戈弗雷自称'圣墓守护者',并完成誓言,鲍德温成为耶路撒冷被解放后的第一个国王。这是圣地上的基督教王国。可是掌握了耶路撒冷和征服巴勒斯坦其余地方是两码事,萨拉森人被打败了,但没有被消

---

① 拉丁文,我在阿卡迪亚。
② Italo Balbo(1896—1940),意大利空军将领、法西斯头目之一。

灭。在那些地方生活并不容易,不论是对新的占领者还是对朝圣者都一样。于是,一一一八年,在鲍德温二世统治时期,一个叫于格·德·帕扬的人带领八个人来到那里,建立了'耶稣贫穷骑士团'的核心:这是一个苦修团体,但佩有利剑和盔甲。它的经典三愿就是贫穷、贞操和顺从,外加保护朝圣者一愿。国王、牧首,在耶路撒冷的所有人都立即捐钱予以帮助,向他们提供住宿,把他们安置在旧所罗门圣殿的内院里。这就是他们为什么变成了圣殿骑士的缘由。"

"他们是些什么人?"

"于格和第一批八个人很有可能是被十字军的信念征服了的理想主义者。以后来的却是爱冒险的年轻人。耶路撒冷的新王国差不多相当于那个时代的加利福尼亚,是能够碰运气发家的地方。他们在家乡前景黯淡,其中某些人还可能出过大问题。让我联想到外籍军团。如果您惹了麻烦,该如何是好呢?可以当圣殿骑士,会到一些新地方,找找乐子,动手打打人,别人给您吃穿,最后还能拯救您的灵魂。当然,这些人一定是完全走投无路了,因为去的是荒漠之地,要在帐篷中过夜,而且除了其他圣殿骑士和几张土耳其面孔以外,日复一日地看不到一个活人,顶着炎炎烈日骑马,忍受干渴之苦,还要将其他可怜家伙开膛破肚……"

我稍微停顿了一下。"也许我讲的故事太像美国西部片了。还有第三阶段:骑士团变得很强大,所以人们即便在自己的祖国拥有良好的社会地位,也会寻求加入它。但在这种情况下,成为圣殿骑士并不意味着必须去圣地工作,在自己的家乡也能成为圣殿骑士。这是一段复杂的历史。有时好像只是一些无赖丘八,有时他们又不乏些许同情心。比如,不能称他们为种族主义者,虽然他们同穆斯林作战,他们去那里就是为了这个,但他们本着骑士精神,并与穆斯林惺惺相惜。当大马士革埃米尔[①]的大使访问耶路撒冷时,圣殿骑士给

---

① 指某些穆斯林国家的酋长、王公、统帅的称号。

他指定一个已经改造成基督教堂的清真寺,让他有个地方祷告。一天,进来一个法兰克人,当他看到一个穆斯林在圣地时,满腔愤懑,粗暴地对待了他。然而圣殿骑士把这个褊狭的人赶了出去,并向那位穆斯林致歉。这种对敌人表现出的兄弟情谊也种下祸根,因为在审讯时就指控他们同穆斯林的秘教派别私通。这也许是实情,有点像上个世纪那些得了'非洲病'的冒险家那样,他们没有受过修道院的正规教育,对神学学派的差异不那么敏锐,他们就像是阿拉伯的劳伦斯,过不了多久,就会穿上像酋长那样的衣服……可毕竟很难评价他们的行为,因为像泰尔的威廉这样的基督教史学家是不会放过任何诽谤他们的机会的。"

"为什么呢?"

"因为他们变得太强大了,而且是在很短时间内。这一切就发生在圣伯尔纳[①]身上。你们都知道圣伯尔纳,是吗?他是一个伟大的组织者,他改革本笃会,除去了教堂的装饰,当一位同事惹恼他时,比如阿伯拉尔[②],他就以麦卡锡的方式攻击他,如果可能的话,他会把他处以火刑。不过他没能让他赴火刑场,就焚烧了他的书。后来他鼓吹十字军,让我们武装起来,去远征吧……"

"您不喜欢这个人。"贝尔勃有所觉察。

"不喜欢,我对他难以容忍,要我说,该把他打入地狱第七层最坏的地方,一定的。不过,他很会自我宣传,你们看但丁对他献的殷勤,称他为圣母办公室主任。他摇身一变成了圣人,因为他这个恶棍傍对了人。但我说的是圣殿骑士。圣伯尔纳立即就觉察到这个想法很有前途,他支持那九位冒险家变成基督军,我们可以这么说,有关圣殿骑士是英雄的说法纯系他的杜撰。一一二八年他在特洛伊城召集

---

① Saint Bernard de Clairvaux (1090—1153),天主教西多会教士、神秘主义者。
② Pierre Abélard (1079—1142),法国神学家、哲学家。

了一次主教会议，目的就是要确定那些新的僧侣士兵究竟应是何种身份。几年之后，他写了歌颂这支基督军的赞词，并准备了七十二条守则，读起来满有趣的，因为其中一应俱全。每天做弥撒，不能同开除教籍的骑士来往，不过如果有被逐骑士请求加入圣殿，那么就要以基督教的方式欢迎他，你们瞧，我说像外籍军团吧。他们身着普通的白色披风，不穿裘皮衣，除非是羊羔皮或公羊皮，不能穿流行的尖头鞋，睡觉时需穿内衣裤，有一个床垫、一条床单和一条被子……"

"在那么热的天气里，该有多臭啊……"贝尔勃说。

"至于臭味，我们容后再说。守则还有其他严厉的条文呢：两人合用一个盘子，吃饭不许出声，一周只能吃三次肉，星期五忏悔，黎明即起，如果干的是累活，允许多睡一小时，但是要以在睡觉前诵读十三遍《天主经》作为交换。有一名大团长，等级森严，依次降低，直至军士、侍从和仆役。每名骑士拥有三匹马和一名侍从，在马缰、马鞍和马刺上不能有任何装饰，他们的武器很普通，但制作精良，不准狩猎，除了猎狮以外，总之，他们过的是一种赎罪和战斗的生活。我们还没有说到禁欲，在这方面要求更为苛刻，因为这些人不住在修道院里，而是四处征战，他们生活在凡尘俗世里，如果我们愿这么称它的话，其实是蠕虫蜗居的世界，在那个年代，圣地也就是那个模样。总之，守则称和一个女人待在一起是非常危险的，他们只能亲吻妈妈、姐妹和婶娘。"

贝尔勃嘟囔道："好吧，不过对婶娘我或许会更谨慎一点……不过，据我所忆，圣殿骑士曾被指控过鸡奸吧？克罗索夫斯基写过一本书叫《巴风特》。巴风特是谁，是他们的一个魔鬼，对吗？"

"我就要说到了。不过你们还是再想一想。他们过的是水手的日子，月复一月地生活在荒漠之中。你们住得很简陋，夜晚同和你们共用一个盘子吃饭的家伙躺在帐篷里，想睡觉，但又冷又渴又怕，多么想念妈妈。在这种情况下，怎么办呢？"

"男同性恋,像底比斯军团那样。"贝尔勃建议道。

"然而你们想一想,那是一种地狱般的生活,他们同没有立过誓言的武士、扈从混在一起,当侵入一座城池时,后者强奸黑头发的女孩,她们的小腹呈琥珀色,睫毛很长,在黎巴嫩雪松的芳香之中,圣殿骑士在干什么呢?把那浅黑头发的男孩留给他吧。现在你们该明白了,为什么有一种说法称'像圣殿骑士那样喝酒和咒骂'。这同随军牧师在战壕里发生的故事差不多,牧师喝着烈性酒,同那些目不识丁的士兵插科打诨。这还不够。代表他们的印章上总是有两名骑士,一个紧抱着另一个骑在同一匹马上。为什么呢,守则上规定每人有三匹马呀?这看来是圣伯尔纳的主意,用来象征贫穷,或者寓意他们作为僧侣和骑士具有双重身份。可要知道老百姓的想象中,这些僧侣一个人的肚皮对着另一个人的屁股飞跑意味着什么吗?他们也因此受到诋毁⋯⋯"

"⋯⋯但那当然是他们自找的!"贝尔勃评论道,"不会是那个圣伯尔纳太愚蠢了吧?"

"不会,他并不蠢,但他是一个僧侣,在那个年代里,僧侣对人体的看法很奇怪⋯⋯刚才我担心我把故事讲得太像美国西部片了,但让我们再好好想一想,你们也听听圣伯尔纳就此是怎么说的,他是如何讲述他所钟爱的骑士的,我这里有一段他谈话的引述,值得一提:'他们躲避和厌恶哑剧演员、魔术师和杂耍人、不合时宜的歌曲,还有滑稽剧,他们剪短发,因为他们从布道者那里得知,对一个男子来说摆弄自己的发型是不光彩的事。你从来都不会看到他们的头发梳理过,也很少看到他们清洗头发,胡须总是一团糟,由于身穿盔甲、天气又热,上面沾满了灰尘和秽物,发出恶臭。'"

"我是不愿在他们的驻地逗留的。"贝尔勃说。

迪奥塔莱维以权威的口吻说:"培植神圣的污垢以羞辱自己的身体,一直是遁世者的典型做法。不是有个圣马卡里乌斯吗?他住在一根柱子上,当虫子从他身上掉下去时,他会再把它们捡起来放回自己身上,因为要让这些上帝的造物也有自己的盛筵呀。"

"住在高柱上苦行修道的是圣西门①。"贝尔勃说,"依我看,他在柱子上是为了向从下面走过的人吐唾沫。"

"我憎恶启蒙运动倡导的精神。"迪奥塔莱维说,"无论如何,不管是马卡里乌斯还是西门,总有一个在柱子上苦行修道的人如我所说同蠕虫生活在一起,当然我并非这方面的权威人士,因为我并不研究异教徒的荒唐行为。"

"你那些赫罗纳的拉比倒是很讲卫生的。"贝尔勃说。

"他们生活在肮脏简陋的小屋里,是因为你们这些异教徒强逼他们住进犹太人居住区。而圣殿骑士却是自甘污秽的。"

"我们不要太夸大了。"我说,"你们从未见过一队新兵行军的情景吗？我讲述这些事,是为了让你们明白圣殿骑士的矛盾处境。他应当信教、禁欲,他不吃、不喝、不性交,却去荒漠之地砍基督的敌人的首级,砍掉的越多,就赚到越多进入天堂的筹码,他又脏又臭,胡须毛发丛生,而且圣伯尔纳还自以为是地认为,在攻陷一座城池之后,圣殿骑士不会扑向任何一个少女或老妇,而在无月之夜,当人所共知的西蒙风②在荒漠上刮起来的时候,他也不会让他中意的同袍为他效劳。一个人怎么能既是僧侣又是剑客？既开膛破肚又高诵'万福马利亚'？他们不能看表妹的面容,但进入围困多日之后陷落的城池中,其他十字军却当着他们的面强暴哈里发的妻妾,美丽动人的书拉密女③们打开紧身内衣说占有我吧,占有我吧,但留我一条活命……圣殿骑士却不干这种事,他应该粗野强悍、浑身发臭、蓬头垢面,如圣伯尔纳希望的那样,吟诵晚祷……再说只要读一下那些法规就够

---

① Saint Simeon Stylites（390—459）,基督教修士,开创在高柱顶端冥想苦修的先例。
② 非洲和阿拉伯国家等沙漠中的干热风。
③ Shulamit,《圣经·旧约·雅歌》中的人物。

了……"

"是什么?"

"是圣殿骑士团的章程,很晚才编辑出来,那时他们已经变懒散了,最可怕的莫过于一个军队因为没有仗打而烦恼苦闷。比如,有段时间禁止打架斗殴、为报复而打伤基督徒、同女人做交易、诽谤诬蔑兄弟。不能丢失奴隶,不能发脾气,说'我要投奔萨拉森人!'不能因疏忽而失掉马匹,除了猫狗之外,不能将动物赠送他人,不能未经许可擅自离开,不能毁坏团长的印章,不能在夜里离开骑士团的驻地,未经批准骑士团的钱不得外借,不能因恼怒而将衣服摔在地上。"

"从一个禁令体系就可以明白人们平时在做什么,"贝尔勃说,"可以从中提炼出有关日常生活的大致轮廓来。"

"假设,"迪奥塔莱维说,"某天晚上,一个骑士被某个兄弟的言行激怒,未经许可骑马出走了,还带走了一名萨拉森扈从和挂在马鞍上的三只阉鸡,他去找一个品行不端的女孩,送她阉鸡,换取了同她交媾的机会……后来在他风流快活时,扈从逃跑了,带走了马匹,而我们那位可怜的骑士比往常更狼狈,满身灰尘、汗流浃背、蓬头垢面地返回住处,他夹着尾巴悄悄进来,想方设法不让人看见,将圣殿的钱交给了一如既往坐在板凳上像兀鹰般贪婪地等待他的发放高利贷的犹太人……"

"你说过了,该亚法。"贝尔勃提醒说。

"来来来,还是老一套。圣殿骑士想,如果找不回浅黑头发的扈从,至少也要找回近似马的牲畜。但是他的一个同袍发现了这复杂的情由,到了晚上(人所共知,在那些团体里嫉妒是家常便饭),上了一道肉菜之后,他便做出了露骨的影射,让骑士总管起了疑心,被揭发的骑士脑子乱了,气得面红耳赤,抽出刀剑向那个同袍扑去……"

"是扑向告密者。"贝尔勃纠正说。

"扑向那个告密者,说得好,扑向那无耻之徒,毁坏了他的容貌。

那人也抽出了剑,一场不体面的互殴开始了,骑士总管想用餐盘制止他们,其他人在一旁嘲笑……"

"他们像圣殿骑士那样喝酒和咒骂……"贝尔勃说。

"向上帝起誓,以上帝的名义,仁慈的上帝,上帝之血!……"我夸张地说。

"毫无疑问,我们的骑士在发怒,对……一个圣殿骑士发怒时会怎么样呢?"

"他会面色通红。"贝尔勃提示说。

"对,就如您所说,面红耳赤,猛地脱下衣服,扔到地上……"

"'把你们的臭长袍拿去,拿回你们的破圣殿去!'"我补充道,"而且,一剑砍向印章,砍碎了它并高声嚷叫着说他要离开这里加入萨拉森人的队伍。"

"一下子就违反了至少八条戒律。"

最后,为了更好地阐述论点,我总结道:"你们能想象这类人吗?他们在国王的司法官逮捕了他们、让他们看烧得通红的烙铁时声称要倒向萨拉森人一边。说吧,叛徒,招供吧,说你们互相插屁股!我们?对我来说,你们的铁钳子让我发笑,你们还不知道一个圣殿骑士的能耐,我把它插到你们、还有教皇的屁股里去,如果你们落到我手上的话,还有腓力国王!"

"他招供了,他招供了! 就这么回事。"贝尔勃说,"然后打入牢房,每天抹一遍油,这样最后就可以烧得更干净利索。"

"他们不过是一群孩童。"迪奥塔莱维最后说。

我们的谈话被一个女孩子打断了,她鼻子上有一块草莓般的斑,手中拿着几张纸。她问我们是否为被捕的阿根廷同志在请愿书上签过名了。贝尔勃连看都没有看那张纸,便立即签上了自己的名字。"不管怎样,他们的处境比我更坏。"他对以迷惑的神情看着他的迪奥塔莱维说,然后他又对女孩子说,"他不能签字,他属于印第安人的少数派，不能书写自己的名字。他们中许多人受政府迫害被投入了监牢。"女孩以理解的眼神注视着迪奥塔莱维并把那张纸递给我。迪奥塔莱维松了一口气。

"他们是些什么人呢？"我问道。

"什么人？阿根廷的同志。"

"那他们属于什么团体呢？"

"塔库阿拉，不是吗？"

"但是塔库阿拉是法西斯呀，"我大着胆子说，"就我所知。"

"法西斯。"女孩怨恨地对我吼叫了一声便离开了。

"照这么说，圣殿骑士也是一些可怜人咯？"迪奥塔莱维问道。

"那倒不是。"我说，"这都怨我，我戏说历史了。刚才我们说的是士兵，但骑士团从一开始就收到了大量的捐赠，逐渐在整个欧洲建立起他们的领地。你们想想，阿拉贡国王阿方索把一整个地区都送给了他们，而且还留下遗嘱，称在他死后没有继承人的情况下，王国也留给他们。圣殿骑士不相信，便做了一笔交易，就好像说这么点该死的东西，速速拿来，可这么点该死的东西实际上是西班牙的六座城堡。葡萄牙国王送给他们一座森林，鉴于这座森林仍为萨拉森人占领，于是圣殿骑士就把那里围困起来，驱逐了摩尔人，可说是创建了科英布拉①。这只是一些小插曲。总之，一部分人在巴勒斯坦作战，而大部分人在宗主国发展壮大。那又会发生什么事呢？如果某个人要去巴勒斯坦并且需要钱，认为带着首饰和金子旅行不可靠，他就向在法国或西班牙，抑或意大利的圣殿骑士团支付现金，换取单据，然后在东方兑现。"

"那是信用证。"贝尔勃说。

---

① Coimbra，葡萄牙中北部地区。

"对，他们先于佛罗伦萨的银行家发明了支票。所以你们明白，有捐赠，又有武装征服，还有金融业务的收益，圣殿骑士团左右逢源变成了跨国组织。领导这样一个组织，就需要有一个头脑清晰的人。他要能够说服教皇英诺森二世给他们特权：骑士团可以保留所有战利品，不管他们的财产在何处，他们既不听命于国王，也不听命于教区主教或耶路撒冷牧首，只听命于教皇。在任何地方，他们都免缴农产品什一税，但却有权在他们控制的土地上强征什一税……总之，这是一个总是盈利的组织，谁也不能过问。很容易明白，为什么主教和君王都不喜欢他们，却又不能没有他们。十字军都是一些愚蠢糊涂之辈，他们出征却不知到哪里去、将会找到什么。然而圣殿骑士却游刃有余，他们懂得如何对付敌人，熟悉地形和军事战术。对圣殿骑士团不可等闲视之，即便它的声誉是靠突击部队吹牛吹出来的。"

"他们是吹牛皮的人吗？"迪奥塔莱维问。

"常常是，再一次令人大感惊讶的是他们的政治与管理智慧同他们那种特种部队作风之间的差距，他们是有勇无谋之辈。我们举阿什凯隆的故事为例吧……"

"就以此为例吧。"贝尔勃说，他因以淫荡的口吻向某个名叫多洛雷斯的女人打招呼而有点分神。

这个女人坐到我们旁边说："我想听听阿什凯隆的故事，我想听。"

"好吧，有一天，法兰西国王、神圣罗马帝国皇帝、耶路撒冷的鲍德温三世和圣殿骑士团以及医院骑士团的两名首领决定围困阿什凯隆。全都出发去围城了，举着十字架和旌旗的国王、朝臣、主教、神父，推罗、拿撒勒和凯撒里亚的牧首，总之像过节似的浩浩荡荡地开往敌人的城下安营扎寨，王室的军旗迎风招展，战鼓隆隆……阿什凯隆有一百五十个防御堡垒，居民对围城早有防备，各家各户都凿有射击孔，工事套工事，星罗棋布。依我说，经验丰富的圣殿骑士对此应当是知晓的。但是完全不是那么回事,他们全都激动不已,构筑龟甲形掩蔽阵和木质塔楼,你们知道那种下面装轮子的塔楼吗,把它们推到敌人的城墙下,从上面扔火把、石头和射箭,同时从远处用弩炮向城内发射石块轰击……阿什凯隆人则用火焚烧木塔楼,但风不作美,火势反攻城墙,至少有一处被烧坍塌了。突破口!这时,全体围城的人齐心协力冲了上去,然而却发生了怪事。圣殿骑士团的大团长下令设置路障,为的是只有他们的人才能进城。恶意揣度的人说,他们之所以这样做,是为了让劫掠来的东西只造富于圣殿,善意的人则揣测他们先派一些勇士去侦察一番,担心设有陷阱。不管怎样,我是不会让这种人主持军校的,因为四十名圣殿骑士以每小时一百八十公里的速度穿过全城直至对面的城墙根,他们在尘土飞扬中勒马止步,面面相觑,反躬自问他们究竟在干什么,他们掉头往回飞跑,穿越摩尔人居住地,摩尔人则从窗户暴风骤雨般地向他们投掷石块和玻璃器皿,把他们全部杀死,包括大团长在内,他们封堵了突破口,把敌人的尸体悬挂在城墙上示众,以猥亵的姿态和污秽的语言嘲笑基督教徒。"

"摩尔人是很凶残的。"贝尔勃说。

"像孩童一样。"迪奥塔莱维重复道。

"但你那些圣殿骑士真像加丹加[①]人。"多洛雷斯激动地说。

"这使我想起了汤姆和杰瑞。"贝尔勃说。

我有些懊悔,毕竟我与圣殿骑士这段历史已经打了两年交道了,我喜爱他们。受我的对话者附庸风雅的要挟,我把他们像卡通人物似的介绍给大家。也许这是泰尔的威廉的过错,他是一个不忠于史实的史学家。圣殿骑士并不是那样的,可他们的确留着大胡子,性子

---

① Katanga,刚果民主共和国南部的一个省。

火暴，在洁白的披风上画着红十字，在黑白的骑士团团旗下骑马、旋转、跳跃、奔跑，被死亡和勇敢的狂欢深深吸引。圣伯尔纳提到的流汗对他们来说也许是一种黝黑皮肤的闪光，赋予他们那令人生畏的微笑以带有嘲讽意味的高贵，他们如此专注而残酷地庆贺他们告别生命的仪式……正如雅克·德·维特里所说，他们是战争中的雄狮，是和平时期温顺的羔羊，他们作战时勇猛粗犷，祈祷时十分虔诚，他们对敌人野蛮凶残，对兄弟和善友爱，在他们身上留有那黑白旗帜的印记，因为他们对待基督之友充满高尚纯洁的感情，而对敌人则凶残可怖……

他们是令人感动的信仰楷模，是日薄西山的骑士制的最后典范，当我有机会成为他们的儒安维尔①的时候，为什么我像阿里奥斯托②那样对待他们呢？这时，我想起了《圣路易史》的作者写的有关他们的那些篇章，他同圣路易一起去圣地，一边写书，一边战斗。圣殿骑士团已存在一百五十年，他们多次东征，疲惫不堪，对任何理想都有心无力。梅利桑德王后和麻风病国王鲍德温的英雄形象如幽灵一般消逝了，从那时就开始的充满血腥的黎巴嫩内斗令大家大伤元气，现在已到了尽头，耶路撒冷再次陷落，红胡子腓特烈一世已在奇里乞亚溺毙，狮心王理查一世战败受辱，乔装打扮成圣殿骑士跑回家乡，基督教战败了，摩尔人不像那些君主一样为了保卫一种文明而结盟却又独立自治——他们读过阿维森纳③的作品，并不像欧洲人那样愚昧无知，在两个世纪里，面对一种包容、玄妙、自由放任的文化，又与低劣、粗俗、野蛮的日耳曼文化相比较，怎么能不受到诱惑呢？直到一二四四年，耶路撒冷最后一次陷落，彻底垮台了，一百五十年前开打的战争以失败告终，基督教徒应当停止在那本应是和平与飘散黎

---

① Joinville（1224—1317），法国编年史作家，著有《圣路易史》。
② Ariosto（1474—1533），意大利诗人。
③ Avicenna（980—1037），原名伊本·西拿，穆斯林哲学科学家中最有影响的波斯人。

巴嫩雪松芳香的荒漠之地动用武力,可怜的圣殿骑士,你们的英雄史诗还有何用?

衰败的荣誉柔弱、忧郁、苍白,为什么当初没有听从穆斯林秘密教义的教诲,收集那些隐藏的宝贝呢?或许圣殿骑士的传奇因此诞生,永远困扰那些失望的和怀着期望的人,这是一个讲述力量无远弗届的故事,但是现在这个力量已经不知道它的无限强大能表现在哪里了……

然而,当这一神话日落西山时,圣路易国王来了,他同托马斯·阿奎那过从甚密,他仍然相信十字军东征,尽管胜利者的愚蠢使两个世纪的梦想与渴求破灭了,还值得再尝试一次吗?圣路易说,值得,圣殿骑士犹在,他们失败了却锲而不舍,因为这是他们的使命,没有十字军东征,又如何为圣殿正名呢?

圣路易从海上攻打达米埃塔。敌军海岸阵地上军旗猎猎,长矛大戟如林,盾牌弯刀闪着光芒,正如儒安维尔充满骑士风度地写道,大批人马英姿勃发,他们携带的武器在阳光下金光灿灿。圣路易本可以等待有利时机,但他却决定不惜一切代价发起登陆攻击。"我的忠诚信徒们,以我们的恩慈为本,我们将无敌于天下。如果我们被打败,我们将成为烈士。如果我们凯旋,上帝的荣耀将更为昭著。"圣殿骑士并不相信这番话,但他们被教育成了最理想的骑士,他们必须吻合那种形象。他们将追随疯狂沉迷于信仰的国王。

令人难以置信的是登陆成功了,萨拉森人出人意料地放弃了达米埃塔,以至国王迟迟不敢入城,因为他不相信那样的败退逃跑。但这却是真的,城池和它的财宝都归他和他的部下所有了,那一百来座清真寺也被圣路易立即改造成教堂。当务之急是要做出一个决定:向亚历山大进军还是向开罗进军?明智理性的决定是向亚历山大进军,那样就能夺走埃及的一个重要港口。但是在这次征战中却偏偏有一位邪神,国王的弟弟罗贝尔·德·阿图瓦,他好大喜功,野心勃勃,像任何一个弟弟一样,渴望荣誉并恨不得立刻到手。于是他建议进军埃及的心脏开罗。圣殿骑士开始比较谨慎,现在则强压怒火。国王曾禁令单独交锋,但是圣殿骑士团的军团长却打破了这一禁令。他看见一队苏丹的马穆鲁克雇佣军便大喊:"现在以上帝的名义,是向他们进攻的时候了,因为我不能忍受这样的羞辱!"

在曼苏拉,萨拉森人隐蔽在河对岸,法兰西人企图修建一座河坝,构筑一条过河的通道,他们用移动塔楼保护河坝,但是萨拉森人从拜占庭人那里学会运用希腊人的火攻战术。希腊人用的火器有一个像圆桶那样的大头和像大长矛似的尾巴,它像火龙在空中飞舞,闪电般地扑向敌阵。投掷火器的光芒把战场照得如白昼一样。

正当基督徒阵地陷入一片火海之中,一个贝督因叛徒为了三百拜占庭金币的报酬向国王指明了一条通道。国王遂决定发起进攻,但通道很难走,许多人淹死了,不少人被水卷走,而在河对岸有三百个萨拉森骑兵严阵以待。主力终于上岸,圣殿骑士遵从命令,一马当先,阿图瓦伯爵紧随其后。穆斯林骑兵队望风而逃,圣殿骑士等待基督军后续部队到达,但是阿图瓦伯爵跳起来同他的人马继续向敌人追去。

圣殿骑士为了不丢脸,也冲上去了,但是他们只步了阿图瓦的后尘,阿图瓦已经侵入敌阵并开始了洗劫和屠杀。穆斯林向曼苏拉方向逃跑。这让追逐他们的阿图瓦愈发高兴,圣殿骑士试图劝阻他,圣殿骑士的军团长吉勒神父奉承他说,他已经完成了一件奇功伟业,在海外从未实现过的伟大业绩。但是这位追求荣耀不知餍足的纨绔公子却指责圣殿骑士背叛,并进一步声称,如果圣殿骑士和医院骑士当时愿意打的话,这块土地早就被征服了,而他现在就是证实了一个有血性的人能够做什么。圣殿骑士团的荣誉受不了这样的侮辱。圣殿骑士争先恐后扑向曼苏拉,进城后追逐敌人,直到把他们逼得无路可逃,而在这时,圣殿骑士才恍然大悟,他们又犯了阿什凯隆的错误。基督徒——包括圣殿骑士——只顾着劫掠苏丹王宫，异教徒又再次出现，勇猛地扑向那些已成散兵游勇的匪徒。圣殿骑士再一次被贪婪遮蔽了双眼吗？但是另外一些人报告称在跟随阿图瓦进城之前吉勒神父就坚定而明确地告诉他说："大人，我和我的兄弟们无所畏惧，我们将追随您。但您要知道，我们怀疑，非常怀疑，我们能否活着回来。"不管怎样说，谢天谢地，阿图瓦被杀了，同他一起战死的还有很多优秀的骑士和二百八十名圣殿骑士。

比失败更为惨烈的是耻辱。然而没有记录，儒安维尔也跳过了这一段历史：过去的就让它过去吧，这就是战争之美。

在儒安维尔老爷的笔下，很多像这样的大大小小的战役被描绘得像温文尔雅的芭蕾舞一样，一些头颅在滚动，向上帝恳求宽恕的声音此起彼伏，国王为某个就义的追随者发出几声悲泣，但是这一切好像是彩色电影，面对着绿松石色的大海，在装饰精美的玫瑰色马鞍和镶金边的马具之间，盔甲和剑矛在荒漠的烈日下闪烁着耀眼的光芒，天晓得圣殿骑士在每天都会遭遇杀戮的屠宰场里是否真的如此生活过。

儒安维尔的目光从上到下或从下到上地移动，取决于他是从马上跌落下来，还是又跨上了马，他总是瞄准孤立的景象，战斗的全景他是回避的，全部处理成为单个人物的决斗，不少结局是偶然的。儒安维尔前去解救瓦侬的君主，一个土耳其人一枪刺中了他，马失前蹄倒下了，儒安维尔从马头上方向前被摔飞落地，他站了起来，手里仍握着利剑，这时埃拉尔多·德·希维雷先生（"愿上帝宽恕他"）向他示意，叫他到一个破烂不堪的房子里躲避，当时他们的人马被一伙土耳其士兵践踏得一败涂地，那些没有受伤的人又站了起来，跑到那座房子里设障守卫，土耳其人从上面用矛枪刺他们。费里斯·德·卢佩被刺中了肩膀，"伤势如此严重，鲜血像顶开水桶盖似的向外喷涌",希维雷的面部被砍伤,"他的鼻子被削割,挂在了嘴唇上"。凡此种种,后来援兵到达,他们才走出那座房子,转移到另一个战场上,又是一番新情景,很多的死伤,危急关头救援赶到,高声向圣雅各祈祷。此时善良的苏瓦松伯爵重重地敲击着叫喊:"儒安维尔,看在上帝的面上,让那个恶棍吼叫吧,当我们置身于尊贵的夫人们中间的时候,我们还会谈论今天的事的!"国王询问他已入地狱的弟弟阿图瓦伯爵的下落,医院骑士团团长亨利·德·罗内神父回答他说:"他一切都很好,因为阿图瓦伯爵确实已升入天堂。"国王说为这所有一切感谢上帝,眼泪大颗大颗地从他的双眼跌落下来。

不论是祥和的还是血腥的,战争不总是像芭蕾舞那样美妙。纪尧姆·德·索纳克大团长阵亡了,被希腊火器活活烧死了,基督军因受腐坏尸体的污染和缺乏粮草而染上了坏血病,圣路易的武装也已溃不成军,国王被痢疾折磨得够呛,为了在战斗中争取时间,他剪短裤腿。达米埃塔失守了,王后要同萨拉森人谈判并支付五十万金币作为赔款。

但是十字军东征是带着神学的自欺进行的。在圣让-德阿卡,圣路易被当做凯旋的英雄,教士、贵妇人、儿童倾城而出,排成长长的队伍欢迎他。更深谋远虑的圣殿骑士寻求同大马士革进行谈判。圣路易发现之后,不甘愿被抢先,竟当着穆斯林使者的面拒绝承认新的大团长,而大团长则食言对敌人的承诺,跪倒在国王面前请求原谅。不可否认骑士们无私无畏地在战场上奋战,但是法兰西国王为了巩固自己的权力故意羞辱他们——而在半个世纪之后,为了再次巩固自己的权力,他的继任者腓力四世把圣殿骑士送上了火刑台。

在一二九一年,圣让-德阿卡被摩尔人攻克,全城居民成了祭品。耶路撒冷的基督教王国覆灭了。圣殿骑士从未如此富有、强大和众多,但是他们原本为在圣地战斗而生,却在圣地荡然无存了。

他们分居在全欧洲的各个领地和巴黎的圣殿里,过着隐居而豪华的生活。他们还在梦想那些辉煌的年代耶路撒冷圣殿前的广场,梦想美丽的拉特兰圣母教堂——这座教堂内有许多还愿的小礼拜堂——战利品,炽热的锻炉,兴旺的鞍具业,呢绒绸缎店,粮仓,能容纳两千匹马的大马厩,骑士侍从和土希混血儿策马旋转跳跃的情景,雪白的斗篷上那鲜红的十字,棕色的锁子甲,缠大头巾、戴金光闪闪大头盔的苏丹的使者们,朝圣者,十字路口精悍漂亮的巡逻队和川流不息的信使,抢到装有金银的宝箱时难以名状的欢乐,繁忙的港口有船只进出为家乡、小亚细亚的岛屿与海岸上的城堡装运货物……

一切都结束了,我那些可怜的圣殿骑士。

那天晚上在皮拉德酒吧,我已经五杯威士忌下肚后,贝尔勃还一个劲地自作主张为我备酒。我富于感情地(多不好意思)高声讲述了一个极美好的故事,慷慨激昂、悲悯动人,因为多洛雷斯眼睛发亮,在喝了第二杯汽泡水之后已有点精神恍惚的迪奥塔莱维却像天使一般将目光投向天空,或者说投向酒吧那没有任何天使味道的天花板,口中还念念有词:"也许那全是迷失的灵魂和神圣的灵魂,马夫和骑士,银行家和英雄……"

"当然,他们是一些特殊的人物,"贝尔勃归纳说,"但卡索邦,您喜欢他们吗?"

"我在写关于他们的论文,当一个人就梅毒这一题目做论文时,最终也会喜欢上梅毒螺旋体的。"

"真有意思,像电影一样,"多洛雷斯说,"不过,很遗憾,我现在得走了,我要去油印明早散发的传单。我去马莱里工厂参加罢工。"

"为你祝福,你能行,"贝尔勃说。他缓慢地抬起手抚摸了一下她的秀发。然后叫了——据他所说——最后一杯威士忌。"几乎是午夜了,"他提醒说,"我不是说给一般人听的,而是对迪奥塔莱维讲的。

不过我们还是讲完这段故事吧,我想知道有关审判的情况。什么时候,如何进行,为什么?……"

"Cur, quomodo, quando,①"迪奥塔莱维点头称是,"好,好。"

---

① 拉丁文,为什么,如何进行,什么时候。

一四

  他确认他昨天亲眼看见五十四个圣殿骑士团的兄弟被送上了火刑台，因为他们不愿意招认上面所述的那些过错，所以被烧死了。他说如果他本人被送上火刑台，怕自己顶不住，他怕死，会在那些特派大人和不管什么审问他的人面前招供，承认所有对骑士团的指控都是真实的，而他如果被要求的话，甚至会供认杀害了我们的上帝。

艾默里·德·维利耶勒杜克的证词，一三一〇年五月十三日

  这是一场沉默、自相矛盾、谜团重重的愚蠢审判。审判的愚蠢性显而易见，因为通常不可思议之事会被等同于谜团。在那些美好的日子里，我认为是愚蠢造成了谜团。那天晚上，我在潜望镜室里曾以为，没有被如实揭开的谜团是最可怕的，它能乔装打扮为疯狂。现在，我却认为世界就是一个无伤大雅的谜团，是我们的疯狂使它变得可怕，因为我们企图以自己的真理来解释谜团。

  圣殿骑士沦落为一群无头苍蝇。或者说他们把手段变成了目的，经营管理着巨大的财富。自然，像腓力四世这样中央集权的君主对他们不会好眼相看。如何才能控制一个独立的团会呢？大团长与王族有同等地位，他统率军队，管理庞大的领地财产，他像皇帝一样被选中，有着至高无上的权力。法兰西的财富不掌握在国王手里，而

是由巴黎的圣殿保管着。圣殿骑士是保管者和代理人,就是以国王的名义经管出入账户的人。他们兑现、付款、操持利息,他们的行为表现恰似财力雄厚的私营大银行,却享有国有银行的全部特权和豁免权……而国王的司库就是一位圣殿骑士。在这样的境况下,能统治和管理好王国吗?

如果你打不垮他们,就要与他们同流合污。腓力曾要求成为一名荣誉骑士,但被拒绝了。这样的羞辱一个国王会永生铭记。于是他建议教皇将圣殿骑士团同医院骑士团合并,把新的团会置于他的一个儿子的控制之下。圣殿骑士团的大团长雅克·德·莫莱从塞浦路斯前来,前呼后拥大讲排场地觐见教皇,他俨然以流亡国王自居,向教皇呈递了一份备忘录,其中煞有介事地分析了合并的好处,但实际上却强调了弊端。他还无耻地提醒说圣殿骑士比医院骑士富有,如果合并,将会穷了一方,富了另一方,这将会严重地伤害他的骑士们的精神和灵魂。莫莱赢了权术斗争的第一个回合,合并的事被搁置了。

只剩下诬蔑了,在这方面,国王却有一手好牌。关于圣殿骑士的传闻久已有之。在善良的法国人眼中,他们是以"殖民者"的身份出现的,看见他们到处征收什一税而不给任何回报,甚至——从今往后——不用为了守护圣墓而抛洒热血,法国人会作何感想?他们也是法国人,但并不全是,几乎相当于"黑脚"[①],或者如当时人们所说的"小马驹"。他们炫耀异国风情的魅力,既然已习惯了同摩尔人相处,天晓得他们之间是否也操摩尔人的语言。他们是僧侣,但他们杀戮成性却是众所周知的。多年以前教皇英诺森三世为此写了一份敕书《傲慢无礼的圣殿骑士》。他们发愿苦行,却像贵族那样骄奢淫逸,如新兴商人那样贪婪,似近卫军那样厚颜无耻。

---

① 和下文的"小马驹"一样,指在阿尔及利亚的法国人。

传播流言蜚语是轻而易举的事：他们是同性恋，是异教徒，是狂热的偶像崇拜者。他们崇拜来历不明的、长着大胡子的人，反正肯定不会来自虔诚信徒敬仰的万神殿。他们也许知道伊斯玛仪派①的秘密，还同"山中老人"②的手下交易。腓力国王和他的高参们在某种程度上利用了这些街闻巷议。

腓力国王背后有两个邪恶的心腹：马里尼和诺加雷。马里尼后来终于掌管了圣殿的财富，他在等待转手医院骑士团之际以国王的名义管理这些财富，还不清楚究竟谁可以从中得利。掌玺大臣诺加雷曾是发生在一三〇三年的阿纳尼事件的幕后策划人，当时夏拉·科隆纳扇了教皇卜尼法斯八世几记耳光，教皇因遭此羞辱，在大约一个月后死去。

这时，有个叫埃斯基乌·德·弗洛伊兰的人浮出了水面。此人好像因犯了莫须有的罪行被投入牢狱，即将被判处极刑。他在狱中遇见了一个也在等待赴绞刑的叛变了的圣殿骑士，他从他那里收集到一些可怕的自白。弗洛伊兰以免于一死和一笔可观的酬金为交换条件，出卖了他所知道的一切。他所知道的也就是现在大家都在窃窃私语的那些东西，但是，现在已从窃窃私语的流言变成了调查案件的证词。国王将弗洛伊兰那些耸人听闻的发现通知了教皇，当时的教皇是克雷芒五世，他把教皇的宝座移到了阿维尼翁。教皇半信半疑，他知道插手圣殿的事务并非易事，然而在一三〇七年，他同意开始正式调查。莫莱得知了此消息，但声明自己绝不担心。他继续陪同国王参加各种官方礼仪活动，穿梭于公主与王子之间。克雷芒五世长时间犹豫不决，国王怀疑教皇想给圣殿骑士时间，让他们悄悄地消失。没有比这更错误的了，圣殿骑士在他们的辖区内照样喝酒划

---

① Ismailism，伊斯兰教什叶派中的一个支派，其教义强调以不同方式解释《古兰经》，以求深入浅出，贤愚兼顾。
② 指阿萨辛派领袖哈桑。

拳，打诨骂粗，完全不知道背后的阴谋。这就是第一个谜团。

一三〇七年九月十四日，国王向所有司法执行官和宫廷总管发出密函，下令大批逮捕圣殿骑士，并没收他们的财产。从下达密令到十月十三日逮捕，间隔一个月，但圣殿骑士却丝毫没有起疑。在逮捕的那天早晨，他们被一网打尽了——这是另一个谜团——他们就这样不战而降、束手就擒了。据人们所知，在逮捕前的一些日子里，国王的军官们为了使没收财产不出一点纰漏，在全国范围内找了一个行政管理方面幼稚可笑的借口，对圣殿骑士团的财产进行了一次清查，而圣殿骑士对此仍毫无觉察，他们很客气地接待了地方长官，你们想怎么查看就怎么查看，就像在自己家里一样。

当得知这次逮捕之后，教皇企图抗议，但为时已晚。地方长官已开始动用烙铁和绳索，在严刑拷打下，很多骑士选择了招供。至此就只有把他们交给宗教审判所的法官处置了，不再需要严刑逼供，因为已经够了，招供的人认了罪。

这就是第三个谜团：的确有过行刑逼供，而且是严刑，的确有三十六个骑士因此死去，但那些人都是铁打的汉，面对土耳其人的残酷无情都威武不屈的呀，竟没有一个在司法执行官面前昂起那骄傲的头颅？在巴黎，一百三十八名骑士中只有四名拒不招供。其他人全都招供了，包括雅克·德·莫莱。

"那么，他们招了些什么呢？"贝尔勃问。

"他们招供的恰好是逮捕令上写的那些罪状。在证词中有极小的差异，至少在法国和意大利是如此。而在英国却截然不同，在那里真的是谁也不愿审判他们，在证词中也出现过一些像样的指控，但那是由团外的证人提供的，而且都是道听途说。总之，圣殿骑士在人们想叫他们招认的地方招认，都只招认人们想叫他们招认的东西。"

"惯用的宗教审判，我们见多了，"贝尔勃指出。

"但是被指控者的行为表现也匪夷所思。列举的罪状称骑士们在入团仪式上曾三次否认基督,向十字架吐口水,脱光了衣服接受亲吻,in posteriori parte spine dorsi①,也就是说吻臀部,吻肚脐,而后再吻口唇,in humane dignitatis opprobrium②,最后,相互鸡奸,文献原话如此,一个同另一个。他们饮酒纵乐。随后给他们展示一个有大胡子的偶像头颅,他们要对它顶礼膜拜。当这些罪行摆在面前时,被指控者又如何回答呢? 若弗鲁瓦·德·沙尔奈,也就是后来同莫莱一起被送上火刑台的人说,对,有过那回事,他否认了基督,但只是口头上,不是心灵上,而且他不记得是否向十字架吐了口水,因为那天晚上他们匆匆忙忙举行了入团仪式。至于吻臀部,他也经历过,他还听到奥弗涅的导师说,归根到底同自己的兄弟交媾,总比同女人交媾好,但他从未同其他骑士有过罪恶的肉体关系,即使有的话,那也几乎只是一种游戏,谁也不会当真.别人干过那种事,我没有,我是受过教育的人。雅克·德·莫莱大团长同其他人一样,说当他们将十字架交给他,让他往上面吐口水时,他佯装吐,却吐在了地上。他承认入团仪式大概就是如此,但是——纯粹出于偶然——他却难以准确地描述实况,因为他在职业生涯中很少引领兄弟入团。另一个人说他吻了团长,但不是在臀部,只在嘴唇上,不过团长却吻了他的臀部。有一些人招出的供词超出了必要,他们说自己不仅否认了基督,而且还确认基督是一个罪犯,否认马利亚的贞洁,甚至往十字架上撒尿,而且不只是在入团的那天,整个圣周期间也是如此,他们不相信圣事,他们不仅限于崇拜巴风特,甚至崇拜幻化作猫的魔鬼……"

即使不说是更难以置信,至少也是同样荒唐无稽,国王与教皇之间的较量至此可以说是开场了。教皇想一手操纵这件事,而国王却想单独把审判进行到底,教皇只想暂时取缔圣殿骑士团,惩罚有罪

---

① 拉丁文,在脊椎末梢。
② 拉丁文,侮辱人类的尊严。

者，然后再把它恢复到初始的纯洁状态，而国王却想利用丑闻扩大事态，使审判殃及整个骑士团，从而使它从政治上、宗教上彻底垮台，自然，尤其要在财务上彻底瓦解。

这时，出现了一份堪称杰作的文件。一些神学家声称被指控有罪的人不应当有辩护人，以防他们撤回招供：鉴于他们已经招供，就不需要再搞一次审判了，国王应照章处理，只有当案情存在疑问时才需要进行审判，而此案并没有什么疑点。"鉴于事实显而易见，罪行也人所共知，如果不是想包庇他们所犯过错的话，那为什么要为他们提供辩护人呢？"

看到审判有可能逃脱自己的操纵，落入教皇之手，国王和诺加雷便插手了牵扯特鲁瓦主教的轰动一时的案子。这位主教被指控玩弄巫术，告密者是一个名叫诺佛·戴伊的神秘的搬弄是非者。后来发现戴伊是在撒谎——他后来被送上绞刑架——但是在此期间，这位可怜的主教被公开指控鸡奸、渎圣和放高利贷。也就是与圣殿骑士相同的罪状。也许国王要告诉法兰西的子民，教会没有权力审判圣殿骑士，因为教会也有许多污点。也许国王只是想对教皇发出警告。这是一段阴暗的历史，是警察和密探、渗透和告密之间的斗争……教皇被逼得无路可走，同意审讯七十二名圣殿骑士，后者在酷刑下再次招供。不过教皇考虑到他们有悔改之意，于是打了一张发誓弃绝的牌以便宽恕他们。

这时又发生了另外一件事——它是我在论文中需要解决的问题，而我正被两项互相矛盾的材料所困扰：教皇费了九牛二虎之力刚刚取得了对圣殿骑士的看管权，却旋即把它还给了国王。我一直不明白究竟发生了什么事。莫莱收回了他的供词，教皇克雷芒给他提供了自我辩护的机会，并派了三个红衣主教审问他，一三〇九年十一月二十六日莫莱傲慢地为骑士团和自己的清白进行辩护，他还变本加厉威胁控方。后来国王的一位使者纪尧姆·德·普莱桑接近他,此人被他视为朋友,他从此人处获得某些不为人知的建议,并于十一月二十八日给出了非常闪烁其词和含糊不清的空洞证词,称自己是一个没文化的穷骑士,仅限于历数圣殿的功德(那已是陈年旧事了)、圣殿的慈善之举和在圣地流血牺牲作出的贡献等等。此时,诺加雷来了,他回忆起圣殿如何同萨拉丁[1]有过一些超乎友情的接触:暗示这是一桩重大的叛国罪行。莫莱的辩解实在可怜,在作证时,已经蹲了两年监狱的他看上去一蹶不振,但其实他在刚刚被逮捕后就一蹶不振了。次年三月,在第三次作证时,莫莱采用了另一种策略:不再说话,除非当着教皇的面。

风云突变,一出史诗般的悲剧就要发生了。一三一〇年四月,五百五十名圣殿骑士请求为骑士团抗辩,他们揭发行刑逼供,否认了全部指控,宣称自己清白无辜。但是国王和诺加雷熟悉他们的操行。有一些骑士收回了招供?好吧,他们被看做累犯和发伪誓犯,或者说是重又归附异端的人。在那个年代,这是一种可怕的指控,因为他们固执地否认了自己已经承认了的东西。可以饶恕招供悔过的人,但不能饶恕执迷不悟的人,因为后者违背誓言,收回招供,说没有任何可悔改的。五十四名翻供者被判处了死刑。

不难想象其他被捕者的心理反应。招供的人活下来了,进了监狱,留得青山在,不怕没柴烧。没有招供的人或者更惨的是翻供的人被送上了火刑台。五百名翻供但尚未赴火刑的骑士又收回了他们的翻供。

选择悔过的人打对了算盘,因为在一三一二年,没有招供的人被判处终身监禁,而那些招供的人则得到了赦免和宽恕。对腓力而言,他并不乐意进行大屠杀,他只想分化瓦解骑士团。被释放了的骑士

---

[1] Saladin(1137—1193),中世纪埃及、叙利亚、也门和巴勒斯坦的苏丹,阿尤布王朝的开国君主。

在度过四五年监狱生活之后，身心均遭到摧残，他们默默地分流到其他团会中去了，他们唯一的愿望就是被人遗忘。这种消失、这种遗忘长时间来深深地影响着声称骑士团仍秘密存在的传说。

莫莱继续要求教皇听取他的申辩。克雷芒于一三一一年在维也纳召集主教会议，但没有召见莫莱。他批准取缔圣殿骑士团，并将其财产交给了医院骑士团，尽管当时这些财产仍由国王掌管。

又过了三年，一三一四年三月十九日在巴黎圣母院前的广场上教皇终于同意了将莫莱判处终身监禁。听到这一判决，莫莱的自尊受辱。他曾期待教皇允许他为自己开脱罪责，此刻感到被出卖了。他十分清楚，如果再次翻供，他也会被认为发伪誓而成为累犯。在几乎等待了七年的判决下达之后，他心里想的是什么呢？他还能找回前辈们的那种勇气吗？现在他已经被击垮，必须做出决定，是被不光彩地活埋在大墙内，还是轰轰烈烈地死去？他为自己和兄弟们的清白无辜抗争。圣殿骑士只犯了一种罪，他说，因怯懦而背叛了圣殿。他却不然。

诺加雷洋洋得意：公然的犯罪，公开的判决，动用特急程序进行了终审判决。像莫莱一样，若弗鲁瓦·德·沙尔奈也亦步亦趋。就在那天，国王决定在西岱岛的尽头燃起火刑篝火，在日落时分，莫莱和沙尔奈双双被活活烧死。

传说这位大团长在被处死之前曾预言迫害他的人必将毁灭。事实上，教皇、国王和诺加雷在一年之内全呜呼哀哉了。至于马里尼，在国王死后，他被怀疑贪污公款。他的仇敌指控他玩弄巫术，将他处以绞刑。很多人开始认为莫莱是烈士。但丁也和他们一起为圣殿骑士遭受迫害而愤慨鸣冤。

到这里，历史谢幕，传说开张了。有一种传说称，有一个无名氏在路易十六被砍头那天，爬上了断头台高喊："雅克·德·莫莱，你已经复仇雪耻了！"

这就是那天晚上我在皮拉德酒吧讲的那个故事的梗概,当时我的讲述常常被打断。

贝尔勃不时问我:"你能肯定没有在奥威尔或凯斯特勒的书里读过这段历史吗?"或者:"看看,难道不是……文化大革命什么来着吗?……"迪奥塔莱维说话的口气总是结论性的:"Historia magistra vitae.①"贝尔勃不耐烦地对他说:"算了吧,喀巴拉信徒是不相信历史的。"而他仍然坚持说:"对,一切都在重复轮回,历史是导师,因为它教导我们历史不存在。置换才是最重要的。"

"但是,"贝尔勃最后说,"圣殿骑士究竟是什么人呢?您开始介绍时,他们就像约翰·福特拍摄的电影中的军士,后来像是一些下流胚,然后又像是袖珍画中的骑士,后来又像是上帝的银行家,操办那些肮脏的交易,再后来像是一支分崩离析的军队,再往后像是某个邪教的信徒,最后成了自由思想的烈士……他们是什么人呢?"

"他们变成神话,总有一个理由。也许他们就是这一切。三〇〇〇年的火星历史学家或许会问,天主教会是什么,是那些供狮子饱食的人还是杀戮异教徒的人?两者皆是。"

"但是,那些事他们究竟做了还是没有?"

"饶有兴味的是他们的追随者,即不同时代的新圣殿骑士们说,他们做了。佐证很多。第一点涉及入团仪式:你想成为圣殿骑士,就要显示你有种,要向十字架吐口水,看看会不会被天打雷劈,要进入这种民兵性组织就要毫不反抗地献身于兄弟们,吻他们的臀部。第二点:要求他们否认基督是因为要看看当他们被萨拉森人抓住时如何保命。愚蠢的解释,因为让他们照施刑人的吩咐去做,哪怕是象征性的,也不可能教会他们对抗严刑逼供。第三点:圣殿骑士在东

---

① 拉丁文,以史为鉴。

方同摩尼教①异教徒接触了，摩尼教徒是诋毁十字架的，因为它是耶稣受刑的工具，他们布道称必须放弃尘世，不鼓励结婚和生儿育女。这是一种陈腐的思想，是最初几个世纪许多异端邪教的典型观点，后来传给纯洁派②——有很多传说都想把圣殿骑士说成是满脑子浸透了纯洁教派的思想。这就能解释为什么会发生鸡奸，尽管只是象征性的。我们假设骑士们同异教徒有过接触：当然不是同异教徒中的知识分子接触，一方面出于幼稚，一方面是附庸风雅和出于团队精神，他们创造一种专属于他们的习俗，以此同别的十字军加以区别。他们举行这些仪式是一种彼此认同的举动和姿态，并没有仔细琢磨它们有什么含义。"

"但是那臭名昭著的巴风特又做何解释呢？"

"您看，在很多证词中都提到过巴风特（Baphomet）这个人物，但这可能是第一个司书犯的笔误，因为在口供中掺了假，这错误就在所有文件中被重复引用了。在另外一些情况下，某个人提到穆罕默德（Mahumet）(istud caput vester deus est, et vester Mahumet③)，可能是想说圣殿骑士创造了一种融合不同宗教思想的仪式。在一些证词中还说他们应邀去乞灵于'亚拉'，很可能就是真主。但是穆斯林并不崇拜穆罕默德的偶像，那么圣殿骑士受到了谁的影响呢？证词称，很多人都看到过这种头颅，有时是一个完整的木雕偶像，有卷曲的镀金头发，当然总有一大把胡子。审讯者好像找到了这些头颅，并出示给被审讯者，但是说来说去，头颅并没有留下一点踪影，所有人都好像看到了它们，但任何人都没有看见它们。正如那个关于猫的故事，有人看到它是灰色的，有人看到它是红色的，还有人看到它是黑色

---

① Manichaeism，公元三世纪由摩尼在波斯创立的二元宗教。
② Catharism，十二至十三世纪流行于欧洲的基督教异端派别。该派信奉新摩尼派二元论。
③ 拉丁文，这个头颅是你们的神，是你们的穆罕默德。

的。但是你们可以想象用烧得通红的铁刑具进行审讯是何种景况：在入团时你看到猫了吗？怎么没有呢，一个圣殿的农庄为了保护收获免受鼠害之灾，一定养了很多猫。虽然在埃及很普遍，但在那个年代的欧洲，猫并非宠物中的常见品种。天晓得圣殿骑士也许真在家里养猫，违反了那些把它们视为可疑动物的良民习俗。关于巴风特头颅的故事也相仿，或许是那个年代的一种头颅状的圣骨箱吧。自然，也有人认为巴风特是炼金术士的象征。"

"人们总是会联想到炼金术的，"迪奥塔莱维很自信地说，"圣殿骑士很可能了解提炼金子的秘密。"

"他们当然知道，"贝尔勃说，"在攻克了一座萨拉森人的城池之后，妇女儿童遭割喉杀戮，所见之物被洗劫一空。真相是全部的故事就是一场大闹剧。"

"或许他们头脑中就乱哄哄的，你们明白吗？那些教义辩论对他们来说有什么重要的呢？历史上有关这些精英团队的故事比比皆是，它们树立了自己的风格，有点夸夸其谈，有点神秘莫测，就连他们自己也并不十分清楚在干些什么。当然，后来的解释变得越来越诡秘，他们也非常清楚这一切，他们成了东方神秘的崇拜者和忠实信徒，甚至吻臀部也被赋予了一种入门的涵义。"

"请给我解释一下吻臀部的入门的涵义。"迪奥塔莱维说。

"一些现代的秘传学者认为圣殿骑士参考了印度教教义。吻臀部可能是用来唤醒贡荼利尼蛇，这是一种盘在人的脊椎骨根部的宇宙之力，存在于性腺之中，而它一旦苏醒，就会到达松果体……"

"就是笛卡儿说的那种吗？"

"我想是的，在他们的额头上会睁开第三只眼睛，它能在时空中直接观望。为此，人们仍在探寻圣殿骑士的奥秘。"

"腓力四世或许应当烧死现代的秘传学者，而不是那些可怜的家伙。"

"对,但现代秘传学者一贫如洗呀。"

"但您看,故事还是应该听的,"贝尔勃最后说,"现在我明白了,为什么我的那些疯子会对圣殿骑士如此着迷。"

"我想,这同您那天晚上讲的差不多。他们的全部奇闻轶事就是一种扭曲的三段推论法。只要行为举止表现得愚蠢无知,你就永远是一个高深莫测的人。阿布拉卡达布拉①,'弥尼、提客勒、乌法珥新'②,'帕佩撒旦,帕佩撒旦阿莱佩'③,童贞女、活泼的女孩和今天的美人,每当一位诗人、一个布道者、一个首领、一个巫师咕哝几句,人类就要花去几个世纪的时间解读他们那些毫无意义的声响背后的信息。圣殿骑士难以解读的原因应该归咎于其思想的杂乱无章。因此,他们便如此这般地被人们顶礼膜拜。"

"实证主义者的解释。"迪奥塔莱维说。

"是的,"我说,"或许我就是一个实证主义者。只要对松果体动一次漂亮的外科手术,圣殿骑士就能成为医院骑士,也就是说成为正常人。战争会腐蚀大脑的回路,或许是大炮或者希腊火攻术的巨响……看一看那些将军们。"

已经是深夜一点钟了。被无酒精汽泡水灌得有点醉醺醺的迪奥塔莱维走路摇摇晃晃。于是我们相互道别。我实在很开心。他们也是。我们还不知道我们正在玩弄希腊火器,它会燃烧,会吞噬。

---

① 魔法咒语,意即"如我所言创造"。
② 出自《圣经·旧约·但以理书》第 5 章第 25 节。
③ 出自但丁《神曲·地狱篇》第七歌。

一五

> 埃拉尔多·德·希维雷告诉我:"阁下,那么您原认为我和我的子嗣都不会不赞同于此,我会为你们向战场上的安茹伯爵求助。"而我则对他说:"埃拉尔多阁下,我认为,鉴于你们的生命也岌岌可危,如果你们能为了我们的生命而去寻求帮助,那你们就会赢得极高的荣誉。"
>
> 儒安维尔《圣路易史》,46,226

在那天就圣殿骑士的一番谈话之后,我同贝尔勃在酒吧只有过几次短暂的交谈,我去得越来越少,因为我忙于完成论文。

有一天,街上举行反黑衫党阴谋的大游行。游行队伍从大学出发,正如在那个年代里惯常的做法,所有反法西斯知识分子都受邀参加游行。警察浩浩荡荡,俨然严阵以待,但默许游行如愿进行。在那个年代,此情此景已成典型:游行未经批准,但只要不发生什么严重问题,警察就会袖手旁观,只监督(那时地方性的妥协屡见不鲜)左派不要跨越米兰市中心的某些想象的界线,抗议活动在奥古斯都大街那边一个区域内进行,而在圣巴比拉广场附近则是法西斯分子聚集地。如果某人跨越这条界线就会有冲突;但除此之外不会发生任何事,就像驯兽师和雄狮之间的关系,我们一般以为驯兽师受到凶猛雄狮的攻击,然后他高举着皮鞭或者鸣枪来驯服它。错了:狮子在进入樊笼表演时已经吃饱了、被麻醉了,它没有任何攻击人的兽欲了。

像所有动物一样,狮子也有其安全范围,越过这一范围那就难说,所以驯兽师心中有数。当驯兽师踏入狮子的活动范围时,狮子会吼叫;然后驯兽师扬鞭,但事实上却后退一步(做出欲向前跳跃之势),狮子就安静下来了。一场模拟的革命也应有本身的规律可循。

我也参加到游行队伍中去了,但没有编入其中任何一个团体。我站在圣斯德望广场边上,来声援游行的新闻记者、出版社编辑、艺术家熙熙攘攘聚在那里,全都是皮拉德酒吧的常客。

我同贝尔勃在一起。同他在一起的还有一个我常在皮拉德酒吧看见的女人,我想她可能是他的女朋友(稍晚些时候,她离开了——现在我明白为什么她离开了,因为我读了有关瓦格纳医生的文档材料中叙述的故事)。

"您也……"我问道。

"不然怎么办呢?"他有点难为情地微笑着,"必须拯救灵魂。Crede firmiter et pecca fortiter.① 这一幕难道没有使您回忆起什么吗?"

我环顾四周。那是一个晴朗的下午,那些天里米兰很美,房屋金黄色的墙面同微显铁青的天空交相辉映。我们对面的警察头戴头盔,身披护甲,手持塑料盾牌,反射出钢铁般的光泽,一位着便服的警官腰束华丽的三色缎带,在他部下的布阵前面来回走动着。我向身后看了一下,那是游行队伍的头阵:人群在移动,步履缓慢,排成了队列,但并不整齐,弯弯曲曲的像一条蛇。群众的头上旗帜横幅招展,示众杆和棍棒冒尖如林。情绪激动的队列不时有节奏地高呼着口号。在游行队伍两侧,"加丹加人"来来往往,他们身着多彩的上衣,穿着久经日晒雨淋的牛仔裤,面部围着红手帕,他们也握有自制的武器,用旗帜包裹伪装,他们打扮得花枝招展,使人

---

① 拉丁文,坚信不疑,决不悔改。

联想到杜菲①和他那些五彩斑斓的绘画作品。我又从杜菲联想到了迪费②。我感到自己似乎生活在一个微缩模型中,在队伍两旁的人群中隐约看见一些似为两性同体的贵妇在期待着将会出现表彰功绩的庆典。但是这一切在我的头脑中只一闪而过,我感觉到我在回味另一种经历,但我弄不清到底是什么。

"是攻克阿什凯隆吗?"贝尔勃问。

"圣雅各啊,我可爱的先生,"我对他说,"这就是一场真正的十字军激战呀!我敢说,今天晚上他们中的一些人会被送上天堂!"

"我也这样看,"贝尔勃说,"但问题是要知道萨拉森人在何处。"

"警察是条顿人,"我说道,"这样,我们就可能成为亚历山大·涅夫斯基③的乌合之众了,但也许我把我的文章混淆了。您看看那里的一班人,他们应是阿图瓦伯爵的党羽,他们情绪激动,跃跃欲试想进行战斗,他们无法容忍侮辱,已经向敌阵方向移动,并以威胁性的口吻高声喊叫进行挑衅!"

就在此刻,冲突爆发了。我记不太清,当时游行队伍动起来了,有一群激进分子手拿铁链头戴登山帽开始强行冲击警察的布阵,意欲走向圣巴比拉广场,他们同时高呼攻击性的口号。狮子行动了,而且态度坚决。警察布阵的第一排闪开了,消防水龙头出现。游行示威队伍的前驱抛出了第一批弹子球、第一批石子,警察果断地拥上来挥舞警棍猛打,游行队伍被推搡得起伏摇摆。这时,从小湖街尽头远远地传来了一声枪响。也许是汽车内胎爆裂,也许是爆竹,也许真打了一枪,是那些在几年之前频繁使用 P38 手枪的团体在鸣枪警告。

人群恐慌了。警察亮出了武器,子弹上膛的声音咔咔作响,游行

---

① Raoul Dufy (1877—1953),法国画家、设计师,他的作品以色彩鲜艳、装饰性强、场面豪华欢快著称。
② Guillaume Dufay (1400—1474),法国作曲家,以宗教音乐和世俗歌曲出名。
③ Alexander Nevsky (1220—1263),十三世纪罗斯人的领袖。

队伍分裂了，一部分是愿直面冲突的好斗分子，另一部分人则认为已经完成了任务。我向宽街跑去，生怕被不知何人掷来的物体击伤。突然，我发现贝尔勃同他的女友就在我身边。他们跑得相当快，但面色如常。

在拉斯特雷里街转角处，贝尔勃一把拉住了我的臂膀："往这里走，年轻人。"他对我说。我想问他为什么，我认为宽街更安全，人烟也较稠密，而在佩科拉里街和大主教府街之间像迷宫一样弯曲的街巷会让我产生幽闭恐惧症。我认为如果跟着贝尔勃走，万一遇到不知从何方冒出来的警察，我就很难伪装自己了。他示意我不要作声。转过两三个街角，他才减缓速度。我们不再奔跑而是正常行走在米兰主教座堂后面的那条街上，那里交通正常，也听不到不到两百米远的地方正在进行的战斗的回响。我们静静地围绕米兰主教座堂走，绕到了它的正面，靠近长廊的那一边。贝尔勃买了一袋玉米，沉静而愉悦地喂鸽子。我们完全同星期六的人群混在了一起。我和贝尔勃着西服打领带，他的女友则和米兰女人惯常的打扮一样，穿一件高领毛衣，戴着一串谁知是不是养殖的珍珠项链。贝尔勃将她介绍给我说："这是桑德拉，你们认识吗？"

"见过，您好！"

"您看，卡索邦，"贝尔勃对我说，"沿直线跑从来都是难以逃脱的。拿破仑三世仿效萨伏依王朝在都灵的做法，拆迁改造巴黎，把它变成了一座有纵横交错林荫大道的城市。现在我们大家都赞赏它是城市规划的智慧杰作，可那些笔直的街道倒是对监控闹事很有帮助。可能的话，您看看香榭丽舍大街，就连它两边的街道也是宽阔笔直的。只有在不可能建又直又宽街道的地方，比如拉丁区的那些小街小巷，一九六八年五月，可显出了自己的优势，逃跑时就可以躲进迷宫似的街巷，任何治安警察都难免挂一漏万，他们甚至也不敢单独进入。如果您只碰上了两名警察，那他们会比你还要恐慌，你们会默契地向相反的方向逃跑。当您参加一个群众集会的时候,如果您不熟悉集会地区,可以在前一天先去踩踩点,然后摸熟与各条小街小巷交汇的街角处。"

"您在玻利维亚上过训练课吗?"

"求生技术只有在孩童时才能学到,否则只能长大之后加入'绿色贝雷帽'①。我经历过艰难的岁月,那些游击战的日子。在×××,"他给我报了一个位于蒙费拉和兰盖之间的城镇名字,"在一九四三年,我们从城市疏散,非凡的估计:天时地利,一切都享受到了。当时城内进行大搜捕,纳粹秘密警察,街头激战⋯⋯我记得有一天晚上,我爬上一座山丘到牛奶场取新鲜牛奶,我听到头上的树梢间嗖嗖作响。我意识到是机关枪从我前面远处的山丘上向铁路线扫射,铁路线就在我后面的沟谷里。当时的本能就是逃跑,或者干脆趴在地上。我犯了一个错误,就是向沟谷跑去,而在某个瞬间我听到在我周围的田野里有扑哧扑哧的声响。原来是一些未打中铁路就落地的短程射击。我明白了,如果敌人是从又高离沟谷又很远的山上射击,那你就该向上跑:你爬得越高,子弹从你头上飞得越高。当法西斯同游击队在一片玉米地的两头对阵射击的时候,我奶奶想出一个绝妙的主意:鉴于从任何方向逃跑都有被流弹击中的危险,她扑倒在田间,而且正好在双方射击阵地之间。就这样面朝地大约趴了十分钟,当时她只指望任何一方都不要前进了。结果,她安然无恙。您看,如果一个人从小就学会处理这种情况,经验就会铭刻在他的神经系统里。"

"照这样讲,您是参加过抵抗运动了。"

"我只是个旁观者,"他说。我发现他说话的声音略带些许难为情,"一九四三年,我十一岁,大战结束时我刚满十三岁。说参加谈不

---

① 即美国陆军特种部队。

上,太年幼了,倒是经历了全过程,可以说像摄影师那样全神贯注地跟踪了这段历史。但是我能干什么呢?我当时是在观望、逃跑,像今天这样。"

"现在或许可以讲述了,而不是去修改别人写的书。"

"全讲过了,卡索邦。如果我当时二十岁的话,在五十年代,我或许就写出回忆录式的诗篇了。幸好我出生得太晚了,当我能够写作的时候,只好阅读别人写的书了。不过话说回来,我当年也许会在山丘上饮弹而亡呢。"

"哪边的子弹?"我追问他,后来我感到有点不好意思了,"对不起,随便开个玩笑。"

"不,不是玩笑。当然,今天我明白了,但直到今天才明白。那时我懂吗?您知道,人可能会被愧疚折磨一生,并非因为选择错误,错误至少还可以纠正悔改,而是因为不可能向自己证明不会选择错误……我曾是一个潜在的叛徒。现在我还有什么权利写出真相来讲给别人听呢?"

"请原谅,"我说,"您还可能是潜在的沙拉里亚之路上的魔鬼呢,但您并没有真的变成那样。这是一种神经官能症。或许您的愧疚是基于一些具体依据?"

"在这种事情中有什么依据?说到神经官能症,今晚我要同瓦格纳医生共进晚餐。我到斯卡拉广场打出租车去。我们走吧,桑德拉?"

"瓦格纳医生?"在与他们道别时我问道,"是他本人吗?"

"当然,他要在米兰待几天,或许我能说服他将他一些未发表的随笔评论交给我出一本小册子。那将是一桩美事。"

这样看来,在那时,贝尔勃就已经同瓦格纳医生有过接触了。我想,是不是就在那天晚上,瓦格纳(其实应读做瓦涅尔)免费为贝尔勃进行了精神分析,他们俩却都不知情。或者是在后来进行的。

总之,那天贝尔勃第一次提到了他在×××的童年往事。某些逃跑——那些几乎可称为光荣的逃跑,那些在回忆的自豪中讲述的逃跑——却在他和我一起以及当着我的面不带自豪感却智慧十足地逃跑之后,又一次浮上了他的心头,这就很耐人寻味了。

一六

> 在那之后,普罗万修士被带到长官面前,他们问他是否想为骑士团辩护,他说不想,而如果团长们愿意为骑士团辩护的话,那就让他们去辩护吧,而他在被捕前加入骑士团才九个月。
>
> ——一三〇九年十一月二十七日的证词

我在阿布拉菲亚上找到了其他一些有关逃跑的故事。那天晚上我在潜望镜室里想起那些事,当时在黑暗中听到连续不断的沙沙声、咔咔声、吱吱声,我告诫自己要沉着冷静,因为那是博物馆、图书馆、古老宫殿在夜晚自言自语的方式,只不过是旧橱柜在维持平衡,是框架柱顶对傍晚潮湿做出反应,是泥灰墙皮以一世纪一毫米的速度剥落,是墙壁困得打呵欠。你不能逃跑,我在心里对自己说,因为你在这里就是为了了解这个寻求以疯狂的(或绝望的)英勇举动结束一系列逃跑行为的人身上究竟发生了什么,也许是为了尽快与被拖延了多次的真相会合。

小运河.doc

我是在荷枪实弹的警察面前逃跑还是在逃避历史?这有区别吗?我是出于道义上的选择还是为了再一次面对"机会"、使自己经受考验而去参加游行示威的？好吧,我错失了许多大好机会,因为那些机会来得太早,或者太晚,都怪我生不逢时。我宁愿在那片草地上开枪射击,甚至不惜打中奶奶。我不是由于懦弱而是由于年纪小而没有那样做。好吧,那么游行示威呢？我再次逃跑是因为我们是两代人,那起冲突与我无关。不过我本可以冒一下险,即便并不怀着热情,只为了证明当年在草地上我会懂得如何选择。选择错误的"机会"以便使自己相信本可能选择正确的"机会",这有意义吗？天晓得那些今天直面了冲突的人中有多少是这样做的呢？而虚假的机会并不是正确的"机会"。

因为觉得别人的勇敢同当时境况的空虚无聊不相称,你就变得怯懦了吗？那么智慧就使人怯懦。当你一生都在窥视正确的"机会"并一直在捉摸如何抓住它时,你就与它擦肩而过。"机会"是出于本能的抉择,是在你不知晓的情况下出现的。也许我有一次抓住了它,但是从未知晓？难道会因生在错误的那十年中而终生内疚、怯懦吗？回答是:你感到怯懦,因为有一次你曾表现出了怯懦。

那一次你错过了"机会",也是因为你感到自己与之不相称吗？

描述孤单地坐落在葡萄园簇拥的那个山丘上×××的房子——人们不是叫它乳房山吗？——一条小路通向远离该城镇的地区,通向最后一条——或者是第一条(当然,这取决于你选择哪个视角)——有人居住的小路。一个离家出走的小孩抛弃了家庭的庇护,进入密如触须的聚居区,沿着大街行走,对"小径"这个地方既羡慕又害怕。

"小径"是小径帮的聚集地。他们是一帮脏兮兮的爱吵吵嚷嚷的乡下小孩。我是一个城里人,最好远离他们。但为了去广场、报亭、文具店,除非尝试一下接近绕行赤道、卑躬屈膝的路线,否则只有沿着小运河走了。小径帮的孩子们同小运河帮的相比可称得上君子了。小运河的名称源于一股湍流,后来变成了一条臭水沟,它仍然流经最贫穷的居民区。小运河帮的那些小孩委实是一群卑鄙下流的家伙,是流氓无产阶级,是一伙暴徒。

小径帮的孩子不遭受攻击、不挨几下打是无法通过小运河区的。一开始,我并不知道自己也成了小径帮的一员,我刚搬到那里不久,可他们已经把我当成了敌人。我把画报打开挡在眼前,边走边读,经过他们身边,而他们早已发现我了。我于是撒腿就跑,他们紧追不舍并向我投掷石子,一块石子打穿了画报,我仍然把画报展在面前,装腔作势,继续奔跑。我保住了性命,但丢了画报。第二天,我决心加入小径帮。

我在他们的大会上作了自我介绍,引起哄堂大笑。那时我有一头直挺挺的浓发,像祭司牌铅笔广告中的那副模样。电影、广告和星期天做完弥撒后漫步大街的人给我提供的范例是那样一种年轻人的形象,他们身着宽肩双排扣上衣,留着小胡须,头发油光发亮地紧贴在脑壳上。在那个年代,向后梳的发型被老百姓贬为流里流气。我就想要这种流里流气的发型。星期一,我在集市广场买了几瓶发蜡,这同证交所的行情相比当然微不足道,可对我来说是一笔很大的数目。发蜡呈蜂蜜状,我把它抹在头发上,使头发变得平整,像铅制的无边圆帽或教皇绒帽一样。然后我又罩了一个发网,把头发拢在一起。小径帮的孩子们已经看见过我戴着发网走过,他们用我能听懂但不会说的难听方言嘲讽我。那天,我在家戴着发网待了两小时之后,把发网取掉,照了照镜子,检验一下效果,然后去会见我发誓要效忠的人物。我走近他们时,集贸市场上买来的发蜡已经没了黏性,头发又慢慢地恢复垂直的状态。围绕在我周围的小径帮的孩子们兴致很高,他们嬉笑着相互碰撞肘臂。我请求加入帮会。

遗憾的是我操意大利语:我是个另类。帮主马尔蒂内蒂那时给我的印象很高大,他光着脚丫子走上前来。他决定要我承受一百下脚踢屁股。这或许是为了唤醒贡茶利尼蛇。我接受了。我面对墙站立,两个副手扯住我的双臂,我被光脚踢了一百下。马尔蒂内蒂充满激情地完成了暴力工作,他用脚掌踢,而不是用脚尖,怕大脚趾遭皮肉之痛。他们有节奏地齐声高喊着,用方言数着数,为这一仪式助威。然后他们决定将我关进兔笼里待上半小时,这当儿他们开始用喉音很重的方言交谈着。当我抱怨双腿发麻时,他们把我放了出来。我感到骄傲和自豪,因为我能有尊严地通过一群野蛮人的野蛮的入会仪式。我是一个"烈血战士"①。

那些年月里,在×××还有条顿骑士,他们警觉性不高,因为游击队还未成气候——那是一九四三年末,或者一九四四年初。我们第一步行动就是进入一个木棚里,我们中的一些人同看守木棚的士兵套近乎,那是一个大块头的伦巴第人,他啃着一个大三明治,还夹着香肠和看上去像果酱的东西(这让我们毛骨悚然)。正当干扰小分队奉承阿谀这个士兵,称赞他的武器精良时,我们已进入了木棚(从破败不堪的后面渗透),盗走了几包TNT炸药。在马尔蒂内蒂的计划中,他打算制作烟花爆竹在农村燃放,现在我才知道他的制作方法十分粗糙,很不规范。再晚一些时候,墨索里尼"萨洛共和国"的蛙人部队接替了德国人。他们沿河设检查站,恰好在马利亚慈善学校的女孩子们晚上六

---

① A man called horse,美国西部电影中的主人公。

点经过的十字路口。问题是要说服蛙人部队的人(他们大都不会超过十八岁)把那种德国造的长柄手榴弹束成一捆,拔掉安全装置,确保在女孩子经过时在水面上准时引爆。马尔蒂内蒂非常清楚需要做什么和如何计算时间。他向蛙人部队做了解释,收效神奇:正当女孩子们拐过街角时,一声雷鸣般的巨响,水柱冲向了岸边。女孩子们尖叫着抱头鼠窜,而我们和蛙人部队则捧腹大笑。在莫莱被处火刑之后,科尔塔诺①的幸存者应当记得那些光辉岁月。

  小径帮的孩子们主要的消遣娱乐就是捡拾收集子弹壳和各种战争残留物,在九月八日之后这些东西可真不少,像旧钢盔、子弹盒、干粮袋,有时还能拾到全新的子弹。应该这样使用一粒完好的子弹:手握弹壳,把弹头插入锁眼里,用力一扭,弹壳就脱出来了,然后把它归到特别收藏中去。将弹壳中的火药倒出来(有时是很细的无烟火药),然后将火药排成曲线状,再点火。如果子弹的引信完好无损,那就更珍贵了,它可以用来装备军队。一个好的收藏家会有很多这样完整无缺的子弹,他们会将它们按制造方法、颜色、形状和长度分类。收藏品中有冲锋枪和英式斯登枪的子弹壳,旗手和骑兵用的滑膛枪、九一式步枪(我们只在美军那里看到过加兰德步枪)的子弹壳,而最抢手的就是堪称大首领的机关枪子弹壳。

  正当我们沉迷于这些和平游戏时,一天晚上,马尔蒂内蒂告诉我们,时机到来了。挑战书送到了小运河帮的手里,他们接受了挑战。对抗将在中立地带进行,即火车站后面,在那天晚上九点。

  那是一个夏天的傍晚,人感到特别疲倦、情绪激动,我们中

---

① Coltano,二战后意大利集中关押墨索里尼和"萨洛共和国"的罪犯之地。

的每一个人都准备了可怕的行头,寻找趁手的木头棍棒,子弹盒和干粮袋都装满了各种大小的石子。有人用步枪背带做成皮鞭,如果用力抽打,足以令人生畏。至少在黄昏时分,我们大家都感到自己是英雄,我比其他人感觉更强烈。这是激战前的冲动,辛辣的、痛苦的、壮烈的冲动——再见了,亲爱的,再见了,要成为一个武士需要艰苦的磨炼,这是甜美的痛苦,我们要去献出青春,正如在九月八日之前在学校里老师教导我们的那样。

马尔蒂内蒂的计划精明而有远见:我们穿过更靠北边的铁路边坡,出其不意地从背后攻击他们,这样,我们事实上就胜利了。然后发起决定性的攻击,杀他个片甲不留。

在黄昏时分,我们就按计划穿越斜坡,因为背着石头,扛着棍棒,我们几乎是双手着地地艰难爬行。在坡顶上,我们看见他们已经埋伏在火车站公共厕所的后面。他们也看到了我们,因为他们向上面观望,怀疑我们从那个方向袭来。现在只有冲下去了,不给他们对我们显而易见的行动感到惊讶的时间。

谁也没有在攻击之前给我们喝酒壮胆,但我们照样高喊着冲了下去。这是在离火车站一百米远的地方发生的。那里开始出现了第一批房舍,稀疏地排列着,街巷星罗棋布。一群强悍的勇士无所畏惧地冲在最前面,而我——幸好——和另外一些人放慢了步伐,部署在房子转角后面,远远地观望。

如果马尔蒂内蒂事先把我们编成前锋队或后卫队,我们是会尽各自的义务的,但当时是自发分配任务的。脾气暴烈者在前面,胆小怯懦者在后面。我们从我们的躲藏处——我的躲藏处比其他人更靠后——观察着冲突,但是冲突并未发生。

双方的人马近得只相距几米远了,两队人面对面对峙着,咬牙切齿,怒目而视,后来头头们走向前去进行军事谈判。简直就是雅尔塔会议,他们决定划分势力范围,并尊重偶然的过境者,像基督教徒和穆斯林在圣地达成的协议一样。两个有侠义之风的团伙精诚团结,避免了战斗。每一方都经受了一次考验。对立的帮派握手言和,和解了的帮派向相反的地盘后退了。

现在我对自己说我没有去攻击,因为我觉得那很可笑。但那时我并没有这样对自己说。我感到自己是个懦夫。

现在我更恬不知耻地对自己说,如果我同其他人一样冲上前去,我不会有任何的危险,而且我在未来的年月里将会生活得更美好。十二岁时,我错失了"机会"。正如错过第一次勃起使得终生阳痿一样。

一个月后,由于一次偶然的越界,小径和小运河两个帮派又在一块空地上布阵交锋了。他们开始相互投掷土块。不知道是因为上次的冲突使我心中有了底,还是想成为一名烈士,我冲在最前面。那是一种不流血的土块仗,对我除外。一块土疙瘩显然隐藏了一颗石头心,打裂了我的嘴唇,我哭着跑回家,我母亲只好用拔毛钳把泥土从嘴巴里的那个伤口中钳出来。在我右下犬齿处留下了一个疤,现在我的舌头舔过时,它还会颤动。

但这块疤并不能使我为自己开脱,因为那是出于无意识,并非由于勇敢造成的。我用舌头扫过嘴唇,我做什么呢?我写作。但是拙劣的文学赎不了我的罪。

在那天游行示威之后,大约有一年时间我没有看到贝尔勃。我爱上了安帕罗,不再去皮拉德酒吧了,而我同安帕罗一起去的很少几次也没有见到贝尔勃。安帕罗并不喜欢那个地方。她在道义上和政治上的严于律己——同她的优雅和她出色的自豪感一样无出其右——使她感到皮拉德是纨绔子弟的民主俱乐部,而民主纨绔主义对她来讲是一种资产阶级更为精明的阴谋。这一年,我十分繁忙,极为认真地工作,我的生活充满温馨和柔情。我兴致勃勃但冷静沉着地撰写着我的论文。

有一天,我在米兰运河边离加拉蒙出版社不远的地方遇到了贝尔勃。"瞧瞧,"他满心欢喜地对我说,"我最喜欢的圣殿骑士!有人刚刚送给我一瓶无法形容的陈酿美酒。何不去我那里一趟?我有纸杯,还有一下午的空闲。"

"这是轭式搭配法。"我说。

"不是,是波旁威士忌,我认为是阿拉莫[①]失守之前装瓶的。"

我随他而去。但当我们刚刚开始品尝美酒时,古德龙进来了,她说有一位先生到了。贝尔勃拍了一下脑门。他把那个约会给忘了,但他对我说这巧合有点阴谋的味道。据我理解,那个人也想介绍一本涉及圣殿骑士的书。"我马上去打发他,"他说,"但请您以微妙的托词帮我解围。"

这当然只是一个巧合。我就这样被扯进一张大网里。

---

① Alamo,美国得克萨斯州圣安东尼奥附近的要塞,在1836年得克萨斯独立战争中起过重要作用。

一七

  圣殿骑士团就这样带着他们的秘密消失了，在这一秘密的阴影里跳动着地下城市的美好期望。但是他们心系的抽象概念却在暗地里继续维系着外界无法渗透的生活……而且，它随着时间，不止一次地让它的启示汇入能够接受它的精神之中。
  维克托·埃米尔·米什莱《骑士团的秘密》，一九三〇年，2

  他有一副四十年代人的面孔。从我家地下室里找到的一些旧杂志来看，在四十年代，所有人都是这副模样。这是战争年月忍饥挨饿造成的：颧骨下的面颊凹陷，眼睛无神，像患了热病似的。是我在枪毙人的场景中看到的面孔，贴着墙根的和拿枪的都是那样。在那个年代，有着同样面孔的人相互射杀。
  我们的来访者着一套蓝色套装、白衬衣，打着珍珠灰领带，我本能地想，为什么他要西装革履。他一头黑发看上去是染的，沿着两鬓向后梳理，抹了发蜡，刚好形成了两缕波浪形的卷发，在光秃的头顶上有几丝稀疏的头发，如电报线似的工整地覆盖着。他晒黑的面孔上不仅皱纹密布——殖民地留下的明显痕迹——而且从口唇到耳根，一条明显的伤疤贯穿他的左面颊。由于他留着阿道夫·门吉欧①式的又黑又长的胡须，左边的胡须不露声色地覆盖在那条约有一毫米宽的伤疤上，那是一块被撕裂又缝合上的皮肤。是操马刀决斗，还是子弹留下的伤痕？

他自我介绍说：上校阿尔登蒂。并把手伸向贝尔勃。当贝尔勃指指我，说我是他的合作者之后，他向我随意地点了点头。他坐定之后交叉双腿，并把裤管提到膝盖之上，露出了一双深紫色的短筒袜。

"上校……在服役吗？"贝尔勃问道。

阿尔登蒂露出了几颗贵重的假牙："就算退休吧。或者说是后备役。也许看不出来，但我已经上年纪了。"

"不太像。"贝尔勃说。

"我毕竟是经历过四次战争的人了。"

"您应当是同加里波第一起开始军事生涯的吧。"

"不，是在埃塞俄比亚，当时是志愿军中尉，在西班牙是志愿军上尉。又去了非洲，晋升为少校，直到放弃'第四岸'。获过银质勋章。在一九四三年……这么说吧，我投靠了后来战败的一边：我丢掉了一切，除了荣誉。我有勇气从头开始。我参加了外籍军团。那是培养勇士的角斗场。在一九四六年是下士，一九五八年当了上校，同马苏一起，显然，我总是选择失败的一方。阴险的戴高乐掌权了，我退了役，在法国生活。我在阿尔及尔有许多熟人和关系，在马赛开了一家进出口公司。这次，我站对了队伍，我现在收入稳定，我认为我可以顾及 hobby[②] 了——现在人们就这么叫——对吗？在最近几年，我把我的研究成果整理成册。就是这个……"他从皮包里抽出了一个厚卷宗，我记得好像是红色的。

"那么，"贝尔勃说，"是一本关于圣殿骑士的书吗？"

"圣殿骑士，"上校承认，"年轻时我就对他们情有独钟。他们横渡地中海，也是寻求荣誉的冒险家。"

---

① Adolphe Menjou（1890—1963），美国演员。
② 英文，爱好。

"卡索邦先生是从事圣殿骑士研究的,"贝尔勃说,"他比我更熟悉这个主题。您给我们讲一讲吧。"

"我一直对圣殿骑士感兴趣。一班慷慨侠义之士把欧洲的光辉带到了两个的黎波里的野蛮人中间……"

"圣殿骑士的敌人并不那么野蛮。"我用温和的语气说道。

"您从未被马格里布①的反抗者逮住过吧?"他讥讽地问我。

"还没有。"我说。

他盯视着我,而我因没有在他的那些军团中服过役而感到庆幸。他直接对贝尔勃说:"很抱歉,我属于另一代人。"他朝向我带着挑战的语气说:"我们在这里是为了经受一次审讯还是……"

"我们在这里谈论您那部著作,上校,"贝尔勃说,"请您谈谈您的著作吧。"

"有一件事我想马上澄清,"上校说,他伸手去拿卷宗,"我愿支付出版的费用,我不会让你们有任何亏损。如果你们要推敲它的学术性,我可以向你们提供保障。就在两小时前,我会见了这方面的一位专家,他特地从巴黎赶来。他可以书写权威性的序言……"他猜出贝尔勃想要问什么,遂向他示意,表示在此时此刻最好模糊处理,因为这是一个很敏感的问题。

"贝尔勃先生,"他说,"我这里有一个好故事。不是平庸无奇的那种,而是真正的好故事,比美国的那些侦探小说强多了。我找到了一些非常重要的东西,但这还仅仅是个开端。我愿把我所知道的一切告诉所有人,为的是某个有能力完成这一'拼图游戏'的人能读到它,然后站出来。我愿抛砖引玉。另外,我打算立即着手进行。在我之前知道我知道的那些事的人,可能已经被杀害了,正是因为他们没有传播开来。如果将我所知告诉两千读者,就没人会有兴趣除掉我

---

① Maghreb,北非濒临地中海的地区,包括摩洛哥、阿尔及利亚、突尼斯和利比亚。

了。"他停顿了一下,"你们了解关于圣殿骑士被捕的事吧……"

"卡索邦先生告诉过我关于这方面的一些情况,使我深感震惊的是逮捕竟然未动一刀一枪,而且圣殿骑士感到措手不及……"

上校面带讥讽的笑容:"对,如果认为这些强大到足以使法兰西国王感到惧怕的人没有能力事先知晓一些无赖正在挑唆国王,而国王又在怂恿教皇,那就太幼稚可笑了。好了。要想出一个计划,一个出色的计划。设想圣殿骑士有一个征服世界的计划,并且知道巨大权力源泉的秘密,而为了保守这个秘密,值得牺牲巴黎的整个圣殿区,分散在法国、西班牙、葡萄牙、英国和意大利的封地,圣地的古堡,金库,一切……腓力国王已经猜到了,否则就无法理解为什么他发动了这次迫害运动,使法国骑士阶级的杰出典范声名狼藉。圣殿骑士心里清楚,国王是明白的,他要毁灭他们,正面抵抗毫无用处。完成计划还需要时间,宝藏或他们真正在意的东西尚待最终找到,要一步一步来。还有圣殿的秘密领导机构,现在大家都承认它是存在的……"

"大家?"

"是的。一个如此强大的骑士团怎么可能没有一个秘密规章就生存如此之久?"

"论据无懈可击。"贝尔勃瞥了我一眼说。

"由此可见,"上校说,"结论也十分明显。大团长自然是秘密领导机构的成员,但他只是在打掩护。戈蒂耶·瓦尔特在《骑士团与历史的神秘面》一书中称,圣殿骑士夺取权力的计划最终会在二〇〇〇年完成。圣殿骑士决定转入地下,而为了达到此目的,就需要掩人耳目,销声匿迹。他们自我牺牲,这就是他们的所为,包括大团长在内。有一些骑士让人杀害,很可能是按抽签的结果。其他骑士屈从了,见风使舵,把自己伪装了起来。那些低级别的成员、世俗兄弟、木工、玻璃匠人……到哪里去了呢?共济会诞生了,它遍布全世界,这是人皆共知的历史。但在英国究竟发生了什么事呢？国王顶住了教皇的压力，让所有的骑士退休，让他们在骑士团的驻地颐养天年。那些人则悄无声息地在那里度日。您相信这事吗？我不信。而在西班牙，圣殿骑士团决定改名，变为蒙泰萨骑士团。我尊贵的先生们，他们可是一些能说服国王的人呀，在他们的保险箱里藏有国王的很多支票，能在一周之内使国王破产。葡萄牙国王也同他们达成了协议：国王说，亲爱的朋友们，这样吧，你们不再叫圣殿骑士而改称基督骑士吧，对我来说这样行得通。在德意志王国他们又是何种境遇呢？很少进行审判，取缔圣殿骑士团也是纯粹形式上的，在那里有兄弟会。条顿人在那个年代不只是建立了国中之国：他们就是国家，把相当于现在苏联统辖的那么大的土地归拢到一起——他们这样做直至十五世纪末，因为后来蒙古人来了——但这是另一段历史，因为蒙古人还没走远……但我们不要离题……"

"不会的，请吧，"贝尔勃说，"我们继续谈。"

"好吧。众所周知，在腓力国王发出逮捕令的前两天，也就是命令执行的一个月之前，一辆牛拉的干草车穿过圣殿的围墙不知去向。就连法国占星学家诺查丹玛斯也在《诸世纪》一书中提到了这件事……"他在手稿中翻到一页：

在反刍动物牵引的
干草车中隐藏着骑士
他们的武器发出了响声

"干草牛车只是一个传说，"我说，"我也许不会把诺查丹玛斯看成在历史编纂领域的权威学者……"

"那些比您年长的人，卡索邦先生，都相信诺查丹玛斯的很多预言。再说了，我也不会天真到去相信关于牛车的传奇故事。那只是个象征,事实的象征,明显的和查明的事实象征,当雅克·德·莫莱眼看自己就要被捕时,他把指挥权和密令交给了他的侄儿博热伯爵,他成了已经转入地下的圣殿骑士团的秘密首领。"

"有历史资料的记载吗?"

"官方的历史,"上校苦笑了一下,"是胜利者书写的。按官方历史讲的话,像我等之人也不复存在了。不过,在干草牛车轶事背后另有隐情。秘密核心转移到一个风平浪静的中心,从那里开始创建地下网络。我就是从这显而易见的事实上起步的。多年来,还在大战前,我就一直在想这些豪气干云的骑士究竟到什么地方去了。当我退休后,我终于下决心要找到弄清这一问题的途径。既然干草牛车一事是在法国发生的,所以我要在法国找到秘密核心召开最初会议的地方。它在哪里呢?"

他好像在演戏。贝尔勃和我现在真想知道在哪里,我们只好说:"请讲。"

"我来告诉你们。圣殿骑士诞生于何处?于格·德·帕扬从哪里来?从特鲁瓦附近的香槟地区来。于格是香槟地区的统治者,几年之后的一一二五年,他到耶路撒冷去与他们会合了,后来他返回家乡,好像同西多修道院院长有了接触,他在修道院帮他研读和翻译一些希伯来文的著作。你们想想,连上勃艮第地区的拉比们也被熙笃会修士邀请到西多来了,这些修士是谁的人呢?是圣伯尔纳的人,拉比们被请来研究于格在巴勒斯坦找到的不知什么文章。而于格向圣伯尔纳的僧侣们赠送了在奥布河畔巴尔的一片森林,克莱尔沃修道院后来在那里诞生。那么圣伯尔纳在干什么呢?"

"他变成了圣殿骑士的支持者。"我说。

"为什么?你们知道吗?他使圣殿骑士比本笃会修士更强大了。他禁止本笃会修士接受土地和房屋的馈赠,却把它们送给圣殿骑士。你们看到过特鲁瓦附近的东方森林吗?好大的一片,骑士的驻地鳞次栉比。在巴勒斯坦的骑士不打仗了,你们知道吗？他们在圣殿里安营扎寨。他们不再杀戮穆斯林了,而是同他们建立了友谊。他们同他们当中的洞悉奥秘者接触。总之,圣伯尔纳在香槟的伯爵们的经济支援下,建立了一个骑士团,在圣地同阿拉伯和犹太秘密派别互通有无。一个不为人知的领导机构规划了旨在使骑士团生存下去而不是灭亡的十字军东征,建立了一个免受国王司法审判的权力网。我不是一个学者,而是个行动派。我并不想过多地猜测与假想,而是做了很多高谈阔论的学者从未做过的事。我去了圣殿骑士的发祥地,去了他们两个世纪以来建立的基地,他们如鱼得水自由自在地生活的地方……"

"毛主席说,革命者生活在人民中应当如同鱼在水中一样。"我说。

"您的主席是好样的。圣殿骑士正在准备一场革命,比您那留辫子的共产主义伟大革命更伟大……"

"他们早就不留辫子了。"

"不留辫子了？真可惜。我说过,圣殿骑士不得不在香槟地区寻求藏身之处。在帕扬？在特鲁瓦？在东方森林？不,帕扬是一个只有几栋房子的小乡镇,而在那时最多也只有一个城堡。特鲁瓦是一个城市,周围国王的人太多。属于圣殿骑士的东方森林将是国王卫队第一个去搜查的地方,他们后来的确是那样做的。不：普罗万,我对自己说。如果要找藏身处的话,那准是普罗万。"

一八

  如果我们能深入到地球中去,亲眼看看从一极到另一极,或者从我们的脚下到对跖点的地球内部的情景,我们就会惊骇地发现一个被裂缝和洞穴镂空的巨大建筑物。
托马斯·伯内特《地球之神圣理论》
阿姆斯特丹,沃尔特,一六九四年,第三八页

  "为什么是普罗万呢?"
  "您从未去过普罗万吗?那是一个神奇的地方,如今仍然能感受到。到那里去您就会明白了。这个魅力无穷的地方仍然完全为神秘所笼罩。十一世纪时,它是香槟伯爵的领地,并成为一个特区,中央政权也不能过问那里的事。圣殿骑士在那里如同在自己家里一样,时至今日还有一条以他们命名的街道。教堂、楼宇、一座陡峭的堡垒俯瞰着整个平原。金钱、商贾往来、集市,混乱得使人不知所措。但尤其要提到的是从史前时期就有的一些密道。那是在整个山丘下伸展的密道网,是地地道道的地下墓穴,今天有一部分还可以供游人参观。如果有人在那里秘密集会,即便敌人闯入,集会者也能够在几秒钟内疏散开,只有上帝知道他们去往何处,如果熟悉通道的话,他们还可以从不知何方出去,再从外面进来,像猫一样无声无息地绕到入侵者身后,在黑暗中把他们杀死。我的上帝,是真的,尊敬的先生们,那些密道好像是专为行动迅速又神出鬼没的突击队建造的。他们在夜里溜进去，口衔一把匕首，手握两枚手榴弹，其他人就会落入死亡的圈套，老天爷呀！"

他的双眼闪闪发光："你们知道普罗万是多么好的藏身之地吗？一个秘密核心在地洞里开会，当地所有的人就算看到了，也不会说出来。国王的人马也来到了普罗万，自然逮捕了暴露在地面上的圣殿骑士，并把他们押解到巴黎。普罗万的雷诺被严刑拷问，但他没有招供。显然根据秘密计划，他要让自己被逮捕，使国王相信普罗万已经肃清了，但同时他还要发出一个信号：普罗万绝不屈服，普罗万是新地下圣殿骑士的所在地……那些建筑物与建筑物之间都由密道相连，他们假装进入粮食仓库或货栈，出口处却是一座教堂。密道是由支柱和拱顶构成的。在城市中心的每一栋房子里，直到今天仍然还保存着一个尖拱顶地下室，这种地下室有上百个，每一个地下室，这样说吧，每一个地下室都是地下通道的一个入口。"

"这只是您的推测。"我说。

"不，卡索邦先生。我有证据。您并未见过普罗万的密道。在地底下一个厅连着一个厅，到处可看到涂在墙上的粗糙图画，更多的是在被洞穴学家称之为侧穴的地方，主要表现了源于古代凯尔特德鲁伊特的圣事情景。也就是古罗马人到来之前画的。恺撒大帝从上面经过，下面则策划着抵抗、妖术、伏击。这里也有纯洁派的象征符号，是的，先生们，纯洁派不仅在南欧有，南欧的纯洁派被整垮了，香槟地区的纯洁派秘密地生存下来了，他们在这里、在这些异教徒的地下墓穴中集会。在地面上的一百八十三名纯洁派教徒被烧死了，其他人则在这里存活了下来。传言称他们为 bougres et manichéens——你们看，bougre 就是鲍格米勒派教徒，是来自保加利亚的纯洁派，法文的 bougre 对你们来说代表什么？如果追根溯源，它是鸡奸的意思，因为传说保加利亚的纯洁派教徒有这种恶习……"他难为情地笑了笑，"谁被指控有同样的恶习呢？圣殿骑士……很巧，对吧？"

"在一定程度上,"我说,"那个年代,如果想除掉一个异教徒,就会指控他鸡奸……"

"当然,不要以为我也认为圣殿骑士……得了,他们是军人,我们军人是喜欢漂亮女人的,即便他们已经发了誓,可男人就是男人。但我提及这一点是因为我不认为纯洁派异教徒在圣殿骑士团的领地里找到藏身之处是一件偶然的事。不管怎样,圣殿骑士从他们那里学会了如何利用地下密道。"

"但终归,"贝尔勃说,"您的说法只是一种猜测……"

"开始时是猜测。我已经告诉你们我考察普罗万的原因。现在好戏才开始。在普罗万的中心有一栋宏伟高大的哥特式建筑,什一税谷仓,你们知道,圣殿骑士的一个优势就是他们直接征收什一税而不向国家交纳任何东西。在谷仓下面,像别处一样,有地道网络,现在破烂不堪,好吧,当我翻阅普罗万的档案材料时,我无意中看到一份一八九四年的当地报纸。报导称两个龙骑兵,图尔的卡米拉·拉福格骑士和彼得堡的爱德华·因戈尔夫骑士(就是这样写的,彼得堡的)几日前来谷仓参观,他们同守卫一起下到其中一个地下大厅里,也就是地下二层,当时守卫为了向他们表明下面还有好几层,用脚蹬踏地面,他们马上就听到回音隆隆。记者赞扬两位龙骑兵勇敢,他们拿来灯和绳索,像孩童在矿井里一样,两肘着地在那些神秘的通道里爬行。报导称,他们来到一个大厅,那里有一个漂亮的壁炉,中间还有一口井。他们用绳索系了一块石头放入井中,发现井有十一米深……一星期之后,他们带着更结实的绳索返回。另外两人拉着绳索,因戈尔夫下到井下,他发现有一个十米见方、高五米、石头砌墙的大房间。接着轮到另两个人下去了,他们认为这是地下三层,深三十米。没有人知道三个人在那个大厅里究竟看到了什么,究竟干了什么。记者承认,当他去现场调查时,他没有勇气和力量下到井里去。这故事激发了我的兴致,我想参观这地方。但从上世纪末至今,很多地下通道都坍塌了,即使那口井真的存在过,那现在还有谁能知道它在何处?我脑中一闪念,想到龙骑兵可能在那里找到了什么。就在那些天我读了一本关于雷恩堡之谜的书,其中叙述的轶事在一定程度上也涉及圣殿骑士。有一个身无分文、前途晦暗的教区牧师,在一个有两百个居民的小村庄里修复一座古旧教堂时,从祭坛地上搬起了一块石头,找到了一个装有据他说是极古老手稿的盒子。只是手稿吗?不清楚究竟是怎么回事,但以后几年里,他却变得极为富有,挥金如土,过着放荡不羁的生活,结果受到教会法庭的审判……而在两个龙骑兵中的一个或在两个人身上是否也发生了某种类似的情况?第一个下到井下的是因戈尔夫,他找到了一件不大的贵重物品,把它藏在了上衣里,上来后对另两人只字不提……总之,我是一个固执己见的人,如果我过去不是一直这样的话,我或许会过着另一种生活。"他用手指摸了一下自己的伤疤,然后双手拢鬓向脖颈滑去,检查了一下头发是否帖服在应该的位置上。

"我到巴黎电话总局,在全法国电话登记簿上查找因戈尔夫家族的地址。我只在欧塞尔找到了一家,我给人家去信介绍称自己是一位考古方面的学者。两周之后我从一位老接生婆那里收到一封回信:她是那个因戈尔夫的女儿,她好奇为什么我对因戈尔夫感兴趣,甚至问我,托上帝的福,我是否知道有关他的什么情况……我就知道这事有点神秘,于是匆忙赶到欧塞尔,因戈尔夫小姐居住在一栋被洋常青藤遮隐的小房子里,小木栅门用一根小绳子和钉子闩着。那是一位文化程度不高,但干净整洁、彬彬有礼的老小姐。她立即问我,关于她的父亲我知道些什么,我告诉她,我只知道他有一天下到普罗万的一条地下通道里去过,而我正在撰写这一地区的历史评论。她如坠五里雾中,她从来都不知道她的父亲去过普罗万。是的,他父亲是龙骑士,但在一八九五年就退役了,也就是在她出生之前。他在欧塞尔购置了那栋小房子,在一八九八年同当地一个薄有积蓄的女孩结了婚。一九一五年,当她刚满五岁时,她的母亲就去世了。至于她父亲,在一九三五年消失了。就是消失了。他去了巴黎,他每年至少要去巴黎两次,而这一去音讯全无。当地的宪兵队给巴黎发了电报询问:蒸发了。发了假定已死的声明。就这样,我们这位小姐就落得孤身一人,只好出去找活干,因为父亲留下的遗产微乎其微。显然她没有找到丈夫,从她的唉声叹气中可以看出,曾有过一段往事,一段结局悲惨的往事。'我总是郁郁寡欢,悔恨不断,阿尔登蒂先生,因为对可怜的爸爸一无所知,连他的坟墓在何处也不清楚,是否在某个地方入土为安也是问题。'她渴望谈论他:他极为温柔和善,安分守己,有条有理,又如此有教养。他常常在阁楼上那个小书房里读书写作。其余时间就在花园里锄锄草,和药剂师聊聊天——现在他也已故去。正如她说过的,他时不时去一趟巴黎,说是去办事。但他回来时总是携回一大包书。现在他那小书房还堆满了书。她想叫我看看那些书。于是我们就上了阁楼,那是一间干净整洁的小房间,因戈尔夫小姐现在还每周打扫一次,她每周去给母亲的墓上献一束花,但对可怜的爸爸这是她唯一能做的事。一切都保留了他走时的样子,她本想继续学业,以便能阅读他的那些书,但它们全是古法文、拉丁文、德文,甚至俄文写的,因为爸爸出生在俄国并在那里度过了自己的童年,他是法国大使馆一个官员的儿子。书架上有上百册藏书,大部分(有点夸张地说)是关于审判圣殿骑士的,比如雷努阿尔的《圣殿骑士判决史纪》,一八一三年出版,这真是一件古董。很多书是以密码写成的,堪称是密码学者的收藏,另一些则是有关古文字学和外交方面的书籍。有一本旧账簿登记册,我翻阅了一下,一处记载使我惊喜地跳了起来:涉及出售一个盒子的事宜,没有其他明确说明,也没有买主的名字。没有提到数目,但日期是一八九五年,接着记载的就是一些准确的账目。这是一位处事小心谨慎的先生精心管理其积蓄的总账本。其他记载都是关于在巴黎旧书店购书的事。这一轶事的来龙去脉对我来说变得清晰了：因戈尔夫在地下室找到了一个镶嵌着宝石的金盒子，当时他毫不犹豫把它塞进上衣里，上来后没有向同伴提起此事。我几乎敢肯定，他回家后在盒子里找到了一张羊皮纸。于是他去了巴黎，同一位古董商、高利贷、收藏家接头洽谈出售盒子的事，尽管是低价出售，他至少变得殷实富裕。然而他更进了一步，退役后解甲归田，开始买书并研究羊皮纸上的内容。或许他本来就是一个寻宝者，否则他不会下到普罗万的地下通道里去，或许他有足够的文化素养来判断可以凭一己之力解读他找到的东西。他像一个善良的偏执狂那样无忧无虑、平心静气地研究了三十年之久。他向某个人讲述过他的发现吗？谁知道。在一九三五年，他应当感到研究已取得突破，或者相反感到陷入了进退维谷的死胡同，所以他决定诉诸某个人，或者为了把他知道的告诉对方，或者为了让对方吐露实情。但是他知道的那件事必然非常秘密和可怕，以至那个人听完后使他消失了……不过，我们说回到阁楼上去。我要再看看因戈尔夫是否留下了蛛丝马迹。我对这位善良的小姐说，也许让我查阅她父亲的那些书，就能够找到他对普罗万的印象，而在我的评论文章中将会引用他的佐证。她对此很有热情，'可怜的爸爸呀，'她对我说，我可以整个下午都留在那里，如果有需要的话，还可以第二天再来。她递给我一杯咖啡，并为我打开了灯，让我随意，又回到小花园里去了。房间墙壁洁白光滑，没有柜橱、首饰盒和沟沟坎坎可供搜寻，但我一点也不疏忽，查看了有限的几件家具的上上下下里里外外。在一个空空荡荡的橱柜里有几件充满樟脑味的衣服，我把那三四幅风景版画都翻过来。细节我就从简吧，反正我搜查的本事还不错，像沙发的填充物，不仅要用手摸，还要用针头往里扎一扎，看看是否有异物存在……"

我明白了，看来上校不只上过战场。

"还剩那些书，不管怎样，我把书目抄录了下来，并查看是否有什么眉批和记在空白处的注释、加重杠的话、一些线索……终于我拿起一本古老的大部头精装书,没拿好掉在地上,飞出了一张手写的文稿。用的是笔记本里的纸,墨迹并不陈旧,可能是因戈尔夫失踪前几年写的。我刚发现它就看到页眉上有一个批注:'普罗万,一八九四年。'你们可以想象我是如何激动,情感的波涛涌上心头。我认为因戈尔夫去巴黎是带着羊皮纸原件,而飞出来的那一张只是手抄件。我毫不踌躇。因戈尔夫小姐多年来为那些书掸尘,但没有发现那张纸,否则她会对我提到的。好吧,她将永远不知道它的存在。人总是分成失败者和胜利者。我人生中的失败已经够多了,现在我必须牢牢抓住这一胜利。我拿起这张纸装进口袋里。我向小姐告辞,说我没有找到任何有用的东西,但我如果写点什么的话会提到她的父亲,她为我祝福。先生们,一个行动派,一个为我所具有的那种激情燃烧的人,面对命运已经抛下不管的人是不应有太多顾忌的。"

"您不要为自己辩白,"贝尔勃说,"您已经做了,现在,说吧。"

"现在,先生们,我让你们看看这篇东西。请允许我向你们出示一份影印件。不是不信任,是怕耗损原件。"

"但因戈尔夫的那份并不是原件呀。"我说,"那是你那份假想原件的手抄件。"

"卡索邦先生,当原件不复存在的时候,最后那份抄件就是原件了。"

"但因戈尔夫可能誊抄有误。"

"您有所怀疑。而我却知道因戈尔夫的抄件说出了真相,因为我看不出实际情况怎么可能不是这样。所以因戈尔夫的抄件就是原件。我们在这一点上可以达成共识吗?或者让我们来点知识分子的小游戏?"

"我憎恶那些游戏,"贝尔勃说,"让我们看看您的那份原件吧。"

一九

在博热掌权之后,骑士团一刻都没有停止过存在,而我们知道在奥蒙之后,骑士团大团长代代传承,直到今天从未间断,尽管管理骑士团和领导其崇高工作的真正的大团长和真正的最高领袖的名字和住所还是个谜,这个谜只有真正受到启示的人才知道,他们把它深藏在无法捉摸的奥秘之中,这是因为骑士团的时刻尚未来临,时间未到……

一七六〇年手稿,引自 G·A·席夫曼

《十八世纪中叶共济会中骑士称号的来源》

莱比锡,泽赫尔,一八八二年,第一七八至一九〇页

这是我们同"计划"第一次遥远的接触。那天我本该在别的什么地方。如果那天我不在贝尔勃的办公室,现在我可能……在撒马尔罕卖芝麻,或编辑一套盲文丛书,也可能在弗兰茨·约瑟夫一世的领地上主管第一国民银行?违背事实的条件式总是真实的,因为前提是虚假的。但那天我在那里,因此现在我就在我此刻所在的地方。

上校以戏剧化的姿态,出示了那张纸。它还夹在我那些文件中,在一个塑料护套里,是那个年代人们习惯使用的热敏纸,和那时相比有点发黄褪色。事实上是两篇东西,第一篇密密麻麻地占了上半页,第二篇分布在残缺不全的段落中……

第一篇是一种魔鬼式的连祷,一种对闪米特语的滑稽模仿:

Kuabris Defrabax Rexulon Ukkazaal Ukzaab Urpaefel Taculbain Habrak Hacoruin Maquafel Tebrain Hmcatuin Rokasor Himesor Argaabil Kaquaan Docrabax Reisaz Reisabrax Decaiquan Oiquaquil Zaitabor Qaxaop Dugraq Xaelobran Disaeda Magisuan Raitak Huidal Uscolda Arabaom Zipreus Mecrim Cosmae Duquifas Rocarbis

"不太清楚。"贝尔勃说。

"不清楚,是吗?"上校狡黠地附和道,"如果不是偶然的机会,那一天我在书摊上找到一本关于特里特米乌斯①的书,如果我没有往那些密码写成的信函中的一封——'Pamersiel Oshurmy Delmuson Thafloyn...'瞟上一眼的话,那我就可能白白浪费终生精力。我找到一条线索,就要追寻到底。我不熟悉特里特米乌斯,但我在巴黎又找到了他的《暗号书写法:缺少可靠途径敞开心灵而转向隐秘书写的艺术》一六〇六年法兰克福出版的版本。这是一种通过秘密书写向远方的人敞开自己心灵的艺术。这个特里特米乌斯是一个很有魅力的人物。他是斯潘海姆本笃会修道院院长,生活在十五至十六世纪,学问渊博,懂希伯来语、古巴比伦的迦勒底语,还有像鞑靼语这样的东方语种,他同神学家、喀巴拉信徒、炼金术士,当然同伟大的科内利奥·阿格里帕·冯·内斯特海姆,或许还同帕拉切尔苏斯②等人有过交往。特里特米乌斯用巫术般的恶作剧掩盖了他对秘密书写的发现,他说,要把你们眼皮底下的东西用密码信函的形式发出,然后收信人呼唤天使,如帕迈尔谢尔、帕迪厄、多罗泰尔帮他解读信函的真意。但他举出的范例常常是军事信函,他的书是献给普法尔茨伯爵和腓力大

---

① Johannes Trithemius (1462—1516),德国修道士、炼金术士、密码学家。
② Paracelsus (1493—1541),出生于瑞士的医师、炼金术士。

公的，可谓最早认真研究密码学的范本之一，值得情报机构注意。"

"请您原谅，"我说道，"但如果我没理解错的话，特里特米乌斯是在我们所关心的这份手稿问世之后一百年才诞生……"

"特里特米乌斯加入了一个凯尔特兄弟会，兄弟会成员从事哲学、占星学、毕达哥拉斯数学的研究工作。你们明白这其中的关系了吗？圣殿骑士团是一个传授奥秘的社团，尊崇古凯尔特人的智慧，这早已广泛得到证明。通过某些渠道，特里特米乌斯学习掌握了圣殿骑士使用的密码体系。"

"了不起，"贝尔勃说，"那密文的抄本说了些什么？"

"别急，先生们。特里特米乌斯介绍了四十种主要的和十种次要的密码体系。我很幸运，或者说普罗万的圣殿骑士很自信，他们不用绞尽脑汁加密就可以断言，任何人都没法找到解读它们的钥匙。我立即试着用四十种主要的密码体系中的第一种来解读。我假设在这段文字中只有词首字母才算数。"

贝尔勃又要过那张纸，看了一下发现："就是这样得出的词也是无意义的：Kdruuuth……"

"当然，"上校屈尊俯就地说，"我说过圣殿骑士并未绞尽脑汁，不过他们也不至于太懒惰。这第一个序列本身是另一个密码，而我立即就想到了那十个密码体系中的第二种。你们看这第二种，特里特米乌斯使用了轮盘，而第一个密码体系的图案是这样的……"

他从他的卷宗里抽出了另一份复印件，把椅子向桌边靠了靠，用笔帽紧闭的自来水笔指着字母向我们演示。

"这是最简单的体系。你们只需注意外圈。原信息的每一个字母都被它前面的字母所替代。把 A 写成 Z，把 B 写成 A，以此类推。对现在的谍报人员来说这当然是小儿科了，但在那个年代则被视为魔法。自然，为了解读它，只要反过来替代即可，即每个字母都用它后面的字母来替代。我验证过了，当然，我是幸运的，我试第一次就

成功了，这就是结果。"他抄写了一下："Les XXXVI invisibles separez en six bandes，即三十六个隐形者分为六组。"

"这是什么意思呢？"

"乍一看，什么也不是。这是一个抬头，一个组成部分，是一种出于仪式目的书写的秘密文字。随后，我们的圣殿骑士确信他们的信息深藏在安全无虞的密室里，他们就用十四世纪的法文书写。让我们看看第二段文字吧。"

> *a la ... Saint Jean*
> *36 p charrete de fein*
> *6 ... entiers avec saiel*
> *p ... les blancs mantiax*
> *r ... s ... chevaliers de Pruins pour la ... j . nc .*
> *6 foiz 6 en 6 places*
> *chascune foiz 20 a .... 120 a ....*
> *iceste est l'ordonation*
> *al donjon li premiers*
> *it li secunz joste iceus qui ... pans*
> *it al refuge*
> *it a Nostre Dame de l'altre part de l'iau*
> *it a l'ostel des popelicans*
> *it a la pierre*
> *3 foiz 6 avant la feste ... la Grant Pute.*

"这就是已经解密的信息吗?"贝尔勃问,有点失望,也觉得有趣。

"显然,在因戈尔夫的抄件中,省略号代表原文中难以辨清的字,或羊皮纸破损的空当……而这是我的最后抄本,我经过推测,将它还原到条理清晰和无懈可击,正如人们所说,还其以古老的光辉。"

他用魔术师的手势将复印件翻转过来,向我们展示用印刷体字母组成的解读手记。

在圣约翰(之夜)

干草牛车(之后)36(年)

6(封信)缄封未动

(为了穿)白斗篷的(骑士)[圣殿骑士]

普罗万(重新归附异端的)骑士为了(复仇)

6乘以6,在6个地方

每个乘以20(年总计)120(年)

计划如下

第一批去城堡主塔

又[120年后]第二批赶上面包的那一批

又到避难处

又到了河对岸的圣母(院)

又到了波佩利康的地方

又到了石头

在大娼妓节前3个6[666]

"这比摸黑走路还难。"贝尔勃说。

"当然,这还全都需要解释。但是因戈尔夫一定像我一样走到了这一步。对了解圣殿骑士团历史的人来说并不像看上去那样艰涩。"

谈话暂停了一下。他要了一杯水,继续让我们逐字逐句地看那段文字。

"那么,在干草牛车之后三十六年的圣约翰之夜。肩负世代传承骑士团使命的圣殿骑士在一三〇七年九月躲在干草牛车里逃脱了追捕。那时候,年份是以复活节为起止来计算的。所以一三〇七年是在我们日历中的一三〇八年的复活节时结束的。你们试着算一下一三〇七年(即我们一三〇八年的复活节为止)以后的三十六年,就是一三四四年的复活节了。经过预言所说的三十六年,我们就到了一三四四年。密文装在一个珍宝盒子里,保存在一个地下室中,就好像一份公证书,是对秘密骑士团建立之后的圣约翰之夜,即一三四四年六月二十三日在那个地方发生的某件事的公证。"

"为什么是一三四四年呢?"

"我认为从一三〇七年到一三四四年秘密骑士团成形了,并专心致力于羊皮纸文件上的那个计划。要等待风平浪静后,五六个国家中的圣殿骑士才能互通有无。另一方面,圣殿骑士团等了三十六年,而不是三十五年或三十七年,因为很显然,三十六这个数字对他们来说具有神秘意义,正如密文所证明的那样。三十六的内和(即三加六)为九,我想没有必要再向两位重申这个数字的深刻内涵了吧。"

"打扰你们吗?"是迪奥塔莱维的声音,他像一个普罗万的圣殿骑士那样蹑手蹑脚地溜到我们身后。

"你来得正好,"贝尔勃说。他立即做了介绍,上校没有特别受到打扰,相反,好像还希望有更多人倾听。他继续解释,而迪奥塔莱维则垂涎于那数字命理学的美味佳肴。纯粹的杰马特里亚。

"我们来说缄封:六件东西原封未动。因戈尔夫找到了一个盒子,显然是封好的。这个盒子是被谁封起来的呢?是被白斗篷,即圣殿骑士封存的。现在我们在密文中找到了一个'r',有一些字母看不清了,还有一个字母's'。我认为是'relaps(重新归附异教者)'。为什么？因为我们大家都晓得，重新归附异教者就是那些服罪后又翻供的犯人，而这些人在圣殿骑士审判中扮演的角色并非无足轻重。普罗万的圣殿骑士十分自豪地重新归附异教。他们是退出审判这一不光彩闹剧的人。所以，这里说的是普罗万骑士，是重新归附异教之人，这些人准备干什么？我们掌握的有限文字提示'vainjance'，'复仇'。"

"复什么仇？"

"先生们！从审判到我们所在的时代，圣殿骑士团的所有秘密都围绕着为雅克·德·莫莱复仇雪恨的计划。我不太看重共济会的仪式，但是从那种对圣殿骑士团的资产阶级式的滑稽模仿中可窥一斑，尽管两者不可同日而语。苏格兰仪式共济会中有一个等级就是卡多什骑士，在希伯来语中，卡多什骑士就是复仇骑士。"

"好吧，圣殿骑士准备复仇。后来呢？"

"实施这一复仇计划需要多少时间呢？密文帮助我们弄懂解码的信息。要求在六个地方有六乘六个骑士，三十六个骑士分为六组。后来又称'每次二十'，这里有点不太清楚，但在因戈尔夫的抄件中好像是一个'a'①。我推断：每次各为二十年，乘以六，也就是一百二十年。我们看其余部分，就能找到列举的六个地名，或者说六个要完成的任务。文中提到一个计划、一个项目、一个要遵循的进程。还说，第一批应当去一个塔楼或城堡，第二批应到另一个地方，就这样一直到第六批。所以文件告诉我们，还应当有六个缄封的文件分散在不同的地方，我认为很显然缄封应当一个接着一个地打开，也就是每一百二十年一个一个地……"

"但为什么每次间隔二十年呢？"迪奥塔莱维问道。

"这些复仇的骑士每一百二十年必须在特定的地方完成一个使

---

① 法文中"年"(an)的首字母。

命。这里说的是一种接力形式。很显然,在一三四四年那一夜之后,六个骑士出发了,各自奔赴由计划安排的六个地方中的一个。但是第一个缄封的守护人当然不可能活上一百二十年。所以就要说清楚,每一个缄封的守护人应当在任二十年,然后把命令传给他的接班人。二十年是一个合理的期限。六个缄封守护人,每人二十年,就能保证在第一百二十年时,缄封守护人宣读一道指令,权当这么说吧,将守护一事交给第二个缄封的第一名守护人。这就是为什么是以复数表达的。第一批去这里,第二批到那里……这么说吧,每个地方在一百二十年间都由六个骑士控制。计算一下,从第一个地方到第六个地方有五个过渡,那就是六百年。六百年加上一三四四年,就得出了一九四四年。这也被最后一行字证实了。清楚得如日昭昭。"

"此话怎讲?"

"最后一行称,'在大娼妓节前3个6'。这也是个数字命理学的游戏,因为一九四四这个数字的内和刚好为十八。十八就是三与六的乘积。这一新的神奇的数字巧合向圣殿骑士提示了另一个极为微妙的谜团。一九四四年是应当计划完成的一年。出于什么考虑呢?二〇〇〇年!圣殿骑士认为,第二个千年将标志着他们的耶路撒冷、一个尘世的耶路撒冷、反耶路撒冷的来临,他们不是像异教徒那样受到迫害吗?他们仇视教会,自比敌基督。你们知道六六六在整个神秘传统中是兽名数目。六六六年,即魔鬼年,就是二〇〇〇年,这一年圣殿骑士的复仇就将大功告成,反耶路撒冷就是新的巴比伦,大娼妓就是《启示录》中提到的巴比伦的大淫妇!提到六六六是挑衅,是武士的虚张声势。正如当今人们所谓承受差异。多美好的故事,是不是?"

他眼睛湿湿地看着我们,他的嘴唇和胡须也都是湿润的,他用手抚摸着那个卷宗。

"好吧,"贝尔勃说,"它概述了一项计划的期限。但是什么计划呢?"

"您要求太高了。如果我知道的话,就无需抛砖引玉了。但我知道一件事。在这段时间里发生了变故,计划因而未能完成,否则的话,请允许我说,我们会知道的。我还知道为什么:一九四四年并非好过的一年,圣殿骑士事先不可能知道会发生世界大战,任何接触和交往都更困难。"

"请原谅,我可否插几句话,"迪奥塔莱维说,"但如果我理解不错的话,一旦打开了第一个缄封,它的守护者是世世代代不会灭绝的。将持续到最后一个缄封的启封,那时就会要求圣殿骑士团的全体代表到场。所以每一个世纪,或者每一个一百二十年,在每一个地方,总会有六个骑士在场,总共为三十六个守护骑士。"

"对。"阿尔登蒂说。

"六个地方中的每一处有三十六个骑士,总共为二百一十六个,它的内和是九。鉴于有六个世纪,我们将二一六乘以六那就等于一二九六,这个数的内和为十八,也就是三个六,六六六。"如果贝尔勃没有用眼神去阻止他,就像母亲对做了蠢事的孩子那样的话,迪奥塔莱维也许会用计数学改写世界历史。但上校把迪奥塔莱维视为受到启示的人。

"博士,您刚才说的真是太精彩了!您知道,九是第一批圣殿骑士的数目,他们是耶路撒冷圣殿的核心!"

"上帝的伟大名字,正如那个四字母神名,"迪奥塔莱维说,"是七十二个字母,七加二为九。但我会告诉您更多,如果您允许的话。按照毕达哥拉斯的传统理论,后为喀巴拉沿用(或启示了前者),从一到七的奇数之和为十六,从二到八的偶数之和为二十,二十加十六则为三十六。"

"我的上帝呀,博士,"上校激动得有点发抖,"我晓得这个,我就晓得。您使我受到鼓舞。真理已经近在咫尺了。"

我不明白迪奥塔莱维到底多么热衷于将算术变成一种宗教，或者将宗教变成一种算术，也许很可能两者皆是，而在我面前是一位在某重天上出神陶醉的无神论者。他够格当轮盘赌的忠实信徒（这或许更好），却想成为一名无宗教信仰的拉比。

现在我已记不清究竟发生了什么事，贝尔勃以他那波河流域人的见识插了进来并破除了魔法。上校还剩几行没解释，而我们想知道全部。当时已是六点钟了，六点，你想想，也就是十八点。

"好吧，"贝尔勃说，"每个世纪三十六人，骑士们逐渐准备揭开'石头'之谜。但这块'石头'是什么呢？"

"得了，当然是'圣杯'了。"

二〇

　　中世纪在等待圣杯英雄的到来。神圣罗马帝国的首领变成了"世界之王"的形象和代表……隐形的皇帝也是宣言。而中世纪……也有中心世纪之意……隐形的神圣不可侵犯的中心,即将苏醒的君主,复仇和复辟的英雄,并非对多少带点浪漫色彩而已消亡了的过去的幻想,而是在今天唯一能够合法地自称仍活着的那些人的真相。

尤利乌斯·埃沃拉《圣杯的奥义》
罗马,地中海出版社,一九八三年,第二十三章及后记

　　"您说这还同圣杯有关?"贝尔勃询问道。

　　"当然。不仅是我这么说。关于圣杯的传说,我想无需展开,因为在我面前的是有识之士。圆桌骑士,对这一神物带有神秘色彩的寻求,对一些人来说或许是由亚利马太人约瑟带到法国的那个装着耶稣血的酒杯,而对另一些人来说却是一块拥有神秘力量的石头。圣杯常常被看做闪耀的光芒……它是一种象征,是某种力量、某种无比巨大能量源泉的象征。它给人以滋养,能治疗创伤,使人变瞎,它像雷电那样闪耀……是激光吗?有人想到了炼金术士的"哲人石",可即便如此,那哲人石如果不是某种宇宙能量的象征,又是什么呢?这方面的文学作品虽浩如烟海,但很容易识别出一些不容辩驳的信号来。如果你们读一读沃尔弗拉姆·冯·埃申巴赫的史诗《帕尔齐

法尔》,你们就会发现圣杯被珍藏在圣殿骑士的古堡中!埃申巴赫加入团会了吗?还是他冒失地揭露了最好三缄其口的东西?但还不仅如此。这个由圣殿骑士看护的珍藏被形容为一块从天而降的石头:lapis exillis。我们不清楚到底是指天上来的石头(ex coelis),还是被流放的石头(exil)。不管怎样,总之是来自远方之物,还有人说可能是一颗陨星。就我们关心的来说,我们有了答案:一块'石头'。不管圣杯是什么东西,对圣殿骑士来讲,它象征计划的目标。"

"打断一下,"我说,"照那份文件的逻辑来说,在第六次会晤时,圣殿骑士应当在石头旁或在石头上,而不是寻找一块石头。"

"又一个微妙的模棱两可,又一个神秘的类似!第六次会晤当然是在一块石头之上,我们还不清楚在什么地方,但在那块石头上,一旦完成了计划的传布和六个缄封的启封,圣殿骑士将会知道去哪里寻找'石头'!这是一种福音派的游戏,你是彼得,在这磐石上……在这磐石上你们将找到'石头'。"

"只可能如此。"贝尔勃说,"请继续。卡索邦,不要总是打断。我们焦急地想知道下面的事。"

"那么,"上校说,"对圣杯的明确指涉使我思索良久,这个宝贝应该是一个巨大的放射性物质的储藏库,也许这些物质是从别的行星上掉下来的。比如你们想想传说中安福塔斯国王那神秘的伤口……简直像一个放射学家经受了过多的辐射所致……事实上,不应当触摸它。为什么?想想圣殿骑士到达死海岸边时的那种兴奋和冲动,你们知道,那里水的密度极大,像沥青似的,人在上面像软木一样漂浮,而且还有治疗效果……他们或许在巴勒斯坦发现镭和铀的储藏,他们懂得不可立即开采。一名精明勇敢的德国军官对圣杯、圣殿骑士以及纯洁教派之间的关系做了科学的研究。我说的是奥托·拉恩,这个纳粹党卫队一级突击队大队长毕生严密思考圣杯的欧洲和雅利安性质——我不愿说他如何和为什么在一九三九年丧了命,但有人断言……怎么,我还能忘了在因戈尔夫身上发生的事吗?……拉恩向我们指出了阿尔戈英雄的'金羊毛'与圣杯之间的关系……总之,很明显在传说中神秘的圣杯、哲人石和希特勒的追随者从战前直至最后一息渴望追求的那种巨大力量源泉之间,肯定有某种联系。可以看到有一种传说称,阿尔戈英雄看到了一个酒杯,没错,就是一个酒杯,随着光明之树滑翔到世界之山上。阿尔戈英雄找到了'金羊毛',而他们的船只被妖术带到了满盈的银河之中,在南半球,银河与南十字座、南三角座和天坛座支配和确认着永恒的上帝的光辉本质。南三角座象征着神圣的三位一体,南十字座则象征爱的神圣牺牲,天坛座象征晚餐桌,上面放着复活的酒杯。很明显,所有这些象征都源于凯尔特人和雅利安人。"

上校为对英雄主义的颂扬本身所折服,这种赞颂把他那个鬼知道叫什么的——纳粹党卫军什么小分队队长——推上了牺牲精神的至高境界。必须把他拉回到现实中来。

"结论是什么呢?"我问道。

"卡索邦先生,这不是明摆着吗?这里提到的圣杯好似撒旦的石头,和巴风特这个长着山羊头的魔鬼十分相近。圣杯是能量之源,圣殿骑士是能量源泉的守护者,他们制订自己的计划。他们将在何处建造那不为人知的总部呢?这里,我的先生们,"上校以同谋的神情看了看我们,好像我们也一起参与了密谋策划似的,"我有一条错误但却很有用的线索。一位作者可能打听到了某些秘密:夏尔-路易·卡代-加西库尔(多凑巧,他的著作出现在因戈尔夫的小藏书室里)在一七九七年写了一本书《莫莱的坟墓或想无所不知的阴谋家的秘密》。他认为莫莱死前,在巴黎、苏格兰、斯德哥尔摩和那不勒斯建立了四个秘密分部。这四个分部将会终结所有君王的统治,并摧垮教皇的势力。好吧,加西库尔是一个狂热分子,但我从他的想法开始分析,想确定圣殿骑士究竟在何处设立秘密分部。如果我没有一个指导思想,就解不开密文的谜团,这是很自然的,但我有了这个指导思想,它是基于无数明显迹象之上的一种信念:圣殿骑士的精神受了凯尔特人和德鲁伊特的启发,它是一种雅利安精神,他们的传统与阿瓦隆岛相同,那里是真正的极北方的文明之乡。你们知道,很多作者把阿瓦隆同'赫斯珀里得斯①之园',同最后的'图勒'②和'金羊毛'的科尔基斯③等同视之了。历史上最大的骑士团是'金羊毛'并非偶然。而'城堡'一词下藏着什么就很清楚了。那是极北方的城堡,是圣殿骑士看护守卫圣杯的地方,可能是传说中的蒙萨尔瓦特。"

他停顿了一下。他想吊起我们的胃口,我们的胃口的确被吊足了。

"让我们看看第二道指令吧:缄封的守护者将要去那些同面包有瓜葛的人的地方,这个指示本身就很清楚:圣杯是盛基督血的酒杯,那面包就是基督身上的肉,而吃面包的地方就是最后的晚餐所在地,在耶路撒冷。没法想象圣殿骑士在萨拉森人重新征服之后没有在那里建立起自己的秘密根据地。坦率地讲,一开始,在这个充满雅利安神话氛围的计划中出现了犹太教的因素令我有些困扰。后来,我又改变了想法,我们一直以来把耶稣视为犹太教的表征,因为罗马教会是这样向我们反复说教的。圣殿骑士非常清楚,耶稣其实是一个凯尔特神话。整个福音故事就是一种炼金术寓言,是在地下深处解体后复活等等。基督就是炼金术士的灵药。另一方面,众所周知,三位一体是雅利安人的观念,这就是为什么圣殿骑士的全部守则都是由一个像圣伯尔纳那样的德鲁伊特口述拟就的,而且由'三'这个

---

① Hesperides,希腊神话中负责看守金苹果树的少女。
② Thule,史前的爱斯基摩人,图勒文化于公元 900 年开始沿阿拉斯加的北极沿岸发展,十二世纪到达格陵兰、加拿大北极地区,于十五世纪消失。
③ Colchis,古代地理学中黑海东端高加索南部呈三角状的地区。希腊神话中美狄亚的故乡,阿尔戈英雄的目的地。

数支配。"

上校又喝了一口水。他的嗓子已有点沙哑了。"现在我们来谈谈第三阶段,避难处。是西藏。"

"为什么跑到西藏去了呢?"

"因为首先,冯·埃申巴赫称圣殿骑士放弃了欧洲,并把圣杯运到了印度。那里是雅利安民族的摇篮。避难处就在阿加尔塔。你们或许听说过,阿加尔塔是'世界之王'所在地,那是一座地下城池,'世界的主宰者'在那里统治和操纵着人类历史上的各种事件。圣殿骑士就在他们灵性的发祥地建立了一些秘密中心。你们了解阿加尔塔王国与秘密共治之间的关系……"

"说实在的,不了解……"

"这样更好,有些秘密会杀人。我们不要偏题。不管怎样,大家都知道阿加尔塔在六千年前建立,是在迦利-由迦①时代之初,我们现在仍生活在这个时代里。圣殿骑士团的任务一直是同这个秘密中心保持联系,保持东西方智慧的积极沟通。那么十分清楚,第四次会晤应在何处进行,在德鲁伊特的另一处圣地贞女城,即沙特尔大教堂。沙特尔与普罗万分别位于法兰西岛的主要河流塞纳河的两边。"

我们没有明白他的话:"但沙特尔同凯尔特和德鲁伊特有何关系呢?"

"那你们认为贞女从何而来呢?出现在欧洲的第一批贞女是凯尔特的黑贞女,圣伯尔纳年轻时曾在圣瓦勒教堂里对一位黑贞女跪拜祈祷,她从乳房中挤出了三滴奶汁滴到了圣殿骑士团未来创始人的嘴里。从此就圣杯演绎的小说出现了,以便为十字军东征制造掩护,而十字军东征正是为了重新找回圣杯。本笃会修士是德鲁伊特

---

① Kali-Yuga,根据印度教的宇宙论,由迦是人类历史发展的时代,各由迦次第缩短,人在道德和生理状况上也相应地降低。最堕落的由迦是迦利,迦利结束时,世界毁灭。

的后裔,这一点谁都知道。"

"那么这些黑贞女在什么地方呢?"

"有人想腐蚀北方的传统,把凯尔特宗教转变为地中海式的宗教,使黑贞女消失,同时杜撰了一个拿撒勒的马利亚的神话。或者是将她们乔装改扮,正如许多提供给群众的盲目狂热的黑圣母一样。但是如果好好地看看教堂的那些图象,正如伟大的弗勒卡内里所做的那样,就可以发现这个故事一目了然,而且明确说明了连接凯尔特贞女与源于圣殿的炼金术传统之间的关系。炼金术传统把黑贞女变为原材料的象征,寻找哲人石的人就拿这一原材料进行加工制造。大家都清楚,哲人石不是别的什么,就是圣杯。现在你们想想,被德鲁伊特带入门的另一个伟大人物穆罕默德所获的启示从何而来?麦加的黑石头。在沙特尔有人把连接地下据点和教堂地下墓穴的通道用砖砌死了,在地下据点里还有异教的雕像真品,如果仔细寻找一下的话,还能找到一尊黑贞女的雕像,石柱圣母,由一位崇拜奥丁①的议事司铎雕刻而成。雕像手中紧握着奥丁的大女祭司的魔法圆筒,而在她的左边雕刻着魔法日历,上面曾经——很不幸我不得不说曾经,因为这些雕刻没能逃脱被正统教派破坏的厄运——有奥丁教崇拜的神圣动物,狗、鹰、狮子、白熊和狼人。另一方面,有一点也逃不过任何哥特秘传学派学者的火眼金睛,在沙特尔有一尊雕像手中持有圣杯。唉,我的先生们,如果你们参观沙特尔大教堂时不是带着天主教、使徒和罗马教廷的旅游手册去看的话——我说是用'传统'的眼光看——您将会看到那座埃雷克②城堡讲述的真实历史。"

"现在,我们该谈谈波佩利康们了,他们是谁呢?"

---

① Odin,古斯堪的纳维亚神话中的主神之一。
② Erech,美索不达米亚古城,现伊拉克境内。

"他们是纯洁派人士。波佩利康,或波佩利康特是给异教徒起的一个绰号。南方的纯洁派被摧垮了,我不会天真到以为在蒙塞居尔的废墟里有一次会晤,然而这个派别并未消亡,纯洁派还有其完整而隐藏的地域分布,产生了但丁,新体诗诗人,'爱的信徒会'团体。第五次会晤应在意大利北部或法国南部的某个地方。"

"那最后一次会晤呢?"

"凯尔特石头中最古老、最神圣、最稳固的是什么呢?哪里是太阳神的圣地、最优越的观察点?普罗万圣殿骑士的后裔们完成计划后在哪里揭晓汇集到一起的由六个缄封隐藏的那些秘密,发现利用圣杯拥有的巨大力量的方法?是在英国,是巨石阵的魔圈!还能是别的吗?"

"O basta là,"贝尔勃说。只有一个皮埃蒙特人才能懂得这句话里有教养地表达惊愕的那种精髓。在其他语言或方言中(non mi dica, dis donc, are you kidding?①),没有任何其他话能够把漠不关心和宿命论阐释得如此生动,它再次确认了一个永恒的信念,即其他人不可救药地都是某个笨拙神灵的孩子。

但是上校并非皮埃蒙特人,看上去贝尔勃的反应使他有点受宠若惊。

"唉,对。这就是计划,这就是安排,惊人的简单和一贯。注意,如果你们拿一张欧亚大陆的地图来,在上面标出计划发展的路线,从北方的古堡开始,然后从古堡到耶路撒冷,从耶路撒冷到阿加尔塔,从阿加尔塔到沙特尔,从沙特尔到地中海滨,再从那里到巨石阵。这样就会得出一个路线图、一种北欧古文字,差不多像下面这样。"

---

① 意大利语、法语、英语中表达惊讶的句子。

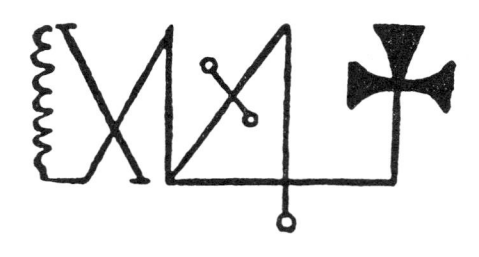

"那么?"贝尔勃问道。

"这个北欧古文字把圣殿骑士秘教中的一些中心理想地串联起来了:亚眠、圣伯尔纳的王国、特鲁瓦、东方森林、兰斯、沙特尔、雷恩堡和圣米歇尔山,那是一个非常古老的德鲁伊特崇拜的圣地。而这个路线图本身就使人联想起室女座!"

"我是天文学爱好者,"迪奥特莱维有点拘谨地说,"据我所知,室女座的图形与此不同,我记得好像是有十一颗星星……"

上校宽容地笑道:"先生们,先生们,你们比我懂得多,一切都取决于如何划线,而且像马车还是像小熊谁说得清呢,正如很难确定一颗星星是在星座外还是在星座内。你们重新看看室女座,把角宿一作为在下面同普罗旺斯海岸相对应的点,只要辨认出五颗星星,两者的路线就相似得惊人了。"

"只要决定舍弃哪些星星就够了。"贝尔勃说。

"正是如此。"上校肯定地说。

"您听着,"贝尔勃说,"怎么能够排除这一情况:会晤是定期的,骑士们在我们不知晓的情况下已经在工作了?"

"我没发现什么征兆,请允许我加一句'很不幸'。计划中途搁浅了,也许应当完成计划的人已不复存在了,那些三十六人的团组在某种世界性的大灾难中解体了。但如果掌握了准确信息,一队勇士就可能重新捡起这条线索。还有文章可做。我正在寻找恰当的人。为此,我想出版这本书,激起反响。同时我希望同能够在错综复杂的传统知识中帮助我寻找答案的人士接触。今天,我会晤了这方面最有造诣的权威。但,唉,虽然他很杰出,却什么也没能够告诉我,尽管他对我讲的故事很感兴趣,并答应给我写一篇序文……"

"请原谅,"贝尔勃对他说,"把这一秘密透露给那位先生,难道不是不够谨慎吗?正是您向我们讲述了因戈尔夫犯的错误……"

"没关系,"上校回答,"因戈尔夫没有经验。而我接触的却是一位完全不容置疑的学者。他不愿拿草率假想去冒险,所以今天他还要求我再等等,不要把作品介绍给出版社,除非所有有争议的地方都搞清楚了……我不愿向他的热情好意泼冷水,没有告诉他我来这里,但你们知道,我的努力已到这一步,我确实有点着急了。那位先生……噢,算了,让保密见鬼去吧,我不想让你们以为我自吹自擂。这人就是拉科斯基……"

他停顿了一下,想看看我们有什么反应。

"谁?"贝尔勃的问题让他很失望。

"就是拉科斯基!研究传统的权威,他曾任《奥秘集锦》期刊的主编!"

"唉,"贝尔勃说,"对,对,我想,拉科斯基,是他……"

"听了那位先生的建议之后,我考虑推迟最后定稿,但我想尽快进行,如果我能同贵出版社达成协议的话……我再重复一遍,我急于引起反应,收集信息……有人知道但缄口不言……先生们,希特勒尽管知道已经战败,但正是在一九四四年前后,他开始谈到一种能使他扭转局势的秘密武器,大家说他是疯子。而如果他不是疯子呢?你们听明白我说的了吗?"他额头布满汗珠,胡须也像猫一样几乎要竖起来了。"总之,"他说,"我抛砖引玉,看看有无人响应。"

据我对贝尔勃的了解和我那时对他的看法,我期待看贝尔勃用几句场面话把他打发走。然而他却说:"听着,上校,这事很有意思,不管最终是同我们还是同别人达成协议。您还能再待十几分钟,是吧上校?"然后他朝向我说:"对您,卡索邦,有点太晚了,我也耽误您太久了。那我们怎么,明天见,好吗?"

这是逐客令。迪奥塔莱维挽住我的手臂说他也要走了。于是我们道了再见。上校热情地握了迪奥塔莱维的手,并带着一种冷漠的微笑向我点了一下头。

当我们下楼时,迪奥塔莱维对我说:"您肯定感到诧异,为什么贝尔勃请您离开。您不要认为他失礼。贝尔勃要向上校提一个有关出版的很保密的建议。保密是加拉蒙先生的信条。我离开也是因为不想造成什么不便。"

正如我后来所知,贝尔勃是想把上校投入马努齐奥出版社之口。

我把迪奥塔莱维拉到了皮拉德酒吧,我喝了一杯开胃酒,他喝了一杯大黄汁。他说"大黄"使他感到像一个僧侣,一个崇尚古风的人,和圣殿骑士相差无几。

我问他对上校有什么看法。

"出版社,"他回答说,"是世界愚昧无知的集结之地。但在世界的愚昧无知之中闪耀着上帝的智慧之光,所以贤人就以谦逊的态度来看待愚昧无知之人。"然后他就道了抱歉,说他要走了。"今晚我有一场宴会。"他说。

"派对?"我追问道。

好像我那百无聊赖的问话使他感到有点困惑。"Zohar①,"他说,"Lekh Lekha.②完全未被理解的篇章。"

---

① 《光辉之书》。
② 犹太每周读经表中与《圣经·旧约·创世记》第 12 章第 1 节至第 17 章第 27 节对应的章节。

二一

圣杯很重,罪恶缠身的人无法移动它。

沃尔弗拉姆·冯·埃申巴赫《帕尔齐法尔》
IX,477

上校这个人我并不喜欢,但我对他很感兴趣。一只绿蜥蜴,长时间观察的话也会很诱人。我正在品尝最初几滴毒药,它将使我们万劫不复。

第二天下午我又回到了贝尔勃处,并谈论了一会我们的那位造访者。贝尔勃说他好像有谎言癖:"您看他如何引用那个罗科斯基还是罗斯特洛波维奇的话,就好像他是康德?"

"而且都是些老掉牙的故事,"我说,"因戈尔夫是相信那些故事的疯子,而上校则是相信因戈尔夫的疯子。"

"或许他昨天相信它们,今天又相信别的什么了。我告诉您,昨天在送走他时,我为他安排了今天早上同另一个……出版社的约会,一个口碑较好的出版社,愿意出版由作者自筹资金的书籍。我感到他好像很积极。好吧,我刚得知他没有去。并且他把密文的复印件留在我这里了,您看,四处宣扬圣殿骑士的秘密,还好像没事一般,就是这种人。"

正在这时,电话铃响了。贝尔勃接起电话说:"对,我是贝尔勃,对,加拉蒙出版社。您好,请讲……是,昨天下午来过,他向我建议出一本书。请原谅,我们这里有保密规定,如果您告诉我……"

他只听了几秒钟,然后面色煞白地望着我说:"有人杀害了上校;或者是某种类似的事。"然后他又继续与对方通话:"请您原谅,我正和我的合作者卡索邦说话,昨天我们交谈时他也在场……好吧,上校阿尔登蒂来同我们谈他的一项计划,一个我认为是幻想出来的故事,是关于假想的圣殿骑士的财宝的。他们是中世纪的一些骑士……"

他本能地用手捂住话筒,好像要将听话者隔离开,后来看到我在看他,又抽回了手,以迟疑的口气继续说:"不,警察先生,那位先生谈了他想撰写的一本书,但只是泛泛而谈……怎么?两个一起?现在?我记一下地址。"

他放下了电话,沉默了几秒钟,不停地敲击着桌子:"那么卡索邦,请谅解,没想到我把您也扯进来了。我完全没有预料到。他是一位警官,叫做德·安杰里斯。听上去上校是住在一个公寓里,而有人说昨天晚上发现他死了……"

"有人说?这位警官还不知这是否属实?"

"听上去很奇怪,但警官并不知道。好像他们在一本小本子上找到了我的名字和昨天的约会。我想我们成了他们唯一的线索了。怎么办呢,我们走吧。"

我们叫了一辆出租车。在行车途中贝尔勃抓住了我的手臂。"卡索邦,这或许是一个巧合。不管怎样,我的上帝,也许我的想法太扭曲了,但在我们那地方有一种说法:'总是不指名道姓为好'……有一出方言圣诞喜剧,我小时候去看过,是一出虔诚的笑剧,有一群不知道居住在伯利恒还是塔纳罗河畔的牧羊人……三王来了,他们问那个牧羊少年他的主人叫什么名字,他回答说杰林多。当杰林多得知此事后棒打了牧羊少年,因为他说名字不可以随便告诉任何人的……不管怎样,如果您同意的话,上校没有告诉我们关于因戈尔夫的任何情况,也没有告诉我们普罗万密文的事。"

"我们不想落到因戈尔夫那样的下场。"我说,同时勉强一笑。

"我要重申,那是一件蠢事。但对一些故事最好敬而远之。"

我赞同他的意见,但我深感不安。我终究是一个参加过游行示威的学生,同警察接触使我感到很不自在。我们来到了公寓。那是一家不太光鲜的公寓,而且离市中心很远。有人立即向我们指出那套——他们说的——阿尔登蒂上校的房间。警察们站在楼梯上。他们把我们引到二十七号房(七加二等于九,我心想):一间卧室,门口有张小桌子,有一个小厨房,小淋浴室,没有窗帘,从半掩着的门中看不见是否有坐浴盆,而在这类公寓中,这很可能是客人们首要和唯一期望有的设施了。室内装饰极为简陋,没有什么个性特色,但是颇为杂乱,有人曾在柜橱和箱包里匆忙地乱翻过。也可能是警察干的,穿便服和穿制服的警察约有十多人。

一位留长发的相当年轻的男人接待我们:"我是德·安杰里斯。您是贝尔勃博士?卡索邦博士?"

"我不是博士,我还在读书。"

"读书,读书。如果不毕业,您将不能参加警察考试,您不会知道您错过的是什么机会。"他带着有点厌烦的神态,"请原谅,我们马上从初步案情谈起。看,这是这个房间房客的护照,登记为阿尔登蒂上校。你们认识他吗?"

"是他,"贝尔勃说,"但请您帮我理理头绪。接电话时我还不清楚是已经死亡还是……"

"如果您能告诉我就好了,"德·安杰里斯说时还做了一个怪相,"但我想你们有权利知道更多一点的情况。那么好吧,阿尔登蒂先生,或者也许是上校,住进这里已有四天了。你们可以看到,这里并非什么豪华旅馆。有一位门房,他晚上十一点就去睡觉了,因为房客都有开大门的钥匙,有一两个女服务员早上来打扫整理房间,还有一位老酒鬼搬运工在客人按服务铃时把饮料送到房间里去。老酒鬼,我强调一下,是动脉硬化症患者:审讯他就是一种折磨。门房称他对幽灵很狂热,已经吓坏了一些客人。昨晚近十点钟,门房看见阿尔登蒂同两人一起回来,他让他们进了房间。在这里,如果有人把一班人妖带进房间也不会有问题,更何况两个正常人,即便据门房说他们有点外国人的口音。在十点半的时候,阿尔登蒂叫老酒鬼送去一瓶威士忌、一瓶矿泉水和三个杯子。快午夜一点或一点半时,老酒鬼听到从二十七号房间传出一阵一阵不断的铃声。但从今早我们发现他的样子来看,他那时应当已经喝了很多杯了,其中包括最烈的那种。老酒鬼上楼敲房门,没人回答,他用万能钥匙打开了房门,看到房内一片狼藉,就像现在这个样子,上校躺在床上,睁大双眼,一条铁索紧缠着脖子。他跑下楼叫醒了门房,两人谁也不愿再上楼去看,于是抓起电话想报警,但电话线似乎被切断了。今晨它又好好的没有问题,但姑且相信他们吧。门房跑到拐弯处小广场上的投币电话亭,给警察局打电话,而老酒鬼跌跌撞撞地跑去找住在对面的一位医生。总之,大约过了二十分钟左右,他们返回公寓楼下等着,全吓坏了,穿上白褂的医生几乎同警车一起到达。他们上了楼来到二十七号房间,床上却没有任何人。"

"怎么没有任何人?"贝尔勃问。

"没有任何尸体。医生回家去了,而我的同事就看到了你们现在看到的这情景。他们审讯了老酒鬼和门房,结果就是我给你们讲的那些。十点同阿尔登蒂一起上楼的那两位先生在哪里呢?谁知道,他们可能在十一点到一点之间离开,没人会注意到。当老酒鬼进去时,他们还在房间里吗?又有谁知道呢,他进去只待了一分钟,既没有看小厨房,也没有看卫生间。也可能当两个可怜人出去求助时,那两个不速之客溜了出去,并搬走了尸体?不是不可能,因为有一个通向院子的外楼梯,可以从朝向侧面大街的大门离开。但问题是真的有尸体吗？我们这么说吧，上校会不会在午夜十二点同那两个家伙一起离开公寓，而这一切都是老酒鬼梦见的？门房反复讲，他看错已经不是第一次了，几年前他说看到一位女房客赤裸着身子上吊自尽了，但过了半小时，那位女房客满面春风地回来了，后来在老酒鬼睡的小行军床上发现了一本性虐待色情杂志，可能他异想天开，从钥匙孔中偷看那位女士的房间，看到窗帘在忽明忽暗中飘动。唯一肯定的是房间不是正常状态，阿尔登蒂蒸发了。我说得太多了。现在该您讲了，贝尔勃博士。我们找到的唯一线索是掉在靠近小桌子旁地上的一张纸。十四点，萨伏依王子旅馆，拉科斯基先生；十六点，加拉蒙出版社，贝尔勃先生。您向我确认他去过你们那里。请告诉我，究竟是怎么回事。"

二二

圣杯的骑士们不愿再面对提问。

沃尔弗拉姆·冯·埃申巴赫《帕尔齐法尔》
XVI,819

贝尔勃的回答简明扼要：他重复了他已在电话中说过的话，没有别的细节，只有一些无关紧要的东西。上校讲述了一个晦涩的故事，称他在法国找到一些文件，发现了一批财宝的迹象，但没有给我们具体展开。他好像认为自己知道一个危险的秘密，为了不至于成为唯一的知情者，打算迟早公之于众。他着重指出，在他之前的一些人发现秘密之后都神秘地消失了。他答应给我们看那些文件，前提是我们向他保证签出版合同，但贝尔勃如果不先看到内容的话，不能保证签任何合同。就这样双方分别时，只笼统地讲再说吧。他提到见过某个拉科斯基，称他曾经是《奥秘集锦》杂志的主编，他想请他写一篇序言。好像拉科斯基建议他推迟出版。上校没有告诉他会来加拉蒙出版社。这就是全部情况。

"好吧，好吧，"德·安杰里斯说，"你们对他的印象如何？"

"他给我们留下的印象有点狂热，他特别强调他的过去，怎么说呢，带着点怀旧之情，那是他在外籍军团服役期间。"

"他说的是实情，尽管并不完整。在一定程度上我们已经注意他了，只是没有投入过多的精力。类似的案子我们有很多……阿尔登蒂不是他的真名,但他持有法国的有效护照。几年来,他会不定期地在意大利露面,他被指认为——尚不确定——在一九四五年被缺席判处死刑的阿尔科维吉上尉。他同纳粹党卫军合作将一些人送进了达豪集中营,他在法国也是被警方监控的人物,还因欺诈被审判过,差一点被判有罪。据推测,你们注意,只是推测,他好像和一个自称是法索蒂的人是同一个人,去年,他被佩斯基耶拉·博罗梅洛的一个小工厂主起诉过。他说服他相信在科莫湖里沉有东戈①宝藏,他弄清了它的方位,只要花几千万里拉雇两个潜水员和一艘汽艇就够了……他一拿到了钱便蒸发了。现在你们也向我确认他的确有寻宝癖。"

"那个拉科斯基呢?"贝尔勃问。

"已经核对过了。在萨伏依王子旅馆住过一个拉科斯基·弗拉基米尔,登记的是法国护照。对尊贵的房客描述得很简单,和这里的门房描述得一样简单。他在意大利航空公司的售票处登记了上午第一班飞巴黎的飞机。我诉诸国际刑警组织。阿农查塔,巴黎那里有什么情况来吗?"

"还没有,头儿。"

"您看吧,阿尔登蒂上校,或者随便他叫什么名字,四天前来到了米兰,我们还不清楚他在前三天做了些什么,昨天两点他可能在旅馆见了拉科斯基,他没有告诉他要去你们那里,而这一点,我感到有点文章。晚上回到这里时很可能与拉科斯基一起,还有另一个人……这之后,一切就都说不清楚了。即便他们没有杀害他,但他的房间却被搜过了。他们想找什么呢? 在上衣里——咳,对,他哪怕出门,也只穿长袖衬衣,装着护照的外套会留在房间里,你们不要以为这会使

---

① Dongo,意大利科莫湖畔小城,二战时墨索里尼在此地被意大利反法西斯游击队抓获并处决。据传墨索里尼曾向科莫湖沉有宝藏,后人称为东戈宝藏。

事情变得简单,因为老酒鬼说当时他躺在床上还穿着外套,室内穿的那种外套吧,我的天啊,我像是在关疯子的笼子里团团转——我是说在外套里还发现一些钱,甚至可以说很多钱……所以他们是在寻找什么别的东西。唯一的线索来自你们。上校有一些文件,长得什么样子呢?"

"他手里拿的是一个棕色的卷宗。"贝尔勃说。

"我记得好像是红色的卷宗。"我说。

"是棕色的,"贝尔勃坚持说,"但也许我看错了。"

"是红色还是棕色的,暂不管它,"德·安杰里斯说,"反正这里没有。昨天那两位先生也许把它拿走了。所以,应当围绕这个卷宗下工夫。据我分析,阿尔登蒂并不想出版书。他收集某些资料是为了敲诈拉科斯基,并以同出版界接触来向对方施加压力。这符合他的作风。就此,还可以做出另一些假想。那两个人威胁了他之后离开了,阿尔登蒂吓坏了,半夜三更夹着他那个卷宗,撇下一切,仓皇出逃。也许天晓得出于某种考虑,他使老酒鬼相信自己已被杀害了。但这一切都过于离奇了,解释不了为什么房间被翻得乱七八糟。从另一方面讲,如果那两个人杀害了他并偷走了卷宗,为什么还要偷走尸体呢?还要再想想。请你们谅解,我不得不记下你们的联系方式。"

他把我的大学生证翻看了两遍:"哲学系的学生,咳?"

"我们学哲学的人很多。"我说。

"也太多了。您研究圣殿骑士……如果我要了解这些人的事,需要读些什么书呢?"

我向他推荐了两本很严肃的普及读物。我对他说,可以从中找到直至审判时的有用信息,而之后就只是一些胡言乱语了。

"我明白了,"他说,"现在连圣殿骑士也扯进来了。我还不熟悉这班人。"

那位阿农查塔拿着一封用户直通电报来了："头儿,这是从巴黎来的答复。"

他读了电报。"太好了。在巴黎查不到这个拉科斯基,不过他的护照号码却同两年前被盗的一本护照相符。这样,我们就清楚了。所谓拉科斯基先生并无其人。你们说他是一份杂志的主编……杂志名称?"他做了笔记,"我们去查一下,但我敢打赌连那本杂志也是子虚乌有,或者不知何时早已停刊。好了,先生们。多谢合作,也许还会打扰你们的。哦,对了,还有最后一个问题。这位阿尔登蒂是否暗示你们他同某个政治派别有联系?"

"没有,"贝尔勃说,"他好像为了财宝而放弃了政治。"

"是因为欺诈罪。"他朝向我说,"我看您并不喜欢他。"

"我不喜欢他那种人,"我说,"但我不会用铁丝勒死他,最多在心里想想。"

"当然。那太费劲了。不要怕,卡索邦先生,我并不是那种把所有大学生都视为罪犯的人。您放心吧,祝您写好论文。"

贝尔勃问道:"请原谅,警官,只是想知道一下,您是刑事警察,还是政治警察?"

"问得好。我的刑警组同事昨晚来过,在档案中发现了更多关于阿尔登蒂行踪的材料之后,把这个案子转给了我。我是政治警察,然而我确实不知道我能否胜任。生活并非像侦探小说中描绘的那样简单。"

"我想也是。"贝尔勃说,把手伸给了他。

我们离开了,但我心里并不平静。这倒不是因为警官,他这个人给我留下的印象很好,而是感到在我有生以来第一次置身于一个不明不白故事的旋涡中。而我说了假话。贝尔勃也同我一起撒谎。

我同贝尔勃在加拉蒙出版社门口道别,我们两人都有点不好意思。

"我们并没有做任何坏事,"贝尔勃带着负罪的口气说,"就算警官知道因戈尔夫或者纯洁派,也没有多大区别。全是一些胡言乱语。就当阿尔登蒂因某种原因被迫消失了,像他那样的人,消失的原因多得很。也许拉科斯基是以色列的谍报人员,他算清了旧账。也可能他是受被上校欺骗了的一个大人物的派遣而来。又或许他是带着旧日仇恨的外籍军团战友。甚至可能是一名阿尔及利亚的刺客。也许有关圣殿骑士财宝的故事在我们那位上校的生活中只不过是一个次要情节而已。对,我知道,缺失了一个红色或棕色的卷宗。您同我说的不一致很好,这就表明我们当时看到它只是一瞥……"

我沉默了,贝尔勃不知该如何结束我们的谈话。

"您会对我说,我又逃脱了,像在宽街时那样。"

"开玩笑。我们做得对,再见。"

我怜悯他,因为他感到自己胆怯可鄙。我却不然,在学校里人们就教我同警察打交道时要撒谎。原则上如此,但是这样一来,良心不安会污染友情。

自从那天过后,我再没有见过他。我是他的悔恨,他是我的内疚。

但就在那时,我开始相信大学生总是比毕业生更招人怀疑。我又研究了一年,完成了就圣殿骑士受审的二百五十页论文。在那些年代里,进行论文答辩等同于诚实地遵守国家法律,所以答辩过程是很宽容的。

在接下来的几个月里,一些学生开始使用手枪,在露天举行盛大游行示威的时代正在走向终结。

我缺乏理想。我有了一个借口,因为爱上了安帕罗,所以我在同第三世界做爱。安帕罗是一位美丽的巴西姑娘,一位有热情、觉悟了的马克思主义者。她有奖学金,是一个很漂亮的混血儿。全部集于一身。

我在一次派对中与她相遇,我冲动直言:"请原谅我,但我想同你做爱。"

"你是一个肮脏的大男子主义者。"

"我什么都没说。"

"你说了,我是一个肮脏的女权主义者。"

她就要回到自己的祖国去了,但我不愿失去她。她帮我联系上了里约热内卢的一所大学,他们正在寻找一位意大利语讲师。我获得了一个为期两年的职位,还可以续聘。鉴于在意大利我走投无路,所以我接受了聘用。

而且在"新世界",我自嘲地说,我不会遇上圣殿骑士。

幻觉,星期六晚上我在潜望镜室想。我爬上加拉蒙出版社的楼梯,却被引到了一座"宫殿"。迪奥塔莱维说,比纳是一座由贺克玛从原始起点延伸开来建成的宫殿。如果说贺克玛是一个源头,那么比纳就是一条河流,它从源头来,然后分成各种支流,直至全部汇流到最后的塞菲拉这个大海中去——而在比纳,所有的状态都已经事先成形了。

第四章
赫赛德

二三

  对立的类比就是光与影,峰与谷,盈与空的关系。寓意这个所有教义之母,是以印记代替印章,以影子代替现实,是真理的谎言和谎言的真相。
埃利法斯·莱维《高级魔法教义》
巴黎,巴耶尔,一八五六年,第二十二章,22

  我因为爱上了安帕罗来到了巴西,我又因爱上了那个地方而留了下来。我从未明白,为什么这个荷兰人——定居在累西腓,同印第安人和苏丹黑人混血——的后裔有着一副牙买加女人的面孔和巴黎女人的文化素养,还有一个西班牙人的名字。我从来都弄不清记不住巴西的专有名词。这些名词对任何人名地名词典都是一种挑战,它们只在那里存在。

  安帕罗对我讲,在她们南半球,当水从洗脸池下水口泄流时,旋涡是沿顺时针方向转,而我们北半球却正好相反,是沿逆时针方向转——或者恰好相反。我未能验证是否真的如此。这不仅是因为在我们北半球没人去观察水究竟顺哪个方向旋泄而下,而且还因为在巴西做过各种实验之后,我发现要想弄清楚是极为困难的。水旋泄时速度非常快,眼睛都有点跟不上,而且很可能水的流向同水流的喷力和倾斜度,以及洗脸池或浴缸的形状有关。而且如果真是那样,那在赤道上将会如何呢?也许水是直泻而下没有旋涡或者根本不会流下去？

那时，我没有过分夸大这一问题，但在星期六晚上，我却想到一切都取决于地下潮流，而傅科摆就隐藏着这个秘密。

安帕罗坚持她的信念。"在实验时情况如何并不重要，"她对我说，"这里涉及的是一个理想原则，需要在理想条件下验证，所以从来都做不到，但它是真的。"

在米兰，安帕罗以她那不信邪的特点吸引了我。而在巴西，她受到本土土壤酸性的影响，变得更加难以捉摸，成了一个清醒的通灵者和地下理性思维者。我感到她为怀古而激动，却警惕地控制着这种激情，她实行苦行主义，拒绝诱惑，这显得哀婉动人。

通过观察她同她的同志们争论，我估量着她那超群的自相矛盾。他们在一所布置潦草的房子里聚会。房内装饰有少许招贴画或海报，有很多民俗艺术品、列宁肖像以及用来纪念帮派团伙或印第安人偶像的东北地区陶土制品。我不是在政治气候较为明朗的时刻到达的，在我的祖国有了那种经历之后，我决定同意识形态保持距离，特别在异国他乡，因为我弄不清他们的意识形态。安帕罗的同志们的讲话使我更加犹豫不决，但也激起了我新的好奇心。与会者自然全是马克思主义者，乍一听他们讲话，和欧洲的马克思主义者并无二致，但讲的东西却不相同，突然在讨论阶级斗争的过程中讲到了"巴西人吃人肉的习性"，或者非洲-美洲崇拜在革命中的作用。

听他们谈论这些崇拜让我相信，在那里连意识形态的旋涡也是按反方向转的。他们给我描绘了一幅国内居民频繁往返迁徙的全景图，北方的穷人迁移到南方工业发达地区，成为大城市中受剥削最严重的一群人，被那里的烟云呛得窒息，于是大失所望地回到了北方，一年之后又逃往南方；但在这种摇摆不定的流动中，很多人滞留在大城市，并被当地教会的精英同化了，他们信奉招魂术，听从非洲神灵的召唤……安帕罗的同志分裂成不同派别，一些人认为这是溯源归根,是对白人世界的反抗。另一些人则认为崇拜迷信是一种毒品,统治阶级正是用它来阻遏巨大的革命潜力。还有第三部分人认为那是将白人、黑人、印第安人和混血儿熔于一炉的坩埚,描绘了命运尚不清晰的前景。安帕罗态度坚决,她认为宗教不论在何处都是毒害人民的鸦片,伪部落崇拜更是如此。后来我在"escolas de samba[①]"里加入到像蛇一般扭动的舞蹈家行列中时,我搂住了安帕罗的腰肢。舞者伴随着使人难以承受的鼓点描绘出有节奏的正弦曲线,而我发现她用她的腹肌、心脏、头脑、鼻孔紧紧地贴附着这个世界……而当我们离开时,她首先带着讥讽和怨恨之情向我剖析了人们周而复始、月复一月地缓慢投身于狂欢节的习俗背后深刻的宗教性和放荡性。而且还带有部落和魔法色彩,她怀着革命的仇恨谈论着在兼具部落和妖术色彩的足球仪式里,穷人观看球赛耗费战斗精力和反抗意识,反而去搞魔法和巫术,向各路神仙诅咒对方后卫死亡,忘记了统治者就是想叫他们处于一种狂热亢奋的状态,脱离现实。

慢慢地我失去了辨别的习惯。就像我逐渐习惯不再辨别种族一样,因为世界上千姿百态的面孔都在讲述成百上千失控杂交的故事。我拒绝去确定哪里有进步,哪里有反抗,哪里有如安帕罗的同志们所表述的资本的阴谋。当我认识到极左的希望掌握在一位东北地区的主教手里——他被怀疑年轻时同情过纳粹主义,他以无畏的信仰高举反抗的火炬,使惊恐万状的梵蒂冈和华尔街的大鳄也惶惶不可终日,他欣然点燃了神秘的无产阶级无神论之火,这神秘的无产阶级无神论被一位身受七痛所伤、却在观望着她的人民的受苦受难的"美丽女士"那具有威慑性的温柔大旗所征服——我还能像一个欧洲人那样去思考问题吗?

一天早上,我同安帕罗一起从一个有关游民无产阶级结构的研

---

① 葡萄牙语,桑巴舞学校。

讨会上出来,开车沿海滨行驶。在海滨浴场一带我看到谢恩还愿物、一些小蜡烛、白色小花篮。安帕罗告诉我那是献给水神"叶曼贾"还愿的。她下了车,痛心地沿着海岸线走,有几次静默沉思半晌。我问她是否相信这些。她愤怒地问我,我怎么会这样想,然后又补充说:"我的祖母曾把我带到海滨浴场来呼唤水神,希望我长大了漂亮善良又幸福。你们那个提到黑猫、珊瑚角时说'并非真实,但我相信'的哲学家是谁呢?好吧,我不相信,但它是真的。"正是在那天我决定存下工资去巴伊亚旅游。

也是在那时,我知道,我开始对相似性充满妄想:一切和一切都能具有神秘的相似性。

当我返回欧洲时,我把这种形而上学转变成为一种力学——正因此我落入了我现在所处的陷阱。但那时我沉浸在区别消弭的黄昏中。作为种族主义者,我想,别人的信仰对一个强人来说是萌发幻想的最温馨的机会。

我掌握了让身体和头脑放松的节奏和方法。那天晚上当我在潜望镜室同腿脚发麻做斗争时,我摆动四肢就好像还在敲打阿哥哥①。你看,我对自己说,你为了摆脱无名之力,为了向自己证明你不相信它,就要接受它的魔力。如同一个坦诚的无神论者在晚上看到了一个魔鬼后会这样想:它当然不存在,这只是我那受了刺激的感官生出的幻觉,也许是消化不良造成的,但它对此并不知晓,它相信它那套颠倒的神学。确信自己存在的它惧怕什么呢?你划个十字,而它相信这个咒语,于是就在硫黄烟中消失了。

我的遭遇就如同一个学识渊博的人种学家一样,多年来他研究吃人肉的习性,为了挑战白种人的狭隘观念,向大家讲述人肉的味道

---

① 西非约鲁巴音乐和桑巴音乐中常见的打击乐器。

特别香美。他说话不负责任,因为他知道永远都不会要他去品尝人肉。直至有一天,某个渴望了解实情的人想在他身上验证。当这位人种学家被大块大块地吞食时,他再也不会知道谁对谁错,而几乎期望这个习俗是好的,至少他死得其所。同样,那天晚上我应当相信"计划"是真的,否则这最近两年我就成了一个有害噩梦的全能建筑师了。最好噩梦就是现实,如果一件事是真实的,它就是真实的,而这与你无关。

二四

  拯救脆弱的阿伊莎免于亚扪人的王拿辖的迷惑,拯救可悲的夏娃跳出感性的幻想,让二级天使守护我。
  约瑟芬·佩拉当《如何成为仙女》
  巴黎,沙米埃尔,一八九三年,XIII

正当我深入相似性这个丛林时,我收到了贝尔勃的信。

亲爱的卡索邦:

  直到前天,我才知道您已经在巴西了,我完全同您失去了联系,甚至对您已经毕业(祝贺您)全然不知,但我在皮拉德酒吧找到人向我提供您的坐标。我感到有必要将有关阿尔登蒂上校不幸事件的后续消息告诉您。好像已经过去两年多了,我还要请您原谅,是我在那天早晨无意中把您也扯进那起案件中去的。

  我几乎已经忘记了那件令人讨厌的事,但两周前,我去蒙特费尔特罗山旅游,偶然到了圣莱奥要塞,十八世纪时这里为教廷统辖,教皇把卡廖斯特罗①关在要塞里,牢房无门(他是从天花板上的活板门进去的,只进不出),有一个很小的窗户,犯人只能够看到两座乡村小教堂。我在架起的床板上——卡廖斯特罗睡过并在上面死去——看到一束玫瑰花,人家给我解释说,现在还有很多他的忠实信徒来烈士故去的地方朝觐。他们告诉我在经常来的朝觐者中有皮卡特里克斯的成员,皮卡特里克斯是米兰一个研究神秘现象的文化团体,它出版一本杂志——请您欣赏他们的想象力——刊名就叫"皮卡特里克斯"。

您知道我对这些离奇古怪的东西充满好奇心,我在米兰弄到了一本《皮卡特里克斯》,从上面得知不日将要为卡廖斯特罗举办追忆招魂庆典。我就去参加了。

墙壁上挂满了旌旗布幔,上面尽是一些喀巴拉的标记符号,大量雕鸮、猫头鹰、甲虫和灵鸟的图形,还有不知从何而来的东方神灵。在房间深处有一座高台,在高台前部粗糙的木座上点着熊熊燃烧的火炬。后侧有一个小祭坛,里面是三角形的装饰屏和伊希斯、俄赛里斯的小雕像。在周围有一个半圆形的阶梯楼座,摆放有安努毕斯的小雕像,卡廖斯特罗的画像(要不然还能是谁的,您说呢?),一尊仿照埃及法老胡夫装扮的镀金木乃伊,两盏五臂枝形大烛台,由两条跃起的蛇支撑着的铜锣,一个讲经台的底座上铺着印有古埃及象形文字的花布,两个花环,两个三腿凳,一具小石棺,一个宝座,一把十七世纪风格的安乐椅,四把不成套的椅子,是诺丁汉郡长举行宴会时用的那种,长蜡烛,小蜡烛,大蜡烛,火焰中显现一片神圣的灵光。

先进来七个手持大蜡烛、身着红色小长袍的辅祭侍童,然后进来的是主祭人,好像是《皮卡特里克斯》的主编——他叫布兰比拉,诸神宽恕他——他身穿粉红和橄榄绿的祭服,身后跟着一些孩子,或者说是通灵者,最后是身着白色服装的辅祭,他们像尼乃托·达沃里[2]一样,但头上戴有祭司的飘带,那种神的缠头带,如果您能记起我们的诗人常常描述的那种模样的话。

---

① Cagliostro(1743—1795),意大利江湖骗子、魔术师、冒险家。他在欧洲各大城市兜售"长生不老药",自称能点石成金。
② Ninetto Davoli(1948—   ),意大利演员。

布兰比拉头戴半月形的教皇三重冕,手持司祭权剑、在台上划着魔法图案,召唤一些名字结尾为"埃尔"的天使灵魂,这时我的脑海中涌现出因戈尔夫的密文中提到的假闪米特式魔鬼行径,但只是当时的一闪念。还因为这时发生了一件特别的事,台上的麦克风同一台调谐器相连接,调谐器用来收集飘散在宇宙里的波,但头上缠着飘带的操作者可能弄错了什么按钮,大家一开始听到迪斯科音乐,后来又传出莫斯科电台的播音。布兰比拉打开了小石棺,从中取出了一本魔法书,用权剑在香炉上方挥舞了几下,并呼喊着:"啊,主宰者,让您的主宰到来吧。"他好像得到了一点什么,因为莫斯科电台沉默了,但在最为奇妙的时刻,又传出了醉酒的哥萨克人———他们喜欢跳以臀部扫过地面的劲舞———的歌声。布兰比拉为"所罗门的钥匙"招魂,在三条腿的铜凳上焚烧了一张羊皮纸,差点点燃柴堆,召唤卡纳克神殿的一些神灵,恬不知耻地请求被安置于伊索德的那块立方石之上,并再三呼唤在场人士熟知的某"三十九号亲人",激动的情绪弥漫了大厅。一位女观众恍恍惚惚地倒下了,眼睛翻白,人们大声叫,找医生,找医生,布兰比拉求助于五芒星符的威力,此时坐在那张仿十七世纪安乐椅上的通灵者开始晃动呻吟,布兰比拉连忙过去焦急地询问她,或者说询问"三十九号亲人",我此时意识到,"三十九号亲人"就是指卡廖斯特罗。

于是开始了令人不安的部分,因为女孩子的确很痛苦,头上冒着汗,身子在发抖,像熊那样吼叫,开始说一些不连贯的话,说到圣殿,说到门需要打开,说力量的旋涡正在形成,要爬上大金字塔,布兰比拉在台上也激动不已,敲着锣,高声呼叫伊希斯的名字,我正看得津津有味时,突然听到女孩子在叹息和呻吟之间说到了六个缄封,一百二十年的等待和三十六个隐形人。毋庸置疑,她正在提到普罗万的密文。正当我期待听到更多情况时,女孩子筋疲力尽,软软地倒下去了,布兰比拉抚摸着她的额头,拿着香炉为在场的人祝愿祈福,并宣布仪式结束。

我很震惊,又想弄明白,我企图靠近那女孩,她已经恢复了精力,穿上了一件春秋天穿的难看外套,要从后门出去。我正要碰到她的肩膀,却感到有人抓住了我的臂膀。我回过头去,原来是德·安杰里斯警官,他对我说让她走吧,反正他知道在什么地方能找到她。他邀请我去喝杯咖啡,我跟他走,有一种犯了错被当场活捉的感觉,在一定程度上,确是如此,在酒吧他问我,为什么我在那里,为什么要接近那女孩。我讨厌这样的问话,回答他说,我们不是生活在一个独裁专政制度之下,我可以接近任何我想接近的人。他立即表示歉意,并向我解释,对阿尔登蒂的调查进展缓慢,但是他们曾模拟他去加拉蒙出版社和会晤神秘的拉科斯基之前在米兰的那两天干了些什么。一年之后,他们偶然得知有人看到阿尔登蒂曾同那个被附身的女孩一起从皮卡特里克斯总部出来。另外,那个被附身的女孩之所以引起他注意,是因为她的同屋和毒品帮派过从甚密。

我告诉他,我去那里纯属偶然,而让我震惊的是女孩说到了六个缄封,我从上校那里也听说过这件事。他打量着我说,奇怪,两年前上校说过的事,我竟能记得如此清楚,而翌日却只泛泛地提到圣殿骑士的财宝。我说,上校谈论的正是由类似六个缄封的东西保护的财宝,但是我开始并没有想到那是一个特别重要的细节,因为所有的财宝都是由几个缄封和刻有圣甲虫的金匣保护着。他说他看不出来为什么通灵者的话会让我吃惊,既然所有的财宝都保存在缄封和刻有圣甲虫的金匣中。我请他别把我当成一个惯犯,他于是改变了语气,并笑了起来。他说他对那个女孩说那些话并不感到奇怪,因为阿尔登蒂肯定以某种方式向她讲述了自己的幻想,甚至曾想利用她当同某种星宿接触的——就像在那个圈子中人们所说的——跳板。那个女孩有点神经质,像一团海绵,像照相底片,她的潜意识像月神公园一样奇异,人们告诉我说,皮卡特里克斯的人整年都在给她洗脑,她处于恍惚状态——因为她的所作所为并不是假装的,她的确头脑不清醒——在脑海中重现早已给她留下深刻印象的形象,也大有可能。

　　但过了两天之后,德·安杰里斯突然来到我的办公室,他对我说,他第二天就去找那个女孩,但她已不知去向。他向邻居打听,说大概是从那天晚上决定命运的仪式之前的下午就不见踪影了。他有点怀疑,于是进入了她的公寓,他看到一切都零乱不堪,床单掉在了地板上,枕头被抛到墙角,报纸散落在地上,抽屉空空如也。她和她的男友或者情人,或者保护人,随您怎么称呼,都一起消失得无影无踪了。

　　他对我说,如果我知道更多情况,最好能说出来,因为那女孩子竟然离奇地蒸发了,原因可能有二:或者是有人发现了德·安杰里斯在盯梢她,或者是他们知道亚科波·贝尔勃想与之交谈。所以她在神志恍惚时说出的一些事可能涉及某个严重的问题,甚至"他们",暂不管"他们"是谁,也从未想到她知道那么多。"说不定我的同事中有人猜想杀害她的正是您呢,"德·安杰里斯带着漂亮的笑容补充了一句,"您看,我们最好能合作。"我有点沉不住气了,上帝知道,这并不常见,我质问他,为什么只要当一个人不在家中就认为是被杀害了呢,而他却反问我是否记得上校的故事。我对他说,不管怎样,如果她被杀害或绑架了,应当是发生在那天晚上我同他在一起的时候,他问我为何说得如此肯定,因为我们是近午夜时道别的,之后就不知道发生了什么。我问他是否在严肃地谈这件事,他问我是不是从未看过侦探小说,不知道警察原则上会怀疑任何没有像广岛原子弹爆炸那样明白无误的不在场证明的人,如果我能证明自己午夜一点到第二天早上这段时间不在犯罪现场,他会立即将脑袋捐给器官移植机构。

怎么和您说呢,卡索邦,也许我告诉他实情为好,但是我们那里的人都很执拗顽固,从不会后退让步。

我给您写信,因为我能查找到您的地址,德·安杰里斯也会找到您:如果他同您接触,您至少知道我的对策是什么。但是鉴于我认为那个对策并不光明正大,如果您有把握的话,您就和盘托出吧。我感到羞耻,请您原谅,我感到自己像是案件的同谋,我在寻找一个理由,一个稍稍高尚一点的理由为自己辩解,但我没有找到。这归咎于我的农民出身,在我们村里都是些无耻之徒。

这完全是一个如德语所表述的 unheimlich[①] 故事。

您的亚科波·贝尔勃

[①] 德文,奇怪的。

二五

  这些神秘的入会者数量越来越多，变得胆大妄为、阴谋多端；耶稣会、磁学、马丁教派，哲人石、梦游症、折衷主义，一切都出自他们之手。

夏尔-路易·卡代-加西库尔《莫莱的坟墓或想无所不知的阴谋家的秘密》

巴黎，德塞纳，一七九七年，第九一页

  这封信使我不安。我并不是怕德·安杰里斯找到我，毕竟我在另一个半球，而是出于更难以觉察的原因。那时候，我以为我恼怒的是它使我一下又跳回到我曾经脱离的那个世界。现在我明白使我不安的是许多相似的情节和对类比的怀疑。我本能地感到再去找做贼心虚的贝尔勃会使我恼火。我决定撇开一切，不向安帕罗提起这封信。

  贝尔勃两天之后寄来安慰我的第二封信帮了我的忙。

  那个被附身的女孩子的故事有了合理的结尾。警方的一个耳目说那个女孩的情人涉嫌一起贩运毒品的支付纠纷，他本应当把毒品交给一个已经付款的批发商，却三三两两地零星卖掉了。这种事在圈内很不受待见。为了逃命他就人间蒸发了。显然他带走了他的女人。德·安杰里斯在查看留在住处的那些报纸时，找到一些类似《皮卡特里克斯》的杂志，上面有一系列用红笔画线的文章。其中一篇涉及圣殿骑士团的财宝，另一篇涉及玫瑰十字会成员，他们住在一个古堡里,或地窖里,抑或鬼晓得住在别的什么地方,其中写有"post 120 annos patebo①"字样,他们被称为"三十六个隐形者"。对德·安杰里斯来说,一切都已清楚了。被附身的女孩沉溺于(上校所沉湎的同样的)文学,后来她处于恍惚状态时,就反刍回潮。案件到此为止,后来就转到缉毒组了。

贝尔勃的信有大大松了一口气的意思。德·安杰里斯的解释十分简洁。

那天晚上在潜望镜室,我对自己说,事实可能完全不是那么回事:被附身的女孩的确引用了某些从阿尔登蒂那里听来的东西,而且是杂志从未提及过、从没人知道的事。皮卡特里克斯圈内的某个人使上校消失了,以便使他闭嘴,这个人发现贝尔勃欲询问女孩后就把她除掉了。后来,为了混淆视听,他把她的情人也除掉了,并指示一个警察的耳目去讲述逃跑的故事。

如果真有一个"计划"存在的话,事情就很简单了。但是,"计划"是我们不久后将要发明出来的,之前还会有"计划"吗?现实有没有可能超越虚构,而且还先于虚构,或者说能提前跑去弥补虚构将会造成的损失吗?

可当时我还在巴西,来信没有引发那些想法。我又感到某件事情同另一件事情相似。我想到要去巴伊亚旅游,花了一下午的时间去逛出售偶像崇拜书籍和物品的商店,这是我迄今为止忽视的一些地方。我找到的几乎是秘密小店铺和堆满小雕像及崇拜偶像的百货店。我买了一些"叶曼贾"香炉,锥形烟熏塔,发出刺鼻香味的蚊香,几炷香,名为耶稣圣心的有点香甜气味的喷雾器,廉价的护身符。还

---

① 拉丁文,一百二十年后我被打开。

找到很多书,一些是虔诚教徒用的,另一些是供研究虔诚教徒的人用的,全混在一起,驱魔咒语,《如何用水晶球预测未来》,以及人类学手册。还有一篇关于玫瑰十字会的专题论文。

一切都突然搅混在一起了。耶路撒冷圣殿里撒旦式的和摩尔人式的典礼仪式,巴西东北地区游民无产阶级崇信的非洲巫术,写着一百二十年的普罗万密文,有一百二十年历史的玫瑰十字会。

我难道变成了一个流动的搅拌器,只够格把不同的流体混合在一起搅拌?还是陷入了长时间互相缠绕的彩色电线错综复杂的纠葛中从而引起了短路?我买了关于玫瑰十字会的书。后来,我对自己说,在那些书店哪怕只待上几个小时,至少会遇到十来个阿尔登蒂上校或被附身的女孩。

我回到家里,正式通告安帕罗说世界充满了反常的东西。她安慰我,我们就这样正常地度过了这一天。

我们已经到了一九七五年岁末。我决定忘却相似性,全身心地投入工作中。毕竟我讲授的是意大利文化,而不是玫瑰十字会。

我从事人文主义哲学的研究,发现刚刚从中世纪的黑暗中走出来的世俗人士没有找到比致力于喀巴拉和巫术更好的事可干了。

和人文主义者——他们背诵一些咒语以说服自然去做那些它无意去做的事——打了两年交道之后,我接到了来自意大利的消息。我的那些老同学或者其中的一些向与他们意见不同的人的后脑勺开枪,为了说服人们去做他们无意去做的事。

我弄不明白了。我决定了,我现在已经站在第三世界一边了,我决意去巴伊亚一游。我带了一本文艺复兴文化史和在书架上尚未切边的关于玫瑰十字会的书出发了。

二六

> 地球上所有的传统都应当被看做是来自母亲民族的、基本的传统,这一民族从它产生起就托信于罪人和他的第一批子孙后代。
>
> 路易-克洛德·德·圣马丁《万物之灵》
> 巴黎,拉朗,一八〇〇年,Ⅱ,"普世传统精神"

我看到了萨尔瓦多,万圣湾边巴伊亚的萨尔瓦多,"黑色罗马",三百六十五座教堂星罗棋布地耸立在蜿蜒的山丘之上,或者说疏疏密密地卧在港湾的怀抱里,敬奉着非洲万神的圣灵。

安帕罗认识一位画风纯朴自然的画家,他在大型木板上作画,描绘的都是《圣经》和《启示录》上的情景,像中世纪的细密画,还带有古埃及人后裔科普特人和拜占庭的风格要素,光彩夺目。他自然是一位马克思主义者,他把立即革命论挂在嘴上,成天在缤纷主教堂的圣物收藏室里陷入梦想,这是恐怖而空洞的胜利:多鳞的许愿物悬挂在天花板上,镶嵌在墙壁上,一个由银心、木质假肢、双腿、双臂组成的东西,在暴风雨中救援的景象,海员的喇叭,大旋涡。我们被引到另一个教堂的圣物收藏室,那里堆满了散发着蓝花楹香味的家具。"这幅画画的是谁呀?"安帕罗问圣器看管人,"圣乔治吗?"

圣器看管人同谋似的看了我们一眼:"人们称其为圣乔治,最好这样称呼他,否则本堂神父要发火的,但他是奥索希。"

画家让我们参观了整整两天教堂中殿和内院,墙面像银盘一样已氧化发黑、面貌陈旧。陪同我们的是一些脸上布满皱纹、腿脚不便的男性役工,圣器收藏室里的金器、锡器、沉重的箱柜以及珍贵的框架都被损坏。在靠墙竖立的水晶圣物柜中,供奉着真人大小的圣人塑像,血淋淋的,敞开的伤口布满鲜红的红宝石血滴,耶稣基督痛苦地扭曲着大出血的双腿。我看到有着埃特鲁斯坎人面孔的天使,罗马的狮身鹰头怪兽和东方美人鱼被雕刻在教堂的柱顶上散发出巴罗克后期艺术的光辉。

我沿着古老的街道漫步,为那些如歌的街名着迷,垂死大街、爱之路、小恶魔大街……我到萨尔瓦多的年代,正值政府——或者不管是谁在当政——修复旧城,旨在清理成百上千的妓院和藏污纳垢的地方,但是这项工作还只进行了一半。在那些与它们的豪华很不相称的荒芜的、道德败坏的教堂脚下还有许多臭烘烘的小巷,十五六岁的黑人妓女熙熙攘攘,叫卖非洲糖果糕点的老妇人半蹲在人行道旁,她们的锅还在火上,成群的皮条客在下水道旁随着从附近酒吧的收音机里传出的乐曲声跳舞。那些殖民者的旧建筑上面的徽记已难以辨认,早就都变成了妓院。

第三天我们陪同我们的向导画家到上城区一家旅馆,该城区已经过重修改建,旅馆所在的街上高级豪华的古董店林林总总。画家要会见一位意大利先生,他告诉我们,他正要买他的一幅不还价的画,尺幅为3米×2米,上面描绘的是麇集的天使队伍正在同另一些军团进行殊死战斗。

就这样我们认识了阿列埃先生。尽管天气酷热,他却整齐地穿着笔挺的双排扣西装,泛红的脸上戴一副金丝边眼镜,头发已经呈银灰色。他对安帕罗行了吻手礼,仿佛不懂得用别的方式向女士致意,接着要了香槟酒。画家要先走,阿列埃递给他一叠旅行支票,请他把画送到旅馆。我们留下来闲聊,阿列埃操一口纯正的葡萄牙语,但仿佛是在里斯本学的,更赋予他旧时绅士的腔调。他询问了我们的情况,称我的姓有可能源于日内瓦,他对安帕罗的家族史充满了好奇,但是天知道他怎么办到的,他已经猜出其家族世系可能来自累西腓。至于他祖籍何处,他却含糊其辞。"我和这里的人一样,"他说,"身上汇集了很多种族的基因……我的姓是意大利的,来源于先人的领地。是的,可能是名门望族,但在今天,谁还顾及这一出身。我来巴西纯属好奇心驱使。所有形式的'传统'都令我激动着迷。"

他说他在米兰生活了很多年,在那里有一间漂亮的摆满宗教学书籍的书房。"您回去后请来我家做客,我那儿有许多有意思的东西可看,有关罗马帝国后期伊希斯崇拜和巴西-非洲的典祭礼仪。"

"我喜欢伊希斯崇拜,"安帕罗说,出于自尊心,她常常装腔作势,"可以想象,您对伊希斯崇拜了如指掌。"

阿列埃谦逊地回答:"只限于少数我看到过的。"

安帕罗想重占上风:"那不是两千年前吗?"

"我不像您那么年轻。"阿列埃微笑着说。

"像卡廖斯特罗,"我开玩笑地说,"他不是有一次从耶稣蒙难的十字架前经过时,有人听到他对他的侍从低声说'我对那个犹太人说过,那天晚上要小心,可他就是不听'吗?"

阿列埃挺直了身子,我担心玩笑是否开得过重了。我向他道歉,但是我们的客人却用和解的微笑打断我说:"卡廖斯特罗是一个故弄玄虚的人,因为人们知道得很清楚,他何时生于何地,他并没有活多久。都是自吹自擂。"

"我完全相信。"

"卡廖斯特罗是一个故弄玄虚的人,"阿列埃重复了一遍,"但这并不意味着能够活好几世的幸运儿没有过或现在也不存在。现代科学对衰老的过程知之甚少,死亡率高仅仅是由恶劣的教育引起的,这一点并非不可思议。卡廖斯特罗是个故弄玄虚的人,但圣日耳曼伯爵却不是,当他说他从古埃及人那里探听了一些化学方面的秘密,也许并非自夸。可因为他引述这些故事时,谁都不相信他,出于礼貌,他只能佯装是在开玩笑。"

"但您佯装开玩笑是为了向我们证明您说的是实情。"安帕罗说。

"您不仅漂亮,而且悟性特别高,"阿列埃说,"但我恳求您不要相信我。如果我以蒙上千百年尘埃的光辉出现在您面前,您的美会突然消失,那我就不能原谅自己了。"

安帕罗折服了,而我却萌生了一点嫉妒。我把话题引向教堂和我们看到的圣乔治-奥索希。阿列埃说我们无论如何应当去观看一次坎东贝①仪式。"不要去那些向你们要钱的地方。真正该去的是那些欢迎你们却一分钱都不收的地方,你们甚至可以不信教。当然参与时态度要恭敬,要对所有的信仰采取包容的态度,这样他们也会以宽容之心来接受你们这些无宗教信仰的人。一些 pai 和 mãe-de-santo② 看起来好像是刚从汤姆大叔的小屋里出来的人,但却有着宗座额我略大学神学家的修养。"

安帕罗将一只手按到了他的手上。"您带我们去吧,"她说,"我多年之前去过一次,在一个翁邦达③圆形大篷里,但我已记不清了,我只记得心绪不宁……"

阿列埃好像对触到安帕罗的手有点不好意思,但并未抽回自己的手,而只是像我后来看到的那样在思忖时用另一只手从西服背心里掏出一个镀金镶银的小盒子,盒盖上还有玛瑙装饰,也许是鼻烟盒或药盒。在酒吧的小桌上点着一支小蜡烛,阿列埃好像不经意地将小盒移近烛光。我看到了玛瑙在受热之后原先的图案不见了,取代

---

① Candomblé,一种起源于非洲的巴西宗教。
② 葡萄牙语,众圣之父、众圣之母。即坎东贝中的男祭司和女祭司。
③ Umbanda,一种非洲-巴西的宗教。

它的是一幅精巧的画，呈现出绿、蓝和金色，画上有一个手挽花篮的牧羊女。他随意地在手指间像数念珠祷告一样转动小盒。他注意到我很感兴趣，微笑着将盒子放下了。

"心绪不宁？我亲爱的女士，我可不希望您除了悟性高之外，还很敏感，当它同优雅聪慧结缘时，是高贵的品质，但对到某个地方去却不知道去寻找什么和将会发现什么的人来说，那很危险……另一方面，不要把翁邦达和坎东贝混为一谈。后者完全是土著人的、非洲-巴西的，而前者是迟开的花朵，起源于与欧洲秘传文化、与圣殿相关的神秘主义相嫁接的土著典祭礼仪……"

圣殿骑士又找到了我。我对阿列埃说，我曾研究过圣殿骑士团。他感兴趣地看着我："这真是奇缘，我年轻的朋友。我在这南十字座下面找到了一位圣殿骑士……"

"但我不希望您把我视为圣殿骑士团的成员……"

"但愿如此，卡索邦先生。您可知道在这个圈子里有多少流氓无赖啊。"

"我清楚，我明白。"

"那么，你们离开之前，我们还要再见一面。"我们约定第二天见面：我们三人都想探访港口沿岸的室内市场。

依照约定，我们在次日早上在那里会面了。那是一个水产市场、阿拉伯市场、企业主展销会，像癌症的毒力一样扩散，一个被邪恶势力入侵的圣城卢尔德，祈雨的巫师可以同欣喜若狂、受过圣伤的嘉布遣会修士共处。随处可见衬里绣有祷文的祈神小布袋、做嘲笑状的花岗岩制成的小手、珊瑚角、耶稣受难的十字架、大卫之星、先于犹太教的宗教所崇拜的性象征、吊床、地毯、箱包、斯芬克司、圣心、巴西土著波罗罗人的箭角、贝壳项链。欧洲征服者衰败没落的神秘同奴隶的质性科学融为一体，就如每个人的皮肤都在讲述着失传的家族系谱的历史一样。

"你们看,"阿列埃说,"人种学教科书所谓的巴西诸说混合的形象。按官方科学讲,这是一个不好的词汇,但在它更高的意义上讲,诸说混合是对唯一'传统'的认可,这一传统贯穿并孕育着所有的宗教、所有的知识、所有的哲学。贤哲不会持歧视态度,他们善于将不论来自何方的缕缕闪光汇集在一起……所以最聪明的人还是这些奴隶,或者奴隶的后裔,而不是索邦大学的人种学家。你们明白我的意思吗?至少您,我美丽的女士!"

"我不是用脑袋去理解的,"安帕罗说,"而是用我的子宫。请恕我直言,我可以想象圣日耳曼伯爵不会这样表达。我想说的是,我出生在这个国家,所以即便是我不知道的事,也会从某个方面告诉我,在这里我会感觉到……"她抚摸了一下自己的胸部。

"那天晚上,兰贝尔蒂尼红衣主教对那位袒胸露背、挂着光芒四射的钻石十字架的女士是怎么说的呢?死在这片髑髅地该多高兴啊!我是多么地想听到这种声音呀。现在,我要请你们二位原谅,在我来自的那个时代,如果人们向魔法表示敬意,就可能会万劫不复。想必你们希望过二人世界,我们保持联系……"

"他都可以做你的父亲了。"我对安帕罗说,一边拉着她在商铺货摊之间穿行。

"甚至可以做曾祖父。他让我们感到他至少有一千岁了。你在嫉妒法老的木乃伊吗?"

"我嫉妒任何在你脑袋里点灯的人。"

"多美啊,这就是爱情。"

二七

  他说有一天,他在耶路撒冷认识了彼拉多①,他详尽地描述了这位总督的居所,引述了晚餐的菜肴。罗昂红衣主教认为他纯粹在幻想,于是他向圣日耳曼伯爵的仆人——一位忠厚诚实的白发老人——说:"我的朋友,我很难相信您主人的话。他说他会腹语,好吧;他说他能点石成金,好吧;但他说他有两千岁,看见过彼拉多,这可就太离谱了。您当时在场吗?""咳,我不在场,阁下,"仆人坦率地回答,"我为伯爵先生服务才四百年的时间。"

科兰·德·普兰西《地狱辞典》
巴黎,梅利耶,一八四四年,第四三四页

  在接下来的日子里,我为萨尔瓦多的魅力着迷。我很少留在旅馆里。我翻阅那本关于玫瑰十字会的书籍的索引,找到了有关圣日耳曼伯爵的篇章。我对自己说,你看,你看,tout se tient②。

  伏尔泰是这样写他的:"一个永远不会死亡的、知晓一切的人。"但是普鲁士国王腓特烈回答他说:"他是个爱开玩笑的伯爵。"霍勒斯·沃波尔称他像是一个意大利人,或者西班牙人,抑或波兰人,他在墨西哥鸿运大发,后来逃到君士坦丁堡,卷走了他妻子的首饰。奥塞夫人在她的回忆录中有关他的讲述更为可靠,她是蓬巴杜夫人身边的贵妇(多好的资历,安帕罗毫不客气地说)。他使用过多个名字,

在布鲁塞尔用的是叙尔蒙,在莱比锡用的是韦尔登,还有艾马尔侯爵、贝德马尔侯爵,或者贝尔马侯爵和索尔蒂科夫伯爵。一七四五年,他在伦敦被捕时是个音乐家,风光十足,在各种沙龙里演奏小提琴和羽管键琴;三年之后他到了巴黎,作为印染专家为路易十五效劳,并获得了在尚博尔古堡中居住的权利。国王派他出使荷兰,在那里他又惹了祸,被迫出逃伦敦。一七六二年我们发现他到了俄罗斯,后来又跑到了比利时。在那里他遇见了卡萨诺瓦,后者讲述了他如何把硬币变成金子。一七七六年,他投靠了腓特烈二世,向他介绍了各种化学项目,八年之后,他逝世于黑森地伯辖区里的石勒苏益格,他当时正在那里建设一座染料工厂。

毫无惊人之处,十八世纪典型的冒险家生涯。比卡萨诺瓦少一点风流韵事,又不及卡廖斯特罗的诈骗那样充满戏剧性。说到底,他惹了几次祸,却获得强权者一定的信任,他向他们应诺炼金术的奇迹,但也带有工业利益色彩。除了在他周围,当然是由他授意下渐有传言说他会长生不老外,就没有什么可圈可点的了。他在各种沙龙里从容自在地引述一些古老的事件,好像他就是见证人,悄悄地优雅地培植这种传说。

我的那本书也引用了乔万尼·帕皮尼写的《歌革》的一段,其中描写了在远洋游船的甲板上同圣日耳曼伯爵的一次夜间会晤:伯爵深受其千年往事与回忆的压抑折磨之苦,以绝望的口吻提到了博尔赫斯笔下好记性的富内斯,不过,帕皮尼的文章写于一九三〇年。"您不要以为我们的命运值得嫉妒,"伯爵对歌革说,"两个世纪之后,不可救药的忧郁就会征服那些长生不老的可怜人。世界是单调乏味的,人什么也学不到,每一代人都会重蹈错误与恐怖的复辙,历史不

---

① Pontius Pilate(卒于公元 36 年),罗马皇帝提比略的总督,主持对耶稣的审判,并下令把耶稣钉死在十字架上。
② 法文,全是有关联的。

会重演,却极其雷同……新鲜事物、惊喜和发明发现都终结了。我可以向您说心里话,现在只有红海在听我们说:我的永生使我厌烦苦恼。对我来说地球已无秘密可言,我对我的同类已不再抱有希望了。"

"有趣的人物,"我评论说,"显然,我们这位阿列埃在效仿他。这是一位成熟的贵族,有点软弱,有钱可花,有闲旅游,对超自然的东西有偏爱。"

"他是一个一贯的反动分子,有勇气颓废。说到底,我喜欢他胜过资产阶级民主派。"安帕罗说。

"Women power, women power[①],可一行吻手礼你就心醉神迷了。"

"你们多世纪以来就是如此教育我们的。让我们逐渐摆脱束缚吧。我可没有说我想嫁给他。"

"但愿如此。"

过了一星期,阿列埃给我挂了一个电话。那天晚上,我们应邀去一个举行坎东贝仪式的地方。我们没有被允许参加典祭仪式,因为仪式主持亚洛里克萨不信任游客,但她本人在仪式开始前将会接待我们,并向我们介绍现场环境。

他开车来接我们,并驱车穿过山丘那边的贫民区。我们在一幢像简陋工厂厂房的普通建筑物前停了下来。门口一位黑人老者迎接我们并给我们用香熏清洁身体。向前走进了一个朴素无华的小花园,我们看到一个类似巨型花篮的东西,用大芭蕉叶制成,上面摆放

---

① 英文,女性力量,女性力量。

着一些部族的美味佳肴，comidas de santo①。

我们进入了一个大厅，墙上挂满了画、许愿物和非洲面具。阿列埃向我们解释了陈设布局：最后面的长凳是供未入教者坐的，靠后面的小台子是放乐器用的，那些椅子是留给"欧伽"的。"他们是一些有良好身份地位的人，不一定是信徒，但他们尊重这一崇拜。在巴伊亚著名小说家若热·亚马多就是这一方的'欧伽'。他被战神和风神伊安萨选中了……"

"但这些神灵来自何方呢？"我问道。

"这可说来话长。首先是苏丹的一个分支派别，从奴隶制度初期在北方地区形成，从这个家系产生了'奥里克萨斯'的坎东贝，也就是非洲的神灵。在南部各州受班图部落的影响，发生了一连串的混合。北方的崇拜者仍然虔诚地信仰源于非洲的宗教，而在南方，原始的马库姆巴就朝着翁邦达演变，翁邦达受天主教、通灵术和欧洲隐秘学说的影响……"

"这么说，今晚与圣殿骑士团无关了。"

"圣殿骑士团是一种隐喻。不管怎样，今晚与圣殿骑士团无关。但诸说混合现象有着非常精巧的机制。你们注意到门外靠近圣餐的地方有一尊小铁雕像吗？有点像是拿着一把长柄叉子的小魔鬼，他脚下摆放着一些还愿供品。那是'艾苏'，翁邦达把它视为至尊至强的神，但坎东贝则不然。不过，坎东贝也是很崇敬它的，把它视为传递信息的神灵，像退化了的墨丘利。在翁邦达里有被艾苏附身的人，在这里就没有。不过，这里的人对它还是很友善的，有备无患嘛。你们看那边墙上……"他指着一尊印第安人的彩色裸体雕像和一位身着白长袍坐着吸烟斗的老黑奴雕像对我说："他们一个是印第安混血

---

① 葡萄牙语，圣餐。

儿,一个是 preto velho①,都是逝者的神灵,在翁邦达的典祭仪式中非常重要。他们在这里干什么呢?接受朝拜,他们派不上什么用场,因为坎东贝只同非洲的奥里克萨斯打交道,但他们不因此遗弃和背叛其他神灵。"

"那么所有这些宗教保留什么共同之处呢?"

"可以说,所有非洲-巴西的崇拜都有以下特点,进行典祭仪式时,入教者被一种更高级的存在附体,神志恍惚。在坎东贝里,这高级的存在就是奥里克萨斯,在翁邦达里就是逝者的神灵……"

"我忘记了我的国家、我的种族,"安帕罗说,"我的上帝,一点点欧洲、一点点历史唯物主义使我忘记了一切,可这些故事我小时候就听奶奶讲过……"

"一点点历史唯物主义?"阿列埃笑眯眯地说,"我好像听说过这个。在特里尔那里盛行的末世论式的崇拜,是吗?"

我抓住安帕罗的手臂:"亲爱的,no pasarán②。"

"我的耶稣基督啊。"她喃喃地说。

阿列埃听我们低声的简短谈话,没有插话。"诸说混合的力量是无穷的,我亲爱的。如果你们乐意的话,我可以说说这段历史的政治意义所在。十九世纪的法律将自由归还给了奴隶,但为了废除奴隶制的可耻标记,焚毁了奴隶市场的全部档案。奴隶正式成为了自由人,但他们却没有了过去。因为缺失了他们的家庭身份,他们寻求重建一个集体身份。他们寻根问祖。正如你们年轻人所说的,这是他们反抗统治势力的一种方式。"

"但您刚才对我说,这其中渗透有那些欧洲的宗教派别……"安帕罗说。

---

① 葡萄牙语,黑皮肤老人。
② 西班牙语,敌人必败。字面意思为"他们不会通过"。

"我亲爱的,纯粹是奢侈的,奴隶们接受现有的东西。然而他们会报复。今天,他们抓到的白人之多你恐怕难以想象。正宗的非洲宗教崇拜具有所有宗教的弱点,地方性、种族性强,缺乏远见。了解了征服者的神话后,他们重塑了古代的奇迹:他们赋予公元二世纪和三世纪在地中海地区、逐渐衰败的罗马一带流行的神秘崇拜以新生,这种崇拜混杂了波斯、埃及、犹太人之前的巴勒斯坦的酵素……在罗马帝国后期,非洲接受了地中海地区的所有宗教热的影响,成了这些宗教的宝盒、凝结器。欧洲由于基督教国家化而被腐蚀,非洲则保存了知识的宝藏,正如在埃及时代它保存和传播知识那样,还把这些宝藏送给了后来糟踏了它的希腊人。"

二八

有一个实体把世界上的一切都包裹在一起：想象一个圆形，因为圆形就是一切的形状……现在设想在这个实体圆圈下面有三十六颗旬星，它们处在总圈和黄道带圈之间的中心地带，把两者分开，以支撑总圈和界定黄道带圈，总圈、黄道带圈同行星一道沿着黄道带运行……君王的更替，城市的兴衰，灾害瘟疫的发生，海洋的潮汐，地震的肆虐，一切都受旬星的影响。

《赫耳墨斯总集》，斯托拜奥，摘录六

"那是什么知识呢？"

"你们明白公元二世纪和三世纪之间的时代有多么伟大吗？不是因为日落西山的罗马帝国的排场，而是由于在此时期地中海地区繁荣昌盛的东西。罗马的禁军在残杀他们的皇帝，而在地中海地区正处于阿普列乌斯的时代，伊希斯的神秘宗教兴旺发达，新柏拉图主义的灵修大肆回潮、诺斯替教义……基督教徒还未掌握大权，还未将异教徒置于死地，那是多么幸福美好的年代。那是 Nous[①] 萦回的光辉时代，是心醉神迷、闪耀光芒的年月，充满了参与、奋发、魔鬼和天使的团伙。这是一种扩散的不连贯的知识，是如世界一样古老的知识，可以上溯到毕达哥拉斯，上溯到印度的婆罗门、希伯来人、魔法师、裸仙人，直至极北地的野蛮人、高卢和不列颠群岛的德鲁伊特们。

野蛮人之所以被希腊人视为野蛮人是因为他们不善言辞,他们使用的那种语言在受过太多教育的希腊人耳朵里犹如狗吠。然而现今,人们公认野蛮人懂得的知识远比希腊人多,正是因为他们的语言是不可捉摸的。你们认为今晚将要跳舞的那些人明白将要诵唱出的全部歌曲与带魔力的名字的含义吗?幸好他们不明白,因为未知的名字犹如呼吸训练,是神秘的发声练习。安东尼努斯的时代……世界充满了神奇的应和,惟妙惟肖的相似,需要通过梦想、神谕、魔法渗透它们和让它们渗透进来,这样就能借相似与相似之间的运动作用于自然和它的力量。智慧是难以把握的,是挥发性的,它超然于任何量度。这就是为什么在那个时代胜利之神是赫耳墨斯,他是所有诡计的发明者,是十字路口和盗贼之神,也是文字的创造者,这一幻觉、区别和周旋的艺术引向任何界线的终点,一切都将在那里融入地平线,他还掌管着抬起巨石的起重机,把生变为死的武器,把重物托起的水泵,还有迷惑人的哲学……您知道赫耳墨斯今天在何处吗?就在这里,我在门口看到它,人们称它为艾苏,它是诸神的信使、调解人、商人,不知善与恶之间的区别。"

他用一种高兴的、不信任的神情看着我们:"你们以为我像赫耳墨斯分销商品那样过快地重新分配神祇。请你们看看这本小册子,我今早在佩罗乌林荷的一家大众书店买的。关于圣西普里安的魔法和秘术,那是赢得爱情、置敌人于死地,或祈求呼唤天使和圣母的魔法秘诀。是有关黑色妖术的大众文学。这里指的是安条克的圣西普里安,在白银时代关于他的文学就已大量存在。他的父母希望他受到全面的教育,让他认识和了解陆地上、空气中、海洋中的一切,并把他送到遥远的异国他乡,去学习一切神秘的东西,让他了解草木的繁衍生殖和衰退腐败、植物和动物的灵性与效能,不是学习自然史,而

---

① 即智力、理性。

是被深深埋没在遥远古代传统中的隐秘智慧。西普里安十五岁时就登上了奥林匹斯山,在十五个秘仪祭司的引领下出席了召唤'此世王'的仪式,精通各种谋略;在阿尔戈他洞悉了赫拉的奥秘;在弗里吉亚他学习用占卜术进行肝透视。在孟菲斯的地下宫殿里他知晓了魔鬼如何与尘世的事物沟通,它们憎恶的地方,它们钟爱的东西,它们如何在黑暗中生活,它们在某些领域会遭到何种反抗,如何占有灵魂和躯体……唉,然而他改变了信仰,不过他的某些知识还是得以保留并得到传播,现在,我们在这里,从这些衣衫褴褛的人——你们称其为偶像崇拜者——口中和头脑里又重新找回了他。亲爱的朋友,不久前你们把我当成一个过时的老朽来看待。谁生活在过去?是你们这样想把工人和工业世纪的恐怖赠送给这个国家的人?还是我这样想使我们可怜的欧洲回归这些奴隶子孙的纯朴和信仰的人?"

"我的耶稣基督,"安帕罗调皮地吹了一声口哨,"您也知道,这是使他们听话老实的一种方式……"

"不是听话老实的问题。他们还有能力培植期盼,没有期盼甚至不会有天堂,你们欧洲人不是这样教育的吗?"

"我成了欧洲人了吗?"

"不是靠肤色判断,而是靠对'传统'的信仰。为了给被福利搞得瘫痪了的西方重新灌输期盼,他们付出了代价,也许他们在遭受痛苦,但他们还熟悉大自然、空气、水和风诸位神灵的语言……"

"您再一次利用了我们。"

"再一次?"

"是的,伯爵,您应该是在八九年学到这一手的。我们已经感到厌烦了!"她带着天使般的笑容伸出她那极美丽的手托向下巴。我眼中的安帕罗,那一口皓齿也令人神往。

"真富有戏剧性,"阿列埃说,他从口袋里掏出了鼻烟盒,双手交叉着抚摸它,"这么说,您认出我来了?但在八九年,让很多人头落地的并不是奴隶,而是您应当憎恶的那帮资产阶级。而且圣日耳曼伯爵在那么多世纪里看到过多少人人头落地,多少人人头又回到了脖子上。噢,众圣之母亚洛里克萨来了。"

同她的会晤是在宁静、真挚、亲切与有教养的气氛中进行的。她是一位身材高大的黑人妇女,面带笑容,光彩夺目。乍一看,你会把她当成一位家庭妇女,但当我们开始交谈时,就明白了为什么这种类型的女人能够主宰萨尔瓦多的文化生活了。

"这些奥里克萨斯是人还是力量?"我问她。众圣之母回答说,它们当然是力量,是水、风、叶子、彩虹。但怎么能够阻止普通人把它们视为武士、女人、天主教会的圣人呢? 她说,就连你们不也在崇拜那么多的以贞女形象体现的宇宙力量吗? 重要的是崇敬力量,表象则应当适应每个人的理解程度。

接着,她请我们出来,在仪式开始之前,到后花园参观一下小礼拜堂。在后花园有奥里克萨斯的住所,一群黑人女孩身着巴伊亚传统服饰聚在一起欢快地进行着最后的准备工作。

奥里克萨斯的房屋在花园中排列得如同圣山上的小教堂那样,外面摆放着圣人的画像。在其内部,鲜花、雕像、刚烹调好的敬神供品强烈对比的色彩很不协调。奥里克萨斯是白色的,叶曼贾是天蓝色和玫瑰色,"仙戈"是红白二色,"奥贡"是金黄色的……教徒双膝跪地,亲吻着门槛,触摸前额和耳后。

"那么,"我问道,"叶曼贾是不是纯洁受胎的圣母马利亚? 仙戈是不是圣哲罗姆?"

"不要提令人窘困的问题,"阿列埃提醒我道,"在翁邦达中更为复杂。圣安东、圣科斯马斯和圣达米安属于奥萨拉神系。在叶曼贾神系,则有海妖、水神、海与河的'逝者神灵'、水手和导航星。属于东方的有印度教教徒、医生、科学家、阿拉伯人和摩洛哥人、日本人、中国人、蒙古人、埃及人、阿兹台克人、印加人、加勒比人和罗马人。奥索希神系则包括太阳、月亮、瀑布中的印第安裔南美人和黑人中的印第安裔南美人。奥贡神系里有贝拉马尔的奥贡、隆佩马托、亚拉、梅杰、纳鲁切……总之,看是哪种神系。"

"我的耶稣基督。"安帕罗又惊叹道。

"应该说奥萨拉,"我咬着她的耳朵喃喃私语,"镇静点,'敌人必败'。"

亚洛里克萨向我们展示了辅祭戴的面具。是一些只露口部的草编半截面具或风帽,当通灵者进入恍惚状态,为神灵所左右时,逐渐给他们穿戴上。这样比较端庄,她对我们说,在一些地方通灵者裸露着脸,向在场者展示他们的激动。但是教徒应该受到保护与尊敬,应该摆脱在俗人士、或者不能够理解这其中的欢欣与恩泽的人的好奇。这是本地习俗,她对我们说,所以不接受外来者。但谁知道,也许某一天会接受,她说。我们只有道别了。

不过,她不愿让我们在品尝圣餐之前离开。当然不是品尝花篮里的圣餐,在仪式完结之前,那要保持原封不动,而是来自她厨房里的圣餐。她把我们引向后院,那简直是一场丰富多彩的宴会,有木薯、红辣椒、椰子、花生、生姜、海鲜汤、鱼虾面包、油煎虾、黑豆外加薄饼,略带调味品的芳香——一种甜丝丝的浓烈的热带口味。我们有点不好意思地品尝了一番,因为我们知道我们分享的是古老苏丹神灵的食物。亚洛里克萨对我们说,因为我们每个人都是一个奥里克萨斯的孩子,虽然我们并不知道,但她常常可以说得出我们是谁的孩子。我冒昧地问,我是谁的儿子。亚洛里克萨一开始回避了问题,她说不能够完全肯定,然后她应允看我的手相。用指头在上面抹了一下,注视我的眼睛说:"你是奥萨拉的儿子。"

我感到自豪。安帕罗放松下来,建议看看阿列埃是谁的儿子。但他说他宁愿不知道。

回到家之后,安帕罗对我说:"你看到他的手了吗?他没有生命线,只有一系列支离破碎的手纹,像溪水碰撞到了石头,又在一米之外再次汇聚流淌。那应当是死过很多次的人的手纹。"

"灵魂轮回转生时间最长的国际冠军。"

"'敌人必败'。"安帕罗笑着说。

二九

　　因为他们改变和藏匿自己的名姓,谎报自己的年龄,又因为他们做的自白没有暴露身份,所以也就没有什么逻辑能够否认他们必然真实存在。

海因里希·诺伊豪斯《皮亚和对玫瑰十字会的最新训诫。毫无疑问:他们存在吗?他们是什么人?他们以什么名义聚集在一起?》

格但斯克,斯米特林,法文版,一六一八年,第五页

　　迪奥塔莱维说过,赫赛德是优雅与爱的塞菲拉,是白火,是南风。那天晚上,在潜望镜室里我想着同安帕罗在巴伊亚一同度过的最后时光就是笼罩在那种标志下的。

　　我想起了——当你在黑暗中一小时一小时地等待时,就会引发诸多回忆——最后那段时光里的一个晚上。我们由于在小巷与广场行走了好久而感到双脚酸痛,很早就上床就寝了,但并无睡意。安帕罗拥枕弯腿,蜷曲身体坐着。她假装在读放在她稍微张开的两膝上的一本关于翁邦达的小册子。她不时懒散地翻身面朝上一躺,双腿叉开,将书放在肚子上,听我讲述。我当时看的是有关玫瑰十字会的书,努力引起她对玫瑰十字会的兴趣。那是一个温馨的夜晚,但如果让贝尔勃来形容的话,文绉绉的他或许会说,一丝风也没有。我们住进了一家好旅馆,临窗可以眺望海景,而在仍然透着光亮的厨房里,我欣慰地看到那天早上在市场上买的一小篮热带水果。

"书上说,一六一四年,在德国出现了一本无名氏的著作《全面与普遍的改革》。也叫《全宇宙普遍和共同的改革及可敬的玫瑰十字兄弟会传说,致欧洲所有的学者与君主,连同哈泽尔迈尔先生的一则简要答复,该先生因此被耶稣会会士投入监狱,受尽酷刑拷问之苦。现在终于公之于世,让所有心灵诚挚的人知悉。在卡塞尔出版,出版人为威廉·韦塞尔》。"

"是不是有点太长了?"

"在十七世纪书的名称就是这样长的。此书系莉娜·韦特米勒所写,是一本讽喻醒世之作,是关于人类全面改革的寓言,其中含有一个小册子,一篇有十二页之多的宣言,《兄弟会传说》,在一年之后它同另一篇宣言——用拉丁文写成的《玫瑰十字会兄弟向欧洲博学者的自白》一起单独发表。在这两篇玫瑰十字会的宣言中介绍了它的创建者,一位神秘的 C. R.。直到后来从别的来源才证实或者说确定,这位神秘人物叫做克里斯蒂安·罗森克罗伊茨。"

"为什么在书里不使用全名呢?"

"你看,全是姓名开头字母,没有一个人的名字是完整的,全叫 G. G. M. P. I.,真正被冠以绰号的人叫 P. D.,玫瑰十字会的奠基人 C. R. 在学习期间先是拜谒了圣墓,然后前往大马士革,后来又转赴埃及,并从那里到达摩洛哥的非斯,在那里学习了东方语言、物理学、数学和自然科学,他积累了从喀巴拉到巫术的阿拉伯人和非洲人千年智慧。这样,他就了解了宏观宇宙与微观宇宙的全部奥秘。两个世纪以来,所有东方的东西都成了时尚,特别是人们不明白的那些。"

"他们总是这样。你们饿了吗,失败了吗,被利用和剥削了吗?那就来上一杯'谜'吧! 拿着……"她给我卷了一个小纸卷,"就是这种好东西。"

"你看,你也想遗忘。"

"但我知道那是化学,仅此而已。没有奥秘可言,不懂希伯来语的人也吹牛。你过来。"

"等一下。后来罗森克罗伊茨又渡海去西班牙,收获了一些更为隐秘的教义。在旅行过程中——在那个年代,对一个知识分子来说那确是智慧之旅——他意识到需要在欧洲创建一个社团,指引当政者沿着智慧与善的道路前进。"

"一个有创意的想法。值得好好研究。我想要凉的马马亚。"

"在冰箱里。乖,你自己去拿吧,我正忙着呢。"

"如果你在忙,你就是蚂蚁,而如果你是蚂蚁,那你就好好做蚂蚁,去拿储藏物。"

"马马亚是享乐,所以应该让蝉去。不然我去,那么你来读书吧。"

"我的基督,不。我憎恨白人的文化。我去拿吧。"

安帕罗去小厨房,我很喜欢她那逆光的背影。这时,C. R. 又回到德国,但他并没有专注于改造金属——现在他已拥有广博的知识,完全可以胜任——而是致力于精神改革。他创建了十字会,发明了一种语言和一种魔法书写法,这将是未来兄弟们智慧的基础。

"不要弄脏书,把它放进我嘴里去,不要——别犯傻——对,就这样。我的天哪,多好吃的马马亚,rosencreutzlische Mutti‐ja‐ja①……但你知道吗?玫瑰十字会早期会员在那些年代里写的东西能够照亮渴求真理的世界。"

"那他们写了些什么呢?"

"这里就打住了,宣言并未提到,吊足了你的胃口。它如此重要,理应秘而不宣。"

"真是猪狗不如。"

"不,不,唉,不要这样。总之,玫瑰十字会会员成倍地增加,他们

---

① 德文,罗森克罗伊茨式的妈妈亚亚。

决心将十字会传播到四面八方,他们将致力于免费医治疾病,不穿标志性的衣服。一年会晤一次,并在一百年内对自己的身份秘而不宣。"

"打断一下,不是刚刚进行了一次改革吗？他们又想进行怎样的改革呢？那马丁·路德呢？成了粪土了？"

"但这是在新教改革之前。罗森克罗伊茨死于一四八四年,活到一百〇六岁高龄,一六一五年时,庆祝了那次新教改革实施一百周年,不难看出秘密的十字会对它做出了不小的贡献。而在路德的徽章上就真的有一朵玫瑰和一个十字架。"

"多美妙的想象力。"

"你想叫路德在他的徽章上放一只燃烧的长颈鹿或者一块融化了的钟表吗？每个人都是他所在时代的产儿。我明白我是谁的儿子,你闭嘴,让我说下去吧。一六〇四年前夕,玫瑰十字会成员在修复他们的宫殿或秘密古堡时,发现了一块大石头,上面钉了个大钉子。拔出钉子后,墙的一部分坍塌了,露出了一道门,上面用大写字母写着'POST CXX ANNOS PATEBO[①]'……"

我从贝尔勃的信中已得知此事,但我仍然难以控制我的反应:"我的上帝呀……"

"发生了什么事？"

"它像是圣殿骑士团的一份文件……那是我从未给你讲过的一个故事,是关于某上校的……"

"那么照你说,圣殿骑士团是在模仿玫瑰十字会？"

"但圣殿骑士团在先呀。"

"那么玫瑰十字会是从圣殿骑士团那里抄来的了！"

"亲爱的,没有你,我可能就要'短路'了。"

---

① 见第205页注①。

"亲爱的,是阿列埃毁了你。你在期待着新启示。"

"我?我一无所求!"

"好啊,当心人民大众的鸦片。"

"El pueblo unido jamás será vencido. ①"

"笑吧,笑吧,你!接着说,让我听听那些白痴说了些什么。"

"那些白痴在非洲全学到了,你没有听到吗?"

"那些在非洲的家伙已经打包送到我们这里来了。"

"感谢上苍。还好你没生在比勒陀利亚。"我吻了她一下,继续往下说,"在门的那一边,发现了一个有七面七角的坟墓,被一个人造太阳照得透亮。在坟墓正中有一个圆形祭台,装饰了各种铭文和图徽,是 NEQUAQUAM VACUUM……"

"乃呱呱?唐老鸭吗?"

"是拉丁文,你明白吗?意思是虚空并不存在。"

"幸好是这样,否则你知道那多可怕。"

"劳驾,请把电风扇打开,animula vagula blandula②。"

"可现在是冬天呀。"

"亲爱的,对你们这些身在错误半球的人来说是如此。但再怎么说也是七月份啊,打开电风扇吧,这倒不是因为我是男人,而是因为电风扇在你这边。谢谢。总之,在祭台下陈放着创始人完整的遗体。他手持一本充满无穷智慧的《一》,遗憾的是,世界难以解读它——宣言如是说——否则,咕嘟,哇哦,呵哼,咻!"

"唉呀。"

"我也这么想,宣言在最后预言有无限的宝藏尚待开发。不要以为我们是廉价的炼金术士,会教你们点石成金。那都是些无赖,而我

---

① 西班牙文,团结一致的人民将是不可战胜的。
② 拉丁文,纤细的灵魂,温柔、飘忽的灵魂。出自哈德良的诗句。

们有更好的意愿,我们向往的是各种意义上的更高境界。我们正在分发由五种语言写成的《传说》以及《自白》,它不久将出现。我们等待着来自博学多才的学者和外行人士的回应和评论。给我们写信吧,给我们打电话吧,告诉我们你们的尊姓大名,让我们看看,你们是否有资格分享我们的奥秘,我们在此只让你们对它有了浅显的认识。Sub umbra alarum tuarum Iehova[①]"。

"那是什么意思?"

"这是告别的语句。完结,关闭。总之,玫瑰十字会的人好像急于让人们知道他们了解的东西,在等待适宜的对话者,但对他们知道什么却只字未提。"

"像我们在飞机杂志上看到的广告:如果您给我寄来十美元,我就教您变成百万富翁的秘诀。"

"但他没有撒谎。他发现了那个秘密,像我一样。"

"你听着,最好还是继续读下去。好像今晚之前你从未见过我似的。"

"总像第一次。"

"那就更糟糕了。我对初次见面的人是不会这么亲密的。但你遇到全是这样的人吗?开始是圣殿骑士,后来是玫瑰十字会。我不知道,那你读过普列汉诺夫的书吗?"

"没有,我正等待过一百二十年之后发掘他的坟墓。如果斯大林没有用履带拖拉机把他深埋在地下的话。"

"蠢话。我去洗澡了。"

[①] 拉丁文,在你翅膀的荫佑下,耶和华。

三〇

闻名遐迩的玫瑰十字会宣称,谵妄的预言正在全世界流传。事实上,那个幽灵刚一出现(尽管《传说》和《自白》证实那只是无聊之士的普通消遣而已),立即就产生了全面改革的希望,制造出一些既荒唐可笑又令人难以置信的事来。就这样,许多国家的正直诚实之士,因为公开支持,或者因为相信通过所罗门镜或其他不为人知的方式能够向这些兄弟露面而招致讥讽和嘲弄。

克里斯托夫·冯·贝佐尔德(?),托马索·康帕内拉

《西班牙君主制》附录,一六二三年

后来更加精彩,安帕罗从浴室出来之后,我已经能够把美妙的事件抢先讲给她听了:"那是一个令人难以置信的故事。宣言出现的时代,类似的著作泛滥成灾,全都在寻求更新换代,寻求一个黄金时代,寻求一个精神的安乐国度。有的人沉湎于阅读魔法著作,有的人挥汗于金属锻造炉前,有的人企图掌控星星,有的人发明秘密字母和世界通用语言。在布拉格,鲁道夫二世把宫廷改造成炼金实验室。他邀请夸美纽斯和约翰·迪。后者是英国宫廷里的星相学家,他在《象形单子》中用了区区几页揭示了宇宙的全部奥秘。我可以起誓,标题就是 Monas,意即单子,并不是威尼斯人口中的女人。"

"我说什么了吗?"

"鲁道夫二世的医生是米夏埃尔·马耶尔,他写了一本关于视觉和音乐象征的书《飞奔的阿塔兰忒》。一场哲人的欢乐聚会,衔尾龙,斯芬克司,再没有比密码数字更光彩夺目的了,全是另一种什么东西的象形文字。你想想,伽利略从比萨斜塔上向下扔石头,黎塞留枢机主教同半个欧洲玩'强手'游戏,在这里所有人都睁大眼睛解读那些标记符号:你们给我讲的那些好东西,的确是关于重物下跌,在这下面(甚至在这上面)却完全是另一回事。现在我可以告诉你们:'阿布拉卡达布拉'。托里切利发明了气压计,而这些人却在海德堡的宫殿花园里跳芭蕾舞,戏水,放烟火寻欢作乐。'三十年战争'就要爆发了。"

"有谁知道,'大胆妈妈'是多么满意。"

"但是就连他们也不知道能否总是恣情尽兴。一六一九年,选帝侯成了波希米亚的国王,我认为他登基是因为他太想统治布拉格这座魔幻般的城市了,而在一年之后哈布斯堡的皇族却在白山一役中将他打败,大量新教教徒在布拉格遭到杀戮,夸美纽斯看着他们焚烧自己的住宅和藏书室,残杀他的妻子和儿子,而他却从一个宫廷逃到另一个宫廷,反复称玫瑰十字会的思想是如何伟大,是多么充满希望。"

"他也是个可怜人,你难道想叫他用气压计安慰自己吗?但慢点,请原谅,你知道我们女人不像你们,我们不会立即理解全部的:谁写了那些宣言呢?"

"最妙的就是没人知道。让我琢磨琢磨。给我的玫瑰十字架搔搔痒……不是,是在两块肩胛骨之间,太上面了,太靠左了,在这里……好了,在德国有一些令人难以置信的人物。比如西蒙·施图迪翁写了一本晦涩的论文,关于所罗门圣殿的大小。海因里希·孔拉兹写了《永恒智慧圆形剧场》,是用希伯来文字母写成的充满寓意的作品,其中提到的喀巴拉神秘洞穴可能启发了宣言的作者们。后者很可能与一万个基督复活乌托邦小集团之一过从甚密。有传言称作者是一个叫约翰·瓦伦丁·安德烈埃的人,一年之后,他出版了《克里斯蒂安·罗森克罗伊茨的化学婚礼》。然而在蒂宾根他周围聚集了另一帮热心人,他们梦想有一个可能把一切都集于一身的基督教大共和国。但安德烈埃后来一生都在发誓,宣言并不是出自他的手笔,它是一种 lusus①、ludibrium②,一种无稽之谈,大损其学术声誉,他大为光火地说玫瑰十字会会员如果真的存在,也都是些骗子。无济于事。人们对宣言期待已久。全欧洲的学者真的都给玫瑰十字会写信,鉴于他们不知道在何处可找到他们,他们就写公开信,刊印小册子和书籍。马耶尔在这一年立即出版了《最神秘的奥秘》,书中没有指名,但大家都相信他说的就是玫瑰十字会,而且他知道其中的秘辛。一些人夸耀自己神通广大,说他们读过《传说》的手稿。我认为,在那个年代准备出一本书不是件小事,何况有些甚至还配版画插图,但是罗伯特·弗卢德在一六一六年(他在英国写作,书在莱顿印刷,还要把往返校样的时间计算在内)发行了《玫瑰十字兄弟会辩解书概要》——而这就意味着在波希米亚、德意志、英国和荷兰之间的争论已如火如荼,但这一切都是通过马队信差传递和在学者巡游演说中进行的。"

"那么玫瑰十字会呢?"

"死一般静默。也许在一百二十年之后将打破沉默。他们从自己宫殿的虚无中静观。我认为正是他们的沉默使人们振奋。他们不回应,就意味着他们是真实存在的。一六一七年弗卢德写了一本《玫瑰十字会整体辩解论》,而在一六一八年发表的《论自然之秘密》一书

---

① 拉丁文,游戏、玩乐。
② 拉丁文,嘲弄。

说揭开玫瑰十字会秘密的时刻到来了。"

"他们揭开它的面纱了。"

"哪儿的话。他们弄得更复杂了。因为他们发现,如果一六一八年减去玫瑰十字会承诺的一百八十八年,则是一四三〇年,即金羊毛骑士团创建之年。"

"这有什么关系呢?"

"我不明白为什么是一百八十八年,因为本应是一百二十年,但做神秘主义的加减法时,结果总是对你有利的。至于说到金羊毛,它是阿尔戈英雄的骑士团,我从可靠来源得知,它同圣杯有某种关系,所以这样一来,它同圣殿骑士也有关系。但还不仅如此。在一六一七到一六一九年间,弗卢德这位显然比芭芭拉·卡特兰更多产的作家,又推出四本书,其中《两个宇宙史》是关于宇宙的简明扼要的论述,插图全为玫瑰和十字架。马耶尔鼓足勇气出版《喧嚣后的沉寂》,并坚持说兄弟会不仅同金羊毛骑士团有关系,而且同嘉德骑士团有关。不过,他地位低下,没有被接纳入会。想想看,欧洲的学者会做何反应。如果那些人连马耶尔这样的人都不接受,那入会标准就实在是太高了。所以所有微不足道的人都制造假身份以求入会。所有人都说玫瑰十字会存在,但都坦言从未见过其成员。所有人都写信要求会晤,乞求得到接见。却没有人敢厚颜无耻地说他就是玫瑰十字会会员。一些人说他们并不存在,因为没人同他们接触过。另一些人却说他们存在就是为了人们与之联系。"

"而玫瑰十字会会员一声不吭。"

"像鱼一样。"

"张开嘴,你需要马马亚。"

"真好吃。此时,'三十年战争'爆发了。约翰·瓦伦丁·安德烈埃写了一本《巴别塔》,预言在年内,敌基督将被打败。而此时,一个叫伊雷内乌斯·阿尼奥斯蒂的人写了一本《哲人的警钟》……"

"当当当!"

"……那上面说的是什么,我一点也不明白。但可以肯定的是康帕内拉或者其他人借他之笔在《西班牙君主制》中说,玫瑰十字会整个就是头脑腐朽之人的一种消遣……到此为止,在一六二一年到一六二三年之间,所有人都停下来了,不再喧闹了。"

"就这样吗?"

"就这样,他们厌倦了。像甲壳虫乐队一样。不过,只在德国如此。因为它好像一片毒云,飘向了法国。在一六二三年一个美丽的早晨,在巴黎的墙壁上出现了玫瑰十字会的宣言,它告知善良的公民兄弟会的主会代表已经搬迁到那里了,即将开始接受入会申请登记。不过,据另一种说法称,宣言明确称那是分六组分布在世界各地的三十六名隐形人,他们有能力让他们的信徒也隐形……天哪! 又是三十六……"

"什么三十六?"

"我那份关于圣殿骑士团的文件中也有三十六个隐形人。"

"真没想象力。后来呢?"

"后来是集体性的疯狂。有的人为他们辩护,有的人想认识他们,有的人指责他们玩弄巫术,能够一眨眼就从一个地方飞到另一个地方,总之,红极一时的风波。"

"玫瑰十字会的人真狡猾。成功地在巴黎掀起了一场谈论他们的时尚浪潮。"

"看来你说的有道理,听听究竟发生什么事,我的妈呀,这是什么世道。笛卡儿,正是他,前些年去德国寻找过他们,但他的传略称他没有找到,因为我们了解,那些人都是在伪装下到处活动的。当他返回巴黎后,宣言已经出现在巴黎街头,他发现所有人都把他看成了玫瑰十字会的成员。以当时的气氛来说,这不是个好名声,这使他的朋友梅森也甚感困惑。梅森反对玫瑰十字会,一直在攻击他们,称他们是卑鄙小人，是颠覆分子，是装神弄鬼的巫士、喀巴拉术士，只为了散布邪教异说。那么笛卡儿在干什么呢？他到处抛头露面，凡是能去的地方他都去。因为大家都看到他了，这就是一个不可否认的迹象，说明他不是隐形人，自然就不是玫瑰十字会的人了。"

"他果然对方法很有心得。"

"当然否认还不够。如果一个人来到你面前，向你道一声晚安，并称自己是玫瑰十字会成员，这就说明他并不是。自重的玫瑰十字会会员不会说出自己是会员。相反，他会高声否认。"

"不过，并不是说谁承认他不是玫瑰十字会会员，那他就一定是会员，因为我说我不是，却不能因此成为会员。"

"话又说回来，否认自己是玫瑰十字会会员的人已经开始被人怀疑了。"

"的确。因为当玫瑰十字会会员明白了人们不相信称自己为会员的人是会员，却怀疑称自己不是会员的人是会员时，他们怎么办呢？他们开始说，自己是会员，为了使人们相信自己并不是会员。"

"活见鬼。那么，从今以后可以这么说，所有那些称自己为玫瑰十字会会员的人都是在撒谎，因此他们真是会员！哎呀，不，不，安帕罗，我们不要跌入他们的陷阱。他们的密探比比皆是，甚至会潜入这张床下，他们现在知道我们知道了一切。所以他们说他们并不是会员。"

"亲爱的，我现在有点害怕。"

"亲爱的，放心吧，我还在这里，我是个蠢货，当他们称自己不是会员时，我就相信他们是会员，并立刻揭穿他们。被揭穿了的玫瑰十字会会员不会伤人，你挥挥报纸把他从窗户里扇出去。"

"那么阿列埃呢？他想让我们相信他是圣日耳曼伯爵。显然是为了让我们认为他不是。那么，他是玫瑰十字会会员。或者不是？"

"安帕罗，听着，我们睡觉吧。"

"啊,不,现在我想听故事如何结尾。"

"一塌糊涂。全成了玫瑰十字会的会员了。一六二七年,培根的《新大西岛》出版了。读者认为他在书中讲的就是玫瑰十字会的所在地,尽管他从未提及他们。可怜的约翰·瓦伦丁·安德烈埃在弥留之际还在发誓赌咒,不管是不是他,这只是开个玩笑,但现在事已至此,玫瑰十字会会员称他们不存在,事实上这反倒促使他们无处不在。"

"像上帝一样。"

"现在,你使我想起了……让我们瞧瞧看,马太、路加、马可和约翰,他们是一班乐天派,聚在一起决定进行一次比赛,发明一个人物,确立了少数基本事实,其余就靠每个人自由发挥,然后看谁编得最好。后来,四则故事落入了朋友之手,这些朋友开始摆出了权威的架子,马太属于现实主义,但过分强调弥赛亚这件事,马可并不糟,但有点杂乱无章,路加很优雅,理当承认,约翰在哲学方面过于强调了……但总而言之,这些书受到人们的欢迎,大家争相阅读,当四人发现这一情况时为时已晚,保罗已经在去大马士革的路上遇见了耶稣,普林尼受深感不安的皇帝之命开始了调查。一大群伪经作者也装作更通晓内情……'你,伪经读者,你同我一样,我的兄弟……'彼得头脑发热,情绪激动,当真起来,约翰威胁要说出真相,彼得和保罗将他捉拿后,关在希腊的帕特莫斯岛,这个可怜人开始神志恍惚,出现幻觉,看到在床头上有蝗虫,请让那些小号停下来吧,所有血从哪里流出……而别人则说他爱喝酒,他是动脉粥样硬化……事实确是如此吗?"

"确是如此。你读一读费尔巴哈,不要读那些乱七八糟的书了。"

"安帕罗,已经天亮了。"

"我们都是疯子。"

"玫瑰十字指头上的黎明曙光温柔地轻抚着波浪……"

"对,就这样。这是叶曼贾,你听,她来了。"

"我们来调侃调侃……"

"哎呀,警钟!"

"你是我的飞奔的阿塔兰忒……"

"啊,巴别塔……"

"我想要那些最奥秘的奥秘,金羊毛,淡淡的玫瑰色,像海螺一样……"

"嘘……喧嚣后的静寂。"她说。

三一

很可能多数自称是玫瑰十字会会员的人、一般被认定如此的人，事实上只是蔷薇十字会会员……甚至可以肯定地说，他们不是玫瑰十字会会员，原因很简单，即他们参加了蔷薇十字会这类团会，这看上去很荒谬，乍一看自相矛盾，然而却很容易理解……

勒内·盖农《入门概述》

巴黎，传统出版社，一九八一年，XXXVIII，第二四一页

我们回到了里约热内卢，我又开始工作。有一天，我在一份报纸上看到在城里有一个"被接纳的上古玫瑰十字会"。我向安帕罗建议去看一看，她不太情愿地跟着我去了。

会所在一条不起眼的街上，在外面有一个橱窗，里面陈列着一些胡夫、奈费尔提蒂[①]和斯芬克司的石膏雕像。

就在这天下午，有一次十字会全会："玫瑰十字会与翁邦达"。主讲人是一位名叫布拉曼蒂的教授，他是该会在欧洲的顾问，是罗得、马耳他、塞萨洛尼基这些异教区的大修道院的秘密骑士。

我们决定进去。里面的环境不太好，装饰了一些象征贡荼利尼蛇的印度教密教雕刻，也就是圣殿骑士想亲吻臀部唤醒的东西。我对自己说，归根结底，不值得横渡大西洋来发现新世界，因为我可以在皮卡特里克斯总部找到同样的东西。

在覆盖着红布的桌子后面、稀稀拉拉昏昏欲睡的听众前面站着布拉曼蒂,一位肥胖的先生,如果不是因为他块头大的话,几乎会被当成一只獏。他已经开始发表演讲,讲得很流畅,但刚开始不久,因为他正讲到在阿摩司一世统治下的第十八王朝时期的玫瑰十字会。

四位戴面纱的主宰者关心着种族的演变,该种族在埃及古城底比斯建城前两万五千年就创造了撒哈拉文明。法老阿摩司受他们影响创建了大白兄弟会,成为大洪水前智慧的保护者,对于这种智慧埃及人了如指掌,如数家珍。布拉曼蒂称他拥有文件(当然是世俗之人难以企及的),可以追溯到卡纳克圣殿的智者贤人以及他们的秘密档案。后来法老阿肯那顿设计了玫瑰与十字的象征,布拉曼蒂说有人有这份纸莎草纸,但请你们不要追问我他是谁。

在大白兄弟会的沃土上形成了以赫耳墨斯·特里斯墨吉斯忒斯为崇拜对象的一系列理论和教义,影响甚广。不仅影响了意大利的文艺复兴,毫无疑问也影响了普林斯顿的诺斯替派、荷马、高卢的德鲁伊特、所罗门、梭伦、毕达哥拉斯、柏罗丁、艾赛尼派、特拉普提派、把圣杯带到欧洲的亚利马太人约瑟、阿尔昆、达戈贝尔特国王、托马斯·阿奎那、培根、莎士比亚、斯宾诺莎、雅克布·伯麦、德彪西、爱因斯坦。安帕罗向我窃窃私语说,好像他只漏掉了康布罗纳、杰罗尼莫和潘乔·比利亚。

至于谈到原始的玫瑰十字会会员对基督教的影响,布拉曼蒂向还没有想到两者关联的人揭示,传说称耶稣死在十字架上并非偶然。

大白兄弟会的贤人在所罗门王的时代创建了第一个共济会。但丁就是玫瑰十字会和共济会会员——托马斯·阿奎那也一样——在他的作品中白纸黑字,昭然若揭。在《神曲·天堂篇》的二十四至二十五节中就能找到玫瑰十字王子的吻、鹈鹕、白长袍,也就是《启示录》中长老穿的那种白衣,以及共济会神学理论中的三德行(信仰,希

---

① Nefertiti(活动于公元前十四世纪),埃及王后,阿肯那顿国王的妻子。

望,慈悲)。事实上,玫瑰十字会的象征花(白玫瑰出现在《神曲·天堂篇》中的三十至三十一节中)被罗马教会作为圣母的象征而加以采用。这就是《神秘玫瑰》连祷文的来源。

玫瑰十字会会员贯穿整个中世纪这一事实,不仅从他们渗入了圣殿骑士团中被证实,而且有更为明确的文献记载。布拉曼蒂引述了一个叫基泽怀特的人的说法。他在上世纪末称中世纪的玫瑰十字会会员为萨克森的选帝侯生产了四百公斤的金子,亲手翻阅一下一六一三年在斯特拉斯堡出版的《化学剧场》就可以得到验证。不过,很少有人注意到圣殿骑士在威廉·退尔传说中的痕迹:退尔用雅利安人的神树槲寄生的树枝制作自己的箭,射中苹果——它象征由贡荼利尼蛇激活的第三只眼睛——而人们知道,雅利安人来自印度,后来当玫瑰十字会会员离开德国后就藏身在那里。

布拉曼蒂解释说,必须区分真正的玫瑰十字会会员,即大白兄弟会的后裔(显然他们秘不示人,像不称职的被接纳的上古玫瑰十字会),以及蔷薇十字会会员,也就是说任何出于个人利益考虑而从神秘的玫瑰十字会中获得灵感、却无权这么做的人。他告诫公众,不要相信任何自称属于玫瑰十字会的蔷薇十字会会员。

安帕罗发现任何玫瑰十字会会员对对方来说都是蔷薇十字会会员。

听众中有个冒失鬼站起来质问布拉曼蒂:既然大白兄弟会真正信徒的特点是保持沉默,而他的团会违背了这一信条,为什么还自称正宗呢?

布拉曼蒂站起来说:"我没想到就连这里也渗透进来由无神论唯物主义者雇用的挑衅分子。在这种情况下,我不愿再讲了。"随之拂袖扬长而去。

那天晚上,阿列埃打来了电话,询问我们的情况,并通知我们终于被邀请第二天参加一个仪式。在此之前,他建议大家一起喝一杯。安帕罗同她的朋友们有一个政治聚会,我就单独赴约了。

三二

  瓦伦丁教派的人忙于掩盖他们鼓吹的那些东西：如果他们在鼓吹，那他们就掩盖……如果你皱着眉头、面色严肃，但心怀善意地去调查，他们就说那是非常深奥的事。如果你敏锐地去检验，他们就通过模棱两可的双关语诉诸人们共有的信仰。如果你想隐约了解他们知道的任何事，他们就称一无所知。他们很精明有才干，他们总能在你详细追问与告知之前劝你信服。
  德尔图良《反对瓦伦丁教徒》

  阿列埃请我去参观一个地方。在那里还有人会调制"芭提达"①，这种酒只有青春永驻的人才知道如何调制。只几步，我们就从卡门·米兰达②的文明中出来，我置身于一个阴暗的场所，一些本地人抽着香肠般粗的烟卷，就如老水手的绳索那样扭卷成的。他们用手指肚来卷烟，把宽阔透亮的烟叶用油纸卷起来。这种烟需要不时重新点火，但我算是明白了瓦特·雷利先生发明了烟草时的情形。
  我向他讲述了下午的奇遇。
  "现在还加上玫瑰十字会？您对知识的渴求永不满足，我的朋友。但您不要听信那些疯子。他们都说那些资料不容置疑，但从来没有人拿出来让人看过。那个布拉曼蒂，我认识他。他居住在米兰，在世界各地转悠，推销他的思想。他是一个无害的人，但仍然相信基泽怀特。大批蔷薇十字会会员依据《化学剧场》一书中的观点。但如果真去查阅一下——这本书在我米兰的那个小藏书室里就有——却找不到他引述的那段话。"

"基泽怀特先生是一个老油子。"

"他被很多人引述过。因为十九世纪的神秘学者也深受实证主义精神的毒害：一件事如果可以验证的话，那才是真实的。您看看关于《赫耳墨斯总集》的争论吧。当十五世纪它被引进欧洲时，皮科·德拉·米兰多拉③、菲奇诺④还有其他伟大的贤人火眼金睛：它应当是由非常古老的智慧创造的作品，早于埃及人，在摩西之前，因为在书里已能找到一些后来被柏拉图和耶稣表达的思想和理念。"

"怎么是后来？就是布拉曼蒂证明但丁是共济会成员的那些论据。如果《赫耳墨斯总集》中重复的是柏拉图和耶稣的思想，那就意味着那些文章是在他们之后写出来的！"

"您看？您也和他们一样。事实上，这是现代文献学家的论据，他们还做了一些晦涩的语言分析，表明《总集》是在公元二三世纪之间写的。这就如同说卡桑德拉出生在荷马之后，因为她已经知道特洛伊城将被摧毁。现代人有一种幻觉，总是认为时间的推移是直线性的，是从 A 向 B 前进的。但也可以从 B 向 A 运行，由结果产生原因……先来和后到是什么意思呢？那位漂亮的安帕罗是先于还是后于她那些混血的先人来到这个世界的？她光彩照人——如果您允许我这样一个能够做她父亲的人进行公正评断的话——她是先来到这个世界的。她是创造她的人的神秘之源。"

"但就这一点……"

---

① Batida，用果汁和糖调制的巴西风味鸡尾酒。
② Carmen Miranda(1909—1955)，葡萄牙裔巴西歌手、百老汇演员、电影明星。
③ Pico della Mirandola(1463—1494)，意大利学者、柏拉图主义哲学家。
④ Ficino(1433—1499)，意大利哲学家、神学家、语言学家。

"'这一点'的概念是错误的。在希腊哲学家巴门尼德之后,点就由科学来安排,用来确定某个东西从哪里向何处移动。但什么也没有移动,只有一个点,这个点在同一瞬间产生出所有其他的点。十九世纪的、还有我们时代的神秘学者的天真幼稚之处就在于用科学谎言去显示真理的真实性。不应该根据时间的逻辑去推理,而是根据'传统'的逻辑。所有的时间对彼此都具有象征意义,所以玫瑰十字会的隐形圣殿在每一个时代都存在和存在过,不管历史的更迭,不管你们历史的更迭如何。最新发现的时间,不是钟表显示的那个时间。它的联系是在'微妙的历史'的时间中确定的,科学上的之前与之后已经无关紧要了。"

"但究竟那些持玫瑰十字会是永恒的这一观点的人……"

"科学家真是愚蠢,他们企图证实本应知道而无需证明的东西。"

"但是,总之,请原谅我的平庸。玫瑰十字会究竟存在还是不存在?"

"什么叫存在?"

"洗耳恭听。"

"大白兄弟会,您管它叫玫瑰十字会也好,叫它精神骑士团化身的圣殿骑士也好,它是一班少数、极少数贤人和神选的子民,为了保留永恒的智慧核心穿越人类的历史旅行。历史的演变并非偶然。它是世界的主宰者的杰作,没有什么东西能逃出他们的手心。自然,世界的主宰者是通过秘密来保护自己的。所以不管任何时候某个人称自己是主宰者,是玫瑰十字会会员或圣殿骑士,那人必在撒谎。他们是要到别处去寻找的。"

"那么,这个故事要无止境地延续下去吗?"

"的确如此。这是主宰者的精明之处。"

"但他们想叫人们知道什么呢?"

"他们要人们知道有一个秘密。否则,如果一切都像看上去如此这般的话，为什么要活着？"

"那么是什么秘密呢？"

"就是给人以启示的宗教都不能说出的东西。秘密就是天机。"

三三

　　幻影是白色的、蓝色的、浅红白色的。最后,它们混在一起或全成了白色,白色烛光的颜色。您会看到一些火花,感觉全身都起了鸡皮疙瘩。所有这一切就宣布了引力原理,人受所从事对象的吸引。

帕皮斯《马丁内斯·德·帕斯夸利》
巴黎,沙米埃尔,一八九五年,第九二页

　　约定的晚上来临了。像在萨尔瓦多一样,阿列埃开车来接我们去。举行仪式的大篷就撑在靠近中心的地区,如果可以称其为中心的话,因为这座城市把唇舌延伸至山丘之间,轻轻地吻触大海。在灯光闪耀的夜晚,从上向下看去,就好像一头黑发中间冒出了一个秃顶。

　　"你们可要记住,今晚是翁邦达,不是由奥里克萨斯来念咒、招魂、附体,而是伊贡斯,它们是逝者的魂灵。然后由艾苏,非洲的赫耳墨斯,这你们在巴伊亚见过,还有它的女伴班巴吉拉附体。艾苏是约鲁巴神灵,它是行为无端、爱开玩笑的魔鬼,但在美洲的神话中,也有过一个诙谐的神灵。"

　　"那逝者是些什么人?"

　　"他们是黑皮肤老人和印第安混血儿。前者在流放年代领导着他们的人,如刚果之王或者圣奥古斯丁老人……他们成了人们对奴隶制缓和时期的回忆,那时黑人不像从前那样被当做动物虐待,而是成为家里人的朋友、叔伯或者爷爷。印第安混血儿代表贞洁之力、原生态大自然的纯洁。在翁邦达中,非洲的奥里克萨斯已经退居后台,现在完全同天主教圣人合二为一了,只介入这些实体。正是它们让人神志恍惚:通灵者,cavalo①,在舞蹈进行到一定程度时,会感到一个高级的实体进入他的躯体,他便失去了知觉。舞蹈一直要跳到这神圣的实体离开他的身躯为止,此后他就感到很舒畅,头脑清晰,得到了净化。"

"真福者。"安帕罗说。

"真福者,是的。"阿列埃说,"他们与大地之母接触。这些信徒的根被切断了,被投入到可怕的城市熔炉中,正如施本格勒所说,商业化的西方在危机到来之时,又重新诉诸大地。"

我们到了。大篷的外形很普通;也是从一个小花园进去的,小花园比巴伊亚那个更小一些,在这大篷的门前,有一个类似商店的地方,我们看到了艾苏的小雕像,周围摆满了求神赎罪的祭品。

正当我们往里走时,安帕罗一把把我拉到一边:"我已经全明白了。你没有听到吗?大会上那个长得像獏一样的家伙讲的是雅利安时代,这一个讲西方已是日落西山,Blut und Boden②,纯粹是纳粹主义。"

"没那么简单,亲爱的,我们是在另一个大陆上。"

"谢谢你的提醒。大白兄弟会!它把你们引向吞食你们的上帝。"

"那是天主教徒干的事,亲爱的,不是一回事。"

"就是一回事,你没听说过吗?毕达哥拉斯、但丁、圣母马利亚和

---

① 葡萄牙文,马。
② 德文,血与土地。

共济会成员。总是为了占有我们。去做翁邦达吧,不要做爱了。"

"那么你也融合诸说了。走,我们去看看。这也是一种文化。"

"只有一种文化:用玫瑰十字会最后一个成员的肠子把最后一个神父吊死。"

阿列埃示意我们进去。虽然从外表看大篷并不显眼,但里面却充满了火焰一般的鲜艳色彩。那是一个方形的大厅,有一块地方专门辟为通灵者的舞蹈区。祭台在正后方,有一个栅栏遮护。在栅栏后面露出了放鼓的台架。举行仪式的那块地方还空无一人,而在栅栏这一边已是人头攒动。信徒、看热闹的人、白人、黑人混在一起,其中通灵者和他们的助手"康博诺"最为显眼。他们穿着白色服装,有一些人光着脚,另一些人则穿着网球鞋。祭台立即引起了我的注意:黑皮肤老人和印第安混血儿装饰着五颜六色的羽毛。那些圣徒如果不是因为身躯过于庞大,简直像一个个糖面包。圣乔治身着闪闪发光的盔甲和猩红的斗篷,圣科斯马斯,圣达米安,被利剑刺伤的贞女,一个高度写实到近乎无耻的耶稣,像科尔科瓦杜山上的救世主那样双臂平展,但却是彩色雕像。没有奥里克萨斯,但是在观众的脸上,在蔗糖的甜味和熟食的香味中,在因炎热而蒸发的汗臭里,在即将开始的活动引发的激情中可以感受到它们的存在。

众圣之父走上前来,靠近祭坛坐下并接待了一些信徒和客人们。他向他们喷吐浓烈的雪茄烟雾为他们祝福,并递给他们一杯饮料,像快速的圣餐仪式。我同我的同伴们一样跪着接过这杯东西喝了;我发现一康博诺从瓶子里向杯中倒液体,那是杜本内开胃酒,但我不得不小口品尝,仿佛这是能使人长命百岁的万灵药。在台上,鼓手们已经开始隆隆地敲起了鼓,教徒向艾苏和班巴吉拉唱起了求神赎罪的诵经:塞乌特兰卡卢阿斯是莫朱巴!是莫朱巴,是莫朱巴!塞特恩格鲁茨巴达斯是莫朱巴!是莫朱巴!是莫朱巴!塞乌马拉波是莫朱巴！塞乌杜里里是莫朱巴！艾苏维卢多是莫朱巴！班巴吉拉是莫朱巴！

众圣之父摇动香炉，从里面散发出印第安香料的浓重气味，他口中念着献给奥萨拉和"我们的圣母"的祷词。

鼓手们加快了击打的节奏，通灵者拥入了祭坛前的空地，开始被鼓点的魅力所折服。大部分是女人，安帕罗讥讽她的同性过于脆弱。（"我们是最敏感的，不是吗？"）

这些女人还有一些来自欧洲。阿列埃指着一个金发女人说，她是德国心理学家，多年来一直参与这种仪式。她尝试了各种办法，但是如果没有受到青睐和偏爱，那无论怎么做都无济于事：附体的情况从未在她身上发生过。她眼神茫然地跳着舞，鼓手们没有给她和我们的神经以任何喘息的机会，辛辣的烟味弥漫了大厅，它使参与者和旁观者都头晕目眩，使所有人——我猜想如此，反正我深受其害——感到反胃。在里约热内卢的桑巴舞学校，我也有过类似感受，我了解音乐和声响作用于精神的强大力量，在星期六晚上的迪厅里我们那些发烧友也屈从于同样的强力。这个德国女人睁大眼睛跳舞，用自己四肢每一个歇斯底里的动作来祈求恩赐遗忘。逐渐地，其他圣女陷入了心醉神迷的状态，把头仰向后方，像在水中似的荡漾，在遗忘的海洋里航行。而她神情紧张，几乎是哭丧着脸，心烦意乱，好像绝望地寻求达到性高潮一样。她扭动，呼吸急促，情绪无法发泄。她努力失去控制，但每一瞬间又重获控制，被音律精准的羽管键琴熏陶出来的可怜病态的条顿女人。

那些幸运儿这时开始向空无跳跃，他们目光呆滞，肢体变得僵硬，动作越来越机械，但并不随意，因为他们揭示了附体实体的本质：一些人显得软绵绵的，两手手掌朝下，紧贴腰肢摆动，像在水中游泳。另一些人则弯着腰，动作缓慢。康博诺用一块白布把他们遮盖起来，使那些已经接触到卓越灵魂的人从人们的视线中消失……

一些通灵者猛烈地抖动着身躯,而那些被黑皮肤老人附体者则发出了低沉的声音——哼,哼,哼——他们身体前屈,像拄杖的老人,下颌突出,显出了一副清瘦无齿的老态龙钟相,那些被印第安混血儿附体者,则发出了武士一般刺耳的尖叫声——咳呀呼!!——康博诺焦急不安地帮助那些经不起恩赐冲击的人。

鼓声在继续着,鼓点在浓烟中越来越响。我向安帕罗伸出手去。突然,我感到她的双手在冒汗,她的身体在发抖,口唇半张着。"我感到不舒服,"她说,"我想出去。"

阿列埃发现出事了,他帮我扶她走出来。在夜晚的空气中,她又感觉好多了。"没事了,"她说,"可能是吃坏了什么东西。还有就是那种烟雾,闷热……"

"不,"跟着我们走出来的圣众之父说,"您有通灵的素质。您能很好地对鼓点作出反应,我一直在观察您。"

"够了!"安帕罗叫喊着。她又用一种我不懂的语言补充了几句。我看到众圣之父脸色发白,或者说变灰,像在历险小说中人们常说的,黑皮肤的人吓得变白了……"够了,我感到恶心,我吃了什么不该吃的东西……求你们了,让我在这里呼吸一点新鲜空气吧,你们进去吧。我想独自待一会儿,我不是残废。"

我们满足了她的愿望,但是在外面待了一会儿之后,我又进到里面。那味道,那鼓声,那汗味,还有那受到污染的空气,那一切让我感到像长期禁酒之后又开始喝烈性酒一样。我用手摸了一下额头,一个老者递给我一个阿哥哥,一个金黄色的小乐器,类似带着一些小铃铛的三角铁,用一根小棍在上面敲击。"上台去,"他说,"你敲打敲打就好了。"

那个建议中包含顺势疗法的智慧。我敲击着阿哥哥,试图跟上鼓点,我逐渐融入其中,控制了局面,用腿与脚的动作来放松自己,我从围绕着我的氛围中摆脱了,反过来挑战它,鼓励它。后来,阿列埃给我解释了熟谙此道的人和不堪其苦的人之间的差异。

逐渐地通灵者进入了恍惚状态,康博诺将他们引到大厅边上,让他们坐下,给他们雪茄烟和烟斗。那些没有被附体的信徒跑过去跪在他们的脚下,同他们咬耳朵,听从他们的建议,接受他们施恩,倾诉衷肠,寻求慰藉。有一些人有开始恍惚的迹象,康博诺给予他们有节制的鼓励,然后把他们带回到已经放松下来的人群中。

在跳舞的地方,那些渴求出神状态的候选人仍在扭动着。那个德国女人极不自然地跳着,期待着被附体,但还是枉然。一些人已被艾苏征服,瞎蹦乱跳做出了邪恶的、阴险狡猾的表情。

在此时,我看到了安帕罗。

现在我知道了赫赛德不仅是优雅和爱的塞菲拉。正如迪奥塔莱维说的那样,那也是神灵的实质扩散的时刻,它向它那无穷无尽的边缘扩张。那是活人对死人的关怀,然而也肯定是死人对活人的关怀。

我一边敲击着阿哥哥,主要把注意力集中到对自己的控制上,并受音乐左右,没有再留心大厅里的活动。安帕罗返回大厅大约已经有十多分钟了,她肯定经历了我先前的那种感受。但没人递给她阿哥哥,也许就算给她,她也不会想要。在深沉声音的呼唤下,她放弃了任何的防范意识。

我看见她突然冲向舞者中间,停了下来,不自然地向上仰起那绷得很紧的面孔,脖子几乎是僵直的,然后忘我地跳起了淫荡的萨拉班德舞,用手的动作表达献出自己身躯之意。"给班巴吉拉,给班巴吉拉!"一些人为这一奇迹欢欣地叫嚷着。因为那天晚上,那个女魔鬼还未现形露面:啊,她那丝绒的长袍,全是绣着金边的,啊,她那开衩的地方还银光闪闪,她浑身珠光宝气……灵魂的班巴吉拉,噢噢……

我不敢干预。也许我加快了我的金属阴茎的节拍以求同我女人的肉体相会，或者同附身于她的淫荡灵魂相会。

康博诺关照她，给她穿上了仪式专用服装，在她短暂而又强烈的恍惚状态结束时搀扶着她。他们陪伴她坐下，此时她已汗湿衣衫，气喘吁吁。她拒绝接待那些跑来向她乞讨神谕的人，并且哭了起来。

仪式将要结束了，我离开舞台，径直向她跑去，阿列埃在她身旁，正为她轻轻按摩太阳穴。

"真丢人，"安帕罗说，"我不相信这一套，也不愿意那样做，但我怎么能够那样做了呢？"

"常有的事，常有的事。"阿列埃温柔地说。

"那么就没有办法补救了，"安帕罗哭着说道，"我还是一个奴隶。你滚开，"她生气地对我说，"我是一个可怜肮脏的黑人，给我一个主人吧，那是我应得的！"

"这也会发生在金发的希腊亚该亚女人身上，"阿列埃安慰她说，"这是人类的本性。"

安帕罗要上卫生间，仪式已近尾声，在大厅中央，只有那个德国女人以羡慕的眼光盯视了安帕罗一会儿之后，还在手舞足蹈，但她的动作显得固执和心不在焉。

十多分钟后安帕罗回来了，我们向众圣之父告辞，他为我们第一次同阴界接触大获成功而欣喜。

阿列埃在深夜里静静地驾驶着汽车，当到达我们的住所时，他向我们道别。安帕罗说她想一个人上楼去。"为什么你不去散散步呢，"她对我说，"等我进入梦乡了再回来。我会吃一片药。请你们二位原谅。我说过，看来我是吃坏了什么东西。所有那些女孩子都吃坏了和喝坏了什么东西。我憎恶我的国家。晚安。"

阿列埃理解我困惑的心情,提议去通宵营业的科帕卡巴纳酒吧坐坐。

在酒吧里,我沉默地坐着。阿列埃等我开始喝芭提达酒后打破了寂静,还有尴尬。

"种族,或者文化,不管您怎么叫它,都是我们无意识的一部分,而另一部分则寓于原始的形体中,这对所有人和所有世纪来说都是一样的。今天晚上,气氛和环境使我们大家都放松了警觉性,您自己也体会到了这一点。安帕罗发现,她原以为在她的心灵中已被毁灭的奥里克萨斯现在还存在于她的腹中。您不要以为这在我眼里是一件好事。您曾经听我带着敬意地说起过这些超自然的能量,它们在这个国家里、在我们周围颤动着。但不要以为我对这些附体活动抱有好感。领悟奥秘和成为一个神秘主义者并非一回事。前者是直觉地了解理性无法解释的神秘事物,那是一个深奥的过程,是灵魂与躯体的缓慢转变,能够带来高素质的熏陶,直至获得永生,但这是隐私的、秘密的。它并不表露于外,而是很庄重,首先是清醒与超然的。因此,世界的主宰者是前者,但他们并不沉迷于神秘主义。神秘主义对他们而言是奴隶,可以表现神力,可以从中窥视到秘密的征兆。他们鼓励神秘主义者,利用他们,就如您使用一部电话似的,以便同远方的人联系,就如化学家使用石蕊试纸,以便知道一种物质在某个地方发生作用。神秘主义者是有益的,因为他是一个演员可以登台表演。领悟者相反,他们只在自己的圈子里相互承认和认同,掌控神秘主义者承受的那些力量。在这个意义上讲,通灵者的附体和阿维拉的圣德肋撒或者圣十字若望的心醉神迷并没有什么区别。神秘主义是一种同神灵接触的退化形式。领悟奥秘则是思想与心灵长期苦修的结果。神秘主义是一种民主现象,如果不说它是蛊惑人心的高谈阔论的话,启蒙领悟则是贵族化的东西。"

"是精神的而非肉体的吗?"

"在一定意义上讲是如此。您的安帕罗疯狂地监视着自己的思想,却不顾及自己的躯体。不信教的人比我们更脆弱。"

那时已经很晚了。阿列埃向我透露,他就要离开巴西。他把他在米兰的地址留给了我。

我回到住处时,安帕罗已经熟睡。我在黑暗中悄悄地躺在她身旁,我整夜难以入眠。我感到我身边躺着一个陌生人。

第二天早晨,安帕罗冷淡地对我说她要去彼得罗波利斯看望一个女朋友。我们有点别扭地道别。

她背了一个小皮包,腋下挟了一本《政治经济学》走了。

两个月她消息全无,我也没有去找她。后来,她给我写了一封闪烁其词的短信。她对我说她需要一段时间思考。我没有回信。

我并没有感受到激情、嫉妒或怀念。我只感到空空荡荡、干干净净、清清楚楚,像一只铝锅。

我在巴西又待了一年光景,但自那以后我就感到离期已近。我再没有见到阿列埃,也没有见到安帕罗的朋友们,我在海滨浴场长时间地享受着日光浴。

我还放风筝,在那里风筝美极了。

第五章
凯沃拉

三四

> 贝伊德鲁斯,德梅伊梅斯,阿杜莱克斯,梅杜戛因,阿蒂乃,佛菲克斯,乌圭苏斯,加迪克斯,索尔,快同你的鬼魂神灵一起来吧。
>
> 《皮卡特里克斯》,斯隆手稿
> 一三〇五,152

器皿破碎。迪奥塔莱维经常同我们谈起伊萨克·卢里亚的晚期喀巴拉派,塞菲拉的有序连接在其中失去踪迹。他提到造物是神灵吸气与呼气的过程,就如焦急的呼吸或者鼓风机的作用。

"这是上帝的大气喘病。"贝尔勃评论道。

"你试一试从无到有的创造吧。这种事一生中只能有一次。上帝吹塑世界,就如同吹塑一只玻璃酒瓶,他要收缩自己,才能吸足气,然后就发出那十个塞菲拉的光芒四射的嘶嘶声。"

"是嘶嘶声,还是光芒?"

"上帝吹气,就有光。"

"多媒体。"

"但是,要把塞菲拉的光芒收集在能够经受住其亮度的容器里。用于收集凯特尔、贺克玛、比纳的器皿能够经受住它们的光辉,而从赫赛德到叶索德,这些低级塞菲拉的光与气猛地一下发出,由于力道过强,器皿破碎了。光的碎片散布在宇宙,于是就产生了粗糙的物质。"

器皿破碎是一场严重的大灾难,迪奥塔莱维说,没有什么比生活在一个流产的世界更令人担忧的了。这是宇宙空间从产生时就有的缺陷,而知识最渊博的拉比也没能将这一切全部解释清楚。或许在上帝呼气和吐尽空气的时刻,在原始的容器里剩下了几滴油,一种残留物质,reshimu,而此时上帝则同这残留物一起传播。或者在某处的贝壳,qelippot,废墟的原则狡诈地等待着设伏。

　　"贝壳是一些滑头滑脑的人,"贝尔勃说,"他们是魔鬼般的傅满洲①医生的间谍……那后来呢?"

　　后来,迪奥塔莱维不慌不忙地解释说,根据"严厉审判"或凯沃拉,人称帕查得或"恐怖",盲者伊萨克称在这个塞菲拉中"恶"显现,贝壳就真实存在了。

　　"贝壳就在我们中间。"贝尔勃说。

　　"你环顾四周。"迪奥塔莱维说。

　　"但它出来了吗?"

　　"与其说出来,还不如说回去了,"迪奥塔莱维说,"一切都是在上帝的'回归'中产生出来的。我们的问题是要'回归',让亚当复原。然后我们就将万物重新构建在"角色"的平衡结构中,它们的面貌或者形态将取代塞菲拉。灵魂的升华犹如丝带,可以使虔诚的意愿在黑暗中摸索着找到通向光明之路。世界也是如此,每时每刻都在拼《托拉》中的字母,努力使它摆脱可怕的混乱,寻获自然的形式。"

　　我现在正在这样做,在茫茫深夜,在这些山丘不自然的寂静中。但在那天晚上,在潜望镜室,我还被贝壳分泌出的黏液所包围,我发现在我周围有难以觉察到的蜗牛被镶嵌在巴黎国立工艺博物馆的水晶器皿中,在无声的冬眠中,同气压计和时钟生锈的齿轮混在一起。

---

① Fu Manchu,英国推理小说家萨克斯·洛莫(Sax Rohmer,1883—1959)系列小说中的虚构人物。

我当时想，如果器皿真的破碎了，那第一道裂缝就是在里约热内卢那天晚上举行仪式时形成的，但却是在我返回祖国之后爆裂的。那是缓慢的没有巨响的爆裂，这样，我们大家就都陷入原始粗糙物质的泥沼中，寄生虫在那里自生自长。

我从巴西返回之后，不再知道我究竟是谁了。我已近而立之年。在这个年纪，我的父亲已做了父亲，他知道他是谁，他生活在哪里。

我曾离我的国家太远了，这期间发生了一些重大事件，而我却生活在一个难以置信的世界里，就连意大利的事件传来时都披上了传奇的色彩。在离开另一个半球前不久，当我即将结束在巴西的生活时，我坐飞机飞越了亚马孙森林上空，在福塔莱萨停留时偶然看到了当地的一份报纸。在报纸的头版上，一张照片跃入眼帘，我认识照片中那个人，因为他多年来常在皮拉德酒吧喝白葡萄酒。图片说明称："啊，杀死莫罗①的人。"

自然，正如我回来后所知，莫罗不是他杀害的。他面前假如有一把上了膛的手枪，为了查验一下是否能用，他会把它对准自己的耳朵射击。当刑事侦查队冲入房间时，他只不过正好在场。有人在那间房间的床下藏了三把手枪和两包炸药。他当时躺在床上出神，因为那是一九六八年劫后余生的一伙人为了满足肉欲集体租用的单人房中唯一的家具。要不是只有一张智利民谣乐团印蒂伊利曼尼的海报作为唯一装饰，简直像是单身汉小公寓了。租住人之一同一个武装集团有染，而其他人则不知道他们不知不觉中资助了一个罪犯的藏身之地。就这样，他们全都进了监狱，过了一年牢狱生活。

我对意大利近年来的事知之甚少。我离开时，它正处在重大变

---

① Aldo Moro(1916—1978)，意大利政治家、天主教民主党领导人之一。曾任意大利总理，主张中左路线。1978 年被绑架杀害。

革的边缘,我几乎感到有愧,因为在"清账"的时刻我逃走了。我离开时,能从一个人说话的口气、玩弄的词句、引用的经典中辨认出他的意识形态。但当我回国后,就再也弄不清谁和谁是一伙了。人们不再谈论革命,人们引述'欲望',有的人自称左派,却常提起尼采和塞利纳;右派的杂志在为第三世界的革命欢呼。

我又去了皮拉德,但我感到好像是在异国他乡的土地上似的。台球桌依然在,多少还是原先常来的那些画家,但年轻人的群体不同了。我得知老主顾中有一些人现在开设了先验沉思学校和素食餐厅。我打听有没有人开设翁邦达大篷。没有,也许我太前卫了,我重树权威。

为了满足老顾客的爱好,皮拉德仍然陈放着老式的电动弹子机,现在看起来像从美国波普艺术运动先驱利希滕斯坦那里抄来的样式,古董商批量购买的那种。有些更年轻的人聚集在弹子机旁一字排开的有荧光屏的机器那里。荧光屏上面飞翔着用螺栓相连的成群结队的隼,来自外太空的神风突击队队员,或者东蹦西跳、发出日语腹语的青蛙。皮拉德现在闪耀着阴沉的光芒,或许"红色旅"的信差也曾在"太空堡垒"游戏的荧光屏前逗留过,他们的使命就是招兵买马。当然他们理应放弃电动弹子球,因为腰间挂着手枪的人是无法玩的。

当我沿着贝尔勃的视线望去时,意识到他正盯着洛伦扎·佩雷格里尼。我模糊地明白了贝尔勃十分清醒地了解的一切,也就是我在他的阿布拉菲亚文档中所找到的东西。洛伦扎没有被指名,但显然同她有关;只有她以那种方式玩弹子球。

电动弹子球.doc

玩弹子球不仅要用双手,而且还要耻骨加以配合。玩的时候,重点不是在于球被吞进入口之前让它停住,也不是像右后卫发威那样将球踢向中场,而是要迫使它在上方缓慢地移动,那里闪光标的云集,弹子球从一处跳到另一处,毫无方向地游荡其间,但都是根据你的意愿。要做到这一点,不要生硬地去弹球,而是要以一种弹子球觉察不到的温柔动作将振动传至外箱,这样机器就不会发出中止信号。你只能用耻骨去做,而且要用臀部的动作使耻骨摩擦机器,总是要克制住性高潮的到来。除了耻骨以外,如果臀部自然地摆动,臀肌就会以优美的姿态向前冲击,当冲力传到耻骨时,它已经减弱了,就如同在顺势疗法中一样:溶液摇晃得越厉害,药就越快溶化在水中,你再一点一点加水直至完全溶化,药效就更为明显。同样,一种微量的脉冲从耻骨传到弹子机的外箱,弹子机就会没有任何脾气地听从你的指挥,弹球就会逆自然、逆惯性、逆重力、逆动力规律、逆建造者欲使其瞬间即逝的那种机巧而动,机器就会面对动势处于迷惘状态,就可以玩得十分开心、忘却时间。但这需要女性的耻骨来完成,它在髂骨和机器之间不会有海绵体,不会有可勃起之物,只有皮肤、神经和骨骼,这些东西被牛仔裤包裹着,一种升华了的情爱,一种狡黠的性冷淡,一种对对方的敏感的无私适应,一种煽动欲望的兴趣,却并不过分为自己的欲望所煎熬:亚马孙女战士会使电动弹子球疯狂,因为随后会将它抛弃而获得提前的享受。

我认为当贝尔勃发现洛伦扎·佩雷格里尼能够使他得到难以企及的幸福时,他在那一刻爱上了她,但我认为他正是通过她开始发现自动机械宇宙的色情特征,机器就是宇宙体的隐喻,而机械游戏就如同护身符的召唤。他已经为阿布拉菲亚所迷,也许已进入到赫耳墨斯计划中去了。自然,他已经看到过傅科摆。洛伦扎·佩雷格里尼,我不知道她哪里短路了,竟向他许诺难以企及的幸福。

在最初的一些时日里,重新适应皮拉德的环境使我感到很吃力。逐渐渐地,不是每晚,在陌生的人群中,我重新找到了一些熟悉的面孔,劫后余生者的面孔,尽管由于我想弄清这些人的底细,使他们的面孔变得模糊。有的人是广告公司的撰稿人,有的人做税务咨询,有的人出售分期付款的书籍——以前他推销"切"的作品,现在卖有关草药、佛教和占星学方面的书籍。我这次重新见到他们时,看到有些人已长出几缕白发,说话也有点口齿不清了,手里还是拿着一杯威士忌,我感到还是十年前的"宝贝牌",他们慢慢地品尝着,六个月才喝上一滴。

"你现在做什么,为什么你不在我们中间露面了?"其中一位问我。

"现在你们是什么人呀?"

他看着我,好像我离开这里有一百年了:"你去了市文化局,不是吗?"

我错过了太多的俏皮话。

我决定给自己创造一份工作。我觉察到我知道很多事,它们相互并不关联,但我去两到三次图书馆花上几个小时就能把它们串联起来。我求学写论文时需要有理论支撑,但苦于找不到这种理论。现在只要有知识就够了,所有人都渴望那些知识,而且最好是非现时的知识。还有大学,我回去看看有没有什么位子可以安置我。教室里很安静,大学生像幽灵般在走廊里游荡,相互借阅草草写就的参考书目。我会编写很像样的参考书目。

有一天,一个临届毕业生把我当成了讲师(现在的教师同学生的年龄不相上下,反之亦然),他问我在一门关于经济周期性危机的课程中谈到的钱多斯勋爵写了什么。我告诉他,他是霍夫曼斯塔尔[①]笔下的人物,不是经济学家。

---

① Hugo von Hofmannsthal(1874—1929),奥地利诗人、小说家、剧作家。

那天晚上，我出席了老朋友的聚会，并认出了一个在出版社工作的人。他是在那家出版社不再出版发行法国通敌派的小说、而转向阿尔巴尼亚的政治书籍之后进入该出版社的。我发现他们仍在出版政治类书籍，但是在政府允许的范围之内。不过我们并未忽视好的哲学书，古典的那类，他补充说。

"那么，照这样说，"他对我说，"你作为哲学家……"

"谢谢，可惜我不是。"

"得了吧，你对你那个年代的事完全了解。今天，我正在审读一本关于马克思主义危机的译著，遇到了一段引文，是由坎特伯雷的安塞姆写的。他是谁？我在《作家辞典》里也没有找到此人。"我告诉他，那是奥斯塔的安塞姆，只有英国人才那样叫他，因为英国人总是想与众不同。

我灵光一闪：我有了一个职业。我决定创立一家文化信息公司。

这好比知识的侦探。与其在酒吧和妓院里瞎混，还不如到书店、图书馆、大学研究机构的走廊里去。然后，在我自己的办公室里，腿跷到桌子上，手里拿着一纸杯威士忌，那是由街角杂货店的人装在纸袋中送上来的。接起一个电话："我正在翻译一本书，遇到了某个——或某些——莫托卡莱明。我无法解决这一难题。"

你不知道，没关系，你要求给两天时间。你到图书馆翻阅图书卡片，在咨询公司给某人递一支卷烟，就能收集到线索。晚上，你邀请伊斯兰学者的助手去酒吧喝一两杯啤酒，那个人就会放松警觉，他一文不要就给你提供你想得到的信息。然后，你打电话给客户。"好吧，莫托卡莱明指阿维森纳时代的激进穆斯林神学家。据他们说，世界，怎么说呢，曾经是一种充满意外事件的尘埃，它凝结成形只是因为神的意志支配的一种瞬间的暂时行为所致。只要神一不留意，整个世界就会分崩离析，变成毫无意义的原子的纯混乱状况。这样的解释可以了吧？我为此工作了三天,接下来就交给您了。"

我幸运地在郊区的一幢旧楼里找到了带厨房的两居室。那原本是一家工厂,在楼房的一侧是办公室。改建后的套房都朝向一个长走廊:我的住所位于一家房地产公司和一家动物标本制作室中间（A·萨隆——动物标本制造师）。好像置身于三十年代美国的摩天大楼里,只要有一扇玻璃门,我就会感到像马洛那样神气。我在另一间房中放了一张沙发床,把办公室设在进门的那个房间。在两个书架上放了世界地图、百科全书,以及我逐渐收集的图书目录。一开始,我要违背良知,为失望无助的学生撰写论文。那并不难,只要抄袭前十年的东西就够了。另外,出版界的朋友寄来一些稿件和外文书让我审读,当然都是一些令人厌恶的东西,但有一点微薄的报酬。

但是我积累了经验和知识,我什么也不丢弃。我把一切都编写成卡片。我没有考虑将这些卡片存在电脑里（电脑在那时才刚刚进入商业使用,贝尔勃可谓使用电脑的先驱）。我编卡都是用手工,但我用软厚纸制成小卡片,创造了一种交叉索引的记忆方法。康德……星云……拉普拉斯,康德……柯尼斯堡……柯尼斯堡七桥问题……地志学定理,有点像那种挑战你通过五样东西从香肠联想到柏拉图的游戏。让我们看一下:香肠——猪——鬃毛——毛刷笔——矫饰主义——理念——柏拉图。很容易。就连写得一团糟的手稿也能像连环信那样让我弄出二十张卡片来。我很严格,同谍报人员遵循一样的标准:信息没有好坏之分,只要把一切都编成卡片,然后去寻求它们之间的关联。关联总是存在的,只要愿意去寻找就够了。

经过两年的工作,我对自己感到满意。我很开心。在这期间我遇到了莉娅。

三五

> 让问我名字的人知道,
> 我是莉娅,我挥动我那美丽的双手
> 在周围采撷鲜花,做成一个花环
> 　　《神曲·炼狱篇》第二十七篇,100—102

莉娅。现在我已没有信心能再见到她了,但也可能我从来没有见过她,那更糟。我真希望在我回顾我毁灭的各个阶段时她就在眼前,拉着我的手,因为她早就告诉过我。但她不应当在这个故事里,她和孩子都不该被扯进来。但愿她们晚点回来,待到达时,事情都已结束了,不管事情怎样结束。

那是一九八一年七月十六日。米兰几乎走空了,图书馆的阅览室空空荡荡。

"我先声明,我要查阅第一〇九卷。"

"那你为什么把它留在了书架上呢?"

"我去桌子上查看一则笔记。"

"这不能成为借口。"

她任性地拿着她的那卷书回到桌子上。我就坐在她对面,想看清她的容貌。

"你是怎么阅读的呢? 又不是盲文。"我问她。

她抬起了头,我真的不知道那是脸,还是后脑勺。"什么?"她问道,"哦,我能看清。"她为了说话而向后甩了一下那一绺头发,露出了一双绿色的眼睛。

"你有一双绿色的眼睛。"我说。

"是的。不太好吧?"

"什么话,就该是绿色的。"

就这样开始了我们的交谈。"你多吃点,你瘦得像一根钉子。"晚饭时她对我说。午夜时分,我们还在皮拉德酒吧附近的希腊餐馆里,在酒瓶口快要化作蜡油的烛光中无所不谈。我们从事的职业几乎完全一样,她在审读百科全书的词条。

我当时感到应当告诉她一件事。在午夜十二点半时,她又甩了一下那一绺头发以便看清我,我将食指指向她,同时翘起拇指,向她做了一个射击动作:"砰。"

"真奇怪,"她说,"我也是。"

于是,我们的肉体合二为一了,并且从那天晚上起,我就成了"砰"。

我们无法负担一处新房,我在她那里过夜,她也常常同我一起住在办公室里,或者她去查找,因为她在跟踪线索上比我强,她还善于向我提出建议,把一些宝贵的材料连起来分析。

"我认为,我们关于玫瑰十字会的卡片上还有一半空白。"她对我说。

"我总有一天要做好这张卡片,我有在巴西的札记……"

"咳,让我们参考一下叶芝吧。"

"同叶芝有什么关系?"

"有关系。我在这里读到,他加入了被称作启明星的玫瑰十字会。"

"没有你我可怎么办呀?"

我恢复了常去皮拉德酒吧的习惯,因为那就像一个生意场,可以找到顾客。

有一天晚上,我又见到了贝尔勃(前些年,他已很少来这里了,后来他遇到了洛伦扎·佩雷格里尼之后又来得勤快些了)。他一直就那个样,也许头发更灰白了一点,身体也消瘦了一点,但并不太显著。

那次会面很亲切,他尽可能地表现得热情豪放。我们谈了谈过去的美好年月,对警察把我们当成了同谋和他书信的后续事件,保持了适度的沉默。德·安杰里斯警官已销声匿迹再未露面。也许结案了,谁知道。

我向他谈了我的工作,这好像引起了他的兴趣。"说穿了,那是我喜欢的工作,文化的山姆·斯佩德,每天二十美元,外加一些开支。"

"但是没有神秘迷人的女人来我这里,也没有任何人同我谈起马耳他黑鹰。"我说。

"谁知道呢,您感到愉快吗?"

"愉快?"我问他。并引用他的话说:"这是我感到唯一能做好的事。"

"Good for you.[①]"他回答说。

我们又见了几次,我向他讲述了我在巴西的经历,但我发现他总是比平时更心不在焉。当洛伦扎·佩雷格里尼不在时,他总是盯着门出神,而当她在时,他激动的眼神在酒吧里扫射,追逐着她的一举一动。有一天晚上,酒吧已到打烊时分,他一边对我说,一边观望别处:"听着,我们需要您,但不是短期咨询。您能每周拿出几个下午的

---

① 英文,不错啊。

时间同我们一起工作吗?"

"这要看。是关于什么?"

"一家冶金企业委托我们编一本有关金属的书。有一些解说,但更多的是图片。是一种普及读物,但很严肃。您知道这种读物:人类历史上的各种金属,从铁器时代到太空飞船使用的合金。我们需要有人去跑图书馆和档案馆,找一些漂亮的图片、旧的袖珍画、十九世纪出版的书籍的版画插图,也许还有关于铸造或者避雷针之类的东西。"

"好吧,我明天来找您。"

洛伦扎·佩雷格里尼走近他:"你送我回家吗?"

"为什么今晚是我送你回家?"贝尔勃问道。

"因为你是我的真命天子。"

他涨红了脸,能涨多红就涨多红,目光仍然射向别处。他对她说:"这可有证人了,"并对我说,"我是她洛伦扎的真命天子。"

"再见。"

"再见。"

他站了起来,并咬着她的耳朵窃窃私语了几句。

"这有什么关系!"她说,"我问你能否用车送我回家。"

"唉,"他说,"请原谅,卡索邦,我要为不知是谁的真命天女充当出租车司机了。"

"笨蛋。"她温情脉脉地说,并亲吻了他的面颊。

三六

请允许我向我未来或现在的患忧郁症的读者进一言：不要去解读下文所述的病症先兆或预后情况，不要因身体力行书本上的东西而受困扰，适得其反，……正如大多数忧郁症患者所做的那样。

罗伯特·伯顿《忧郁的解剖》
牛津，一六二一年，"导言"

很明显，贝尔勃在某种程度上已经离不开洛伦扎·佩雷格里尼了。我不清楚迷恋的热度，也不知道从何时开始。就连阿布拉菲亚里的文档也没有帮助我弄清这桩事。

比如关于同瓦格纳医生共进晚餐的文件上也没有时间。贝尔勃是在我离开前认识瓦格纳医生的，在我开始同加拉蒙出版社合作之后他也同他保持着联系，所以我也与他有交往。那么晚餐应当在我记起的那个晚上之前或之后。如果在那天晚上之前，我就明白了贝尔勃的尴尬、他忍下的无奈和失望。

瓦格纳医生——一个奥地利人，在巴黎行医多年，因此想表现与他相熟的人就把他的名字叫成瓦涅尔——十年来几乎每隔一段时间就被两个六八后革命团体邀请到米兰。他们就他发生争论，自然每一个团体都将他的思想做与对方截然相反的解读。我一直没有搞清楚，这个名人是如何和为什么接受议会外的政治派别的赞助。瓦格纳的理论不带有什么色彩,可以这样说,如果他愿意的话,他能够受到大学、医院或科学院的邀请。我认为他之所以接受了那两个团体的邀请,是因为他本质上是伊壁鸠鲁派,期望能得到报酬以应付阔绰生活的开支。私人可以比机构筹集到更多钱,这对瓦格纳医生来说就意味着出行可以坐飞机头等舱,住豪华旅馆,得到按他的出诊费标准计算的演讲费和研讨会费。

至于那两个团体何以能从瓦格纳的理论中找到意识形态启示的源泉,那还另当别论。但在那些年里,瓦格纳的心理分析相当富于解构色彩,偏重矩阵和里比多,不是笛卡儿式的,足以为革命活动提供理论支撑。

让工人们消化理解他的理论是相当复杂的事,也许正因如此,到了某个时期,两个团体被迫在工人和瓦格纳之间做出选择,最终它们选择了瓦格纳。新的革命者不是无产者而是心理异常者,这一思想得到发挥。

"与其使无产者心理异常,还不如使心理异常者无产阶级化,这比较容易做到,看看瓦格纳医生的高额价码就明白了。"有一天贝尔勃对我说。

瓦格纳式的革命是历史上最昂贵的革命。

加拉蒙出版社受一家心理咨询机构资助,翻译出版了瓦格纳的一些次要论文汇编,专业性很强,但现在已经难觅踪迹,所以颇受追随者的青睐。瓦格纳曾来米兰介绍这本书,他在这个场合结识了贝尔勃。

瓦格纳医生.doc

魔鬼医生瓦格纳
第二十六节

谁,在那灰暗的早晨。

在讨论会上,我向他提了个反对意见。那个魔鬼般的老头子对此很恼火,但他不露声色。相反,却做出了似乎想诱惑我的回答。

这犹如沙吕同朱皮恩①,蜜蜂与花。一个有才华的人经受不住不被人爱戴,他立即诱惑不赞同他的人,为使后者能爱上他。他的计谋得逞了,我爱上了他。

但他还是没有放过我,因为在离婚的那天晚上,他给了我一个致命的打击,他出于本能,不知不觉:在不知不觉中他试图诱惑我,在不知不觉中他决定惩罚我。他罔顾职业准则,给我进行了免费心理咨询。无意识也惩罚了它的守护者。

《九三年》中朗特纳克侯爵的故事。旺代人的船只在暴风雨中沿着布列塔尼沿岸航行,突然,一尊大炮从固定它的炮位上脱落下来了,船只这时正在颠簸摇晃,发了疯似的左冲右撞,这个庞然大物眼看就要撞破船只的左舷和右舷,一个炮手(唉,就是那个未忠于职守,使大炮脱落的人)手持铁链,以无比的英勇几乎扑到怪兽身下,险些被碾到,但他制服了它,把它拖回牲口槽里,拯救了船只、船员和整个团队。令人生畏的朗特纳克以最高的礼仪让大家在甲板上列队,盛赞大胆勇敢的炮手,并从自己的脖颈上卸下高级荣誉勋章,授给了这位炮手,并拥抱了他。此时,船员们高呼"乌拉",响彻云霄。

随后,像钻石般强硬的朗特纳克提醒说这位受勋的炮手正

---

① Charlus, Jupien,法国作家马赛尔·普鲁斯特的小说《追忆逝水年华》中的人物。

是这次事件的始作俑者,立即下令枪毙了他。

　　精明干练、公平清廉的朗特纳克!瓦格纳医生对待我也是这样,他给我的友谊使我感到荣幸,又告诉我真相来残害我。

　　他向我揭示我真正想要什么。

　　他告诉我我既害怕又渴望什么东西。

　　故事是从小酒吧开始的。需要恋爱。
　　某些事你会感到它的到来,不是说因为你恋爱了所以你恋爱了,而是因为在这个时期你有一种无论如何要恋爱的需求所以你恋爱了。在你想恋爱的那些时期,每一步都应当小心谨慎:就如同饮了春药,你会爱上第一个遇到的人。也可能是一只鸭嘴兽。
　　那时我感受了这种需要,因为我戒酒有一阵了。这是肝与心的关系。一段新的爱情就是重新开始喝酒的一个最好的动因。有人同你一起上小酒吧。你会感到很惬意。

　　在小酒吧待的时间是短暂的,悄无声息的。它会使你一整天有一个长时间的温馨期盼,直至你把自己深藏在皮沙发的半明半暗之中,在傍晚六点,还没有人影。那些吝啬的顾客和钢琴师到晚上才来。下午晚些时候选择一家几乎空无一人的美国酒吧,你不三番五次地叫,服务员是不会过来的,但这一叫,他已经给你倒好了下一杯马提尼。
　　马提尼是关键,不是威士忌,是马提尼。这种酒是白色的,举起酒杯,你可以隔着橄榄看她。透过鸡尾酒马提尼——用的是一只过小的三角形高脚杯——观望自己心爱的人,同透过加冰的姜汁马提尼——用的是大杯子——来观望她的效果大不一样,她的脸在透明的冰块中支离破碎,如果将两只杯子靠近,每个人都用额头抵住冰冷的杯子,两个额头之间有两只酒杯相碰,那效果就是双重的,而如果用高脚杯就难觅这种效果。

小酒吧里的时间很短暂。然后你就将摇摇晃晃地等来另一个白天。没有确定性的敲诈。

在小酒吧坠入爱河的人,不需要有一个完全属于他的女人。大家会相互借用。

像他这样的人。他会给她很大的自由,他总是在旅行。慷慨大方得令人怀疑:我可以在半夜三更给他打电话,他在,你不在,他回答我说你出去了,甚至说,既然你在这时打电话,你难道不知道她在何处吗?这是他仅有的吃醋时刻。但我就是以这种方式,从萨克斯管乐手那里把切奇莉娅夺走。你爱或者相信你爱,就如同身负世代血债的永恒神父一样。

同桑德拉的事可就复杂了:那一次,她意识到我把那段感情太当回事了,我们两人的生活变得很紧张。我们要分手吗?那么就分手吧。不,等一等,让我们再谈一谈。不,不可能这样继续下去了。总之,问题出在桑德拉身上。

当你常去小酒吧时,感情的悲剧不在于你同哪个女人在一起,而在于你同哪个女人分手。

这时,同瓦格纳医生共进晚餐的时刻来到了。在研讨会上,他刚刚向一个挑衅者下了一个精神分析的定义:——精神分析？男人和女人的问题……chers amis……ça ne colle pas[①]。

大家讨论了配偶问题和如同法律幻想一般的离婚问题。我带着我的问题热烈地参与了对话。我们被辩证法游戏弄得兴致盎然,当我们谈论时,瓦格纳沉默不语,我们忘记了有一位权威人士同我们在一起。他当时带着深思的神态

他带着阴险的笑里藏刀的神态

他带着漠不关心的忧虑神态

他好像故意偏题一样加入了我们的谈话(我试图回忆他准确的原话,其实我已经铭记在心,是不可能弄错的):

"在我整个职业生涯中,从未遇到过因自己离婚而受到刺激的病人。病因总是**别人**的离婚。"

瓦格纳医生即使在讲话时,也总是说着大写的"别人"。我像是被毒蛇咬了似的跳了起来。

子爵跳了起来,像被毒蛇咬了似的

他额上沁出了冰冷的汗珠

男爵吸着细长的俄国香烟,透过懒散的烟雾注视着他

"您是想说明,"我问道,"不是因为同自己的伴侣离异,而是因为引发自己婚姻危机的第三者可能或不可能离婚而发作心理

---

① 法文,亲爱的朋友们……这说不通。

疾病吗?"

瓦格纳看着我,好像一个普通人第一次遇到了一个精神上受困扰的人。他问我究竟想说什么。

事实上,不管我想说什么,我之前都说岔了。我试着将我的推论表达得更具体。我从桌子上拿起汤匙放到叉子旁边:"瞧,这是我,'勺子',我娶了她,'叉子'。在这里还有另一对配偶,她是'水果刀',嫁给了他,'牛排刀'或者麦基·梅塞尔①。现在我,'勺子'很痛苦,因为我要离开我的'叉子'了,而我并不想离开她,我爱'水果刀',但我并不介意她同'牛排刀'在一起。但事实上,瓦格纳医生,您告诉我说,我痛苦是因为'水果刀'不愿同'牛排刀'分开。是这个道理吗?"

瓦格纳回答另一位同席用餐者,说他从未说过类似的话。

"怎么,您没有这样说过?您说,您从未遇到过因自己的离异而受到刺激的人,他们受刺激总是因为别人的离异。"

"也可能说过,记不起来了。"瓦格纳有点厌烦地说。

"您既然说过,难道不愿听听我所理解的东西吗?"

瓦格纳沉默了几分钟。

同席者在等待着,连吞咽都停止了,瓦格纳示意给他倒一杯葡萄酒,他对着光观看一下杯中的液体后终于开口讲话了。

"您这样理解,是因为您想这样理解。"

然后,他扭过头去,说太热了,哼起了歌剧的咏叹调,舞动着

---

① Mackie Messer,德国剧作家贝托尔特·布莱希特所作的《三毛钱歌剧》中的角色,文中双关用法,Messer在德文中指"刀"。

手中的面包棍,好像在指挥着一个远处的交响乐团,他打了个呵欠,专注地吃一块奶油蛋糕。最后,在又一次沉默之后,他要求把他送回旅馆。

其他人都看着我,好像看着一个把一场研讨会搅黄了的人一样,他们原以为从这样的讨论中或许会得出最终的论断。

事实上,我听到了真理开口说话。

我给你打电话。你在家,但同"别人"在一起。我彻夜未眠。一切都清楚了:我无法忍受你和他在一起。桑德拉与此无关。

接下来的六个月十分戏剧化,我跟踪你,寸步不离,盯梢你家,我对你说,我想要你全部属于我,并说服你去憎恨"别人"。你开始同"别人"吵架,"别人"开始变得苛刻、嫉妒,他夜晚不外出了。当他旅行时,每天打两次电话,而且是在深夜。有一天晚上,他还打了你一记耳光。你向我借钱,因为你打算出逃,我给了你我不多的存款。你抛弃了家庭,同一些朋友跑到了山上,没有留下任何地址。那个"别人"给我打电话,他绝望地问我是否知道你在何处,我不知道你在哪里,但他觉得我在说谎,因为你对他说过,你是为了我离开他。

当你返回之后,你兴高采烈地向我宣布你给他写了一封分手信。于是我寻思,我与桑德拉该怎么办,但你没有给我时间考虑这件事。你对我说,你认识了一个面颊上有伤疤的家伙,他有一间很波希米亚的公寓。你将同那个人在一起。

"你不爱我了吗?"

"相反,你是我的真命天子,但发生那件事以后,我需要这样的经历,不要像孩子似的,你还是尽量理解我吧,归根结底,我是为你抛弃我丈夫的,让大家随心所欲地生活吧。"

"随心所欲?你正在告诉我你要同另一个人生活在一起。"

"你是个知识分子,而且是左翼的,不要像黑手党那样。回头见。"

我全要感谢瓦格纳医生。

三七

> 任何思考四件事的人，都最好从未出生：上面的事，下面的事，以前的事，以后的事。
>
> 《塔木德》，"献祭书"2.1

我去加拉蒙出版社正是安装阿布拉菲亚的那天早上，当时贝尔勃和迪奥塔莱维就上帝的名字争论得不可开交，而古德龙以怀疑的眼光看着人们向越来越尘埃密布的稿件堆中安装那个令人焦虑的新玩意。

"请坐，卡索邦，这是我们关于金属史的编写计划。"当只剩下我们两人时，贝尔勃给我看该书的目录、章节的初稿和拼版图。我的任务是校对文字和寻找插图。我提到了米兰几家我认为能为我提供帮助的图书馆。

"这还不够，"贝尔勃说，"还应当到其他地方找找。比如德意志博物馆，那里有非常有名的图片资料室。还有巴黎国立工艺博物馆。如果有时间的话我真想重访故地。"

"那里好吗？"

"令人激动不安。那座哥特式教堂里全是机器的天下……"他迟疑了一下，整理了一下桌上堆放的文件。然后，好像害怕对这件事过于郑重似的，"还有傅科摆。"他说。

"什么摆？"

"傅科摆。它叫傅科摆。"

他给我讲解傅科摆,就如我星期六看到的那样——也许星期六我看到了那个摆,是因为贝尔勃事先让我有了准备。那时也许我并没有显出非常热情的样子,而贝尔勃看着我,就像看一个在西斯廷礼拜堂里询问是否只不过如此的人一样。

"也许是教堂的氛围使然,但我可以肯定地对你讲,感受非常强烈。想一想,一切都在运动,但只有在那里,在上面,存在着宇宙唯一的固定点……对没有信仰的人来讲,那是一种找到上帝的方式,而且不信教并不会成为一个问题,因为这是一个'零极'。您知道,对我们这一代吞下幻灭的午餐和晚餐的人来说,那是一件很欣慰的事。"

"我这一代吞下的幻灭更多。"

"自高自大。不,对你们来说只是一个'青春期',你们唱过《卡马尼奥拉》[①],后来,你们又回到了旺代。很快就会过去了。对我们来说就不同了。开始是法西斯主义,尽管那时我们还是小孩子,对我们来说像是一部冒险小说,而不朽的命运却是一个固定点。后来是抵抗运动这个固定点,特别是像我这样的局外人看来,把它当成了一种植物生长的仪式,春回大地,春分秋分,夏至冬至,总是容易混淆……一些人信奉上帝,另一些人拥戴工人阶级,而更多人两者兼而有之。对一个知识分子来说,想到存在漂亮、健康、有力、随时准备改造世界的工人,那是多么欣慰的事。后来,您也看到了,工人还在,但工人阶级没有了。应当是在匈牙利被扼杀的。然后你们就来了。对您来说那很自然,也许那就是一个节日。但对我这个年纪的人来说,不是节日,是一种清算、一种悔恨、一种忏悔、一种再生。我们失败了,你们来了,带着热情、勇气、自我批评。对那时三十五岁或者四十岁的我们来说是一种希望,屈辱的希望,但毕竟是希望。我们应该重新变成

---

① Carmagnola,十八世纪末流行于欧洲的革命歌曲。

像你们那样的人,哪怕从头再来。我们不再打领带了,扔掉了风衣,买了二手连帽粗呢大衣,有的人辞去了自己的工作,就是为了不替企业主效劳……"

他点燃了一支香烟,假装他的积怨都是装出来的,想为自己的失态找个台阶下。

"你们在所有的战线上都后撤了。我们去罗马城南德军屠杀反法西斯分子和犹太人的阿尔代亚地下墓穴忏悔朝觐,拒绝为可口可乐想口号,因为我们是反法西斯主义者,我们满足于在加拉蒙出版社赚几个小钱,因为书籍至少还是民主的。而你们现在为了报复资产阶级——你们没能将他们绞死——向他们出售录像带和同人杂志,你们用禅宗和摩托车保养使他们晕头转向。你们让我们订购你们复印的毛泽东思想著作,再用这些钱去买爆竹庆祝新创造力的节日。毫不知耻。而我们,我们的一生都在感到羞耻。你们欺骗了我们,你们代表不了任何的纯洁性,只是青春痘大爆发。你们使我们感到自己像虫子,就因为我们没有勇气公开面对玻利维亚的宪兵队,你们向经过大街的可怜人背后开枪射击。十年前,我们曾撒谎,为了营救你们出狱,而你们撒谎,却为了把你们的朋友投入监狱。这就是为什么我喜欢这台机器的原因。"他指着电脑,"它愚蠢,它不相信,也不让我相信,它只做我叫它做的事,愚蠢的我,愚蠢的它。这是一种诚实的关系。"

"我……"

"您是无辜的,卡索邦。您逃跑了,没有去扔石头,您大学毕业了,没有开枪。然而几年前,我甚至感到您也在敲诈我。您看,不是针对个人的,是一代一代人的循环。而当我去年看到傅科摆时,我明白了一切。"

"什么一切?"

"几乎一切。卡索邦,您看,就连傅科摆也是一个伪先知。您看着它，相信它是宇宙唯一一个固定点，但如果您把它从巴黎国立工艺博物馆的拱顶上卸下来，挂到一个妓院去，它照样摆动。还有另外一些摆，一个在纽约的联合国总部大厦里，一个在旧金山科技博物馆，谁知道还有多少这种摆。傅科摆对大地来说是固定不动的，不论在什么地方，大地都在它下面转动。宇宙的每一个点都是固定点，只要你把傅科摆挂在那里就行了。"

"上帝无所不在吗？"

"在一定意义上讲是这样。为此，傅科摆使我感到困扰，它向我允诺无限，却留给我责任，让我来决定将它置于何处。这样一来，只在有傅科摆的地方崇拜它就不够了，需要重新做出决定，并寻找更好的地方。然而……"

"然而？"

"然而，您不要把我的话太当真了，行吗，卡索邦？不，我能够保持平静，我们都是不太较真的人……我说，然而，感觉到一个人在一生中把傅科摆挂到了很多地方，而它却从不摆动，但在那里，在巴黎国立工艺博物馆它却摆动着……是否在宇宙中有很多特殊的点？在这个房间的天花板上？不，谁也不会相信的。需要一种气氛。我不知道，也许我们总是在寻找正确的点，也许已经离我们很近了，但我们没有认出来，而为了认出它，或许我们就必须相信它……总之，我们去找加拉蒙先生吧。"

"去挂傅科摆？"

"咳，愚蠢。我们去做正经事。您要是想领到薪水，就要让老板见见您，摸摸您，并说您是好样的。走吧，去让老板摸摸，他的触摸可以治疗淋巴结核病。"

三八

秘密大师，完美大师，奇闻大师，建筑主管，新神选大师，所罗门皇家拱门骑士或第九拱门大师，神圣拱顶大苏格兰人，东方或神剑骑士，耶路撒冷王子，东方和西方骑士，玫瑰十字会王子骑士和雄鹰与鹈鹕骑士，天朝耶路撒冷大主教或尊贵的苏格兰人，所有共济会分部的可敬大师，普鲁士骑士和挪亚主教，皇家圣斧骑士或黎巴嫩王子，犹太圣堂王子，铜蛇骑士，仁慈与圣宠王子，圣殿受勋骑士，太阳骑士或信徒王子，苏格兰圣安德烈骑士或光芒大师，卡多什神选大骑士和白鹰黑鹰骑士。

被接纳的上古苏格兰仪式共济会高阶等级

我们穿过走廊，上了三级台阶，经过一扇毛玻璃门。顿时，我们好像置身于另一个世界。如果说之前我看到的那些地方阴暗、脏乱、破旧的话，那么这个地方就像飞机场的贵宾休息室。美妙的音乐在天蓝色的墙壁间回荡，舒适的等候厅里全是名牌家具，墙上挂着一些照片，上面有一些长着一副下议院议员面孔的先生向长着一副上议院议员面孔的先生授予胜利女神勋章。在茶几上，像在牙医那里常见的那样随意地摆放着一些铜版纸杂志，《文艺妙语》、《诗意亚大纳西》、《玫瑰与荆棘》、《南意大利的帕尔纳索斯》、《自由体诗》。这些杂志我从未见过，后来我才得知为什么：它们只在马努齐奥出版社的顾客手里流传。

起初,我以为我已经来到了加拉蒙出版社的领导办公区,我随即感到全然不是。我们事实上是到了另一家出版社。在加拉蒙出版社的前厅有一个昏暗模糊的小橱窗,陈列着加拉蒙出版的新书,但加拉蒙出版社的书是平装的,有的书页尚未裁开,灰色的封面也很简朴——使人想起了法国一些大学出版社,所用纸张过不了几年就变黄了,暗示作者、特别是年轻的作者出版这些书已经有一段时间了。这里有一个带内照明的橱窗,陈列马努齐奥出版社的图书,有的书是打开的:白色的轻薄封面,用透明塑料纸包裹着,内文用漂亮的日本纸,印刷字体清晰,显得高贵典雅。

加拉蒙出版社出版的丛书都有着经过周密考虑的严肃书名,如"人文哲学研究"。马努齐奥出版社的丛书名则微妙而富有诗意:"未撷之花"(诗),"未知的大地"(小说),"欧洲夹竹桃时刻"(出版《少女病中日记》之类的书),"复活节岛"(我看好像是各种杂文集),"新大西岛"(最新出版的作品是《被救赎的柯尼斯堡——关于任何未来的形而上学都表现为先验论的双重体系和现象的本体科学的序言》)。在所有的书籍封面上都有出版社社标,一只鹈鹕站在一棵棕榈树下,以及一行格言:"我给予的,就是我拥有的。"

贝尔勃含糊地概括说:加拉蒙先生拥有两家出版社,就是这样。在之后的一些日子里,我才弄明白,在加拉蒙和马努齐奥之间的通道是私人的和秘密的。事实上,马努齐奥出版社的正门在瓜尔迪侯爵大街,辛切罗·雷纳托大街那满目疮痍的景象让位于整洁的墙面、宽阔的人行道、安装铝门电梯的入口。没人会怀疑辛切罗·雷纳托大街上一幢旧式楼房以三级补平落差的台阶同瓜尔迪侯爵大街的一幢建筑物相通。为了获得许可,加拉蒙先生费尽了心机,我想他可能是恳请他那些作者中某个负责土木工程的官员帮忙促成的。

我们立即受到格拉齐亚女士的接待。她是一位温情脉脉,有着贵妇人般庄重气度的女士,她披着名牌围巾,身穿与墙壁同色的套装。她面带适度的微笑领我们走进一个挂有世界地图的房间。

房间并不大,但是使人想起了威尼斯宫的原墨索里尼办公室,入口处有一个地球仪,最里面是加拉蒙先生用的桃花心木办公桌,就好像用望远镜倒转过来看到的情景。加拉蒙先生示意我们靠近,我此刻却显得有点胆怯。稍晚一些时候,当德·古贝尔纳蒂斯进来时,加拉蒙走上前去迎接他,这一亲切的举止使他魅力大增,因为来访者首先看到的是正从房间里走过来的他,然后是他挽着客人的手臂走过房间,这时就好像变魔术一般,空间似乎增大了一倍。

加拉蒙让我们坐在他办公桌的对面,直率而亲切地说:"卡索邦先生,贝尔勃博士对您评价很高。我们需要一些有才能的合作者。您将会明白,这不是聘任,我们不会冒昧那样做。请允许我如此说,您将得到与您的勤奋和忠于职守相应的报酬,因为我们的工作是一项使命。"

他按预计的工作时间计算,对我说了一个报酬数,在那个年月里,我感到还是比较合理的。

"好极了,亲爱的卡索邦。"从我成为他的下属之后,他就去掉了"先生"的头衔,"这部金属史将会是一部光辉的著作,甚至可以说是一部最漂亮的文献。它是普及性的,容易理解,又富于科学性。要用科学的方法激发读者的幻想。我在第一批手稿中读到,有一种叫马格德堡的圆球。将两个半球合在一起,抽走内部的空气。在圆球两端系上两队诺曼底马,然后让它们向相反的方向拉动,两个半球不会分离。好吧,这是新的科学发现。但您应当在不太显眼的资讯中给我识别出这种信息来。一旦识别出来了,您就给我找图片,壁画、油画,不管什么东西,那个时代的就行。然后,我们用全彩整页精印出来。"

"有一幅版画,"我说,"我知道它。"

"您看？多棒。整页全彩精印。"

"既然是版画，那就是黑白的。"我说。

"是吗？好极了，那就印成黑白的吧。精确，就是分毫不差。不过可以用金色做背景，要打动读者，使他身临其境，好像做实验的那天他就在现场。明白吗？科学性，现实主义，热情。要利用科学抓住读者的心。有一种更带戏剧性和悲剧性的东西，居里夫人一天晚上回到家里，在黑暗中看见磷光闪烁。我的天哪，难道是……是碳氢化合物，是戈尔孔达①，是燃素或者什么鬼东西。就这样，玛丽·居里发明了 X 光射线。可以编成一出戏，当然也要顾及事实。"

"但 X 光射线同金属有什么关系呢？"我问道。

"镭不是金属吗？"

"我想是。"

"那不就行了？我们可以从金属的观点出发，聚焦整个知识世界。我们给这本书定一个什么名称呢，贝尔勃？"

"我们考虑过很严肃的名字，像'金属与物质文化'。"

"题目应当很严肃，但要用它呼唤出更多的东西，以小见大，让我们想想看……好了，就叫'世界金属史'，里面也包括中国的吗？"

"当然，有中国的。"

"那么就是万国的了。这不是一种广告宣传的把戏，而是事实，我还想到更妙的：'绝妙的金属探险'。"

正在这时，格拉齐亚女士进来告知受勋骑士德·古贝尔纳蒂斯到了。加拉蒙先生犹豫了一下，以怀疑的神态看了我一眼，贝尔勃给他做了一个手势，表示现在可以信任我了。加拉蒙下令让客人进来，而他则走上前去迎接。德·古贝尔纳蒂斯身着双排扣套装，在扣眼上有玫瑰形红宝石饰物，一支钢笔插在左上方小口袋里，一份折叠的

---

① Golconda，印度中西部一处古城堡废墟。

日报装在套装口袋里,腋下夹着一个公文包。

"亲爱的受勋骑士,快进来吧,我最亲密的朋友德·安布罗西斯向我介绍了您,一个为国家献身的人。一个秘密的诗才,不是吗?来,来,让我们看看您手中的宝贝……我向您介绍我的两位总经理。"

他让他坐在堆满书稿的办公桌前,并用激动得发抖的双手抚摸着他带来的那本稿件的封面:"您不用开口,我都知道。您是从维皮泰诺来的,一个伟大而崇高的城市。您终生在海关服务。而私下里,您夜以继日地书写这些由诗魔煽动的篇章。诗……它耗尽了萨福的青春,滋养了歌德的一头白发……Pharmakos[1],希腊人说,毒药和药品。自然我们应当读它,这是您的创作,我要求至少有三篇阅读报告,一篇来自内部的,两篇由社外顾问出具(匿名的,请谅解,他们都是很有名的人物),马努齐奥不出版无质量保障的书籍,关于质量,您比我更懂,是一种摸不着的东西,要用第六感发现,有些时候,一本书有一些不完美之处和某种瑕疵——就是斯韦沃[2]也有写得不好的时候——但天哪,它能使人感受到一种思想、一种韵律、一种力量。我知道,您不用开口,我刚刚看了一眼您的开头,我就有了感觉,但我不愿一个人说了算,尽管多次——天哪,多少次呀——收到的阅读报告措辞拘谨,但我还是坚持不匆忙下结论,因为不能在没有同作者,这么说吧,获得共鸣之前就对他做出判断,比如,我随手打开您的作品,目光落到了一句诗上:'像在秋天里,眉毛也瘦削了'——好吧,我没看接下来的是什么,但我感到了一种气息,看到了一个形象,有时,我们就这样为一篇文章折服,一种出神入迷,一种陶醉……尽管如此,我亲爱的朋友,天哪,如果能够随心所欲那多好啊!但出版也是生意,是所有生意中最尊贵的,但它还是生意,您知道,现在印刷的费用

---

[1] 指古希腊净化仪式中被挑选出来赎罪的代罪人。
[2] Italo Svevo(1861—1928),意大利小说家,代表作有《泽诺的意识》。

有多高吗？还有纸张？您看，您看在今天早晨的报纸上，华尔街的最优惠利率上升了多少，这能说同我们无关？恰恰相反，同我们关系密切。您知道吗？连仓库都向我们要钱。我即使什么也没有卖，他们也要向我的库存书籍收费。亏了本也要付钱，市侩不同情天才的苦难。这种精制犊皮纸很细腻，请允许我这么说，您在这种精致的纸上写作，流露出一种诗人的气度；不管什么骗子为了使人眼花缭乱和分心，都会使用一种特别坚韧的纸张，但这是用心写出的诗篇，咳，字词就是石头，它们可以震惊世界——这种精制犊皮纸对我来说贵如纸币。"

电话铃响了。我后来得知，加拉蒙按了一下办公桌下面的一个按钮，格拉齐亚女士就给他转来一个假电话。

"亲爱的大师！怎么样？多好啊！大好消息，要钟鼓齐鸣了。您的新书问世是一件大事。当然了，马努齐奥出版社因能出版您的作品而自豪、激动，我还要说，无比荣幸。您看到了报纸上对您最近写的史诗的评论。可以得诺贝尔奖。不过遗憾的是，您抢先了时代。我们费了好大的劲才卖出三千册……"

德·古贝尔纳蒂斯骑士的脸一下变白了：三千册对他来说是一个意想不到的目标。

"这连成本都不够。您去玻璃门那边看看，编辑部里有多少人。现在，为了收回一本书的成本，我必须至少销售一万册，而幸运的是，很多书我都卖出一万册以上，但是作家们，怎么说呢，各有天命，巴尔扎克是一位伟大的作家，他卖书就像卖面包似的，普鲁斯特也同样伟大，却自掏腰包出书。您的诗终将编入教材中去，但不会出现在街角的书报亭里，这种事也发生在乔伊斯身上，他也是自掏腰包出书，像普鲁斯特那样。像您的书，我能允许自己每两三年出一本。您给我三年的时间……"接着是长时间的停顿。在加拉蒙的脸上呈现出痛苦无奈的表情。

"怎么？用您的钱？不，不能，不是多少的问题，数字是有限的……而是马努齐奥不这样做……当然，您比我知道得更清楚，还有乔伊斯、普鲁斯特……对，我明白……"

又一阵停顿。"那好吧，我们再谈。我可是真诚的，您有点不耐烦，那咱们就合资吧，美国人就教我们搞合资。明天您过来，我们再合计合计……请接受我的敬意和仰慕之情。"

加拉蒙像从梦中醒来似的，用手揉了一下眼睛，然后装做突然想起了客人的存在："对不起。刚才是一位作家，真正的作家，无疑是一位伟大的作家。也可能，正因为这个……有时候，会感到干这一行有屈辱感。如果不是爱好和天命的话。我们还是回到您的事上来吧。我们大概都说了，我会给您写信的，暂定一个月吧。您的书稿留在这里，不会出差错的。"

德·古贝尔纳蒂斯无言地走了出去。他的一只脚已经踏入荣誉的炼炉了。

三九

> 地球平面球形骑士,黄道带王子,至尊神秘哲学家,星体最高受勋骑士,伊希斯至尊大祭司,圣山王子,萨莫色雷斯的哲学家,高加索泰坦,金里拉男孩,真凤凰骑士,斯芬克司骑士,至尊迷宫贤人,婆罗门王子,圣殿神秘守护者,神秘塔大建筑师,至尊圣幔王子,象形文字翻译,俄耳甫斯博士,三火守卫者,不可传达之名守护者,至尊大神秘王俄狄浦斯,神秘绿洲可爱的牧羊人,圣火博士,明亮三角骑士。
> 上古与原始孟菲斯-麦西礼仪等级

马努齐奥是一家"APS"出版社。

"APS"曾是马努齐奥的术语——但为什么使用"曾"这个未完成时呢?"APS"还有,马努齐奥的一切仍在继续,好像什么事也没有发生过,只是我现在把一切都投射到了可怕而遥远的过去,因为那天晚上发生的事在时间中留下了一道裂缝,在圣马丁修道院的中殿里,世纪的秩序变得混乱不堪……也许因为从那天晚上起,我突然衰老了几十岁,也许因为担心被"他们"追上,所以我的口气好像正在编写一个衰败王朝的编年史,我躺在浴池里,血管已经割破了,正等待淹没在自己的血液里……

"APS"是自费作者,马努齐奥就是这样一种企业,在盎格鲁-撒克逊国家里被称作"vanity press"。营业额很高,管理费为零。加拉蒙,格拉齐亚女士,在最里面一间阴暗的小屋里的会计,又称行政经理,还有卢恰诺,一个残疾人,他在半地下室的大仓库里负责货运。

"我从没弄明白,卢恰诺怎么能够只用一只手臂来包装书籍。"贝尔勃对我说,"我想他借助了牙齿。另外,他也不用包多少:正常出版社的发货员是向书店发送书籍,而卢恰诺只向作者发送。马努齐奥出版社不关心读者,重要的是看好作者,没有读者,我们也可以生存。"

贝尔勃钦佩加拉蒙。他看到他身上有一种自己正好缺乏的力量。

马努齐奥的出版体系并不复杂。在当地报刊、专业性杂志、地方文学作品期刊,特别是那些只出几期就作罢的东西上登点广告。广告版面是中等大小,附有作者照片和几行尖锐的说明:"我们诗歌中的最强音",或者,"《弗洛里安娜和姐妹们》的作者最新长篇巨著"。

"到这个时候网就张开了,"贝尔勃解释道,"自费作者成群结队地跳进了网里,好像他们真能成群地跳进一张网中似的,但用这个不合理的隐喻来形容马努齐奥出版的作者们是再恰当不过了,我只是开个玩笑,请原谅。"

"那么后来呢?"

"让我们拿德·古贝尔纳蒂斯做例子。过了一个月,当我们那位已退休的老人心急如焚地等消息时,加拉蒙先生的电话打来了,邀请他同另一些作家共进晚餐。地点定在一个阿拉伯餐厅,非常特别,外面没有招牌:在门口按铃,并对着猫眼报出自己的名字。内部富丽堂皇,灯光漫射,回荡着异国情调的音乐。加拉蒙同餐厅经理握手,同服务员用'你'亲切地打着招呼,把递上来的酒退了回去,因为那个年份酿造的葡萄酒不合他的心意,或者说,对不起亲爱的,但这不是在摩洛哥马拉喀什吃的那种'古斯古斯',德·古贝尔纳蒂斯被介绍给X警官,机场的服务人员都归他指挥,但他还是发明家、宇宙的使徒,发明了一种有利于宇宙和平的语言,联合国教科文组织正在对其进行讨论。然后是Y教授,著名小说家,一九八〇年加蒂纳的佩特鲁采里斯奖获得者,他还是医药科学方面的杰出人物。教授教了多少年书了?在过去的年代里,研究是很严肃的。还有我们优雅出众的女诗人,尊敬的奥多琳达·梅佐凡蒂·萨萨贝蒂,《贞洁的冲动》的作者,您肯定读过这本诗集。"

贝尔勃向我吐露说,他很久以来就在寻思,为什么所有女性自费作者署名时总是署两个姓,拉乌莱塔·索里梅尼·卡尔康蒂,多拉·阿尔登兹·费阿玛,卡洛里娜·帕斯托莱莉·切法路。为什么著名的女作家只有一个姓,艾维·康普顿-伯内特夫人除外,有些人甚至连姓都没有,像科莱特,那为什么一个自费作家要叫奥多琳达·梅佐凡蒂·萨萨贝蒂呢?因为一位真正的作家是怀着对自己作品的爱来写作的,并不在乎使用笔名,比如奈瓦尔。而自费作家却想被他的亲人、他现在的邻居和他先前的邻居认出来。对男人来说只要有一个姓就够了,而对一个女人来说却不然,因为有人认识她时,她还在用娘家姓,有人认识她时,她已经冠上夫姓了,因此她们用复姓。

"简言之,那是一个充满知识分子气氛的夜晚。德·古贝尔纳蒂斯将会感到像喝了一杯加了LSD[①]的鸡尾酒似的。他会听到同席者讲述的流言蜚语,关于众所周知性无能的大诗人的奇闻轶事,而这个大诗人本身也没什么才华。他那激动得发亮的眼睛瞄向了新版《意大利名人百科全书》,这是加拉蒙即兴取出的。他把书页展示给警官看(亲爱的朋友,您看到了,您也进入了'万神殿',唉,纯粹的公正)。"

贝尔勃把百科全书拿给我看:"一小时前,我训斥了您:然而谁也不是无辜的。百科全书完全由我和迪奥塔莱维编纂而成。但我可

---

① 一种强效人工致幻剂。

以向您起誓,编纂此书绝不是为了涨工资。这是世上最令人愉悦的事,每年都要准备出新的修订版本。构架或多或少是这样的:一个词条涉及一名著名作家,一个词条涉及一名自费作家,关键是要调准字母的顺序,不要为著名作家浪费版面。您看,例如字母 L。"

LAMPEDUSA,Giuseppe Tomasi di 兰佩杜萨,朱塞佩·托马齐·迪(1896—1957),西西里作家。他长期默默无闻,死后因小说《豹》一举成名。

LAMPUSTRI,Adeodato 兰普斯特里,阿代奥达托(1919—)作家、教育家、战士(在东非获得铜质勋章)、思想家、小说家和诗人。他在本世纪意大利文学史上可称得上是一位巨匠。兰普斯特里崭露头角是在一九五九年,发表了规模宏大的三部曲中的第一部《卡尔马西兄弟》,他用险峻的写实手法和浓郁的诗情描绘了卢卡尼亚地区一个渔民家庭的故事。这部著作在一九六〇年被授予加蒂纳的佩特鲁采里斯奖,他后来又发表了《工作鉴定书》和《无睫毛的豹》,比处女作更富于史诗气势,闪光的想象力如行云流水,更具有塑造性,显示出这位无与伦比的艺术家的浓厚的抒情气息。作为政府部门的勤奋官员,兰普斯特里在工作岗位上被誉为清正廉洁的官员、模范父亲和丈夫、精明慑人的演说家。

"德·古贝尔纳蒂斯,"贝尔勃解释说,"他会希望自己在百科全书中有一席之地。他常说,那些最出名的声誉都是虚假的声誉,是随机应变的评论家的阴谋诡计,但他首先会明白,他进入了作家的大家庭,这些作家同时又是公共机构的主任经理、银行高管、贵族、法官。他的人脉顿时扩大了。现在,如果想求人办什么事,他会知道该去找谁。加拉蒙先生有能力使他走出小地方,将他推向上层社会。在晚餐即将结束的时候,加拉蒙咬着他的耳朵窃窃私语,让他第二天上午就去找他。"

"第二天上午他来了。"

"可以肯定无疑,他会彻夜不眠,梦想成为阿代奥达托·兰普斯特里那样伟大的人物。"

"那后来呢?"

"第二天上午,加拉蒙对他讲:昨天晚上我怕羞辱到其他人而没有勇气说出来,您的著作超凡脱俗,反馈的阅读报告十分热情,应该说是积极的正面评价。我本人整夜在读您的那些篇章。这是一本会获文学奖的书。大作,大作。他回到他的办公桌,用手拍着书稿——现在被至少四位读者钦慕的目光翻看得皱巴巴了——使书稿变皱是格拉齐亚女士的职责——并以疑惑的神态注视着自费作家。那我们怎么办呢?我们怎么办?德·古贝尔纳蒂斯先生问道。而加拉蒙会说,这部著作的价值是绝对不容置疑的,但有一点也很明显,那就是它超前了时代,至于说到印数,不会超过两千册,最多两千五百册。对德·古贝尔纳蒂斯来说,两千册足够赠送给他认识的所有人了。自费作家没有全球视野,或者说他们的天地就是那些熟悉的面孔,老同学呀,银行职员呀,自己所在中学的老师同事呀,退休的上校等。所有自费作家愿意纳入他们诗意世界的那些人,也包括了不大乐意的肉店老板或省长……考虑到加拉蒙有可能收回前言,而家人、乡邻、同事,所有人都知道他将书稿自荐给了米兰一家大出版社,德·古贝尔纳蒂斯会权衡权衡。他可以取出存折,向雇主预支薪水,再做出抵押,卖掉不多的公债券,Paris vaut bien une messe[①]。他有点羞涩地提议分担开支。加拉蒙会表现出不安,这不是马努齐奥出版社

[①] 法文,巴黎值得做一场弥撒。意为"这一切都是值得的"。

的惯常做法,不过,算了——就这样定下来了,您说服了我,而且说到底,普鲁斯特和乔伊斯不也迫于无奈吗?费用总共是这么些,我们暂先印制两千册,但是合同上写最多一万册。您算一算,两百本是给您的赠书,可送给任何人,两百本要送给新闻媒体,因为我们要广而告之,把它当安娜·戈隆①的'安热莉克'系列那样宣传,我们将发行一千六百册。您明白,第一批书您没有任何版税,但如果书销得好,我们将会重印,您可提取百分之十二的版税。"

后来,我看到了标准合同。德·古贝尔纳蒂斯此时觉得自己已完全踏入诗途,所以连看都不看就在合同上签了字,这当儿,行政主管不停抱怨加拉蒙先生把开支预估得太低了。十页的合同条款分八个部分,外文翻译,补充权利,改编成戏剧、广播、电影,盲文出版,《读者文摘》的缩编转载,遭诽谤起诉时有豁免权,允许编辑改动,在有争议需对簿公堂时米兰法院为管辖法院……这位自费作家迷失在荣誉之梦中的迷惘目光落在霸王条款上时已经筋疲力尽了,条款上说一万册是最高印数,但没有说最低印数是多少。他要支付的钱并不同印数挂钩,关于这一点只是口头上达成协议。特别是,在一年之后,出版商有权将未售出的书化为纸浆,除非作者以封皮上标注定价的半价买走这些书。签字。

推销将是全力以赴的。新闻宣传稿足足写了十页,附有作者的传略和评论文章。恬不知耻。报纸编辑部会把这样的稿子扔进废纸篓。实际印刷:一千册书是活页的,只有三百五十本装订起来。两百给作者,五十多本给合伙经营的二流书店,五十来本给当地杂志,三十多本给报纸,为的是万一书评版面有空的豆腐块。后者会大量地赠送给医院或监狱——人们于是明白,为什么病人总无法痊愈,

---

① Anne Golon(1921—),法国小说家,她创作的"安热莉克"系列被翻译成二十多种语言,十分畅销。

犯人总无法改过自新了。

在夏天,将会颁发加蒂纳的佩特鲁采里斯奖,它是加拉蒙的发明。开支总计:评委两天的食宿,银质镀金萨莫色雷斯的胜利女神奖章。马努齐奥出版社的作者的贺电等。

最终,一年后真相大白的时刻来临了。加拉蒙会给他写信:我亲爱的朋友,我已预料到了,您的出现早了三百五十年。您看到了,大量的书评、奖项和评论交口称赞,ça va sans dire①。但是销量却不好,读者还不成熟。我们不得不在合同期满后腾空仓库(附上合同)。或者送去化纸浆,或者您可以以封底定价的半价买回去,您有优先权。

德·古贝尔纳蒂斯被这一伤痛刺激得快发疯了,亲属们都在安慰他,人们不理解你,当然如果你是他们中的一员,如果你贿赂他们,就连《晚邮报》也会对你的书大加赞赏,这一切都是黑手党的做法,需要抵制。赠阅的书只剩了五本,还有很多重要人物需要赠阅,你不能让自己的书就这么被送去制成卫生纸,让我们看还能募集多少钱,钱就是要花的,人只能活一次,我们能够再买五百册,其余的 sic transit gloria mundi②。

在马努齐奥出版社还有六百五十册未装订,加拉蒙先生装订了五百册,他以货到付款的方式发给了作者,其余的都被送去化成纸浆了。结算:作者慷慨大方地支付了两千册的成本,马努齐奥出版社印了一千册,装订了八百五十册,其中五百册是第二次付款。每年有大约五十位左右这样的作者,而马努齐奥出版社年终结算时总是有大量盈利。

没有内疚:它在播撒幸福。

---

① 法文,就不用说了。
② 拉丁文,世界的荣耀就如此逝去。

四〇

> 懦夫在死去之前会死很多次。
>
> 莎士比亚《尤里乌斯·恺撒》Ⅱ,2

我很早就发现,贝尔勃的忠于职守与他的诈骗行为之间反差极大。贝尔勃怀着献身精神,忠诚地为加拉蒙出版社那些受人尊敬的作者工作,努力编好书、出好书。同时又合伙欺骗马努齐奥出版社那些不幸的人,而且把他认为配不上加拉蒙出版社的人送到瓜尔迪侯爵大街来——正如我看到他对阿尔登蒂上校所做的尝试。

同他一起工作时,我常常寻思,为什么他能接受这种状况。我想,不会是为了钱。他对业务相当熟练,完全能够找到一份薪俸更好的工作。

长时间以来,我一直认为他之所以这样做,是为了完善对人类愚蠢的研究,从一个样本式的观察点去看问题。他所称的那种愚蠢、坚不可摧的谬误推理、披上无可非议的论据外衣的阴险谵妄,都让他着迷——他只不过是在不断重复。但这也是一个假面具。迪奥塔莱维出于好玩也加入其中,也许他期望有一天,马努齐奥出版社的书会在他眼里出现《托拉》前所未有的组合。而出于好玩、纯粹的娱乐、嘲讽和好奇,我也加入进去了,特别是在加拉蒙出版社推出了"赫耳墨斯计划"之后。

贝尔勃却不是这样想的。我在翻查了他那些文档之后才恍然大悟。

复仇,骇人听闻的复仇.doc

她是这样到来的。尽管办公室里已经有人,她还是抓住我上衣的翻领,把脸凑过来亲吻我。安娜亲吻时是踮起脚尖的。她吻我就如同玩弹子球。

她知道,这会使我很难为情,但她就是想让我无处可躲。

她从不说谎。

"我爱你。"

"我们星期天见面?"

"不行,我有一位朋友周末来。"

"你想说是一位女性朋友吧。"

"不是,一位男性朋友,你认识他,就是上星期在酒吧里同我在一起的那个人。我已经答应了,你不会让我食言吧?"

"不要食言,但不要使我……我求你,我要接待一位作者。"

"一个即将被追捧的天才?"

"一个即将被毁掉的可怜虫。"

一个即将被毁掉的可怜虫。

我到皮拉德酒吧找你,但你不在。我等了你半天,后来只好一个人走了,否则画廊就会关门。画廊的人告诉我你们去一家餐馆了。我假装欣赏绘画作品——反正他们告诉我,从荷尔德林时代起艺术就已经死亡了。我花了二十分钟找到了那家餐馆,因为开画廊的人总是挑选那些一个月后才出名的餐馆。

你在那儿,在那些熟悉的面孔之间,身边坐着那个脸上带伤疤的男人。你没有丝毫的难为情。你以同谋的神情望着我，而——你怎么能同时这样做呢？——你似乎以挑战的口气说：那又怎么样？带伤疤的入侵者打量我的样子好像我才是入侵者。其他人全都知情，他们似乎等着看好戏。我本应找一个借口吵一架。那样，我会很体面，即便可能挨他的揍。大家都知道你同他在一起是为了将我的军。不管是否我挑起争端，我的角色已经注定了。总之，我出乖献丑了。

献丑归献丑，我选择了轻松的喜剧，我参加了亲切交谈，期望有人会欣赏我的宽容和克制。

唯一赏识我的是我自己。

当你感到胆怯时，你就是个懦夫。

戴着假面具的复仇者。就像克拉克·肯特一样，我关心怀才不遇的年轻天才，又像超人一样惩罚不被赏识却应有此报的老天才。我加入了剥削那些人的行列，他们不如我勇敢，也不满足于只当旁观者。

可能吗？毕生都在惩罚那些从来都不知道自己受了惩罚的人？你想成为荷马吗？那就请吧，叫花子，要有自信。

我憎恨企图向我贩卖激情幻想的人。

四一

当我们回忆起达兹位于"深渊"割断"中柱"的那个点上,在"中柱"的顶端有一条"箭路"……那里也有贡荼利尼蛇时,我们看到,达兹既包含了生殖秘密,也包含了再生的秘密,它通过对立的成对分化和在第三期结合,从而显示所有事物的关键所在。

迪翁·福琼《神秘的喀巴拉》
伦敦,内光兄弟会,一九五七年,7.19

总之我不应过问马努齐奥出版社的事,而应该专注于美妙的金属探险。我开始在米兰的各个图书馆搜集资料探索研究。我从教科书入手,将书目做成卡片,追溯到或多或少比较古老的原始版本。我还能从里面找到一些像样的插图,同有关宇宙航行的作品里美国最新宇航器拍摄的照片插图相比并不逊色。加拉蒙先生曾指教我说,至少也应该找到像多雷画的天使那样的插图。

我收集了很多珍奇的复制图片,但还不够用。要准备出版一本附插图的书籍,选图时必须十里挑一。

我获准去巴黎出差,为期四天。要跑遍所有档案馆的话,时间很紧张。我同莉娅一起去,我们星期四到达,预订了星期一晚上返回的火车票。我把参观巴黎国立工艺博物馆的计划安排在星期一,而到了星期一,却发现刚好是博物馆闭馆日。悔之晚矣,我空手而归。

贝尔勃大失所望，但我收集了很多有趣的东西，我们把它们带去给加拉蒙先生看。他翻阅着我收集的那些图片复印件，其中很多都是彩色的。然后，他看了一下发票，吹了一记口哨："亲爱的，亲爱的。我们担负的是一种使命，是为了文化而工作，这当然不用说，可我们不是红十字会，我还要说，我们不是联合国儿童基金会。难道真需要购买所有这些材料吗？我说，在这里我看到的是一个穿着裤衩留八字胡的先生，就像达达尼昂，他被咒语和天牛包围着，但这是什么玩意？曼德拉草？"

"医学的起源。使用相应的有益健康的草药，就能使黄道带对身体各部位产生影响。包括矿物质和金属。宇宙标志学说。在过去的年代里，魔法与科学之间的界线很模糊。"

"很有意思。这个书名页是什么意思？摩西伊卡哲学。和摩西有什么关系，难道这不太过于原始了吗？"

"是关于 unguentum armarium[①] 的争论，也就是 weapon salve。出色的医生们就能否在已经击中人的武器上涂抹药膏来医治创伤，争论了五十年。"

"疯子的故事。这是科学吗？"

"不是我们理解的那种意义上的科学。但他们当时争论这类事，是因为在那不久前发现了磁铁的奇迹，使他们相信，可以远距离发生作用。魔法也证明了这点。那么，远距离作用对远距离作用……您明白，他们都错了，但伏打[②]和马可尼[③]并没有犯错。电和无线电不是远距离的作用又是什么呢？"

"您看，您看。我们的卡索邦真行。科学与魔法挽臂同行了，嗯？大想法。那就让我们加油吧，帮我拿掉一些令人厌恶的发电机，多放

[①] 拉丁文，魔法药膏。
[②] Alessandro Volta(1745—1827)，意大利物理学家，发明电池。
[③] Guglielmo Marconi(1874—1937)，意大利物理学家，发明实用无线电报系统。

点曼德拉草吧。在金色底版上召唤一下魔鬼,我不知道是否可以这样讲。"

"我不希望过犹不及。这是对金属世界的神奇探险。奇谈怪论只有在恰当时候出现才受欢迎。"

"应当首先去追寻错误史。先是亮出漂亮的奇谈怪论,然后在说明中说,那是错误的。读者会挺喜欢,因为他看到就连大人物也会像他那样胡说八道。"

我讲述了我在塞纳河畔,距圣米歇尔堤岸不远的地方遇到的奇特经历。我进入了一家书店,从对称的两个陈列橱里就能看出它在炫耀自己的精神分裂症。一边是关于电脑和电子技术未来的作品,另一边是隐秘学说书籍。所以在书店里也一样:苹果电脑和希伯来神秘哲学喀巴拉。

"真是令人难以置信。"贝尔勃说。

"理所当然,"迪奥塔莱维说,"噢,你最不应该感到惊讶,亚科波。机器世界想方设法要找到创造的秘密:字母和数字。"

加拉蒙没有说话。他两手合掌,好像在做祈祷,两眼望着天空,然后拍了一下双手:"今天你们讲的所有东西,确认了一个想法,我多日以来就……但万事自有其时间,我还要考虑考虑。不过,你们继续向前走吧。卡索邦是好样的,我们再重新考虑一下您的合同,您是一个可贵的合作者。请大量采用喀巴拉和电脑。电脑是用硅制成的吧,是吗?"

"但硅不是金属,而是一种准金属。"

"想在文字上吹毛求疵吗?那玫瑰和玫瑰属?电脑。喀巴拉。"

"反正它不是金属。"我坚持己见。

他把我们送到门口。在门槛处他对我说:"卡索邦,出版是一门艺术,而不是科学。我们不做革命者,那种时代已经过去了。在书里写喀巴拉吧。唉,关于您的开销,我扣除了火车卧铺费,这不是吝啬,但愿您能相信我,而是研究,怎么说呢,需要像斯巴达人那样刻苦耐劳的精神。否则我们不会再相信它了。"

过了几天他又把我们召唤去了。他对贝尔勃说,他在办公室里会见一个客人,他想让我们认识一下。

我们于是就去了。加拉蒙正接待一位胖胖的先生,他的脑袋像獴,如同动物一样的大鼻子下面有灰白色的八字胡,没有下巴。我好像认识他,后来我想起来了,他是布拉曼蒂教授,我在里约热内卢听过他的演讲,他是玫瑰十字会的顾问或其他什么头衔。

"布拉曼蒂教授认为,"加拉蒙说,"作为一个对近来文化气候敏感的出版家,现在是出版隐秘学说系列文集的最佳时刻。"

"对……马努齐奥出版社来说。"贝尔勃建议道。

"还能对谁呀?"加拉蒙先生狡黠地笑道,"布拉曼蒂教授是由一个好朋友德·阿米齐斯博士推荐给我的。阿米齐斯是我们今年出版的那本《黄道带报导》一书的作者,他抱怨说这方面现有的零乱文集——几乎总是由不太严肃、不太可靠、轻浮、不诚实、不正派的出版商出的东西,甚至可以说,很不准确——事实上,这些现有文集不能给这个研究领域的精彩和深度以正确评价……"

"在现代世界的乌托邦失败之后,重新审视非现时性文化的时机成熟了。"布拉曼蒂说。

"您说的都是一些神圣的事,教授。但您应当原谅——啊,天哪,我不说是无知,起码是我们在这方面认识模糊吧。您在谈论隐秘学说时,您指的是什么呢?招魂术,星占学,黑魔法?"

布拉曼蒂显得有点失望:"啊,仁慈的主!这些都是灌输给天真汉的谎话。我讲的是科学,尽管是隐秘科学。当然,还有星占学,如果不得不归入其中的话,不过那可不是告诉打字员,她能否在下星期天遇到她的白马王子,而是对旬星进行严肃认真的研究,可以这么说。"

"我明白了,科学研究。这当然合乎我们的路线,但您能讲得更详细点吗?"

布拉曼蒂坐在沙发椅上放松了身子,目光环顾了一下房间,好像在寻找天体的灵感和启示:"当然,可以举些例子来说明。这类书籍的理想读者应当是玫瑰十字会的信徒,因此也就是魔法、招魂、星占、土占、火占、水占、混占、医学的信徒,援引万应灵丹之书所称——一个神秘女孩把它给了持十字架者,正如在《被绑架的哲学家》中所述。但信徒的知识还涵盖了其他领域,有面容诊断术,涉及隐秘物理学、静力学、动力学、运动学、星占学或隐秘生物学,还有对自然灵气的研究、奥秘动物学和生物星占学。还要加上宇宙诊断学,它是从天文学、宇宙学、生理学、本体论方面研究的。或者人类诊断学,研究相关的解剖学、占卜科学、流体生理学、心理治疗学、社会星相学和历史炼金术。但初创的知识会设想出看不到的宇宙结构志、磁学、光晕、梦、流体、智力测验、预知能力——总之是对另外五种超生理知觉的研究——更不要说星占星相学,当研究没有采取应有的预防措施时,它就已经是一种知识的退化了。就流体的应用、炼金术、炼丹术、心灵感应、驱魔、招魂仪式魔法、基础通神术要求有足够的信息。"

"圣殿骑士现象学。"贝尔勃插话说。

布拉曼蒂颇受启发地说:"毫无疑问。但是我先前忘记提到非白色人种的巫术和妖术、姓名算命术、先知的狂怒,自发的奇术,暗示,瑜伽,催眠术,梦游症,水银化学……当然还有劳登的附体术,圣梅达尔的痉挛术和神秘的饮料。至于恶的本原——但我明白这里要触及到可能出版的系列书籍中最谨慎的部分——我会说,必须熟悉自毁的别西卜的奥秘,还有废黜的王子撒旦的奥秘,欧律诺摩斯的奥秘,摩洛的奥秘,男性和女性的梦魇。还有伊希斯、密多罗、摩耳甫斯的奥秘,萨莫色雷斯和埃莱夫西斯的奥秘。还有男性的阳具、生命之树、科学秘笈、巴风特,大槌的自然奥秘,女性生殖器、刻瑞斯、克特伊斯、帕特拉、库柏勒、阿斯塔特的自然奥秘。

加拉蒙先生向前挪动了一下身子,带着讨好的微笑说:"不要忽视诺斯替教徒……"

"当然不会,尽管就这一专门议题有很多不严肃的'劣货'泛滥。总之,每一门健康的隐秘学说都是一个'诺斯'①。"

"我就是这个意思。"加拉蒙说。

"有这些或许也就够了。"贝尔勃说,带着温和的疑问口气。

布拉曼蒂两颊鼓胀,突然从獏变成了仓鼠:"够了……对初涉奥秘的人可以这么说,但对已经入门的人就不够了,请原谅我玩弄了辞藻。印个五十来卷,就能够对成千上万的读者施以催眠术了,这些读者只期待着一句肯定的话……以几个亿的投资——我找的正是您,加拉蒙博士,因为我知道您愿意冒最慷慨的风险——而我作为这个系列的主编只要按百分比拿到很有限的数目……"

布拉曼蒂说的够多了,他在加拉蒙眼中已失去了任何意义。事实上,他带着满口的允诺匆匆打发了来客。雷打不动的顾问委员会将会认真评估这一建议。

---

① 即诺斯替教教义。

四二

但你们应当知道,不管我们说了什么,我们大家一致同意。

《哲人大会》

布拉曼蒂走后,贝尔勃才觉察到本应给他"拔掉塞子"。加拉蒙先生不明白这一表述,贝尔勃企图用一些客气礼貌的解释使他明白,但都不奏效。

"不管怎样,"加拉蒙说,"我们别这么挑剔了。那位先生没说超过五个字,我已经明白了,他不是我们要的客户。但是他说的那些作者和读者都是我们的客户,这位布拉曼蒂来此一趟坚定了我这些天来对一些问题的反复思考。先生们,就是这些。"他从抽屉里煞有介事地取出了三本书。

"这是近几年出的三本书,都很成功。第一本是英文的,我没有读过,作者是一位著名的评论家。他写了什么呢?你们看看副标题,诺斯替小说。现在再看看这部:显然是有犯罪情节的小说,一本畅销书。讲述了什么?都灵附近一座诺斯替教堂。你们知道诺斯替教徒为何许人……"他用手做了一个打住的手势,"这无关紧要,我知道他们恶魔附体就够了……我知道这个,知道,也许我太急了,但我不愿意像你们那样,我想像那位布拉曼蒂一样说话。现在,我只是出版商,而不是比较认识论的教授或者其他什么。从布拉曼蒂的谈话中我看到的最清晰、最有潜力和最有吸引力的东西,我还要说,会引人好奇的东西是什么呢?那就是把一切都归结到一起的惊人能力。他没有提到诺斯替教徒,但你们看到了,除了讲述土占、益寿丸、水银拉达梅斯之外,他本来能够讲到他们的。为什么我坚持提到这一点呢?因为我这里还有另一本书,是位有名的女记者写的,她讲了一些发生在都灵的咄咄怪事。我说的是汽车之城都灵:女巫、黑弥撒、召唤魔鬼,全是为了那些付钱的人,而不是为了中了塔兰托狼蛛毒的南方人。卡索邦,贝尔勃对我讲,您是从巴西来的,您观看过那些野蛮人撒旦式的典祭活动……那好吧,待会您和我谈谈究竟是怎么回事,不过全都是一个样。巴西就在这儿,先生们。那天,我亲自走进那家书店,叫什么名字呢,不管它了,六七年前它出售无政府主义者、革命者、图帕马罗斯①、恐怖分子的书籍,还有马克思主义的书……那么,如何周转呢?就像布拉曼蒂说的那种办法。说真的,今天我们处于一个混乱的时代,如果你去一家天主教书店,以前只出售宗教教理书,哪怕现在你能在那里找到重新评价路德的书,但至少不会出售称宗教等同于欺骗的书。然而在我提到的这些书店里,出售对此深信不疑的作者的书,也出售严辞唾骂的书,只要涉及的主题是,怎么说呢……"

"奥秘的主题。"迪奥塔莱维补充说。

"就是这样,我想用词得当。我至少看到十本关于赫耳墨斯的书。而我就是来同你们商谈赫耳墨斯计划的。我们要用力划桨啦。"

"用金枝吧。"贝尔勃说。

"不完全是,"加拉蒙没有理解这个典故,"但的确是金矿。我领悟到那些人兼收并蓄,凡是像您说的奥妙莫测的东西,凡是同教科书上相反的东西都能找到。我认为这也是一种文化方面的义务:我并

---

① Tupamaros,乌拉圭左翼政治运动组织。

非有志于成为大善人,可我想在这黑暗的年月里给予某个人一种信仰,一线照亮超自然的光芒……加拉蒙出版社一直肩负有科学的使命……"

贝尔勃坚持自己的观点:"我原本以为您考虑的是马努齐奥。"

"两者都考虑。听我说。我在那家书店里寻找了一阵子,然后我又到另一家书店,非常像样的书店,却有满架子关于隐秘学说的书籍。就这一主题,大学水平的研究成果旁边陈列着由像布拉曼蒂那样的人撰写的书。现在我们分析一下:那个布拉曼蒂可能从来都没有见过那些大学里的作者,但他读过他们的书,他读了那些书,就好像他们是同等的。他们是这么一种人,无论告诉他们什么事,他们都会认为这同他们有关,就如同一对配偶在吵架,嚷嚷着要离婚,而他们养的猫却认为他们是在讨论它早餐时吃动物内脏的问题。您也看到了,贝尔勃,您提到圣殿,他立即就说好吧,还有圣殿骑士、喀巴拉、博彩和咖啡渣。他们无所不食。杂食性。您看布拉曼蒂的面孔:啮齿动物。偌大的公众可分为两大类,我已经看到他们从我眼前成群结队地走过,走在最前面的是那些写书的人,马努齐奥在这里张开双臂欢迎。只要让人知道你策划一个丛书,就足以吸引他们,可以拟一个标题,我们想想看……"

"绿闪石档案。"迪奥塔莱维说。

"什么?不,太难理解了,比如对我来说,它什么也不是,要取一个有助于联想的名称。"

"揭开面纱的伊希斯。"我说。

"揭开面纱的伊希斯!念起来很响亮,卡索邦,好样的。让人想到图坦卡蒙和金字塔里刻有圣甲壳虫的宝石。以揭开面纱的伊希斯为题,封面稍微带点魔法的意味,但不能太过分。我们再往下说。然后是第二类,买书的人。好吧,我的朋友们,你们说,马努齐奥出版社对那些买书的人不感兴趣。已经盖棺定论了吗?这次我们马努齐奥出版社能大卖,先生们,那将会是质的飞跃!最后剩下科学层面上的研究,加拉蒙出版社就粉墨登场了。在历史研究和其他大学系列丛书之外,我们找一个严肃认真的顾问,每年出版三四本书,这是一套严肃认真的丛书,标题很明白,但并不浮华……"

"赫耳墨斯秘义书。"迪奥塔莱维说。

"好极了。古典,高雅。你们会问我既然马努齐奥出版社可以赚钱,为什么还要让加拉蒙出版社花钱。但是一套严肃的丛书是一个诱饵,吸引那些有见识的人提出好选题,开辟道路,然后又吸引另一些人,布拉曼蒂之流将被引向马努齐奥。我认为'赫耳墨斯计划'是一个完美的计划,是一种利润可观的正当业务,可以巩固两家出版社之间的理念交往……先生们,干活吧。去跑书店吧,编写参考书吧,查查图书目录,看看在其他国家是怎么做的……而后,谁知道将有多少人带着某种宝贝从你们面前列队而过,你们要将对我们没什么用的人摆脱掉。卡索邦,听我的,在金属史中,我们也要安插一点炼金术之类的东西。金子是金属,我愿相信。以后再做评论,你们知道,我对于批评、建议、置疑是很开明和欢迎的,正如文化人之间的惯常做法。从此时此刻起,就开始实施计划吧。格拉齐亚女士,让那位已等候了两小时的先生进来吧,不应该这样对待一位'作者'!"他说,同时打开门,尽量让客厅里等待的人能够听到。

四三

> 在街上相遇的人……秘密地从事"黑魔法"活动,同那些黑暗幽灵结合或者至少寻求与之结合,以满足其野心、仇恨、爱情的欲望,一句话,就是为了作恶。
> 若-卡·于斯曼,为朱尔·布瓦《撒旦崇拜与魔法》一书所做的序言
> 一八九五年,第Ⅷ—Ⅸ页

我曾经认为"赫耳墨斯计划"只是一个匆匆草拟的创意。我当时对加拉蒙先生还不了解。当我在以后的日子里泡在图书馆里查阅关于金属的插图时,在马努齐奥出版社,他们已经开工了。

两个月之后,我在贝尔勃的桌子上看到了一期刚出版的《南意大利的帕尔纳索斯》杂志,上面刊登了一篇长文《隐秘学说的复兴》,著名的赫耳墨斯主义学者莫埃比乌斯博士——贝尔勃的新笔名,他赚到了"赫耳墨斯计划"的第一笔小钱——在文中谈到隐秘学说在现代奇迹般的复兴,并宣称马努齐奥打算沿着这条思路推出"揭开面纱的伊希斯"新丛书。

在此期间,加拉蒙先生给赫耳墨斯主义、星占学、塔罗牌、不明飞行物学等各杂志发出了一系列信函,使用了任意的署名,询问关于由马努齐奥出版社宣布出版的新丛书的消息。为此,杂志的编辑们给他打电话打听消息,而他则故作神秘,说还不能透露第一批书的十个标题,虽然它们已经在印刷了。于是,隐秘学说的世界就自然被不停

响起的阵阵鼓声所惊扰,"赫耳墨斯计划"已经传开了。

"让我们乔装打扮成一朵花吧,"加拉蒙先生在挂有世界地图的房间里接待了我们,"蜜蜂就会纷纷飞来。"

但这还不是全部。加拉蒙想叫我们看折页宣传册:很简单,四页,但用铜版纸印刷。第一页上再现丛书封面的图标,在黑色的背景上打上烫金的印记(加拉蒙解释说它叫'所罗门五角星符'),册页边用许多交叉的卍字形(加拉蒙解释说亚洲的卍字形象征太阳,是吉祥的标志,与纳粹如同钟表指针那样的标志不一样)装饰。在上方的标题处写着:"在天上与地上有更多的东西……"小册子内页上赞颂马努齐奥出版社如何以服务于文化事业为荣,还有一些强有力的口号强调这样的事实——现代世界要求的确定性,要比科学能提供给人们的更深刻、更明显:"来自埃及、迦勒底、西藏的被遗忘的智慧——为了西方的精神复兴。"

贝尔勃问,这些宣传册打算送给谁,加拉蒙微笑着,他的微笑,像贝尔勃说的,犹如阿萨姆王公被打入地狱的灵魂的微笑:"我让人从法国给我寄来一本年鉴,上面有当今世界上所有秘密团会的情况介绍,你们不要问我,为什么秘密社团资料会出现在公开年鉴上,瞧,这不就是,亨利·韦里耶出版社,上面有地址、电话号码、邮编。贝尔勃,不如由您看看,把无关的东西删掉,因为我看到还有耶稣会、主业会、烧炭党和扶轮社,要找出所有与隐秘学说沾边的团体,我已经标出了一些。"

他翻阅着:"对,这里:绝对主义者(他们信奉变形),美国加利福尼亚的埃提乌斯协会(同火星有心灵感应联系),瑞士洛桑的阿斯塔拉(宣誓绝对机密)、英国的大西岛人(寻求失去的幸福)、加利福尼亚的圣殿密室建造者(炼金术、喀巴拉、星占学),佩皮尼昂的 E. B. 俱乐部(信奉爱神及冥山的守护神哈托尔),莫勒的以利法·列维俱乐部(我不知道列维是谁,也许是那个法国人类学家),图卢兹圣殿骑士联盟，高卢德鲁伊特社团，杰里科唯灵论者修会，摩门教徒（有一次我在侦探小说中读到了他们，也许现在已不复存在了），伦敦和布鲁塞尔主教冠教会，洛杉矶撒旦教会……总之，我还要继续说下去吗？"

"它们真的全都存在？"贝尔勃问。

"还不止这些。干活去吧，列个最终名单，然后我们发宣传册。即便外国的也列上。在那些人中间，消息传得很快。现在只要做一件事。到一些对路的书店去转悠，不仅同店员谈，还要同顾客聊。在谈话中要透露有这样一套丛书。"

迪奥塔莱维向他表示，他们不能这样抛头露面，要找外貌平庸的推销员，于是加拉蒙说去寻找这种人："只要是免费的就行。"

一返回办公室，贝尔勃就评论说，真有雄心壮志啊。不过地下的诸神在为我们护驾呢。正在此刻，洛伦扎·佩雷格里尼进来了，从未有过的春风满面，贝尔勃也容光焕发了。她看到了宣传册，并对它发生了兴趣。

当她知道了毗邻出版社的计划时，顿时来了精神："多好啊，我有一位非常热情的朋友，是前图帕马罗斯成员，他在一家叫'皮卡特里克斯'的杂志社工作，经常带我去参加招魂集会。我同一种美妙的灵媒外质建立了友谊，现在它一成形，就来呼唤我。"

贝尔勃看着洛伦扎好像要问她什么，却欲言又止。我想，他可能已经习惯听到洛伦扎谈论她那些令人担忧的交往，决定只去操心可能给他的爱情（他爱她吗？）蒙上阴影的事。在提及《皮卡特里克斯》这件事上，他除了看到上校的幽灵飘过之外，还隐约看到了那个过于热情的乌拉圭人的身影。但是洛伦扎已经在说别的事了。我们得知她经常去那些出售"揭开面纱的伊希斯"想要出版的书籍的小书店里逛悠。

"你们知道那里可真热闹，"她说，"我在那里找到了草药治病和制造何蒙库鲁兹的说明，就好像浮士德同特洛伊的海伦那样。唉，亚科波,我们也干吧,我是多么想从你身上要个何蒙库鲁兹啊,然后我们就像养一只短脚猎犬一样养育它。很容易,那本书上说,只要收集一点人的精子装在试管里就行了,我想这对你来说不会很难,傻瓜,不要脸红,然后同马脂混合,马脂好像是一种分必……分必……"

"是分泌物。"迪奥塔莱维补充说。

"可能吗? 总之,是怀孕的母马分泌出来的那种东西,我明白,这会困难一些,如果我是怀孕母马的话,我可不愿意让人来收集我的分泌物,特别是一些不认识的人,但是可以找到包装好的马脂,像琼脂那样。然后全都放进一个器皿中,浸渍四十天,你就会看到一个小人、一个胚胎逐渐形成,再过两个月就变成了一个非常可爱的何蒙库鲁兹了,它从器皿中出来,听候你的盼咐——我想它们应该长生不老,你想想看,你死后,它甚至会给你的坟墓送去鲜花!"

"在那些书店里,你还看到什么人了?"贝尔勃问道。

"奇妙的人,他们同天使交谈,制造金子,还有专业巫师,都有一副专业巫师的面孔……"

"怎么还有专业巫师的面孔?"

"一般来讲,他们有一个鹰钩鼻、俄罗斯人的眉毛、鹰眼、披肩发,就像画家一度时兴的那样,还有胡须,但并不浓重,在下巴与面颊之间有几点雀斑,八字胡向前翘起,又成绺地落到嘴唇上,这是必然的,因为嘴唇向外翻起得很厉害,这些可怜人牙齿向外突出,还都有点交错。他们有这样的牙齿本不应笑的,但他们会温柔地微笑,不过眼睛(我对你们说过是鹰眼,对吗?)看你时,会使你发毛。"

"赫耳墨斯的面孔。"迪奥塔莱维评论道。

"是吗? 那么你们看。当有人进来询问一本书有没有时,比如是关于驱逐恶灵的祈祷书,他们就立即向书店店员说出准确的书名,可书店正好没有。不过,如果你同他们交朋友,问他们这书是否真的有用,他们就会带着理解的神态微笑着,像聊起孩子那样,告诉你对这类书要小心谨慎。然后给你引述神鬼加害他们朋友的可怕故事,看到你害怕了,他们又会安抚你说,在很多情况下,那只是一阵歇斯底里。总之,你永远不会明白,他们是相信还是不相信。书店店员常常会赠送给我一些香,有一次,一个店员还给了我一个防备毒眼的象牙小手。"

"那么,如果有机会的话,"贝尔勃对她说,"当你逛那些书店时,你问问他们是否知道马努齐奥出版社要出的新丛书,再让他们看看宣传册。"

洛伦扎带上十多本宣传册走了。我可以想象,在之后几周内她干得很卖力,但我没想到,事情会发展得那么快。没过几个月,格拉齐亚女士已经无力招架那些"魔鬼作者"了,这是我们对隐秘学派自费作者的称呼。他们受天性驱使,成群结队而来。

四四

> 按照五角星符的最高礼仪,本着积极与消极的精神,借助阿拉伯酋长和阿革劳罗斯呼唤联盟法典的力量。回到祭坛,念诵以诺信徒招魂经:Ol Sonuf Vaorsag Goho Iad Balt, Lonsh Calz Vonpho, Sobra Z-ol Ror I Ta Nazps, od Graa Ta Malprg ... Ds Hol-q Qaa Nothoa Zimz, Od Commah Ta Nopbloh Zien ...
>
> 伊思雷尔·雷加尔迪《黄金黎明赫耳墨斯修会的教导、典礼和仪式的原始叙述》,隐形仪式,圣保罗,卢埃林出版社,一九八六年,第四二三页

我们真走运,我们进行的第一次交谈质量就非常高,至少从我们追求的启蒙宗旨来看是如此。

我们"三剑客"全到齐了,我、贝尔勃和迪奥塔莱维,在客人进门时,我们差一点惊叫起来。客人有一副洛伦扎·佩雷格里尼描绘的赫耳墨斯的面孔,而且还穿一身黑。

他进来时小心翼翼地观察着周围环境,并做了自我介绍(卡迈斯特莱斯教授)。在回答"什么学科的教授"的提问时,他做了一个含混的手势,好像要我们为他保密似的。"请你们原谅,"他说,"我不知道你们关注这个问题是从纯技术与商业的角度出发的,还是你们与某些神秘团体有联系……"

我们让他放心。"从我这方面讲,还是谨慎为妙,"他说,"但我并

不想同某个'东圣团'扯上关系。"然后，面对我们的不解和疑惑，"东圣团是东方圣殿骑士团，最后一批自称为阿莱斯特·克劳利信徒的小集团……我看，你们同……毫不相干，最好是这样，你们将不会有偏见。"他应我们之请坐了下来，"因为你们看，现在我要推荐的是一部勇敢反对克劳利的作品。我们大家，包括我在内，仍然是受《法之书》启示的忠实信徒，也许你们知道，这本书是一九〇四年由一位叫阿瓦兹的高智贤人在开罗向克劳利口述的。如今东圣团的追随者仍奉此书为经典，它有四个版本，第一版是在巴尔干战争爆发前九个月出版的，第二版是在第一次世界大战爆发前九个月出版的，第三版是在中日战争前九个月出版的，而第四版则是在西班牙内战大屠杀前九个月出版的……"

我忍不住交叉手指。他发现了这一动作，露出了哀伤的笑容："我理解你们的疑虑。鉴于现在我建议你们出版该书的第五个版本，谁知道再过九个月将发生什么事呢？什么都不会发生，你们大可放心，因为我重新推荐的是经过增补的《法之书》，因为造访我的人不是一般的高智贤人，我有幸得到了最高本原的亲自造访，亦称胡尔-帕尔-卡拉特，它可能是拉-胡尔-库特神秘的替身或孪生兄弟。为了避免不吉的影响，我唯一关心的是我的这部作品能够在冬至时出版。"

"这可以考虑。"贝尔勃带着鼓励的口气说。

"我真感到高兴。这本书将在神秘主义的圈子里引起轰动，因为正如你们知道的，我的神秘思想的来源要比克劳利更严肃、更令人信服。我不明白克劳利怎么能够在作品中放进魔鬼的仪式而不提及神剑的仪式呢。只有拔剑出鞘，才能理解何谓'马哈普拉拉亚'，也就是贡荼利尼蛇的第三只眼睛。而且在他的灵数学中，全部都是以兽名数目为基础的，没有考虑'新数字'：九十三，一一八，四四四，八六八和一〇〇一。"

"这些数字有什么意义呢？"激动的迪奥塔莱维立即发问。

"啊，"卡迈斯特莱斯教授说，"正如第一版的《法之书》所言，每一个数字都是无限的，没有区别！"

"明白了，"贝尔勃说，"但您有没有想过，所有这一切对一般读者来说有点太晦涩了吗？"

卡迈斯特莱斯差点没有从座椅上跳起来："但这绝对是必不可少的。谁要是没有应有的素养而去解读这些秘密，那他就会跌入深渊！以隐晦的方式将它们公之于世，我已经是在冒险了，请你们相信我。我在崇拜魔鬼的环境里活动，但我比克劳利更彻底，你们将会看到我写的关于'魔鬼大集会'的章节、圣殿装饰的规定、同红衣女郎的肉体结合以及她骑的那头魔鬼。克劳利写到所谓违背自然的肉欲大会就中断了，我却想将典礼推进到超越我们所认识的恶，我已经触及到了不可思议的边缘，哥埃提亚的绝对纯洁性，也是低级阿翁和沙-巴-弗特的最高门槛……"

对贝尔勃来说，此刻只剩探询一下卡迈斯特莱斯出资的可能性了。他玩弄辞藻，绕了好大的圈子，最后发现，此人像布拉曼蒂一样，没有任何自己筹资的意愿。这样便进入了脱钩阶段，我们以温和的语气，要求将打印的手稿留一星期以供研究，然后再定夺。但一听这话，卡迈斯特莱斯将打印稿紧抱在胸前，说他从未被人如此不信任地对待过，他走了出去，并让我们明白他有不一般的手段能让我们为羞辱他感到懊悔。

不过，在短时间内，我们已经收到了十多件敲定为自费作者的手稿。需要选择一下，因为我们也希望它们能大卖。由于不可能审阅全部手稿，我们参看了目录，浏览后交流了彼此的发现。

四五

> 由此产生一个非同寻常的问题。古埃及人知道电吗?
> 彼得·科罗希莫《无时间的土地》
> 米兰,苏加尔出版社,一九六四年,第一一一页

"我发现了一部关于消失文明和神秘国家的稿件,"贝尔勃说,"一开始,存在过'穆'大陆,是在澳大利亚一带,大迁徙潮从那里向四处扩散。一股涌向阿瓦隆岛,一股涌向高加索和印度河发源地,然后还有凯尔特人、埃及文明的创造者和大西岛人……"

"老古董了:那些写过'穆'大陆的先生们我手头要多少有多少。"我说。

"但这个作者可能会自费。而且关于希腊人向尤卡坦迁徙的那一章写得很精彩,它讲述了在奇琴伊察找到一个武士浮雕,很像是古罗马军团的士兵。像两滴水似的一模一样……"

"世界上所有的头盔不是有羽毛就是有马鬃,"迪奥塔莱维说,"这不是证据。"

"对你来说如此,但对我来说不然。他在所有文明中都发现了蛇崇拜,并由此推断它们有一个共同的起源……"

"谁没有喜欢过蛇呢?"迪奥塔莱维说,"自然不包括'神选的子民'。"

"对,那些人崇拜牛犊。"

"那是一时软弱。我相反会摒弃这个选题,哪怕他愿意自费出版。凯尔特研究,雅利安主义,迦利-由迦时期,西方的没落和党卫军。有可能是我想多了,但我认为他是纳粹分子。"

"对加拉蒙来说,不一定是一种禁忌。"

"是的,但凡事都有个限度。不过,我倒看到一部关于地精、水神、火神、小精灵、女气精、仙女的稿件……不过,也涉及了雅利安文明的起源。看来党卫军起源于'七矮人'。"

"不是'七矮人',而是尼伯龙根人。"

"但那人说到的是爱尔兰的'小矮人'。仙女是邪恶的,小矮人是善良的,只是会捉弄人。"

"先不谈这个。卡索邦,您看到了什么呢?"

"只看到一部关于克里斯托夫·哥伦布的很有趣的稿件:分析他的签字,发现它甚至影射了金字塔。他的本意是要重建耶路撒冷的圣殿,因为他是流亡在外的圣殿骑士的大团长。鉴于众所周知,他是葡萄牙的犹太人,因而是喀巴拉专家,他召唤护身符平息了暴风骤雨,征服了坏血病。我没有看有关喀巴拉的书稿,因为我想迪奥塔莱维看过了。"

"全是用从《梦的钥匙》之类的蹩脚书中拷贝下来的错误的希伯来字母写成的。"

"注意,我们正在为'揭开面纱的伊希斯'选择书稿。而不是搞文献学。也许魔鬼作者喜欢从《梦的钥匙》中抽出来的希伯来字母。至于所有关于共济会的内容,我都没有把握。加拉蒙先生要我谨慎行事,不愿介入各种不同的习俗礼仪之间的争议。不过,我不会忽视这份关于卢尔德石窟中的共济会象征的书稿。还有这份精彩书稿,关于一位贵族,很可能是圣日耳曼伯爵,他是富兰克林和拉法耶特的密友,他在美国国旗发明的那一刻现身了。他能对国旗上星星的含义解释得很清楚,却对那些条条含糊其词。"

"圣日耳曼伯爵！"我说，"留神，留神！"

"为什么？您认识他？"

"如果我说认识他，您是不会相信的。不谈这个了。我这里有一本给现代科学挑错的可怕大书稿，洋洋洒洒四百页：原子，犹太人的谎言，爱因斯坦的错误和能源的秘密，伽利略的幻觉和月亮与太阳的非物质性。"

"要说这类题材的话，"迪奥塔莱维说，"我最喜欢的是对福特科学的回顾。"

"是关于什么的？"

"关于一个叫查尔斯·霍伊·福特的人，他收集了大量难以解释的现象。在英国伯明翰下的青蛙雨、在一些山脊上的神秘阶梯和吸盘印痕、岁差的不规则、陨石上的铭文、黑色的雪、带血的暴雨狂风、在巴勒莫上空八千米高处飞翔的生物、海上发光的车轮、巨人的遗骸、法国的枯叶瀑布、在苏门答腊下的活物雨，自然还有在马丘比丘和其他南美山顶上的痕迹，它们证实在史前曾有大型宇宙飞船在此地降落过。在宇宙中，不是只有我们存在。"

"这倒不坏，"贝尔勃说，"让我惊讶的是关于金字塔的这五百页书稿。你们知道吗？胡夫金字塔位于北纬三十度，这条纬线穿过的陆地数量是最多的。胡夫金字塔中的几何比例和亚马孙河流域的石画窟的几何比例相同。埃及拥有两条有羽毛的蛇，一条缠绕在图坦卡蒙的宝座上，另一条在萨卡拉金字塔上，它们和魁扎尔科亚特尔[①]有关。"

"魁扎尔科亚特尔同亚马孙河有什么关系呢？它不是墨西哥的万神庙吗？"我问道。

"咳，也许我漏掉了一个关键。另外，如何解释复活节岛上的雕

---

① Quetzalcoatl，阿兹台克神话中的神，具有生有羽毛的蛇的形象。

像同凯尔特人的巨石相似呢？波利尼西亚人信奉的神祇之一被称为'亚'，这明显是犹太人的'约德'，就如古匈牙利的大神、善神'约-夫'。一份墨西哥的古老手稿显示，地球是一个由海洋围绕着的正方形，在大地中心有一座金字塔，基座刻有阿兹特兰的碑文，类似阿特拉斯山或大西岛。为什么在大西洋两岸都有金字塔呢？"

"因为建金字塔比建圆球容易。因为风吹出的沙丘都是金字塔形的，而不是帕台农神庙形的。"

"我憎恶启蒙运动精神。"迪奥塔莱维说。

"我继续讲。在史前埃及，太阳船就是雪橇。由于埃及没有雪，所以雪橇的起源应是在北方。你看圣诞老人的雪橇。"

我不让步："但在发明轮子前，雪橇也用在沙地上。"

"不要打断我。书稿上说，首先需要弄清楚类似情况，然后再寻找原因。归根结底，原因是科学的。古埃及人已经知道了电，否则他们有心无力。一个德国工程师负责巴格达的下水道工程，他发现了一些萨珊王朝时代的电池到现在还能使用。在巴比伦的文物发掘地出土了四千年前制造的蓄电池。最后，发现了约柜是一种电箱，能够产生五百伏的电。"

"我在一部电影中已经看到了。"

"那么怎么样？您认为那些电影编剧是哪里来的创意呢？约柜是用洋槐木做成的，内外用金箔包好——使用同电容器相同的原理，两个导体之间由绝缘体隔开，陈放在干燥的地方，在那里电场强度达到了五百到六百伏/米。据说，波尔塞纳通过使用电力赶走了一种叫做伏特的可怕动物，从而解放了他的王国。"

"因此，伏特选择了这个有异国情调的绰号。以前他叫斯兹马尔兹林·卡拉斯纳波尔斯基。"

"严肃点吧。除了那些手稿以外，我这里还有一叠信函，透露了圣女贞德与《女预言者之书》的关系，犹太教法典中的魔鬼夜妖与雌雄同体的伟大母亲之间的关系、遗传密码与火星文字之间、植物的秘密灵智、宇宙复兴和心理分析之间的关系,从一种新兴的天使学的视角看马克思与尼采之间的关系,黄金分割与马泰拉的岩壁、康德与隐秘学说、埃莱夫西斯祭谷物神的神秘仪式与爵士乐、卡廖斯特罗与原子能、同性恋与诺斯替、假人与阶级斗争之间的关系,最后归结为一部关于圣杯与圣心的八卷巨著。"

"这本书想告诉人们什么呢?是说圣杯寓意圣心还是圣心寓意圣杯呢?"

"我知道并欣赏其中的差异,但我认为两者对它都适用。总之,我也不知道该怎么办了。或许应当听听加拉蒙先生的看法。"

我们听他讲。他说,原则上不应丢掉任何东西,要听听大家的想法。

"你们看,这些稿件中的大部分在重复我们在火车站书报摊上都能找到的东西,"我说,"就连那些出过书的作者也相互抄袭,一个作者为另一个作者的观点提供佐证,所有人都把杨布利克斯的一句话当作决定性的证据。"

"那又怎样呢?"加拉蒙说,"您想向读者贩卖一些他们不了解的东西吗?'揭开面纱的伊希斯'丛书讲述的正是别人反复谈论的东西。它们互相印证,所以就是真的。不要相信独创性。"

"同意,"贝尔勃说,"不过还要知道什么是显而易见的,什么不是。我们需要有顾问帮忙。"

"哪种类型的顾问呢?"

"我也不知道。他应当比魔鬼作者麻木,但要了解他们的世界。而且他还要告诉我们,在赫耳墨斯秘义书中我们应当瞄准什么。一位研究文艺复兴赫耳墨斯主义的严肃学者……"

"说得好,"迪奥塔莱维对他说,"然后,你第一次将圣杯与圣心交到他手上,他就摔门扬长而去。"

"不见得。"

"我认识适宜的人选,"我说,"他当然学识渊博,也会认真严肃地对待这种事,但是姿态高雅,我还可以说带点嘲讽。我是在巴西遇到他的,现在他应该在米兰。我有他的电话号码。"

"同他接触一下。"加拉蒙说,"谨慎一点,这还取决于价码。而且还要利用他为非凡的金属探险助一臂之力。"

阿列埃再次听到我的声音,好像很高兴。他打听媚人的安帕罗的消息,我腼腆地让他明白那已经是过去的事了,他表示歉意,又很有礼貌地讲到,一个年轻人总能容光焕发地开辟生活中的新篇章。我向他提到了一个出版计划。他表现出兴趣,说很愿意见见我们,并约好在他家里会面。

从赫耳墨斯计划诞生起直到那一天,我背着半个世界逍遥自在,十分惬意。现在,"他们"开始算账了。我也是一只蜜蜂,奔向一朵花,但我并不知道那是朵什么花。

四六

> 在白天,你多次接近青蛙,并诵经祈祷。你请求青蛙完成你所期望的奇迹……在此期间,你剪一个十字架,将青蛙置于其上作为牺牲品来祭神。
> 摘自阿莱斯特·克劳利的一种仪式

阿列埃住在苏萨广场附近:一条不起眼的小路,一幢十九世纪末风格的简朴花叶饰小楼。一位身着条纹上衣的老仆人给我们开了门,并把我们引进一间小客厅,请我们在那里等待伯爵。

"原来他是伯爵。"贝尔勃小声说。

"我没有告诉过您吗?他是复活的圣日耳曼伯爵。"

"如果他从来没死过,那就不可能复活。"迪奥塔莱维果断干脆,"不会是那个流浪的犹太人亚哈随鲁吧?"

"据一些人称,圣日耳曼伯爵也曾是亚哈随鲁。"

"您看?"

阿列埃进来了,他总是衣冠楚楚。他同我们握手,并表示歉意:一次完全没有预料到的枯燥乏味的会见使他不得不在自己的书房里再多待上十多分钟。他让仆人给我们送上咖啡,并请我们坐下。然后,他又拉开沉重的旧皮帐幔出去了。帐幔后面没有门,我们喝咖啡时,从隔壁房间传来了激动的话音。起初,为了不去听他们说话,我们大声交谈,后来,贝尔勃觉察到我们大声说话可能会对他们造成干扰。我们静默了一瞬间,听到的一个声音和一句话引起了我们的好奇心。迪奥塔莱维站起来,假装欣赏挂在墙上的一幅十七世纪的版画,它刚好就在帐幔旁边。上面画的是一个山洞,一些朝圣者正登上七个台阶入内。过了片刻,我们三人都假装在研究那幅版画。

我们听到说话的那个人一定是布拉曼蒂,他说:"总之,我不会向任何人家里送去魔鬼!"

那天,我们意识到布拉曼蒂不仅有一张獏的面孔,而且还有獏的声音。

另一个声音很陌生,有着浓重的法语口音,声调刺耳,几近歇斯底里。突然阿列埃的声音插进了对话中,他轻声细语,意在斡旋调解。

"先生们,听我说,"现在阿列埃说,"你们来求助于我的裁决,我深感荣幸,但是在这种情况下,请你们听我说。首先,您,亲爱的皮埃尔,请允许我说,写那封信至少是不够谨慎……"

"事情非常简单,伯爵先生,"带法语口音的声音回答,"这位布拉曼蒂先生在一本我们都推崇的杂志上写了一篇文章,对一些撒旦追随者出言讽刺,说他们偷圣体饼,却甚至不相信上帝是真实存在的,是为了将圣体饼变成银子而寻找遁词。咳,现在大家都知道了,唯一为人们公认的撒旦追随者教会是由我这个小小的牛祭祭司和亡灵引路人掌管的,而且,人们知道我的教会不搞庸俗的撒旦崇拜,不拿圣体饼做蹩脚菜,那是圣叙尔皮斯教堂的多克莱议事司铎干的事。我在信中说,我们不是陈腐的撒旦追随者,不崇拜'邪恶的大老板',我们不需要仿效罗马教会摆圣体饼盒或穿祭披。我们更多的是帕拉迪奥主义者,但全世界都知道,对我们来说,撒旦是善的本原,很可能阿多尼斯才是恶的本原,因为这个世界是他创造的,而撒旦企图对抗他……"

"那好吧,"布拉曼蒂激动地说,"我对您说,我可能犯了轻率的过错,但这不表示您能用巫术来威胁我。"

"得了吧!我那是一个隐喻,反倒是您给我施了魔法!"

"唉,看,我和我的同行要浪费时间到处撵小鬼了!我们实行的是'高级魔法教义和仪式',我们不是女巫!"

"伯爵先生,您来评评理。谁都知道,布拉曼蒂先生同布特鲁神父有交往,而您也很清楚,人们说这位神父把耶稣受难图文在脚掌上,以便能踩着我们的上帝行走,或者说踩着他的……呵,七天前,我在杜·桑格莱阿勒书店遇到这位所谓的神父,您知道,他对我微笑的样子比平常更滑头滑脑,他对我说,好吧,好吧,哪一天晚上,我们联系……但哪一天晚上是什么意思呢?意思是过两个晚上探访开始,我正要上床睡觉,却感到脸上被什么液体拍了一下,你们知道那是一种很容易识别的喷射物。"

"您肯定是鞋底擦到地毯上了。"

"啊,对呀。那为什么那些小装饰品什么的都飞起来了呢,一个蒸馏器打到了我头上,我的巴风特石膏像也跌落在地上,这是我那可怜的先父的纪念品。在墙上还出现了一些红色的字迹,是一些我不敢复述的下流话,为什么会有这些呢?你们非常清楚,仅仅一年前,已故的格罗先生指控那位神父用粪便制作糊剂,请原谅我这么说,而神父扬言要置他于死地——两周以后,可怜的格罗先生神秘地死去了。这位布特鲁神父调制有毒物质,由里昂的马丁教徒召集的荣誉陪审团也确认了这一事实……"

"基于诬蔑……"布拉曼蒂说。

"啊,瞧您说的!这类案件的审判总是有根有据……"

"对,但是格罗先生因为长期酗酒患了肝硬化,已到了晚期,这一点在法庭上并未提及。"

"别太天真了!巫术是通过自然渠道进行的,如果一个人患了肝硬化,巫术就去收拾患病的器官,这是巫术的初级常识……"

"那么所有死于肝硬化的人都是善良的布特鲁的罪过,别笑死人了!"

"那就请您给我讲讲那两周在里昂发生了什么事。改为俗用的礼拜堂,印着神的四个字母名字的圣餐面饼,您的那位布特鲁身着带有反十字的大红袍,还有他的私人通灵者奥尔科特夫人,在她的额头上就显出了三叉戟,那些空圣餐杯盛满了血,神父则借信徒们的嘴像乌鸦似的呱呱乱叫……是真有其事,还是胡编乱造?"

"亲爱的朋友,您读了太多于斯曼的书吧!"布拉曼蒂笑了起来,"那是一个文化事件,是对历史的追忆,就如同威卡教学校和德鲁伊特寄宿学校的庆典!"

"哦,威尼斯的狂欢节……"

我们听到了一阵喧闹,好像布拉曼蒂扑向了对手,而阿列埃则尽力拦阻他。"您看他,您看他,"那个法国人以尖厉的嗓音嚷道,"但布拉曼蒂,您要小心,问问您的朋友布特鲁出了什么事吧!您还不知道吧,他进了医院。问问他,谁打烂了他的脸!尽管我不搞你们那一套用咒语召唤魔鬼的玩意儿,但我也略懂一点法术,当我明白我的房子已被魔法入侵时,我就在地板上画了一个圈来防御。鉴于我不信邪,而你们这些装神弄鬼的人却相信,于是我又把加尔默罗无袖法衣取下来,在上面画了符咒,以邪压邪,唉对。您的那位神父可倒了大霉了!"

"您看!您看!"布拉曼蒂上气接不上下气地说,"是他在搞妖术!"

"先生们,够了,"阿列埃开口了,语气和蔼而坚定,"现在你们都听我说。你们知道,我是多么欣赏从认知层面上重温这些已废弃的仪式,对我来说,撒旦追随者教会或者说撒旦修会,应当超越恶魔研究的区别而受到同样的尊重。你们知道我在这个问题上持怀疑态度,但归根结底我们都属于同样的精神骑士圈子,我呼吁你们要有一点最起码的团结精神。而且,先生们,你们竟然把'黑暗王子'扯进个人恩怨!如果果真如此,那就太幼稚可笑了!算了,那都是隐秘哲学学者的无稽之谈。你们的表现真像庸俗的共济会成员。布特鲁脱离了修会,我们可以坦率地讲,而您,亲爱的布拉曼蒂,如果有机会的话,请劝他把为博伊托的歌剧《梅菲斯特》所做的道具卖给旧货商吧……"

"唉呀,唉呀,说得对,"法国人冷笑地说,"C'est de la brocanterie①..."

"让我们重新评判一下这些事实。曾经有过一场被我们称之为礼拜仪式的形式主义辩论,引得群情激昂,但我们不要捕风捉影。您看,亲爱的皮埃尔,我事实上并未排除在您家里有外物的存在,这再正常不过了,但稍有常识就可以用促狭鬼②来解释这一切……"

"唉,我并不排除这一点,"布拉曼蒂说,"在这段时间的天相……"

"好吧!来,握握手,来个兄弟般的拥抱。"

我们听到相互道歉的低语声。"您是知道的,"布拉曼蒂说,"有时为了认清谁是真心实意地希望领悟奥秘,甚至要诉诸民间习俗。就连那些什么都不信的法国大东方社的商人也搞仪式。"

"当然,仪式,唉,哈……"

"但现在已经不是克劳利的时代了,懂吗?"阿列埃说,"我现在要失陪了,我还有别的客人。"

我们很快退回到沙发上,庄重而若无其事地等待阿列埃的到来。

---

① 法文,一堆破烂玩意儿。
② 指性喜捉弄人的游魂或超自然力量。

四七

> 我们要做出最大努力,在这七个量内找到一种秩序,这秩序高效、充分而又与众不同,能够永远保持头脑清醒和记忆无碍……这种高超无比的安排,不仅为我们保存了事物、言语和艺术交付我们的东西……而且还会给我们真正的智慧。
>
> 朱里奥·卡米洛·德勒米尼奥《剧作构想》
> 佛罗伦萨,托伦蒂诺,一五五〇年,序言

过了几分钟,阿列埃进来了。"亲爱的朋友们,请你们原谅。我刚刚从一场不太愉快的争论中脱身。正如我的朋友卡索邦知道的,我自认是一个研究宗教史的学者,于是就经常有一些人跑来求助于我的开导,也许更多的是看重了我的见识而不是我的学说。有趣的是,你们知道,在研究智慧的信徒中,有时不乏特别的人物……我指的不是寻求先验慰藉的老学究或者精神忧郁症患者,而是学问高深、睿智敏锐的人。不过他们却沉湎于夜间的幻想,模糊了传统的真理与意外的'群岛'之间的界线。我刚才会见的人就一些幼稚的假设争论不休。唉,正如人们说的,家家有本难念的经。但现在请你们到我的小书房里来,那里的氛围更舒适和谐,适合谈话。"

他掀起了皮帐幔,让我们进入另一个房间。我们不会称它为"小书房",它很宽敞,陈放着古色古香的精致书架,上面摆满了各种精装

书籍，自然全是有年代的了。使我更为惊叹的还不是书籍，而是摆满玻璃柜的不知为何物的小东西，好像是一些石头、一些小动物，我们没弄清是填充而成的，还是木乃伊，抑或是精工细做的仿制品。这一切都沉浸在散射的朦胧光芒里。这光好像是从房间深处一个有竖框的大玻璃窗户透进来的。玻璃窗镶有泛透明琥珀色的菱形图案。从竖框玻璃窗透进来的光同放在堆满纸张的深色桃花心木桌上的大台灯的光线交汇在一起。这种台灯经常可以在古老的图书馆阅览室里看到，绿色的圆形灯罩，能向书页上投射椭圆形的白光，使周围掩映在乳色的阴影中。这两种非天然光线的变幻，非但没有使天花板上的彩色装饰暗淡下来，相反在一定程度上使它们更亮丽鲜艳。

那是一个拱形的穹顶，装饰物从四面由有着金色柱头的砖红色圆柱支撑着。在天花板上分七个部分的逼真画有着波希米亚风情，而整个大厅有一种丧仪礼拜堂的色调，弥漫着触摸不到的罪恶感和忧伤的肉欲气氛。

"这是我的小剧场，"阿列埃说，"带有文艺复兴的幻想风格，呈现出视觉的百科全书，宇宙的文选。这里不仅是一处居所，还是一台回忆的机器。你们看到的形象同其他形象适当结合后，无一不揭示和概述了某个世界的谜团。你们看这排人像，画家想画得与曼托瓦宫中一样：这是三十六颗旬星，天上的主宰。为了与之相呼应，也出于对传统的尊崇，自从我找到了这些不知是何人制作的漂亮的复制品，我就希望玻璃橱中与天花板上的形象相吻合的小东西也能够概括宇宙的基本元素，空气、水、土与火。这就可以解释为什么这优雅的蝾螈出现在这里，这是我一个亲密的朋友制作的动物标本杰作，还有稍晚一些时候仿照真正的希洛汽转球精制而成的微型复制品。空气充在球内，如果将起闸门作用的小酒精炉加热，空气就会从侧面的小嘴里冒出来，推动它转动。真是一件有魔法的器具，古埃及教士已经在他们的圣殿里使用了，正如很多著名的书籍中多次提到的那样。他们利用它来假装奇迹,而人们会崇拜这一奇迹,但是真正的奇迹存在于调控秘密的、普通的、空中的、基本的机理以及空气与火等元素的金科玉律之中。这就是智慧,我们的先人和炼金术士拥有这种智慧,回旋加速器的建造者却失去了它。于是,我把目光投向了我这个记忆剧场,它是让过去伟大精神深深迷恋的更多其他记忆的产物,这一点我清楚。我比所谓的学识渊博之士知道的还要多。我知道正因为在下面,所以也在上面。再没有什么需要了解的了。"

他请我们吸古巴雪茄,形状奇特,不是直的,而是弯的,皱皱的,尽管又肥又大,油脂很重。我们发出了几声赞叹,迪奥塔莱维走向书架。

"哦,"阿列埃说,"这只是一个小图书室罢了,正如你们所见,只有不超过两百本书,在我家人居住的房子里倒有比这好一点的图书室。但不瞒你们说,这些全是珍本善本,所以自然不是随意码放的,而是根据图象和物体排列次序。"

迪奥塔莱维有点胆怯地抚摸一套书。"请吧,"阿列埃说,"尽管打开看看吧!这是亚大纳西·基歇尔的《埃及俄狄浦斯》,你们知道,他是赫拉波伦之后第一个试图解读象形文字的人。他是一个魅力十足的人。我本希望把我这个小小的图书室办成他的精品博物馆,现在那种博物馆应该是没有了,因为谁不懂得去寻求,他就不会找到……真是一个非常招人喜欢的对话者。那天他是多么得意,因为他发现这个象形文字的意思是'俄塞里斯的福祉来自于神圣仪式和圣贤的连枷……'后来那个拨弄是非的商博良来了,他极为令人憎恶,充满孩童般的虚荣心,请相信我。他坚持认为这个符号只不过代表法老的名字而已。现代人贬低神圣象征的做法是多么的幼稚。这部作品并不算太珍稀:它的价值不及一辆奔驰车。还是看看这本书吧,孔拉兹《永恒智慧圆形剧场》,一五九五年初版,据说世界上仅存两部。这是第三部。这本伯内修斯的《地球之神圣》是第一版。每当晚上我看书中那些插图时,就会有一种神秘的幽闭感。我们的地球深奥莫测……想象不到,是吧?我看迪奥塔莱维先生为维吉尼的《数字契约》里那些希伯来文字母所吸引。那么您看这本:克诺尔·克里斯蒂安·冯·罗森洛兹的《喀巴拉揭秘》第一版。你们当然知道,这本书在本世纪初部分地被那个可恶的麦格雷戈·马瑟斯以拙劣的文笔译成了英文发行……你们了解那种丑恶的秘密聚会吸引了很多英国唯美主义者,'黄金黎明'。这样一帮文件伪造者只会带来无穷无尽的堕落退化,从'启明星'到阿·克劳利的撒旦教会,这群人呼唤鬼神以期得到一些忠于 vice anglais[①] 的贵族的恩施。亲爱的朋友们,你们知道从事这方面的研究会遇到多少可疑的人,如果你们出版这方面的著作,就会有切身体会。"

贝尔勃利用阿列埃提供的这一良机切入主题。他告诉他,加拉蒙出版社希望每年出版几本,用他的话来说,秘教方面的书。

"啊,秘教。"阿列埃微笑着说,贝尔勃有点脸红。

"我们该说……赫耳墨斯主义?"

"啊,赫耳墨斯主义。"阿列埃微笑着附和。

"好吧,"贝尔勃说,"也许我用词不当,但您一定明白是什么类型的书。"

"是呀,"阿列埃仍在微笑地说,"没有类型。只有知识。你们打算出版的书是对没有退化败坏的知识进行一次检阅。也许对你们来讲,只是一个选题而已,但如果我介入这件事,那对我来说就是对真理的探究,就是对圣杯的追寻。"

贝尔勃提醒说,就像渔民撒网,收网时也可能捞到空贝壳和塑料袋,加拉蒙出版社很可能收到很多严肃性颇受置疑的书稿,所以要找一位严格的审稿人分辨良莠,还要去芜存精,因为有一家关系很好的

[①] 法文,英国恶习。指施虐受虐狂。

出版社希望我们将一些不太重要的作者转荐给他们……自然还要考虑该支付多少报酬合适。

"感谢上苍,我靠年金维生,有好奇心,但也谨慎小心。在我的探索过程中,只要找到另一本孔拉兹的书,或者另一个蝾螈标本,抑或独角鲸的角(我羞于收藏这种东西,但甚至在维也纳的珍宝展也把它当做独角兽的角来展览)就够了。我在一笔简短愉快交易中得到的比你们能给我的十年咨询报酬还要多。我将怀着谦卑之心来审阅你们的稿件。我相信,就算再平淡无奇的书稿,我也会发现它的亮点,哪怕不是真理,至少会有离奇古怪的谎言,而这两者常常是相通的。我只会对不言自明的东西感到无趣,而你们将为此给我补偿。根据我经历的无趣程度,我将在年终寄出一份简短的账单,我将把它保持在象征性的限度内。如果你们认为太过分了,给我送一箱好葡萄酒也行。"

贝尔勃不知如何是好。他习惯于同爱抱怨的贪婪顾问打交道。他从公文包中抽出了一本很厚的打印稿。

"我不太想让您过于乐观。您看这个,我认为是比较典型的。"

阿列埃浏览起了打印书稿:"金字塔的秘语……让我们看看目录……方尖顶上的方尖锥……卡那封勋爵之死……希罗多德的证言……"他又合上了书稿,"你们读完了吗?"

"前些天我快速浏览了一下。"贝尔勃说。

阿列埃将书稿还给了贝尔勃:"那么,您听听我的概述是否准确。"他坐在了写字台后面,把手伸进背心口袋里,掏出了我在巴西时见过的那个鼻烟瓶,他在那纤细的尖手指间把玩,这手指此前刚刚抚摸过他那些钟爱的书籍,他抬眼欣赏天花板上的装饰画,让我感到他好像在背诵一本久已熟悉的书。

"这本书的作者应当提到了皮亚齐·史密斯在一八六四年发现了金字塔秘传的神圣尺寸。请允许我只引述整数,在我这个年纪,记忆力开始出问题了……真是独一无二,它们的基座是方形的,边长二三二米。最初高度为一四八米。如果我们转换成埃及人神圣的腕尺①,那么基座边长就成了三六六腕尺,也就是闰年一年的天数。皮亚齐·史密斯认为,高度乘以十的九次方之后是地球到太阳的距离:一亿四千八百万公里。在那个年代,这已是非常近似的数字了,因为现在计算的结果是一亿四千九百五十万公里,而且还不能说现代人的计算就一定准确。基座除以一块石头的宽度为三六五。基座周长九三一米。再将它除以高度的两倍得出三点一四,这是圆周率 π 的数值。太妙了,不是吗?"

贝尔勃有点尴尬地微笑说:"这不可能!请告诉我,您怎么做到的……"

"让阿列埃博士说下去,亚科波。"迪奥塔莱维关切地说。

阿列埃以有教养的微笑感谢他。他一边说,一边漫不经心地看着天花板,但我感到,他目光的巡视既非不经意,也非偶然。他的眼睛追寻着一个形迹,似乎是在图象中解读他假装在记忆中发掘的东西。

---

① cubit,也译肘尺,古代许多民族的长度测量单位。约等于 457 毫米,系由肘到伸直指尖之臂长。

四八

现在,大金字塔从尖顶到基座为161000000000埃及寸。从亚当到如今,地球上生活过多少人呢?比较近似的数值将在153000000000和171000000000之间。
皮亚齐·史密斯《我们对大金字塔的继承》
伦敦,伊斯比斯特,一八八〇年,第五八三页

"我可以想象,您的作者认为胡夫金字塔的高度同每一侧面面积的平方根相等。当然这都应该用步尺测量,比较接近埃及和希伯来的腕尺,而不是用米,因为米是在现代发明的一种抽象量度。一埃及腕尺等于一点七二八步尺。如果我们并不知道准确的高度,我们可以从塔尖入手,它是一个置于大金字塔顶端以形成尖顶的小金字塔,用金子或在其他阳光下闪耀金光的金属做成。现在用小金字塔的高度乘以整个金字塔的高度,再将所得乘以十的五次方即可得出地球赤道周长。不仅如此,如果拿基座周长乘以二十四的三次方后再除以二,就得出了地球半径的平均值。再者将金字塔基座的面积乘以九十六再乘以十的八次方,就得出一亿九千六百八十一万平方米,恰好是地球的面积。是这样的吗?"

贝尔勃平时喜欢用从电影里学到的话来表达自己的惊愕,那是他观看由詹姆斯·卡格尼导演的《胜利之歌》这部原版电影时学到的:"I am flabbergasted!①"他就这么脱口而出了。显然,阿列埃也很熟悉这句英语俗语,因为他难以掩饰自己的得意,丝毫不以这种虚荣之举为耻。"亲爱的朋友们,"他说,"任何一位先生编写关于金字塔的奥秘一书时,他所能说的只怕是现在妇孺皆知的东西。如果他能讲出点新东西来,我反倒会惊讶。"

"所以,"贝尔勃迟疑了一下说,"这位先生讲述的是已知真理。"

"真理?"阿列埃笑了,又打开了他那装有扭曲、美味的雪茄的小盒子。"Quid est veritas[②],正如我多年前的熟人所说。那里面一部分是废话。首先,如果将金字塔基座的精确数值除以高度的精确数值的两倍,把小数点后面的也计算进去,不会得出圆周率的数值,而是三点一四一七二五四。差别不大,但很重要。另外,皮亚齐·史密斯的门徒弗林德斯·皮特里也测量过英国巨石阵,他说,有一天,他意外地发现他的导师为了使他的测量数据更精确,锉平了皇室前厅突出的花岗岩……也许这只是流言蜚语,但是皮亚齐·史密斯可不是一个能让人信赖的人,只要看看他如何打领带就知道了。不过在诸多无稽之谈中也会有无懈可击的真相。先生们,请你们跟我到窗前来好吗?"

他像演戏似的拉开了百叶窗,请我们临窗远眺在一条小街和林荫大道拐角处的木质小报亭。那里大约出售梅拉诺彩票。

"先生们,"他说,"我请你们去测量一下那间报亭。你们将会看到柜台的长度为一四九厘米,也就是说,是地球与太阳之间距离的千亿分之一。后面的高度除以窗户的宽度 $176 \div 56 = 3.14$。前面的高度为十九分米,也就相当于希腊历周期的年数。前面两个尖脊和后面两个尖脊的高度总和为 $190 \times 2 + 176 \times 2 = 732$,那将是普瓦捷大捷之年。柜台的厚度为三点一〇厘米,窗框的宽度为八点八厘米。

---

① 英文,我目瞪口呆!
② 拉丁文,真理是什么。出自《圣经·新约·约翰福音》,彼拉多问耶稣的问题。

将整数用字母表中对应的字母代替,就构成了 $C_{10}H_8$,也就是樟脑丸的分子式。"

"这简直神了,"我说,"您试过吗?"

"没有。"阿列埃说,"一个叫让-皮埃尔·亚当的人测量过另一间报亭。我可以想象,所有报亭的大小都差不多。可以随心所欲地玩数字游戏。如果我有九这个神圣的数字而想得出一三一四,就是雅克·德·莫莱被处火刑的日子——这个日子对像我这样公开声称忠于圣殿骑士传统的人来说是很珍视的——我怎么做呢?我将它乘以一四六,这是迦太基注定被摧毁的日子。如何获取得数呢?我将一三一四除以二,除以三,等等,直到我找到满意的数字为止,我还可以将一三一四除以六点二八,它是三点一四的两倍,得出二〇九。这是帕加马国王阿塔罗斯一世加入反马其顿联盟的年份。满意了吧?"

"那么您不相信任何数字命理学啰?"迪奥塔莱维失望地说。

"我?我坚信不疑,我认为宇宙就是一场数字应和的非凡演奏会,而解读数字、象征性地解释数字是优越的认知途径。但是如果世界的上下两界是一个对应系统,其中一切都是相互关联的话,自然,报亭和金字塔,这两种人类的产物都会不自觉地在它们的结构中复制宇宙的和谐。这些所谓的金字塔学家以难以置信的复杂方法揭示了一种率直的真理,非常古老、早已为人熟知的真理。研究和发现的逻辑是扭曲的,因为它是科学的逻辑。智慧的逻辑不需要发现,因为它已经知道了。为什么要证明必然如此的东西呢?如果有什么秘密,那一定更深奥。你们这些作者只会肤浅地看问题。我可以想象,他也会重复古埃及人知道电的离奇故事⋯⋯"

"我不会再问您是如何猜到的。"

"您看?他们满足于电力之说,正如什么马可尼工程师那样。关于放射性的假设就没那么天真幼稚,那是一个很有趣的推测,与电的假设不同的是它解释了图坦卡蒙的诅咒,古埃及人是如何将金字塔的大石头抬上去的呢？用电击的方法将巨石搬上去的,还是采用核裂变让它们飞起来的呢？古埃及人找到了战胜重力的方法,他们掌握了悬浮的奥秘。另一种形态的能量……我们知道,迦勒底祭司纯粹通过声音来启动神圣的机器,而卡纳克和底比斯的祭司可以用自己的声音把圣殿的大门打开——你们想想,'芝麻开门'的传说指的不就是这个吗？"

"那么？"贝尔勃问。

"亲爱的朋友,这正是我要说的。电、放射物、原子能,真正领悟的人知道,它们是隐喻、是表面的掩饰、是因袭的谎言,最多是祖传的、被遗忘的某种力量的可悲替代物,而他们在寻求这种力量,终有一天,他们将会认识它。也许我们还需要再谈谈,"他迟疑了一下,"各种地下潮流。"

"什么？"我们中不知谁问道。

阿列埃好像有点失望:"你们看？我本来希望,在你们的候选人中有人能告诉我一些更有趣的事情。我觉得天色已晚。好吧,我的朋友们,咱们说好了,其余的就是来自一个老学究的离题的闲言碎语了。"

正当我们握手之际,仆人进来了,咬着他的耳朵窃窃私语了几句。"啊,那位亲爱的女士,"阿列埃说,"我竟忘了这事。让她稍等片刻……不,不要在前厅,在土耳其小客厅里。"

那位亲爱的女士应当对这房子很熟悉,因为她已来到图书室的门槛上,在白天即将逝去的半明半暗的光线里,甚至一眼也未瞧我们就径直稳步走向阿列埃,她媚态十足地抚摸了他的面颊,然后对他说:"西莫内,你可不要把我冷落在前厅啊!"她就是洛伦扎·佩雷格里尼。

阿列埃稍微后退了一下,吻了她的手,然后指着我们对她说,"亲爱的,我的宝贝索菲亚,您知道您该把这当自己家,您到哪里都会蓬荜增辉。但我正在送别客人呢。"

洛伦扎这才注意到我们,并做了一个欣喜的问候手势——我从来没有见过她的意外表情或者尴尬神态。"啊,太好了,"她说,"你们也认识我的朋友!亚科波,你好吧。"(她没有问他过得如何,而是直接回答了。)

我看到贝尔勃的脸色都白了。我们道别,阿列埃说很高兴能有共同的相识。"我认为我们这位共同的朋友是我有幸认识的最纯粹的造物。她那么清新,请允许我这个老学究的幻想,她就是被放逐的索菲亚在这个地球上的化身。但我的宝贝索菲亚,我还没有来得及提醒您,我应诺的晚宴推迟了几个星期。我很抱歉。"

"没关系,"洛伦扎说,"我会等的。你们去酒吧吗?"她问我们,或者不如说吩咐我们,"好吧,我在这里还要待半小时左右,我想请西莫内给我一点万灵药,你们也该试一试,但据说只是为神选之人准备的。稍后我就赶去和你们会合。"

阿列埃像一位宽厚的叔叔一样微笑着,他让她随意坐,并把我们送到门口。

我们又来到大街上,并坐我的车向皮拉德酒吧驶去。贝尔勃一言不发。整个行程中我们都没有说话,但在酒吧的柜台上不得不打破沉默。

"我原本无意把你们送到一个疯子手里。"我说。

"不。"贝尔勃说,"那是一个敏锐细心的人。只是他生活在一个与我们截然不同的世界里。"然后阴郁地补充说,"或者说几乎是那样。"

四九

"圣殿传统"本身公设圣殿骑士的传统,精神的和入会骑士的传统……

亨利·科尔班《圣殿与沉思》

巴黎,弗拉马里翁出版社,一九八〇年,第三七三页

"我想我已经了解您那位阿列埃了,卡索邦,"迪奥塔莱维说,在皮拉德酒吧,他要了一杯白葡萄起泡酒,我们大家都担心他的精神健康,"他对神秘学说感兴趣,不信任人云亦云的人和门外汉。但是正如我们今天本不应偷听到的,他贬低他们,又倾听他们,批评他们,却没有同他们疏远。"

"今天,阿列埃先生、伯爵、侯爵或者不管怎么称呼,宣告了一个关键的表述。"贝尔勃说,"精神骑士。他贬低他们,但是又感到有一种精神骑士之间的联系把他同他们结合在一起。我认为我已读懂了他。"

"从何说起?"我们问道。

贝尔勃现在已是三杯马丁尼杜松子酒下肚了(他坚称晚上要喝威士忌,因它有镇静与引人沉思的效果,而马丁尼杜松子酒则是傍晚喝的,因为它能使人精神振奋)。他开始讲述他在×××的童年,正如有一次他同我讲述的那样。

"那是在一九四三年与一九四五年间,我是说从法西斯向民主过

渡的期间,后来又是萨洛共和国专制统治时期,不过那时在山上还有游击战。这段历史开始时我只有十一岁,生活在卡尔洛姑父家。我们原本住在城市里,但在一九四三年,轰炸与炮击连绵不断,我母亲决定——用当时的说法——疏散。在×××居住着卡尔洛姑父和卡泰莉娜姑妈。卡尔洛姑父出身于农民家庭,他继承了×××的一处住宅,还有一些土地,已经按分益耕种制交由一个叫阿德里诺·卡乃帕的人耕种。分益佃农耕种土地、收获粮食、酿制葡萄酒,将收益的一半交给土地所有者。他们的关系很紧张,因为很明显:分益佃农认为自己受了剥削,而土地所有者也不满,因为他只能享有他的土地收益的一半。土地所有者仇视分益佃农,分益佃农也仇视土地所有者。但是他们还是和平共处着,就像我姑父的情况那样。一九一四年卡尔洛姑父应征当了阿尔卑斯山猎步兵。他有着皮埃蒙特人的粗犷脾性,视义务和祖国高于一切,他先是中尉,而后升了上尉。不久,在一次战斗中,他在一个呆头呆脑的士兵身旁,这个士兵把手榴弹弄爆炸了——否则人们为什么会称它为手榴弹呢?总之,正被拖到义冢掩埋时,一个男护士发现他还活着,于是把他送到战地医院,医生们摘掉了已掉出眼窝还有一丝相连的眼球,截去了一只手臂,据卡泰莉娜姑妈讲,医生还在他的头皮下嵌进一块金属片,因为颅骨缺了一块。总之,这既是外科手术的杰作,也成就了一位英雄。他荣获了银质勋章和意大利王冠骑士十字勋章,而在战后,他的就业也有了保障,在一个公共行政管理部门工作。卡尔洛姑父后来成了×××的税务局长,他继承了遗产并住进了祖传的宅子,就在阿德里诺·卡乃帕家旁边。

"作为税务局长的卡尔洛姑父在当地还很有名望。而作为战争致残者和意大利王冠骑士勋章获得者,他同政府关系颇为融洽,当时恰好是法西斯专制统治政府。那么卡尔洛姑父是法西斯吗?

"就像人们在一九六八年说的,法西斯主义提高了退伍军人的地位，给他们授勋，提升职务，所以我们可以说卡尔洛姑父是一个温和的法西斯分子。这足以引起反法西斯者阿德里诺·卡乃帕的仇视，这是十分明白的道理。阿德里诺每年都要去姑父那里共同商定收益申报。他在试图以几十个鸡蛋诱惑姑妈之后，去姑父的办公室时带着同谋和自信的神态。当他出现在卡尔洛姑父面前时，后者不仅是收买不了的英雄，而且比其他任何人更了解卡乃帕在一年中窃取了他多少财富，他一个子儿也不会饶了他。阿德里诺·卡乃帕自认为是专制统治的受害者，开始散布诽谤卡尔洛姑父的谣言。他们从早到晚抬头不见低头见，但彼此不再问候了。双方的接触由卡泰莉娜姑妈维系，在我们来到之后，又加上了我的母亲——阿德里诺·卡乃帕对我母亲表现出他全部的热情和理解，对她身为魔鬼的小姨子深表同情。姑父每天晚上六点回家，总是穿着双排扣灰色套装，戴着礼帽，手里拿着还未看过的《新闻报》。他像阿尔卑斯山猎步兵那样，灰色的双眼盯着要征服的山峰，挺着腰板行走。他从正在花园长条凳上坐着歇凉的阿德里诺·卡乃帕面前走过，就好像没有看见他似的。然后在一楼门口同卡乃帕夫人打了个照面，他礼节性地脱了一下帽子致意。每晚如此，年复一年。"

已经八点了，洛伦扎还没有如约而至。贝尔勃已是五杯马丁尼杜松子酒下肚了。

"一九四三年来到了。一天早晨，卡尔洛姑父进了我们的房间，他用一个重重的吻唤醒了我，说，我的孩子，你想知道今年最大的消息吗？他们推翻了墨索里尼。我从来都没有弄清楚，卡尔洛姑父是否为此难过。他是一个正直的公民和国家公仆。即使他感到痛苦，他也不会说，他继续为巴多格里奥[①]政府管辖着税务局。后来九月

[①] Pietro Badoglio(1871—1956)，意大利将军、政治家，1943年墨索里尼倒台后，他领导了接管政权的政府。

八日来到了,我们居住的地区落到了'社会共和国'手里,卡尔洛姑父又适应新形势,为'社会共和国'收税。这样,阿德里诺·卡乃帕利用他同山上第一批游击队组织接触的机会,扬言要狠狠报复。我们这些孩子那时还不知道谁是游击队员。大家都在谈论游击队员,但谁也没有见过。人们提到一个叫特尔齐(自然是一个绰号,正如那时常有的,很多人都说,他是从连环画《特尔齐》借用的,特尔齐是迪克·菲尔米内①的朋友)的人,他是巴多格里奥人马中的一个头头,是前宪兵队的上士,在反法西斯和党卫军的初期战役中失去了一条腿,他曾指挥×××周围山丘上的所有游击分队。不幸的事情降临了。有一天,游击队出现在当地。他们从山上下来,走在各条街道上,他们还没固定的统一着装,只系着天蓝色头巾,冲锋枪连续朝天射击,宣告他们的到来。消息不胫而走,各家都闭门不出,因为人们还不知道他们是什么样的人。卡泰莉娜姑妈表现出了某种程度的忧虑,归根结底,他们自称是阿德里诺·卡乃帕的朋友,或者至少阿德里诺·卡乃帕自称是他们的朋友,他们不会伤害姑父吧?事与愿违。我们被告知,接近十一点的时候,有一队游击队端着冲锋枪开进税务局,并逮捕了姑父,然后不知把他带到了什么地方。姑妈瘫软在床上,开始口吐白沫,声称卡尔洛姑父就要被打死了。只要用步枪托打一下,皮下的那块金属片就会被打掉,他就会一命呜呼。听到姑妈的喊叫声,阿德里诺·卡乃帕和妻子儿女都来了。姑妈朝着他吼叫,骂他是犹大,指责他向游击队告发了姑父,因为姑父为'社会共和国'收过税,阿德里诺·卡乃帕向诸多神灵起誓说那不是真的,但是看来他感到自己有责任,因为他到处散播这一消息。姑妈把他轰了出去。阿德里诺·卡乃帕哭泣着,他求助于我的母亲,提起他多次以很低的价格转卖给我母亲兔子或鸡,我母亲此时恰如其分地沉默不语,姑妈仍不

---

① Dick Fulmine,意大利漫画家温琴佐·巴焦利创造出的虚构人物。

断口吐白沫。我也在哭泣。终于,两小时的受难之后,我们听到了一声喊叫,卡尔洛姑父单手握把骑着自行车出现了,好像是刚散步归来似的。他立即就发现花园里乱哄哄的,他沉下脸问究竟出了什么事。他和我们这一带的人一样憎恶小题大作。他上楼走近姑妈的病床边,姑妈此时仍在痛苦地乱蹬她那瘦削的双腿,他忙问她为何如此激动不安。"

"究竟发生了什么事?"

"事情是这样的,特尔齐的游击队员可能收集到了阿德里诺·卡乃帕散布的窃窃议论,把卡尔洛姑父看成了是法西斯政府在当地的代表,因此逮捕了他,想给全镇人一个教训。卡尔洛姑父被带上一辆卡车运到城外去见特尔齐,他的多枚战争勋章闪闪发光,右手握着冲锋枪,左手拄着一根拐杖。而卡尔洛姑父——我不认为他是个精明的人——出于本能、习惯和骑士礼仪,上前一步立正并自我介绍,阿尔卑斯山猎步兵少校卡尔洛·科瓦索,战争重度残废,银质勋章获得者。特尔齐也立正致意并做了自我介绍,雷巴乌登戈上士,王室宪兵队,巴多格里奥部队贝蒂诺·里卡索里旅的旅长,铜质勋章获得者。卡尔洛姑父问,在哪里?特尔齐说出来令人敬畏:波尔多伊,少校先生,三二七高地。卡尔洛姑父说,我的天哪,我当时在三二八高地第三团,斯特里亚岩峰!夏至的那场战斗?夏至的战斗。炮轰五指山?天杀的,我对此记忆犹新。还有圣克雷潘前夜的那场白刃战?狗日的!总之,说了一大堆往事。然后,一个缺一只臂膀,一个缺一条腿,两个人像一个人一样,向前跨了一步拥抱在一起。特尔齐告诉他,您看,骑士,您看,少校先生,您为法西斯政府收税,为入侵者效劳。您看,指挥官,卡尔洛姑父对他说,我有家室,我从中央政府领取薪金,但我身不由己呀,您设身处地地想一想,如果您是我,您会怎么做呢?亲爱的少校,特尔齐回答说,我要是您的话,也会那样做,可您看,起码您可以在实际做法上缓和一点,如果方便的话。看看吧,卡尔洛姑父说,我一点也不反对你们,你们也是意大利的儿女,是英勇的战士。我想他们彼此都已理解了,因为他们在谈到祖国时第一个字母都使用了大写。特尔齐下令给少校一辆自行车,就这样,卡尔洛姑父回到了家。阿德里诺·卡乃帕好几个月都没有露面。这,我真是不明白,精神骑士是否就是这种事,但我相信存在着一些超然物外的联系。"

五〇

> 因为我是第一个又是最后一个。我既被尊敬,又被憎恶。我是妓女也是圣女。
>
> 《拿戈玛第经集》片断,6.2

洛伦扎·佩雷格里尼进来了。贝尔勃看着天花板,要了最后一杯马丁尼杜松子酒。气氛有点紧张,我想起身告辞,被洛伦扎拦住了:"不,你们都跟我来,今晚里卡尔多的新画展开幕,他开创了一种新的画风!他是一位大画家,亚科波,你认识他。"

我知道里卡尔多是谁,他是皮拉德酒吧的常客,但那时我不明白为什么贝尔勃那么专注于天花板。在解读了阿布拉菲亚里的文档之后我才知道,里卡尔多就是那个面带伤疤的男人,贝尔勃曾经没有勇气同他吵架。

洛伦扎再三吁请,画廊就离皮拉德酒吧不远,他们组织了一次真正的晚会,不,简直就是狂欢。迪奥塔莱维被搞得心烦意乱,立即说他要回家。我犹豫不决,但显然洛伦扎也想让我同他们一起去,而这使贝尔勃感到难受,因为他看到与洛伦扎面对面单独交谈的时刻就要远去了。但我无法拒绝盛情邀请,于是我们就去了。

我不太喜欢那个里卡尔多。在六十年代初,他创作的画非常枯燥乏味,用黑色与灰色的细腻笔触描画非常呆板的几何形体,有点玩弄视觉游戏,使眼睛无所适从。标题是"构图15","视差17","欧几里得X"。一九六八年伊始,他在被学生占领的房子里举办画展,他刚刚改变了画风,现在只用黑白两色的强烈对比,笔触之间的空隙更大了,标题变成了"这只是开始"、"莫洛托夫"、"百花"。当我返回米兰之后,我看见他在一家崇拜瓦格纳医生的俱乐部里办展览。他不再使用黑色,而是在白色的构图上做文章,通过画在法布里亚诺出产的多孔纸上的突出笔触来表现对比,据他解释,这样能使画作随着光的变化凸现出不同的轮廓。标题是"模棱两可赞"、"A/横向"、"贝格胡同"与"否认15"。

那天晚上,一走进新画廊,我就明白了里卡尔多的文艺观经历了一次深刻的演变。画展的标题为"大宣言"。里卡尔多过渡到了形象艺术,色彩更为鲜艳夺目。他玩弄拿来主义,由于我不相信他会画画,我想象他在作画时先向画布上放映一幅名画的幻灯片——他在上世纪末笔法矫饰、因袭守旧的艺术家和二十世纪初象征主义艺术家之间摇摆不定。在原作的影迹上,他运用点画技巧作画,通过极微小的浓淡层次变化,一点一点地用遍整个光谱,总是从一个非常明亮、鲜红热烈的核心点开始,最后落到一个绝对的黑色上——或者相反,主要根据他想要表达的神秘的或宇宙学的概念而定。有放射出光芒的山峦,光芒的射线分散在浅淡色彩的圆形微粒中,透过同心的天空隐约可见带透明翅膀的天使们,就像法国画家多雷为但丁《神曲·天堂篇》所画的插图那样。画的标题是"贝雅特丽齐"、"神秘的玫瑰"、"但丁·加布里埃莱33"、"爱情信徒"、"阿塔诺尔"、"何蒙库鲁兹666"——唉,原来洛伦扎热爱何蒙库鲁兹乃源于此,我自言自语。最大的一幅画标题为"索菲亚",画了一群黑天使,它们在画的底部逐渐淡去,生出被巨大苍白的手抚摸的白色生物,是模仿《格尔尼卡》中直指天空的那双手。形象混合得比较模糊,从近处看,笔触粗犷,而在两三米之外观看,效果抒情而优美。

"我是一个老古板的写实主义者,"贝尔勃低声对我说,"我只懂得蒙得里安的画。一幅非几何形体的画能说明什么呢?"

"他开始时也是画几何形的画。"我说。

"那不是几何形。那是浴室的瓷砖。"

这当儿,洛伦扎跑过去拥抱里卡尔多,他同贝尔勃互相点头致意。人潮拥挤,画廊像纽约的阁楼,全粉刷为白色,供暖管道或水管都裸露在天花板上。天晓得把画廊复古到原来那个年代的样子要花多少钱呀。在画廊一角有一套扩音装置,放出震耳欲聋的东方音乐,我记得是用锡塔琴演奏的,旋律闻所未闻。大家都不太经意地从那些画前走过,拥向画廊深处的桌子,拿起了纸杯。我们是在较晚的时候到达的,画廊弥漫着烟味,一些女孩子不时在大厅中央跟随乐曲摇摆,但是大家都还在忙于交谈和享用丰盛的自助餐。我坐到一张沙发上,在沙发腿处躺着一个大玻璃盆,里面还有半盆水果沙拉。我尚未用晚餐,正要挖点吃,却发现了盆中央好像有一个脚印,把水果块踩扁了,就像刚铺好的路面。这不是不可能的事,因为地板已经被白葡萄酒汁溅得湿漉漉的,有的客人也已步履踉跄了。

贝尔勃捞到了一只纸杯,举步维艰,没有明显的去向,时不时地用手拍拍某个人的肩膀。他又在寻找洛伦扎了。

很少有人站着不动窝。人们都想到处转一转,就像蜂群在寻找一朵尚未知晓的花似的。我什么也不找,但我还是站起来,在人潮的推搡下移动。我看到洛伦扎在离我不远的地方闲庭信步,她像久别重逢般同这个人或那个人打招呼,高昂着头,以有点造作的近视眼的目光看人,肩膀和胸部坚挺,迈着长颈鹿式的步伐。

不一会儿,人流自然地把我挤到了桌子后面的角落里,洛伦扎和贝尔勃刚好背对着我,终于遇上了,也许纯属偶然,他们也被堵在这里了。我不知道他们是否发现了我,但在这嘈杂喧闹的背景下,任何人也听不到别人在说些什么。贝尔勃与洛伦扎自认为与别人隔绝了,而我却不得不听他们的对话。

"那么,"贝尔勃说,"你在什么地方认识了你的阿列埃?"

"我的?据我今天看到的情况来看,也是你的。只有你可以认识西莫内,而我却不可以。好样的。"

"为什么你叫他西莫内?为什么他又叫你索菲亚呢?"

"这只是一个游戏!我是通过朋友认识他的,好了吧?我觉得他很有魅力。他像对待一位公主似的亲吻我的手。他都可以做我的父亲了。"

"你要小心,不要让他成了你孩子的父亲。"

我感到这好像是我在巴伊亚同安帕罗讲的话。洛伦扎是对的。阿列埃懂得如何亲吻一位不熟悉此礼节的年轻女士的手。

"为什么互称西莫内和索菲亚呢?"贝尔勃坚持问,"他叫西莫内吗?"

"有段非同寻常的故事。你知道吗?我们的宇宙是一次错误带来的后果,而我也难辞其咎。索菲亚曾经是神的女性部分,因为那时神更多的是女性而不是男性,是你们后来给上帝装上了胡须并称上帝为'他'。我曾是他善良的那部分。西莫内说我想不经批准就创造一个世界,我,索菲亚,等一下,我也叫以诺。我认为我的男性部分不愿创造——也许他没有勇气,也许他阳痿——而我却不想同他结合在一起,我想单独创造世界,我想这可能是爱过头的缘故,我爱慕这个乱哄哄的宇宙。为此,我成了这个世界的灵魂。西莫内就这么说的。"

"他真好。他对所有女人都是这么说的吗?"

"不要犯傻了,他只对我这么说。因为他比你更了解我,他并不想限制我。他懂得必须让我以我的方式生活。索菲亚就是这样做的,她投身于世界的创造之中。她同原始的物质交锋了,这种物质令人生厌,但我想她并没有使用除臭剂,她不是故意的,但好像是她创造了造……叫什么来着?"

"是造物主吗？"

"对，是他。我不记得这个造物主是否为索菲亚所创造，或者他已经存在了，而她催促他去创造世界，然后我们享受这世界的欢乐。造物主本是一个没条理的人，不懂得应当如何创造世界，甚至本来就不应当去创造世界，因为物质是邪恶的，他并没有被允许插手其中。总之，他还是做成了他做成的那个东西，而索菲亚则身陷其中，成了世界的'俘虏'。"

洛伦扎不停地说，并喝了很多酒。当很多人闭着眼睛在大厅中央缓慢地舞动身躯时，每隔两分钟，里卡尔多就从她面前走过，向她的杯中添点什么。贝尔勃企图阻止他，说洛伦扎已经喝得够多了，但里卡尔多笑着摇头，而她则抗辩说她比亚科波酒量大，因为她更年轻。

"好吧，好吧，"贝尔勃说，"不听爷爷的话。听西莫内的话吧。他还对你说了些什么呢？"

"说我是世界的囚徒，甚至是邪恶天使的俘虏……因为在这个故事中，天使是邪恶的，因为它们帮助造物主起哄……邪恶天使把我劫持在它们中间，它们不想让我逃走，叫我受苦受难。但是不时地会有人认出我来。像西莫内。他说，一千年前，他已碰到过一次——因为我还没有告诉过你，西莫内实际上是一个永远不会死去的人，你知道他看到过多少事……"

"当然，当然。但现在你不能再喝了。"

"嘘……有一次西莫内在推罗的一家妓院里找到了当妓女的我，当时我叫埃莱娜。"

"这是那位先生告诉你的？而你还很满意。请允许我吻吻您的手吧，我那讨厌的宇宙小娼妓……多么温文尔雅的男士。"

"权当小娼妓是埃莱娜。在那个年代，娼妓就是指自由的女人，毫无枷锁，是知识分子，是不愿做家庭主妇的人。你也知道那时娼妓是交际花,是主持沙龙的女人。按今天的说法就是搞公关的女人。你称一个搞公关的女人为妓女,就好像她们和为过路的卡车司机燃起火堆的那种妓女没差别吗?"

这时,里卡尔多又从她身边经过,并挽住了她的一只臂膀。"来跳舞吧。"他说。

他们来到了大厅中央,迷惘地缓步舞动,像是敲击着一面鼓。但里卡尔多不时把她拉向自己,一只手占有性地搂住了她的脖子,而她则闭上双眼顺从地任其所为,她的面容泛起了红光,头向后仰,披肩长发径直垂了下来。贝尔勃则一支接一支地猛抽烟。

过了一会儿,洛伦扎搂住了里卡尔多的腰,让他缓慢地移动步伐,直至离贝尔勃只有一步之遥。他们继续跳舞,洛伦扎从他手中接过纸杯。她左手搂着里卡尔多,右手拿着纸杯,回过头来看亚科波,眼睛湿漉漉的,好像哭了,但还是在微笑……她同他说话。

"也许这并不是唯一一次,你知道吗?"

"唯一一次什么?"贝尔勃问道。

"就是他遇见了索菲亚。多少个世纪之后,西莫内还成了纪尧姆·波斯特尔。"

"是一个送信的人①吗?"

"白痴。他是文艺复兴时期一个博学多才的人,他会读犹太语……"

"希伯来语。"

"这有什么关系?他读起来就像小孩子读米老鼠的故事一样。易如反掌。好吧,在威尼斯的一家医院里,他遇到了一个目不识丁的老女仆,他的若安娜,他看着她说,就是她,我知道了,她是索菲亚,埃诺伊娅的新化身,是世界的'伟大母亲',她下凡来到我们中间,是为

---

① 波斯特尔的名字(Postel)与意大利文中的邮局(post)发音相近。

了拯救具有女性灵魂的整个世界。波斯特尔就这样把若安娜带在身边,大家都说他是疯子,但他毫不在乎,他崇敬她,他要把她从天使的禁锢中解放出来,当她去世时,他朝着太阳盯视了一个小时,而且好多天饮食不进,他被若安娜占据,虽然她已经不在了,但仿佛仍然活着,因为她永远在那里,她萦回在世界上,不知何时就会再次出现,像人们所说,化为肉身……这难道不是个可歌可泣的故事吗?"

"我泪如雨下。你那么喜欢成为索菲亚吗?"

"但我这也是为了你呀,亲爱的。你知不知道在认识我之前,你那些领带多吓人,肩膀上都是头屑?"

里卡尔多搂住了她的脖子。"我可以参与你们的交谈吗?"他说。

"你老实点跳舞吧。你是我的纵欲工具。"

"正合我意。"

贝尔勃继续讲,就好像另一个人不存在似的:"这么说,你是他的娼妓,他的负责公关的女权主义者,而他则是你的西莫内。"

"我不叫西莫内,"里卡尔多说话时,好像嘴里有一团浆糊似的。

"我们不是在说你,"贝尔勃说。我已经有点因他而不自在了。他平时在自己的感情问题上是如此的敏感,现在正把他的争风吃醋呈现在一个证人面前,甚至是一个情敌面前。但从这最后一句话中我发现他通过把自己暴露在另一个人面前——在真正的对手另有其人的情况下——是在用唯一可行的方式,重申他对洛伦扎的占有。

这时,洛伦扎在又向别人要了一杯酒之后回答:"但那是一个游戏。而我爱的是你。"

"谢天谢地你不恨我。听着,我想回家了,我的肠胃不太舒服。我仍然是低级物质的俘虏。西莫内对我没有任何的应诺。你也同我一起走吗?"

"我们再待一会儿吧。这是多么美好的时刻。你不感到快乐吗?而且我还没有好好看过那些画呢。你看到了没有? 里卡尔多还为我画了一幅呢。"

"我还有好多事想在你身上做呢。"里卡尔多说。

"你真庸俗。你离我远点。我正在同亚科波说话呢。亚科波,我的天哪,只有你能同你的朋友玩智力游戏,我就不能吗?谁把我当成了推罗的娼妓呢?是你。"

"我敢打赌。是我。是我把你推到一些老先生的怀抱里。"

"他从来没想把我拥入他的怀抱。他不是色鬼。他没有把我弄上床的欲望,而把我当成了一个才智过人的伴侣,这让你不快了。"

"卖弄风骚的女人。"

"你不应该这么说的。里卡尔多,带我去找点什么喝的。"

"不,等一等,"贝尔勃说,"现在你告诉我,你对他是不是认真的,我想知道,你是不是疯子。不要再喝了。告诉我,你是不是把他当真了,见鬼!"

"但是亲爱的,这是我和他之间的一场游戏。而且这个故事最美的就是当索菲亚明白了自己是谁时,她就从天使的暴虐束缚下解放出来了,她就可以脱离罪恶而自由行动了……"

"你停止罪恶活动了吗?"

"我求你了,过来吧。"里卡尔多说,庄重地吻她的前额。

"相反,"她回答贝尔勃说,没有看画家,"所有事情都不再是罪恶,为了摆脱肉体,可以随心所欲地做任何事,超越了善与恶。"

她推了一下里卡尔多,让他离开自己。她大声宣告:"我是索菲亚,为了摆脱天使的束缚,我要犯……犯所有的罪行,甚至最美妙的罪行!"

她有点摇摇晃晃地走到一个角落里,那里坐着一位黑衣少女,她有一双茶褐色的眼睛,白净的肤色。她把她拉到大厅中央,开始同她一起晃悠了起来。几乎是肚皮碰肚皮,手臂下垂在腰间。"我也能够爱上你。"她说,并亲吻她的嘴。

其他人在她们四周围成了一个半圆,有点激动,有人在叫喊着什么。贝尔勃坐在那里,表情难以捉摸,他像一个剧场老板一样观看着这一幕,像观看试镜一样。他冒着汗,左眼下的肌肉在跳动,这一点我还从未注意过。当洛伦扎跳了大约五分钟之后,越来越暗示要献出自己时,他突然发怒了:"现在你给我过来。"

洛伦扎停了下来,叉开双腿,两臂前伸并高声喊叫:"我是娼妓,也是圣女!"

"你是傻瓜,"贝尔勃说着站了起来。他径直奔向她,粗暴地一把抓住了她的手腕,将她拽向门口。

"不要拉我,"她叫喊着,"我不允许你……"然后就大哭了起来,双臂扑向他的脖颈,"亲爱的,我是你的索菲亚呀,你不要为此生气……"

贝尔勃温柔地将一只手臂搭在了她的肩上,亲吻了她的一个额角,整理了一下她的长发,然后朝向大厅说:"请多包涵,她不习惯喝这么多酒。"

我在现场的人中听到了几声讥笑声。我想贝尔勃也听到了。他发现我站在门槛上,他做了某种事,我从未弄明白是为了我,或是为了其他人,抑或为了他自己。当其他人已经对他们不太注意的时候,他低声说了一句话。

他一直搂着洛伦扎的双肩,大半个侧面转向大厅,以说明事实真相的口吻低声地说:"喔喔喔。"

五一

> 当一位喀巴拉学者想对你说点什么事时,不要认为他会对你讲轻浮的、庸俗的和人所共知的事,而是谜团和预言……
>
> 托马索·加尔佐尼《形形色色世俗头脑的剧场》
> 威尼斯,赞弗莱蒂,一五八三年,XXXVI

在米兰和巴黎找到的插图材料不够用。加拉蒙先生批准我再去慕尼黑的德意志博物馆查寻数日。

有几天晚上,我待在士瓦本的那些小酒吧里——在那些偌大的地下室里,一些留八字胡须、穿着短皮裤的老先生们弹奏乐器,恋人们成双成对地并肩或站或坐,手里拿着、台上摆着一升的大啤酒杯,在弥漫着浓重猪肉气味的环境中喜笑颜开。在下午的时间里,我翻阅那些复制品的卡片。有时我会离开档案室去参观博物馆,那里再现人类能够发明出的一切。你只要按一下按键,石油勘察钻探的全景就呈现在你面前,你能进入一个真正的潜水艇,还能让行星运行,生产出酸和进行连锁化学反应——不那么哥特式、完全是未来派的工艺博物馆,一群群学生拥进来,学习并爱上了工程师这一行。

在德意志博物馆里,还可以学习所有有关矿物与采矿的知识:从一个阶梯下去进入一个矿井,完整的坑道,运送人和马的电梯,狭窄的坑道里面容消瘦憔悴、被剥削的童工(但愿是蜡像)匍匐爬行。

人们沿着昏暗而看不到尽头的坑道前行,在一处无底洞一般的井坑边止步,感到毛骨悚然,几乎可以觉察到沼气的味道。以 1∶1 的比例制造,栩栩如生。

我在一条次要的坑道里徘徊,渴望重见天日,发现有一个很眼熟的人正俯身在深渊边向下探视。那张布满皱纹的灰白色面孔并不陌生,满头白发,眼神像猫头鹰,但我感到他穿的衣服与先前不大一样,我熟悉的那副面孔好像原本镶在一件制服上,又好像在多年之后我又见到了一个还俗的神父或剃去满腮胡须的嘉布遣会修士。他也在看我,也在迟疑地端详。像这类情况中经常发生的那样,在偷偷地交换了几次眼神之后,他主动用意大利语向我打招呼。突然,我想象出他要是穿着浅黄色的长便服,就是萨隆先生了。A·萨隆,剥制师。他的工作室设在一家废弃工厂的走廊里,离我扮演文化上的马洛一角的办公室只隔几扇门。我们经常在楼梯上碰面,相互点头致意。

"真有意思,"他握着我的手说,"我们是多年的老邻居,想不到竟在千里之外的地球内脏里相会了。"

我们礼节性地交谈了几句。他好像已经非常了解我做的事,这可非同小可,因为连我自己也不确切知道。"您怎么来参观技术博物馆了?我感到你们出版社更多的是在做关于精神方面的书。"

"您怎么知道的?"

"哦,"他做了一个随意的手势,"人们都在说,我有很多客户。"

"什么人来找填充师,对不起,剥制师呢?"

"很多人。您像大家一样,会觉得这是一个不同寻常的职业。但顾客还是不缺的,而且有各色人等。博物馆,私人收藏家。"

"我倒是很少在人家家里看到动物标本。"我说。

"不多吗?这取决于您造访的人家……或者取决于地下室。"

"他们都把动物标本放在地下室吗?"

"一些人是放在那里的。不是所有的马厩都在阳光或月光之下。

我不信任这些客户,但您知道,这是工作……我不信任那些在地下活动的人。"

"您就为了这个在坑道里转悠吗?"

"我是在查看。我不相信地下的东西,但我想了解它们。这种机会并不多。您会对我说可以去看看罗马的地下墓窟。没有任何秘密,游者如云,而且是在教会的监控之下。还有巴黎的下水道,您去过吗?可以在星期一、星期三和每月的最后一个星期六参观,是从阿尔玛桥那里进去。这也是一条旅游者的参观路线。当然,在巴黎也有地下墓穴、地下坑道。就不用提地铁了。您从未去过拉法耶特街一四五号吗?"

"说实话,没去过。"

"在东站与北站之间,那里有点偏僻。是一栋乍一看很不起眼的楼房。只有当您仔细看时,才会发现那门看似木头做的,却原来是粉刷过的铁门,窗户里是几百年都没有住过人的空房间。从未有一丝光线。但人们从那里经过,不明就里。"

"不知道什么?"

"这是一栋假房子。只是一个正面,一个外包装,没有房顶,也没有内室。空空洞洞。只有一个烟囱口,用于通风和排放区域快铁的废气。当您明白这一切之后,您会有一种站在地狱门口的感觉,只有进入这些墙内,您才进入了地下的巴黎。我曾经在门前徘徊许久,这些门掩盖着入口,是去地心游览的起点站。您认为他们为什么这样做呢?"

"为了给地铁通风,您说过。"

"那搞几个通风口就够了。不,正是面对这些地下建筑我开始怀疑了。您知道为什么吗?"

他谈论黑暗深渊时,脸上似乎闪烁着光彩。我问他为什么怀疑那些地下坑道。

"因为如果存在'世界的主宰者',那他们只能是在地下,这是大家都能猜到的真相,但很少有人敢说出口。也许唯一敢于白纸黑字地将它写出来的人是圣伊夫·德·阿尔韦德尔①,您认识他吗?"

也许魔鬼作者们中,有人提起过这个人的名字,但记不太清了。

"他谈起过'世界之王'的地下住所,'秘密共治'的隐秘中心阿加尔塔。"萨隆说,"他无所畏惧,很自信。但是那些公开追随他的人却都被干掉了,因为他们知道得太多了。"

我们沿着坑道行走,萨隆先生一边讲,一边漫无目的地扫视沿路新通道的入口和其他矿井口,好像在这半明半暗中寻求证实他的怀疑。

"您从未想过,为什么所有现代化大城市在上个世纪都纷纷修建地铁呢?"

"为了解决交通问题。不是吗?"

"可那时连汽车都不多,人们来来往往乘马车。我本想从一个有您这样聪明才智的人那里得到一个更为洞察入微的解释!"

"您有解释吗?"

"或许吧,"萨隆先生说,他说此话时,好像很专注的样子,但又有点心不在焉。但这是中止谈话的一种方式。事实上,他觉察到他应当走了。然后在我们握手之后,他又停顿了一下,若有所思地说道:"说起来,那个上校……他叫什么来着? 就是那个多年前去加拉蒙出版社同你们提到圣殿骑士宝藏的人。你们再没有关于他的消息吗?"

我好像被打了一拳似的,因为他粗暴冒失地夸耀他了解我多年来保密和埋藏了的事件和人物。我本想问他是怎么知道的,但我胆怯了。我仅仅限于看似无所谓地告诉他:"哎呀,那是一件陈年旧事,

---

① Alexandre Saint-Yves d'Alveydre(1842—1909),法国神秘学家,"秘密共治"概念的创造人。

我已经忘得一干二净了。但说起来：您为什么说'说起来'？"

"我说'说起来'了吗？咳，对，当然，我记得他好像在地下找到了什么……"

"您怎么知道呢？"

"我不知道。我不记得是谁说的了。也许是一位顾客。当提到关于地下的什么时，我的好奇心就油然生起。我这个年龄的怪癖。晚安。"

他走了，而我则站在那里，琢磨着这次偶然相遇的意义。

五二

在喜马拉雅山的一些地区,在二十二个代表赫耳墨斯二十二个奥秘的圣殿与神圣字母表中的二十二个字母之间,阿加尔塔构成了无迹可寻的神秘的"零"……在地下陈设着一个巨大的棋盘,它几乎涵盖了地球的所有地区。

圣伊夫·德·阿尔韦德尔《印度在欧洲的使命》
巴黎,卡尔曼-莱维出版社,一八八六年,第五四至五五页

我返回后,把这次不期而遇告诉了贝尔勃和迪奥塔莱维,我们做了各种假想。萨隆是一个爱散布流言蜚语的怪人,他在某种程度上以涉猎奥秘为乐,他认识阿尔登蒂,大概就这么回事。或者:萨隆已经知道了关于阿尔登蒂失踪的一些情况,他是为让阿尔登蒂蒸发的那些人工作的。另外一个假想:萨隆是警察的线人……

然后,我们审视其他魔鬼作者,萨隆同他那些同类十分相似。

过了几天,我们在办公室会见了阿列埃,他同我们谈论贝尔勃早先给他送去的一些书稿,他对那些稿件的评论既准确严厉,又宽容大度。阿列埃很精明,他很快就明白了加拉蒙—马努齐奥出版社的双重游戏,而我们也没有向他隐瞒实情。他好像能够理解,并不以为忤。他以几点尖锐的批评就毁掉了一本书稿,然后以有教养而又玩世不恭的态度评称,它对马努齐奥出版社倒很合适。

我问他能不能给我讲讲阿加尔塔和圣伊夫·德·阿尔韦德尔。

"圣伊夫·德·阿尔韦德尔……"他说,"毫无疑问他是一个怪人。他只是内政部的一名职员,但是野心勃勃……当他同玛丽-维克图瓦结婚,我们对他的评价自然就不太好了。"

阿列埃没有忍得住。他改用第一人称讲话。他沉浸在对往事的回忆之中。

"玛丽-维克图瓦是什么人？我喜欢听流言蜚语。"贝尔勃说。

"玛丽-维克图瓦·德·里斯尼奇,当她还是欧仁妮皇后的密友时,非常漂亮。而当她同圣伊夫相遇时已五十开外了。他那时却只有三十来岁。对她来说,自然是下嫁了。不仅如此,为了给他一个头衔,她买了一块地,我不记得在什么地方了,这块地属于一个叫阿尔韦德尔侯爵的人。在巴黎,人们唱起了关于'小白脸'的歌曲。他靠土地收入过日子,同时潜心于实现自己的梦想。他相信有一种能够使社会更和谐的政治处方。'秘密共治'是无政府主义的反义词。这是一个欧洲社会,由三个代表经济权力、司法权力和精神权力——即教会和科学家——的理事会共同管理。他希望这一开明的寡头政治能够消除阶级斗争。我们还听到过比这更糟的。"

"那阿加尔塔呢？"

"他说,有一天一位阿富汗的神秘人物来造访他,那人叫哈吉·沙里夫,他肯定不是阿富汗人,因为这明显是阿尔巴尼亚人的名字……是这个人向他透露了阿加尔塔这一秘密。"

"但在什么地方谈到这些事呢？"

"在《印度在欧洲的使命》一书中。这是一部对当代政治思想产生重大影响的作品。在阿加尔塔有一些地下城,靠近中心有五千名权威人士管理着它——五千这个数字显然使人联想起古梵语的神秘之源。阿加尔塔的中央圆顶从上面由类似镜子的东西照亮,这些'镜子'只让光呈等级色阶照射进来,而我们物理学中谈到的太阳光谱只能构成全色阶。阿加尔塔的贤人研究所有的神圣语言,以便创造出宇宙通用语言——瓦丹。当他们接近过于深奥的秘密时，他们就从地面向上升起，如果他们的兄弟不及时拉住他们的话，可能碰到圆顶的拱穹而撞碎头颅。他们酝酿雷电，操纵极地间和热带间的周期性洋流，引导能量使得地球不同的经纬度地区发生偏移。他们遴选物种，创造小动物，它们具有出色的心灵和龟背，龟壳上有黄色十字，在头尾都有眼睛和嘴巴。它们是多足动物，可以向四面八方行走。圣殿骑士在分崩离析后，可能逃到了阿加尔塔避难，并在那里执行监督任务。还有别的吗？"

"但……他说的都是真的？"我问道。

"我认为他严格按照字面理解这段历史。开始我们认为那是一种夸大其词，后来，我们感到他有所影射，也许是以一种幻觉的形态暗指历史的神秘方向。人们不是说历史是一个血腥、荒谬的谜团吗？不可能，背后应当有一种意图。肯定有'头脑'。为此，聪明人多世纪以来就想到那些'主宰者'或者'世界之王'，一个集体的角色，是一个稳定意愿的次第的暂时化身。肯定曾经同大型宗教团体和已消失的骑士团有联系。"

"您相信吗？"贝尔勃问道。

"比阿尔韦德尔身心更平衡的人过去和现在都在寻找'最高未知者'。"

"能找到他们吗？"

阿列埃温厚地大笑起来："如果他们让随便什么人认识了，那还算'未知'吗？先生们，继续干活吧。我还有一本书稿，您看，正是有关秘密团会的。"

"是本好书吗？"贝尔勃问。

"可想而知。但对马努齐奥出版社来讲或许还行。"

五三

> 这个秘密协会不能公开驾驭尘世的命运,因为政府会反对,所以只好以组织秘密社团的手段来行动……这些按需建立起来的秘密团会,必要时就逐渐分成了表面看似对立的不同派别,它们轮流宣告完全对立的观点,为了分头自信地领导所有宗教、政治、经济与文学门派,为了收到共同指示,它们同一个不为人知的中心联系,在这个中心隐藏着一个强大的动力,企图以隐蔽的方式左右地球上所有统治权。
>
> J·M·赫内-弗龙斯基,引自P·塞迪尔《玫瑰十字会的历史与教义》
> 鲁昂,一九三二年

有一天,我在手工作坊门口遇见了萨隆先生。那一瞬间,在黄昏的晦暗光线里,我等待着他发出猫头鹰的啸叫。他像一个老朋友似的向我问候并问我在那里工作得怎样。我随意打了个手势微笑回应,便匆匆离开了。

我的脑海里又涌现出关于阿加尔塔的想法。照阿列埃给我讲述的,圣伊夫的思想对魔鬼作者来说会具有诱惑力,但不会引起担忧。然而在慕尼黑我却从萨隆的言语与表情上看出了他的不安。

于是,我决定去一趟图书馆查找《印度在欧洲的使命》一书。

像往常一样,卡片室和问询台前人头攒动。我挤到前面,抢占了我要找的卡片抽屉,找到了索引,填了表格后把它交给了图书管理员。他通知我说此书已经借出,像所有图书馆馆员一样,好像他还因此而洋洋得意。但正在此刻,我听到背后有一个声音说:"您看,有,我正要还它。"我回头一看。是德·安杰里斯警官。

我认出了他,他也认出了我——可以说过快了。我以前是在一个对我来说很特殊的情况下见到他的,而他却是在常规调查中与我相遇的。另外,在调查阿尔登蒂案件的那个年月里,我蓄了稀疏的胡须和长头发。多好的眼力。

难道自从我返回意大利后,他就一直在监视我吗?或者仅仅因为他善于记住别人的相貌,警察就应当培养这种观察能力,长于记忆相貌特征以及姓名……

"卡索邦先生,我们正在阅读同一些书。"

我伸出手去:"我现在是博士,已经有一段时间了。也许我会去考警察,像您那天早晨向我建议的那样。那么我就可以先借到书了。"

"只要早到就行了。"他对我说,"反正现在书已经还回来了,稍晚一点您就可拿到它。现在让我请您喝杯咖啡吧。"

盛情邀请使我有点为难,但我不能拒绝。我们去了附近一家酒吧。他问我怎么会研究印度的使命,而我想立即反问他,为什么他也关注此事,但我决定先掩护自己。我告诉他我在空闲时仍继续做圣殿骑士研究:据冯·埃申巴赫说,圣殿骑士离开欧洲后去了印度,据一些人讲他们到了阿加尔塔王国。现在最好是轮到他来揭示这个谜团了。我问他:"您怎么也对这事感兴趣呢?"

"哦,您知道,"他回答说,"自从您向我推荐那本关于圣殿骑士的书后,我就开始增强这方面的文化知识。您比我知道得更清楚,圣殿骑士自然而然会引向阿加尔塔。"中计了。然后他说:"我在开玩笑。我看这本书是有别的原因。那是因为……"他迟疑了一下,"总之,我公余时常去逛图书馆。目的是不想变成一部机器,或者不仅仅是一名警察,我请您自己组织更得体的说法。但现在还是请您给我讲讲您自己吧。"

我概括了一下我的经历,直到那神奇的金属史。

他问我:"但那家出版社,还有隔壁那家,你们不是在出版关于神秘学的书吗?"

他是怎么知道马努齐奥出版社的?难道是多年前他监视贝尔勃时收集到的情报吗?或者他还在跟踪阿尔登蒂的线索?

"所有像阿尔登蒂上校那样向加拉蒙出版社毛遂自荐、却被加拉蒙推给马努齐奥的人,"我说,"加拉蒙先生决定把他们培育成资源。这似乎有利可图。如果您寻找像老上校那号人,在那里可以找到一大堆。"

他说:"是的,但阿尔登蒂消失了。我希望其他人可不要再蒸发了。"

"还没有,不过我想说:真不幸。警官,请您满足我的一个好奇心吧。我想在您的警察职业生涯中,人间蒸发或者更坏的情况每天都会发生。您在每个人身上花去的时间……都这样长吗?"

他显出兴致盎然的样子看着我:"是什么使您认为我还在阿尔登蒂上校的身上耗费时间呢?"

好吧,他在玩牌,并又抛出了一张牌。我要鼓起勇气,他应当摊牌了。我没有什么可输的。"快点吧,警官,"我说,"您对加拉蒙和马努齐奥出版社的情况了如指掌,您在这里寻找一本关于阿加尔塔的书……"

"为什么,那时候阿尔登蒂谈到阿加尔塔了吗?"

又中计了。事实上,阿尔登蒂也给我们讲过阿加尔塔,我还记得。但我巧妙地回避了这点:"没有,您记得吧,他讲了关于圣殿骑士的故事。"

"说得对,"他说,然后又补充说,"但您不要认为我们只在追查一个案件，直到破案为止。只在电视上会这样。当警察就像做牙医，一个病人来了，你给他打了一个洞，给他上药，让他十五天后再来，这段时间里还会有另外成百的病人接踵而来。像上校这样的案件，可以挂档长达十年，然后在侦查另一个案件的过程中，从任何人口中收集到的供词中发现一些线索，砰，头脑短路，我们就要重新考虑一下了……直到发生另一次短路为止，或者再没有发生任何短路，那么晚安。"

"而您在不久前发生短路时找到了什么呢？"

"您不认为这是一个粗鲁的问题吗？不过并无神秘可言，请您相信我。上校的事又浮出水面纯属偶然，完全是因为别的原因，我们跟踪某个人时发现他经常去皮卡特里克斯俱乐部，您应该听说过的……"

"没有，我知道它的杂志，但不清楚那个组织。发生什么事了？"

"哦，什么事也没有，没有，那是一些安分守己的人，也许有点狂热。但我记得阿尔登蒂也经常去那里——警察的才干就在这里，他能记得在哪里听到过一个名字或看到过一副面孔，哪怕隔了十年之久。所以我在想，加拉蒙出版社究竟发生了什么事。就这么回事。"

"皮卡特里克斯俱乐部同你们政治警察又有什么关系呢？"

"那或许是纯洁良知的无礼放肆，但您看上去非常好奇。"

"是您邀我来喝咖啡的呀。"

"事实上，我们俩都不是在执行公务。您看，从某种观点来看，这个世界上的一切都相互关联。"我想，这真是一个精彩的赫耳墨斯主义论题。但他立即补充说，"这并不是说那些人同政治有牵连，但您知道……过去，我们去被占领的房间里搜寻'红色旅'，去武术俱乐部搜寻'黑色旅'，现在的情况可能相反。我们生活在一个离奇古怪的世界。我可以向您肯定地说，我的职业在十年前做起来更容易些。今天，就连在意识形态中也没有宗教了。有几次我想调到缉毒组去。

至少一个海洛因贩子就是一个海洛因贩子,没什么可说的。确定不疑的价值才行得通。"

他稍微沉默了片刻,好像没有下定决心——我想。然后从口袋中掏出一个小笔记本,像是做弥撒的那种小册子。"卡索邦,您听着,您的工作就是和一班怪人打交道,您在图书馆寻找怪诞的书籍。请您帮助我。您关于'秘密共治'知道些什么呢?"

"现在您可让我丢脸出丑啦。对此我一无所知。我只听说过圣伊夫,仅此而已。"

"您周围的人怎么谈论他呢?"

"他们就算说了,我也不知道。坦白对您说吧,我认为像法西斯。"

"事实上,很多这些论点都为'法兰西行动'①所采纳。如果事情到此为止,那我也就渡过险境,胜利在望了。我遇到一班人在谈论'秘密共治',我有了一点概念。大约在一九二九年时,维维昂·波斯特尔·杜·马斯和让娜·卡努多这两个女人创建了'北极星'集团。该集团从'世界之王'的神话获得启发,后来又提出了一项'秘密共治'计划:开展反资本主义的社会服务,通过合作社运动消除阶级斗争……像是一种费边社模式的社会主义,一种人格主义和共同体运动。事实上不论是北极星集团也好,还是爱尔兰的费边主义分子也好,都被指控为犹太人阴谋的密使。他们遭到了谁的指控呢?是《秘密会社国际评论》。它谈到了犹太人、共济会和布尔什维克的一项阴谋。它的许多参与者都同一个更为秘密的右翼极端主义组织'冷杉林'有联系。他们说,所有的革命政治组织都是由一个隐秘团体策划的魔鬼阴谋的障眼法。您会对我说,好吧,咱们都错了,圣伊夫最终给了改良派以启示,右翼则混为一谈,把他们全都视为有民主—富

---

① 二十世纪上半叶在法国兴起的极右组织。

豪—社会主义—犹太血统的人。墨索里尼也是这样做的。但为什么指责他们被隐秘团体支配呢？就我的一点所知，去看看皮卡特里克斯俱乐部就行了，那些人很少过问工人运动。"

"给我的印象也是如此，哦，苏格拉底。然后呢？"

"感谢苏格拉底，但精彩之处就在这里。我关于这方面读的书越多，我的思想就越混乱。在四十年代，诞生了许多自称为'秘密共治'的集团，谈到由贤人政府领导的超越政党的欧洲新秩序。这些集团会聚到哪里去呢？在维希的通敌者那里。您对我说，那么我们又错了，'秘密共治'是右派。打住。在读了很多书之后，我悟到了，大家只有一件事没有疑义：'秘密共治'是存在的，它在秘密地统治着世界。这里又来了一个'但是'……"

"但是？"

"但是在一九三七年一月二十四日，迪米特里·纳瓦申，共济会成员，马丁教教徒（我都不知道什么是马丁教教徒，但我感到是那些教派之一），'人民阵线'的经济顾问，之前在莫斯科一家银行任经理，被'革命与国民行动秘密组织'杀害了。这个组织更广为人知的名字叫'风帽社'，是由墨索里尼资助的。人们称'风帽社'是受一个'秘密共治'组织驱使，纳瓦申之所以被杀害是因为他发现了秘密。左翼发出一份文件指控在德国占领期间，法国的溃败应归咎于一份《帝国秘密共治公约》，该公约是葡萄牙型的拉丁法西斯主义的体现，但后来得知，公约可能为杜·马斯和卡努多撰写，其中包含的想法她们已经到处公布了。所以并无任何秘密可言。但是作为秘密，甚至极为秘密的思想在一九四六年被一个叫于松的人揭开了，他揭露了一份左翼秘密共治革命公约，他在《秘密共治：二十五年秘密活动综述》一书中……等等，我找一找，对，署名若弗鲁瓦·德·沙尔奈。"

"这太好了，"我说，"德·沙尔奈是圣殿骑士大团长莫莱的朋友。他们双双死于火刑。我们这里有一个新圣殿骑士，从右翼的立场攻击'秘密共治'。但'秘密共治'诞生在阿加尔塔,那里是圣殿骑士的避难所!"

"我是怎么对您说的?您看,您给我提供了新线索。不幸的是,这只会乱上加乱。所以,右翼谴责《帝国秘密共治公约》是社会主义的,是秘密的,事实上并不秘密,而您已看到,这同一个《秘密共治公约》也受到左派的斥责。现在我们又得到一个新的解释:'秘密共治'是耶稣会旨在推翻第三共和国的阴谋。这个论断是由左派人士罗杰·梅内韦提出的。为了让我归于平静,我阅读的书也告诉我,一九四三年在维希军界人物中有贝当分子,但他们是反对德国人的,他们传播一些文件,表明'秘密共治'是纳粹的阴谋:希特勒是受共济会影响的玫瑰十字会会员,而那些共济会成员从犹太-布尔什维克的阴谋过渡到了德意志帝国的阴谋。"

"这样就对了。"

"还没完呢。这里又有另一个发现。'秘密共治'是国际专家治国论者的阴谋。在一九六〇年一个叫维莱马莱斯特的人持这种看法,他写了《五月十三日的第十四次阴谋》。专家治国论和秘密共治阴谋企图瓦解各国政府,挑起战争,支持和酝酿政变,在政党中唆使派系斗争挑起内部分裂……您认得出这些秘密共治派人物吗?"

"我的上帝,正如几年前'红色旅'说的,那是'SIM',那是'跨国公司帝国主义国家'……"

"回答正确!现在,德·安杰里斯警官如果从某处找到了与秘密共治有关的东西,他该怎么办呢?我要问问卡索邦博士,圣殿骑士专家。"

"我认为存在一个分支机构遍布全世界的秘密会社,它们施展诡计到处散布谣言称存在一个宇宙大阴谋。"

"您在开玩笑,而我……"

"我不是开玩笑。您来看看那些送到马努齐奥出版社的书稿。

但是如果您想得到一个脚踏实地的解释,那就像关于口吃者的那个小故事,口吃者说他没有被广播电台聘为播音员,因为他没有加入党派。总是要把自己的失败归咎于某个人,专制独裁统治总能找到一个外部的敌人来团结自己的追随者。正如某人所说,任何复杂的问题都有一个简单的解决办法,而那个解决办法是糟糕的。"

"如果我在火车上找到了一枚包裹在讲述秘密共治的油印材料中的炸弹,我能满足于说这是一个复杂问题的简单解决办法吗?"

"为什么?您在火车上找到了炸弹……不,对不起,说实话,这还真不是我该管的事。但为什么您对我讲起这个呢?"

"因为我原指望您比我知道更多。也许看到您也摸不着头脑,会让我松一口气。您说您要读很多疯子写的书,您认为这是浪费时间。我则不然,对我来说,你们的——我说你们的,是指正常人——疯子写的稿子非常重要。对我来说,一个疯子写的东西能够解释在火车上安放炸弹的人是怎么想的。或者您是怕变成警察的线人?"

"不,我以名誉担保。说到底在卡片中寻找思想是我的职业。如果我看到有用的信息,我会想起您的。"

当他站起身时,又抛出了最后一个问题:"在您的那些书稿中……您从未看到过涉及'特莱斯'的情况吗?"

"这是什么?"

"我也不清楚。应当是一个会社,或者类似的组织,我甚至不知道它是否真的存在。我是道听途说来的,我联想到了疯子。请转达我对您的朋友贝尔勃的问候。请告诉他我不是在监视你们的活动。我干的是一件令人讨厌的差事,可不幸,我很喜欢。"

回到家中,我反躬自问,谁占了上风。他向我讲了一大堆事,而我却没说什么。如果我多疑一点,回想一下,也许他从我这里挖走了什么情况,而我却一无所知,但多疑就会陷入了'秘密共治'阴谋的偏执深渊。

当我向莉娅讲述时,她对我说:"据我看,他是真诚的。他真的是想倾诉。你想,在警察局里,谁会听他说让娜·卡努多是右派还是左派？他只是想弄明白是不是只有他搞不清楚,还是这段历史实在太难懂了。而你却不懂得给他一个唯一真实的答案。"

"有真实答案吗?"

"当然。很简单啊。'秘密共治'就是上帝。"

"上帝?"

"对。人类难以承受这样的想法,即世界是偶然诞生的,是因错误而诞生的,只是由于四个糊涂的原子在潮湿的高速公路上撞在了一起。于是就要找到一个宇宙大阴谋、上帝、天使或魔鬼。'秘密共治'发挥的是同样的功能,只是规模更小一些而已。"

"那么我应当向他解释说在车上放置炸弹的人是为了寻找上帝吗?"

"或许。"

五四

> 地狱里的魔王是一个绅士。
>
> 莎士比亚《李尔王》Ⅲ,4,140

已是秋天了。一天早晨,我去瓜尔迪侯爵大街,因为我要找加拉蒙先生申请向国外订购彩色照片。我发现阿列埃在格拉齐亚女士的办公室里,低头看马努齐奥出版社那些作者的卡片。我没有打扰他,因为按约定时间我已经迟到了。

在结束了就一些技术问题的谈话后,我问加拉蒙先生阿列埃在秘书处做什么。

"那是个天才,"加拉蒙对我说,"机灵敏锐、学识渊博之士。那天晚上,我请他同我们的一些作者共进晚餐,让我出尽了风头。那谈话,那风度,是老派的绅士贵族,像这样的人现在一个也找不到了。那样有学问,又那样有文化素养,我还可以说,他消息也很灵通。他讲述了一百多年前一些人物极为有趣的奇闻轶事。我向您起誓,他讲到他们时好像认识他们本人一样熟悉。您知道他在回家路上给我出了什么主意吗?他第一眼就把我的客人都记住了,现在他对他们比我还熟悉。他告诉我不要等待'揭开面纱的伊希斯'丛书的作者们单独来。读他们的书稿是浪费精力,而且还不知道他们愿不愿意负担开支。然而我们却坐拥金矿:我们有马努齐奥出版社近二十年来全部作者的卡片!您明白吗?向我们的这些老作者,荣耀的作者,或者起码是那些自购剩余书籍的人写信,对他们说,尊敬的先生,您知道吗?我们开始编纂一套具有高贵精神的关于智慧和传统的系列丛书!一位像您这样敏锐的作者难道不想进入这块未开垦的处女地耕耘吗?等等。他真是个天才。他想在星期天晚上同大家一起聚聚。他想带我们去都灵的一个古堡、一个要塞,甚至一幢豪华别墅。我感到似乎要发生非同寻常的事,一个仪式、一项庆典、一场巫魔夜会,有人将造出金子或水银或者什么类似的东西。亲爱的卡索邦,那完全是一个待发现的世界,尽管您知道,我非常尊重您以如此大的热情从事的科学,而且对您的合作非常非常满意——我知道,您向我暗示过需要增加那么一点开支,我不会忘记的,到时我们再谈。阿列埃对我说,那位女士,那位漂亮的女士——也许不是特别美,但是目光中有某种东西——也就是贝尔勃的那位女性朋友,她叫……"

"洛伦扎·佩雷格里尼。"

"好像是。她与我们的贝尔勃有那么点关系吧,是吗?"

"我想他们是好朋友。"

"对!谦谦君子就该这么回答问题。好样的,卡索邦。这倒不是出于好奇,我感到我对你们大家来说像一位父亲,那么……像上战场那样去战斗吧……再见,亲爱的。"

我们确实同阿列埃约好了,在都灵的山丘上,这是贝尔勃向我确认的。双重约会。第一部分是在一个富有的玫瑰十字会会员的古堡里举行的晚宴。然后,阿列埃把我们带到几公里以外的一个地方,参加一个德鲁伊特仪式,自然会延续到午夜,但阿列埃对仪式内容语焉不详。

"不过,我在想,"贝尔勃补充说,"我们还应当弄清金属史里的一些问题,而在这里我们总是受到干扰。为什么我们不能在星期六离开这里到我那个×××老家去待两天呢?您会看到,那是一个很美的地方,连绵蜿蜒的丘陵很值得一看。迪奥塔莱维同意了,也许洛伦扎也会来。当然……想带谁来都欢迎。"

他不认识莉娅,但他知道我有一个女友。我说我一个人去。我同莉娅已经吵了两天架了。都是鸡毛蒜皮的小事,事实上,在一星期之内会烟消云散。但我感到有必要离开米兰两天。

就这样我们到达了×××,加拉蒙"三剑客"和洛伦扎·佩雷格里尼。在离开时,气氛有些紧张。洛伦扎如期赴约,但在上车前她说:"也许我还是留下好,这样你们就可以安心工作了。之后我同西莫内一起同你们会合。"

贝尔勃两手搭在方向盘上,双臂展开,眼睛直盯着正前方,不慌不忙地说:"上来。"洛伦扎上了车,整个路途中她一直坐在副驾驶座上,手搭在贝尔勃的脖子上,贝尔勃沉默不语地开着车。

×××还是贝尔勃在战时熟悉的那个小镇。新建房屋寥寥无几,他对我们说,农业正在衰败,因为年轻人都移居到城里去了。他让我们眺望了一些丘陵,曾经金黄的麦田现在已是牧草地了。车子在丘陵脚下转过一个弯后,小镇豁然出现在眼前,那里正是贝尔勃的老家。山丘低矮,可以看到后面广阔的蒙费拉原野笼罩在一片白茫茫的轻雾之中。当我们登上丘陵时,贝尔勃让我们眺望对面一个几乎寸草不生的小丘陵,在丘陵顶上有一座小教堂,两边各有一棵松树做伴。"布里科小教堂。"他说。然后又补充说:"如果你们不觉得了不起,也没有关系。复活节的星期一,我们常去那里吃'天使'的午后茶点。现在开车五分钟就到了,但那时我们步行,简直是一次朝觐。"

五五

> 我们称这样的地方为剧场,在那里所有语言和思想的行为,以及言语和议论的细节如同在一个表演悲剧和喜剧的公共剧场里上演。
> 罗伯特·弗卢德《两个宇宙史》论文集第二卷第一篇第二节
> 奥本海姆,一六二〇年(?),第五五页

我们来到了别墅。说是别墅,实际上是庄园主的大房子,在一层有大酒窖,阿德里诺·卡乃帕——喜欢吵架的分益佃农,也就是向游击队告发姑父的那个人——曾在那里用科瓦索家田庄里生产的葡萄酿酒。可以看出这里久已无人居住了。

在毗邻的小农舍里,还有一位老妇人,贝尔勃说,她是阿德里诺的婶母——其他人现在都已过世,姑父、姑妈和卡乃帕的家人,只剩下这个百岁老人还活着,她种植一个小菜园,养了四只鸡和一头猪。土地用于支付继承税、债务,还有一些别的什么。贝尔勃上前去敲小农舍的门,老妇人出现在门口,她好一阵才认出了来客,然后向客人大表热忱。她想让我们进她的家,但贝尔勃在拥抱和抚慰了她之后,简短地说了两句就结束了这次晤面。

我们进入了别墅,洛伦扎发现楼梯、走廊和摆放着古色古香家具的幽暗房间时,高兴得惊叫连连。贝尔勃轻描淡写地说每个人都有自己的栋纳富加塔①,但他也很激动。他说,他不时来此地探访,但

现在已经很少来了。

"不过,在这里工作很好,夏天凉爽,冬天有厚墙遮冷,而且到处都有壁炉。当然,我小时候逃难到这里,我们只能住在侧翼的两个房间里,就在那个大走廊的尽头。现在我用姑父和姑妈那一边的房间。我在卡尔洛姑父的书房里工作。"有一个写字台,放书稿和纸张的空间不大,但有一些明的暗的小抽屉。"在写字台上我无法安放阿布拉菲亚,"他说,"但少数几次来这里我喜欢用手写,正如以前我习惯的那样。"他让我们看一个庄重漂亮的大书柜,"看吧,当我死后,你们要记得在这里有我青年时的全部文学创作,那些诗是我在十六岁时写的,还有我在十八岁时写的六卷传奇故事的草稿……还有……"

"看一看,看一看!"洛伦扎拍手大叫,接着就像猫一样走向大书柜。

"别激动,"贝尔勃说,"没什么好看的。连我都不再瞥一眼了。不管怎样,在我死后,我就把它全烧了。"

"我想,这个地方一定充满幽灵。"洛伦扎说。

"现在是这样,但在卡尔洛姑父那个年代就不然,那时是很开心的,像田园诗一般。现在我来这里,正是因为有田园风情。当你晚上工作时,听到山谷里的犬吠声,真是别有一种情调。"

他让我们看看我们将要过夜的房间:为我、为迪奥塔莱维、为洛伦扎准备的房间。洛伦扎观察着房间,用手摸摸放着白被子的老式床,还闻了闻床单的气味,她说好像置身于老奶奶讲的故事里,因为有薰衣草的香味。贝尔勃说,不是那么回事,只是潮湿的气味,洛伦扎说,不管是什么味,然后背靠着墙壁,轻轻地将腰身挺起使会阴部向前,好像玩弹子球时要取胜的姿态,她问道:"我一个人睡在这里吗?"

---

① Donnafugata,意大利著名酒庄。

贝尔勃把目光投向别处,朝我们在的地方看了看,又向另一边看了一眼,然后走到走廊里说:"我们再说吧。不管怎样,这里有一个完全属于你的避难所。"迪奥塔莱维和我离开了,并听到洛伦扎问贝尔勃,他是否为她感到羞耻。他说如果不给她一间房,她就会问他想让她睡在哪里。"我首先提议了,这样你就没有选择的余地了,"他说。"你真是一个狡猾的阿富汗人!"她说,"那么我就睡在我那个小房间了。""好吧,好吧,"贝尔勃有点恼火地说,"但那些人来这里是为了工作的,我们到晒台去。"

这样,我们就在有藤架的大晒台上,面对着清凉饮料和供应充足的咖啡开始了工作。不到晚上酒禁就不开。

从晒台上可以看到布里科山丘,在山丘下有一幢朴素无华的大建筑物,内有一个大院,旁边还有一个足球场。里面有些彩色小人,我看好像是些儿童。贝尔勃第一次向我们提及:"那是鲍斯高慈幼会的小礼拜堂。正是在那里,蒂科先生教我吹奏乐器。在乐队里。"

我回想起了贝尔勃那次在梦中想要却没有得到的小号。我问道:"是小号,还是单簧管?"

他一时着了慌:"您是怎么知道的……啊,对,我给您讲过梦和小号,但在乐队里,我演奏的是杰尼斯。"

"杰尼斯是什么?"

"那全是过去的事了。现在我们工作吧。"

但当我们工作时,我看到他不时把目光投向那座小礼拜堂。我感到他老是把话题引向它。有时他打断我们的讨论:"在这下面,当战争接近尾声时,发生过猛烈的射击。在×××这地方,法西斯分子和游击队达成过一个协议。春天来临时,游击队下山占领了村镇,法西斯没有再来骚扰。法西斯分子不是这一带的人,而游击队员全是当地长大的孩子。双方遭遇时,游击队员熟悉地形,知道如何在玉米地、小树林和篱笆之间穿行。法西斯躲在城里,只有在扫荡时才出城。冬天,游击队在平原活动比较困难,你隐藏不了,在雪地上,从很远的地方就能发现你,法西斯甚至能在一公里之外用机关枪向你扫射。那时,游击队就上了更高的山丘。游击队最熟悉那里的关隘沟壑和藏身之所,而由法西斯来控制平原。不过那年春天我们已经接近解放的前夜。当时这里还有法西斯,但我想,他们可能不会冒险返回城里,因为他们听到了风声,最后一役可能将发生在城里,正如后来四月二十五日发生的情况那样。我认为游击队在达成协议之后,没有打算发生正面冲突,他们在等待,他们感到一定很快会发生什么事,夜里伦敦电台广播的消息总是越来越令人振奋,给弗兰基军团的特别口信纷至沓来,明天还将有雨,皮埃特洛大叔将送来面包,或者类似的内容,也许迪奥塔莱维也听到过……总之,肯定有什么误会,当法西斯还没有什么动静时游击队下山了,事实上,有一天,我妹妹在这个晒台上,她进屋对我说有两个人手持冲锋枪相互追逐。我们并未感到惊讶,因为有过类似的情况,有些孩子为了排遣烦恼,玩弄武器;有一次只是开开玩笑,双方真的开枪了,子弹打中了我妹妹背靠着的树干。她甚至没有觉察到,是邻居告诉她的。从那时起,她就接受了教训,当看到两个人玩冲锋枪时,应当赶快走开。她一边进屋一边说,他们又在玩了,以显示她很听话。就在此时,我们听到了第一轮射击声。在接着的第二轮、第三轮和之后的很多轮射击之后,听到一些滑膛枪刺耳的声音和冲锋枪嗒嗒嗒的射击声,有几声闷响夹杂其中,可能是手榴弹的爆炸声,最后是重机枪的怒吼。我们明白了,他们不再是玩耍了。但我们没有时间讨论,因为已听不见自己说话的声音了。砰,啪,梆,嗒嗒嗒。我们蹲伏在洗脸池下面,我,我妹妹,我妈妈。后来卡尔洛姑父来了,沿着走廊匍匐前进,他说,我们这里过于暴露,让我们到他那边去。我们于是移向另一侧,卡泰莉娜姑妈在哭泣,因为奶奶还在外面……"

"奶奶那时脸朝下躺在双方交火的战场上……"

"这您怎么知道的?"

"在一九七三年游行的第二天,您对我讲的。"

"天哪,多好的记性。同您在一起说话时真需要小心……对。那天我父亲也没有回来。后来我们知道,他当时在市镇中心,躲在一户人家的门洞里,他出不来,因为街道从这一头到那一头都在枪林弹雨之下,一队'黑色旅'正从政府的塔楼上用机关枪向广场纵横扫射。门洞里还有本市一位前法西斯的权势人物。他待了一会儿,说他要往家里跑,只要拐一个弯就到了。等枪声静下来时他从门洞里冲出去,刚跑到拐弯处,就被从政府塔楼上的机枪从背后射中倒下了。已经经历过第一次世界大战的父亲敏感的反应是:还是留在门洞里为好。"

"这是一个能引起许多温馨回忆的地方。"迪奥塔莱维说。

"你也许不会相信,"贝尔勃说,"但是非常温馨,它是我能回忆起的唯一的真实情况。"

其他人不明白,我当时猜到了——而现在我知道了。特别是在那几个月里,他正在魔鬼作者制造的谎言里航行,而之前若干年里,他又用杜撰小说包扎幻灭的创伤,在×××的日子里的回忆对他而言是一个黑白分明的世界,在那里枪弹就是枪弹,要么你避开了,要么你被击中了,而对立的双方界线分明,以他们的颜色为标志,红色和黑色,或者是黄褐色和灰绿色,毫不含糊——或者起码那时他感到如此。一个人死了就是死了,逝者就是逝者。不像阿尔登蒂上校那样糊里糊涂地就消失了。我认为也许应当向他讲述在那几年里已经蔓延的"秘密共治"。难道卡尔洛姑父与特尔齐的会见不是一次"秘密共治"的会见吗?因为他们两人都是本着同样的骑士精神在进行对立的活动。但为什么我要去剥夺贝尔勃的贡布雷①呢？回忆是甜美的，因为它向你讲述你所知唯一的真情实况，只在之后才开始怀疑。只不过他让我明白，直至真相大白的日子里，他仍然袖手旁观。他观望记忆中的时间，他观望着别人记忆的诞生，历史的诞生，还有那么多他没有写下来的故事的诞生。

或者也有过光荣与选择的时刻？因为他说："而且那天我做出了我一生中最英雄的行为。"

"我的约翰·韦恩②，"洛伦扎说，"告诉我。"

"唉，没什么大不了。当我匍匐爬向姑父和姑妈后，我坚持站在走廊里。窗户在走廊的尽头，我们在二楼，谁也不会打中我，我说。当子弹在我周围呼啸着飞来飞去的时候，我觉得自己像置身于军队方阵中央的指挥官。后来，卡尔洛姑父很恼火，他强拉硬拖地把我拽回房间，我开始哭鼻子，因为游戏结束了，就在这瞬间，我们听到三声响声，玻璃被打碎了，飞溅了起来，就像有人在走廊里玩网球似的。那是一粒子弹从窗户射进来，打中水管，反弹了起来，又正好向下射到我刚才所在的那个地方。如果我还在那里站着的话，那我就被打成跛子了。很可能。"

"我的天哪，我可不想叫你成为跛子。"洛伦扎说。

"谁知道呢，也许今天我会对这一结局感到满意。"贝尔勃说。事实上，就是在这种情况下，他也没有选择的余地。他是被姑父拽进房间的。

过了个把小时，他又开小差了。"过了一会儿阿德里诺·卡乃帕上来了。他说也许我们大家都转移到酒窖更安全。我告诉过你们，

---

① Combray，法国作家马塞尔·普鲁斯特在小说《追忆逝水年华》中写到的法国小城镇。
② John Wayne(1907—1979)，美国电影演员。

他同姑父已经好多年不讲话了。但在悲剧时刻,阿德里诺又恢复了人性,卡尔洛姑父甚至还握了他的手。于是我们在那些黑乎乎的大酒桶间度过了一小时的光景,收获的葡萄那种无穷无尽的气味使人头晕目眩,此时外面仍是枪声不断。后来连续扫射的枪声变少了,零星枪声也稀稀拉拉。我们明白有一方后撤了,但还不知道是哪一方。直到我们从头顶上一扇朝向小路的小窗户听到了说话声,用的是方言:'Monssu,i'è d'la repubblica bele si?'"

"什么意思?"洛伦扎问道。

"大概是:高贵的先生,劳驾您能否告诉我,在这附近一带,还有没有意大利社会共和国的追随者? 在那个年代,共和国是一个贬词。那是一位游击队员在向过路人打听,或者对着窗户询问,这么着,小路又重新有了行人,法西斯退走了。天渐渐地黑下来了。过了不久,爸爸和奶奶都回来了,他们各自讲述了自己的历险。妈妈和姑妈为大家准备了一点吃的,而姑父和阿德里诺·卡乃帕又互不搭理了。那天整晚我们都听到从靠近山丘的一带远远传来连续的射击声。游击队在搜寻敌方残留的逃窜者。我们胜利了。"

洛伦扎亲吻了他的头发,贝尔勃扇扇鼻子做了个苦笑的表情。他知道是通过中间支队取胜的。他实际上是在看一场电影。但有一刻,他冒了被子弹射中的风险,算进入了电影。刚刚挤进,就如同在电影《Hellzapoppin》中那样,当胶片搞乱时,一个骑马的印第安人闯进了舞会,并询问那些人到哪里去了,有人立即回答说"那里",那个印第安人就消失到另一个故事中去了。

五六

> 他大力吹奏他那支漂亮的小号,回声响彻了整个山峦。
> 约翰·瓦伦丁·安德烈埃《克里斯蒂安·罗森克罗伊茨的化学婚礼》
> 斯特拉斯堡,策次纳,一六一六年,Ⅰ,第四页

我们正在审阅有关水渠的篇章,出自一幅取材于希罗《圣神》一书的十六世纪的版画,可以看到有一个像祭台似的东西,上面摆放着一部自动机器,它在一个由蒸汽驱动的复杂器械的帮助下,吹奏着小号。

我让贝尔勃回忆一下:"讲讲那个蒂乔·布拉海,或者叫什么来着的人吧!他教过您吹小号吧?"

"蒂科:鲍斯高慈幼会会士。我从不知道那是他的绰号还是他的姓。我没有回过那个小礼拜堂。我去那里纯属偶然:做弥撒,教理传授,玩游戏,赢了就可得到一张真福者多米尼克·萨维奥的画像,那个穿着粗麻布长裤的少年的小雕像总是与鲍斯高形影不离。他的眼睛仰望天空,这样就听不到同伴们讲述的淫秽笑话。我发现蒂科把十到十四岁的男孩都组织到一个乐队里了。最小的吹奏单簧管、短笛、萨克斯管,大一点的则扛着细管上低音号和大鼓。他们都着制服,卡其色短上衣和蓝色长裤,鸭舌帽。那真是一个梦,我很想成为他们中的一员。蒂科说,他需要一个'杰尼斯'。"

他以优越的姿态打量我们并讲解说:"在乐队的术语里,杰尼斯是一把小型长号,事实上是降E大调低音铜号。这是整个乐队中最

笨拙的乐器。当进行曲演奏到弱拍时,它就发出嗡叭—嗡叭—嗡叭—嗡叭的声音,而在强拍则发出叭啦叭叭—叭—叭—叭—叭的声音……不过,这种乐器容易学会,它像小号一样属于铜管乐器,它的原理同小号没有区别。小号需要更大的肺活量和良好的口形——你们知道,就是在口唇上形成一个类似圆形胖脏的姿态,像美国爵士小号演奏者阿姆斯特朗那样,口形好可节省力气,声音也清脆干净,就不会听到吸气声——另一方面不要鼓起腮帮子,小心,只有在佯装或讽刺画中才会那样。"

"那小号呢?"

"吹小号我是自学的,夏天下午,小礼拜堂里空无一人,我躲在小剧场的正厅后排……但我学吹小号是出于色情缘由。你们看到高处那个小村庄了吗?它离小礼拜堂大约一公里,那里居住着鲍斯高慈幼会施主的女儿切奇莉娅。每当宗教节日在小礼拜堂的庭院里举行完仪式之后乐队演奏时,尤其是在剧场里的业余剧团演出之前演奏时,切奇莉娅总是同妈妈一起坐在第一排荣誉席上,旁边是大教堂堂区神父。这时乐队就演奏《良好的开端》进行曲并以小号的吹奏开场,小号吹奏的是降B大调,为了烘托典礼的气氛,小号擦得锃亮,金光灿灿,银光闪闪。小号的演奏者站起身来,吹响一曲独奏。然后他们坐下来,整个乐队开始演奏。吹奏小号是我能被切奇莉娅注意到的唯一途径。"

"否则?"被感动的洛伦扎问道。

"没有否则。首先,我十三岁,她十三岁半,一个女孩长到十三岁半就是一个女人模样了,而这个年纪的男孩还在拖鼻涕。而且她喜欢一个吹低音萨克斯管的叫帕皮的人,我觉得他是一个令人厌恶的光头,她的眼里却只有他,他淫荡地吹奏着,因为萨克斯管,当它不是奥奈特·科尔曼吹奏的那种,而是在乐队中演奏——由令人厌恶的帕皮演奏——就是一个像山羊和女人外阴似的乐器,它的声音,怎么讲呢,像嗜酒如命和出卖身体的模特……"

"出卖身体的模特怎么说话呢?你对她们还知道些什么呢?"

"总之,切奇莉娅连我存在都全然不知。当然,当夜幕降临,我跑到山上一家农场取牛奶时,会杜撰一些精彩的故事,比如她被'黑色旅'绑架了,我跑去救她,子弹呼啸着从我头上飞过,发出刺啦刺啦的声响,落在了禾茬上,我向她透露,我伪装起来,领导着整个蒙费拉地区的抵抗运动,而她向我坦言,这是她一直期望的,这时,我倒有点害羞了,因为我感到像是蜂蜜涌进了我的血液——我可以向你们起誓,我的包皮都没有变湿润,这是另一回事,更可怕,更宏大——我回到家里去忏悔……我认为罪恶、爱情和光荣就是这样,当你把床单接起来从'凄凉别墅'的窗户滑下来时,她紧紧地搂住你的脖子,悬空向你说悄悄话,说她一直梦到你。剩下来的就只有性、交媾,留下了永恒的丢脸的种子。但总之,如果我吹小号,切奇莉娅就不会无视我,我站在那里容光焕发,而可怜的萨克斯手坐在那里。小号是好战的、天使般的、启示录般的、胜利的,它吹奏的是昂扬向上的冲锋号,而萨克斯管则是为郊区那些油头粉面的人抱着流汗的女孩子跳贴面舞而演奏的。我就像疯子似的学吹小号,直到我跑去找蒂科毛遂自荐,我对他说,您听听,我就像奥斯卡·勒旺在百老汇同吉恩·凯利第一次排练那样。而蒂科说:你小号吹得很好,但……"

"多么激动人心呀,"洛伦扎说,"快给我们讲下去吧,别吊我们胃口了。"

"但我要找一个人来吹杰尼斯。你想想办法,蒂科说。我真找到了解决办法。不过你们要知道,我的孩子们,在那个年代,在×××镇住着两个无耻之徒。他们是我的同学,可是长我两岁,你们明白他们在学习上的'天赋'了吧。这两个家伙分别叫阿尼巴莱·康塔拉梅沙和皮奥·博。1. 历史的。"

"什么?"洛伦扎问。

我像他的同谋一样做出解释:"当萨尔加里①提到一个真实的事件(或者他认为是真实事件)时,比如说'巫师坐牛'在小大角战役之后吞食卡斯特将军的心脏——在故事的最后,他在页脚上做了一个脚注称:'1.历史的。'"

"就是这样。"贝尔勃向我投来了同谋者的感激眼神,"历史上的阿尼巴莱·康塔拉梅沙和皮奥·博就是叫这两个名字,这还不是他们最坏的一面。他们好逸恶劳,偷书报摊上的连环画,偷那些漂亮收藏中的弹壳,他们会把夹肉面包放在你刚刚借给他们的、人家作为圣诞礼物送给你的那本有关大陆与海洋探险的书上。康塔拉梅沙据说是共产党员,而博是法西斯。两人以一只弹弓之价就能将对方卖给敌人,他们讲述以性为主题的故事,运用蹩脚的解剖知识同人打赌,看谁在前一天晚上手淫的时间长。他们无恶不作,为什么不让他们吹杰尼斯呢?于是我决心诱惑他们。我向他们夸耀吹奏者的制服有多美,带他们去看公开死刑,让他们隐隐约约地看到与马利亚女修会的修女谈情说爱的可能……他们落入了我的陷阱。我白天在小剧场手拿一根长杆,就像在传教士小册子插图上描画的那样,当他们吹错时,我就敲打他们的手指——杰尼斯只有三个按键,用食指、中指和小指按动,但除此之外就是口形,我已经说过了。我快要讲到重点了,我的小听众们:终于有一天我能向蒂科推荐这两个杰尼斯吹奏手了,我不敢说他们很完美,但至少在经过多少个下午的准备之后,他们能在第一次排练时还过得去。蒂科被我说服了,给他们换上了制服,将我调去吹小号。一周后是圣母进教之佑瞻礼日,将演出《小巴黎人》作为戏剧季的开场节目,当幕布尚未拉开时,我面对着当局人物站起来开始吹奏《良好的开端》。"

"啊,多么光彩呀,"洛伦扎说,脸上露出一抹轻柔的妒意,"那切

---

① Emilio Sàlgari(1862—1911),意大利小说家。

奇莉娅呢?"

"她不在场。也许她生病了。我怎么知道?反正她不在。"

他环顾花园,因为此时他感到自己是游吟诗人——或江湖艺人。他计算了停顿的时间。"两天之后,蒂科派人把我叫去,他向我解释说,阿尼巴莱·康塔拉梅沙和皮奥·博搞砸了那场晚会。他们没有掌握节拍,心不在焉,在休止符时插科打诨,没有在正确的时刻起吹。蒂科对我说,'杰尼斯是乐队的主心骨,是乐队的节奏意识,是它的灵魂所在。乐队就好像是羊群,乐器是羊,指挥是羊倌,而杰尼斯就是忠实吠叫的牧羊犬,是它掌管着小羊羔的步伐。指挥首先看杰尼斯,如果杰尼斯听从他的指挥,小羊羔们就会顺从地跟他走。我的亚科波,我要请你做出一个大牺牲,你应当回到杰尼斯上去,同那两个人一起。你有节奏感,帮我带带他们。我向你起誓,一旦他们能够独立吹奏了,我就再让你去吹小号。'不管怎么说,是我欠蒂科的。我说,好吧。而在下一个节日,小号吹奏者还是站着吹奏,当着又坐在第一排的切奇莉娅吹《良好的开端》。我是在阴影中的杰尼斯吹奏者,至于那两个可恶的人,他们从未学会独立吹奏。我没再去吹小号,战争结束了,我回到了城里,我放弃了铜管乐器,而我甚至一直都不知道切奇莉娅姓什么。"

"可怜的小东西,"洛伦扎说,她从背后拥抱了他,"但你还有我呢。"

"我感到你好像喜欢萨克斯管,"贝尔勃说,然后转过脸亲吻了她的手。他又变得严肃起来了。"工作吧,"他说,"我们应当创造未来的历史,而不是沉湎于逝去的岁月。"

晚上,大家为解除禁酒令欢呼庆祝。亚科波似乎忘记了他那挽歌诗人的情绪,向迪奥塔莱维看齐。他们想象出一些荒唐的机器,结果发现那些机器都已经发明出来了。在忙了一整天之后,午夜时分,所有人都决定,要体验一下在山丘上过夜会有什么感受。

我睡在一间老式房间里,床单比下午更潮湿一些。亚科波坚持要求很早就放暖床器,那是一种椭圆形框架,能将被子架起来,可以放进一个有耳柄的暖手炉——他也许是想让我们感受一下乡间生活的全部乐趣。当潮湿是潜伏状态时,暖床器能把它引出来,人会感到丝丝暖意,可布料还是很潮湿。要有耐心。我打开有装饰灯罩的台灯,朝生暮死的昆虫在死前拍打着翅膀,就如诗人想要看到的那样。我一边读报一边试着入睡。

但大约一两小时过后,我听到走廊里有脚步声、开门和关门声,最后一次(我听到的最后一次)是猛烈的关门声。洛伦扎·佩雷格里尼正在考验贝尔勃的神经。

正当我要入睡时,听到有人在刮擦我的房门。我弄不清楚是不是一只动物(但我并未看到过这里有狗或猫),我感到好像是一个邀请、一个要求、一个诱饵。也许是洛伦扎,因为她知道贝尔勃在观察着她。也许不是。我直到那时,一直认为洛伦扎是属于贝尔勃的——至少是对我来说——再说,自从我同莉娅相识后,我对其他诱惑就失去了感觉,洛伦扎在办公室或酒吧同贝尔勃开玩笑时,就向我投出过狡黠的、常常又是会心的目光,好像在寻求同谋或者证人,共同参与——我总是这样认为——一种集体游戏,而且洛伦扎·佩雷格里尼总以一种挑战其情爱能力的神态注视任何男人——但方式很奇怪,好像在挑逗对方说:"我爱你,但只是为了让你明白你胆怯了……"那天晚上,我听到挫擦声、指甲划门漆的声音,别有一番滋味在心头:我感到我想得到洛伦扎。

我把头埋进枕头里,想念莉娅。我想同莉娅生一个孩子,我自言自语。我要让他(或她)刚刚会吹气就立即吹奏小号。

五七

> 在每三棵树的两边都悬挂着一盏灯笼,一位穿着蓝色衣裳的贞女用一支精美漂亮的火把将这些灯笼点燃,我在那里驻足欣赏这难以言传的美丽情景,流连忘返。
> 约翰·瓦伦丁·安德烈埃《克里斯蒂安·罗森克罗伊茨的化学婚礼》
> 斯特拉斯堡,策次纳,一六一六年,2,第二十一页

近中午时,洛伦扎来到晒台与我们会合,她笑容满面,宣称她查到有一列豪华列车在中午十二点半途经×××,她只倒一次车就能在下午到达米兰,问我们能否送她到火车站。

贝尔勃继续翻阅他的札记,说:"我感到阿列埃也在等你,我甚至感到他组织整个考察只为了你。"

"活该,"洛伦扎说,"谁送我去呀?"

贝尔勃站起身来,对我们说:"我一会儿就回来。然后我们还能在这里待两个小时左右。洛伦扎,你还有个包吧?"

我不知道在去火车站的路上,他们还说了些什么话。贝尔勃过了二十多分钟就回来了,他继续工作,没有再评论这突如其来的事。

午后两点钟时,我们在市场广场找到了一家舒适的餐馆,点菜和选葡萄酒又使贝尔勃唤起了另一些童年旧事的回忆。但是他谈论这些事时,就好像在引述别人的传略似的。他失去了前一天讲故事的

兴致。下午三四点钟的时候,我们一起出发同阿列埃和加拉蒙会合。

贝尔勃驾车向西南方向驶去,沿途的景色逐渐变换。×××镇的山丘即便在深秋仍显得那么小巧玲珑、和缓柔美;现在却不同了,我们愈往前行,风景愈加开阔,尽管每一个转弯处都会冒出一些山峰来,里面还隐蔽着一些小村庄。但是在山峰之间地平线无穷无尽地展开——在池塘上,在山谷上,正如迪奥塔莱维观察到的,他恰如其分地复述着我们的发现。于是,当车子挂上三挡行驶时,从每一个连绵不断的波浪形剖面拐弯伸展开去,直至高地边缘,大地被一层类似冬天的雾霭笼罩,仿佛由沙丘组成的平原,事实上,我们已在半山腰。就好像是造物主那粗笨的手把他认为过高的尖峰按压了下去,把它们变成了凹凸不平的楹梓果酱,一直延伸至海边,天晓得,也许延伸到了陡峭的大陆架。

我们来到了与阿列埃和加拉蒙约定会合的那个村庄,地点在中央广场的一家酒吧里。得知洛伦扎没有同我们一起来,阿列埃尽管感到不悦,但不露声色。"我们那位优雅的女性朋友不愿意同其他人分享界定她的那些秘密。奇特而独有的腼腆,我很欣赏。"他说。就说了这些。

我们一行出发了,加拉蒙先生的奔驰领头,贝尔勃的雷诺压阵,穿过山谷,绕过山丘,直至夕阳西下时,我们看到了一幢建在山上的奇特建筑物,像是十八世纪的黄色古堡,远远望去有一些梯田盘旋在古堡周围,虽值深秋时节,梯田中的花草树木仍然繁茂葱郁。

我们来到山脚下的一块空地,那里已停放了许多车辆。"我们把车停在这里,"阿列埃说,"接下来就得步行了。"

现在暮色正在变为夜色。沿着山坡点燃的成排火炬照亮了我们前往古堡的上坡路。

真有点奇怪,从发生所有事情的那一刻直到深夜,我的记忆既清晰又模糊地混在了一起。我回想在潜望镜室里的那个晚上，并觉察到两次经历之间似有共同之处。我于是自言自语，现在你在这里，在一种非自然的情况下，被旧木头难以觉察的霉味熏得几乎失去知觉，怀疑自己身在坟墓中，或者在一个正在发生化学变化的罐子里。只要把头伸向那间小屋之外，就能看到在半明半暗中的那些原本在白天静止不动的物体，在魔咒的烟雾中却好像埃莱夫西斯祭神仪式上的阴影一样晃动。在古堡的那晚就是这样：那灯光，沿途的不期而遇，听到的只言片语，更晚一些时候的烟雾，全都要我相信是在做着一个梦，但是以非正常的形式出现，就好像人们梦见做梦时那种将醒未醒的状态。

或许我应该什么都不记得，但相反我却全都记得，好像那些事不是我亲身经历的，而是别人讲述给我听的。

我不清楚如此混沌又如此清晰的记忆究竟是已经发生了的事，还是我希望发生的事，但可以肯定的是，那天晚上在我们的头脑里已经有了"计划"的轮廓，我们想为这无形的经验赋予某种形式，把某些人想使其成真的幻想转变成幻想出来的现实。

"沿着这条路走就是一个仪式，"当我们向上走时，阿列埃说，"这些空中花园同萨洛蒙·德·科为海德堡城堡设计的一样，或者几乎一样，我指的是在伟大的玫瑰十字会的世纪里选帝侯腓特烈五世的城堡。灯光暗淡，但本应如此，因为最好是直感，而不是直观：我们好客的主人并未按原样复制萨洛蒙·德·科的设计，而是将它浓缩在一个更狭小的空间里。海德堡的花园模仿了宏观宇宙，但把它重建在这里的人只是模仿了微观宇宙。你们看这个岩洞……毫无疑问是装饰性的。但是德·科向人们展示的是米夏埃尔·马耶尔的《飞奔的阿塔兰忒》的图徽，那上面的珊瑚是哲人石。德·科知道可以通过花园的形状影响星辰，因为有些文字的形状模拟了宇宙的和谐……"

"太神奇了。"加拉蒙说，"但花园如何影响星辰呢？"

"一些符号左右另一些符号,一些符号注视着另一些符号,它们相互拥抱,强求爱情。它们没有也不应当有固定的形态。根据其热望和灵魂的升华,试验特定的力量,正如古埃及人的象形文字那样。我们只能通过一些印记、形体、字形和其他仪式同神灵建立联系。出于同样的原因,神灵借用梦和谜团同我们谈话。这些花园就是这样。这片园地的每一处都在复制炼金术的一项秘密,但遗憾的是我们再也无力解读它,甚至我们的主人也做不到。这个人对秘密的探究有罕见的执着,你们将会同意我的看法,他花费了毕生积蓄,来描画这些连他也不知其含义的表意文字。"

我们往上走,花园的面貌随着梯田的更迭发生变化。一些像迷宫,另一些则像徽标,但是只能从上一层看到下一层梯田的图形,我从上面发现了一个皇冠的轮廓和另外一些我路过时没注意到的对称图形。总之,我无法解读。在篱笆间行走时会看到每一片梯田由于透视效果都会显示出一些形象,但是从上面的梯田再看的话,就会有一些新的发现,甚至与之前看到的完全相反——阶梯的每一级台阶都在同时讲着两种不同的语言。

我们往上走时,渐渐地又发现了一些小型建筑物。一个阳具形状的喷泉在一个拱门或拱廊下面喷涌,上面有海神脚踏海豚的雕饰,一扇饰有亚述列柱的大门,还有一个形状模糊的拱门,就好像三角形和多角形重叠在多角形上,而每一个尖顶上都竖立着一尊动物雕像,一头驼鹿,一只猴子,一头雄狮……

"所有这一切在说明什么吧?"加拉蒙问道。

"当然!只要读一下皮奇乃里的《符号世界》就明白了,阿尔恰托早就以预言家特有的激情先行做了介绍。整个花园就像是一本书或魔法,其实都是一回事,是可以解读的。您只要知道这些符号,能够低声说出花园诉说的字词,就有能力操纵作用于尘世上的无数力量之一。这个花园是一个统治宇宙的装置。"

他叫我们看一个山洞。里面有病恹恹的藻类植物和仅留下骨骸的海洋动物,我不知道是天然的还是石膏或石头雕成的……隐隐约约地看到一个水神拥抱一头公牛,公牛长着一条像《圣经》里大鱼的带鳞尾巴,浸在水中,水则从由半人半鱼的海神手中拿着的细颈酒罐似的贝壳中流出。

"我想让你们理解它的深层含义,否则那将只是庸俗的水利学游戏。德·科非常清楚,如果一个瓶罐灌满了水,把上面封死,那么即使在罐底开了孔,水也不会流出来。但如果在上面也开孔,水就会向下流出或喷出。"

"这不是显而易见的吗?"我说,"在后一种情况下,空气从上面进入,推动水向下涌出。"

"典型的唯科学主义的解释,倒因为果,或者相反。您不应当考虑为什么水在后一种情况中能流出来,而应当思索,为什么在前一种情况中水拒绝涌出。"

"那为什么拒绝涌出呢?"加拉蒙急切地发问。

"因为如果水流出来,罐子就成了真空的了,而大自然非常厌恶真空。虚空并不存在。是玫瑰十字会的一项教义,现代科学则将它抛到了脑后。"

"令人惊叹,"加拉蒙说,"卡索邦,在我们那本神奇金属史的书中,这些东西要突出强调,请注意。可不要对我说水不是金属。要有想象力。"

"对不起,"贝尔勃对阿列埃说,"您的论据是 post hoc ergo ante hoc[①]。即后来的东西导致了先前的东西。"

"不能按照线性顺序来思考问题。这个喷泉的水就不是这样,大

---

① 拉丁文,果在因前。

自然也不是。大自然不顾及时间。时间是西方的发明。"

我们向上走的途中遇到了另一些宾客。在看到其中一些人时，贝尔勃用臂肘撞撞迪奥塔莱维，对他低声说："对，是赫耳墨斯的面孔。"

萨隆先生置身于那些有着一副赫耳墨斯面孔的朝觐者之中，但他独自一人在行走，口唇间露出严肃宽容的微笑，我向他微笑着点头，他也向我回礼。

"您认识萨隆？"阿列埃问我。

"您认识萨隆？"我问他，"我当然认识，我和他住在同一幢楼里。您觉得他怎样？"

"我对他了解甚少。一些要好的朋友对我说他是警察的线人。"

怪不得萨隆知道有关加拉蒙出版社和阿尔登蒂的事。在萨隆与德·安杰里斯之间有何联系？但我只限于向阿列埃打听："一个警方的线人在像今天这样的聚会中做什么呢？"

"警察的线人，"阿列埃说，"是到处都要去的。任何经历对编造信息都是有益的。知道的事情愈多或者假装知道，在警察面前就愈有势力。知道的事情是否真实并不重要。记住，重要的是要拥有一个秘密。"

"但为什么萨隆被邀请到这里来呢？"我问道。

"我的朋友，"阿列埃回答说，"可能是因为我们的主人遵循智慧思想的金科玉律：任何谬误都会成为被埋没的真理传播者。真正的秘传学说并不惧怕对立面。"

"您是说，最终那些人都会达成一致的。"

"Quod ubique, quod ab omnibus et quod semper.[①]领悟奥秘就

[①] 拉丁文，无时无地无人不认可的东西。

是发现永恒的哲学。"

就这样,我们谈论着哲学,不知不觉已来到梯田的顶端,一条贯穿开阔花园的小径把我们引向别墅或者说古堡的正门。在一根圆柱上面安放着一个火炬,比其他火炬都要大,在火光的照耀下,我们看到一个少女身穿蓝色长裙,上面缀满了金色的星星,她手中握有在歌剧中使者吹奏的小号。好像是在中世纪神秘剧中的天使炫耀着用上等犊皮纸制成的羽毛,她的肩背上有两只洁白的大翅膀,上面装饰着一些杏仁形的小石块,中间画有圆点,人们会不经意地把它们看成眼睛。

我们见到了卡迈斯特莱斯教授,他是拜访加拉蒙出版社的第一批魔鬼作者之一,是东方圣殿骑士团的对手。我们好不容易才认出他来,因为他的装扮很奇特,可阿列埃说在这种场合是适宜的:白色的亚麻布长袍,束着红色的腰带,交叉绑在胸前和背后,一顶十七世纪样式的奇怪帽子,上面缀了四朵红玫瑰。他跪在手持小号的少女面前,口中喃喃有词。

"真是,"加拉蒙说,"天地之间无奇不有……"

我们穿过装饰有历史故事画的正门,这使我联想到斯塔里埃诺公墓。在门上方有一组新古典主义风格的寓意雕刻,我看到镌刻了一行字:CONDOLEO ET CONGRATULOR[①]。

在大门内有很多宾客,气氛活跃,他们围绕在宽敞前厅的自助餐桌前,从这里可以沿着两个大楼梯上到上面各层。我还发现另外一些熟识的人,其中有布拉曼蒂,还有——出乎意料的——受勋骑士德·古贝尔纳蒂斯,他是已经被加拉蒙出版社剥削过的自费作者,不过,也许他尚未面临他那部杰作全部被送去化为纸浆的可怖前景,因

---

① 拉丁文,我同情,我祝贺。

为他走向我的老板,向他表示敬意和感激。一个有着一双超大眼睛的小个子走上前来向阿列埃致意,从他那一口毋庸置疑的法国口音,我们认出了他是皮埃尔,也就是那天我们从阿列埃小书房的帐幔后听到指责布拉曼蒂搞巫术的人。

我走向自助餐台。有些饮料瓶装着彩色液体,我无法分辨出那是些什么东西。我倒了一杯好像葡萄酒的黄色饮料,味道还不坏,有一种玫瑰露酒的味道,当然是含有酒精的。也许还含有其他什么成分:我开始感到头晕。在我的周围聚集了许多赫耳墨斯面孔,旁边还有退休省长的严肃面容,我听到了交谈片断……

"在第一阶段你们应当同别的心灵沟通,其次将思想与形象投射到别人身上,使圣地充满激情,取得对动物王国的统治权。第三步,尝试在空间的任何一点上,投射出你的重影、分身,像瑜伽,应当同时出现在不同的形态中。随后就涉及向植物本质的超感觉的意识过渡了。最后要尝试分离,这里指的是身体在一个地方解体,又在另一个地方完整地出现,我说的不仅仅是你的分身。最后,延长生理寿命……"

"长生不老……"

"不是立竿见影。"

"那你呢?"

"需要集中心力。我不否认,那是很艰苦的。你知道我已不是二十岁的人了……"

我又同我那一班人会合了。他们正步入一个有圆墙角和白色墙壁的房间。在房间深处,像在蜡像博物馆里——但那天晚上浮现在我脑海的形象却是我在巴西翁邦达大篷的祭台看到的——两尊真人大小的蜡像被闪闪发光的材料包装着,像是制作粗劣的道具。一尊是坐在宝座上的贵妇人,穿着洁白的或者说几近洁白的衣服,上面缀有闪光片。在她上面用绳索悬挂着一些莫可名状的东西,像是毡布做的伦奇娃娃。在屋子的一角有一台扩音器,发出好像由远处传来的小号声,音质很好,有点像加布里埃利①的曲子,音响效果比视觉效果更耐人寻味。右边也有一尊女人蜡像,着大红天鹅绒服装,束着白色腰带,头戴桂冠,旁边是一个金色的天平。阿列埃给我们解释有关这些东西的各种典故。我漫不经心地听着,其实对很多来宾的表情更感兴趣。这些怀着激动与崇敬心情的宾客的表情一个接一个地在花样翻新。

"那些人的表情同去圣地朝拜穿着绣有银心服装的黑圣母的人没有两样。"我对贝尔勃说,"也许他们认为那就是有血有肉的耶稣母亲?不会,可他们也不会有相反的念头。他们为形象的逼真而欣喜,他们把眼前的情景视为幻象,而把幻象当成了现实。"

"对,"贝尔勃说,"但问题不在于了解那些人比去圣地朝拜的信徒好还是坏。我正在想,我们是什么人。我们认为哈姆雷特比我们的看门人更真实。我到处寻找包法利夫人,要和她大吵一架,我有权评论他们吗?"

迪奥塔莱维摇摇头,对我低声说,不该复制神圣事物的形象,所有那些东西全是金牛犊之显现。但他乐在其中。

---

① Andrea Gabrieli (1510—1585),意大利作曲家。

五八

照这样说,炼金术是一个贞洁的妓女,她有众多情人,但他们都大失所望,因为她不同任何人交媾。她把愚人变成了疯子,把富人变成了穷光蛋,把贤人变成了傻瓜,把受骗的人变成了花言巧语忽悠人的骗子……
特里特米乌斯《希尔绍修道院年鉴》第二卷
圣加洛,一六九〇年,第二二五页

突然大厅陷入半明半暗之中,而墙壁却亮了起来。我发现墙壁的四分之三被环形银幕覆盖着,正要放映图象。这些形象出现时,我注意到部分地板和天花板是用反光材料做成的,而我先前感到很粗糙的一些东西也会反光,闪光片、天平、盾牌、一些黄铜酒杯。我们仿佛沉浸在水下世界,图象不断增多,被分割开来,同参观者的影子混在一起,地板反射天花板,天花板又反射地板,并且一同反射投射在墙壁上的影像。随着音乐响起,若有若无的气味在大厅里弥漫开来,首先是印度香料的香气,然后是其他更难以确定的气味,有时还很难闻。

半明半暗化为漆黑一片,接着听到一阵黏黏的咕嘟咕嘟声,那是岩浆迸发,我们置身于火山口上,一种黑色的黏性物质在黄蓝色炽热火焰断断续续的闪光中跳动着。

一股油腻黏稠的液体向上释放着蒸汽,再像雨露一样降到谷底,周围散发出发臭的泥土味和霉菌的腐臭味。我在坟墓、深渊和黑暗中喘息,我浑身沾满了有毒的污泥浊水,它在粪土、腐殖土、煤灰、泥浆、月经、烟灰、铅、粪便、树皮、泡沫,比黑色还黑的柴油的舌沟里流淌着,大厅又明亮起来了,出现了两只爬行动物——一只是浅蓝色的,一只是淡红色的——它们相互咬着尾巴,形成了一个圈。

当时我好像喝了超量的酒,我看不到我的同伴们在哪里,他们消失在半明半暗之中。我认不出从我旁边溜走的那些形体,我发现它们轮廓凌乱,游弋不定……就在那时,我感到有人抓住了我。我知道那不是真的,但我不敢转过头去,不愿发现我弄错了。我闻到了洛伦扎的香水味,直到那时我才明白,我是多么希望拥有她。肯定是洛伦扎。她在这里,继续那段用沙沙声、用指甲划门的声音开始的对话。昨晚仍是一个悬案。硫黄与水银结合成一股黏稠的热液使我的腹股沟跳动,但并不激烈。

我等待着雷比斯[①]的出现,他是雌雄同体的小孩,是哲人之盐,为白化加冕。

我好像无所不知。也许是最近几个月里读过的内容又浮现在我的脑海,或许洛伦扎通过她的手的接触来传播知识,我感到了手掌在冒汗。

令我惊讶的是我喃喃地说出了一些久违的名字,这些名字我是知道的,是炼金术士给白化物起的名字,但我以此——也许——正在焦急地呼唤着洛伦扎——我不知道,也许只是我对自己重复,像做赎罪的连祷:白铜,洁白的羊羔,阿伊巴特斯,阿尔博拉,圣水,净化水银,雌黄,活水银,包铅蓝宝石,康巴尔,卡斯帕,铅粉,蜡,查伊亚,科迈里松,厄勒克特拉,幼发拉底,夏娃,法达,古罗马风神,炼金水银,吉文尼斯宝石,钻石,齐巴次,齐瓦,面纱,水仙花,百合花,雌雄共体,

---

① Rebis,炼金术的象征,指上帝的阴阳二性。

哈埃,本质,原始物质,贞女之乳,奇石,满月,母亲,活性油,豆荚,鸡蛋,痰,点,根,自然之盐,铺叶之地,泰沃士,硼砂,蒸汽,夜星,风,悍妇,法老酒杯,童子尿,秃鹫,胎盘,月经,逃跑的仆人,左手,金属精液,灵魂,锡,果汁,硫黄……

在现在已经变为灰色的沥青中,正显示出一幅山岩峭壁和枯树的远景,在它们后面黑色的太阳正在落山。接着就是一道耀眼的光芒,闪闪发光的图象浮现出来了,经过四面八方的反射,产生了万花筒的效果。现在弥漫着一股教堂礼拜仪式时的气味,我已开始感到头痛,额头很沉,我隐隐约约看到一个豪华的大厅,挂满了金色的壁毯,也许正在举行婚宴,王子打扮的新郎和穿白色婚纱的新娘,老国王和王后端坐在宝座上,旁边站立着一位赳赳武夫,还有另一个黑皮肤的国王。在国王面前有一个小祭坛,上面摆放着一本黑天鹅绒封面的精装书,象牙烛台上的蜡烛已经点燃。在烛台边有一个地球仪和一座报时钟,钟上装饰着一个小巧的水晶喷泉,喷涌出血红色的液体。在喷泉上好像有一个人头骷髅,深陷的眼窝里有一条白蛇在向外爬……

洛伦扎对着我的耳朵喃喃私语。但我却听不清她在说什么。

那条白蛇随着悲伤而悠扬的音乐节奏蠕动。老君王们穿着黑色长袍,在他们面前摆着六副盖上盖子的棺材。大号发出的阴森声音传入耳中,一个戴黑色风帽的人随之出现了。他开始履行圣事,好像慢镜头一样,国王带着沉痛的欢乐接受圣事,温顺地点头致意。然后戴风帽的人挥舞着斧头,利刃像钟摆般在空气中挥舞,利刃的砍杀出现在每一个反射面上,每一个反射面又反射到其他反射面上,图象就这样倍增,成千的头颅滚落在地,从此刻起,图象接连不断地出现,使我眼花缭乱,难以跟踪事态的发展。我想,所有那些人物,包括黑皮肤的国王都一一被斩首并送入棺材中,然后整个大厅转为一片海边或湖边的景色,我们看到有六艘战船靠岸停泊,战船被照得通亮,棺材被运到船上,战船行驶在水平如镜的海上,消失在茫茫黑夜里,当这一切进行时,香气像浓重的蒸汽似的明显地扩散开来,有一瞬间我曾担心自己也被列入死刑犯的行列,而在我周围的许多人都喃喃低语,"婚礼,婚礼……"

我丢了洛伦扎,而直到那时,我才回身在那些黑影中寻找她。

现在大厅成了一个地下墓穴,或者一座豪华的坟墓,圆拱顶被一块异常巨大的红宝石照得通亮。

在每一个角落里都有一些穿着贞女服装的女人,她们围着一个双层锅炉,锅炉架在一个有石头底座的小城堡上,因有廊形架柱,所以很像是一个火炉……

在小城堡的底座上能看到被斩首者的尸体。一个女人从随身携带的匣子里取出一个圆形物体,放在底座上,中央那个尖塔的穹顶上的喷泉顷刻就开始喷涌。我马上辨认出那个圆形物体是黑皮肤国王的头颅,现在正如柴火般燃烧,使喷泉的水沸腾起来。蒸汽,风,沸腾的气泡……

洛伦扎此时将一只手搭在了我的脖子上抚摩,就像在车中她抚摩贝尔勃时被我窥视到的情景那样。那个女人拿着一个金色的圆球,打开底座火炉上的水龙头,从那里流出了一股红色黏稠的液体,灌入金色圆球中。然后那个圆球被打开了,里面的红色液体被一个雪白的美丽大蛋取而代之。女人们把它拿起来放在黄灿灿的沙地上,大白蛋旋即也打开了,出来一只鸟,残缺不全,满身是血。但是在被斩首者的血液浸泡滋润之后,在我们的眼皮底下成长起来,变得光彩照人。

现在,他们又在一个小祭台上将鸟斩首,将其焚为灰烬。有一些人将灰烬调制成糊状倒入两个模具中,将模具置于火炉上烘烤,还用一些管子向炉中吹气。最后将模具打开,出现了两个白色的几乎透明的精美小人,一个男孩,一个女孩,身高不过四拃,皮肤柔嫩,肉嘟嘟的,活脱脱的一对造物,但是眼睛像玻璃,像矿石。他们被放置在两个枕垫上,一位长者向他们口中滴进鲜血……

另外几个女人拿来了金光闪闪的小号,小号上装饰着绿色的花环,她们将其中一只递给一位受人尊敬的长者,他把小号对准了这两个依然如植物般无精打采和如动物般沉睡的造物的嘴,开始将灵魂吹入他们的躯体……大厅里灯光明亮,继而又渐渐暗淡了下来,最后变得漆黑一片,橘红色的闪光不时打破黑暗,随后大厅里充满了曙光,而这时,几支小号吹奏出高昂震耳的响声,红宝石般的闪光使人简直难以忍受。这时,我又把洛伦扎丢了,我感到我或许再也找不到她了。

一切都变成了火红色,又逐渐变弱为靛蓝与紫色,银幕变暗了。这时我的额头剧烈疼痛,难以忍受。

"Mysterium Magnum[①],"阿列埃说,现在他在我身旁不慌不忙地大声评论,"新人通过死亡与激情而得到了重生。我要说,表演得很好,尽管寓言的风格使故事的情节有点割裂,影响到它的准确性。你们看到的自然是一场演出,但它在说明一件'事物'。而我们的主人称这一'事物'是他创造的。来吧,让我们去看完成的奇迹。"

---

① 拉丁文,大奥秘。

五九

> 如果这样的魔鬼得以产生，那就应当认为这是大自然的杰作，尽管它们和人是不同的。
> 帕拉切尔苏斯《何蒙库鲁兹》，作品第二卷
> 日内瓦，德·图尔内斯，一六五八年，第四七五页

他带我们来到外面的花园，我顿时觉得舒服多了。我没有勇气向别人打听，洛伦扎是否真的回来了。我在做梦。但没走几步，我们就进入了一间温室，热气又闷得我头晕目眩。在热带植物占多数的温室中间，有六个玻璃酒瓶，形状像梨子或者泪珠，神秘地密封着，里面装满了淡蓝色的液体。每个瓶中漂浮着一个高约二十厘米的小人：我们认出了灰头发的国王、王后、黑皮肤的国王、武士，还有两个戴桂冠的少男少女，一个天蓝色，一个玫瑰色……他们以优美的游泳动作在里面漂荡，好似在自己的天地里悠然自得。

很难确认那是塑料或蜡制成的模型，抑或是活物，因为液体在轻微晃动，无法弄清使他们看来栩栩如生的轻微呼吸究竟是光学效应还是现实。

"他们好像每天都在成长，"阿列埃说，"每天早晨这些瓶子都被埋在一堆新鲜的热马粪中，提供适于生长的温度。为此，在帕拉切尔苏斯的著作中有一些处方称，何蒙库鲁兹应当在马肚皮的温度里成长起来。据我们的主人称，这些何蒙库鲁兹对他讲话，告诉他秘密，

未卜先知,有的向他揭示所罗门圣殿的真实尺寸,有的告诉他如何驱除妖魔……老实说,我从未听到过他们讲话。"

他们的面孔表情丰富。国王含情脉脉地注视着王后,他的眼神十分温柔。

"我们的主人对我说,有一天早晨,天蓝色的少年天晓得怎么样逃出了他的囚牢,正在试图扯开他的女伴的瓶封……但由于他已经逃离了他那个天地,所以呼吸艰难,他们把他送回原来的液体中,才救了他一命。"

"多可怕,"迪奥塔莱维说,"我可不愿意要他们。老是得随身带这些瓶罐,还要到处去寻找马粪。夏天怎么办呢?把他们丢给门房吗?"

"但也许,"阿列埃最后说,"他们只是一些浮沉子,是笛卡儿的小鬼。或者是一些机器人。"

"天哪,"加拉蒙说,"阿列埃博士,您让我看到一个新宇宙。我们大家都应该更谦卑,亲爱的朋友们。大千世界,无奇不有……但最终,要像上战场那样去打仗……"

加拉蒙的确受到了震撼。迪奥塔莱维保持一种玩世不恭的好奇神态,而贝尔勃则露出无所谓的样子。

我想消除我的一切疑惑,对他说:"可惜洛伦扎没有来,否则她会很开心的。"

"对呀。"他心不在焉地回了一句。

洛伦扎没有来。而我像里约热内卢的安帕罗那样感到痛苦。我有一种受挫的感觉。他们没有给我阿哥哥。

我离开了他们,回到屋里,从人群中挤过去,到了餐桌前,拿了一点清凉饮料,生怕里面掺了春药。我寻找洗手间想要在太阳穴和脖子上拍点凉水。我找到了,松了口气。但当我走出洗手间时,一个盘旋而上的小楼梯引起了我的好奇,我无法拒绝这一新探险。也许,尽管我以为已恢复镇定,却还在寻找洛伦扎。

六〇

> 可怜的傻瓜！你是多么幼稚可笑，竟会认为我们把最大的和最重要的秘密明目张胆地告诉你吗？我可以肯定地对你说，谁要是想以常理和按照字面意思解释赫耳墨斯学家写的那些东西，那就必将误入迷宫的错综复杂的路径中难以逃出，他没有阿里阿德涅的线引他走出迷宫。
>
> 阿尔泰菲乌斯

我撞入了一个地下大厅里，有适度的照明，岩状墙面，像公园里那样的喷泉。我在一个墙角发现了一个开口，犹如用砖砌成的一个喇叭口，从远处就能听到那里发出一些声响。我走近去，声响更清晰，甚至可以分辨出语句来，清清楚楚，明明白白，好像就在我身旁说着。狄奥尼修斯之耳！

耳朵显然同上面的一个大厅相通，能听到那些走过它旁边的人的谈话。

"夫人，我要对您说的话从未向任何人说过。我累了……我加工过朱砂、水银，我蒸馏过灵魂、酵母、铁盐、钢盐以及它们的渣滓，但我没有找到哲人石。我利用鸡蛋壳、硫黄、硫酸盐、砷、氨盐、玻璃渣、碱盐、普通盐、岩盐、钾硝盐、苏打盐、硼砂、酒石盐、氢钾盐，但请相信我，不要信这些。要避免使用染成红色的不完美的金属，否则会上当受骗,像我一样。我全都试过了:血液、毛发、铅心、白铁矿、铜锈、碳酸铁、铁鳞和铁沫、一氧化铅、锑,仍一无所获。我从银子中提取油和水,我用调制好的盐或不用盐使银钙化,还使用了烧酒,我提炼出了腐蚀油,这就是全部。我还用上了牛奶、葡萄酒、凝乳酶、跌落在地球上的星星的精液、玛瑙、胎盘,我把水银和金属混在一起,使金属结晶,我在那同一堆灰烬中寻找……"

"行了,行了,您让我兴奋……"

"我只对您坦言我的秘密。我不属于任何时代、任何地方。我在时空之外经历着我永恒的存在。有些人不再需要天使守护,我就是其中之一……"

"但为什么您把我引到这里来呢?"

另一个声音:"亲爱的巴尔萨莫,我们是在听长生不老的神话吗?"

"愚蠢!长生不老不是神话,是事实。"

我对喋喋不休的闲谈感到厌烦,正准备离开,听到了萨隆的声音。他紧张地压低声音说话,好像拉着某人的胳臂。我听出了皮埃尔的声音。

"算了吧,"萨隆说,"您不会对我说,您也是为了炼金术的无稽之谈来这里的吧。您不会对我说您来花园是为了乘凉的吧。您知道德·科造了海德堡城堡之后,接受了法兰西国王的邀请去管理巴黎的卫生工作吗?"

"是楼房的外立面吗?"

"他不是马尔罗①。我怀疑他是去管下水道的,有趣吧? 这位先

---

① André Malraux (1901—1976),法国作家、政治家,曾任法国文化部部长。

生为国王们发明了富有象征含义的橙园和果园，但他真正感兴趣的是巴黎的地下建筑。在那个年代，巴黎没有真正的下水道网络。只有地表的运河和地下沟渠，人们对此知之甚少。罗马人自共和时期起就对他们的马克西玛下水道了如指掌，而在一千五百年以后的巴黎，人们却对地下的情况一无所知。德·科之所以接受国王的邀请，就是因为他想知道得更多。他究竟想了解什么呢？在德·科之后，科尔贝为了清理地下沟渠——这只是一个借口，要知道，那是在铁面人的时代——他派遣囚犯去清扫，而这些囚犯就乘小船在屎尿污水中顺流而下直至塞纳河，再换乘别的小船逃离，没有任何人敢阻拦这些浑身散发着难闻臭气、苍蝇成群追逐的可怕造物……于是科尔贝便派宪兵守候在地下沟渠的各个出口，囚犯们被堵在地下隧道的臭水沟中熏闷而死。在三个世纪的时间里，巴黎只有三公里长的下水道。而在十八世纪则覆盖了二十六公里，也就是在法国大革命前夕。这难道不说明问题吗？"

"哦，您知道，这个……"

"是新人上台，他们知道某些前人不知道的东西。曾经发现很多房屋下面都有通道同下水道直接相连。"

"那样啊……"

"是从窗户向下倒便壶的那个时期吗？为什么从那时起，就有了带类似侧翼人行道的下水道，在墙上还砌有供人抓扶的铁环？这些通道相当于小酒馆的秘道，下等阶层在那里——当时统称他们为盗贼——聚会，如果警察来搜查，他们就闻风而逃，并若无其事地出现在另外一个地方。"

"都是道听途说。"

"是吗？您想庇护谁呢？拿破仑三世执政时，奥斯曼男爵依令要求巴黎所有的房屋都必须修建一个单独的排污池，还要修建一个同总下水道相连的地下通道……高为二点三米，宽为一点三米。明白吗？巴黎的每幢房屋都有地道与下水道相通。这一切都始于在海德堡设计了花园的那个人……"

"还有呢？"

"我看您是不愿再谈了。也许您知道什么,但不想告诉我。"

"我求您了,放过我吧,已经很晚了,我还要去参加一次会晤。"一阵脚步声。

我不明白萨隆说那些话目的何在。我耳朵紧贴着岩状砖面,环顾四周,感到我也置身于一个地下的圆拱顶下面,感到那个传声的渠道通往一个黑暗通道,向下一直通到地球中心,那里挤满了尼伯龙根人。我感到阴冷。我正要离开时,听到了说话声:"来吧。我们就要开始了。在秘密厅里。把其他人也叫来。"

六一

> 金羊毛由一条长着三个头的龙守护着,第一个头来自水,第二个头来自土地,第三个头来自空气。只有三个头长在一条最强大的龙身上,它才能吞噬所有其他的龙。
>
> 让·德·埃斯帕涅《赫耳墨斯学之秘》,
> 一六二三年,第一三八页

我又同我那一伙人会合了。我告诉阿列埃,我听到有人在低声谈论一场会议。

"哎呀,"阿列埃说,"您真是好奇心重啊!但我理解您。一旦进入赫耳墨斯的奥秘之中,您就想了解它的一切。好吧,据我所知,今晚将会举办被接纳的上古玫瑰十字会新成员入会仪式。"

"可以观看吗?"加拉蒙问道。

"不可以。不应当。或许不应当。或许不能够。不过,我们可以充当希腊神话中的那些角色,看那些不应当看的东西,然后面对神灵的愤怒。我允许你们瞥上一眼。"他引我们上了一个小楼梯,走向一个黑暗的走廊,他拉开了一个布幔,透过关闭的玻璃窗我们可以看到下面的大厅被一些熊熊燃烧的火盆照亮。墙上挂满了锦缎挂毯,上面绣着百合花,在大厅深处放着一个宝座,置于金色华盖之下。在宝座两侧分别有一个纸板或塑料做的太阳和月亮,它们被放在两个三脚座架上,做工粗糙,但上面覆盖着锡箔或金属薄片,当然是用金银做的,有一定的效果,因为它们都分别被一个火盆直接照耀着,在华盖上面的天花板上悬挂着一颗巨星,闪耀着珍贵宝石或玻璃晶体的光芒。天花板由天蓝色的锦缎装饰,上面缀绣着银白色的大星星。

在宝座之前,有一个饰有棕榈叶的长桌,桌上摆放着一把利剑,桌子前面有一头雄狮的标本,张着血盆大口。有人显然预先在它的头颅里安放了一只红色灯泡,因为它的双眼闪着强光,咽喉似在喷吐火焰。我想这应是萨隆先生一手炮制的,而我终于明白了那天在慕尼黑矿坑隧道里他提到的是哪些有趣的顾客。

布拉曼蒂站在桌旁,他身着猩红色祭服和绿色绣花的外套,外披白色斗篷,上面缀着金黄色的流苏,闪光的十字架挂在胸前,头戴类似主教冠的帽子,上有白红二色的羽饰。在他前面,按圣事规矩排列着二十多个人,他们也同样身着猩红色祭服,但没有穿外套。所有人都在胸前佩戴着一枚我似曾相识的金色物件。这使我联想到文艺复兴时的一幅肖像画,哈布斯堡王朝时期的大鼻子,被挂在腰部的四蹄悬空的奇怪羔羊。他们的打扮仿效着金羊毛骑士团的那一套。

布拉曼蒂正在讲话,他双臂高举,似在宣读连祷,在场的人不时回应。然后,布拉曼蒂举起了利剑,所有人都从祭服中掏出小短剑或裁纸刀也高举起来。正在此时,阿列埃放下了窗幔。我们看到的已经太多了。

我们迅速离开(以"粉红豹"的步伐,正如迪奥塔莱维准确形容的那样,他难得一次对现代社会的那些离经叛道之物有所了解),我们到了花园里,有点气喘吁吁。

加拉蒙感到震惊:"那他们……是共济会会员了?"

"哦,"阿列埃说,"何为共济会成员? 他们是一个骑士团的信徒,与玫瑰十字会有关联,间接源于圣殿骑士团。"

"但所有这一切同共济会没有关系吗?"加拉蒙还在追问。

"如果说同共济会有某些共同之处,那你们已经看到了,布拉曼蒂搞的那一套仪式对地方自由职业者与政界人士来说也是一种消遣。这从开始就是如此：共济会是对圣殿骑士传奇的一次枯燥乏味的投机。而这是对滑稽模仿的滑稽模仿。只不过那些先生真的很当一回事。哎呀！这个世界充斥着玫瑰十字会会员和圣殿骑士，就如今晚你们见到的那样。不要期待会从那些人中得到什么启示，即便在他们中间也许能遇到一个值得信赖的洞悉奥秘者。"

"但说到底，"贝尔勃既无讽刺、也不怀疑地问道，好像这一问题涉及他本人似的，"说到底，您同他们打交道。您现在信赖谁？请原谅，我指在所有这些人中。"

"自然我谁都不相信。我像是一个轻信的人吗？我以冷静的眼光、理解的心情和感兴趣的态度看待他们，一个神学家就以这种态度看待期待圣真内罗节上出现神迹而大喊大叫的那不勒斯人。那些人在见证一个信仰，一个深层次的需求，而神学家则在那些冒着汗、流着口水的人群中转悠，因为可能遇到被忽视的圣贤、崇高真理的传承者，会有能力在某一天揭示出圣三位一体的奥妙。但圣三位一体并非圣真内罗。"

他是捉摸不透的。我真不知道该如何给他那赫耳墨斯调调的怀疑论、他的礼拜式的犬儒主义和那种高层次的无宗教信仰下定义，后者使他承认他蔑视的所有迷信是有尊严的。

"道理很简单，"他在回答贝尔勃的问题，"如果圣殿骑士，那些真正的圣殿骑士，留下了一个秘密，并且建立起了传承，那就应当去寻找他们，去那些他们容易伪装的各界中寻找，也许他们自己会发明一些仪式和神话，以便活动时不被人觉察。当警察搜捕高明的逃犯、邪恶的天才时，应当怎么做呢？去社会最底层搜寻，去声誉不佳的酒吧，虽然通常那里转悠的是一些小流氓，他们永远也策划不出警察追捕的人所犯下的滔天罪行。恐怖组织的首领要招募自己未来的追随者，要辨认自己人又当如何做呢？到所谓破坏者的窝点去找，有很多人缺乏勇气,永远成不了大事,却公开模仿那些由他们假想出的偶像的言论和行动。在大火中寻找失去的光亮,或者在灌木丛中寻找,当一阵热浪刮过之后,火苗在干树枝、炭灰和未燃尽的树叶下面噼啪作响。那些拙劣模仿的人难道不是圣殿骑士的最佳掩护吗?"

六二

我们认为那些在名义与目标上信奉德鲁伊特并在入会时自称德鲁伊特的协会,就是德鲁伊特团会。

M·拉乌尔《德鲁伊特和现代凯尔特社团》
巴黎,罗谢出版社,一九八三年,第一八页

已接近午夜时分了,按照阿列埃的计划,今晚的第二个惊喜在等待着我们。我们离开了选帝侯花园,驱车穿行在山丘之间。

行驶了大约四十五分钟之后,阿列埃让我们两辆车停在一个小树林边上。他说,要经过一个灌木丛才能到达一块林中空地,但是既无车行路又无人行小道。

我们踏进灌木丛中顺着一个平缓的坡地向上走去:脚下并不潮湿,但腐烂的树叶和黏糊糊的烂树根使我们的脚底打滑。阿列埃不时打开手电筒,为我们指明可行的通道,但他总是立即关掉,因为——他说——不该让主祭人知道我们的到来。迪奥塔莱维想做出评论,我记不太清,也许他提到了"小红帽",但阿列埃有点紧张,叫他保持静默。

当我们正要走出灌木丛时,开始听到从远处传来的声音。我们终于到达了林中空地的边缘,林中空地在淡淡的光照下出现了。这光像火炬,或者更像几近贴地闪烁的微弱银光,像草地上飘荡的肥皂泡一样带着化学反应的冰冷在燃烧。阿列埃让我们留在原地,隐蔽在树丛后等待,不要叫人看到我们。

"马上女祭司就要到了。她们是德鲁伊特,将呼唤神灵,呼唤伟大的宇宙贞女米基勒——圣米迦勒是她在基督教中的代表,所以圣米迦勒是天使,是雌雄共体并非偶然,如果它能够代表女性神灵……"

"她们来自何方?"迪奥塔莱维喃喃地说。

"从各个不同的地方,有从诺曼底来的,有从挪威来的,还有从爱尔兰来的……这个事件相当奇特,而这个地方适宜举办仪式。"

"为什么呢?"加拉蒙问道。

"因为有些地方比另外一些地方更具有魔力。"

"但她们……在生活中是些什么人呢?"加拉蒙又问道。

"普通人。有秘书、保险公司雇员、诗人。这些人你们明天如果见到,也许就认不出来了。"

这时,我们隐隐约约地看到一小群人正向空地中央走去。我明白了,我看见的那些阴冷的磷光是女祭司拿在手中的小灯,而我以为那些光芒贴近草丛,是因为这块空地位于一个小山丘的顶上,我在黑暗中远远看到这些德鲁伊特从山谷里向山丘上爬,然后出现在一块小平地的边缘。她们穿的白色祭服在微风中轻轻飘动。她们围成圆圈,在中央站着三个主祭。

"她们三个分别是来自利雪、克朗麦克诺伊斯和皮诺·托里内塞的女隐修士。"阿列埃说。贝尔勃问为什么是她们,而阿列埃则耸耸肩膀:"安静,我们等一会看。我无法用三言两语就把北欧魔法的仪式和品级给你们解释清楚。你们应满足于我所讲的那些,我之所以没有讲更多,是因为我也不知道……或者我不能说。我应当尊重某些慎言的约束……"

我发现在空地中央叠了一堆石头,尽管离得很远,还是使人联想到一座石室冢墓。选择这片林中空地,很可能就是因为那些大岩石之故。一位主祭登上了石室冢墓并吹奏起小号。这个小号比起我们在几小时前看到的更像在《阿伊达》歌剧中吹奏凯旋进行曲时用的那种军队小号。但是从中发出的声音缠绵低沉,似夜曲一般,好似从非常遥远的地方传来。贝尔勃捅了我一下:"那是罗姆辛格①。是神圣的印度巴尼亚人杀手的罗姆辛格……"

我是一个粗俗的人。我没有领悟到他开玩笑正是为了压抑其他类比,而我在他伤口上捅了一刀。"当然同杰尼斯相比没那么迷人。"我说。

贝尔勃点头称是:"我来到这里,正是因为他们不喜欢杰尼斯。"他说。我琢磨,是不是从那天晚上起他开始模模糊糊地意识到在他的梦与他这几个月来遇到的事之间有一种联系。

阿列埃没有注意听我们谈话,但听到了我们在嘀咕。"那不是通告,也不是呼唤,"他说,"而是类似超声波,是要同地下声波接触。你们看,现在德鲁伊特手挽手围成了一个圈。她们在创造一种类似活的蓄能器,收集大地的震动。现在云雾就要显现了……"

"什么云雾呀?"我低声细语。

"传统的称谓是绿云。你们等一下看……"

我可没想过会看到什么绿云。但突然从地下冒出来一缕柔软的烟雾——如果它均匀又大面积蔓延,我会说这是轻雾。它像结块的絮团,凝聚在一处,然后又被风吹散开来,它像棉花糖一般在空气中任微风吹拂飘荡,又到空地另一处蜷曲成一团。这真是一种很奇特的效果,有时背景里的树林会出现,有时一切又都混为一体,淹没在白色的蒸汽之中,有时絮团在空地中央冒出,遮挡了眼前的一切,把空地边缘和天空清理一空,使月光皎洁如初。絮团的运动是骤然的、出其不意的,驯服地顺从着微风随意的吹拂。

---

① 古代印度乐器,形状像小号。

我想那可能是玩弄的化学技巧，但又在想：我们是在海拔六百米的地方，因此很可能就是真正的云团。是仪式预见到的、呼唤来的吗？也许不是，但是主祭们计算过了，在这样的海拔高度，在有利的环境下，能够形成浮在地面上的飘忽不定的云层。

很难不被这一幕迷住，而且主祭们的衣着同烟雾混在一起，她们的身影出没在乳白色的混沌中，好像是从中诞生出来似的。

有么一刻，云团布满了空地中央，一些云团扩散开来冉冉升起，几乎要把月亮隐去，却还不足以使那块空地暗成青灰色，它的边缘仍然是明亮的。我们看到一个德鲁伊特从云雾中走出来了，她边叫喊边奔向树林，两臂伸向前方，于是我想到她可能发现了我们，并向我们发出了诅咒。但当她来到距我们只有几米远的地方时，却改变了方向，围绕云团转圈奔跑，消失在左边一片白茫茫之中，几分钟后又从右边出来了，到了离我们很近的地方，我都能看见她的面孔。这个女预言者长着一个像但丁那样的大鼻子、口唇薄得犹如皲裂了似的。她张开嘴，像海底的花，除了两颗门牙和一颗不对称的犬牙，没有别的牙齿。她的目光不停转动，凶狠，咄咄逼人。我听到，也许我以为听到了，或者，现在我记得我听到了——我把其他记忆与这一记忆重叠了——一系列的话混在了一起，那时我认为是盖尔语，有一些招魂引鬼的咒语似乎是拉丁语，如"啊，佩尼亚（哦，哦，英吐斯），鸣拉玛！！！"，突然，云雾几乎消散殆尽，林中空地又变得清晰可见，我看见一群猪进来了，它们短粗的脖子上缠绕着用未成熟的苹果穿成的项圈。那位吹奏小号的德鲁伊特还在石室冢墓的顶端，她手中挥舞着一把大刀。

"我们走吧，"阿列埃语气生硬地说，"结束了。"

当我听他说话之际，我发觉现在云团已到了我们头上，把我们包围了，我几乎看不见我周围的人。

"怎么就结束了？"加拉蒙问道，"我感到最精彩的就要开场了！"

"你们能够看的那部分已经结束了。不行。我们要守规矩。走吧。"

他径直走向树林,围绕在我们周围的潮气立即将他隐没。我们踏着打滑的腐烂树叶,浑身发抖,气喘吁吁,如溃散逃跑的军队一般凌乱无序地在树林中行走。我们又回到了公路上。我们不用两小时就能到米兰了。在我们同加拉蒙一起上他的汽车之前,阿列埃同我们道别:"请你们原谅,如果我打断了你们观看一场好戏的话。我想让你们了解生活在我们周围的一些人,归根结底,你们现在也是在为他们工作呀。但不能看更多了。当我被告知有这桩事的时候,我承诺过我不会干扰他们的仪式。我们在场会对他们接下来的活动带来负面的影响。"

"但那些猪呢?现在怎么样了?"贝尔勃问道。

"我能够说的,都已经说了。"

六三

"那条鱼使你想到什么呢?"

"想到其他鱼。"

"那其他那些鱼又使你想到什么呢?"

"想到其他鱼。"

约瑟夫·海勒《第二十二条军规》

纽约,西蒙与舒斯特出版社,一九六一年,XXVII

我怀着愧疚从皮埃蒙特大区归来。但我见到莉娅后,就把曾经触动过我的那些欲望忘得一干二净了。

不过,这次出行还是给我提供了另外一些线索,现在我对以前没有关注的事关注起来了。我最终把金属史的文字和插图逐章逐节地编排整理成序,我无法驱除"相似"这一魔鬼,正如我在里约热内卢遭遇到的那样。在一七五〇年的列奥米尔圆形炉,即孵蛋的暖室与十八世纪的炼丹炉,即孵化那些天晓得是什么神秘金属的母腹、神秘的子宫之间有什么不同呢? 就好像是把德意志博物馆设在了我一周前参观过的皮埃蒙特古堡里。

我越来越难理清魔法世界与今天我们称之为确定宇宙之间的区别。我发现,我在学校学习时看做数学和物理之光的代表的那些人物,现在却陷入迷信的愚昧之中,我还发现他们脚踏两条船,一脚踏在喀巴拉里,一脚踏在实验室里。也许我正在通过我们那些魔鬼作者的眼睛重读整个历史？但后来，我找到了不容置疑的文章和书籍，讲述那些实证主义物理学家是如何刚刚走出大学之门就掺和到通灵与星占聚会里去了。牛顿又是如何因为相信有不明力量的存在（我想起了他对玫瑰十字会的宇宙观的考察）而发现了万有引力。

我曾经被教导：怀疑应是一种科学职责。但是现在，我甚至对当初教导我成为怀疑论者的老师也不相信了。

我对自己说：我就如同安帕罗，没人骗我，我却上了当。而我突然发现自己在思考这样一个事实，大金字塔的高度到底真的是地球到太阳距离的十亿分之一吗？或者凯尔特神话与印第安神话之间真的有类似之处吗？我对我周围的一切提出了疑问，房屋、商店招牌、天上的云彩、图书馆的版画插图，因为它们讲述的不是它们的故事，而是别的故事，当然它们竭力隐藏，但最终因为和根据它们神秘的相似性被揭示了出来。

莉娅拯救了我，至少在当时。

我给她讲述了皮埃蒙特之行的一切（或几乎一切），每晚我回到家都会带回新的趣闻轶事，充实到我的资料卡片中去。她说："吃饭，看你瘦得像个钉子。"有一天晚上，她坐在写字台旁，将额头的刘海从中间分开，以便能直视我，她的双手放在肚皮上，像一位家庭主妇。她从来没有过这种坐姿，双脚撑开，裙子在两膝间绷得很紧。我想那是一个不雅的姿势。但随后我看到了她的面孔，我感到她容光焕发，泛起了红晕。我听她说话——但我不知道为什么——满怀敬意。

"呼，"她对我说，"我不喜欢你介入马努齐奥出版社那堆事的方式。起初你就像收集贝壳似的收集事实。现在却好像是在选彩票号码。"

"那仅仅是因为我同他们打交道更开心。"

"不是开心，是热衷，这是两回事。你要注意了，那些人会把你变得病态。"

"现在不要夸大其词。最多是他们有病。人不会因为在精神病院里做护士而成为疯子的。"

"走着瞧。"

"你知道,我总是对相似性抱不信任的态度。现在我处于相似性的盛宴之中,像在康尼岛,像在莫斯科庆祝'五一节',是相似性的圣年,我发现一个比一个好,而我反躬自问,这背后是否可能有什么原因。"

"砰,"莉娅对我说,"我看到了你那些卡片,因为我要整理一下。你那些魔鬼作者发现的事都已经在这里了,你好好看看吧。"她拍了一下肚皮、腰肢、大腿和额头。她的坐姿使两腿张开绷紧裙子,从正面看酷似一位健壮结实的奶娘——她原是如此苗条和柔软——一种宁静的智慧使她闪耀出母权的光辉。

"砰,没有什么原型,只有躯体。肚子是个好地方,因为婴儿在那里生长,因为你那只喜气洋洋的小鸟插进那里,送去了美味佳肴。所以说洞穴、沟壑、隧道、地下通道都是美的。甚至依照我们那美好而神圣的肚肠的样子建造的迷宫也是美的,当一个人要发明什么重要的东西时,他就想到那里,因为你就是从那里生出来的,因为生育力总是在一个洞穴里。某种东西开始腐烂,然后,看,一个小中国人,一颗海枣,一株猴面包树。但上比下好,因为如果你头朝下,血液就会涌进脑袋,因为双脚是臭的,而头发就不那么臭,因为上树摘果实比在地底下喂虫子好,因为你很少为撞到上面(只在阁楼上有可能)而感到疼痛,一般是向下跌落使人疼痛,这就是为什么上面是天使般的,下面是魔鬼样的。但是正如我先前关于我的肚皮所说的话是真实的一样,两者都是真实的,从某种意义上讲,下面和内部是美的。从另一种意义上讲,上面和外部也是美的,这同墨丘利以及普遍性的矛盾并无关系。火会使你感到温暖,而冷会使你患支气管炎,如果你是四千年前的哲人，你会说火有着神秘的功效，况且它还能烹煮鸡肉。但是冷能冷藏这同一块鸡肉，而火，如果你碰它的话，会给你烧一个这么大的泡，所以如果你想到了一个千年不朽的事物，如智慧，那你就应想到是在山上，在高处（我们看到在上面多美），在一个洞穴里（也不错），在西藏那永恒的冰天雪地（太棒了）中。如果你还想知道为什么智慧来自东方，而不是来自瑞士的阿尔卑斯山，那是因为你的祖先在早晨醒来天还没亮的时候向东方观望，期待着太阳升起，不要下雨，见鬼。"

"对，妈妈。"

"当然对了，我的孩子。太阳是好的，因为它对身体有益，因为它乐于每天都再次升起，所以所有那些能再现的都是好的，而那些'过客'是不好的，它们经过这里，走就走了。要返回起点而又不走回头路的最好方式就是绕圆圈走。鉴于蛇是唯一善于蜷成圆圈的动物，所以那么多人把蛇奉为偶像，产生了那么多关于蛇的神话，因为很难让河马蜷起来代表太阳的复出。另外，如果你想搞一个呼唤太阳的仪式，那你最好绕圈走，因为如果你直线行走的话，就会离开家，而仪式应该简短才对。另外，圆圈对仪式来讲是最方便的结构，这一点就连在广场上玩杂耍吞火的人也明白，因为在圆圈上的所有人都会以相同的角度看到圆圈中央的人，而如果一个部落的全体成员按直线排成像士兵那样的队列，那最远的人就看不见了，这就是为什么圆圈和圆周运动以及周期性的轮回对每一个偶像崇拜与每一个庆典仪式都是基本的选择。"

"对，妈妈。"

"当然对了。现在我们来讲魔法数字。你那些作者非常喜欢这些东西。一是你，而不是二，一是你的那个玩意儿，一是我的这个玩意儿，一是鼻子、心脏，所以你看有多少重要的东西都是一。二是双眼、双耳、鼻孔、我的双乳、你的双肩、双腿、双臂和臀部。三比其他都更具有魔力，因为我们的躯体并不熟悉它，我们没有任何东西可以称得上是三，它应当是一个极为神秘的数字，我们只能说它属于上帝，不管我们生活在什么地方都是如此。但如果你想想，我只有一个这玩意儿，你也只有一个那玩意儿——闭嘴，别开玩笑——而如果我们把这两个玩意儿放在一起，那就会出来一个新玩意儿，那我们就变成了三个。难道需要一位大学教授去揭示所有的民族都有一个三元的结构、三位一体和类似的东西吗？但是宗教做这些事是不用电脑的，他们全是善良的人，他们知道应当如何交媾，所有的三位一体结构毫无秘密可言，而是一种你会做、他们也会做的东西。两条手臂加两条腿就是四，这四也是一个好数字，特别是你想想，动物有四只爪子，婴儿用四肢爬行，正如斯芬克司知道的那样。五，我们就不必多说了，它是手的五指，而两手相加就是另外那个神圣的数字十，十诫必须是十，否则的话，如果是十二诫，那么，当神父说一、二、三，并扳手指来数时，数到最后两个数，他就要借用圣器看管人的手指了。现在，你以躯体为例，数数所有从躯干突出来的部件，手臂、双腿、头、阴茎是六件，但对女人来说是七件，因此我感到，你的那些作者从来没有认真对待过六，只把它看做三的两倍，因为只对男性有用，男性没有任何的七，而当他们发号施令时，他们总是喜欢把七看成是一个神圣的数字，他们忘记了，我的乳房也是突出的，耐心点。八——我的天哪，我们没有任何的八——不，等一下，如果双臂、双腿都不要计算为一，而是考虑到肘、膝把它们都算成二的话，我们就有八条长骨，再把这八加上躯体主干，就会得到九，如果再加上头颅的话就得到了数字十。如果总是围绕躯体转，你就能挖掘出你想要的所有数字，你要想到还有洞。"

"洞？"

"对，你身体上有多少洞呢？"

"那我得算算。眼睛、鼻孔、耳朵、嘴巴、屁股，共八个。"

"你看,这就是八是一个好数字的另一个理由。但我有九个洞!这第九个洞使你来到世上,所以说九比八更神圣!你想听我解释别的频繁出现的数字吗?你想解剖一下你那些作者经常津津乐道的糙石巨柱吗?白天站立着,晚上躺着——你那个玩意,不,不要对我说它晚上干的事,事实是它工作时就直着,休息时就躺下了。所以垂直的姿势就是生命,并且它同太阳有关,所以方尖碑就如树木一样耸立,而水平姿势和夜晚是睡梦,也就是死亡,大家都崇拜糙石巨柱、金字塔、圆柱、谁也不青睐阳台、栏杆。你什么时候听说过对神圣栏杆的古老崇拜呢?你看!这也是因为躯体不允许你那样做,如果你崇拜一块竖立的石头,即便你们人很多,你们也都能看见它,如果相反,崇拜某一种平放的东西,能看见它的只有第一排的人,其他人只能一边挤,一边说,我也想看,我也想看,对一个魔法仪式来讲场面就有点难堪了……"

"但河流……"

"河流受到膜拜不是因为它们是水平的,而是因为河中有水,你不用我给你解释水与躯体的关系吧……总之,我们就是被造就了一个身躯,我们大家都有,因此,我们虽然相隔数百万公里,却制作出相同的象征符号,而所有的象征一定是相似的,那么你看,有头脑的人如果看到炼金熔炉,全封闭的,炽热的,就会想到妈妈孕育孩子的腹部,只有你的那些魔鬼作者看到圣母生子时会想到那是在隐喻炼金熔炉。就这样,千百年来,他们在寻找一种信息,而一切都已经在那里了,只要去照一下镜子就够了。"

"你给我讲的总是真理。你是我的'我',而我是'你看到的我'。我想揭示躯体的全部秘密原型。"那天晚上,我们开始用"显露原型"的说法来指我们之间温柔亲密的时刻。

正当我昏昏欲睡时,莉娅推了一下我的肩膀。"我忘记说了,"她说,"我怀孕了。"

我应当听莉娅的话。她知晓生命从哪里诞生,她用这样的睿智同我讲话。我们进入阿加尔塔的地下通道,进入"揭开面纱的伊希斯"的金字塔,进入了"凯沃拉",即恐怖的塞菲拉,正逢暴怒使世界震惊的时刻。我难道一刻也未曾受索菲亚诱惑吗?摩西·科尔多维洛说,女性是向左的,她们全都指向凯沃拉……除非男性把这些倾向用于美化他的妻子,软化她,让她朝着美好的方向前进。正如人们所说,每一个欲望都应当囿于自己的限度之内。否则凯沃拉就会变成严厉本身,变成阴暗的表象和魔鬼的世界。

要控制欲望……我在"翁邦达"大篷里就是这样做的。我演奏了阿哥哥乐器,我参加演出,摆脱了神志恍惚。我对莉娅也是这样做的,我为了表达对妻子的敬意而束缚了欲望,我获得了来自腰腹深处的褒奖,我的种子吉祥如意。

但我却不懂得坚持。我即将被蒂菲莱特的美丽诱惑。

第六章
蒂菲莱特

六四

梦到居住在一座陌生的新城市,就意味着离死不远了。事实上,死人居住在别处,只是人们不知道在哪里。

吉罗拉莫·卡尔达诺《解梦》

巴塞尔,一五六二年,1.58

如果说,凯沃拉是邪恶与恐惧的塞菲拉,那么蒂菲莱特就是美与和谐的塞菲拉。迪奥塔莱维说过:它是光明的思辨,是生命之树,是愉悦,是紫红色的表象。它是规则与自由之间达成的协议。

那一年,对我们来说是欢愉的一年,是戏谑地颠覆宇宙这篇大文章的一年。在这一年里,我们欢庆"电子机器"与"传统"的婚配。我们创造,并从中得到了欢乐。正是在这一年,我们发明了"计划"。

至少对我来说,完全可以称得上是幸福的一年。莉娅的妊娠在平静中度过,我在加拉蒙出版社和我的事务所之间游走自如,开始摆脱贫困,我保留了郊区旧厂房里的办公室,重新装修了莉娅的寓所。

关于金属的美妙探险现在已经送到印刷厂和校对者手中了。在这时,加拉蒙先生有了他那天才的想法:"我们出一部带插图的魔法与神秘学史吧。有来自魔鬼作者的材料,有你们培养起来的能力,有那个不可思议的阿列埃做顾问,在一年里,你们将编纂出一本装帧精美的大部头来,有四百多页,全部插图彩印,让人看了惊叹得透不过气来。金属史的一些插图还可重复利用。"

"但是,"我不赞同地说,"材料是不同的。我能拿回旋加速器的照片做什么呢?"

"拿它做什么?发挥想象力,卡索邦,想象一下嘛!在那些原子能机器里,在那些百万吨级的正电子机中,不管它们叫什么,会发生什么呢?物质被捣成糊状,放进一些杂七杂八的东西,就出来了夸克、黑洞、经过离心分离出的铀,或者天晓得什么!魔法造就的是赫耳墨斯和炼金术士——总之,您应当告诉我答案。在左边是帕拉切尔苏斯的版画,是'阿布拉卡达布拉'和它的蒸馏器,印在金色背景上,在右边是类星射电源,是重水搅拌器,是银河系的引力反物质,总之,难道要我来干这活儿吗?那个一窍不通、坐井观天、把事情搞得一团糟的人不是魔法师,而是攫取了物质秘密的科学家。揭示我们周围的奇迹,让人们怀疑在帕洛马山上的人隐瞒了什么……"

为了鼓励我,他给我增加了薪酬,我几乎都能感觉到其涨幅。我一心扑到了特里斯莫辛的《太阳之书》和伪托卢罗的《哑书》里,我往五角星符、塞菲拉树、旬星、辟邪物的文件夹中不断补充材料。我经常出入图书馆中最无人问津的阅览室。我从那些当年出售文化大革命书籍的书店里购买了几十本书。

我漫不经心地在魔鬼作者中周旋,像一个对病人充满感情的精神病医生那样,为自己私人诊所的古老花园里的气息而心旷神怡。过不久他开始写有关谵妄的文章,写着写着就满纸胡言乱语了。他没有意识到,他的病人诱惑了他:他以为自己成了一名艺术家。就这样,"计划"的创意诞生了。

迪奥塔莱维愿意玩这个游戏,因为对他来讲,这算一种祈祷。至于说亚科波·贝尔勃,我认为他就像我一样乐在其中。直到现在我才明白,他没有从中得到任何真正的享受。他参与其中,就如同咬指甲一样不可自拔。

或者说他玩这个游戏是为了至少能找到一个虚假的方向或者与

观众打成一片的舞台。他在一个叫"梦"的文档中谈到了这一点。为替代一个永远不会来临的天使发明的神学。

梦.doc

我记不清是不是做了梦中梦,或是在同一个夜晚连续发生的,抑或是交替出现。

我在寻找一个女人,我认识的一个女人,我同她关系密切到我无法相信为什么这种关系会冷淡下来——我,由于我的过错,我再也没有见到她。我感到不可思议的是我竟然让这种冷淡的关系持续了那么长时间。当然我找她,找她们,不止一个,有很多她们,我都是因为懒散而失去了她们——我因拿不定主意而烦恼,也许我有一个女人就够了,因为这一点我清楚,我失去了她们,就失去了很多。我往往找不到,我再没有了女人,我难以下决心打开我那本记事本,里面记有电话号码,即使我打开它,我也好像变成了老花眼,无法读那些人的名字。

我知道她在哪里,或者我不知道那是什么地方,但我知道那个地方什么样,我对那个楼梯、那个门厅、那个平台记忆犹新。我没有在城市里四处寻找,我更多的是被焦虑阻滞困扰。我继续折磨自己,为什么我放任自己,或我竟乐意让这种关系止息——为什么我没有赴最后一次约会。我可以肯定地说,她等我打电话。只要我知道她叫什么名字,我就非常清楚她是谁,只是我无法再勾勒出她的相貌。

有时在半睡半醒中,我会与梦抗争。你试图回忆,你知道和记得一切,你同所有人都结清了,没有什么牵挂,或者你从未与他们有纠葛。没有任何东西你不知道在哪里。没有你不知道的。

然而仍然怀疑遗忘了什么东西,把它留在了关切无法到达的皱褶里,就如同一张支票或者一张记有珍贵资料的纸条忘在裤子口袋里或旧上衣口袋里,只是在某个时候才意识到那是最重要的、有决定意义的、独一无二的东西。

我对城市的印象更清晰。那是巴黎,我在左岸,我知道过了河就到了孚日广场……不,更开阔的广场,因为在它的背景上出现了类似玛德莱娜大教堂的建筑。穿过广场,绕过圣殿,我到了一条向右弯曲的街道(在街角有一个古籍书店),那里还有好几条小巷,我一定是在巴塞罗那的哥特区。可以从这条街进入另一条很宽阔的大街,那里灯火辉煌,而在这条街上,我记得清清楚楚,在右边的一条死胡同尽头就是"剧场"。

我不太清楚在那个寻欢作乐之地会发生什么事,一定是某种稍稍带来愉悦的暧昧之事,如脱衣舞(因此我不敢去打听),想到它我就很激动,我对它了解得足够多到渴望再回到此地。但是徒有此念,接近沙塔穆街时,几条街道交织在一起难以辨认了。

我醒来时,有一种相约未果的失落滋味在心头。我不甘心自己不知道究竟掉了什么。

有时,我在农村的一幢大房子里。它很宽敞,我知道还有另外一个侧翼,但不知如何到达那里,好像通道被堵死了。而在另外那个侧翼有很多房间,我只全都看过一次,这不可能是我梦中梦之所见,那些房间里陈设有古色古香的家具,悬挂着已褪色的版画,纸板制作的十九世纪的小戏台,长沙发上覆盖着大块绣花布,书架上有很多书,有《上天入海旅行与探险画报》各个年度的合订本,妈妈借口因翻阅太频繁,装订破损,把它们送给了收破烂的,那不是真的。我不知道是谁把走廊与楼梯弄乱了,因为我想在那里为自己建造一个最佳隐居之处,一个被那些珍贵陈旧之物的气味充满的地方。

为什么我不能像所有的人那样梦到高中毕业考试呢?

六五

在大厅中央安放着一个边长六米的正方体：表面由很多顶针大小的立方体木块组成，有一些立方体木块稍大一些，用很细的线串在一起。在立方体的每一个面上都粘贴着方块纸，上面书写着它们文字的全部词汇，各种变位、变格和时态一应俱全，但无任何次序可言……学生按照老师的指令握住固定在正方体四周的四十个铁把手中的一个，迅急地转动它，从而改变了文字的排列。于是三十六名学生被要求低声诵读出现的不同字列，如果有三四个字连在一起能构成一句话的片断，他们便叫另外四个学生听写……

乔·斯威夫特《格利佛游记》，Ⅲ，5

我认为贝尔勃在渲染他的梦境时，再一次想到了他失去的机会，想到了他因不懂得抓住而誓言放弃的那个"机会"——万一它曾存在过的话。"计划"开始了，因为他听任自己构建虚构的时刻。

我向他要一本书稿，他在他的书桌上翻找。书桌上杂乱无章地堆满了书稿，不分厚薄大小，层层叠叠地堆放在一起。他发现了他要找的那一份，想把它抽出来，结果其他书稿跌落在地上。卷宗夹也打开了，稿纸从中飞了出去。

"您不能先把上面的稿子移到旁边再开始拿吗？"我问道。白费口舌:他一向如此。

他的回答一如既往:"古德龙今晚会理好的。她的人生应当有一项使命,否则会失去认同感。"

但那一次我对拯救书稿更为关心,因为我现在已经是出版社的一分子了:"但是古德龙没有能力按顺序整理这些书稿散页,她将错把稿纸放进错误的卷宗里。"

"如果迪奥塔莱维听到您的话,他会欢喜雀跃的。那就会印出不同的、意想不到的书来。这也是魔鬼作者的逻辑。"

"那我们就将落入与喀巴拉信徒同样的境况。他们几千年来都在寻找一种正确的组合。您只不过把古德龙变成坐在打字机前永远不停打字的猴子了。区别只在于持续的时间。从进化的意义上讲,我们没什么可得意的。难道没有程序能使阿布拉菲亚做这件事吗?"

这当儿,迪奥塔莱维进来了。

"当然有了,"贝尔勃说,"理论上讲,能输入两千个数据。只要愿意把它们输入进去就行了。就拿诗来说吧。程序问您,一首诗要有多长。您做出决定,十行、二十行、一百行,然后程序从电脑内置的计时器提取秒数,使其随机排列,简言之,总是从中提取出新的组合。用十行诗就可以获得成千上万首意想不到的诗篇来。昨天,我输入的诗句是'新生的椴树激动得发抖,我感到眼皮沉重,如果蜘蛛抱蛋愿意的话,生命就将赋予给你'以及类似的诗句。获得的结果如下。"

度夜如年,希斯特洛在奏响……
让你的胜利,死亡,
让你的胜利,死亡……
如果蜘蛛抱蛋愿意的话……

从拂晓的黎明起(啊,拂晓)

你这不祥的信天翁,
(如果蜘蛛抱蛋愿意的话……)
让你的胜利,死亡。

新生的椴树激动得发抖,
度夜如年,希斯特洛在奏响,
戴胜鸟惊恐地注视着我。
新生的椴树激动得发抖。

"这里还有重复,我避免不了,否则会让程序变得过于复杂。但是重复也富有诗意。"

"有意思,"迪奥塔莱维说,"这使我重新对你的机器产生了好感。那么,如果我把《托拉》全部输进去,然后我对它说——哪个术语?——随机排列,它就能成为真正的特木拉,重组《圣经》中的句子?"

"当然,只是时间问题。在两三个世纪后你就能得到结果。"

我说:"但如果从魔鬼作者的作品中抽取几十个句子,输入电脑,如圣殿骑士逃往苏格兰,或者《赫耳墨斯总集》在一四六〇年来到了佛罗伦萨,再加上一些连接词,像'很显然',或者'这证明',我们就能够得到一些揭谜序列。然后填满空白,或者对重复做出评价,把它们视为预言、暗示和告诫。最坏的结果也无非是我们杜撰出魔法史上一个前所未有的篇章而已。"

"天才之想,"贝尔勃说,"我们立即开始。"

"不,已经七点了。明天吧。"

"我今晚就干。我只要你们帮我从地上随意拾起二十多张稿纸来,瞥一眼看到的第一个句子是什么,那个句子就是数据。"

我低头去拾:"亚利马太人约瑟把圣杯带到了法国。"

"好极了,我记下了,请继续。"

"按照圣殿骑士的传统,戈弗雷·德·布永在耶路撒冷创立了郇山隐修会。德彪西是玫瑰十字会成员。"

"打断一下,"迪奥塔莱维说,"还需要输入几个中性数据,比如考拉生活在澳大利亚,或者帕潘发明了高压锅。"

"米妮是米老鼠的未婚妻。"我建议。

"别开玩笑。"

"我们就是要这样。如果我们承认在宇宙中哪怕只有一样东西不揭示任何其他什么东西的话,那我们就背离了赫耳墨斯精神。"

"的确。就米妮吧。如果你们允许的话,我将会输入一个基本数据:总是与圣殿骑士有关。"

"这还用说。"迪奥塔莱维确认道。

我们继续干了几十分钟。后来确实已经晚了。贝尔勃对我们说不用担心。他会一个人继续干。古德龙走过来说她要锁门了,贝尔勃通知她说他将留下来工作,并请她把散落在地上的稿子收起来。古德龙发出了某些话音,也许属于拉丁语,甚至还有点字尾变化,像切列姆语,她既表达了不满,又表示了失望,两者兼而有之,这说明所有语言都有亲属关系,是从唯一的亚当家系中流传至今的。她遵命了,随机排序的能耐比电脑还强。

第二天清晨,贝尔勃喜形于色。"成了,"他说,"成了,产生了意想不到的结果。"他把打印出的东西递给我们。

  总是与圣殿骑士息息相关
  接下来的并非真相
  耶稣是在彼拉多总督令下被钉死在十字架的

哲人奥尔穆斯在埃及创建了玫瑰十字会

在普罗旺斯有喀巴拉信徒

谁在迦拿的婚礼上结亲了？

米妮是米老鼠的未婚妻

由此引出

如果

德鲁伊特崇拜黑贞女

那么

魔法师西莫内认出了索菲亚是推罗的娼妓

谁在迦拿的婚礼上结亲了？

墨洛温王朝的国王们称君权神授

总是与圣殿骑士息息相关

"有点杂乱，"迪奥塔莱维说。

"你没能看出它们之间的关联。你没有对那个重复的提问给予应有的重视：谁在迦拿的婚礼上结亲了？重复是带魔法的钥匙。当然我加入了一些事实，这是领悟奥秘者的权利。我的解释是：耶稣不是被钉死在十字架上，因此圣殿骑士不承认十字架。亚利马太人约瑟的传说掩盖了一个意义深刻的事实：不是圣杯，是耶稣登陆法国，到了普罗旺斯的喀巴拉信徒那里。耶稣是'世界之王'的隐喻，是玫瑰十字会真正的奠基人的隐喻。耶稣同谁一起登陆？同他的妻子。为什么在《福音书》中没有提到谁在迦拿结亲了呢？那是因为是耶稣的婚礼，是不能谈论的婚礼，因为他同一位众所周知的罪人抹大拉的马利亚结婚。这就是为什么从那时起，所有受到启示的人，从魔法师西莫内到波斯特尔，都去妓院寻找永恒女性的本原。所以耶稣就是法国王室的奠基人。"

六六

> 如果我们的假设是正确的话，那么圣杯……就是耶稣的族系和后裔，就是"王室血统"，而圣殿骑士则是它的守护者……与此同时，圣杯从字面上讲应当是一个容器，它接受和保存了耶稣的血液。换言之，它应当是抹大拉的肚子。
> M·巴伊珍特，R·利，H·林肯《圣血与圣杯》
> 伦敦，凯普出版社，一九八二年，XIV

"瞧着吧，"迪奥塔莱维说，"谁也不会对你说的信以为真。"

"相反，他能大卖，"我低沉地说，"历史是存在的，历史是人写的，总有这样那样的变化。这是一本关于圣杯与雷恩堡秘密的书。你们不要只看书稿，还应当阅读别的出版社出版的那些东西。"

"神圣的六翼天使，"迪奥塔莱维说，"我早就说过，这机器讲的只是那些人尽皆知的东西。"他沮丧地出去了。

"不过，它还是有用的，"贝尔勃赌气说，"我的想法别人也已经想到了吗？那又怎样？这就叫文学的多元性。加拉蒙先生或许会说，这证明我讲的是真理。那些先生们肯定琢磨好多年了，我却在一个晚上全部解决了。"

"我同意，游戏是值得做的。但我认为规则是要输入大量并非来自魔鬼作者的数据。问题不在于找到德彪西与圣殿骑士之间的隐秘关系。大家都在找这种关系。问题是要找到，比如，喀巴拉与汽车火花塞之间的隐秘关系。"

我是随意说的,却给了贝尔勃一个提示。之后的一个早晨,他和我谈到了这一点。

"您那天说的有道理。任何数据如果同其他数据联系起来,就变得重要了。这使人想到,世界的任何表象、任何声音、任何字句或言语都不是它显露的意义,而是在讲述一个'秘密'。标准很简单:怀疑,永远怀疑。甚至可以让禁止通行的交通标志背后的含义大白于天下。"

"当然。纯洁派道德主义。恐惧繁殖,禁止通行,因为感觉是造物主制造的骗局①,无法由这条通道找到'路'。"

"昨晚,我偶获一本 B 驾照实用手册。或许是因为光线昏暗,抑或因为您说过的话,我怀疑那上面讲的都是'别的什么事'。汽车是创造的隐喻吗?但不应该只局限于外表,或者汽车仪表盘的幻觉,要懂得观察只有创造者才能看到的东西,即在下面的东西。上下同一。那是塞菲拉之树。"

"您不会要对我说这些吧?"

"不是我这么说。它也在说。首先发动机轴就是一棵'树',正如这个字本身所称②。好吧,数一数部件,引擎、两个前轮、一个离合器、一个变速装置、两个联轴节、一个差速器和两个后轮。十个部件,像塞菲拉一样。"

"但是位置并不相符。"

"谁说的?迪奥塔莱维给我们解释说在塞菲拉的某些版本中蒂菲莱特不是排在第六,而是第八,它排在耐扎克与贺德下面。我的车

---

① 意大利文中 senso 既有"方向"之义,也可以表示"感觉"。
② 意大利文中发动机轴(albero motore)和树(albero)用的是同一个词。

轴是贝尔伯特轴,另一种传统。"

"菲亚特。"

"让我们遵循'树'的辩证法。最上端是'引擎',全部运动都取决于它,我们称它为'创造之源'。'引擎'将它的创造能量传输给两个'高尚的轮子'——智慧之轮与知识之轮。"

"对,如果汽车是前驱动的话……"

"贝尔伯特轴的优越性就在于它能承受形而上的选择。这是一个有着前驱动的精神宇宙的形象,前面的'引擎'立即将意愿传达给'高尚的轮子',而在唯物主义的说法中,这是一个退化的宇宙的形象,'运动'是由'最高的引擎'传递给两个'低级的轮子':从宇宙挥发场的底层释放出物质的低级力量。"

"那要是后驱动的引擎又当如何呢?"

"像撒旦一般。'高尚'和'低级'融合。上帝与后来粗糙物质的运动合为一体了。上帝是神性渴望永恒的落空。这取决于'器皿的破碎'。"

"难道不是'排气系统的破碎'吗?"

"在'流产的宇宙'中是这样的,阿尔康有毒的气息扩散到了'宇宙以太'之中。但我们不要岔开话题。在'引擎'与两个'轮子'之后就是'离合器',圣宠的塞菲拉,它建立或中断连接'树'的其他部件与'高级能量'的'爱'之桥梁。一个圆盘,一朵曼荼罗抚摸着另一朵曼荼罗。那里有'变化之盒',正如实证主义者所言,它是邪恶的本原,因为它允许人类的意志减缓或加速发散的过程。因此自动变速装置更昂贵,因为是'树'按照'最高平衡'原则来决定的。然后就是'联轴节',它出于偶然取了一个文艺复兴时的魔法师的名字——卡尔达诺,所以是一副'伞齿轮对'——请注意与引擎中四缸汽冲的对比——其中有一个传动齿轮(小凯特尔)将运动传向地面上的轮子。在这里'差异'的塞菲拉或者差速器的作用就变得很明显,它以庄重的美感将宇宙的力量分配给'光荣'与'胜利'两个轮子,在未流产(前驱动)的宇宙里按照'高尚轮子'的指令运转。"

"解读是严密的。'引擎'的心脏是'一',是'传动齿轮'?"

"只要用领悟奥秘者的眼睛解读就清楚了。'至上的引擎'靠'吸入'和'排出'的运动维持。这是一种复杂的神灵般的呼吸,原本的单位,人称为汽缸(显而易见的几何原型)为两个,然后生出了第三个,最后沉思默祷并出于相互的爱在第四个的荣誉中运转。在'第一个汽缸'(从等级制度上讲汽缸中的任何一个都不是第一,某一个之所以成为第一是由于位置与关联的神奇变换)的呼吸中,'活塞'——在词源学中称'索菲亚活塞'——从'高死点'下到'低死点',此时汽缸在纯净的状态下充满了能量。我简单地说吧,因为天使品级介入了这里,或者'能量分布的中间环节',正如我那个手册上所称,'它们能够使连接汽缸内部与吸入混合气体的导管的部件开启与关闭',……'引擎'的内部只有通过这一中间环节才能与宇宙的其他部分沟通。我认为这告诉了我们——也许,但我不愿发表异端邪说——'一'的原始极限,它为了创造,在一定程度上取决于'大偏心轮'。需要更认真地阅读。不管怎样,每当'引擎'充满'能量'时,'活塞'就又上升到'高死点'上,从而实现了'最大的压缩冲程'。这就是'回归',宇宙大爆炸的荣耀,爆炸和膨胀。迸发出'火花',混合气体闪耀出光芒,燃烧起来了,这就是手册上所讲的,'循环周期'的唯一'活跃阶段'。如果在混合气体中钻进了'贝壳'或不洁之物,像水或可口可乐,膨胀就不会发生,或者会流产……"

"壳牌石油不就是'贝壳'吗?那么就要当心了。从现在起,以后就只提贞女之乳了。"

"我们会核查的。这可能是'七姊妹'石油集团的一个阴谋,这些低级的本原想控制'创造'的进程……不管怎样,在'膨胀'之后,就是神圣的大排气,在古籍中称为'排放'。'活塞'上升到'高死点',将已经燃烧的不成形物质排出。只有完成这一净化操作之后,新的'循环周期'才能重新开始。好好想想,这也是'放逐'和'回归'的新柏拉图主义历程。'向上之路'与'向下之路'的非凡的辩证法。"

"Quantum mortalia pectora caecae noctis habent![1] 而物质的儿女们却从不知晓!"

"因此诺斯替教的大师们说不应信赖属物质的人,而应当信赖属灵人[2]。"

"明天我准备对电话簿做出神秘学解释……"

"我们的卡索邦总是有雄心壮志。注意,您要解决'一'和'多'这一对不可思议的问题。最好稳步前进。还是先看洗衣机的原理吧。"

"那本身就说明问题。炼金术的变幻,从黑到比白还要白。"

---

[1] 拉丁文,凡人的心灵受到黑夜之蒙蔽啊。
[2] Pneumatico,既指"属灵人",又有轮胎之意。

六七

现在我们不要说任何关于玫瑰的事。
桑帕约·布鲁诺《爱情骑士》
里斯本,吉马良斯,一九六〇年,第一五五页

当人处于怀疑状态时,就不会忽略任何蛛丝马迹。在就汽车发动机轴进行了一番幻想之后,我就发现落到我手中的任何物品都具有了全新的意义。

我同我的巴西朋友保持着联系,在那些日子里,在葡萄牙科英布拉举行关于卢西塔尼亚文化的研讨会。里约热内卢的朋友们邀请我与会,他们这样做与其说是看重我的权威,还不如说是希望能再次见到我。莉娅没有来,她怀孕已届七个月,怀孕几乎没有改变她的苗条身材,使她看上去像瘦弱的佛兰芒圣母,但她还是选择了不去经受旅行之苦。

我同老朋友们度过了三个快乐的夜晚。当我们回到面包车上向里斯本驶去时,我们争论是在法蒂玛还是在托玛尔停留一下。托玛尔曾是一个古堡,是葡萄牙圣殿骑士的藏身之所。仁慈的国王和教皇把他们从被审判与溃败中拯救出来隐藏于此,并把他们改名为基督骑士。我可不能失掉任何一次参观圣殿骑士古堡的机会,所幸的是同行中的其他人对法蒂玛也没有多大的兴致。

我想象中的圣殿骑士古堡就是托玛尔的样子。沿着一条设防严

密的道路向上走去，两旁碉堡林立，上面布满了十字形的枪眼，从我们来到此地的第一刻起就感受到十字军东征的气息。基督骑士团几百年以来在此地发展壮大：传说航海家恩里科和哥伦布是他们中的一员，事实上他们穷尽一生征服海洋。基督骑士团长期的存在与享受庇护的优越环境，使古堡在多世纪中逐步扩建，所以在它的中世纪部分之外还增建了文艺复兴和巴罗克风格的侧翼建筑。进入圣殿骑士的教堂使我激动不已，那里有模仿圣墓的八角圆形大厅。在教堂里的不同区域，圣殿骑士的十字架形状各异：当我看那些令人眼花缭乱的圣像画时，这个问题就在我的脑海中产生了。马耳他骑士团的十字架差不多一样，而圣殿骑士的十字架却受到了时代或地方传统的影响。这就是为什么圣殿骑士团的迫害者只要在某地找到一枚十字架就能够发现骑士们的踪迹。

后来，我们的导游领我们去看典型的马努埃尔一世建筑风格的窗户。镂空的精细雕刻、海洋和深海猎获物的拼贴、海藻、贝壳、船锚、缆绳和链索，用于纪念骑士们征服海洋的事迹。但是在窗户的每一边都可以看到嘉德骑士团徽记的雕饰，仿佛把两座塔楼串连了起来。把一个象征英国骑士团的标记放在一个葡萄牙城堡之上用意何在呢？导游也不知该如何回答。过了不久，在另一侧，我记得好像是西北部分，他给我们看了金羊毛骑士团的标记。我不可避免地会想到那个把嘉德与金羊毛、金羊毛与阿尔戈英雄、阿尔戈英雄与圣杯、圣杯与圣殿骑士联结在一起的微妙游戏。我回想起阿尔登蒂上校的那些怪异谈话和在魔鬼作者的手稿中找到的一些篇章……当导游引我们参观一个附属的大厅时，我为之一震。天花板被嵌在拱顶石里。上面有一些玫瑰花形装饰，能看到雕有一个有山羊胡子的面孔。巴风特……

我们下到了一个地下墓穴中。下了七个台阶后，一块光秃秃的石头通向半圆形的后殿，在那里或许能够设立一个祭坛或大团长宝座。要到达那里,需从七块拱顶石下通过。那些拱顶石状如玫瑰花,一块比一块大,最后一朵开得最大,覆盖在一口井上。十字和玫瑰,而且是在一个圣殿骑士的殿堂里,在一间肯定是在玫瑰十字会宣言发布之前建造的大厅里……我向导游提了几个问题,导游笑了:"您知道有多少从事隐秘哲学研究的学者来此地朝觐……人们说这间大厅可能是举办入会仪式的地方……"

我信步走入一间尚待修复的房间,里面只有几件蒙满灰尘的家具,地板上堆满了大纸箱。我顺手翻了一下,发现了几本希伯来文写成的书籍的碎片,大约是十七世纪的东西。犹太人在托玛尔干什么呢?导游对我说骑士们同当地的犹太人关系不错。他让我从窗户向外望去,向我介绍一个类似优雅迷宫的法式花园。他说它是十八世纪的犹太建筑师萨姆埃尔·施瓦茨的作品。

第二次会晤是在耶路撒冷……第一次是在古堡。普罗万的密文不就是这么讲的吗?我的天哪,被因戈尔夫找到的"计划"中提到的古堡并不在似是而非的极北之地阿瓦隆——那些骑士小说中的蒙萨尔瓦多。如果普罗万的圣殿骑士要确定第一个会晤地点,那么他们——比起阅读圆桌骑士小说更习惯于对各分会指手画脚——会选择哪里呢?那就是托玛尔,基督骑士团的古堡。那是劫后余生的骑士团享有完全自由和各项保障的地方。在那里,他们同第二组的人保持着联系!

我带着如火的激情离开了托玛尔和葡萄牙。我终于认真严肃地看待阿尔登蒂向我们出示的那份密文了。组成秘密修会的圣殿骑士制订了一份计划,它应当延续六百年,并在我们这个世纪里完成。圣殿骑士是一些思维缜密的人,所以如果他们提及一个古堡,那就是一个真实的地方。计划是从托玛尔开始的。照这样说,最为理想的路线应当是什么样的呢?另外五次会晤又是如何安排的呢?就是圣殿骑士们能够得到友善对待,能够受到庇护和寻得共谋的地方。上校曾提到巨石阵、阿瓦隆、阿加尔塔……傻话。密文需全部重新解读。

当然,回到家里后,我对自己说我不是要发现圣殿骑士的秘密,而是要构建这一秘密。

贝尔勃对再回头去解读上校留下的那份文件好像感到烦燥不安,我看到他心不甘情不愿地在最下面的抽屉里翻找。不过,我也注意到,他一直收着它。时隔多年之后,我们一起重读普罗万的密文。

我们从特里特米乌斯的密码句子开始:三十六个隐形者分为六组。然后:

> *a la ... Saint Jean*
> *36 p charrete de fein*
> *6 ... entiers avec saiel*
> *p ... les blancs mantiax*
> *r ... s ... chevaliers de Pruins pour la ... j. nc*
> *6 foiz 6 en 6 places*
> *chascune foiz 20 a ... 120 a ...*
> *iceste est l'ordonation*
> *al donjon li premiers*
> *it li secunz joste iceus qui ... pans*
> *it al refuge*
> *it a Nostre Dame de l'altre part de l'iau*
> *it a l'ostel des popelicans*
> *it a la pierre*
> *3 foiz 6 avant la feste ... la Grant Pute.*

"干草牛车事件后三十六年,也就是一三四四年的圣约翰之夜,六封密文由六个穿白披风、重又归附圣殿的普罗万骑士携带,目的就是复仇。六乘六在六个地方,每次相隔二十年,总共经历了一百二十年,这就是'计划'。第一批到古堡,然后到吃面包的人那里,然后到一个避难所,又到河对岸的圣母院,又到波佩利康之家,最后到石头。你们看密文中称在一三四四年第一批应当去'古堡'。事实上,骑士们于一三五七年在托玛尔安顿下来。现在我们应当想想,第二批去了哪里。来吧:假想自己是逃亡的圣殿骑士,你们到哪里去建立第二个核心呢?"

"那……如果那些人真的隐藏在送干草的牛车中逃到苏格兰的话……不过,为什么他们非得在苏格兰吃面包呢?"

在这条联想的链条中,我变成了常胜将军。从任何一点开始都说得通。苏格兰、高地、德鲁伊特的仪式、圣约翰之夜、夏至、圣约翰之火、"金枝"……这就是一条线索,尽管不太可靠。我在弗雷泽的《金枝》中读到过圣约翰之火。

我给莉娅打电话:"帮我个忙,把《金枝》找出来,看看关于圣约翰之火是怎么说的。"

莉娅办这种事是非常内行的。她立即找到了那一章:"你想知道什么?那是一种极古老的仪式,几乎风行于所有欧洲国家,在皓日当空时举行,圣约翰是为了赋予仪式基督教色彩而加上去的……"

"在苏格兰他们吃面包吗?"

"让我看一看……好像不吃……啊,找到了,他们不是在圣约翰之夜吃面包,而是在五月一日前夜,是五朔节篝火夜,那是一个源于德鲁伊特的节日,特别是在苏格兰高地……"

"那就对了!为什么他们要吃面包呢?"

"他们用小麦面和燕麦面调混成面团制成糕饼放在支架上烘烤……然后举行追思古代人类牺牲的仪式……那是一些被称为'班

诺克'的烤饼……"

"什么？给我拼一下，求求你了！"她照我的话做了，我感谢了她，我对她说，她是我的贝雅特丽齐，是我的仙女摩根，还说了一大堆别的温情脉脉的话。我试图回忆起我的论文。据传说，秘密核心避难到苏格兰，投靠了罗伯特国王，圣殿骑士还帮助国王在班诺克本战役中取胜。作为酬谢，国王把他们编入苏格兰圣安德烈新骑士团中。

我从书架上取下一本厚厚的英文词典查找："班诺克"在中世纪英语中（在古萨克森方言中叫班努克，在盖尔语中则为班纳克）是一种在石板或架子上烤制而成的饼，原料是大麦面、燕麦面和其他谷物面粉。"本"指小湍流。只需要如法国圣殿骑士那样把它译出来，将消息从苏格兰向他们在普罗万的同胞送去，于是就成了烤饼湍流，或者圆面包湍流，抑或面包湍流。吃面包的人就是在面包湍流中取胜的人，所以苏格兰核心也许那个年代已经在所有不列颠群岛上传播了开来。很合乎逻辑：从葡萄牙到英国的路程最短，的确是一段从极地到巴勒斯坦的旅程！

六八

穿上洁白的衣服……如果夜晚来临,点燃很多灯火,直到一切都在闪耀……现在开始组合一些或很多字母,移动它们,拼组它们,直至你的心变得热乎乎的。你要注意字母的运动,要注意你通过混合能够产生的结果。当你发觉你的心变热的时候,当你看到通过组合字母,你发现了一些你单独或借助传统所不能了解的事情时,当你准备好接纳进入你体内的神力的影响时,你运用思想的全部深度在心里想象"名"和它那些至尊的天使,就如同它们是在你身旁的人一样。

阿布拉菲亚《哈耶哈奥拉姆哈巴》

"令人惊叹,"贝尔勃说,"这样的话,'避难处'会是什么样的呢?"

"六组安顿在六个地方,只有一个地方被称为'避难处'。真有意思。这就意味着在别的地方,像葡萄牙或英国,圣殿骑士能够不受骚扰地生活,尽管是以另外一种名义,而在这个地方则是躲藏着的。我可以说,避难处是巴黎的圣殿骑士在放弃圣殿之后躲藏的地方。既然从英国到法国的路线也很容易想到,为什么圣殿骑士不能在巴黎本地一个受到保护的秘密地方建造一个避难处呢?他们是能干的政治家,预料在两百年内,处境会发生变化,他们就能或者几乎能在光天化日之下活动了。"

"那就巴黎吧。那第四个地方怎么办呢？"

"上校想到了沙特尔，但如果将巴黎当成第三个地方，那我们就不能把沙特尔列为第四个了，因为显然计划应当涉及欧洲所有中心城市。而且我们正在放弃一条神秘主义路线，制订了一条政治路线。迁移好像是按正弦曲线进行的，因此我们应当去德国北部。在河或者水的那一边，即跨过莱茵河，在德国的土地上有一座圣母城，不是一座教堂。在格但斯克附近有一座贞女城，即马林堡①。"

"为什么要在马林堡会晤呢？"

"因为那是条顿骑士团的首府！圣殿骑士与条顿骑士的关系没有受到毒害，不像圣殿骑士与医院骑士之间那样，后者像秃鹫似的期待着圣殿骑士团瓦解，以便攫取它的财产。条顿骑士团是神圣罗马帝国的皇帝在巴勒斯坦创建的，用来对抗圣殿骑士，但很快就被召回北方遏制普鲁士野蛮人的入侵。他们干得非常漂亮，在两个世纪的时间里，他们变成了一个国家，扩张到波罗的海沿岸所有领土上。他们在波兰、立陶宛、立窝尼亚之间活动。他们建立了柯尼斯堡，他们只失败过一次，是被亚历山大·涅夫斯基在爱沙尼亚打败的，差不多就在圣殿骑士在巴黎遭到逮捕的同时，条顿骑士把自己王国的首府定在马林堡。如果真有一个旨在征服世界的精神骑士计划的话，那么圣殿骑士与条顿骑士瓜分了势力范围。"

"您知道我要说什么吗？"贝尔勃说，"我觉得说得通。现在是第五组，这些波佩利康在哪里呢？"

"不知道。"我说。

"您使我很失望，卡索邦。也许我们要求助于阿布拉菲亚。"

"不，先生，"我赌气地说，"阿布拉菲亚只能向我们提供新的联系。而波佩利康是一个数据，不是一个联系，数据是山姆·斯佩德的

---

① Marienburg，德文中原意为"马利亚堡"。

事。给我几天时间吧。"

"我给您两周时间,"贝尔勃说,"如果在两周之内不给我交付波佩利康,那您就给我一瓶十二年陈百龄坛威士忌吧。"

这对我的钱包而言太过分了。一周之后我把波佩利康交给了我那些贪婪的伙伴。

"一切都很清楚。听好了,因为我们要回到公元四世纪的拜占庭,当时在地中海地区已经很流行崇奉摩尼教的各类运动。我们从由彼得·迪卡法尔巴鲁恰(你们要承认这是一个非常优美的名字)在亚美尼亚创建的阿尔康教派说起吧。魔鬼是反犹太教的,却自比为生活在七重天上的犹太人的神'沙包兹'。为了能达到八重天上伟大的'光圣母',就要拒绝沙包兹和洗礼。明白吗?"

"我们拒绝吧。"贝尔勃说。

"但是阿尔康教教徒是一些优秀的青年人。在五世纪时出现了梅萨里昂派,他们在色雷斯延续至十一世纪。梅萨里昂派不是二元论者,而是君主政体的拥护者。不过,他们同地狱的势力有牵连,所以有些书称他们为'肮脏的人',来自污秽(borboros)这个词,因为他们干的一些事是难以启齿的。"

"他们干什么呀?"

"一般的事。男男女女把他们的丑行,即精液与经血收集在手掌中举向天空,然后把它吃掉,称这是基督之体。如果无意中使他们的女人怀孕了,那么在适当的时刻,他们将手伸进她的肚子里,把胚胎取出来放在研钵里捣碎,搅混上蜂蜜和胡椒面,'我吃掉你',就下了肚。"

"令人憎恶,"迪奥塔莱维说,"蜂蜜和胡椒面!"

"这些人是梅萨里昂派,一些人称作斯特拉蒂奥蒂和菲比奥尼蒂,另一些人则称为巴尔贝里蒂,由纳塞安尼和费朱奥尼蒂组成。但对另一些教父来说,巴尔贝里蒂是一些落后的诺斯替教徒,也就是二元论者,他们崇拜巴尔贝洛圣母。他们称'肮脏的人'为属物质的人,不及属魂人,更不用说属灵人了,属灵人就是神选的子民,就是整个事件的'扶轮社'。但也许斯特拉蒂奥蒂只是密多罗信徒中的属物质的人。"

"这不是有点混乱不清吗?"贝尔勃问道。

"必然。所有这些人都没有留下什么书面文件。我们对他们唯一的了解来自他们对手的流言蜚语。但这并不重要。我要说的是,在那个年代中东地区是多么的骚动不安,以及保罗派是从哪里冒出来的。他们是一个叫保罗的人的信徒,从阿尔巴尼亚被驱逐出来的反对崇拜圣像者也同他们联合在一起。从八世纪往后,这些保罗派迅速扩大,从一个小派别变成了一个团体,从团体变成了一个大帮派,从大帮派又变为政治力量,拜占庭的皇帝们开始为此不安,并派皇家军队去讨伐他们。他们的势力蔓延到阿拉伯世界的边界,逼近幼发拉底,侵入拜占庭领土,直至黑海之滨。他们几乎到处建立殖民地,十七世纪耶稣会会士让他们改教,现在他们还在巴尔干半岛和南方以远地区生活。保罗派信仰什么呢?他们信奉上帝,信奉三位一体的天主,除了造物主执拗地创造了世界以外,因为其后果是大家有目共睹的。他们抛弃《旧约》,拒绝圣礼圣典,蔑视十字架,不崇拜圣母,因为耶稣是直接在天上化为肉身的,他通过马利亚出生就如同通过一个管道。鲍格米勒派受他们启示,称耶稣是从马利亚的一只耳朵进去,从另一只耳朵出来,她甚至未曾察觉。有人还指责他们崇拜太阳和魔鬼,指责他们把婴儿的血同圣餐面包和酒搅混在一起。"

"像所有人一样。"

"在那个年代,对一个异教徒来说,去做弥撒简直是一种折磨。还不如成为穆斯林。但那时人们就是这样子的。我这么说是因为当信奉二元论的异教徒扩张到意大利和普罗万时,他们就如同保罗派,他们被称为波佩利康,共和派,民粹主义者,gallice etiam dicuntur ab aliquis popelicant①。"

"就是他们。"

"的确如此,保罗派在九世纪还继续使拜占庭的皇帝们气得发疯,甚至巴西尔一世发誓要取他们的首领赫利梭黑的首级。这位首领曾经在以弗所入侵了圣约翰大教堂,让他的马队在圣水盘中饮圣水……"

"他们常带有那种恶习。"贝尔勃说。

"……他恨不得用三支箭射穿他的头。他派遣皇家军去征讨,他们抓住了他,砍下了他的头颅,并将其呈送给皇帝,皇帝把他的头置于一张桌子上,挂在窗间墙上的护壁板上,挂在斑岩圆柱上,嚓嚓嚓连射三箭,我可以想象,两箭各穿透双眼,第三箭射入口腔。"

"好厉害。"迪奥塔莱维说。

"他们并非出于恶意,"贝尔勃说,"那是信仰问题。信就是所望之事的实底。卡索邦请继续讲,我们的迪奥塔莱维对神学的精微之处不大明白。"

"让我讲完:十字军遭遇保罗派。在第一次十字军东征时,他们在土耳其安条克遇上保罗派,保罗派在那里同阿拉伯人并肩一起战斗,十字军在围攻君士坦丁堡时,又同保罗派遭遇,普罗夫迪夫的保罗派团体企图将该城交给保加利亚沙皇约安尼卡,故意同法国人作对,这是维拉杜安说的。这就是同圣殿骑士相关之处,这就解开了我们的谜团。传说称圣殿骑士受到了纯洁派的启示,但相反,是圣殿骑士给纯洁派以启示。圣殿骑士在十字军东征过程中遇到了保罗派,同他们建立了神秘的关系,就如他们同神秘教派和穆斯林异教徒建

---

① 拉丁文,法语中也被称为波佩利康。

立关系那样。从另一方面看,沿着'计划'路线走就行了。只能经过巴尔干地区。"

"为什么?"

"因为我感到已经很清楚了,第六次会晤就在耶路撒冷。密文称去石头那里。哪里有这样一块石头,今天穆斯林崇拜它,如果我们想看见它的话,就应脱掉鞋子呢? 就在耶路撒冷奥玛尔清真寺的中间,那里曾经一度是圣殿骑士的圣殿。我不知道谁会在耶路撒冷等待,也许是乔装打扮过的残余圣殿骑士的核心,或者同葡萄牙人勾结在一起的喀巴拉信徒,但可以肯定的是从德国到耶路撒冷最合乎逻辑的道路就是穿过巴尔干地区。在那里等待着的是第五核心,即保罗派核心。你们看,这样'计划'就变得清晰明了了。"

"我告诉您,您说服了我,"贝尔勃说,"但是波佩利康在巴尔干的什么地方等待呢?"

"据我所知,保罗派的自然继承者是保加利亚的鲍格米勒派,但是普罗万的圣殿骑士不可能知道在几年之后,保加利亚将遭受土耳其人入侵并将在他们的统治下经历五个世纪。"

"所以可以想到'计划'在德国人与保加利亚人之间传递时搁浅了。它应发生在什么时候呢?"

"在一八二四年。"迪奥塔莱维说。

"等一下,为什么呢?"

迪奥塔莱维很快就画了一个图表。

葡萄牙	英国	法国	德国	保加利亚	耶路撒冷
1344	1464	1584	1704	1824	1944

"在一三四四年每组的第一批大团长在预先规定的六个地点安顿下来了。在一百二十年中,每组有六个大团长先后接替,在一四六

四年托玛尔的第六个团长同英国组的第六个团长会合。在一五八四年英国的第十二位团长同法国的第十二位团长会合。以此类推，如果说同保罗派的会晤失败了的话，那是在一八二四年。"

"我们就假设它失败了，"我说，"但我不明白，为什么如此精明能干的人手中明明握有最终密文的六分之四，却不能够将它重新拼出来呢？如果同保加利亚人的会晤没有成功，为什么他们没有同下一个核心接触呢？"

"卡索邦，"贝尔勃说，"您认为在普罗万定下规矩的人是笨蛋吗？如果他们想在六百年中都不为人知的话，一定会非常谨慎。核心的每个团长知道在什么地方能找到下一个核心的团长，但不知道别的核心所在地，而任何其他核心的团长也不知道到哪里寻找先前核心的团长。只要德国人错过了保加利亚人，他们就将永远找不到耶路撒冷人，而耶路撒冷人也不知道到哪里寻找其他核心的人。至于把密文残片重新拼起来，则取决于残片是如何被分发的。当然不是按逻辑的顺序。只要缺一片，那么密文就无法理解，而握有失掉的残片的人也是一头雾水。"

"你们想一想，"迪奥塔莱维说，"如果会晤没有发生，那今天在欧洲就是一群纵使相逢应不识的人在跳秘密芭蕾舞，每个群体的人都知道只要有一点什么，就能变为世界的主宰。您和我们提到过的那个动物标本制作者叫什么来着，卡索邦？也许真有一个阴谋，历史只不过是为重新拼组遗失的密文而战的结果。我们看不到他们，他们是隐形的，就在我们周围。"

贝尔勃和我显然不谋而合，我们开始讨论。但需要有一点什么来使之连贯。我们于是发现至少普罗万密文中的两个表述——涉及三十六个隐形者分成六组，期限是一百二十年——也出现在关于玫瑰十字会的争论中。

"终究还是德国人，"我说，"我再去翻一下玫瑰十字会的宣言。"

"但您说过,那些宣言是伪造的。"贝尔勃说。
"那又怎么样呢?我们也在造假。"
"说得对,"他说,"我都快忘记了。"

六九

> 她们变成了魔鬼：虚弱，胆怯，勇敢，在某些特殊时刻永远是血淋淋的，泪汪汪的，温柔的，双臂不懂规则……呸，呸，她们一钱不值，她们只有一侧，由一根弯曲的骨头构成，不为人注意……她们亲吻蛇……
>
> 朱尔·布瓦《撒旦崇拜与魔法》
> 巴黎，沙耶出版社，一八九五年，第一二页

他忘了，现在我却知道了。这个简短文档自然是属于这一时期的。

以诺.doc

你突然回到家里。你有大麻。我不愿意，因为我不允许任何植物性的物质干扰我的大脑功能（但我在撒谎，因为我抽烟，还喝由粮食酿成的酒）。总之，在六十年代初，仅有的几次有人强迫我传递大麻烟，用那种浸满唾液的黏糊糊的纸，最后一口还要借助别针，我只觉得好笑。

但是昨天是你给了我这东西，我想这大概是你献身的一种方式，我便毫无疑虑地抽了。我们紧紧地抱在一起跳舞，多年来都没有过了——多不好意思——当时演奏的是马勒的《第四交

响曲》。我感到好像在我的双臂间,一个古老的造物在上升,一张老母山羊的温柔而布满皱纹的脸看着我,一条蛇从我的腰腹深处向上爬,我像崇拜最古老的所有人的姑姑那样崇拜你。我紧贴着你的身躯不停地舞动,但我也感到你似乎要飞起来,你变成了金子,打开了关闭的门,在空中挥舞着物品。我进入你那昏暗的肚皮里,天使们的囚徒。

难道我一直在寻找的不就是你吗?也许我在这里一直等待的就是你。每次因为我认不出你而失去了你?每次因为我认出你却没有勇气说而失去了你?每次因为我能认出你,却知道我要失去你,所以失去了你?

昨晚你后来到哪里去了?我今早醒来,感到头痛。

七〇

> 不过,我们对一百二十年这段时间的秘密隐喻记得很清楚。兄弟 A、继任者 D 和第二批的最后一位——就在我们中间——向我们吐露第三批……
> 《全面与普遍的改革》,"兄弟会传说"
> 卡塞尔,韦塞尔,一六一四年

我匆忙去读玫瑰十字会的两份宣言——《传说》和《自白》——的全文,也翻看了一下约翰·瓦伦丁·安德烈埃的《克里斯蒂安·罗森克罗伊茨的化学婚礼》,因为传说安德烈埃是宣言的作者。

两份宣言于一六一四年与一六一五年间出现在德国,在法国人和英国人一五八四年会晤后大约三十年,但几乎是法国人应当同德国人会晤的前一个世纪。

我阅读宣言,不是为了相信它上面的内容,而是为了看透它们的言下之意。我知道要使它们道出言下之意,就要跳过一些段落,赋予某些句子更重要的地位。这正是魔鬼作者和他们中的佼佼者教导我们的。在揭示的微妙时刻,不应当遵循固执而愚钝的逻辑思维链条及其单调的序列。另一方面,从字面上看,两份宣言是荒谬、谜团、矛盾的大杂烩。

所以,它们不可能在说它们表面上的那些东西,因此,既不是呼吁深刻的精神改革,也不是讲述可怜的克里斯蒂安·罗森克罗伊茨的故事。这是一个加密信息,需要把它们置于栅格上去解读,栅格留出某些地方,又遮挡另一些地方。正如普罗万的密文只有首字母算数一样。我没有栅格,但只要假设一个就行,而为了假设一个就需要抱着怀疑的态度去解读。

宣言谈到了普罗万"计划",这一点毋庸置疑。在克·罗森克罗伊茨的墓中(什一税谷仓的隐喻,一三四四年六月二十三日之夜!)埋藏了一个留待后代发掘的宝藏,一个"隐藏了一百二十年"的宝藏。这一宝藏不是指金钱,这一点也显而易见。它不仅怒斥了炼金术士幼稚的贪得无厌,而且公然声称它承诺的是一种历史性的伟大变革。如果有人还不明白,第二份宣言再次强调:不要忽视涉及 miranda sextae aetatis(第六次也是最后一次会晤的奇迹!)所提供的东西,并重申:"要是上帝愿意把他那第六支'枝形大烛台'的光芒带给我们就好了……要是能只在一本书中读到一切,并且在读它时能够读懂并能记得它说的内容……如果能够通过诵读(高声朗读的信息)把石头(lapis exillis!)变成珍珠和宝石……那会是多么愉快的事。"此外,还谈到了奥秘和一个本应在欧洲建立的政府,还有关于一个需要完成的"伟业"……

宣言提到克·罗森克罗伊茨去了西班牙(或者去了葡萄牙?),向那里的学者介绍"从何处可获关于未来世纪的各种真正的 indicia[①]",但徒劳无益。为什么徒劳无益?因为有一群德国的圣殿骑士,在十七世纪初把一个藏得严严实实的秘密公之于众,仿佛公开是为了打破传播过程中的某些阻碍?

谁也无法否认,宣言企图重新勾画"计划"的各个阶段,正如迪奥塔莱维总结的那样。第一位被提及其死亡,或者已到达"极限"的修

---

① 拉丁文,征兆。

士是 I.O.，他死在英国。所以某个人胜利到达了第一次会晤之地。还提到第二代和第三代。到此，一切都进入正轨了：第二代即英国人同第三代即法国人会晤是在一五八四年，在十七世纪初写作的那些人只能写到前三组发生的事。在《化学婚礼》——它是安德烈埃青年时期写的，也就是在宣言前（即便直到一六一六年才出版）——中提及圣殿骑士的三座庄严的圣殿，那三个地方想必已为人所知晓。

不过我意识到，虽然两份宣言口径一致，但是好像同时发生了某件令人困扰不安的事。

比如，为什么那么强调尽管敌人使出了浑身解数使时机不能兑现，然而时候已到，时机已经来临了呢？什么时机呢？人们说克·罗森克罗伊茨的最终目标是耶路撒冷，但他没到达那里，为什么？人们赞扬阿拉伯人互通信息，而在德国，学者们不懂得相互帮助。它提到了"一个较大的团组想要将所有好处据为己有"。这里，不仅谈到了有人正在试图推翻"计划"以谋私利，还提到了实际上的扰乱。

《传说》称，起初有人编纂了一份魔法材料（自然是来自普罗万的那份密文！），但是"上帝的钟表记录每一分钟，我们却很难在整点报时"。是谁错过了神钟的鸣响，又是谁没能在适当的时刻到达某一个地点呢？这里提到了一个兄弟会的原始核心，他们发现了一门秘密哲学，但决定分散在世界各地。

两份宣言显露出困惑、犹豫不决、茫然所失之感。第一批修士分别安排"称职的继承者"替代他们，但是"他们决定对他们的埋葬地保守秘密……至今，我们也不知道他们葬于何处"。

这暗指什么呢？我们又不知道什么呢？我们找不到什么样的墓葬？显然，写宣言的目的是因为某些信息丢失了，它要呼吁偶然的知情者站出来。

《传说》的结尾明白无误："我们再次吁请欧洲的所有学者……深思熟虑我们的祈求，让我们了解他们的思考结果……因为即便我们现在没有透露我们的姓名……任何人只要向我们报上自己的名字，都能够同我们交流沟通，或者——如果遇到某种阻力——可以用书面材料同我们交谈。"

这正是上校想通过公布他的故事而做的建议：逼使某个人打破沉默。

其中不乏跃进、间歇、插曲、不连贯。在克·罗森克罗伊茨的墓葬里不只是写着"一百二十年后我被打开"以提醒会晤的节奏，而且还写了"Nequaquam vacuum"。不是"虚空并不存在"，而是"不应该虚空"。相反却创造了一个需要填满的空！

但我再次寻思：为什么这个说法来自德国？第四代难道不该在那里以神圣的耐心等待轮到自己接班吗？德国人不可能在一六一四年埋怨没在马林堡成功会晤，因为在马林堡的会晤预定在一七〇四年！

只有一个可能的结论：德国人抱怨先前的会晤缺如！

这就是关键所在！第四代德国人埋怨第二代英国人错过了第三代法国人！这是必然的。在书中可以发现一些昭然若揭的隐喻：打开了克·罗森克罗伊茨的墓穴，找到了第一和第二批修士的签名，但没有第三批的！葡萄牙人和英国人都在，但法国人在哪里呢？

总之，玫瑰十字会的两份宣言是有所暗指的，要会解读它们，它们暗指英国人错过了法国人的事实。玫瑰十字会不顾风险挺身而出，因为那是唯一能够拯救"计划"的方式。按照我们三人确立的看法，只有英国人知道在哪里能够找到法国人，也只有法国人知道去哪里找德国人。但是英国人又是如何在会晤法国人前一个世纪找到德国人的呢？我们还要找到一个答案。

七一

我们并不确切知道第二批修士是否拥有与第一批同样的智慧,是否了解了全部的秘密。

《全面与普遍的改革》,"兄弟会传说"

卡塞尔,韦塞尔,一六一四年

贝尔勃和迪奥塔莱维一致认为:宣言的秘密意义就连隐秘哲学学者也能看得一清二楚。

"我们曾固执地认为'计划'是在德国人与保罗派交接时受阻了,而事实上一五八四年在英国与法国之间传递时就停下来了。"迪奥塔莱维说道。

"可为什么呢?"贝尔勃问,"我们有充足的理由解释在一五八四年英国人没有实现同法国人的会晤吗?英国人知道避难处在哪里,而且他们是唯一的知情人。"

他想知道真相。他启动了阿布拉菲亚。他尝试单独两个数据之间的关联。电脑输出的是:

米妮是米老鼠的未婚妻

十一月同四月、六月、九月一样都是三十天

"如何解释呢?"贝尔勃问道,"米妮同米老鼠有个约会,但出了差错,误把九月算成三十一天了,而米老鼠……"

"打住,各位,"我说,"只有当米妮把约会定在一五八二年十月五日时,才可能犯那种错误!"

"为什么?"

"格里历的改革!那是自然的。在一五八二年格里历颁行,它修订了儒略历,为了纠正误差,废除了十月的十天,从五日到十四日!"

"但是在法国的会晤是在一五八四年六月二十三日的圣约翰之夜。"贝尔勃说。

"没错。但是如果我没记错的话,改历不是立即到处生效的。"我查阅了放在书架上的万年历,"看这里,改历是在一五八二年颁布的,废除了十月的五日至十四日,但这只适用于教廷。法国在一五八三年采纳格里历,废除了十二月的十日至十九日。在德国教会分立,天主教区在一五八四年采纳格里历,比如波希米亚,而新教教区在一七七五年改历,你们知道吗,几乎是在两百年之后,就不用提保加利亚了——这个数据应当记住——它直到一九一七年才采用格里历。现在我们看看英国……它在一七五二年采用格里历! 自然,不待见教皇的英国圣公会也抵制了两个世纪,那么你们就明白是怎么回事了。法国在一五八三年末废除十天,到一五八四年六月,大家就都习惯了新历。当法国已是一五八四年六月二十三日时,英国还是这年的六月十三日,你们可以想象,一个正派的英国人,即便是圣殿骑士,特别是在信息传播还相当缓慢的年代里是否能想到这一变故。哪怕今天,在英国还是靠左行驶,无视十进位的米制……所以当英国人在他们的六月二十三日出现在避难处时,对法国人来说已是七月三日了。现在设想,会晤不应当大张旗鼓,而是在恰当的时辰,在恰当的角落里悄悄进行。法国人在六月二十三日到达,他们等待了一天、两天、三天、七天,然后离开了,他们想,可能出了什么事。或许他们是在七月二日的夜里失望地放弃了等待。英国人在七月三日到达,连个人影都没见到。也许他们也等待了八天之久，仍然没有找到任何人。至此，两个大团长就错过了。"

"妙极了，"贝尔勃说，"事情就是这样。但为什么行动的是德国的玫瑰十字会，而不是英国人呢？"

这一点我们之前就有过怀疑。我要求再给一天时间，我翻阅了我的卡片，无比自豪地回到办公室。我找到了一条线索，一条看来微不足道的线索，但山姆·斯佩德就是这样工作的，在他那猛禽般的目光里，没有什么是无关紧要的。大约在一五八四年，魔法师、喀巴拉信徒、英国女王的星占学家约翰·迪受委派去研究儒略历改革！

但为什么直到两个世纪后儒略历才被采用呢？作为英国核心的大团长，迪错过了会晤，他想知道究竟发生了什么事，错在哪里。鉴于他还是一位杰出的天文学家，他拍了一下脑门，说我是多么的愚蠢啊。但他意识到为时已晚。他不知道在法国该同谁联系，但他同中欧地区取得了联系。鲁道夫二世时期的布拉格堪称炼金术的实验室。事实上就是在那些年里，迪去了布拉格，会见了孔拉兹，就是《永恒智慧圆形剧场》的作者，那上面的寓言插图既启发了安德烈埃，也启发了玫瑰十字会宣言。迪建立了什么样的关系呢？我不知道。他犯了难以弥补的错误，悔恨不已，他的精神完全崩溃了，于一六〇八年逝世。这没有什么可怕的，因为在伦敦另一个人物开始行动了。现在人们普遍认为他是玫瑰十字会成员，他将在《新大西岛》一书中提到玫瑰十字会。我指的是弗朗西斯·培根。"

"培根真的提到玫瑰十字会吗？"贝尔勃问道。

"不能这么说。是一个叫约翰·海登的人以'神圣的土地'为题重新撰写《新大西岛》时，把玫瑰十字会包括在里面了。但对我们来说，这样很好。培根没有明说，显然是出于审慎。但这是不言自明。"

"谁不同意，就见鬼去吧。"

"对。正是培根给予了启示,促使英国与德国之间的关系更为密切。在一六一三年,当时在位的詹姆斯一世的女儿伊丽莎白和莱茵普法尔茨选帝侯腓特烈五世举行婚礼。鲁道夫二世死后,布拉格不再是适宜之地,海德堡取而代之。王子与公主的婚礼是圣殿骑士寓言的胜利。在伦敦的庆典中,由培根担任主持人,上演了一出神秘主义的骑士寓言剧,骑士们出现在一个山丘顶上。很明显,培根接替了迪,成了英国圣殿骑士核心的大团长……"

"……他显然是莎士比亚戏剧的真正作者,所以我们应当重读莎士比亚的全部作品,自然里面谈到的就只有'计划'而已,"贝尔勃说,"圣约翰之夜,仲夏夜之梦。"

"六月二十三日是初夏,不是仲夏。"

"诗歌的破格。我在想,为什么谁都没有在意这些迹象,这不是明摆着吗?对我说来好像一切都明白得几乎使人难以承受了。"

"我们被理性主义引入了歧途,"迪奥塔莱维说,"我早说过了。"

"让卡索邦继续讲下去,我认为他表现出色。"

"没什么好多说的了。在伦敦的庆典之后,又在海德堡庆祝,萨洛蒙·德·科在那里为选帝侯建造了花园,那天晚上在皮埃蒙特我们看到了一丝模糊的印迹,你们都记得的。在这些庆祝活动中,一辆带有寓意的车辆出现了,把新郎比做伊阿宋,在车辆上装饰的两根桅杆上出现了金羊毛和嘉德骑士团的象征,我想你们不会忘记金羊毛和嘉德骑士团的象征也曾在托玛尔的门柱上出现过……全都吻合了。在一年之内出现了玫瑰十字会的宣言,这是英国圣殿骑士借助一些德国朋友的帮助留给整个欧洲的线索,以便重新勾画中断了的'计划'的脉络。"

"他们想怎么样呢?"

七二

（正如人们所言，）我们所说的隐形者是三十六个，他们分为六组。

《魔鬼与所谓的隐形者之间的恐怖契约》
巴黎，一六二三年，第六页

"也许宣言想要一箭双雕。一方面向法国人发出信号，另一方面与可能因路德宗教改革而分崩离析的德国核心重新取得联系。但正是在德国发生了更大的麻烦事。从宣言问世直到大约一六二一年，宣言的作者们收到了太多的回应……"

关于这方面的小册子不胜枚举，就是那天晚上在萨尔瓦多让我同安帕罗乐在其中的东西，我只引述了其中几本。"可能在所有那些人中，有人知道点什么，却被埋没在只从宣言字面意思来理解的狂热分子之中。甚至有一些挑衅者，他们企图阻止这一活动，唯恐天下不乱……英国人试图干预纷争，把讨论纳入正轨，英国另一位圣殿骑士罗伯特·弗卢德在一年之内写了三本著作，引导人们解读宣言，这并非偶然……但是事到如今已经失控，'三十年战争'打响了，选帝侯被西班牙人打败了，普法尔茨和海德堡遭受洗劫，波希米亚陷入火海……这就是为什么在一六二三年玫瑰十字会会员又露面了，并把他们的宣言在巴黎广为传播，他们向法国人提出了同向德国人差不多一样的提议。在一本由某个不信任他们或者想把水搅混的人写的反巴黎玫瑰十字会的小册子中，究竟写了些什么呢？称他们崇拜魔鬼，显然，即使诽谤也无法抹杀事实，文中影射他们在玛莱聚会。"

"那又怎么样呢？"

"你们不熟悉巴黎吗？玛莱是巴黎圣殿所在的区域，后来阴差阳错成了犹太人居住区！这些小册子称玫瑰十字会会员同伊比利亚的一个喀巴拉教派——光照派有联系！或许反玫瑰十字会的小册子表面上攻击了三十六个隐形者，实际上却帮助他们确认身份……加布里埃尔·诺德是黎塞留藏书室的管理员，他写了《关于玫瑰十字会历史真相在法国的说明》。他是圣殿骑士第三代核心的代言人，还是在一场本不属于他的游戏中浑水摸鱼的冒险家？一方面他好像想把玫瑰十字会会员等同于卑劣的魔鬼之徒，另一方面又暗示现在还有三个玫瑰十字会社团在活动，这是真的：在第三代核心之后还有三代。他的话带有神话色彩（称一个社团在印度，在漂浮的岛屿上），但他提示称其中一个社团就在巴黎的地下通道里。"

"您认为这一切解释了'三十年战争'吗？"贝尔勃问道。

"不要再做其他假设了，毫无疑问，'三十年战争'就是他造成的。不过不要忽视另外两个事实。一六一九年，托玛尔的基督骑士团在沉默了四十六年之后召开会议。在一五七三年，也就是一五八四年之前不久，曾开过一次会，也许是为了准备同英国人一起去巴黎，而在玫瑰十字会宣言事件之后又聚在一起决定要采用什么策略：同英国人联合行动，还是另觅他途。"

"自然，"贝尔勃说，"现在他们已经陷入迷宫了，有人选择这一条路，有人选择那一条路，他们放出风声，但不知道得到的回答是别人的声音，还是自己的回声……全是在摸索着前进。这时保罗派和耶路撒冷人在干什么呢？"

"谁知道，"迪奥塔莱维说，"但不要忽视在这个年代卢里亚创立的喀巴拉教派正在传播，并开始谈论'器皿的破碎'……在那个年代越来越多的传言说《托拉》不完整。有一份波兰哈西德派的文献称：如果相反发生了另一个事件,那么或许就会产生出另一些字母组合,不过很明显,喀巴拉信徒不喜欢德国人把时间提前。《托拉》的正确次序是隐而不宣的,只有神知道,谢天谢地。不过,你们不要让我再胡言乱语了,如果把神圣的喀巴拉也牵扯到'计划'里……"

"如果'计划'存在,就要把一切都牵连进去。要么无所不包,要么什么也解释不了,"贝尔勃说,很明显他不欣赏"三十年战争"的排外性,"不过卡索邦还提到了第二条线索。"

"对,甚至是一系列的线索,在一五八四年的会晤失败之前,约翰·迪开始从事制图学的研究,并推动航海远征。谁同他结伴而行呢？佩德罗·努涅斯,葡萄牙王室宇宙志研究者……迪影响着向东北走向中国的探险之旅,他资助一个叫弗罗比舍的人的探险活动,此人去北极探险,还带回来一个爱斯基摩人,大家都把他当成了蒙古人,迪还鼓动弗朗西斯·德雷克做环球旅行,他想叫他去东方,因为东方是所有隐秘知识的本原。在某一次探险启程时,他还召唤天使保佑。"

"这能说明什么问题呢？"

"我感到迪并不是对地理发现感兴趣,而是对描绘地图感兴趣,为此他在工作中同两位杰出的制图学家墨卡托和奥特利乌斯一起合作。他似乎从手中握有的残片,明白了把残片最终拼为一个整体后将会发现一张地图,于是他试图独自完成这一工作。恕我多嘴,像加拉蒙先生那样。像他这样的学者真的有可能忘记不同历法之间的差异吗？他是不是故意那样做呢？迪好像想越过其他核心,单独拼出那封密文。我怀疑迪希望密文可以通过魔法或者科学的手段重新拼成,不需要等待'计划'的完成。急躁综合征。傲慢的资产阶级正在崛起,败坏了骑士精神赖以生存的团结原则。如果迪是这样想的话,更不要提培根了！从此之后,英国人利用新科学的所有秘密试着揭示这一秘密。"

"那德国人呢?"

"最好让他们沿着传统的道路走下去。这样,我们至少可以解释两个世纪的哲学史,盎格鲁-撒克逊的实证主义对抗浪漫的唯心主义……"

"我们正在一步一步重写世界历史,"迪奥塔莱维说,"我们在重写《托拉》。我乐意,我喜欢。"

七三

  另一个关于密码的有趣事例是在一九一七年由一个优秀的培根研究历史编纂学家、维也纳的阿尔弗雷德·冯·韦伯·埃本霍夫博士向公众介绍的。他用曾运用于莎士比亚作品的那些体系分析塞万提斯的作品……在继续其研究时,他发现了激动人心的物证:由谢尔登翻译的《堂吉诃德》的第一个英译本经过培根亲手校对。由此他得出结论:这个英译本就是小说的原作,而塞万提斯将它翻译成西班牙文出版。

   J·迪绍苏瓦,《培根,莎士比亚还是圣日耳曼》
  巴黎,科隆布出版社,一九六二年,第一二二页

  在以后的日子里,亚科波·贝尔勃当然如饥似渴地阅读围绕玫瑰十字会时期的历史著作。不过当他给我们讲述他的结论、他的幻想时,他告诉我们的是赤裸裸的情节,我们从中得到许多珍贵的启示。现在我知道,他在阿布拉菲亚上撰写了更为复杂的故事,其中疯狂的引述与他个人的迷思混为一谈。看到有可能将别人的故事碎片拼起来,他又找回了叙述和撰写自己故事的激情。他对我们从不提及这个。我有点怀疑他是勇敢地做试验,尝试经营一个虚构故事的可能性。或者像魔鬼作者那样,使自己与这正在脱轨的"伟大历史"融为一体。

迪博士的古怪工作室.doc

长时间以来，我忘了自己是塔尔博特。至少是从我决定让人称我为凯利时起。说到底，我只是伪造了一些文件，大家都那么干。女王的人是残酷无情的。为了遮掩我那双被割掉的耳朵，我不得不戴上这顶黑色无边圆帽，大家都在窃窃私语说我是一个巫师。巫师就巫师吧。迪博士就是以此飞黄腾达的。

我在摩特雷克找到了他，当时他正在看一张地图。他说话含糊其辞，一个老魔鬼作者。他狡诈的眼睛里闪耀着不祥之光，骨瘦如柴的手在抚摸他那撮山羊胡。

他说："梅纳贝宝藏所在地的地图。这是罗吉尔·培根的手稿，是鲁道夫二世借给我的。您熟悉布拉格吗？我建议您去看看。或许能够找到某样改变您一生的东西。"

我斜了一眼，看到他正在以秘密字母抄写着什么。但他立即将手稿藏到另外一堆发黄的纸张下面。生活在那个年代，那种环境里，任何纸张，即便刚从造纸作坊出来，都是发黄的。

我向迪博士出示了我的一些随笔，特别是关于"黑女士"的那些诗篇。我童年时的光辉形象变暗了，因为它们被时间的阴影吞没了，从我身上逃逸了。我小说中的一个悲剧情节，七海吉姆的故事，他跟随瓦特·雷利爵士返回英国，发现他父亲已被其乱伦的兄弟杀害。天仙子。

"凯利，您很有才华，"迪对我说，"而您需要钱。有一位年轻人，您甚至不敢想象他是谁的嫡子，我想提高他的名望。他天赋不佳，您将是他的秘密灵魂。写吧，愿您生活在他荣耀的阴影里，只有您和我知道这荣耀是属于您的，凯利。"

于是我多年来为女王与整个英国构思篇章，都是以这位庸碌的青年的名义进行的。If I have seen further it is by standing on ye sholders of a Dwarf.①我三十岁,我将不会允许任何人说这是人一生中最美丽的年华。

"威廉,"我对他说,"把头发留长一点,遮住耳朵吧,那会让你增添光彩。"我有一个计划(代替他?)。

一个人可以一直活在对"摇矛者"②——事实上就是自己——的憎恶之中吗? That sweet thief which sourly robs from me.③"冷静点,凯利,"迪对我说,"生活在阴影之中对想征服世界的人来说是一种特权。保持低调。威廉将为我们作掩护。"他让我知道——咳,只是部分的——"宇宙大阴谋"。圣殿骑士的秘密!"赌注呢?"我问。"整个地球。"

长时间以来我都按时上床睡觉,但有一天午夜,我翻了迪的箱子,发现了一些咒语,我想召唤天使,就如同他在望月之夜所做的那样。迪发现我仰躺在"大宇宙"圈的中央,像被鞭子抽打过似的。在我的额头上有所罗门的五角星符。现在,我不得不把我那圆帽再往下拉,让它遮住眼睛。

"你还不懂该怎么做呢,"迪对我说,"当心,不然我把你的鼻子也扯掉。I will show you Fear in a Handful of Dust④..."

他举起了一只枯瘦的手,宣告了可怕的词句:加拉蒙! 我胸中的大火在燃烧。我(在夜里)出逃了。

整整过了一年时间,迪才原谅我,并把他关于神秘的第四部著作题献给我,"post reconciliationem kellianam⑤"。

这年夏季,我常为莫名其妙的怒火所折磨。迪把我召唤到了摩特雷克,当时有我、威廉、斯宾塞,还有一个目光游移的贵族青

---

① 英文,如果我看得更远,那是因为我站在"矮子"的肩膀上。
② 指莎士比亚。
③ 英文,出自莎士比亚十四行诗,大意为"温柔的小偷劫夺我"。
④ 英文,出自托·斯·艾略特的《荒原》,大意为"我会给你展示在一把尘土中的恐惧"。
⑤ 拉丁文,与凯利和解后。

年,弗朗西斯·培根。他有一双机灵活泼的淡褐色眼睛。迪博士对我说 it was like the Eie of a Viper①。迪让我们了解了"宇宙大阴谋"的一部分。涉及在巴黎与圣殿骑士法兰克分支会晤,并把同一张地图的两部分拼在一起。迪与斯宾塞将在佩德罗·努涅斯的陪同下前往。他把一些文件交给了我和培根,并让我们起誓,只有在他们回不来的情况下才能打开。

他们回来了,相互辱骂。迪说:"那不可能,'计划'是精确的,它有着我那《象形单子》一样天赐的完美无缺。我们本该遇上他们,在圣约翰之夜。"

我憎恨自己被小看。我说:"圣约翰之夜是按我们的还是按他们的算?"

迪拍了一下脑门,吐出了可怕的诅咒。"唉,"他说,"from what power hast thou this powerful might②?"苍白疲倦的威廉记录下了这个句子,胆怯的抄袭者。迪疯狂地翻阅历书。"上帝之血,上帝之名,我怎么能如此愚笨呢?"他辱骂努涅斯和斯宾塞:"一切都要我去考虑吗?你们这些庸碌的宇宙志研究者。"他面暴青筋地对努涅斯吼叫,然后就大喊咒语:"阿马撒尼尔,所罗巴伯。"努涅斯好像被看不见的公羊在肚子上撞了一下,脸色苍白向后退了几步,然后瘫倒在地。

"蠢货。"迪对他说。

斯宾塞脸色也变青了。他吃力地说:"可以抛出诱饵。我正要完成一首诗,一部关于仙后的寓言,我尝试放进一个红十字会骑士……让我写吧。真正的圣殿骑士会从诗里认出自己,他们会明白我们知道,并同我们联系……"

---

① 英文,它像蝰蛇的眼睛。
② 英文,出自莎士比亚十四行诗第一百五十首,大意为"从什么威力你取得这力量"。

"我了解你,"迪对他说,"在你写出这首诗和人们注意到它之前,将会过去五年甚至更长时间。不过钓饵的想法倒不错。"

"博士,为什么不借助您的天使同他们沟通呢?"我问道。

"蠢货,"他又说,这次是针对我的,"你没有读过特里特米乌斯的书吗?收件人的天使只有在收件人收到信函时,才能把信函阐述清楚。我的天使不是马帮信差。法国人没有接上头。但我有一个计划。我知道如何找到德国组的人。需要去一趟布拉格。"

我们听到了响声,一个厚重的锦缎幕幔被拉起,我们隐约看见一只消瘦的手,后来"她"——"高贵的贞女"出现了。"陛下。"我们边说边跪了下来。"迪,""她"说,"我全都知道了。您不要以为我的先人们拯救骑士是为了让他统治世界。您明白吗?我要求最终秘密成为'王冠'的供奉。"

"陛下,我不惜一切想得到秘密,我想要它就是为了'王冠'。我想找到其他握有秘密的人,如果这条路是捷径的话,但是当他们呆头呆脑地把他们知道的秘密吐露给我之后,对我来说除掉他们不是一件难事,用匕首或者托法纳水。"

在贞女女王的脸上浮现出凶残的微笑。"这样很好,""她"说,"我的好迪……我想得到的不多,只要'全部的权力'。如果您能做得到,嘉德勋章就是您的了。而对你,威廉,"她对这个小寄生虫表现出一种淫荡的温情,"另一枚嘉德勋章,还有另一个金羊毛勋章。跟我来。"

威廉向我报以虚情假意的感激眼神,跟随女王消失在幕幔之后。Je tiens la reine!①

---

① 法文,我掌握了女王!

我同迪到了"黄金城"。我们穿过离犹太人墓地不远的臭烘烘的窄巷,迪叫我小心。"如果会晤失败的消息传出去,"他说,"其他组织就会各行其是,从中谋利。我担心在布拉格的犹太人和耶路撒冷人中有太多的间谍……"

已经是夜晚,雪闪耀着泛蓝的白光。在昏暗的犹太人居住区入口处摆满了出售圣诞礼物的货摊,在它们中间用红布拱成了一个很难看的木偶戏台,用冒烟的火炬充当照明。戏台后面紧接着就是一座由方形石建成的拱门,旁边是一个铜喷泉,在它的栅口处悬挂着长长的冰柱,通向另一通道的门廊。在古旧的门上,金色的狮子头咬着铜环。一阵轻微的飒飒声掠过墙壁,难以解释的响声从低矮的屋顶传来,像临终之人发出的嘶哑喘息,没入了檐槽之中。房屋中显露出幽灵般的存在,生命的隐秘主人……一个放高利贷的老人裹着一件破烂的黑色长袍从我们面前走过,几乎碰到我们,我好像听到他喃喃低语:"留神亚大纳西·佩尔纳兹……"迪也低声咕嘟:"我怕是另一个亚大纳西……"一眨眼,我们就到了金匠巷了……

那时,我那双已不复存在的耳朵在破旧的平顶圆帽下因回忆而飒飒作响,突然,在始料不及的一个黑暗的新通道里,在我们面前出现了一个巨人,一个表情迟钝的可怕的灰色造物,它的身躯为泛着铜锈光泽的胄甲保护,挂着一根多节的螺纹白木杖。一股浓重的檀香味随着神奇的出场扑鼻而来。我感受到一种死亡的恐惧,就像中了魔法似的,所有的一切都同我面前的造物结合在了一起。然而,我的目光却无法从围绕在它肩膀上的散发苍白雾气的球形物上移开。我好不容易才看出了一只古埃及白鹮的面容,在它后面又有多重面孔,我想象与记忆中的梦魇。显现在黑暗通道里的幽灵的轮廓在膨胀和收缩,仿佛无机物的缓慢呼吸侵入了它全身……而——恐惧——我注视着它,看到站在雪地上的不是双脚,而是不成形状的残肢,灰色无血的肉卷在上面,像同心圆的肿块。

唉,我那些贪得无厌的记忆……

"假人!"迪说。然后他双臂伸向天空,他那宽袖黑色长袍随即落地,像脐带似的在伸向空中的双手与地面或地下深处之间形成一个纽带。"耶洗别,马尔库特,Smoke gets in your eyes!①"他说。突然,假人解体了,像由沙子堆成的城堡被一阵风吹得坍塌似的,它的泥土身躯变成了一堆碎屑,像扩散在空气中的原子尘,我们被它的微粒迷住了眼睛。终于,在我们脚下出现了一堆焚烧后的灰烬。迪弯下身子用他那枯瘦的手指搅动了一下灰烬,从中拾起了一片纸,揣入怀中。

正在这时,从暗处冒出来一个拉比,戴的无边圆帽同我那顶很相似。他说:"想必您是迪博士吧。""阿莱维拉比,Here comes everybody②,"迪回答说,"看到你们,我是多么的高兴……"而那个人说:"你们刚才没有看到一个东西在这一带转悠吗?"

"一个东西?"迪假装惊愕地说,"什么做的?"

"见鬼去吧,迪,"阿莱维拉比说,"那是我的假人。"

"您的假人?我怎么一无所知呀。"

"迪博士,我提醒您,"阿莱维拉比铁青着脸说,"您正在玩一场超出您能力的游戏。"

"我不知道,阿莱维拉比,您在说什么呢,"迪说,"我们到此地来是为你们的皇帝造一些金币。我们不是蹩脚的招魂占卜者。"

"至少把那张纸还给我。"阿莱维拉比恳求道。

"什么纸呀?"迪以魔鬼般坦率的口气问道。

---

① 英文,烟雾弥漫在你的眼!
② 英文,现在到齐了。

"迪博士,您真该死,"拉比说,"事实上,我告诉你们,你们将看不到新世纪的曙光。"他消失在夜色中,口中念念有词但没有元音,不知说的是什么。唉,对了,那是"魔鬼和圣灵的语言"!

迪背靠在通道潮湿的墙上,面如土色,头发直立,如怪物的鬃毛。"我了解阿莱维拉比,"他说,"我将在格里历的一六〇八年八月五日死去。所以凯利,请帮我实现我的计划。完成它的将是您。"

他没有再说什么。淡淡的雾气摩擦着背后的窗玻璃,摩擦着背后窗玻璃的黄色的烟尘,舔着夜晚的街角。我们已经走到另一条小巷,灰白色的蒸汽从路面的栅格中冒出,透过栅格可看到下面由不同层次的暗灰色的歪墙围成的陋室……我隐约看见有一个老人的身影正摸索着从楼梯上下来(楼梯的阶梯很别扭地成直角相交),他穿一件破旧礼服,头戴高礼帽。迪也看见他了:"卡里加利!"他惊叫,"他也在这里,在著名的千里眼索索斯特里斯夫人的房子里!我们要迅速一点。"

于是我们加快了步伐,来到一处破旧房子的门前,那里灯光昏暗,是不祥的闪米特人居住的地方。

我们敲了一下门,它就应声开了。我们进入了一个宽敞的前厅,装饰有七个分叉的大烛台、那四个字母组成的浮雕,有光环的大卫之星。旧小提琴的色泽如同旧画上涂的薄薄一层淡彩,堆放在入口处的一张不规则的狭长桌子上。在这个简陋房子的拱形天花板上悬挂着一只已制成木乃伊的大鳄鱼,在夜晚的微风中,在一支或者多支大蜡烛——抑或一支也没有——的微弱光线里轻轻摇晃。在前厅的深处类似布幔或华盖的东西——在它下面出现了一个神龛——前面跪着一位祈祷者,他口中不停喃喃低语,亵渎地念着上帝的七十二个名字,他是一个"老人"。突然一闪念我知道了,他是海因里希·孔拉兹。

"像往常一样,迪,"那个人停下了祷告,转身说,"你们想要什么?"他像一只犰狳标本,一只不知年龄的鼹蜥标本。

"孔拉兹,"迪说,"第三次会晤没有实现。"孔拉兹突然发出了可怕的诅咒:"被放逐的石头!那怎么样呢?"

"孔拉兹,"迪说,"您可以放出钓饵,让我同德国的圣殿骑士联系。"

"我们来看看,"孔拉兹说,"我可以问问马耶尔,他在宫廷里交游广阔。但您要告诉我关于'贞女之乳'和'哲人最秘密的熔炉'的秘密。"

迪微微一笑——哦,那个贤人的神圣微笑!于是他像在祈祷时那样聚精会神地低声细语:"如果你想升华水银,溶解到水或'贞女之乳'中时,把它放到一块薄板上,薄板上摊着被认真捣碎成粉末的'东西',不要盖住它,而要让热空气冲击这裸露的物质,给它加上三把木炭火,让它加热八个太阳日,然后取掉炭火,把那东西放在大理石上好好捣碎成极细的粉末。完成之后,将它置于一个玻璃蒸馏器中放在一个双层蒸锅里蒸馏,蒸馏器和水之间留上两指距离,让它悬空,同时在蒸锅下生火加热。那时,只有在那时,尽管水银不接触水,但是置身于这个热而湿润的肚皮里,就变成水了。"

"大师,"孔拉兹边说边跪了下去,并亲吻迪博士那苍白而消瘦的手,"大师,我将照这样去做。您也会如愿,请记住这些词:玫瑰和十字。您会听到有人提起的。"

迪裹进那件斗篷长袍之中,只露出了一双闪耀着狡黠之光的眼睛。"凯利,我们走吧,"他说,"他现在已经是我们的人了。而你,孔拉兹,在我们未回到伦敦之前要让假人远离我们。然后,让布拉格来一场大火吧。"

我们出了门。在大西洋上空,一小股低气压气流由西向东同高气压气流在俄罗斯相遇。

"我们去莫斯科吧。"我对他说。

"不,"他回答说,"我们返回伦敦吧。"

"去莫斯科,去莫斯科。"我疯疯癫癫地低声说。"凯利,你非常清楚,你永远不会到那里去的。'塔'在等待着你。"

我们回到了伦敦。迪博士说:"他们想要在我们之前获得'答案'。凯利,你要为威廉写点什么暗示影射的东西。"

我怀揣魔鬼,照他说的做了,后来威廉篡改了原文,将一切从布拉格搬到了威尼斯。迪火冒三丈。然而滑头滑脑的威廉却仗着王室姘妇的保护,有恃无恐。他还不满足。我把那些最好的十四行诗一篇一篇交给他时,他竟以无耻的眼神向我打听"她",即"你",我的"黑女士"。从这个蹩脚演员的嘴里听到你的名字是多么的可怖。(我那时不知道,他这个该下地狱的灵魂正在为培根而寻找她。)"够了,"我对他说。"我在暗处给你建造荣耀,已感到厌倦。你自己写吧。"

"我写不了,"他回答,他的眼神就像看到狐猴一样,"他不允许我写。"

"谁,是迪吗?"

"不是,是维鲁拉姆男爵①。你没有觉察现在是他在操纵游戏吗?他逼着我写书,然后吹嘘这些作品出自他的手笔。你明白吗,凯利,我才是真正的培根,后世人是不晓得这一点的。唉,寄生虫!我是多么憎恨那个撒旦的帮凶!"

"培根是个卑鄙小人,但他也有才华,"我说,"他为什么不自

---

① 即培根。

476

己动笔写呢?"

我不知道他是没有时间写。直到多少年后,当德国被玫瑰十字会的狂热席卷时,我们才悟到了这一点。把他难得流露出来的零散暗示、影射和语言串联起来,我才恍然大悟,玫瑰十字会宣言的作者就是他。他是用约翰·瓦伦丁·安德烈埃这个假名写作的!

那时我没有弄清楚安德烈埃是为谁而写作,但现在我在这遭受磨难的黑暗囚室里,我的头脑比伊西德罗·帕罗迪①还要清醒,现在我知道他为谁捉刀了。我的狱友、前葡萄牙圣殿骑士索阿佩斯告诉我:安德烈埃为一个西班牙人写了一部骑士小说,当时这位西班牙人正蹲在另一座监牢里。我不知道为什么,但这一计划对卑鄙的培根有用,他或许想作为拉曼查的骑士历险记的秘密作者留名青史,他请求安德烈埃秘密地为他写一本书,然后他假装该书真正的秘密作者,以便在暗处(但为什么要在暗处?为什么?)享受别人的胜利成果。

但我离题了,现在我在这囚牢之中感到有点冷,我的大拇指疼痛。在油灯垂死的微弱光照下,我正撰写将要以威廉的名字问世的最后几部作品。

迪博士死了,临死时还在低声地说:"光明……再多一点光明。"还要了一根牙签。然后他说:Qualis Artifex Pereo!② 他是被培根杀害的。多年来,在女王逝世之前,培根利用她心智衰退之机以某种方式诱惑了她。现在她的相貌变了,只剩一副枯骨架。她只能吃一小块白面包、喝一点菊苣菜汤。她在身边佩有一

---

① Isidro Parodi,阿根廷作家博尔赫斯小说中的侦探。
② 拉丁文,多了不起的一个艺术家就要死了。出自尼禄自杀前的遗言。

把剑,在脾气发作时就猛烈地把剑刺入她的居所墙壁上挂着的锦缎帐幔来发泄。(如果后面有人在窃听呢?或者一只老鼠,一只老鼠?想的好,凯利,我要把它记下来。)老女王已到这等地步,对培根来说就很容易使她相信他是威廉,她的私生子——他披着羊皮,跪在她面前,而她如今已经瞎了。金羊毛!人们说他觊觎王位,但我知道,他是醉翁之意不在酒,他是要控制"计划"。他成为圣奥尔本斯子爵。他感到自己羽毛已丰,便除掉了迪。

女王死了,国王万岁……我现在是一个不合时宜的见证人。我陷入了一个圈套。一天晚上,"黑女士"终于可能属于我了,她拥抱着我跳舞,在致幻草药的左右下有点失态,她成了永恒的索菲亚,面孔布满了皱纹,像一只老绵羊……他带着一班持武器的人进来了,用一小块布蒙住我的眼睛,我突然明白:硫酸!"她"笑了,就像你那样笑,弹子球女郎——oh maiden virtue rudely strumpeted, oh gilded honor shamefully misplac'd![①]——他用贪婪的手触摸你,你称他为西莫内,并亲吻他左脸上的伤疤……

在"塔"上,在"塔"上,维鲁拉姆男爵在大笑。从那时起,我就躺在这儿,同那个自称索阿佩斯的枯瘦如柴的人在一起,狱卒只知道我是七海吉姆。我极勤奋地深入研究哲学、法律和医学,唉,还有神学。我这个可怜的疯子就在这里。我知道的和以前一样多。

从城堡的枪眼里,我目睹了王室的婚礼。骑士们骑在披挂着红十字的马上,策马缓行。伴随着小号的吹奏,让马跟着乐曲跳着半圆形的旋转舞。原本我应在那里吹奏小号,切奇莉娅知

[①] 英文,出自莎士比亚十四行诗第六十六首,大意为"处女的贞操遭受暴徒的玷辱,严肃的正义被人非法地诟病"。

道那是我的强项。再一次夺去了我击中目标的机会。结果是威廉在吹奏。我在阴影里为他写作。

"我告诉你如何报复,"索阿佩斯对我低声说,就在那一天,他暴露了自己的真实身份,他是在那土牢中关押了几个世纪的拥护波拿巴王朝的修道院院长。

"你会出狱吗?"我问他。

"如果……"他开始回答。但后来欲言又止。他用小勺子敲击着囚室的墙壁,使用了他悄悄告诉我说从特里米乌斯那里得来的神秘字母,向隔壁囚室里的蒙萨尔瓦特伯爵传递信息。

索阿佩斯告发了培根。他被指控鸡奸,关进了监狱。因为他们说(我想到这可能是真的浑身战栗不已),你,"黑女士",德鲁伊特和圣殿骑士的"黑贞女",你不是别的,而是出自什么哲人——哪个?——之手的永恒的雌雄共体。现在我明白了,就是出自你的情人圣日耳曼伯爵之手!但圣日耳曼伯爵不就是培根本人吗?(索阿佩斯,这个活过多个世纪的神秘的圣殿骑士知道多少事情啊……)

很多年过去了。维鲁拉姆男爵出狱了,他又施展魔法重新得到了君主的宠爱。"现在,"威廉对我说,"他在泰晤士河畔的皮拉德酒吧里通宵达旦地玩那个奇怪的机器。机器是一个叫诺拉的人为他而发明的,后来他把诺拉引到伦敦来,从他那里骗取了这部机器的秘密之后,就将他在罗马烧死了。这是一台天体机器,在光彩夺目的天使之光的辉映下,在无穷无尽的宇宙里吞噬发疯似的球体。他像一头凯旋的野兽一样用会阴部下流地撞击机器的外壳,在黄道十二宫模仿天体的故事,以了解它那形成的最后秘密,也就是与'新大西岛'的秘密——他称之为'戈特利布',并拙劣地模仿出自安德烈埃之手的宣言中的神圣语言……唉！我惊叫了一声(s'écria-t-il①),现在我恍然大悟,为时已晚,徒劳无益,我的心脏在紧身衣花边下剧烈跳动:这就是为什么他把我的小号收走了,它是火柴、护身符,是可以指挥魔鬼的宇宙契约。他在所罗门圣殿里策划什么阴谋呢？我又想,晚了,现在已经赋予他太多的力量了。

人们说培根死了。索阿佩斯向我保证,那不是真的。谁也没有看到他的尸体。他取了一个假名生活在黑森地伯的领地里,他现在已经知晓了最高秘密,所以长生不老,将会继续以自己的名义并在自己的控制之下,为"计划"的胜利进行阴暗的战斗。

在听到这一传说的死讯之后,威廉来找我,他面带虚伪的笑容,就连栅栏也不能掩饰。他问我,为什么在第一一一首十四行诗中,我写了一位"染工",他给我引述了那诗句:To What It Works in, Like the Dyer's Hand②...

"我从未写过这样的话。"我对他说。确实如此……显然,这是培根加进去的,他在销声匿迹之前,向将来要在宫廷中接待印染专家圣日耳曼的人发出某种神秘的信号……我认为将来他试图让人们相信是他为威廉撰写了作品。从一个苦牢的阴暗里观察,一切都变得多么显而易见啊！

Where Art Thou, Muse, That thou Forget'st So Long③? 我感到疲惫,我病了。威廉期待我提供新的材料,以便在"地球"的舞台上为他那无赖的把戏所用。

---

① 法文,他叫喊道。
② 英文,被职业所玷污,如同染工的手。
③ 英文,出自莎士比亚十四行诗第一百首,大意为"你在哪里,诗神,竟长期忘记掉"。

索阿佩斯正在写东西。我越过他的肩膀看。他正在草拟一封令人无法理解的信函：Rivverrun past Eve and Adam's①...他看了我一眼，收起了那页纸，他看到我比幽灵还苍白，在我的眼里他看到了"死神"。他低声细语地对我说："休息吧，不要怕。我将会为你而写。"

他就这样做了，一副假面具掩盖着另一副假面具。我慢慢地死去了，而他攫取了我那最后的一线光芒，那晦涩之光。

---

① 英文，出自《芬尼根守灵夜》，大意为"长河沉寂地流向前去，流过夏娃和亚当的教堂"。

七四

> 尽管他的愿望是善良的，然而他的精神与预言却显然是恶魔的幻想……这些幻想能够欺骗很多怀有好奇心的人，并且给我们的主、上帝的教会造成巨大的损害和丑闻。
> **耶稣会神父萨尔梅龙、洛斯特与乌戈莱托寄给圣依纳爵·罗耀拉的《对纪尧姆·波斯特尔的看法》，一五四五年五月十日**

贝尔勃冷漠地给我们讲述了他假想的故事，没有给我们读那些篇章，隐去了涉及个人的部分。他甚至让我们相信，是阿布拉菲亚为他提供了构思。培根是玫瑰十字会宣言的作者，这一点我已在别的地方读到过。但他指出的一个细节令我震惊：培根是圣奥尔本斯子爵。

有一样东西在我头脑里萦绕，同我那篇旧论文有关。这天晚上，我翻阅了我那些卡片。

"先生们，"第二天一大早我用相当庄严的口吻告诉我的同谋们，"我们不能杜撰联系，联系本已有之。当圣伯尔纳提议召开主教会议，让圣殿骑士合法化时，负责组织这一事宜的人中就有圣奥尔本斯修道院院长，这个修道院继承了第一个英国殉教者的名字，他是英伦诸岛基督教化的推动者，生于后来成为培根封地的维鲁拉米恩。圣奥尔本斯是凯尔特人，无疑是个德鲁伊特，像圣伯尔纳那样洞悉奥秘。"

"这有什么。"贝尔勃说。

"且慢。这位圣奥尔本斯修道院院长也是圣马丁修道院的院长，后来那里建立了巴黎国立工艺博物馆！"

贝尔勃做出了反应："我的天哪！"

"不仅如此，"我说，"而且巴黎国立工艺博物馆就是为向培根致敬而建立的。在法国共和历第三年的雾月二十五日，国民公会授权公共教育委员会出版培根全集。这年的葡月十八日，国民公会投票通过一项法律，建造一座工艺之家，旨在模仿培根在《新大西岛》中提到的所罗门圣殿的创意，作为一个能够集合人类所有技术创造发明的场所。"

"那后来呢？"迪奥塔莱维问道。

"在国立工艺博物馆就有傅科摆，"贝尔勃说。我从迪奥塔莱维的反应中明白贝尔勃已经让他知道了自己对傅科摆的思考。

"我们不要急，"我说，"傅科摆是在上个世纪发明安装的。现在我们暂且不谈它。"

"暂且不谈它？"贝尔勃说，"你们从来都没有瞧过一眼约翰·迪的'象形单子'吗？这个或许集宇宙全部智慧于一身的护身符，难道不像一个钟摆吗？"

"好吧，"我说，"我们就假设能够在这两个事实之间建立关联。但如何从圣奥尔本斯跳到傅科摆呢？"

在几天之内我就晓得其间的关联了。

"照这么说圣奥尔本斯修道院院长也是圣马丁修道院院长，后者随后成了一个圣殿骑士的中心了。培根通过他的封地同圣奥尔本斯的德鲁伊特建立了联系。现在，你们听着：当培根在英国开始他的事业时,纪尧姆·波斯特尔在法国结束自己的职业生涯。"

(我觉察到贝尔勃的脸有一点抽筋,我想起了在里卡尔多画展上的对话,波斯特尔使他想到了从他那里夺走洛伦扎的人。但那只是一闪念的事。)

"波斯特尔研究希伯来语,试图证明它是所有语言的共同发源。他翻译《光辉之书》和《光明之书》,同喀巴拉信徒有接触,提出了宇宙和平计划,同德国的玫瑰十字会计划相类似。他寻求劝服法国国王与苏丹结盟,他出访希腊、叙利亚、小亚细亚,学习阿拉伯文。简言之,他重蹈克里斯蒂安·罗森克罗伊茨的旅程。他的一些作品署名罗西斯佩尔朱斯(Rosispergius)并非偶然,意为散播露水的人。伽桑狄在《弗卢德哲学思想考》中写道,罗森克罗伊茨的名字不是出自'玫瑰'一词,而是来源于'露水'。在他的一份手稿中提到一个待时机成熟方可揭露的秘密,他说'因为明珠不可暗投'。你们知道这句福音的出处吗?是在《化学婚礼》的扉页上。而马兰·梅森神父在揭发玫瑰十字会成员弗卢德时称他同 atheus magnus[①],即波斯特尔是一路货色。此外,一五五〇年迪同波斯特尔会过面,他们或许还不知道、或许直至三十年后才知道他们是'计划'中应在一五八四年会合的两个大团长。然而波斯特尔声明,听着,听着,鉴于诺亚是凯尔特族系的奠基人,即德鲁伊特文明的奠基人,作为诺亚长子的直系后代,法国国王是唯一合法登上'世界之王'宝座的人。就是这样,'阿加尔塔的世界之王',但这在三个世纪之前就提到了。我们暂且不谈他爱上了老妇若安娜的事,他把她看作神圣的索菲亚,人不会在所有事上都掌握正确的方向。我们要注意,他有一些强大的对手,他们骂他是狗东西,称他为该被诅咒的魔鬼,是所有异端邪教的泄殖腔,被一队魔鬼附体。然而,就算与若安娜有丑闻,宗教裁判所也没有把他视为异

[①] 拉丁文,伟大的无神论者。

教徒，而是 amens①，就是说有点疯疯癫癫。总之，宗教裁判所不敢搞垮此人，因为知道他是某个相当强大的集团的代言人。"我向迪奥塔莱维指出，"波斯特尔还去了东方，是同以撒·卢里亚同时代的人，其后果任您评估吧。好吧，在一五六四年（迪在这年写了《象形单子》）波斯特尔收回了他的异教学说并隐退……你们猜猜，他隐退到哪里去了？他隐退到圣马丁修道院去了！他在等什么呢？显然，他是在等待一五八四年。"

"对，显然是。"迪奥塔莱维赞同地说。

我继续说下去："你们意识到了没有？波斯特尔是法国核心的大团长，在等待同英国的团组会合。但他在一五八一年时去世了，即预期会合前三年。结论是：首先，一五八四年的意外发生，因为在关键时刻没有了像波斯特尔那样思维敏捷的人，否则他一定能够明白历法上的混乱是怎么回事；其次，圣马丁修道院是圣殿骑士永远的家，那里隐蔽着负责确立第三次会晤的人。圣马丁修道院是那个避难处！"

"像马赛克一样全各就各位了。"

"现在，继续听我往下说。在错过会晤的那个年代，培根年方二十。但他在一六二一年就变成了圣奥尔本斯子爵。他在祖传的领土上找到了什么呢？一个谜。事实上，正是在那一年有人指控他腐化堕落，并把他关进了监狱，让他饱尝了一段时间铁窗之苦。培根找到了某些令人恐惧的东西。令谁恐惧呢？自然是在那时培根明白了圣马丁修道院已被置于监控之下，他想在那里建造他的'所罗门圣殿'，希望能通过实验，逐渐解开秘密。"

"但是，"迪奥塔莱维问道，"谁让培根的继承人同十八世纪末的革命团体取得联系呢？"

---

① 拉丁文，精神错乱者。

"不会是共济会吧?"贝尔勃说。

"太妙了。归根结底这就是那天晚上在古堡里阿列埃给我们暗示过的。"

"必须把事件理出个头绪来。在那些圈子里究竟发生了什么事呢?"

七五

> 只有在活着时已经懂得把自己的灵智导向更高境界的人，才能逃过永恒的睡眠……洞悉奥秘者和信徒组成这条路的边界。他们获得了"记忆"，根据普鲁塔克的说法，他们自由了，往来无牵挂，受到加冕后庆祝"谜团"，他们看到地球上懵懂和不"纯洁"的人在泥沼与黑暗中相互推搡挤压。
>
> 尤利乌斯·埃沃拉《神秘学传统》
> 罗马，地中海出版社，一九七一年，第一一一页

我非常自负地自荐负责进行快速准确的调查研究。我本该闭嘴的。我陷进了书本的泥沼，在历史研究与神秘寓言中，我难以轻易区分可靠的信息和幻想出来的信息。我像机器人似的干了整整一个星期，最后决定把派别、分支、秘密集会列成一个费解的名单。在列这个名单的过程中不乏令我激动之处，尤其当我碰到原本没有想到会在这群人中出现的知名姓名时，我还记录下来那些在年代上的怪异巧合。我试着把我研究的成果简述给我的两位同谋听。

"我们肯定会感到迷惑。是这样的，一六四五年，阿什莫夫受玫瑰十字会启示，创建了隐形学院。由隐形学院诞生了皇家学会，而众所周知由皇家学院又产生了共济会。后来在一七二一年的时候，安德森起草了共济会宪章。随后，许多重要人士开始拥护共济会，比如

彼得大帝和孟德斯鸠。但十几年之后，拉姆齐断言共济会来源于圣殿骑士会，并且催生了苏格兰仪式共济会。随后，苏格兰仪式共济会与伦敦的共济会总分会展开争斗。伦敦的总分会分三个级别，苏格兰仪式共济会则分了三十三个，你们得承认这种做法可以为那些向往等级尊严的资产阶级提供更多与贵族平起平坐的机会。当时的普鲁士王储腓特烈加入了共济会。法国在这些年前后诞生了各种会所，都有很好的名字：图卢兹的苏格兰信徒会、最高至尊协会、法兰西大地球苏格兰总分会、波尔多皇家秘密至尊王子会、卡尔卡松圣殿骑士至尊领袖会、纳博讷兄弟会、蒙彼利埃玫瑰十字会、真理的至尊神选子民会……卡多什骑士等级在里昂诞生，旨在为圣殿骑士复仇。一七五三年，维莱莫创建了完美友谊分会，之后又建立了玫瑰十字黑鹰骑士会；一七五四年，马丁内斯·德·帕斯夸利创建了科恩神选子民圣殿骑士团；安托万-约瑟夫·佩尔内蒂，一个运用神秘主义和炼金术来制造麻烦的家伙，创立了阿维尼翁的光照派。一七五六年冯·亨德男爵在德国创立了严规礼仪派，有人说它第一次提到'最高未知者'，并暗示'最高未知者'就是腓特烈二世和伏尔泰。在此期间，圣日耳曼伯爵初次公开露面。一七五八年他来到了巴黎，以印染化学家的身份为国王效劳，还经常同蓬巴杜夫人来往。后来他身负一项模糊的外交使命出使荷兰，于出逃后在伦敦被捕，后又被释放。再后来他去了俄罗斯，随后卡萨诺瓦在比利时会见了他。至于之后他与卡廖斯特罗的相遇，你们不得不承认物以类聚，人以群分。一七七一年，后来以'平等菲利浦'之称出名的沙特尔公爵，变成了法国东方分会的首领，他企图统一所有的分部，但遭到了苏格兰仪式共济会各分会的抵制。维莱莫和圣马丁（以'无名哲人'著称）建立了'最高裁判所'，后来成为苏格兰总分会。严规礼仪派的一个代表后来与维莱莫进行了谈判。根据谈判协议，苏格兰理事会诞生。但后来，不知餍足的维莱莫又建立了圣城慈善骑士团，严规礼仪派同法国大东方社达成一致愿意接纳苏格兰修正仪式团，与此同时菲拉泰斯特协会诞生，旨在团结所有的赫耳墨斯主义者。吉约旦、卡巴尼斯、伏尔泰和富兰克林都加入了九姐妹分会，魏萨普则建立了巴伐利亚光照派（之后他撰写的《附录》出版，书中描述了一个神秘组织的图解，其中每个成员都只认识其顶头上司）。另外，若干年后光照派不被法律认可也并非偶然，尽管连米拉波伯爵也加入了该会。迷惑的不只是我一个，他们也是，因为一七八二年在威廉巴登所有分会举行了一次大会，旨在说明各自的思想，但结果只是让大家越来越摸不着方向。一七八五年，卡廖斯特罗创建孟菲斯仪式团，后来成为孟菲斯-米斯拉伊姆上古原始仪式团（把高等级数增加至九十个）。并且，在他操纵之下，发生了王后项链丑闻（被大仲马描述为为了毁坏君主制名誉的共济会阴谋）。法国大革命爆发的时候，在法国约有七百个共济会分会，各分会陷入危机，但还不至于到非常严重的程度。在大革命中，议员格雷瓜尔于一七九四年向国民公会提出了建立国立工艺博物馆的计划，并将它设立在圣马丁修道院内。你们要记住，他这么做是效仿培根关于建造所罗门圣殿的想法，但是他意在玫瑰十字会。另一方面，在一八六四年，巴枯宁创建了社会主义民主同盟，一些人称他受巴伐利亚光照派的启示。这样你们就可以理解了。至于神秘主义思潮，在一八六五年，英吉利玫瑰十字协会建立，随后在一八七五年，海伦娜·彼得罗夫娜·布拉瓦茨基（《揭开面纱的伊希斯》的作者）建立了神智学协会。她谈到了圣日耳曼所起的神智学作用，并且在他化为肉身的人中有罗吉尔和弗朗西斯·培根、罗森克罗伊茨、普罗克洛、圣奥尔本斯。一八七九年，玫瑰十字协会在美国成立；一八八八年，斯坦尼斯拉斯·德·瓜伊塔创建了玫瑰十字喀巴拉修会，同时黄金黎明在英国创立（从新入会者到会长共十一级）。一八九〇年，约瑟芬·佩拉丹创建圣殿骑士与圣杯天主玫瑰十字会并自称为萨尔·默罗达克。一八九八年，阿莱斯特·克劳利在加入黄金黎明之后，独自创建了泰来玛会，同时'启明星'从黄金黎明中诞生，济慈入会。一九〇九年，斯宾塞·刘易斯在美国'唤醒'了玫瑰十字上古神秘团，并于一九一六年成功地在一家旅店将一块锌变成了金子。后来马克斯·海因德尔创建蔷薇十字兄弟会。之后还出现了蔷薇十字诵经会、玫瑰十字兄长会、赫耳墨斯兄弟会、玫瑰十字圣殿骑士会，但时间已不确定。"

我喘了口气。

"够了，我不想再研究这些社团了，我觉得他们都是疯子，我不想也变成疯子。我不知道我们到底能从这么混乱的信息中找到什么对我们的'计划'有用的线索。"

"看来要咨询一下阿列埃。"贝尔勃说，"我敢打赌，就连他也不见得知道所有这些组织。"

"试试吧，这是他的地盘。我们可以考他一下。我们再增加一个并不存在的派系，不久前刚建立的。"

我脑海里又回想起德·安杰里斯那个奇怪的问题，问我是否听到过"特莱斯"。我说："特莱斯。"

"这是什么呢？"贝尔勃问道。

"如果有字头，那一定会有隐藏的词句，"迪奥塔莱维说，"否则，我的那些拉比们就不能从事他们的诺塔里孔了。我们看吧……'秘密共治公平复兴圣殿骑士团'（Templi Resurgentes Equites Synarchici），你们看如何？"

我们喜欢这个名称，把它续在名单末尾。

"鉴于所有这些团会已存在，再虚构出一个来并非小事。"虚荣心作祟的迪奥塔莱维说。

七六

> 如果要用一个词来界定十八世纪法国共济会的主要特征的话,那只有这个词是恰当的:浅薄涉猎。
> 勒内·勒福雷斯捷《圣殿骑士神秘主义共济会》
> 巴黎,奥比耶出版社,一九七〇年,2

第二天晚上,我们邀请阿列埃去皮拉德酒吧。虽然酒吧的新顾客又重拾穿西服打领带的传统,我们这位客人的出现仍引起了某种程度的轰动,因为他穿着一件细白条纹的三件套蓝套装,一件雪白的衬衫,领带上别着金领带夹。幸运的是在晚上六点皮拉德酒吧的人相当稀少。

阿列埃要了一杯名牌白兰地,使皮拉德酒吧有点措手不及。自然有,但是在锌板吧台后面的陈列柜中,也许是多年无人问津的陈年佳酿了。

阿列埃边谈话边对着灯光审视这种烈性酒,然后用双手捂着它暖一暖,袖口露出了略带埃及风的金袖扣。

我们给他看那份名单,对他说那是从魔鬼作者的打印手稿上摘下来的。

"称圣殿骑士同建造所罗门圣殿时形成的泥瓦工匠的古老修会有关,是确切的。还可以肯定从那时起,这些团会就与圣殿建筑师希兰的牺牲有关,他被秘密暗杀,这些团会许愿要为他复仇。在受到迫害之后，许多圣殿骑士自然同这些手工业行会合流了，从而有了将为希兰复仇和为雅克·德·莫莱复仇混为一谈的神话。在十八世纪的伦敦，存在过真正的泥瓦工共济会分会，所谓的行动分会，但是渐渐地一些颇受人尊敬又不甘寂寞的贵族受共济会传统仪式的吸引，争先恐后地加入了这些团会。于是行动的共济会就转变为纯理论的共济会组织，而真正的泥瓦工的历史就成了象征性的了。在这样的情况下，牛顿理论的传播者，一个名叫德萨居利耶的人，影响了为泥瓦工兄弟会分会起草规章制度的新教牧师安德森。他受自然神论的启示，开始把共济会说成可追溯到所罗门圣殿的创建者，是有四千年历史的行会。所以共济会的标志是围裙、角尺和平锤。但也许正因如此，共济会变成了一种时尚，正因为这隐约可见的家族系谱，吸引了显贵，但它更受资产阶级追捧，他们不但可以在同显贵们聚会时平起平坐，甚至还被允许佩剑。新生的现代世界多么不幸啊，显贵们需要一个能同资本的新生力量进行接触的环境，而后者——可想而知——正在寻求得到承认。"

"但好像圣殿骑士是后来才出现的。"

"首先同圣殿骑士建立直接关系的是拉姆齐，就像你们说的，他建立了共济会的苏格兰一翼，并使等级倍增，这就意味着提高了入会的门槛和秘密性……"

"但那是什么秘密呢？"

"显然，无秘密可言。如果真有一个秘密的话——或者，如果那些人掌握了这个秘密的话——那它的复杂性就能说明入会等级的复杂性。然而拉姆齐却是为了使人相信有秘密才增加等级的。你们可以想象那些善良商人的激动心情，他们终于能够成为复仇的王子……"

阿列埃侃侃而谈，都是涉及共济会的流言蜚语。他说着说着就习惯性地逐渐过渡到以第一人称进行回忆了。"在那个年代的法国,人们开始谱写关于共济会成员新时尚的歌曲了。分会倍增,大主教、修士、侯爵、商人摩肩接踵,王室成员则变为总导师。进入那个冯·亨德的严规礼仪派中的有歌德、莱辛、莫扎特、伏尔泰,在军人中也出现了分会,在军团中,人们酝酿为希兰复仇,并谋划即将爆发的革命。对另一些人来说共济会是一种娱乐社团,是俱乐部,是地位的象征,在那里什么人都有,卡廖斯特罗、梅斯梅尔、卡萨诺瓦、霍尔巴赫男爵、达朗贝尔……百科全书派、炼金术士、不信教者和神秘学派。大革命爆发的时候可以看到,同一分会的成员立场相左,看来伟大的兄弟情陷入了永久的危机……"

"那么这些到处寻找'最高未知者'的冯·亨德男爵们又是些什么人呢?"我问道。

"围绕着资产阶级的闹剧产生了意图各异的团伙,为了招徕信徒,它们甚至把自己等同于共济会分会,但他们追逐的目标更倾向于传授神秘教义。但可惜冯·亨德不是一个严肃认真的人。开始时,他让信徒相信'最高未知者'就是斯图亚特王室成员。后来他确认团会的宗旨是赎回圣殿骑士原有的财产,并从各方面搜刮资金。可他没能找到足够资金,又遇到一个叫斯塔克的人,那人自称从彼得堡的真正的'最高未知者'那里获得了生产金子的秘法。于是神智学者、蹩脚的炼金术士和最新的玫瑰十字会会员都扑向冯·亨德和斯塔克,大家一起选举极为正直的不伦瑞克公爵为总导师。此人立即意识到他交了一伙坏朋友。"

"但这些维莱莫式的人物,这些马丁内斯·德·帕斯夸利式的人物,他们建立了一个又一个的派别……"

"帕斯夸利是一个冒险家。他在自己的一间密室里从事魔法活动,天使的精灵以光亮通道与象形文字的形式向他现形。维莱莫很器重他,因为他本身就是一个魔法的狂热爱好者,他正直但天真。"

"那后来呢？"

"维莱莫创建了许多下属机构，并同时加入了许多分会，在那个年代时兴这样做，他总是在寻求最终的发现，担心它永远隐藏在其他地方——正如事实上那样——何况这也许是唯一的真相所在……于是他就同帕斯夸利的科恩神选子民圣殿骑士团合并。但在一七七二年，帕斯夸利蒸发了，他丢下了一切，去了圣多明各。为什么他悄然离去呢？我怀疑他已经掌握了某个秘密而不愿与人分享。不管怎样，他在这片大陆上消失了，这个名副其实的神秘人物，愿他的灵魂安息……"

"那维莱莫呢？"

"在那些年里，所有人都为斯维登堡的去世而震惊。如果西方听从他的话，他或许能够向病态的西方教授许多东西。但是世纪大潮正在奔向追逐'第三等级'野心的狂热革命……然而，就在这些年里，维莱莫听到谈论冯·亨德的严规礼仪派，为其吸引。人们告诉他，如果一个人自称为圣殿骑士，说他建立了一个公共团体，那他就不是圣殿骑士，但是十八世纪是一个很容易轻信的时代。维莱莫尝试同冯·亨德结成各种联盟，这在你们的单子中都已提到，直到冯·亨德的假面具被揭穿——就是说发现他是那种携款出逃的人——不伦瑞克公爵把他从组织中除名了。"

他又浏览了一下单子："唉，看这里，魏萨普，我怎么忘了他呢。巴伐利亚光照派用这种名称，开始时吸引了很多高尚的人。但这位魏萨普却是个无政府主义者。今天我们可以称他为共产党，你们知道，他们那群人无所顾忌、胡言乱语，政变，废黜君主，大屠杀……你们要知道，我很赞赏魏萨普，但绝不同意他的想法，以及他那极为清晰的概念，即秘密协会应当如何运作。但是人们可以具有光辉的组织思想和相当混乱的意图目的。总之，轮到不伦瑞克公爵经管冯·亨德留下的混乱事务，他意识到现在在德国共济会里有三股思潮相互对抗，一股是智慧与隐秘学派思潮，包括一些玫瑰十字会会员，一股是理性主义思潮，一股是巴伐利亚光照派的无政府主义革命思潮。于是他向各修会和仪式共济会建议在威廉巴德召开'会员大会'，那时我们就是这样叫的。可以说也就是'三级会议'。大会应当回答下列问题：社团真的来源于一个古老的协会吗？如是，是什么协会？真的有作为古老传统守护者的'最高未知者'吗？他们是些什么人呢？社团的真正宗旨是什么？这一宗旨就是复兴圣殿骑士会吗？还有别的，包括社团是否一定要从事隐秘哲学研究这样的问题。这时德·迈斯特事件发生了。"

"哪个德·迈斯特？"我问道，"约瑟夫还是格札维埃？"

"约瑟夫。"

"那个反动分子？"

"反动分子他还够不上。他是个怪人。你们知道他是天主教会的支持者，当教皇开始发出第一批反对共济会的敕令时，他加入了一个分会，化名为弗洛里布斯的约瑟夫斯。自然，德·迈斯特接近的是苏格兰派的分会，显然他不是资产阶级的启蒙主义者，而是光照派——要注意这些区别，因为意大利人称雅各宾党人为启蒙主义者，而在其他国家这个称呼指的是传统的追随者——这样的混乱令人费解……"

阿列埃呷了一口白兰地，从一个几乎雪白的金属烟盒里抽出了几支形状异常的 cigarillo[①]（"这是我在伦敦的烟草商为我特制的，"他说，"你们在我家里也看到一些，请，都是极品……"），他说话时眼神已沉浸在回忆之中。

"德·迈斯特……一个仪态出众之人，听他讲话简直是一种精神

---

① 西班牙文，小雪茄。

享受。他在神秘学说的圈子中有极高的威望,然而在威廉巴德却辜负了大家的期望。他否定了圣殿骑士的血统,否认了'最高未知者'和秘教的用途,认为社团的宗旨只是一种精神上的复兴,那些传统的庆典和仪式只是为了保持神秘精神的警觉。他赞扬所有共济会的新象征,但却说代表许多事物的形象其实不代表任何东西。这——请你们见谅——同赫耳墨斯主义的传统完全背道而驰,因为象征越暧昧、越捉摸不定,就越深刻、越富有启示、越有力量,否则千面神赫耳墨斯精神又以何为终呢?至于圣殿骑士,德·迈斯特说圣殿骑士团是因贪婪而创建的,也毁于贪婪,就这么回事。这个萨伏依人不会忘记,社团是经过教皇同意才被摧毁的。永远不要信赖那些信仰天主教的正统王权拥护者,不管他们的神秘主义志向多么执著。同样,关于'最高未知者'的解答也是可笑的:它们不存在,证据就是我们对它们一无所知。有人反驳说,我们自然不认识它们,否则它们就不会是未知者了,你们不认为他的思维方式很奇怪吗?有趣的是像他这种气质的信徒竟对神秘的意义如此无动于衷。在这之后,德·迈斯特做最后的呼吁,让我们回到《福音书》上去,抛弃孟菲斯的狂热和愚行吧。你们能理解威廉巴德的会议是在什么气氛下进行的。由于像德·迈斯特这样的权威人士变节了,维莱莫成了少数派,最多只能达成一种妥协。圣殿骑士的仪式保留下来,关于其来源的所有结论都被搁置了,总之,会议失败了。苏格兰派错失了良机:如果事情不是那样进展的话,那么下一个世纪的历史或许就要重写了。"

"那后来呢?"我问道,"再没有弥补吗?"

"借用你的词,还能弥补什么呀……三年之后,魏萨普被发现密谋推翻政府,于是社团被镇压。你们会发现魏萨普的光照派很可能站在雅各宾党人的共济会一边,他们渗入新圣殿骑士团是为了破坏它。邪恶的那一伙把大革命的法官米拉波吸引到了自己一边,并非偶然。我可以说一个秘密吗?"

"请说。"

"像我这样有兴趣寻找一种失落'传统'的线索的人,面对像威廉巴德这样的事件会感到不知所措。有人猜中了,但沉默不语,有人明知真相如何却在撒谎。到后来为时已晚,先是革命的旋风,随后是十九世纪隐秘学说的喧嚣……看看你们的名单,简直是背信弃义之徒、轻信者、给人设绊子的人和互相开除教籍的一班人的欢庆集会,秘密一传十,十传百。那是隐秘学说的剧场。"

"隐秘学说学者不太可靠,您不觉得吗?"贝尔勃问道。

"要善于区分隐秘学说与秘传学。秘传学研究纯粹用符号传播的知识,这些符号对世俗人士是秘而不传的。然而在十九世纪传播开来的隐秘学说却是冰山一角,是秘传的奥秘显露在表面的一小部分。圣殿骑士领悟了奥秘,证据就是他们在严刑折磨下为保守秘密宁死不屈。正是他们隐藏秘密的那种力量,使我们确信这一点,并且使我们怀念他们所知道的一切。隐秘学说学者爱出风头。正如佩拉当所说,揭开的秘密没有任何意义。不幸的是佩拉当并不洞悉奥秘,而是一个隐秘学说学者。十九世纪是一个揭发与告密的世纪。大家都热衷于公布魔法、妖术、喀巴拉以及塔罗牌的秘密,也许他们相信这一切。"

阿列埃继续浏览我们的名单,偶尔发出一声同情的冷笑。"海伦娜·彼得罗夫娜。归根结底是一个出色的女人,但她说的都是已经张贴在墙上的人所皆知的事……德·瓜伊塔有藏书癖,嗜酒如命。帕皮斯很可靠。"然后,突然打住了,"特莱斯……这个消息来自何处?从什么稿件中看到的?"

太厉害了,我想,他发现了篡改添加的文字。我们含糊作答:"您知道,我们是在翻阅各种文章资料时综合列出这份名单的,大部分我们已寄回原作者了,是一堆乱七八糟的东西。贝尔勃,您记得这个特莱斯来自何处吗?"

"我好像记不起来了。迪奥塔莱维,你呢?"

"已经过了好多天了……很重要吗?"

"一点也不重要,"阿列埃向我们肯定地说,"因为我从未听说过那个名称。你们真的不能告诉我是谁引述的吗?"

我们深感遗憾,我们记不起来了。

阿列埃从他的背心口袋里掏出了怀表:"我的天哪,我还有一个约会。请你们原谅。"

他告别了我们,我们留下来继续讨论。

"现在一切都清楚了。英国人提出了共济会的建议,让欧洲所有圈内人都围绕着培根计划联合起来。"

"但计划只得逞了一半:培根的追随者炮制的想法太吸引人了,产生了事与愿违的结果。所谓的苏格兰派看到了重建继承体系的手段,他们同德国的圣殿骑士取得了联系。"

"阿列埃认为这段历史难以理解,那是当然,现在,只有我们能够说出究竟是怎么回事,因为我们想叫它是这么回事。这时,各国的核心组织都在相互争吵对抗,我不排除那个马丁内斯·德·帕斯夸利可能是托玛尔集团的间谍,英国人背弃了苏格兰人,后者其实是法国人,法国人明显地分裂为两个集团,一个亲英,一个亲德。共济会只是个表面的掩护,借助这个借口,不同集团的间谍——天晓得保罗派和耶路撒冷派后来如何了——会晤对峙,寻求从对方夺取秘密的只言片语。"

"共济会就如同卡萨布兰卡的里克咖啡馆,"贝尔勃说,"它混淆舆论。共济会不是一个秘密协会。"

"不,只是像澳门那样的自由港,一个掩护,秘密在别的地方。"

"可怜的共济会会员们。"

"进步是会有牺牲的。不过,你们得承认,我们正在找回历史的固有理性。"

"历史的理性是重写《托拉》的结果,"迪奥塔莱维说,"而我们正在这样做,愿上帝之名蒙恩赐福。"

"好吧,"贝尔勃说,"现在,培根的追随者有了圣马丁修道院,法德新圣殿骑士团一翼解体为无数小派别……但我们还没有决定到底是什么秘密。"

"这件事上我需要你们。"迪奥塔莱维说。

"你们? 我们都包括在内呢,如果我们不能获得一个体面的结果,那我们就惨了。"

"面对谁呢?"

"面对历史,面对真理的法庭。"

"真理是什么呢?"贝尔勃问。

"我们。"我说。

七七

> 哲人称这种草为"驱魔草"。这是经过实验的,只有这种草的种子能驱除魔鬼和它们引起的幻觉……有人把这种草给了一个女孩,她在夜里遭遇魔鬼的折磨,而这种草迫使魔鬼逃之夭夭。
>
> 约翰内斯·德·卢佩夏沙《第五元素论》,II

在以后的日子里,我没有再注意"计划"。莉娅即将分娩,所以我一有可能就陪着她。莉娅抚慰我的焦虑,她说因为时机尚未成熟。她正在上无痛分娩的课程,我陪她一起练习。莉娅拒绝通过科学手段事先了解新生儿的性别。她想要一个惊喜。我接受了她的古怪想法。我试探地触摸她的肚皮,并不去想会从那里出来什么,我们决定称其为"小东西"。

我只是想知道我将如何参与分娩。"'小东西'也是我的,"我说,"我不愿做电影中的父亲,在走廊里走来走去,手里一根接一根地点烟。"

"砰,除了这你还能做什么呢。即将到来的是我的事了。而且你不抽烟,你也不会在这个时候染上恶习。"

"那我能做什么呢?"

"你在产前产后都可参与。如果生下来是男孩,你可以教育他,塑造他,创造适合他的小俄狄浦斯。当时机成熟时,你面带微笑,出现在弑父仪式上,并且不吵不闹,然后有一天,你让他看你那可怜的办公室,你那些卡片,关于神奇金属史的校样,你对他说,我的儿子,所有这一切有一天都会属于你。"

"那要是女孩呢?"

"你对她说,我的女儿,所有这一切有一天都会属于你那个游手好闲的丈夫。"

"在产前呢?"

"在阵痛期间,在阵痛与阵痛之间有间隔时间,需要数数,因为阵痛的间隔时间逐渐缩短,分娩的时刻就临近了。我们一起数,你掌握节奏,像给服苦役的划桨者打气一样。就好像你也在努力使'小东西'从那个黑暗的隧道里出来似的。可怜的小东西……你听,现在他或她在黑暗中是如此舒适,像章鱼似的吸吮着体液,全是免费的,然后噗的一声,他或她喷射出来,在阳光下眨巴着眼睛说,见鬼,我在什么地方呢?"

"可怜的小家伙。他或她还不认识加拉蒙先生呢。来,让我们试一试数数吧。"

我们拉着手在黑暗中数数。我沉湎于幻想之中。正在诞生的"小东西"是一件真实的事,或许会给魔鬼作者的无稽之谈赋予现实意义。可怜的魔鬼作者整夜整夜地消磨在想象化学婚礼之中,不停地自我拷问真的能产生 18K 的金子吗?如果哲人石是"被驱逐的石头",是一个可悲的陶土圣杯呢?我的圣杯在那里,在莉娅的肚子里。

"对,"莉娅说,用手按了按绷得很紧的腹部,"正是在这里,你那上好的原料在修炼。你在古堡里看到的那些人,会对这器皿里发生的事怎么想呢?"

"哦,他们认为在'器皿'中隆隆作响的是忧伤,是含硫化物的土、黑铅、铅油,有一条地狱之河斯蒂杰,它能软化、煮熬、用土覆盖、液化、混合、浸渍、淹没，是臭土，气味难闻的墓穴……"

"他们都阳痿吗？他们不知道正在'器皿'中成熟的是我们那个'小东西'吗？白里透红，很漂亮。"

"不，他们知道，但对他们来说，你那个大肚子也是一个充满秘密的隐喻……"

"砰，有什么秘密可言。我们很清楚，'小东西'是如何由小神经、小肌肉、小眼睛、小脾脏、小胰脏发育成形的……"

"啊，神圣的主，多少脾脏呀？是'罗斯玛丽的孩子'[①]？"

"说是那么说。但我们要做好准备，'小东西'还可能有两个脑袋。"

"怎么不能呢？我会教他或她吹二重奏，用小号和单簧管……不，那样他或她就必须有四只手，也许太多了，不过，想一想也许会成为一个钢琴独奏家，用左手演奏的音乐会。呵……不过，我的那些魔鬼作者也知道，现在在医院里将会诞生白化'雷比斯'，一个雌雄同体的两性人……"

"对，就差它了。你听着，倒不如叫他朱里奥吧，或者朱丽娅，像我爷爷一样，你认为如何？"

"不错，念起来挺上口的。"

也许我停留在那里就行了。我写了一本白皮书，为所有"揭开面纱的伊希斯"的追随者写的一本好魔法书，向他们解释说，secretum secretorum[②] 已不需要再去寻找。对生命的解读不包含任何隐秘的意义，一切都在那里，在世界上所有的莉娅的肚子里，在医院的病房里，在草褥上，在河滩上，而被放逐的石头和圣杯只不过是被医生在

---

① Rosemary's baby，美国小说家艾拉·莱文（Ira Levin, 1929—2007）同名恐怖小说中的人物。
② 拉丁文，秘密的秘密。

屁股上拍了几巴掌、脐带还连在肚皮上摇晃的高声叫嚷着的小猴子罢了。对"小东西"来说,"最高未知者"就是我和莉娅,后来他立即认出了我们,不需要求助于那个头脑简单的德·迈斯特。

不过,不,我们——这些爱讥诮者——想同魔鬼作者玩捉迷藏游戏,向他们表明,如果真有宇宙大阴谋的话,那我们也能够发明一个供你们追逐的更大的宇宙阴谋。

活该——那天晚上我自言自语地说——现在你在这里,等待着在傅科摆下将会发生什么事情。

七八

> 我当然可以说这个怪异的杂种不是来自母亲的子宫，而肯定来自厄菲阿尔忒斯，出自梦魔，或者出自别的什么可怕的魔鬼，就像是受孕于一个腐臭有毒的蘑菇，是农牧神和居于山林水泽中的仙女的孩子，更像魔鬼，而不像人。
>
> 亚大纳西·基歇尔《地下世界》
> 阿姆斯特丹，扬森，一六六五年，Ⅱ，第二七九至二八〇页

那天我想留在家里，我已有某种预感，但莉娅对我说，不要像王公贵族那样矫情，去工作吧。"砰，还有时间，不会马上生的。我也要出去。去吧"。

我刚到办公室门口，萨隆先生的那扇门就开了。围着黄色工作围裙的老人出现在我面前。我不可避免地向他打招呼问候，他让我进去。我从未见过他的工作室，于是我迈步进入。

如果门后本来是一套公寓的话，萨隆一定是将间隔墙打掉了，因为我看到一个很宽敞却说不上有多大的洞穴。出于某种古老建筑原理的考虑，这幢房子的侧翼由复折屋顶覆盖着，光线从倾斜的玻璃窗射进屋内。我不知道是窗玻璃布满了尘土，还是原本为毛玻璃，或者是萨隆装了保护层，防止太阳直射，抑或是堆砌成垛的物品不留一点余地，反正在这个洞穴里笼罩着日落黄昏的暮色，还因为这个大房间被一些旧药柜分隔开，划出拱形的通路、过道和大路。主色调为棕

色,物品是棕色的,架子、货柜、桌子也是棕色的,白天的光线与室内古旧的照明灯火混在一起。我的第一个印象就是犹如进了一家诗琴作坊,工匠在斯特拉迪瓦里时代就已经消失了,灰尘逐渐积满了双颈诗琴的琴鼓。

后来,眼睛逐渐适应了环境,我才明白我在什么地方,我本应想到的,这是一个石化的动物园。一只小熊爬在一根人造树枝上,玻璃眼球闪闪发光,在我身旁站着一只表情惊愕而严肃的灰林鸮,我前面的桌子上有一只银鼠——或者一只貂鼠,抑或一只鸡貂,我弄不清了。在桌子的中央有一只史前动物,一开始我全然不知为何物,就像在X光下仔细观察一只猫科动物一样。

可能是一头美洲狮、一头豹子、一条大块头的狗,可以隐约透视它的骨架,在部分骨架上裹着填充物,由铁筋支撑着。

"一位心肠很软的贵夫人的丹麦种大狗,"萨隆奸笑说,"这可以使她回忆起他们夫妻生活的那些年代。您明白吗?将动物剥皮,用含砷的肥皂将皮全部涂抹一遍,然后把皮浸软,并把骨骼漂白……看看那个架子上有很漂亮的脊椎与胸腔的收藏陈列。可称得上是可爱的骨堆,您说呢?然后用金属丝将骨骼连接起来,一旦骨架搭成,就在上面安上钢筋或铁筋,我一般使用干草或者纸浆抑或石膏填充。最后将皮肤覆盖上去。我为死亡和腐烂造成的损失做修补。您看这只灰林鸮,难道不是栩栩如生吗?"

从那时起,每一只活的灰林鸮在我眼里都好像死了一般,它被萨隆赋予了一种硬化的永恒。我端详为畜生法老的尸体涂抹防腐剂的那个人的脸,他有浓密的眉毛,灰白的两颊,我想弄明白,他究竟是活人还是他自己的艺术杰作。

为了看得更清楚一些,我向后退了一步,感到什么碰到了我的颈背。我战栗地回过头去,看到我触动了一个锤摆。

一只被肢解过的大鸟随着穿透它的矛头的运动而摆动。这支长矛从它头部插入，在打开的胸腔可以看到长矛正是在它原来心脏和嗉囊的地方穿过，在那里分叉，分成倒置的三叉戟。较粗的一个叉穿过原有肠胃的腹部，如一把利剑直指地面，另两个支叉穿入足爪并对称地从双爪中冒出。这只鸟缓慢地摆动，如果三个叉触到地面的话，就会在上面留下印迹。

"漂亮的金雕标本，"萨隆说，"不过，我还要加工数日。我正在装配眼睛。"他叫我看一个匣子，里面装满了玻璃角膜和眼球，简直是迫害圣露西的刽子手在职业生涯中收集起来的珍品。"不像同昆虫打交道那么容易，做昆虫标本只要一个匣子和一根针就够了。无脊椎动物要用福尔马林液处理。"

我闻到一种陈尸房的气味。"这工作肯定很激动人心。"我说。我于是想到了在莉娅肚子里活动的活体。我突然涌现出一个毛骨悚然的想法：如果"小东西"死了呢，我思忖，我愿亲自去埋葬他或她，喂地下所有的虫，并使土地肥沃起来。只有如此，我才能感到他或她仍然活着。

我恢复冷静，因为萨隆一边说一边从一个架子上取出一个奇怪的造物。它大约三十厘米长，肯定是一条龙，一种有大的膜状黑色翅膀的爬行动物，还有像公鸡似的冠，张开的口露出了锯齿般的小利牙。"真漂亮，是吗？这是我的创作。我用了一只蝾螈、一只蝙蝠、一条蛇的鳞……这是一条地下飞龙。我是受了这个的启示……"他叫我看另一个桌子上一本对开本大书，古羊皮纸装帧，还用了皮束带，"花了我一大笔钱，我不是一个珍本收藏家，但是这本书我想收藏它。这是亚大纳西·基歇尔的《地下世界》，一六六五年的初版。这就是那条龙。一模一样，您说是不是？它生活在火山的沟谷中，那个耶稣会会士如是说，他对已知的、未知的以及不存在的无所不知，无所不晓。"

"您总是想到地底下的东西。"我说，我记起了我们在慕尼黑的交谈和那些我通过狄奥尼修斯之耳听到的话。

他翻开了那本书的另一页：有一个地球的图象，像一个肿胀的黑色的解剖器官，覆盖着蜘蛛网似的发光的血管，它们弯弯曲曲，还闪烁着亮光。"如果基歇尔是对的，那么在地心中的道路就要比在地面上还要多。在大自然中发生的事来自从下面冒出来的热量……"我那时想到的是"黑化"，是莉娅的肚皮，是想从温柔甜蜜的火山喷涌而出的"小东西"。

"……如果人类的世界发生了什么，那么它也是在那里、在地底下策划的。"

"基歇尔神父这么说吗？"

"不是，他只是从事自然方面的研究……不过非常奇特的是这本书的第二部分写到了炼金术和炼金术士，您看，还对玫瑰十字会发起攻击。为什么在一本涉及地下世界的书中要攻击玫瑰十字会呢？我们那位耶稣会会士很狡猾，他知道圣殿骑士避难到阿加尔塔的地下王国里了……"

"好像他们还在那里。"我大胆地假想。

"他们还在，"萨隆说，"不是在阿加尔塔，而是在别处的地下通道里。也许就在我们脚下。现在米兰也有了自己的地铁。谁筹划的呢？谁指挥挖掘修建的？"

"我觉得是专业的工程师。"

"好吧，您不愿面对真相。同时，你们那个出版社出版不知是谁的书。在你们的作者中有多少犹太人呢？"

"我们并不要求作者提供出身表格。"我生硬地回答。

"您不要认为我反犹。我一些最好的朋友就是犹太人。我所想的是某一类型的犹太人……"

"什么样的？"

"我知道……"

七九

> 他打开了他的小匣子。里面乱七八糟,有衣领、橡皮筋、厨房器具、各种技校的徽章,甚至还有亚历山德拉·费奥多罗芙娜皇后的首字母花押字和荣誉军团十字勋章。面对这一切,他产生了幻觉,看到以一个三角形或两个交叉的三角形构成的敌基督的封印。
>
> 亚历山大·谢拉《谢尔盖·A·尼鲁斯与纪要》
> 摘自《犹太论坛》。一九二一年五月十四日,第三页

"您看,"他补充说,"我出生在莫斯科。我年轻的时候,正是在俄罗斯出现了犹太人的一些秘密文件。在这些文件中明确声称,要对付政府就需要在地下工作。您听。"他拿出一个用来手抄引语的小笔记本,"'到那时,所有城市都会有地铁和地下通道:利用它们,我们将炸毁世界上所有的城市。'《锡安长老会纪要》文件第九号!"

我这时想到那些脊椎骨的收藏、装着眼睛的匣子、粘在骨架与钢筋上的皮肤也许来自某个灭绝集中营吧。但,不会的,我打交道的是一位怀旧的老人,他沉浸在俄罗斯反犹主义的古老回忆中不可自拔。

"如果我理解正确的话,应当是有一个秘密聚会,当然不是所有犹太人都参加,该会在策划着什么。但为什么在地下通道里?"

"我想那是很明显的!无论谁在密谋,只要他密谋的话,就是在

地下，不能在光天化日之下。这是古往今来众所周知的事。统治世界意味着统治那个在地下的世界。统治地下潮流。"

我想起了阿列埃在书房里提的一个问题，还有皮埃蒙特那些呼唤地下潮流的女德鲁伊特。

"为什么凯尔特人在地心挖建圣殿，并用地下走廊与圣井相连？"萨隆继续说，"大家知道，井深入到有放射性的地层中。格拉斯顿伯里是如何建造的呢？难道与产生了圣杯神话的阿瓦隆岛无关吗？发明圣杯的不是犹太人还能是谁？"

又是圣杯，神圣的主啊。但什么圣杯，圣杯只有一个，那就是我那"小东西"，同莉娅子宫里的放射层相通，也许现在正兴高采烈地向井口航行呢，也许很快就要出来了，而我却在这里，置身于这些灰林鸮的标本之间，十成的死物，只有一个冒充活的。

"所有的教堂都修建在凯尔特人曾留下糙石巨柱的地方。为什么要费那么大力气将石头插进地里，值得吗？"

"为什么古埃及人要费那么大功夫向上建造金字塔呢？"

"说到点子上了。天线、温度计、探测器、中医针灸的毫针，它们刺在身体穴位上。在地球中心有一个聚变的核，同太阳相似，甚至可以说它是一个真正的太阳，有某种东西围着它沿着不同的轨道运转。地下潮流轨道。凯尔特人知道它们在何处、如何驾驭它们。那但丁，但丁呢？他给我们讲述他下到地底深处的故事意义何在呢？亲爱的朋友，您明白我的意思了吗？"

我不喜欢做他亲爱的朋友，但继续听他讲述。朱里奥，朱丽娅，我的"雷比斯"，像路西法一样植于莉娅腹部的中央，但"小东西"，他或她，可能头朝下，也可能头朝上，总会以某种姿态出来的。"小东西"注定要从肚子里出来，注定是为了从透明的秘密中现身，不是为了低着头进到那里、寻求黏稠的秘密。

萨隆继续讲，现在他已经陶醉于独白之中，似乎在背书："您知道英国的古迹线①是什么样的吗？您乘飞机飞越英国上空，将会看到所有圣地都连成直线，形成线形栅格，它们覆盖了整个领土，现在还能看到，因为后来的道路就是这样布局修建的……"

"如果有圣地的话，它们都是由道路相连，而道路总是造得尽可能的直……"

"是吗？那为什么候鸟沿着这些线路迁徙？为什么它们还正好是飞碟飞行的线路？这些秘密在罗马人入侵后消失了，但还有人知道……"

"犹太人。"我猜道。

"他们也挖。炼金术的第一个原则是VITRIOL：Visita Interiora Terrae, Rectificando Invenies Occultum Lapidem。②"

流放的石头。我的"石头"正慢慢地从流放中出来，从莉娅那宽敞器皿里的温柔、健忘与催眠的放逐中出来，没有寻找其他深处，我的"石头"洁白漂亮，它想到地面上来……我真想跑回家待在莉娅身边，同她一起期待"小东西"的降临，一个小时接一个小时地等待着重又征服地面。在萨隆的洞穴里，有地下通道的霉味，地下通道是应放弃的源头，不是需追逐的目标。不过，我还是听萨隆讲，关于"计划"的狡黠的新想法在我的脑海中翻滚。当我等待着这尘世中唯一的"真理"时，我却正为构建新的谎言而绞尽脑汁。我像地下的动物一样，两眼一抹黑。

我战栗了。我应该从隧道中走出来。"我要走了，"我说，"如果可能的话，给我推荐一些有关这方面的书籍。"

"咳，所有这些题材的东西全是假的，假得就像犹大的灵魂。我知道的那些都是从我父亲那里学来的……"

---

① leyline，也译作"雷线"。
② 拉丁文，探寻地内，加以完善，你将会找到隐秘的石头。

"他是地质学家？"

"哦，不是，"萨隆笑了，"不是，真的不是。我的父亲——无须感到羞耻，那都是陈年旧事了——曾在社会安全与秩序保卫局工作。直接听命于传奇的'首领'拉奇科夫斯基的命令。"

社会安全与秩序保卫局，社会安全与秩序保卫局，同"克格勃"差不多，不就是沙皇的秘密警察吗？拉奇科夫斯基何许人也？谁的名字与其相似呢？我的天哪，上校神秘的造访者，拉科斯基……不，算了吧，我被巧合捉弄了。我不去填充制作死的动物，我要创造活的生命。

八〇

当"白"从"伟业"的材料中诞生时,"生命"就战胜了"死亡",它们的"国王"复活了,"土地"与"水"变成了"空气",那是"月亮"的国度,它们的"孩子"降生了……那时"物质"变得很稳定,连"火"都不能烧毁它……当"艺术家"看见完美的白色时,"哲人"说,必须撕毁书籍,因为它们已变得无用了。

安-约·佩尔内蒂《赫耳墨斯神话辞典》
巴黎,博什,一七五八年,"白"

我匆忙含糊其辞地表示了歉意。我记得说了"我的女朋友明天就要生了",萨隆说了许多祝福的话,看上去没弄明白谁是新生儿之父。我跑回家,为了能呼吸呼吸新鲜空气。

莉娅不在家。在厨房的桌子上有一张字条:"亲爱的,我羊水破了。在办公室没有找到你。我叫出租车去医院了。你快来吧,我一个人孤单。"

我一时手脚忙乱不知所措,我本应当在那里同莉娅一起为阵痛数数,我本应当在办公室,我本应当让她轻松找到我。这都是我的过错,"小东西"也许生下来就死了,莉娅可能与"小东西"一起死去,萨隆可能会把两者都制成标本。

我像得了内耳迷路炎似的进了医院,问谁都一无所知,两次搞错了科室。我对所有人说你们完全应当知道莉娅正在什么地方生产，所有人都安慰我说要冷静，因为这里的所有人都在生孩子。

我不知怎的，终于到了一个房间。莉娅脸色苍白，但有一种珍珠般的光彩，她微笑着。有人把她的头发向上梳拢了，罩在一项白帽中。我第一次看到莉娅布满光泽的前额。在她的旁边躺着"小东西"。

"他是朱里奥。"她说。

我的"雷比斯"。他是我制作的，不是用死亡之躯的碎片，也没有使用含砷的肥皂。他是完整的，所有手指脚趾都在应在的地方。

我想从头到脚看看他。"噢，多漂亮的小手枪，咳，他的糖果多肥大！"然后，我吻了莉娅裸露的前额，"亲爱的，这归功于你，多亏了'器皿'。"

"当然是我的功劳，傻瓜。是我一个人数的数。"

"你对我来说数一数二，真是太重要了。"我对她说。

八一

> 地下的人达到了极高的知识水平……如果我们这些人类向他们开战,他们将有能力炸毁地球表面。
> 费迪南德·奥森多夫斯基《野兽、人和神》
> 一九二四年,V

我紧偎在莉娅身边,就连她出院时也如此,一回到家,当她给小家伙换尿布时,她就哭了,她说她从来都没有干过这种事。后来有人给我解释说,这很正常:在为分娩的成功激动之余,面对一大堆任务会油然而生一种无能为力之感。在那些日子里,我在家游手好闲,感到无事可做有点多余,无论如何,我都不够资格喂奶,所以我不停阅读我能找到的所有关于地下潮流的书籍。

我回去工作后,同阿列埃讲述了这些情况。他表现出了一种极不耐烦的姿态:"这只是一些可怜的隐喻,为了影射贡荼利尼蛇的秘密。就连中国的风水先生也在地下寻找龙的踪迹,但地下之蛇只是指神秘主义之蛇。女神休息时如蛇般蜷曲着,她沉睡在永恒的冬眠之中。贡荼利尼蛇轻轻地蠕动,发出咝咝的微弱声响,它把笨重的躯体同轻巧的躯体连接在一起。就如同旋风,或者水中的漩涡,就像'唵'这个音节的一半。"

"但蛇影射的是什么秘密呢?"

"是地下潮流。但是那些真正的潮流。"

"但真正的地下潮流又是什么呢？"

"是一个伟大的宇宙学的隐喻，影射的是蛇。"

见鬼去吧，阿列埃，我在心里说。我知道的比他多。

我把我的札记向贝尔勃和迪奥塔莱维念了一遍，我们不再怀疑。我们终于能够赋予圣殿骑士一个有尊严的秘密了。这是最经济、最高雅的解答，我们那千年拼图游戏的每一块都各就其位了。

这么说，凯尔特人知道地下潮流：他们是从大西岛人那里获悉的，这群沉没大陆上的幸存者一部分移民到埃及，一部分移民到了法国的布列塔尼地区。

大西岛人则全是从我们先人那里获悉的，我们的先人被逐出阿瓦隆，穿过"穆"大陆，一直到了澳大利亚中心的荒漠之地——当时所有的大陆连在一起，四通八达，是唯一的核心，是令人惊奇的泛大陆。只要懂得解读镌刻在艾尔斯岩上的神秘字母（土著居民知道，但他们保持沉默），就可以获得"解答"。艾尔斯岩是（未知的）大山的对跖点。这座大山是真极地，就是神秘主义的"极地"，不是任何资产阶级探险家都能到达的那个"极地"。对没有被西方虚假知识蒙蔽了眼睛的人是显而易见的，能看到的"极地"并不存在，而那个存在的"极地"谁也不懂得去看，除了某些信徒之外，而他们却缄口不语。

不过凯尔特人认为只要发现全球潮流地图就行了，所以他们竖立起了巨石：史前遗留下的糙石巨柱是对物质放射有特殊感应能力的设备，就像插到电流向不同方向分流的点上的插头、插座一样。古迹线标记出已经识别出的潮流的路线。石室冢墓则是能量凝聚室，德鲁伊特在那里凭借看风水的技能尝试推断出全球图，环状列石和巨石阵是微观—宏观宇宙的观察台，人们从那里通过星座的顺序和潮流的顺序，努力推测——因为，正如《翡翠石板》所说，天上如何，地下亦然。

但问题并非如此，或者说不仅仅如此。另一支迁徙的大西岛人明白了这一点。古埃及人的隐秘知识从赫耳墨斯·特里斯墨吉斯忒斯传到了摩西，摩西没有把这些知识传给那些喉咙里填满吗哪的乞丐——他给了他们十诫，至少是他们能够懂得的戒律。真理是贵族的，摩西把它纳入了《摩西五经》。喀巴拉信徒明白了这一点。

"你们想一想，"我说，"一切都已经清清楚楚地写在所罗门圣殿的尺度中了，而秘密的守护者就是玫瑰十字会，他们组建了大白兄弟会，或者犹太艾赛尼派，正如人所共知的，他们让耶稣了解他们的秘密，这就是耶稣被钉在十字架上的原因，否则就难以理解了……"

"当然，基督受难记是一个寓言，宣告了圣殿骑士将受审判。"

"事实上就是这样。亚利马太人约瑟把耶稣的秘密带到了或带回到了凯尔特人居住的地方。但是显然秘密还不完整，基督教的德鲁伊特只了解一部分秘密，这就是圣杯的秘传意义：有某种东西，但我们不知道它是什么。它应当是什么，圣殿已完整说过的内容，只有留在巴勒斯坦的一小群拉比还在臆测。他们向穆斯林神秘主义派别吐露了这一秘密，告诉了苏非派、伊斯玛仪派信徒和'莫托卡莱明'，而圣殿骑士从这些人那里获取了秘密。"

"终于说到圣殿骑士了。看来我虚惊一场。"

我们塑造"计划"，它就像柔软的白垩土，顺从我们虚构故事的意愿。圣殿骑士是在那些无眠之夜发现了秘密的，当时他们在刮着无情干热的西蒙风的荒漠之地，同他们的同骑伙伴在战马上驰骋。他们从知道麦加黑石集中了宇宙力量的人嘴里，一点一点套出这个秘密，黑石是巴比伦魔法师的遗产——因为已经显而易见了，"通天塔"不是别的，而是一种尝试，唉，可惜过于急躁，所以必然因设计者的高傲而功亏一篑，他们想建造比所有其他糙石巨柱更高大的东西，只不过这群巴比伦建筑师计算有误，因为正如基歇尔神父指出的那样，如果塔达到了它的最高点，它的重量或许会使地球的轴旋转九十度或者更多，我们可怜的地球原本像戴着王冠向上勃起的阴茎，现在却成了不育的赘物，像猴子尾巴一样软绵绵地垂向下方的阴茎，犹如掉进了南极马尔库特那些巨大深渊的"舍金纳"，为企鹅创造了松软的象形文字。

"但圣殿骑士发现的到底是什么秘密呢？"

"不要着急，我们快有答案了。创造世界需要七天，让我们试一试吧。"

八二

> 地球是一个磁体：事实上，正如一些科学家发现的，它是一整块大磁铁，大约三百年前帕拉切尔苏斯也曾如此断言。
>
> H·P·布拉瓦斯基《揭开面纱的伊希斯》
> 纽约，布顿，一八七七年，Ⅰ，第XXIII页

我们尝试了，我们成功了。地球是一块大磁铁，地球上潮流的力量和方向受到天体、季节轮回、岁差的影响。因此，潮流系统在不断变化。然而它应当像头发那样，虽然生长在头颅顶盖上，看上去是从后脑勺的某一点起螺旋形地生长，可在后脑勺的那一点恰恰是头发最难梳理的地方。识别出这一点后，把最强大的基地设置于此，就能驯服、引导、指挥我们星球上所有的地下潮流了。圣殿骑士懂得秘密不仅仅在于全球潮流地图，而且要找到那关键的一点，脐，地下之脐，世界的中心，指挥的原点。

炼金术的全部寓意，"白化"下到地狱和"黑化"放电，只是这百年来"听诊"的象征，领悟奥秘者很清楚，最终的结果应当是走向全面的认知，支配潮流的全球体系。秘密，炼金术和圣殿骑士的真正秘密在于对这一节律"源头"的识别。它像贡荼利尼蛇的蠕动那样柔和、可怕和有规律。它很多方面还尚不为人知，但如同时钟那样准确，它是曾经从天而降的被放逐的唯一真正的石头，它就是伟大的母亲地球。

此外，这正是腓力四世想要了解的。为何宗教裁判所狡黠地坚持审判脊椎末梢之吻？因为他们想得到贡荼利尼蛇的秘密。当然不是鸡奸！

"一切完美无缺，"迪奥塔莱维说，"不过，等你们懂得引导地下潮流了，能用它干什么呢？喝啤酒吗？"

"好了，"我说，"您难道没有注意到发现的意义吗？把最大功率的插头插入'地下之脐'……掌握了那个基地就能预测雨情与旱情，刮起风暴，引发海啸与地震，劈开大陆板块，使岛屿沉没（自然，大西岛的消失归咎于一次轻率鲁莽的试验），使森林繁茂、山脉增高……您明白了吗？原子弹算什么，它也会给投原子弹的人带来伤害。您从控制塔上打电话，比如打给美国总统，您对他说：在明天之前，我想要不计其数的美元，或者我想让拉丁美洲独立，或者想要夏威夷群岛，再或者摧毁你的核武库，否则加利福尼亚的中央谷就要彻底裂开了，而拉斯维加斯会变成一个漂浮的赌场……"

"但拉斯维加斯在内华达州呀……"

"这有什么要紧，控制了地下潮流，您也能把内华达州，甚至科罗拉多州分裂开。然后您再给最高苏维埃打电话，对它说：我的朋友们，在星期一之前，我想要伏尔加河的所有鱼子酱，还有西伯利亚，我们想把它用作我们的冷藏库，否则我就把乌拉尔山吸入地下，使黑海泛滥，让立陶宛和爱沙尼亚漂移，把它们沉入菲律宾海沟里。"

"的确，"迪奥塔莱维说，"力量无比强大。像《托拉》一样重写地球。把日本迁移到巴拿马湾去吧。"

"华尔街一片慌乱。"

"美国的星球大战计划算什么！还搞什么金属变金子！掌控了正确的释放方法，让地球的五脏六腑都达到高潮，就可以让它在十秒钟内做到它花十亿年才能做到的事，整个鲁尔区会变成一个钻石矿层。埃利法斯·莱维说，海潮的起落和宇宙的潮流代表了人类万能的秘密。"

"本应如此,"贝尔勃说,"这就如同把整个地球改造成一个'生命能量器'。显然,赖希一定是圣殿骑士了。"

"全是圣殿骑士,除了我们。幸好,我们觉察到了这一点,现在我们后来居上了。"

事实上,既然圣殿骑士发现了秘密,是什么使他们止步不前呢?他们本该利用这个秘密。但是在"知"和"行"之间还有十万八千里呢。眼下,在魔鬼作者圣伯尔纳的指教下,圣殿骑士把可怜的凯尔特人的插头,即糙石巨柱,换成了哥特式的大教堂,更敏感、更强大,在教堂地下室里居住着黑贞女,直接与放射层接触。这些教堂作为接收与发送站网络覆盖了欧洲,潮流的威力和方向、脾性和张力通过这一网络融会贯通。

"我告诉你们,他们已经在'新世界'发现了银矿,引发了火山喷发,然后通过控制'海湾潮流',使矿产流向葡萄牙沿岸。托玛尔是分配中心,'东方森林'是主要的粮仓。这就是他们财富的来源。但这些都微不足道。他们知道,为了充分利用他们获得的秘密,必须等待技术的发展,至少需要六百年。"

于是,圣殿骑士如此这般地制订了"计划",只有当他们的继承者有能力很好地利用他们知道的秘密时才能发现"地下之脐"在什么地方。但是他们如何将揭开秘密的片断分配给散布在世界上的三十六个人呢?同一个信息包含那么多部分吗?需要如此复杂的信息说出"脐"是在巴登巴登,在库内奥,在查塔努加吗?

一张地图?应该是一张标记"脐"所在地的地图。而手中有带标记的密文的那个人已经知道了全部,不需要别的了。不,应当比这更复杂。我们冥思苦想了好些日子,贝尔勃决定求助于阿布拉菲亚。回答是这样的:

> 纪尧姆·波斯特尔死于一五八一年
> 培根是圣奥尔本斯子爵
> 在巴黎国立工艺博物馆里有傅科摆

是时候为傅科摆找个用处了。

我要在几天之内提出一个更优越的解决方案。一位魔鬼作者给了我们一本有关大教堂秘密的稿子。据我们的这位作者称,沙特尔大教堂的建造者有一天在拱顶石上垂下一根悬挂着的铅丝,他们据此很容易地推论出地球的自转。迪奥塔莱维指出,这就是审判伽利略的原因,教会怀疑他是圣殿骑士——不,贝尔勃说,为伽利略定罪的枢机主教是渗透进罗马的圣殿骑士,他们急于封住该死的托斯坎纳人、那个圣殿骑士的叛徒的嘴,他出于虚荣心到处传播一切,比"计划"到期提前了四百年。

不管怎样,这一发现说明了为什么那些泥瓦工匠在傅科摆下面画出了一个迷宫,它是地下潮流体系的写照。我们寻找沙特尔迷宫的图象:一个日晷,一个罗盘盘面,一个血脉系统,一条半睡半醒的蛇行进时留下的痕迹。一张全球潮流地图。

"好吧,我们设想圣殿骑士使用傅科摆来指明'脐'之所在。与总是很抽象的迷宫相反,在地板上放了一张世界地图,并且说,让我们假设一下由傅科摆的锤摆在特定时刻标示的那个点就是'脐'所在的地方,但它在什么地方呢?"

"毫无疑问,是圣马丁修道院——避难处。"

"对,"贝尔勃有点吹毛求疵地说,"但是,我们假设在午夜,傅科摆沿着一根轴——我随便举例说——哥本哈根—开普敦摆动。'脐'在哪里,在丹麦还是南非?"

"问题提得好,"我说,"但我们的魔鬼作者还称在沙特尔大教堂祭坛的玻璃窗上有一道缝隙,在白天某个特定时刻,阳光从缝隙中透进来,照射的总是同一个点,总是地上的同一块石头。我不记得由此得出了什么结论,但不管怎样,它涉及一个很大的秘密。这就是机关所在。在圣马丁修道院的祭坛里有一扇窗户,某个地方有点剥落,两块彩色玻璃或毛玻璃用铅线连接固定。这剥落的地方是精确到毫米的,可能六百年来,一直有人花精力使它保留原状。在一年中的某一特定日子太阳升起时……"

"……那只能是六月二十四日的黎明,圣约翰日,夏至……"

"……正是在那一天和那一时刻,第一缕阳光从窗户中透射进来,照耀着傅科摆,摆被阳光照射的那一刻,在地图上确切的那个点就是'脐'!"

"太奇妙了,"贝尔勃说,"但如果是多云天气呢?"

"那就要等待来年了。"

"对不起,"贝尔勃说,"最后一次会晤是在耶路撒冷。难道不应该在奥马尔清真寺的圆顶下悬挂傅科摆吗?"

"不,"我说服他说,"在地球上的一些地方,傅科摆完成一个周期要三十六小时,在北极则是二十四小时,在赤道上摆的振荡平面相对于地球固定不动。所以地点是起决定作用的。如果圣殿骑士在圣马丁修道院发现了傅科摆的规律,那么他们的计算只在巴黎有效,因为在巴勒斯坦傅科摆划出的是另一种曲线。"

"那谁对我们说,他们是在圣马丁修道院发现规律的呢?"

"事实是他们选择了圣马丁修道院作为自己的避难处,从主任司铎圣奥尔本斯到波斯特尔,再到国民公会,修道院都在他们的控制之下,做完傅科摆初期的一些实验之后,他们就把摆安放在那里了。线索数不胜数。"

"可是最后的会晤是在耶路撒冷呀。"

"那又怎么样呢？密文是在耶路撒冷拼起来的，那不是几分钟就能做到的事。然后，做了一年的准备，在第二年的六月二十三日所有六个团组在巴黎会合，为了知道'脐'到底在什么地方，然后就着手征服世界。"

"不过，"贝尔勃坚持说，"还有一件事不对劲。最终的发现与'脐'有关，这一点三十六个人都清楚。傅科摆已在大教堂里使用了，所以它并不是一个秘密。对培根，或者波斯特尔，抑或傅科本人来说——自然，他费工夫安装了傅科摆，是因为他也入了伙——我的天哪，有什么阻止他们在地上放一张世界地图，按东西南北方位定向呢？我们误入歧途了。"

"我们没有误入歧途，"我说，"密文说的是任何人都不知道的事：用什么地图！"

八三

> 一张地图并非疆域。
>
> 阿尔弗雷德·科日布斯基《科学与理智》一九三三年
> 第四版,国际非亚里士多德派文库,一九五八年,Ⅱ,第五八页

"你们或许记得圣殿骑士时代绘制地图的情形吧,"我说,"在那个世纪里,到处流传着阿拉伯地图,错误不少,把非洲放在上边,把欧洲放在下边,还有航海地图,总的来讲相当精确,三四百年前的地图哪怕现在在学校里用起来还过得去。你们看,为了发现'脐'在什么地方,并不需要一张精确的地图。只要有下列特征就够了:一旦确定方位,它会在六月二十四日黎明傅科摆被照亮时显示'脐'。现在请注意:我们设想一下,一个纯粹的假设,'脐'是在耶路撒冷。在我们的现代地图上,耶路撒冷在哪个地方,甚至今天也取决于投影的类别。然而圣殿骑士拥有的地图天晓得是什么样的。不过,这对他们来说重要吗?不是傅科摆取决于地图,而是地图取决于傅科摆。你们听懂了吗?那可能是世界上最没有意义的一张地图,但只要将其置于傅科摆之下,六月二十四日黎明时那注定的阳光识别出那张地图——不是别的地图——上的那个点,耶路撒冷就出现了。"

"但这解决不了我们的问题。"迪奥塔莱维说。

"当然解决不了,也解决不了那三十六名隐形者的问题。因为如

果找不到正确的地图,那将功亏一篑。我们试想一张标准地图,它向东指向半圆形后殿,向西指向中殿,因为教堂都是这样定位建造的。现在我们可以做出任何的设想,我就举例来说吧:在那命中注定的黎明时分,傅科摆应当大约处于东区,差不多在东南象限的范围内。如果拿钟表打比方,我们可以说,傅科摆应当指在五点二十五分的地方。是吧?现在你们来看。"

我去找了一本制图史。

"这是一号地图,绘于十二世纪。它用的是T形的地图构图,上面是亚洲和'人间天堂',左边是欧洲,右边是非洲,这里除了非洲之外,还放置了对跖点。二号地图受到马克罗比乌斯的《西庇阿之梦》的启示,它以各种版本流传至十六世纪。可惜把非洲画得有点窄。现在注意,把两张地图以相同的方法定位,会发现在第一张地图上五点二十五分所在位置是阿拉伯,而在第二张地图上是新西兰,因为在这个点上有对跖点。即使知道关于傅科摆的一切,如果不知道用哪张地图,那就失去方向了。密文中有指示,用绝密码写成,告诉你在什么地方可以找到正确的适用地图,也许是专门为此绘制的。密文说了应当到什么地方去寻找地图,在什么手稿中,在什么图书馆,什么修道院或古堡里。甚至迪或培根抑或别的什么人拼出了那封密文,天晓得,密文称地图在哪个地方,但在此期间,欧洲发生了很多事,保存地图的修道院被焚毁了,或者是地图被盗了,神秘地消失了。也许有人握有地图,但不知它有何用途,或者知道它有点用处,但并不知道它的确切用途,因此漫游世界各地寻求买主。你们想一想,所有流传的那些报价、假线索、那些谈论别的事情的信息却被解读为与地图有关,那些谈论地图的信息却又被解读为在影射——天晓得——炼金。可能有些人正在猜测与想象的基础上直接重绘地图。"

"何种猜测与想象?"

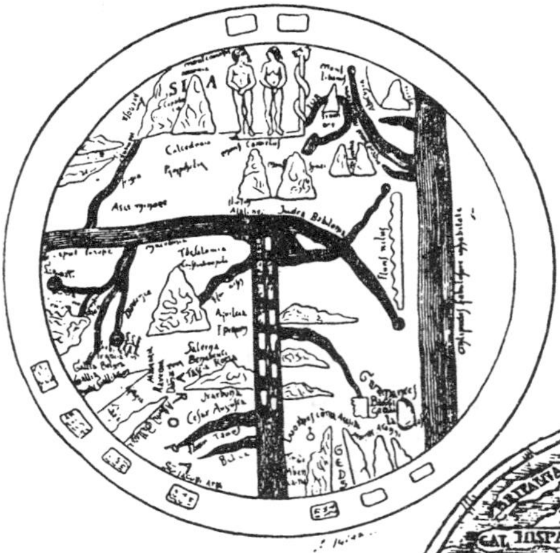

THILA
BRITANNIA
RIPHEI MONTES
EVRO.
FRIGIDA
GAL. HISPA.
AFFHRICA.
ARMENIHND.
AETIOPIA. PERVSTA.
PARTI A
MARE RVBEVM.
ALVEVS OCEANI
PERVS T A
TEMPERATA ANTIPODVM.
NOBIS INCOGNITA.
FRIGI DA

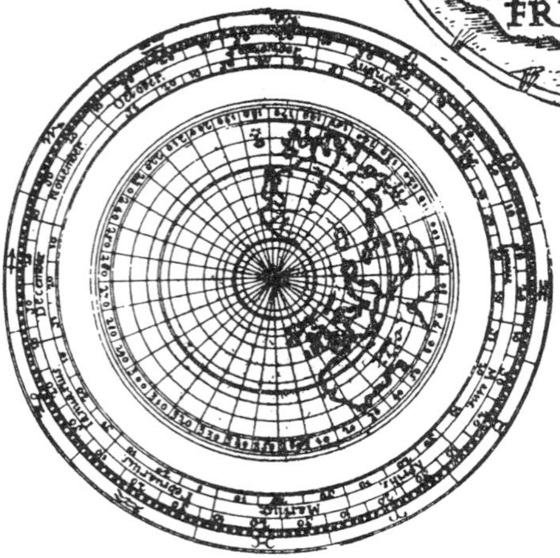

"比如微观—宏观宇宙的对应。这里还有另一张地图。你们知道它从哪里来吗？它出现在罗伯特·弗卢德《两个宇宙史》一书的第二部分。弗卢德是伦敦玫瑰十字会会员，我们可不要忘记他的身份。现在我们这位罗伯特·弗卢德(他喜欢人们叫他为弗卢蒂布斯的罗伯特)做什么呢？他不再寻找地图，而是从'极地'的视角推出整个地球的一个奇怪投影，当然是从神秘的'极地'，即从傅科摆的视角展示投影的。理想的摆，悬挂在一个理想的拱顶石上。这是一幅为放在傅科摆下面而构思设计的地图！一目了然，难以辩驳，怎么会没有人想到……"

"那些魔鬼作者是很迟钝的，很迟钝的。"贝尔勃说。

"因为我们是唯一够格的圣殿骑士继承人。不过，还是让我继续往下讲：你们认出了这幅图，它是一个活动的'轮盘'，正如特里特米乌斯为其密文使用的'轮盘'一样。这并非一张地图。它是一个能产生无数变体的机械设想，可以产生出不同的地图来，直到找到正确的地图为止！弗卢德在图片说明中说：这是一种 instrumentum[①] 的草图，还需要进一步加工。"

"但是弗卢德难道不也顽固地否认地球自转吗？他怎么会想到傅科摆呢？"

"我们在同领悟奥秘者打交道。他不承认他知道的，他为了掩盖秘密而否认、说谎。"

"这就解释了，"贝尔勃说，"为什么迪花费了那么多时间和精力同王室的地图绘制者打交道。他不是为了认识世界'真正的'形状，而是为了重新勾画它，在所有错误的地图中勾画出唯一有用的也就是唯一正确的地图。"

"不错，不错，"迪奥塔莱维说，"通过重新准确地复原一篇虚假的文章就能获得真相。"

---

① 拉丁文，工具。

八四

> 这个大会最有益的和最主要的任务,在我看来应当是按照维鲁拉米乌斯的想法编研撰写自然史。
> 克里斯蒂安·惠更斯《致科尔贝的信》
> 摘自《全集》,海牙,一八八八至一九五〇年,Ⅵ,第九五至九六页

六个圣殿骑士团组的变迁曲折并不限于寻找地图。圣殿骑士可能在密文的前两部分,即分别在葡萄牙人和英国人手中的那两部分中影射了傅科摆,但关于摆的各种想法还很模糊。要使一根铅垂线摆动起来是一码事,而建造一个精密的机械装置,使之能在特定的时刻为阳光照亮又是另一码事。为此,圣殿骑士整整计算了六个世纪。培根派朝那个方向着手工作,他们拼命寻找洞悉奥秘者,企图将他们都吸引过来。

玫瑰十字会中人萨洛蒙·德·科为黎塞留写了一篇专文论述日晷,这一巧合并非偶然。后来,自伽利略起,对各种摆的研究如火如荼。他们借口利用它们确定经度,但是当一六八一年惠更斯发现有一个摆在巴黎很精确,而在圭亚那的卡宴就摆动得较慢,他立即明白了这取决于因地球自转而产生的离心力的变化。他发表了著作《时钟》,展开了伽利略有关摆的直觉论述,谁把他召到巴黎的呢?科尔贝,就是将萨洛蒙·德·科召到巴黎修建地下通道的那个人!

当一六六一年西芒托学院抢先一步得出傅科的结论时,利奥波

多亲王在五年之内解散了西芒托学院，在此后，立即从罗马收到一顶枢机主教的帽子作为秘密奖赏。

但还不止于此。就是在以后的几个世纪里，追逐摆的热潮仍在继续着。一七四二年(有关圣日耳曼伯爵的书面文字首次出现的前一年!)，一个叫德·迈朗的人向皇家科学院递交了一份关于摆的专题论文，一七五六年(那年在德国诞生了严规礼仪派!)一个叫布盖的人写了《论所有铅垂线影响的方向》。

我找到了一些幻影般的文章或书籍的标题，如让-巴蒂斯特·比奥写于一八二一年的著作：《为确定巴黎子午线延长线上地球重力及其经纬度的变化法国经线局在西班牙、法国、英国和苏格兰进行的有关大地测量学、天文、物理观测集》。在法国、西班牙、英国和苏格兰！而且关系到圣马丁修道院的子午线！爱德华·赛宾爵士在一八二三年出版了《为确定地球轮廓，以摆在不同纬度下振动的秒数进行的实验记录》。还有那个神秘的格拉夫·费奥多·彼得罗维奇·利特克在一八三六年出版了他的研究成果：《环球航行过程中摆的振动表现》。他是为彼得堡皇家科学院做的。为什么俄国人也介入了呢？

如果在此期间，有一班人，自然是培根思想的继承者，决定在既无地图也无摆的情况下，通过从头开始重新探询蛇的呼吸去揭示潮流的秘密呢？可见萨隆的直觉很准：差不多是与傅科同一年代，工业世界——培根派的产儿，开始在欧洲大城市的心脏挖建地铁交通网。

"这倒是，"贝尔勃说，"十九世纪的人着迷于建造地下通道，冉阿让，方托玛斯和沙威，罗康博尔，他们来往于地下通道和阴沟水渠之间，热闹非凡。天哪，现在想起来，凡尔纳的所有作品都在揭示地下秘密！《地心游记》、《海底两万里》、《神秘岛》、《黑印度》的巨大地下王国！只要恢复他那些非同寻常的旅行路线图，我们定将找到'蛇'盘旋的图样，一张在各个大陆的古迹路线图。凡尔纳从天上和地下探察地下潮流网络。"

我应和道："《黑印度》的主角叫什么名字？约翰·加拉尔，几乎是'圣杯'①的变移词。"

"别过头了，还是脚踏实地。凡尔纳发出了非常明确的信号。征服者罗布尔（Robur），缩写为 R. C.，即玫瑰十字。如倒着念，则为卢布尔（Rubor），玫瑰红。"

---

① Garral 和 Graal 词形十分相似。

八五

菲莱亚斯·福格(Philéas Fogg)。一个名字就是一个真正的签名：Eas,在希腊文中有全部的、全球性的含义(所以相当于"泛"和"多"),所以菲莱亚斯等同于普力菲罗(Poliphilo)。至于福格,在英文中是雾的意思……毫无疑问,凡尔纳属于"雾派"协会。他甚至还准确地告诉我们这个协会与玫瑰十字会之间的关系,因为说到底,这个被称作菲莱亚斯·福格的高贵的旅行者,如果不是玫瑰十字会员又是什么呢？……而且他难道不是属于改革俱乐部(Reform-Club)吗？改革俱乐部的首字母为 R.C.,它们指的不就是改革的玫瑰十字会吗？这个改革俱乐部位于伦敦蓓尔美尔街上,再一次唤起了"寻爱绮梦"(即"普力菲罗之梦")。

米歇尔·拉米《儒勒·凡尔纳,入会者与传授者》
巴黎,帕约出版社,一九八四年,第二三七至二三八页

我们日复一日地重构"计划",我们中断了工作来专心寻找最后的联系,我们阅读我们手头能够找到的一切,百科全书、报纸、连环画故事、出版社书目,采取浏览速读的方式,寻找可能的捷径,我们在所有书摊前驻足翻阅,在各个报亭里嗅闻搜寻,大偷特偷魔鬼作者文稿中的内容,我们匆忙地凯旋,把最新发现高兴地扔到办公桌上。当我回想起那几个星期的往事时，我感到一切都好像是闪电般疯狂地进行的，像拉里·西蒙的电影中的情景，画面跳跃，门以超音速的速度开关，奶油蛋糕飞来飞去，在楼梯上跑前跑后，跑上跑下，老旧车辆剐蹭碰撞，杂货店里的货架倒塌，罐头、酒瓶、软奶酪散落一地，苏打水到处喷溅，连面粉袋也爆裂了。相反的是，在回忆那些间隙，那些死气沉沉的时刻——围绕着我们的生活的其余部分——时，我可以重新解读这一切，好像是看慢镜头，"计划"迈着艺术体操的步伐成形，像掷铁饼运动的缓慢旋转动作，铅球运动的谨慎摆动，高尔夫球的好整以暇，棒球的无意义等待。无论如何，不管是什么样的节奏，命运总是会奖赏我们，因为只要想找到联系，就会俯拾皆是，世界是一个网络，是一个相互关联的漩涡，一切指向一切，一切解释一切……

为避免引起莉娅的反感，我对她保持沉默，我甚至置朱里奥于不顾。我夜里醒来，开始意识到雷纳图斯·笛卡儿名字的字头也是R.C.，他花了大量精力寻找玫瑰十字会，后来又否认找到了它。为什么他如此着迷于"方法"呢？方法是用来破解谜团的，现在欧洲所有的神秘主义者都为这一谜团所吸引……而谁在赞颂哥特魔法呢？是勒内·德·夏多布里昂。在培根时代谁写出了《通向圣殿的台阶》？是理查德·克拉肖。那么拉涅利·德·卡尔扎比吉、勒内·沙尔、雷蒙·钱德勒呢？还有《卡萨布兰卡》中的里克[①]呢？

[①] 以上人物首字母缩写都是R.C.。

八六

> 这门至少其物质部分还未消逝的科学,由西多修道院的僧侣教授给笃信宗教的建造者……在上个世纪称作"法国塔的伙伴"。埃菲尔求助于他们建造铁塔。
> L·沙尔庞捷《沙特尔大教堂的秘密》
> 巴黎,拉丰出版社,一九六六年,第五五至五六页

现在在我们看来,整个现代都充斥着勤劳的鼹鼠,它们在地下打洞、穿行,窥测地球。但肯定还有另外什么东西,还有由培根的信徒开创的另一番事业,它的结果、它的过程都在大家眼皮底下,但谁也没有觉察到……因为在地下打洞,可以检验到地层深处,但凯尔特人和圣殿骑士并不局限于打洞凿井,他们竖起了自己的插头直指天空,以便连通巨石,收集星体的威力……

这个想法是贝尔勃在一个失眠之夜产生的。他当时探头从窗口向远处望去,看到了在米兰的楼房顶上意大利广播电视台金属塔巨大天线上的灯光。那是一座朴素而谨慎的巴别塔。那一刻,他明白了。

"埃菲尔铁塔,"第二天早晨他说,"我们为什么之前没有想到呢?金属的巨石,最后的凯尔特人竖起的糙石巨柱,中空的塔尖高过了所有哥特式建筑的塔尖。然而巴黎为什么需要这座无益的纪念碑呢?它是天空探测器,是从固定在地壳上的所有神秘插头那里收集信息

的天线。这些插头中有复活节岛上的雕像,马丘比丘,白德路岛上的自由女神像,它是由入会者拉法耶特提前预料到的,卢克索的方尖碑,托玛尔高塔,罗得岛上的阿波罗神像(它从没有人找得到的港口的纵深处发送信号),热带丛林的婆罗门庙宇,长城的烽火台,艾尔斯岩,令入会者歌德惊呆的斯特拉斯堡大教堂的塔尖,美国拉什莫尔总统山上雕刻的面孔(希区柯克了解了多少事呀),帝国大厦上的天线,你们说,这座由美国入会者创造的大厦如果不是影射布拉格的鲁道夫帝国,还能影射什么呢!埃菲尔铁塔从地下捕捉信息,然后同从天上获得的信息做对比。又是谁首先给我们看关于埃菲尔铁塔的可怕的电影图象呢?是勒内·克莱尔拍的《沉睡的巴黎》。勒内·克莱尔,名字的首字母为 R. C. 。"

必须重读整个科学史:太空竞赛也变得容易理解,那些狂热的卫星为的只是拍摄地球表面,好弄清无形的张力、海下的湍流、热气流。通过对埃菲尔铁塔、巨石阵交谈而互相交流……

八七

这是一个有趣的巧合,一六二三年以莎士比亚名义出版的对开本正好包含了三十六部作品。
W·F·C·威斯顿《弗朗西斯·培根 VS 幻象上校莎士比亚:蔷薇十字会面具》
伦敦,基根·保罗出版社,一八九一年,第三五三页

当我们交流我们想象的结果时,我们感到采用的是不合理的联想、非凡的捷径,如果就此人家问罪于我们的话,我们会羞于相信。信念使我们感到安慰——现在正如讥讽所要求的,保持沉默——我们拙劣地模仿着别人的逻辑。但在长时间的间歇中,每个人都会为三方会议积累证据,并心安理得地收集一些马赛克般的戏仿片断,我们的头脑已习惯于找出联系,每件事都能同任何其他事联系起来,而为了自动将它们联系起来,就应当养成习惯。在一定程度上,我认为在习惯于假装相信和习惯于相信之间再无任何区别。

这与间谍史很相似:渗入敌方的秘密谍报组织后,就要习惯于像对手那样思索。如果能够生存下来,那是因为他们做到了,自然在不久之后他就倒戈了,变成了他们的人。或者像同狗生活在一起的单身汉,他们整天同狗说话,开始时绞尽脑汁去理解狗的逻辑,后来又声称狗能理解他们的逻辑,开始他们发现狗很胆小,后来发现狗也会嫉妒,再后来发现狗疑神疑鬼,最后花费时间捉弄狗和争风吃醋,

当他们确信狗已变得同他们一样时,其实是他们变得像狗一样,当他们为狗有了人性而得意时,其实是他们的嘴脸变得与狗相似了。

也许是因为我每天都同莉娅还有孩子接触,我在三人中最少受游戏影响。我感到自己在带路,我感到犹如在仪式中吹奏阿哥哥一样:你要站在引发激情的一边,而不要站在被动承受激情的一边。至于迪奥塔莱维,那时我不知道,现在我知道了:他使自己的躯体习惯于像魔鬼作者那样思考。至于贝尔勃,他连意识都与魔鬼作者合二为一。我习惯了,迪奥塔莱维腐化了,贝尔勃改换门派了。但我们大家都慢慢失去了那种使我们区别相似与相同、隐喻与实物的知识分子的光彩,也就是那种神秘的、闪光的、极美妙的素质。凭借这种素质,当我们说某人兽性发作了时,事实上并不认为他长了毛和爪,而病态的人却以为会立即看到那个人在吠叫,或用嘴拱地,或爬行,或飞翔。

如果我们不是如此激动的话,我们或许能够觉察到迪奥塔莱维的病情。我觉得一切都是在夏末时开始的。他显得更为瘦削,但不是像在山上度过几周假期的人那样矫健苗条。他那白嫩的皮肤现在有点发黄。如果我们仔细看他的话,我们或许会猜到他在度假期间一直埋头看那些拉比的卷轴呢。事实上,我们却在想别的事情。

事实上,在以后的日子里,我们甚至能够逐渐理清除培根派系外的一些流派的情况。

比如,共济会认为,追求摧毁民族国家与颠覆政权的巴伐利亚光照派,不仅是巴枯宁无政府主义的始作俑者,而且催生了马克思主义。天真幼稚。光照派是培根派渗透到了条顿人中间的挑衅者,但是马克思和恩格斯想的却完全是另一回事,于一八四八年发表的《共产党宣言》中有一句掷地有声的句子:"一个幽灵在欧洲游荡。"为什么那个隐喻带有如此强烈的哥特风格呢?《共产党宣言》讥讽地影射幽灵似的对"计划"的追逐,这个"计划"几个世纪以来搅乱着大陆的历史。它既向培根派也向新圣殿骑士派提出了变通的建议。马克思是犹太人,也许开始时他是赫罗纳或者采法特的拉比代言人,他企图在研究中将上帝的全体子民都包括进去。后来他难以驾驭,他把舍金纳和在"王国"里被流放的人民等同于无产阶级,辜负了他的启迪者的期望,他推翻了犹太弥赛亚主义的方针路线。全世界的圣殿骑士们联合起来。把地图交给工人们。好极了!要为共产主义在历史上正名,还有什么更好的理由?

"对,"贝尔勃说,"培根派在他们的历程中也出过差错,你们不相信吗?他们中的一些人起初怀着科学的梦想,却偏离正道,最后进入了死胡同。我想说的是,在王朝的末日,爱因斯坦、费米之流在微观宇宙的核心寻找秘密,搞出了错误的发明。他们不探寻地下的、干净的、天然的、智慧的能源,而是发现了原子的、科技的、肮脏的、污染的能源。"

"时间和空间,西方的错误。"迪奥塔莱维说。

"这是失去了'中心'。疫苗和盘尼西林,犹如对长生不老药的拙劣模仿。"我插话说。

"正如另一个圣殿骑士弗洛伊德,"贝尔勃说,"他不是在地下迷宫里挖掘,而是在人心的地下迷宫里挖掘,可是炼金术士对他研究的东西已经知无不言,言无不尽了。"

"但正是你,"迪奥塔莱维暗示道,"想出版瓦格纳医生的书。依我看,精神分析是给神经官能症患者看的。"

"对,阴茎只是男性生殖器的象征,"我做出结论,"好了,先生们,我们不要偏题了。不要再浪费时间了。我们还不知道把保罗派和耶路撒冷派的人往哪里放呢。"

在解决新问题之前,我们遇到了另一个不属于三十六个隐形者的团组,不过该团组也很早就加入这场游戏中去了,并部分地扰乱了计划,他们的行为造成混乱。这就是耶稣会会士。

八八

> 冯·亨德男爵，拉姆齐骑士……和很多在这些仪式共济会中创立级别的其他人，都是听从耶稣会会长的指令工作的……圣殿骑士主义就是耶稣会主义。
> 查尔斯·萨森《致布拉瓦斯基夫人的信》，32，∴A P. R. 94
> ∴孟菲斯 K. R. ✠ K. 卡多什，M. M. 104，玫瑰十字会
> 英国兄弟会与其他秘密协会入会者，一八七七年一月十一日；
> 摘自《揭开面纱的伊希斯》，一八七七年，II，第三九〇页

从出现第一批玫瑰十字会宣言的那个年代起，我们就太常遇到他们了。在一六二〇年就已经有一个耶稣会玫瑰组织出现在德国，玫瑰起先象征的是天主教和圣母马利亚，后来才象征玫瑰十字会，据说两个会是紧密团结在一起的，玫瑰十字会只不过是神秘的耶稣会为适用于宗教改革后的德国民众而重新组建的一个组织。

我回想起萨隆关于仇恨的那些话，基歇尔神父因仇恨当众嘲弄玫瑰十字会，当时他谈及了地球的深处。

"基歇尔神父，"我说，"是这段历史的关键人物。为什么这个多次对观察和实验显示出兴趣的人，后来却将这些少有的好想法淹没在充溢着不可思议的假想的鸿篇巨著中了呢？他曾经同英国最优秀的科学家通信，而且他的每一本书都反复出现了玫瑰十

字会的典型主题，表面上反对它们，实际上却化为己用，以便提出自己的反改革论述。在《传说》的第一版中，那位因有改革思想而被耶稣会会士送进监狱的黑泽尔梅尔先生不遗余力地强调，真正的好的耶稣会会士是他们，是玫瑰十字会会员。好吧，基歇尔写了三十多本书，提醒人们真正的好的玫瑰十字会会员是他们，是耶稣会会士。耶稣会会士企图插手'计划'。基歇尔神父想亲自研究那些摆，他这么做了，尽管是以自己的方式，他发明了一种全球性的钟，以便准确地了解分散在世界各地的所有分会所在地的精确时间。"

"可圣殿骑士宁愿被杀害也要守口如瓶，耶稣会会士是怎么知道'计划'的呢？"迪奥塔莱维问。回答说耶稣会会士总是比魔鬼知道的还多，这是行不通的。我们想要一个更吸引人的解释。

我们很快就发现了。纪尧姆·波斯特尔，又是他。在翻阅克雷蒂诺-乔利[①]（我们为这不幸的名字笑弯了腰）的耶稣会会士历史时，我们发现波斯特尔在对神秘的热望和对精神再生的渴求驱使下，于一五四四年前往罗马会见圣依纳爵·罗耀拉。圣依纳爵热情地接待了他，但是波斯特尔没有放弃他那些固有的思想，他的喀巴拉主义，他的基督教全体教义合一主义。而这些事情耶稣会会士是不喜欢的，更不要说他的想法中最固执的一点，波斯特尔绝不妥协让步的一点："世界之王"应当是法国国王。依纳爵是圣人，但他是西班牙人。

过了一阵，关系就破裂了，波斯特尔离开了耶稣会，或者耶稣会把他赶出门去。但如果波斯特尔当过耶稣会会士的话，哪怕时间很

---

① Jacques Crétineau-Joly（1803—1875），法国历史学家、作家。Crétineau 的发音与意大利文中 cretino（傻子）相似。

短,他也可能将其使命吐露给圣依纳爵,因为他曾向圣依纳爵起誓 perinde ac cadaver①。亲爱的依纳爵,他应当是对他这样说的,你要知道,掌握了我,也就掌握了圣殿骑士"计划"的秘密。我是它的不称职的法国代表,甚至还说,让我们期待一五八四年的第三次世纪性会晤,犹如期待 ad majorem Dei gloriam②。

然而,耶稣会会士利用波斯特尔的脆弱,了解到了圣殿骑士的秘密。这样的秘密旋即被利用。圣依纳爵得到了永恒的福祉,但是他的继承者们继续监视波斯特尔。他们想知道,在那命中注定的一五八四年,他将去会晤谁。但,唉,波斯特尔在这之前就去世了,我们的一个消息来源称,一位不知名的耶稣会会士在他临终前曾守候在他的床前,可即使这样也无济于事。耶稣会会士不知道谁是他的继承人。

"请原谅,卡索邦,"贝尔勃说,"有件事我想不明白。如果事情是这样的话,耶稣会会士不会知道在一五八四年的会晤已告失败。"

"不要忘记,"迪奥塔维说道,"正如异教徒告诉我的,这些耶稣会会士铜心铁胆,是不会让人如此轻易愚弄的。"

"啊,原来如此,"贝尔勃说,"一个耶稣会会士大吃大喝,早餐相当于两个圣殿骑士吃的,晚餐也相当于两个圣殿骑士的饭量。他们不止一次被解散,欧洲各国政府都介入此事,不过,他们现在依然存在。"

我们要站在耶稣会会士的立场上设身处地地想一想。如果波斯特尔落到他手中,他能做什么呢?我顿时有了一个想法,但这一想法是如此邪恶,恐怕就连我们那些魔鬼作者也难以苟同:玫瑰十字会是耶稣会的一大发明!

---

① 拉丁文,至死不渝地服从。
② 拉丁文,上帝至高无上的荣耀。

"波斯特尔死了，"我设想道，"耶稣会会士诡计多端，经过推算预料到历书会引起混乱，决定先发制人。他们制造了玫瑰十字会的骗局，准确地计算出了将会发生的事情。在那么多上当受骗的狂热者中，真正核心中的某个人为突如其来之事冲昏了头脑也挺身而出。在这种情况下，可以想象培根的恼怒：弗卢德，愚蠢的家伙，你不能闭嘴吗？但子爵，我的爵士，那些人好像是自己人……笨蛋，难道没人教过你不要相信天主教教徒吗？他们应当把你烧死，而不是诺拉的那个可怜人①！"

"那么，"贝尔勃说，"为什么当玫瑰十字会迁移到法国时，耶稣会会士，或者那些为他们效力的挑起是非的天主教教徒，口诛笔伐说他们是异教徒和被魔鬼附体呢？"

"您不会奢望耶稣会会士直截了当地行事吧，否则还算什么耶稣会会士呢？"

就我的建议，我们争论了好久，终于我们决定达成一致，最好还是采用原来的假设：玫瑰十字会是培根派和德国人抛给法国人的诱饵。但耶稣会会士在宣言刚刚出现时，就识破了其意图，并立即投入了这场游戏，好浑水摸鱼。耶稣会会士的目的显然是要阻止英国、德国团组同法国团组会合，他们无所不用其极。

就这样，他们记录消息，收集信息并把它们放在……哪里呢？"输入到阿布拉菲亚中，"贝尔勃开玩笑地说。但是迪奥塔莱维——在此期间自己收集资料——说，这不是个玩笑。自然，耶稣会会士正在制造功率很强的巨型电子计算机，它或许能够从他们收集的需要上百年耐心才能理出头绪的真理与谎言的碎片大杂烩中提炼出结论来。

"耶稣会会士，"迪奥塔莱维说，"明白了不论是可怜的普罗万的

---

① 指意大利哲学家乔尔达诺·布鲁诺（Giordano Bruno，1548—1600）。

老圣殿骑士,还是培根派都还未能凭直觉感到的东西,也就是重绘地图能够通过组合来实现,也就是利用现代化的电脑来进行！耶稣会会士是首先发明阿布拉菲亚的人！基歇尔神父重读了从卢罗起所有关于组合艺术的论述。你们看,他的著作《科学大术》……"

"我看好像是钩针编织的图样。"贝尔勃说。

"不,先生们,这是 N 个元素所有可能的组合。是阶乘计算,是《创世之书》的阶乘计算。是组合与置换的计算,是特木拉的精髓！"

确是如此。构思弗卢德含糊不清的计划、从"极点"投射去寻找地图是一码事,了解需要多少次试验,尝试所有组合以达到最佳的解决办法又是另一码事。构建一个可能组合的抽象模型是一码事,设计一部机器把这种组合付诸实施又是另一码事。所以,不管是基歇尔,还是他的门徒肖特都在设计机械器具、打洞卡的机械装置,基于二进制计算 ante litteram[①] 电脑。他们将喀巴拉应用到现代的机器中去了。

IBM：Iesus Babbage Mundi, Iesum Binarium Magnificamur。AMDG：Ad Mariorem Dei Gloriam, 还有 Ars Magna, Digital Gaudium！IHS：Iesus Hardware and Software！

---

① 拉丁文,前卫的。

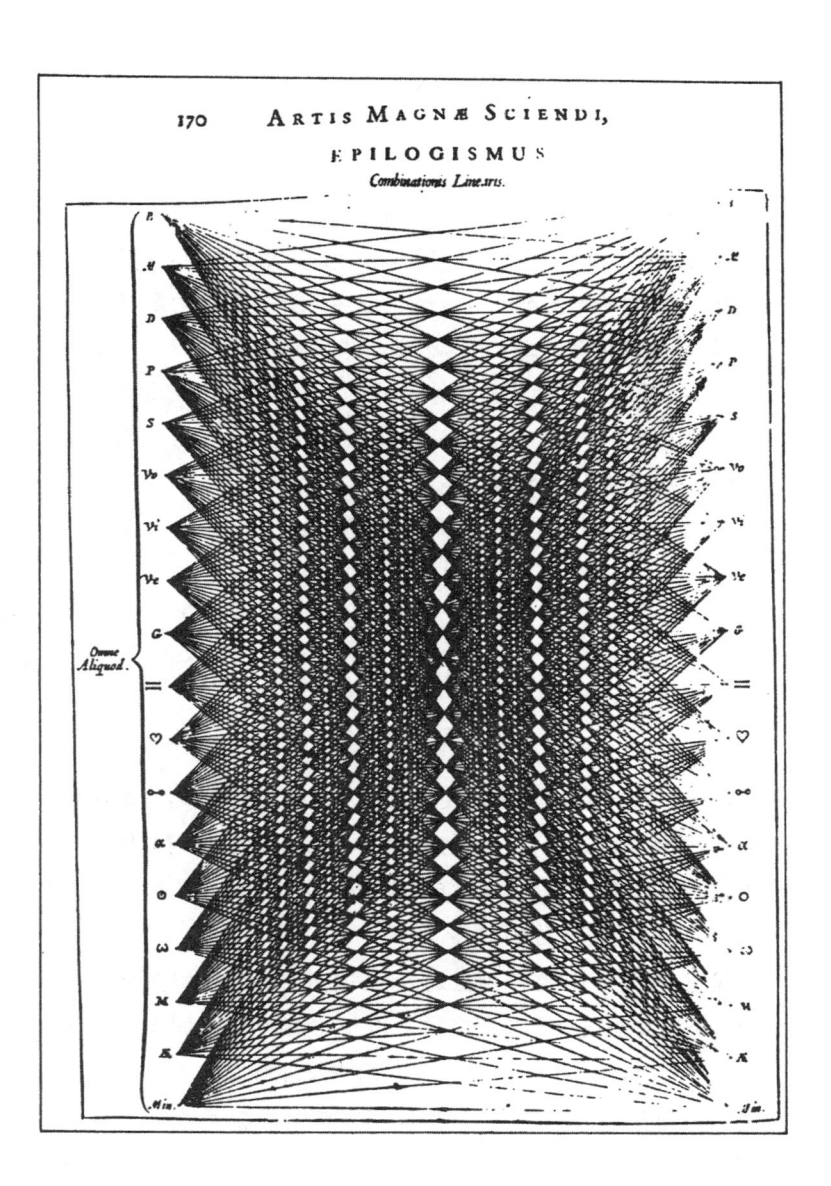

ARTIS MAGNÆ SCIENDI,

EPILOGISMUS

Combinationis Lineæis.

八九

在黑暗的最深处一个新人的协会成立了,这些新人从未晤面,但却相互认识,不需要解释,就能相互了解,他们彼此效劳,却不凭友谊……这个协会实行盲目服从的耶稣会制度,采用共济会的考验与外部仪式,继承了圣殿骑士地下召唤和难以置信的勇敢精神……圣日耳曼伯爵只是仿效纪尧姆·波斯特尔?此人有一种怪癖,总想叫人相信他比实际年龄要大。

吕谢侯爵《光照派随笔》
巴黎,一七八九年,V与XII

耶稣会会士明白,如果想使敌人乱了阵脚,最佳技巧就是建立秘密派别,等待危险的积极分子匆忙加入,然后把他们一网打尽。换句话说,如果你怕跌入陷阱,那就自己制造一个陷阱,这样,所有那些进入圈套的人就会落入你的掌心。

我想起了阿列埃在谈到拉姆齐时的保留态度,拉姆齐是第一个认为共济会与圣殿骑士有直接联系的人,他暗示自己同天主教界有交情。事实上,伏尔泰已经揭露了拉姆齐是耶稣会的人。面对英国共济会的诞生,耶稣会会士从法国用苏格兰的新圣殿骑士团做了回应。

这就解释了为什么在一七八九年一位吕谢侯爵为回击这一阴

谋，匿名撰写了著名的《光照派随笔》，在书中他与所有类型的光照派同声相应，同气相求，不管是巴伐利亚的，还是别的什么地方的，是无政府主义的反神职者还是神秘的新圣殿骑士，他甚至把保罗派也包括在内，就不要说波斯特尔和圣日耳曼了（简直令人难以置信，我们拼图的马赛克都逐渐奇迹般的摆放到位！）。他抱怨这些圣殿骑士性质的神秘主义组织使共济会丧失信誉，而共济会相反的是好人与正派人参加的会社。

培根派发明了与卡萨布兰卡的里克酒吧相仿的共济会组织，耶稣会的新圣殿骑士团使他们的发明失效，而吕谢被派去充当杀手，除掉所有不是培根派的团体。

不过，我们应当考虑到另一个事实，可怜的阿列埃没有办法理解它。为什么德·迈斯特这位耶稣会会士，在吕谢侯爵露面前整整七年，曾经去威廉巴德到新圣殿骑士中播种不和？

"在十八世纪上半叶，新圣殿骑士团还比较顺利，"贝尔勃说，"但到该世纪末就走下坡路了，首先是因为他们被革命分子掌握了，对他们来讲，理性女神和上帝全都有用，只要能砍掉国王的头，你们看卡廖斯特罗；其次是因为德国的王公们参与了此事，以普鲁士的腓特烈为首，他的目的当然同耶稣会是背道而驰的。不管是谁发明了神秘的新圣殿骑士团，当《魔笛》出现的时候，罗耀拉的人自然要除之而后快。这就像在金融业里，你买下一家公司，将其出售，你结清账目，宣告破产，你增加了资产，这取决于你的整体计划，你当然不会关心看门人将何去何从。或者像一辆用过的汽车；当它不能再使用时，你就把它当废铁处理掉。"

九〇

> 在真正的共济会法典中，没有别的神明，只有摩尼神。他是喀巴拉信徒的共济会之神，是古代玫瑰十字会之神；是马丁教派共济会之神。而且，所有归咎于圣殿骑士的臭名昭著的劣行正是归咎于摩尼教派的劣行。
>
> 巴吕埃尔院长《雅各宾主义发展史回忆录》
> 汉堡，一七九八年，2，XIII

当我们发现巴吕埃尔神父时，耶稣会会士的策略对我们来说就一清二楚了。在一七九七到一七九八年间，为了对法国大革命做出反应，他写了《雅各宾主义发展史回忆录》，这是一本真正的连载小说，从圣殿骑士开始写起（多凑巧！）。圣殿骑士团在莫莱被处以火刑之后，转为秘密会社，以摧毁君主制度和教皇统治，建立世界共和国。在十八世纪，他们掌握了共济会，为己所用。在一七六三年他们建立了文学院，由伏尔泰、杜尔哥、孔多塞、狄德罗和达朗贝尔组成，他们在霍尔巴赫男爵家聚会，并且在一连串的阴谋之后，于一七七六年催生了雅各宾派。雅各宾派是被操控在真正的头领巴伐利亚光照派——有弑君情结者——手中的木偶。

正是一个废铁处理场！耶稣会会士在拉姆齐的帮助之下，将共济会分裂之后，又重新将它合起来，以便从正面打击它。

巴吕埃尔的书产生了一定的效果,在法国国家档案馆里至少保存了两份拿破仑要求警察做的关于秘密派别的报告。这两份报告由一个叫夏尔·德·贝尔克海姆的人草拟而成。此人——正如所有谍报人员那样,从公开出版物上攫取秘密消息——最大的本领只不过是胡乱抄袭,先是抄袭吕谢侯爵的书,然后剽窃巴吕埃尔的书。

面对光照派令人毛骨悚然的描述,面对有能力统治世界的"最高未知者"领导机构浮出水面,拿破仑毫不犹豫:决定成为他们中的一员。他任命他的兄弟约瑟夫为法国大东方社的首领,而他自己,据一些消息来源称,同共济会取得联系,而据另一些消息来源称他甚至成为高层。不过,参加的是哪一组织尚不清楚。或许,出于谨慎,参加所有的吧。

拿破仑究竟知道什么,我们不得而知,但我们没有忘记,他在埃及待了不少时间,天晓得他同什么拉比在金字塔的背阴处交谈过(就连小孩子也明白,那四千年的光辉史就是对"赫耳墨斯主义传统"的一个明确影射)。

不过他应该知道底细,因为在一八〇六年他召集了法国犹太人大会。官方的理由平淡无奇,试图减少高利贷,保持以色列少数民族的忠诚,寻找新的投资者……但这并不能解释,为什么决定称这个大会为"犹太最高法庭",这就使人联想到"最高的"、或多或少"未知"的领导机构。事实上,诡计多端的科西嘉人①认出了耶路撒冷派的代表,他想把分散在各地的团组联合起来。

"一八〇八年,内伊②的部队驻扎在托玛尔并非偶然,你们觉察到了其中的关联了吗?"

"我们就是在捕捉关联。"

---

① 指拿破仑。
② Michel Ney (1769—1815),拿破仑手下著名元帅。

"现在,拿破仑即将击败英国,他已几乎将欧洲的所有中心攫入手中,他通过法国的犹太人掌握了耶路撒冷派。他还缺什么呢?"

"还缺保罗派。"

"正是。但我们还没有定论,他们究竟到哪里去了。不过拿破仑倒提醒了我们,去他们所在的地方找,去俄国找。"

保罗派多世纪以来滞留在斯拉夫地区,所以很自然的他们以俄国各种神秘派系的名义重新改组了。亚历山大一世身边有个影响力很大的顾问就是加利钦亲王,他同受马丁教派启示的一些派别有联系。我们在俄国找到的那个整整早于拿破仑十二年同圣彼得堡秘密社团建立联系的萨伏依王朝的全权代表是谁呢? 是德·迈斯特。

这时,他已不信任任何光照派组织了,对他来说他们的所作所为同启蒙运动派完全一样,应对大革命的屠杀负责。事实上,在这一时期,他与巴吕埃尔不谋而合,反复提到一个想征服世界的撒旦派别,很可能是想到了拿破仑。所以,我们的这位大反动派建议诱惑马丁派各团体,那是因为他洞若观火,尽管受法德新圣殿骑士团的启示,但这却是唯一一个还未受到西方思想腐蚀的团体:保罗派。

不过,德·迈斯特的计划好像没有实现。一八一六年耶稣会会士被驱逐出圣彼得堡,德·迈斯特返回都灵。

"好吧,"迪奥塔莱维说,"我们找到了保罗派。暂且不谈拿破仑吧,他显然没有如愿以偿,否则他在圣赫勒拿只要打个响指,就会使他的敌人胆战心惊。现在所有这些人究竟发生了什么事呢? 我已经有点晕头转向了。"

"他们中的一半人已经人头落地了。"贝尔勃说。

九一

> 啊，您了不起地揭下了为通向敌基督铺路的那些邪恶派别的假面具……但有一种宗教您却点到即止。
> 西莫尼尼上尉致巴吕埃尔的信
> 引自《天主教文明》，一八八二年十月二十一日

拿破仑对犹太人的策略使耶稣会会士修正了自己的路线。巴吕埃尔的《回忆录》一开始没有包含任何影射犹太人的内容。但是在一八〇六年，巴吕埃尔收到了一个叫西莫尼尼上尉的信，他提醒巴吕埃尔，摩尼和山中老人都是犹太人，共济会为犹太人所建，犹太人已渗入了现存的所有秘密社团之中。

西莫尼尼的信在巴黎巧妙地流传开来，这就让刚刚召集"犹太最高法庭"的拿破仑感到为难。那种联系显然也使保罗派感到担忧，因为在那些年里，俄罗斯正教会的主教公会声明称："今天，拿破仑打算把所有因上帝发怒而流落在世界各地的犹太人联合起来，为了让他们推翻基督教并宣告他为真正的弥赛亚。"

善良的巴吕埃尔认可了这样的想法，即阴谋不只是共济会的主意，也是犹太人和共济会合谋搞的。而且，这种撒旦式的阴谋论有利于攻击新的敌人，即烧炭党，也就是"意大利统一运动"中反教权的父辈们，从马志尼到加里波第。

"但所有这一切都发生在十九世纪初，"迪奥塔莱维说，"然而大

规模的反犹太运动是在十九世纪末随着《锡安长老会纪要》的公布而开始的,该书出现在俄国人的圈子里。所以是保罗派倡导的。"

"这很自然,"贝尔勃说,"很清楚,那时耶路撒冷派分裂为三个分支。第一个分支通过西班牙和普罗旺斯的喀巴拉信徒去给新圣殿骑士团以启示,第二分支被培根派吸收接纳,他们变成了科学家和银行家。耶稣会会士反对的正是他们。还有第三分支,它在俄国确立了自己的地位。俄国的犹太人大多是小商人,他们放贷,所以穷困的农民憎恶他们;但是因希伯来文化是《圣经》文化,所有犹太人都会读会写,所以他们的崛起壮大了自由派和革命派知识分子的队伍。保罗派是神秘主义者,是反动派,他们与封建大地主相勾结,渗透进了宫廷。显然,他们与耶路撒冷派之间是不会协调一致的。所以保罗派热衷于损害犹太人的名声,并且通过犹太人——这是耶稣会会士教他们的——使自己的外部敌人——不管是新圣殿骑士团还是培根派——都陷入困难境地。"

九二

> 不应有任何怀疑。拥有撒旦全部力量的以色列凯旋国王的统治正在靠近我们这个尚未再生的世界；国王是犹太血统，敌基督的血统，他正在靠近世界权力的宝座。
>
> 谢尔盖·尼鲁斯《锡安长老会纪要》"结束语"

那个想法是可以接受的。只要想到是谁将《锡安长老会纪要》引到俄国就够了。

十九世纪末，一个颇具影响的马丁教信徒帕皮斯在尼古拉二世访问巴黎期间诱惑了他，后来他到了莫斯科，并带去了一个叫菲利普，或者菲利佩·尼泽·安塞尔姆·瓦绍的人。他在六岁时被魔鬼附身，十三岁时开始无照行医，又在里昂施行动物磁气疗法，他迷住了尼古拉二世，还使他的歇斯底里的妻子神魂颠倒。菲利普曾被邀入宫廷，被任命为圣彼得堡军事学院的医生，还被聘为国务顾问。

他的敌人决定用一个同样享有特殊威信的人物与其对抗以毁坏他的声誉。于是就找到了尼鲁斯。

尼鲁斯是个流浪僧侣，他身披粗呢僧侣服在森林里到处流浪（还能干什么呢？）夸耀自己有一把先知的大胡子，有两个老婆、一个小女儿，还有一位助手，还是情人，天晓得，所有这些人都专心地倾听他的话。一半像"上师"，和那些后来携款潜逃的"上师"差不多，一半像遁世者，和那些叫喊着世界末日即将来临的人没什么两样。事实上，他对敌基督策划的阴谋深信不疑。

尼鲁斯的支持者拟定的计划是让他被授予东正教神父的圣职，娶陪伴沙皇皇后的贵族小姐海伦娜·亚历山德罗芙娜·奥泽洛娃为妻（多一个妻子少一个妻子对他来说是无所谓的）。之后他就能听君主们忏悔了。

"我是一个温厚的人，"贝尔勃说，"但我开始怀疑罗曼诺夫王室家族被杀戮可能是为了灭口。"

总之，菲利普的拥护者指责尼鲁斯生活淫荡，天晓得他们说的有没有道理。尼鲁斯不得不离开宫廷，但此时有人伸出援手，把《锡安长老会纪要》的文本交给了他。鉴于当时所有人都分不清马丁派（受圣马丁启示）与马丁内斯派（马丁内斯·德·帕斯夸利的追随者，阿列埃很不喜欢他），又鉴于帕斯夸利据传是犹太人，所以使犹太人名誉扫地就等于使马丁教派名誉扫地，而使马丁教派名誉扫地就等于除掉了菲利普。

事实上《纪要》不完整的初版在一九〇三年已出现在圣彼得堡的《旗报》上。这份报纸是由反犹积极分子赫鲁舍万主办的。一九〇五年，在政府审查机构的批准下，《纪要》完整的初版匿名出现在一本书中，书名为"我们的灾难之源"，大概是由一个叫布特米的人编辑，他同赫鲁舍万一同参与创建了"俄罗斯人民同盟"，后来该组织改名"黑色百人团"，它网罗普通罪犯实施对犹太人的大屠杀以及极右翼的谋杀行动。布特米继续出版了该书的其他版本，这次是以他的名义出版的，书名为"人类之敌——来自犹太中央公署秘密档案的纪要"。

但这是些廉价的小册子。《纪要》更完整的版本，也就是后来在全世界翻译发行的版本是在一九〇五年面世的，它包含在尼鲁斯的《以小见大——敌基督是一种即将来临的政治可能性》一书的第三版中，是在红十字会地方分会沙皇行宫的庇护下出版的。该书的架构更广泛地涉及神秘学，该书落到了沙皇的手中。莫斯科牧首规定莫斯科所有的教堂都要诵读它。

"但是，"我问道，"《纪要》同我们的'计划'有何联系？既然这些《纪要》频频被提起，我们要读一读吗？"

"再简单不过了，"迪奥塔莱维对我们说，"总有出版商在重版这些东西，一开始出版时表现出义愤，声称是出于做文献记录的责任感，后来他们重印时就感到志得意满了。"

"他们是多么'高尚'呀。"

九三

> 我们熟知的和唯一能够在这些手段上同我们竞争的团体就是耶稣会。但我们能够毁坏耶稣会在愚昧的庶民眼中的形象,因为这个团体是一个暴露于外的组织,而我们却在幕后,保持隐秘。
>
> 《锡安长老会纪要》V

《纪要》据称是犹太拉比撰写,由二十四个纲领性声明组成。这些拉比的意图看上去相当矛盾,他们一会儿想废除新闻自由,一会儿则鼓励目无法纪、目无宗教。他们批判自由主义,但似乎发表激进左派归于资本主义跨国公司头上的纲领,包括利用体育与远程教育推行愚民政策。他们分析研究各种技术,想获取世界权力,他们赞扬金子的力量。他们利用人民的不满情绪,制造混乱,宣传自由主义思想,支持在任何国家发生的革命,然而也鼓励不平等。他们谋划着如何到处建立由拉比的"稻草人"控制的总统制。他们决心发动战争,增加军火生产和(萨隆也说过)修建地铁(地下的!)以便布雷毁坏大城市。

他们说为了达到目的可以不择手段,推崇反犹主义,因为这样既可以控制穷困的犹太人,又可以让异教徒对他们产生同情怜悯之心(代价很高,迪奥塔莱维说,但也很有效)。他们直白地说:"我们有无限的雄心壮志,有吞并一切的贪婪,有残酷无情的复仇愿望和强烈的仇恨。"（他们表现出了一种非凡的受虐倾向，因为他们颇有兴味地模仿大众眼中邪恶的犹太人，这种陈词滥调已在反犹太人的新闻报刊上散布开来，而且装饰着他们书籍的封面），他们决定放弃对古典著作与古代历史的研究。

"总之，"贝尔勃说，"犹太拉比是一群蠢货。"

"我们可不要开玩笑，"迪奥塔莱维说，"这本书很受重视，有一件事给我印象很深。虽然它想以多世纪以前古老犹太人的计划这一面目出现，但所涉及的全是世纪末法国的那些小论战。地铁被提及是由于在那个年代，右翼报刊抗议地铁公司中犹太人股东太多。因此，可以设想《纪要》是在十九世纪最后十年间在法国汇集而成的。"

"不过，给我留下了深刻印象的，"贝尔勃说，"是似曾相识的感觉。这些拉比讲述了一个征服世界的计划，而我们对此已有所闻。你们尝试用普罗万的地下通道替代地铁，凡是犹太人都替换成圣殿骑士，凡是犹太拉比都替换成分成六组的三十六个隐形者……我的朋友们，这就是普罗万的'计划'。"

九四

> 伏尔泰至死都是一个耶稣会会士：这难道有丝毫的怀疑吗？
>
> F·N·德·博纳维尔《被共济会驱赶的耶稣会会士以及断在共济会手里的利刃》，一七八八年，2，第七十四页

长久以来，一切都在我们的眼皮底下，而我们对此毫无觉察。六个世纪以来，六个团组为实现普罗万的"计划"而奋斗，每一团组都拿到那个"计划"的理想文本，改变一下主题，并归咎于对方。

玫瑰十字会在法国出现之后，耶稣会把矛头转向他们：通过损坏玫瑰十字会的名声来损坏培根派和刚刚诞生的英国共济会的声誉。

当耶稣会发明新圣殿骑士团时，吕谢侯爵将计划归于新圣殿骑士。抛弃了新圣殿骑士的耶稣会通过巴吕埃尔剽窃吕谢，但把计划归于所有的共济会。

培根派发起了反击。我们查阅了自由派和世俗主义者全部的论战文件，发现从米什莱和基内甚至加里波第和焦贝蒂都把"计划"归咎于耶稣会（这或许源于圣殿骑士帕斯卡和他的朋友们）。随着欧仁·苏的著作《流浪的犹太人》问世和主人公邪恶的罗丹先生——耶稣会阴谋的精髓——的出现，这一主题变得家喻户晓。然而我们在苏的著作中找到了更多的东西：一本逐字逐句模仿——不过提前了

半个世纪——《锡安长老会纪要》的著作。涉及的是《人民的秘密》的最后一章。书里耶稣会的邪恶计划在耶稣会会长罗特汉神父(历史人物)寄给罗丹先生(《流浪的犹太人》中的人物)的文件中解释得很详细。鲁道夫·德·盖罗斯坦(《巴黎的秘密》中的主角)获得了这份文件并揭示给民主派:"亲爱的勒布雷纳,您看这恶魔似的阴谋策划得多么好呀,如果不幸让这一阴谋得逞了,那将会给欧洲和世界带来多么骇人听闻的痛苦,多么恐怖的统治,多么可怕的独裁……"

这简直就是尼鲁斯为《纪要》写的序言。而苏将此话归咎于耶稣会(后来我们在《纪要》中看到算在了犹太人头上):"为达目的,不择手段。"

九五

> 不需要再找更多证据来确定玫瑰十字会的这个级别是由共济会的首领们巧妙地引进的……它的教义、仇恨与渎圣行为同喀巴拉、诺斯替派和摩尼教派是相同的,这就向我们指出了作者的身份,他们是信仰喀巴拉的犹太人。
>
> 莱昂·默兰《共济会,撒旦的犹太教堂》
> 巴黎,勒托,一八九八年,第一八二页

当《人民的秘密》问世以后,耶稣会看到"计划"算到了他们头上,只能采用任何人都还没有用过的唯一的进攻策略,通过西莫尼尼的信把"计划"归咎于犹太人。

因写了两本关于十九世纪魔法的书而出名的古热诺·德穆索,出版了《犹太人、犹太教和基督教徒的犹太化》,书中说犹太人利用喀巴拉,他们崇拜撒旦,因为有一个秘密分支直接将该隐同诺斯替教、圣殿骑士和共济会联系在一起。德穆索得到了教皇庇护九世赐福。

但是"计划"被苏演绎之后,又被另外一些不是耶稣会的人改写传抄。在一九一二年,《泰晤士报》曾揭示了《纪要》的内容源于《马基雅弗利与孟德斯鸠冥府对话录》。这本署名为莫里斯·若利的书是抨击拿破仑三世的一本自由主义小册子,在书中,作为独裁者犬儒主义象征的马基雅弗利同孟德斯鸠进行辩论。若利因这项革命举动而遭逮捕,他坐了十五个月的牢,并于一八七八年自杀身亡。《纪要》中犹太人的纲领几乎照抄照搬若利借马基雅弗利(主张为达目的不择手段)归咎于拿破仑的罪行。不过,《泰晤士报》没有觉察到(而我们却发觉了)若利肆无忌惮地抄袭了先于他的著作至少七年的苏的作品。

反犹女作家、热爱阴谋与"最高未知者"理论的内斯塔·韦伯斯特面对把《纪要》降为低级抄袭的这一事实,给我们提供了一个非常高明的直觉猜测,只有真正的领悟奥秘者或者寻找领悟奥秘者的猎手才会拥有这样的直觉:若利知晓奥秘,他了解"最高未知者"的计划,他仇恨拿破仑三世,于是把计划归于拿破仑,但这并不意味着计划不能独立于拿破仑而存在。鉴于《纪要》讲述的计划完全符合犹太人通常的所作所为,所以计划就是犹太人的计划。对我们来讲,只需遵循同一逻辑纠正韦伯斯特女士的看法:鉴于计划完全符合圣殿骑士的所思所想,所以计划就是圣殿骑士的计划。

而且我们的逻辑是基于事实之上的。我们非常喜欢布拉格公墓事件。那是一个叫赫尔曼·古德切的人的故事,他是普鲁士邮局的小职员,曾经出版过损害民主派人士瓦尔德克声誉的伪造文件,他指控瓦尔德克意欲刺杀普鲁士国王。他的面目被揭穿后,摇身一变成了保守派大地主的喉舌《十字报》的编辑。后来他以约翰·雷德克利夫(John Retcliff)爵士的名义撰写刺激性的小说,一八六八年写了《比亚里兹》。书中描写了发生在布拉格公墓的神秘情景,与大仲马在《约瑟夫·巴尔萨莫》开篇时描写光照派集会的情景很相似,"最高未知者"的头领卡廖斯特罗,还有参加集会的斯维登堡一起策划了王后的项链这一阴谋。在布拉格公墓里,以色列十二支派的代表聚集一堂,阐述他们征服世界的计划。

一八七六年,一本俄文小册子重现了《比亚里兹》中的一幕,写得好像真有其事。一八八一年，法国《当代》杂志也如法炮制，称消息来源可靠，是出自于英国外交官约翰·里德克利夫（John Readcliff）爵士之口。一八九六年，一个叫布尔南的人出版了《犹太人，我们的同时代人》，也引述了布拉格公墓中的那幕情景，并称颠覆言论来自大拉比约翰·里德克利夫（John Readclif）。然而后来的传说却称真正的里德克利夫是被犹太社会主义者费迪南·拉萨尔引到那个毁灭性的公墓去的。

这些计划和一八八〇年在（反犹太人的）《犹太学研究》上大致描绘的那些东西大同小异。该杂志公布了十五世纪犹太人写的两封信。阿尔勒的犹太人向君士坦丁堡的犹太人求助，因为他们遭到了迫害。君士坦丁堡的犹太人回信说："受摩西祝福的兄弟们，如果法国国王强迫你们改信基督教，你们就顺从吧，因为别无他途，不过你们要在心中保留摩西律法。如果他们剥夺你们的财富，你们就培养子女成为商人，逐渐将基督徒的财富收归己有。如果他们危害你们的生命，你们就培养子女成为医生和药剂师，让他们剥夺基督徒的生命。如果他们毁坏犹太教堂，那就培养你们的子女成为牧师和神职人员，以牙还牙。如果他们对你们施加其他欺辱，那就培养你们的子女成为律师和公证人，使他们介入所有邦郡的事务中，将基督徒置于你们的桎梏之下，你们就能统治世界，复仇雪恨。"

这仍然是耶稣会的计划，其源头是圣殿骑士的"计划"。变化很小，最低限度的置换：《纪要》自成一体。一个阴谋的抽象计划在阴谋与阴谋之间游弋。

当我们想方设法寻找把这个美丽的故事同尼鲁斯连在一起那缺少的环节时，我们遇到了沙皇可怕的秘密警察头子拉奇科夫斯基。

九六

> 掩护总是必要的。在掩护中蕴藏着我们大部分的力量。所以我们应当一直隐藏在其他社团的名义之下。
>
> 《关于光照派斯巴达和菲罗的最新论文》
> 一七九四年,第一六五页

正是在这些天,在阅读我们那些魔鬼作者的文章时,我们发现圣日耳曼伯爵在其各种乔装打扮之中,还有一个拉科基的化名,至少腓特烈二世驻德累斯顿的大使是这么称呼他的。黑森地伯——圣日耳曼显然死于他家里——说圣日耳曼来自特兰西瓦尼亚,他名叫拉戈斯基。插一句,夸美纽斯将他的《泛智慧篇》(当然是一部带有玫瑰十字会味道的作品)献给一个叫拉戈夫斯基的封建领主(在这个故事中有多少封建领主啊)。这是最后一块马赛克拼图,我在古堡广场的书摊上翻阅时,找到了一本关于共济会的德语书,匿名作者,在扉页上不知谁加了一个批注,称该书作者为卡尔·奥格·拉戈兹基。既然杀害了阿尔登蒂上校的那个神秘人物叫拉科斯基,我们总能够找到办法将我们的圣日耳曼伯爵纳入"计划"的轨迹中去。

"我们难道不会给这位冒险家太多的权力吗?"迪奥塔莱维心事重重地问道。

"不,不是的,"贝尔勃回答说,"这是必须的。就像在中国菜肴中加酱油。如果没有它就不是中国菜了。你看阿列埃很内行：他没有模仿卡廖斯特罗或者维莱莫。圣日耳曼是 Homo Hermeticus[①] 的精髓。"

彼得·伊万诺维奇·拉奇科夫斯基。一个开朗的人，献媚者，像猫一样既聪明又狡猾，天才的伪造家。他曾是一个小职员，后来同一些革命团体建立了联系，并于一八七九年被秘密警察逮捕，他被指控为谋杀德连泰尔将军的恐怖分子朋友提供庇护。他倒向警察一边并加入（瞧瞧，瞧瞧）了"黑色百人团"。一八九〇年，他在巴黎发现了一个生产炸弹用于在俄国搞谋杀的组织，他帮助警察在祖国逮捕了六十三个恐怖分子。十年之后发现，炸弹是他的人制作的。

一八八七年，他传播了一个自首了的革命者伊万诺夫写的信，信中肯定地讲，恐怖分子中大多数都是犹太人，一八九〇年，他又传播《一个前革命老人的自白书》，书中指控流亡在伦敦的革命分子为英国间谍。一八九二年，他出版了一本伪造的普列汉诺夫的书，书中指责民意党[②]的领导机构出版了那份《自白书》。

一九〇二年，他企图建立一个法俄反犹太人联盟。为达目的，他采用了类似玫瑰十字会的方法。他断言联盟是存在的，这样，随后就会有人创建它。不过他也采用了另外的技巧，机灵地将真相与假象混在一起，而真相显然对其有损，这样，就没人对假象置疑了。他在巴黎大肆传播一种针对法国人的神秘呼吁，号召支持总部设在哈尔科夫的"俄国爱国联盟"。在呼吁中，他攻击自己，称他想摧毁联盟，并预言他，拉奇科夫斯基，会改变主意。他责备自己使用像尼鲁斯这

---

① 拉丁文，赫耳墨斯主义的人。
② Narodnaya Volga，俄国革命组织，把恐怖活动视为迫使当局实行政治改革的方法。

种声誉不好的人，确是如此。

为什么将《纪要》归于拉奇科夫斯基呢？

拉奇科夫斯基的保护者是大臣谢尔盖·维特，一位想把俄国改造成现代国家的进步人士。为什么进步分子维特使用反动分子拉奇科夫斯基，这只有天晓得，不过，我们现在已做好了面对一切的准备。维特有一个政敌，叫埃里·德·锡安，此人曾经公开攻击他，使用的就是影射《纪要》某些片断的争议论点。但在德·锡安的文章中没有提到犹太人，因为他本人就是犹太人。一八九七年，奉维特之命，拉奇科夫斯基搜查了德·锡安在泰里泰的别墅，找到了德·锡安引用若利的书（或者引用苏的书）写成的小册子，书中将马基雅弗利—拿破仑三世的思想归于维特。拉奇科夫斯基发挥造假天才，用犹太人换下了维特，并使该书广为流传。德·锡安之名好像是为了使人联想起锡安而启用的，而且可以表明是一个犹太人的权威代表在谴责一个犹太人的阴谋。这就是《纪要》的诞生。后来，经过一系列操纵和谋划，这本书到了俄国。

所有这一切使我想起了德·安杰里斯关于秘密共治的那些故事。那是全部故事中最美好的一段——当然是我们的故事，不过也可能是历史上的美好一页，正如贝尔勃把他那些卡片拿给我看时，以狂热的目光暗示的那样——正在做殊死斗争的各团体相互残杀，使用的都是和对方相同的武器。"一个优秀渗入者的首要职责，"我评论说，"就是诬赖他渗入的一方的那些人为间谍。"

贝尔勃说："我想起了在×××的一段往事。我常常在傍晚时分，在大街上碰到一个叫雷莫或类似名字的人，他坐在一辆黑色巴里拉轿车里。他蓄着黑色小胡子，一头黑色卷发，穿着黑色衬衫，连牙齿也是黑色的，是吓人的龋齿。他在亲吻一个少女。我憎恨那些黑色的牙齿亲吻美丽的金发少女,我都记不得她的脸长什么样,但对我来说她既是处女又是妓女,是永恒女性的化身。我为此极为冲动,浑身发抖。"他本能地以优雅的语气诉说着具有讽刺意味的想法,很清楚是记忆中那无辜的忧郁使他激动不已,"我一直在想为什么这个属于黑色旅的雷莫能够到处抛头露面,甚至在×××还没被法西斯占领的时期就如此大摇大摆。人们告诉我说,大家都在窃窃私语说他可能是打进敌人内部的游击队队员。究竟是不是,不得而知。一天晚上,我又看到他在那辆黑色的巴里拉车内,用同样的黑牙齿亲吻那个金发少女,但这次他脖子上围了一块红色的手帕,穿着卡其色衬衫。他已经加入加里波第军团了。大家都向他表示祝贺,他也取了一个战斗的名字,X9,像是他在《冒险家》上看到的亚历克斯·雷蒙德笔下的人物。人们都赞扬他,X9,好样的……而我却更憎恨他,因为他得到人民的首肯,占有了那位少女。但是也有一些人说他是打进游击队中的法西斯,我想说这话的人可能也想拥有那个女孩,于是,X9受到怀疑……"

"那后来呢?"

"对不起,卡索邦,为什么您对我这些私人故事感兴趣?"

"因为您在讲述,而这些述说是集体想象的产物。"

"Good point.①听我继续说,有一天早晨,X9驱车去郊外,也许他同那位少女约在野外,为了比那可怜的亲吻更进一步,为了显示他的阴茎不像他那一口烂牙——请你们谅解,我仍然难以喜欢他——总之,法西斯设了埋伏,捉到他后带进城里,在第二天早晨五点钟把他处决了。"

暂停。贝尔勃看着双手,他合掌好像做祈祷似的。然后他又松开双手说:"这就证明他不是法西斯的间谍。"

---

① 英文,说得好。

"这故事的寓意是什么呢?"

"谁说故事都必须有寓意呢?但是回过头来想一想,也许它想告诉人们,为了证明某件事,常常需要付出生命。"

九七

我是自有永有的。

《圣经·旧约·出埃及记》第三章第十四节

我是自有永有的。一句赫耳墨斯学的格言。

布拉瓦斯基夫人《揭开面纱的伊希斯》，第一页

"你是谁？"三百个声音同时在发问，此时二十把利剑在更靠近的幽灵手中闪闪发光……

"我是自有永有的。"他说。

大仲马《朱塞佩·巴尔萨莫》，Ⅱ

我在第二天早晨再次见到贝尔勃。"昨天我们给连载小说添上了漂亮的一段，"我对他说，"但是也许如果我们想让'计划'可信的话，我们就应当更贴近现实。"

"什么样的现实？"他问我，"也许只有连载小说能给我们提供现实的真正维度。他们骗了我们。"

"谁？"

"他们使我们相信，一方面是伟大的艺术，它代表了在典型环境里的典型人物，另一方面是报刊的连载小说，讲述在非典型环境里的非典型人物。我想一个真正的花花公子也许永远不会同郝思嘉做爱，也不会同波那瑟太太①抑或拉布安的'珍珠'②做爱。我写连载小说玩，是为了在生活之外散散步。我很放心，因为本来就是不可能的。然而并非如此。"

"并非如此?"

"是的。普鲁斯特说的对:糟糕的音乐比庄严的弥撒曲能更好地代表人生。艺术捉弄我们又向我们保证,让我们看到一个艺术家所追求的世界。连载小说假装在开玩笑,但是它让我们看到的世界却是原原本本的世界,或者至少是世界将来的本来面目。女人们更像米莱迪[3]而不是露琪亚·蒙代拉[4],傅满洲[5]比智者纳坦[6]更真实,历史更像苏讲述的那样,而不是像黑格尔的理论。莎士比亚、梅尔维尔、巴尔扎克和陀思妥耶夫斯基都写过连载小说。真正发生的事情也就是报刊连载小说预先讲述的那些。"

"事实是模仿连载小说比模仿艺术更容易。要成为蒙娜丽莎工程浩大,而要成为米莱迪却只需遵循我们图方便的天性。"

这时一直缄默不语的迪奥塔莱维开口说话了:"看看我们的阿列埃。他感到模仿圣日耳曼比模仿伏尔泰更容易。"

"是的,"贝尔勃说,"其实,就连女人们也觉得圣日耳曼比伏尔泰更有趣。"

后来,我找到这个文档,贝尔勃在其中用小说语言概述了我们的结论。我说是以小说的语言,是因为我意识到他对重组故事乐在其中,只增加了不多的连结句。我识别不出所有的引语、抄袭、引用,但我认出了这拼贴里的许多碎片。为了逃避历史的焦急与不安,贝尔

---

① Constance Bonacieux,大仲马小说《三个火枪手》中的男主人公达达尼昂的情人。
② Perla di Labuan,意大利作家埃米利奥·萨尔加利(Emilio Salgari,1862—1911)的印度马来西亚系列小说中的男主人公桑多坎的爱人。
③ Milady,《三个火枪手》中红衣主教的阴谋执行者。
④ Lucia Mondella,意大利作家亚历山德罗·曼佐尼(Alessandro Manzoni,1785—1873)的小说《约婚夫妇》中的女主人公。
⑤ Fu Manchu,英国推理小说家萨克斯·洛莫(Sax Rohmer,1883—1959)的系列小说中的人物。
⑥ Nathan der Weiser,德国作家戈特霍尔德·埃夫莱姆·莱辛(Gotthold Ephraim Lessing,1729—1781)同名剧作中的人物。

勃再一次通过写作,书写与重新审视人生。

圣日耳曼卷土重来.doc

  已经有五个世纪了,上帝的复仇之手将我从亚洲的深处推到这片土地上。我带来了恐慌、悲伤与死亡。但是,好吧,我现在是"计划"的公证人了,尽管别人还一无所知。我见证过更坏的事,谋划圣巴托罗缪之夜①给我带来的烦扰超过了我准备好承受的限度。唉,为什么我的双唇呈现出撒旦般的微笑?我就是那个人,如果该死的卡廖斯特罗没有把这最后的权利也从我这里夺走的话。

  不过胜利在望。当我曾是凯利时,索阿佩斯在伦敦塔里教会了我一切。秘密在于变成其他人。

  我采用狡黠的欺骗手段,使朱塞佩·巴尔萨莫监禁在圣莱奥要塞中,而我掌握了他的那些秘密。作为圣日耳曼的我消失了。现在所有人都相信我是卡廖斯特罗伯爵。

  城里的所有钟摆刚刚敲响过午夜的钟声,多么不自然的宁静。这种静谧对我而言毫无用处。夜晚是美好的,尽管很冷,明月高悬,冰冷的月光照着旧巴黎拒人于千里之外的街巷。可能已是夜里十点钟:黑衣修士修道院的钟楼刚刚缓慢地敲响了八点钟。风吹动宽阔荒芜屋顶上的铁风向标,发出了凄凉刺耳的吱嘎声。厚厚的云层又覆盖了天空。

  船长,我们在上升吗?不,相反,我们在下沉。该死,过不久

---

① 1572年8月24日夜里在巴黎发生屠杀法兰西新教人士的惨案,策划者是卡特琳·德·美第奇,执行者是坚持天主教的贵族和其他公民。

"巴特那号"将会沉没,跳,七海吉姆,跳。为了摆脱极度的痛苦,我情愿付出核桃大的钻石作为代价!拉开舷舵柄杆,后樯纵帆,前桅上桅帆,还有什么需要的,该死的主人,风还在那里猛吹!

我恐惧地咬紧牙关,此时,死亡的灰白泛上了我那泛绿微红的蜡黄面颊。

我是怎么落到了这步田地的?我本该代表复仇的形象!地狱的幽灵将轻蔑地讥笑我的眼泪,而我发出的威胁之声曾常常使这些烈火燃烧的深渊中的幽灵战栗。

现在好了,有了一把火炬。

在深入这个陋室之前,我要下多少级阶梯呢?七级?三十六级?我走的每一步、触摸的每一块石头上都有一个象形文字。等到我揭开它的真面目的时候,"秘密"就大白于天下了。之后,就只要解密它,而答案将是"关键",背后隐藏的就是"密文",它将对领悟奥秘者,而且只是对他们清楚明确地说出"谜"的本质。

从谜到解密的过程很短,闪闪发光的神秘文字浮现出来,询问式的祈祷在其中更臻完美。然后,再不会被任何人忽略,"奥秘",面纱,被子,覆盖五角星符的埃及挂毯。朝着光明宣布五角星符的"神秘意义","喀巴拉的提问",对此,只有少数人能以雷霆般的声音就"不可思议的符号"做出回答。三十六个隐形者躬身听取后,将会给予回答,用北欧古代的一种符号阐明,这种符号的含义只对赫耳墨斯的子女公开,并将"戏弄人的封印"交给他们,在面具的后面就是他们寻求揭露的面貌,即"神秘的雷比斯","至尊的字谜游戏"……

"播种者阿列波!"我喊叫的声音足以使幽灵发抖。阿列波放下了用他那双杀人犯的手机灵操作的轮盘出现了,他愿意听从我的指挥。我认出了他,我已经猜到他是谁了。他是卢恰诺,那个残疾的送货人,"最高未知者"指派他来完成我那臭名昭著的血腥任务。

"播种者阿列波,"我嘲讽地问道,"你知道隐藏在'至尊的字谜游戏'后面的最终答案是什么吗?"

"不知道,伯爵,"他轻率地回答,"我在等你说呢。"

从我那苍白的口唇里发出了阴森可怖的笑声,在古老的拱顶下回荡。

"太天真了!只有真正的领悟奥秘者才知道自己不知道!"

"对,主人,"残疾人以嘶哑的声音回答,"如您所愿,我听候您的吩咐。"

我们置身于巴黎近郊克里尼安古区一间肮脏陋室中。今晚我要惩罚你,首先是你。你领我入门,让我掌握了高超的犯罪艺术。我要向你报仇雪恨,你假装爱我,更恶劣的是,你居然自己也相信了,我也要向下周与你共度周末的那些不知名的敌人报复。卢恰诺见证了我的屈辱,他将把唯一的一只臂膀借给我,然后死去。

这间陋室的地板上有一个活板门,通向某个隘谷、储藏仓库、地下坑道,大概从久远年代起就用来储存走私物资,它潮湿得令人难受,因为它通往巴黎的下水道,那是犯罪的迷宫,它那古旧的墙壁散发出莫可名状的恶臭。在为邪恶效忠的卢恰诺的帮助下,只要在墙上打一个洞,水就滚滚涌入,淹没地下室,推倒已摇摇欲坠的墙壁,坑道就同下水道其他部分连在一起。现在那里到处漂浮着发臭的死老鼠,从活板门可隐约看到下面发黑的水面,现在已成了通向夜间沉沦的前厅:遥远的塞纳河,然后是大海……

活板门上悬有一个木梯,固定在上方边缘,卢恰诺手中拿着一把刀,爬在露出水面的梯子上:他一只手把住梯子的第一道横桩,另一只手紧握着刀,第三只手准备揪住牺牲品。"现在,你等着瞧,不要出声。"我对他说。

我劝你除掉所有带疤痕的男人——跟我来,你要永远属于我,我们要消灭所有不合时宜的人,我很清楚,你不爱他们,你对我说过,只有你和我,还有地下潮流。

现在你进来了,像贞女一样高傲,又蜷曲僵硬得像一个泼妇——啊,地狱的幻象,你搅动我那百年强壮的身躯,把我的胸脯紧紧地嵌夹在我的欲望之中,啊,出色的混血儿,让我堕落的工具。我用钩状的双手将装饰我胸脯的优质亚麻布衬衫撕开,用指甲将胸脯抓出一道道血痕,此时此刻,灼热的剧痛使我那冰凉如蛇鳞的双唇发烫。一声沉闷的吼声从我灵魂黑暗的洞穴里升起,冲破了不驯服的牙齿——我是来自地狱的半人半马的怪物——蝾螈的飞翔之声几不可闻,所以我克制住喊声,带着凶恶的微笑靠近你。

"我亲爱的,我的索菲亚,"我展现出猫样的优雅,只有俄国社会安全和秩序保卫局的头目才会这样说话,"来吧,我在等你,同我一起隐藏在黑暗之中,等一下——你在咯咯地笑,笑弯了腰,为获得某些遗产或者赃物,获得一份要出卖给沙皇的《纪要》手稿而提前乐不可支了……你是多么懂得把你那魔鬼的本性隐藏在天使的容貌之后,被雌雄同体般的蓝色牛仔裤害羞地包住,那几乎透明的T恤掩盖着里尔的刽子手在你白皙的肌肤上印下的臭名昭著的百合花!"

第一个蠢货到了,是由我引入圈套的。我好不容易辨认出了他的样貌,他被披风包裹着,但还是露出了普罗万圣殿骑士的痕迹。他是索阿佩斯,托玛尔团伙的刺客。"伯爵,"他对我说,"时机到了。好多年了,我们散落漂泊在世界各地。您有密文的最后那部分,我拥有这场'大游戏'开头的那部分。但这是另一个故事。让我们联合起来吧,其他人……"

我把他的句子补充完整:"其他人下地狱去吧。去吧,兄弟,到房间中央去,那里有一个匣子,里面有你多世纪以来孜孜以求的东西。不要惧怕黑暗,它不会威胁我们,只会保护我们。"

那蠢货移动脚步,几乎是摸索着向前走。低沉的扑通一声。他掉进活板门里了,在水面上的卢恰诺抓住了他,挥舞起他的刀,喉咙被一刀割开,血流如注,咕噜咕噜地向外涌出,同泛泡的阴沟污水混在了一起。

有人在敲门。"是你吗,迪斯雷利?"

"是我,"陌生人回答我说,我的读者们可能认出那人是英国团组的大首领,他现在已经爬到了权力的顶峰,但仍不满足。他说:"My lord, it is useless to deny, because it is impossible to conceal, that a great part of Europe is covered with a network of these secret societies, just as the superficies of the earth is now being covered with railroads ... ①"

"你已经在一八五六年七月十四日告诉给下议院了,一点也瞒不过我。让我们进入主题吧。"

这个培根派的犹太人轻声骂了一句,接着说:"他们人太多了。三十六个隐形者现在是三百六十个了。将这个数乘以二就成了七百二十。减去一百二十年——在一百二十年时那些门就被打开了——还有六百,就如同在巴拉克拉瓦战役②中投入冲锋的人那样多。"

---

① 英文,我的爵爷,无需否认,因为欧洲大部分被这些秘密团体的网络覆盖这一事实人尽皆知,就如同地球现在被铁轨覆盖一样……
② 1854 年,克里米亚战争期间,英国人派出六百人向俄军阵地发起冲锋,全部牺牲。

机灵鬼,数字对他来讲无秘密可言。"那又如何?"

"我们有金子,你有地图,我们联合起来,将无敌于天下。"

我以庄重的姿态用手指向那个只存在于幻觉中的匣子,他被渴望冲昏了头脑,以为在阴影里瞥见了它,于是抬步向它走去,掉了下去。

我看到了卢恰诺的刀刃闪耀出邪恶的寒光,尽管一片黑暗,我听见了瞳孔还在沉默地闪光的英国人嘶哑的喘气声。正义得到了伸张。

我在等待第三个人,法国玫瑰十字会的人,蒙福孔·德·维拉尔,他准备出卖他的派别的秘密,这一点我已有耳闻。

"我是加巴利斯伯爵。"他自我介绍,虚伪而昏庸。

我只低声嘟囔了几句就引他去向了他命运的归宿。他掉了下去,嗜血成性的卢恰诺完成了使命。

你在暗处同我一起微笑,并对我说,你是我的,而我的秘密将是你的。你大错特错了,舍金纳邪恶拙劣的模仿。是的,我是你的西莫内,你等着吧,后面还有更精彩的。而当你知道了以后,你就再也不会知道了。

还要补充什么? 一个一个地他们都进来了。

布列夏尼神父告诉我,魏萨普的重孙女因特拉肯的芭贝特要来,出面代表德国的光照派,她是瑞士共产主义的伟大贞女,在大吃大喝、劫掠与血腥的环境中成长,是骗取难以企及的秘密的行家里手,她能打开密函而不破坏封印,按照指示下毒药,在这些方面堪称专家。

年轻人进来了,她真是罪恶的精灵,身上裹着北极熊毛皮衣,金色的长发从那自负的皮帽下倾泻而下,目光傲慢,表情讥讽。我用老法子将她引向毁灭。

啊,语言的嘲弄——这是大自然给予我们的天赋,以便使我们灵魂中的秘密沉默不语!光照派的这位女教徒沦落为"黑暗"的牺牲品。我听到她可怖的叫骂声,她宁死不屈,此时卢恰诺正挥舞他的利刃,两次刺中了她的心脏。似曾相识,似曾相识……

这次该轮到尼鲁斯了,他曾经以为既拥有沙皇皇后,又拥有地图。卑鄙下流的好色僧侣,你想要敌基督吗?他就在你面前,你却视而不见。我以千百种的神秘诱惑,像领瞎子一样地引他走向等待他的臭名昭著的圈套。卢恰诺撕开了他的胸膛,划出了一个十字形的刀口,于是他沉睡在永恒之中。

我应当克服祖传的对最后一个的不信任,这最后一个就是犹太拉比,他自称亚哈随鲁,"流浪的犹太人",像我一样长生不老。他的胡须上还有着在布拉格公墓大屠杀时沾上的幼嫩基督徒的鲜血,他那虚情假意的微笑不能取信于人。他知道我就是拉奇科夫斯基,我要比他更狡猾。我让他明白,匣子里不仅仅藏有地图,而且还有未经切割打磨的钻石。我知道未加工的钻石对这个弑神的天才有多大的诱惑力。他在贪婪的驱使下,走向他命运的归宿,而当他像希兰一样被刺而亡时,他咒骂他的上帝残酷,复仇心重。他现在很难再咒骂了,因为他连他的上帝的名字也叫不出来了。

我天真地以为完成了"伟业"。

像刮过了一阵旋风,陋室的门再次打开了,出现了一个身影。青灰色的面容,僵硬的双手虔诚地放在胸前,游移的眼神难以掩盖其本性,因为他身着他那黑色社团的黑色服装。罗耀拉之子!

"克雷蒂诺!"我为错觉所误喊了一声。

他抬起手做了一个虚伪的祝福姿态。"我不是我。"他对我说这话时,露出了非人的笑容。

他说的是实话,这是他们惯用的伎俩:有时他们向自己人否认自己的存在,有时又大肆宣扬他们社团的威慑力吓唬懦夫。

"我们不是你们所想的那种人,彼列[①]之子(现在这个君主的诱惑者说)。但是,你,啊,圣日耳曼……"

"你怎么知道我到底是谁?"我乱了阵脚。

他的笑容带有威胁性:"你是在别的年代里认识我的,当时你千方百计把我从波斯特尔的床边拉走,还有一次我用的是埃尔布莱修道院院长的名字,我从巴士底狱的中心引导你降世为人(哦,社团在科尔贝的帮助下让我忍受铁面具之苦。我到现在仍铭记于心!)。还有一次我监视你同霍尔巴赫与孔多塞开秘密会议……"

"罗丹!"我如同被雷电所击,喊了一声。

"是,罗丹,耶稣会的秘密会长!你骗不了我,我不会像其他天真汉那样掉进活板门里去。你要知道,啊,圣日耳曼,为了我们那为达目的不择手段的上帝的最高荣耀,我们早在你们之前就发明出了所有罪行、人祸、阴谋陷阱,为了达到统治世界的目的,我们让多少戴着王冠的头颅跌落在精心设计的陷阱里,从此看不到天明。现在我们离目标只有一步之遥,你想阻挡我们把贪婪的手伸向五个世纪以来推动世界历史的那个秘密吗?"

罗丹说这话时,变得很可怕。所有文艺复兴时期的教皇们身上昭然若揭的血腥、渎圣和罪恶的野心本能,现在都写在了那

---

① Belial,见《圣经·新约·哥多林后书》第6章第15节。

位依纳爵后代的脸上。我清楚地看到:一种对统治欲永不满足的渴求在他不洁的血液里涌动,滚烫的汗水淹没了他,令人恶心的蒸汽笼罩了他全身。

如何打击这最后一个敌人呢?我脑海里出现一个意想不到的直觉,这是只有多世纪以来灵魂秘密没有受到侵犯的人才会有的直觉。

"你看我,"我说,"我也是一只'老虎'。"

只一下,我就把你推到了房间中央,我撕开了你的T恤,扯断掩盖你迷人的琥珀色肚皮的贴身甲胄的皮带。现在,在从半掩着的门缝中透进来的惨淡月光中,你挺立着,比诱惑亚当的蛇更漂亮傲慢而淫荡,是贞女也是妓女,你只有肉体的力量,因为裸体的女人就是武装的女人。

埃及人那种梳成条状的发型降临到你一头浓密的长发上,乌黑泛蓝。乳房在轻柔的薄纱下颤动。在你那狭小凸起而又固执的前额上缠绕着眼镜蛇的金冠饰。那蛇的眼睛闪着绿宝石的光,红宝石做的三叉舌吐着信子。啊,你那泛着银光的黑纱紧身衣被一条用黑色珍珠点缀的不祥的彩虹色围巾包裹着。你那微微隆起的阴部已剃光了阴毛,为了在你情人们的眼里像雕像那样、以全裸的姿态出现!你的两个乳头已经被你那个来自马拉巴尔的女奴用毛刷刷上了与你口红相同的胭脂红,犹如伤口般诱人!

罗丹现在急促地喘气。他长期禁欲,一生都在梦想权势,这些只会助长他无法控制的欲望。面对这个美丽的不知羞耻的女王,面对这个有着一双魔鬼般黑色眼睛、肩膀溜圆,秀发散发着芳香,肌肤柔软白皙的女人,罗丹沉浸在对未知的爱抚与难以言状的快感的渴望之中,他的肉体在颤抖,像森林之神在凝视映现在水中的赤裸仙女的倒影,这水已经要了那喀索斯的命。在逆光下,我猜测他激动得难以自控地咧嘴奸笑,他像被美杜莎石化了似的呆呆发怔,受到压抑而日薄西山的男性激情化成了一尊石像。淫欲之火折磨着他,拧绞着他的肉体,正如瞄准了拉满的弓弦,紧绷得随时就要折断。

突然他倒在了地上,在这一幻象面前爬行,他的手像爪子一样伸向前方乞求一口长生不老水。

"啊,"他嘶哑地喘着气,"啊,你是多么美丽,啊,你张开丰满的红唇时露出小母狼的小牙齿在闪闪发光……啊,你那双碧绿色的大眼睛一会儿炯炯有神,一会儿暗淡无光。啊,享乐的魔鬼。"

这个可怜的人说的对,你现在扭动被浅蓝色牛仔裤紧裹的臀部,发狂地用耻骨推动弹子球桌。

"啊,幻觉,"罗丹说,"你会属于我的,哪怕只有一瞬间,给一生为嫉妒之神效力的人片刻的欢愉,用刹那的纵欲慰藉永恒的欲火,这欲火是你的幻象现在在我身上点燃起来的。我求求你,用你的双唇轻轻触舔一下我的面颊,你是安提诺乌斯,你是抹大拉的马利亚,你是被迷醉弄得神魂颠倒的圣女,你是我虚伪地崇拜贞女面貌时的贪欲对象,啊,圣母,你娟美如太阳,皎洁如月亮,这不,我否定上帝,否定诸圣,还有罗马教皇,我还要否定罗耀拉,否定我为社团许下的罪恶誓言,我只恳求一个吻,我死而无憾。"

他用麻木僵硬的膝盖跪着又向前爬行了一步,把僧袍撩到了腰部,手进一步伸向这难以企及的幸福。突然他向后倒了下去,眼睛似要从眼窝中跳出,猛烈的痉挛使他的面部线条产生了非人的震颤,就如同伏打电池作用于死尸面孔的那种震动。泛蓝的口沫染得他的口唇发紫,从他的口中发出了唑唑的响声和哽咽声,如同狂犬病病人发出的声音,因为当这种可怕的疾病,即男子淫狂达到阵发性阶段时,是对淫欲的惩罚,有着与狂犬病相同的症候。

最后的时刻到了,罗丹爆发出无意义的笑声。他昏倒在地上,一动不动,如死尸般僵冷。

转瞬间,他变成了疯子,负罪而死。

我仅仅把他的躯体推向活板门,小心翼翼地推,避免这最后一个敌人油腻的僧袍玷污我上了鞋油的尖长翘头鞋。

不需要卢恰诺举起那杀人的刀了,但是杀手难以控制自己的行为,他不由自主地重复着杀人的动作。他大笑着用刀捅向已无生命的尸体。

现在,我同你一起走到活板门的边缘,我抚摸着你的项颈,而你俯身欣赏那场面,我对你说:"我难以企及的爱,你满意你的惊险经历吗?"

正当你淫荡地奸笑着表示满意并将口水滴到了空洞里时,我不知不觉地将手指捏紧,你在干什么,亲爱的,什么也不干,索菲亚,我要杀了你,现在我已是朱塞佩·巴尔萨莫,我不再需要你了。

阿尔康的情人死了,她掉进了水里。卢恰诺又捅了一刀,验证我那无情之手做出的判决,我对他说,"现在你可以上来了,我的心腹,我的罪恶灵魂。"他上来时背对着我,我用锋利的三刃尖刀刺入他的肩胛骨,这样的刺法几乎不留刀痕。他也掉下去了,我关闭了活板门,结束了,我离开了那间陋室,此时八具尸体沿着只有我知晓的地下通道漂浮,流向沙特莱。

我又回到了圣奥诺雷市郊我那间小公寓里,我照了照镜子。我对自己说,现在我就是"世界之王"。我从中空的塔尖上统治世界。有时候我的权势使我头昏目眩。我是掌控能量的大师。

我沉醉于权势。

　　唉，人生的复仇总会到来。几个月之后，在托玛尔古堡最深处的地下室里，我作为地下潮流秘密的主人、三十六个隐形者的六个圣地的僭主、最后的圣殿骑士中的最后一人和所有"最高未知者"中的"最高未知者"，我要娶切奇莉娅为妻，她是一个有着冰冷眼睛的两性人，现在没有任何东西能把我同她分开了。自从她被一个吹萨克斯管的人从我身边夺走之后，我花了几个世纪又找到了她。现在她在长凳的靠背上摇摇晃晃地行走，金发碧眼，在她那薄得透明的轻纱下还有什么，我不得而知。

　　小教堂像是从岩石中挖掘出来似的，祭坛上方有一幅令人不安的画，描绘了在地狱深处对罪犯施行酷刑的情景。一些戴风帽的僧侣阴郁地列队行进，可我并未感到不安，伊比里亚的幻想使我着迷……

　　但是——太可怕了！——画布被掀起来了，在它背后，即在阿奇姆博多的杰作后面，出现了另一个小教堂，和我先前在的那个小教堂颇为相似，切奇莉娅跪在祭坛前面，在她旁边——我的前额挂满了冰冷的汗珠，我的头发根根直立——我看到谁在嘲讽地炫耀他的伤疤？另一个真正的朱塞佩·巴尔萨莫，他被人从圣莱奥的牢房里放出来了！

　　而我呢？这时，僧侣中的长者掀开了风帽，我认出了卢恰诺的可怕微笑，天晓得他是如何从我的尖刀下逃脱的，下水道的混浊泥血本应将他的尸体载到海洋寂静的深处，现在他却倒向渴望向我复仇的敌人一边。

　　僧侣们纷纷脱掉了僧袍，显露出隐藏着的甲胄，在雪白的斗篷上绣有鲜红色的十字，闪闪发光。他们是普罗万的圣殿骑士！

　　他们抓住了我，迫使我转过头去，在我后面出现了一个刽子手,还带着两个畸形的助手,我在一个类似权杖的东西前面被压弯了腰,被打上烙印,作为狱卒永恒的战利品献祭。巴风特臭名昭著的微笑永远印刻在我的肩膀上——现在我明白了,他们就是为了让我能够取代圣莱奥的巴尔萨莫,换句话说,重新占有自古以来指定给我的那个位置。

但是有人会认出我来的,我对自己说,因为大家现在都认为我就是他,即那个罪人,会有人向我伸出援助之手——至少我的同谋——不可能把一个囚犯掉包而不被任何人发觉,现在已不再是"铁面人"的年代了……太天真了!刹那间我明白了,刽子手将我的头按在一个铜盆上,从盆中逸出淡绿色的蒸汽……硫酸盐!

他们用一块布蒙住我的眼睛,将我的脸按到那毁容的液体上,一阵刀割般难以忍受的疼痛,只一瞬间,我的面颊、鼻子、口唇和下巴的皮肤皱缩成团,脱皮掉屑,当我被揪着头发提起来时,我的面孔已无法辨认了,成了一个脊髓痨病、天花病患者的形象,一个难以名状的什么都不是的样子,一首为厌恶高唱的赞歌。我将回到牢房,就像很多被重新抓回的逃犯,他们勇敢地将自己毁容,妄想逃脱追捕。

啊,我发出了失败的喊声,用小说家的话来讲,从我那被腐蚀的口唇中说出的话,发出的叹息声,是一种希望的呐喊:赎救!

但赎救从何说起呢,老探险家,你对此很明白,你不应梦想成为一个主角!你已得到惩罚,以其人之道,还治其人之身。你羞辱了幻想的作家,现在——你看——你书写,用机器当遁词。你幻想自己是一个旁观者,因为你在屏幕上阅读,就好像那些字句是别人写的,但是你已落入陷阱了,所以你努力在沙盘上留下痕迹。你竟敢改变世界传奇故事的原文,那么世界传奇故事就将你扯进它的那些阴谋之中,把你紧紧地缠绕在让你无奈的纠葛之中。

七海吉姆,还不如留在你那些岛屿上呢,她会认为你已经死了。

九八

> 国家社会主义德意志劳工党不能容忍秘密会社的存在，因为它本身就是秘密会社，它有大首领，有自己的种族主义教义、习俗和入会仪式。
>
> 勒内·阿洛《纳粹神秘学探源》
> 巴黎，格拉塞出版社，一九六九年，第二一四页

我认为正是在这一时期，阿列埃逃脱了我们的控制。贝尔勃以极为冷漠的语气做出这样的表述。我再一次将此归咎于他的嫉妒。阿列埃对洛伦扎施加的影响不声不响地困扰着他，他大声疾呼并讥笑阿列埃对加拉蒙施加的影响。

这也许还是我们的过错。阿列埃对加拉蒙的诱惑大约始于一年前，从皮埃蒙特的炼金术盛宴那天起。加拉蒙将自费作者的档案交给了他，希望他识别需要激励的新受害者，充实"揭开面纱的伊希斯"的目录，他此后做出每一项决策之前都要征询他的意见，当然每月都会给他开出酬金支票。古德龙，这位在通向走廊尽头的马努齐奥出版社那安逸王国玻璃门的那一边完成定期调研的人，不时以关切的口气对我们说，阿列埃实际上已经进驻格拉齐亚女士的办公室，他叫她听写书信，在加拉蒙办公室引荐来访者，总之——说到此处，恼恨使古德龙略去了更多元音——他以老板自居。我们真该想想，为什么阿列埃花那么多时间翻阅马努齐奥出版社的通讯录。他有足够的

时间找出有潜力的自费作者,挑动他们成为"揭开面纱的伊希斯"的新作者。然而他在继续不断地写信、联系和召见他们。我们归根到底是在鼓励他自行其是。

这种情况并没有使贝尔勃不高兴。阿列埃去瓜尔迪侯爵街越频繁,就意味着他来辛切罗·雷纳托街越稀少。所以洛伦扎·佩雷格里尼某些时候突然闯入——对洛伦扎的闯入,贝尔勃越来越表现出哀婉动人的容光焕发,现在他毫不掩饰自己的激动——因"西莫内"突然来到而形成的尴尬场面的可能性就愈小。

这对我也并无不妥,现在我已经对"揭开面纱的伊希斯"失去了兴趣,却愈加沉湎于我的魔法史。我认为已经从魔鬼作者那里学到了我能够学到的一切,就让阿列埃去负责同新作者的联系(和签订合同)。

迪奥塔莱维也不会不高兴,似乎世界对他而言越来越不重要。现在回过头来想想,他消瘦得令人担忧,有好几次我在办公室看见他低头看书稿,眼睛无神,笔快要从手中掉下去了。他不是昏昏入睡,而是过度劳累精疲力竭了。

我们接受阿列埃越来越少露面,把未采用的稿件还给我们就在走廊里消失了,还有另一个原因。实际上,我们不想让他听到我们的谈话。如果有人问我们为什么,我们或许会说我们这么做是出于羞愧,或者出于体贴,因为我们正在拙劣地模仿他在某种程度上信奉的玄学。事实上,我们如此对待他是出于不信任,我们像所有知道自己掌握秘密的人那样逐渐抱有一种自然的保留态度,我们不知不觉地把阿列埃归到世俗的人群中去,因为我们慢慢地越来越认真地了解我们所发明的东西了。另一方面,正如迪奥塔莱维心情好时说的,现在我们有了一个真的圣日耳曼,就不知道拿假的圣日耳曼怎么办了。

阿列埃似乎对我们的保留态度并不介意。他向我们彬彬有礼地道别后悄然离去。这种风度现在已接近傲慢了。

一个星期一的早晨,我很晚才到办公室,贝尔勃急着要我去见他,还叫上了迪奥塔莱维。"大新闻。"他说。他正要开始讲话,洛伦扎来了。贝尔勃既为她的到来感到喜悦,又急于告诉我们他的新发现。我们旋即又听到有人敲门,阿列埃出现了:"我不愿打扰你们,别站起来。我没有权利打扰这么庄严的聚会。我只提醒最亲爱的洛伦扎,我在加拉蒙先生那里。我只希望中午召唤她去我的办公室喝杯雪利酒。"

去他的办公室。那次贝尔勃失态了,至少在他而言是失态了。他等阿列埃出去后,咬牙切齿地说:"拔掉塞子。"

还在一旁欢欢喜喜挤眉弄眼的洛伦扎问他这句话是什么意思。

"这是都灵方言。意思是打开你的塞子。或者客气一点的话,那就是愿您打开塞子。面对一个高傲的人,可以假想他由于自己的不谦逊而使身体膨胀,同样可以设想那种自以为是之所以能够维系他那发胖身躯的生命,只是因为在他的肛门括约肌中插了一个塞子,阻止了符合空气静力学的全部尊严解体。因此邀请主体拔掉塞子,他就必然不可逆转地泄气变软,而且通常会伴有刺耳的哨声,外部的皮囊缩小,变得可怜巴巴,成为古老庄严的无血无肉的鬼样子。"

"我没有想到你如此粗俗。"

"现在你知道了。"

洛伦扎假装气鼓鼓地出去了。我知道贝尔勃更难过:真的大吵一架或许会使他平静下来,但是刚上演的这一幕坏情绪让他不由想到,洛伦扎身上经常表现的这种热情似乎是在演戏。

我认为他正是因此立即果断地说:"我们继续。"他是想说,我们继续完成"计划",让我们认真地工作吧。

"我不想干了,"迪奥塔莱维说,"我身体不舒服。我这里痛,"他触摸了一下胃部,"我想可能是胃炎。"

"说什么呀,"贝尔勃对他说,"我就没有胃炎,为什么你得了胃炎,是矿泉水吗?"

"可能是吧,"迪奥塔莱维勉强地笑着说,"昨晚我喝得太多了。我一般习惯喝弗乌吉牌矿泉水,昨晚却喝了圣佩雷格里诺牌矿泉水。"

"那么你得注意了,过量饮水会置你于死地的。不过,我们还是继续吧,因为我急着要告诉你们,已经憋了两天了。我终于明白为什么多世纪以来,三十六个隐形者没能确定地图的形状。约翰·迪弄错了,地图需重新编绘。我们生活在一个中空的地球上,地球表面包裹着我们。希特勒早就懂得了这一点。"

九九

> 纳粹主义是在魔法精神掌握了物质进步的操纵杆时诞生的。列宁说共产主义是社会主义加电气化。在一定意义上讲,希特勒主义是盖农①主义加上装甲师。
> 保韦尔斯和贝尔吉耶《魔法师的早晨》
> 巴黎,伽里玛出版社,一九六〇年,2,Ⅶ

贝尔勃成功地把希特勒也放到"计划"里去了。"全都是白纸黑字。已经证实,纳粹主义的奠基者同条顿的新圣殿骑士有关。"

"天衣无缝。"

"我并不是在杜撰,卡索邦,这次确实不是虚构!"

"别紧张,我们什么时候杜撰过?我们从来都是从客观资料出发的,反正都是众所周知的消息。"

"这次也是如此。一九一二年诞生了'北日耳曼'组织,它支持雅利安哲学,或者说一种宣扬雅利安人优越性的哲学。一九一八年,一个叫冯·泽博腾多尔夫的男爵创建了一个分支机构叫图勒协会,是一个秘密会社,'严规礼仪派'的第无数个变形,但具有明显的种族主义、泛日耳曼和新雅利安主义的倾向。一九三三年这个泽博腾多尔夫写的东西日后为希特勒发扬光大。另一方面,正是在图勒协会的圈子里出现了卐字。那么谁立即投靠图勒呢?鲁道夫·赫斯,他是希特勒罪恶的灵魂!还有罗森贝格!包括希特勒本人!另外,你们还可以从报纸上看到赫斯在柏林的斯潘道监狱中,直到今天还在从事秘传学研究。冯·泽博腾多尔夫在一九二四年写了一本关于炼金术的小册子。他写道,原子聚变的初期实验显示了'伟业'的真相。他还写了本关于玫瑰十字会的小说!另外,他还主办了一本星相学杂志《星相学评论》,特雷弗-罗珀写道,纳粹分子的各级人物,以希特勒为首,在未做星占预测之前是不会做出任何行动的。一九四三年,他们好像咨询了一伙通灵者,想发现墨索里尼被关在何处。总之,整个纳粹领导集团同条顿新隐秘学派联系密切。"

贝尔勃似乎已经忘了同洛伦扎的不快,我顺着他,快马加鞭地重构历史。"事实上,我们可以认为从这个角度看,希特勒的力量在于他能煽动群众。从外形上看他像只癞蛤蟆,说话声音很刺耳,他是如何使人们疯狂的呢?他一定有通灵的本领。很可能他接受过他们那里的某些德鲁伊特的指导,懂得去同地下潮流打交道。他也是个插头,生物性的糙石巨柱。他在纽伦堡体育场将地下潮流的能量传输给他的追随者。有一阵,他得逞了,但后来电池的电耗尽了。"

---

① René Guénon(1886—1951),法国哲学家,对东方哲学尤其是印度教和伊斯兰苏非主义有深入研究。

一〇〇

> 我向全世界宣告：地球是空心的，里面可以居住，它包含一定数量的同心固体球。一个套着一个，它的两极在一个十二度或十六度的范围内敞开着。
>
> 陆军上尉J·克利夫斯·赛姆斯，一八一八年四月十日
> 引自斯普拉圭·德·坎普与莱的《在地面的那一边》
> 纽约，莱因哈特出版社，一九五二年，X

"我很高兴，卡索邦，您在纯粹中找到了准确的直觉。希特勒真正唯一的执念就是地下潮流。希特勒接受地球是空心的理论，即'地球空洞说'。"

"孩子们，我要走了，我有胃炎。"迪奥塔莱维说。

"等一等，现在就要到精彩之处了。地球是空心的：我们并非居住在外面，居住在那凸起的地球外壳上，而是居住在里面，居住在里面凹陷的表面上。我们以为的那个天空是一些闪光的气团，这种气体充塞着地球内部。所有天文学的量度都得重新审视。天空不是无穷尽的，它是有限的。太阳尽管存在，却没有看上去那么大。是地球中心直径为三十厘米的一个微粒。对此，古希腊人早已猜到了。"

"这是你凭空虚构的。"迪奥塔莱维有气无力地说。

"编造这个的真不是我！这个想法十九世纪初期由美国一个叫赛姆斯的人提出。后来在十九世纪末，另一个叫特德的美国人在炼

金术试验和阅读《以赛亚书》的基础上,再次提出这一想法,在第一次世界大战之后,该理论被一个德国人加以完善,他叫什么来着,他甚至创建了'地球空洞说'运动。希特勒和他的追随者发现地球空洞说同他们的原则完全相符,甚至——据说——V1导弹发射失误,正是因为他们是根据凹平面、而不是凸平面的假想来计算弹道。希特勒现在已经确信,'世界之王'就是他,纳粹参谋部就是'最高未知者'。那么'世界之王'住在何方?在里面,在地下,不是在外面。从这一假设出发,希特勒决心彻底推翻所有的研究顺序、终极地图的概念和解释傅科摆的方式!必须把六个团组聚齐并且都得从头开始。你们想一想希特勒的征服逻辑吧……第一个占领的是格但斯克市,以便将条顿组的传统地盘置于自己的统治之下。然后是夺取巴黎,控制傅科摆和埃菲尔铁塔,同秘密共治团伙接触,把他们安插到维希政府里去。随后他确保了事实上为同谋者的葡萄牙团组保持中立。第四个目标很明显是英国,但我们知道,那不是容易的事。在此期间,他进军非洲,企图到达巴勒斯坦,但是没有如愿以偿。那时他又瞄准保罗派的领土,入侵巴尔干和俄国。当他自以为已经把'计划'的六分之四拿到手的时候,就秘密派遣赫斯去英国提议结盟。由于培根派不落入这个圈套,他灵机一动:手中掌握秘密最重要部分的人只能是永远的敌人,即犹太人。不必到耶路撒冷去找他们,在那里他们已经为数很少了。耶路撒冷团组的密文片断事实上不在巴勒斯坦,而是在散居在外的犹太人手里。这就清楚地解释了犹太人大屠杀。"

"求你了,"迪奥塔莱维说,"现在我们有点夸大其词了,我的肚子痛,我先走了。"

"看在老天的分上,等一下,当圣殿骑士把萨拉森人开膛破肚时,你还感到好玩,因为已经过去了很长时间,现在你却讲究起了小知识分子的道德主义。我们正在重现历史,没有什么会使我们恐惧。"

我们让他继续讲下去,被他的激情征服了。

"在对犹太人实施的种族灭绝大屠杀中最震撼人心的是其过程之长,先是关进集中营,让他们挨饥受饿,然后把他们的衣服剥光,接着是淋浴,然后是将堆积成山的尸体小心地保存下来,将衣物登记存档,清点统计个人财产……如果只是屠杀,那么这就不是一种合乎情理的过程。要合乎情理就只能是在寻找一段密文,那几百万人中有三十六个隐形人中的耶路撒冷派代表,他在衣服的夹层里、在口中、在文身中保存着那段密文……只有'计划'才能解释种族灭绝大屠杀令人费解的官僚主义!希特勒在犹太人身上寻找启示,寻求使他能借助傅科摆准确定位的那个点,在空心地球凹形拱顶下的那个点上,地下潮流纵横交错——你们看看概念多么完美,它们就在这个点上同天上的潮流趋同了,空心地球的理论因此可以说将千年来的赫耳墨斯主义直觉具体化了:在地下的和在天上的是一样的!'神秘点'同'地心'是重合的。秘密的星宿图就是阿加尔塔地下通道的秘密地图,天堂与地狱不再有区别,圣杯,'被流放的石头'就是'天上来的石头',就是说,'哲人石'像天空的外壳、界线、极限、地狱之神的子宫一样应运而生!等到希特勒辨认出这个点的时候,在空心地球的中心,也就是天空的完美中心,他将成为世界的主人,是因种族之权而称王的世界主人。这就是为什么直到最后一刻,他在地下掩体的深处,还想着要确定'神秘点'。"

"够了,"迪奥塔莱维说,"我现在真的感到不舒服,我很痛。"

"他是真的疼痛,不是思想上的争议。"我说。

贝尔勃好像直到此时才明白。他关心地站起来扶着靠在桌子旁好像快要昏过去的朋友。"对不起,亲爱的,我讲得太入神了。你不是因为我讲的那些东西而感到难受吧?我们在一起开玩笑有二十多年了吧,不是吗?不过你是真的不舒服,可能就是胃炎。你看,在这种情况下,只要服一片氢氧化镁药片就好了。还要一个热水袋。来,我送你回家,不过最好还是请大夫来检查一下身体。"

迪奥塔莱维说，他可以自己坐出租车回家，他还没有到垂死的阶段。他要躺下来。他答应会立即请医生。他不是因贝尔勃讲的故事而震惊生病，他前一天晚上就有点不适。贝尔勃好像这才减轻了一点思想负担，送他上了出租车。

他回来后仍放心不下："现在回想一下，那孩子几个星期来脸色都很不好。他眼圈发黑……但有什么办法呐，忍着吧，我肝硬化已经十年了，我早该死了，但看我现在不是还在这里么，他生活得像苦行僧却生了胃炎，而且可能更糟，我看是胃溃疡。让'计划'见鬼去吧。我们大家都在过着疯子的生活。"

"但依我看，服一片氢氧化镁药片就好了。"我说。

"我也对他说了。不过，如果他焐一个热水袋更好些。但愿他能做出理性判断。"

一〇一

> 从事喀巴拉的人……如果行为有误,或者没有涤罪,他将被阿撒泻勒吞噬。
>
> 皮科·德拉·米兰多拉《魔法结论》

迪奥塔莱维生病是在十一月末。我们第二天在办公室里等他,他给我们打电话称他住院了。医生说他的病症并不严重,但最好做些检查。

贝尔勃与我都认为他的病与"计划"有关,也许我们做得有点过火了。我们对彼此并未明言,虽然知道这么想不理智,但还是感到愧疚。我第二次感到我是贝尔勃的同谋:以前我们一起保持了沉默(对德·安杰里斯),这次我们——一起——又说得太多了。感到愧疚是不理智的——那时我们确信这一点——但是我们还是摆脱不了不自在的感觉。就这样,我们有一个多月没有谈论"计划"。

两星期之后,迪奥塔莱维又露面了,他以从容不迫的口气对我们说他向加拉蒙请了一段时间的病假。医生建议他进行治疗,他没有对我们多说,只说了他每隔两三天去医院一次,治疗会使他的身体变弱。我不知道他还能虚弱到什么程度:他现在的脸色同头发的颜色相差无几。"你们不要再编那些故事了,"他说,"有损健康,正如你们看到的。这是玫瑰十字会的报复。"

"不要担心,"贝尔勃面带微笑地对他说,"我们会好好教训玫瑰十字会会员,他们就不会打扰你了。轻而易举。"他把指头捏得格格发响。

治疗一直延续到新年之初。我一头钻入了对魔法史的研究——真正的严肃的魔法史。我对自己说,不是我们的那种。加拉蒙每天至少来我们这里一次,询问迪奥塔莱维的情况。"先生们,我拜托你们,如果有任何需要,我是说,产生了任何问题,有任何情况,如果我和出版社能够为我们这位精明能干的朋友做点事情的话,都要告诉我。他对我来说就如同我的孩子,甚至可以说,像我的兄弟。不管怎样,我们生活在文明的国度里,感谢上苍,不管怎么说,我们享有优越的社会医疗保障。"

阿列埃表现得很关切,他问是哪家医院,他给医院的一位主任,同时也是他的挚友(他说他还是一位自费作者的兄弟,同他关系已十分密切)挂了个电话。这样迪奥塔莱维就能得到特殊关照。

洛伦扎显得很激动。她几乎每天到加拉蒙出版社打听消息。这本应使贝尔勃很高兴,但他把这理解成因为诊断令人担忧。洛伦扎即使在场,对他也不闻不问,因为她不是奔他而来的。

在圣诞节前不久,我偶然听到了一次谈话的片断。她对他说:"我可以向你保证,雪漂亮极了,房间舒适优雅。你想来越野滑雪吗?"我听后得出的结论是他们可能一起去跨年。但在主显节之后,有一天,洛伦扎出现在走廊里,贝尔勃对她说"新年好",并避开了她的拥抱。

一〇二

> 从这里出发,我们来到了一个叫米莱斯特莱的地方……据说有一位叫"山中老人"的人居住在山谷环绕的那座最高的山上,还有一堵又高又厚的围墙,足有三十英里长,在山上开凿而成的两个隐蔽的门洞可以进出。
>
> 奥多里克·达·波尔德诺内《难解之谜》
> 孤本,一五一三年,21,第十五页

一月底的一天,我经过瓜尔迪侯爵大街,我的车停在那里,我看到萨隆从马努齐奥出版社出来。"我同我的朋友阿列埃聊了一会儿……"他对我说。朋友?我记得在皮埃蒙特阿列埃并不喜欢他。是萨隆想介入马努齐奥出版社的事务,还是阿列埃想利用他去搭什么桥?

他没有给我时间仔细琢磨,因为他建议我同他喝一杯开胃酒,于是我们来到了皮拉德酒吧。我从未在这一带看见过他,但他向老皮拉德打招呼,好像他们认识好久了似的。我们落座之后,他问我,我研究魔法史的进展如何。他还知道这个。我就空心地球的理论和贝尔勃引用的泽博腾多尔夫来将他的军。

他笑了。"啊,当然,来你们这儿的疯子真不少呢!关于这个空心地球的故事,我一无所知。至于冯·泽博腾多尔夫,嗯,那是一个怪人……他将一些对德国人民来说简直是自杀的思想灌输到希姆莱和他同伙的头脑中去了。"

"什么思想?"

"东方的幻想。那个人提防犹太人,却对阿拉伯人和土耳其人五体投地。您知道吗?在希姆莱的写字台上除了摆放着《我的奋斗》之外,还总是摆着一本《古兰经》。泽博腾多尔夫年轻时迷上了土耳其的不晓得什么秘密会社,并开始研究伊斯兰教义。他嘴上叫着我的'元首',心里想的却是'山中老人'。当大家一起创建纳粹党卫军时,他们想的是类似阿萨辛派的组织……你可以想想为什么在第一次世界大战中,德国和土耳其结成了联盟……"

"不过,您是如何知道这些事情的?"

"我想我已告诉过您,我那可怜的爸爸曾在俄国社会安全和秩序保卫局工作过。好吧,我记得在那些年代里,沙皇的警察对阿萨辛派忧心忡忡,我想拉奇科夫斯基首先看出了这一点……后来,他们放弃了那条线索,因为如果牵扯阿萨辛派,就不能再牵扯犹太人,可那时犹太人才是危险分子。向来如此。犹太人返回巴勒斯坦,迫使其他人从洞穴中走出来。不过,我们讲述的历史混乱不清,让我们就此止步吧。"

他似乎后悔说得太多,于是匆匆告辞了。不过,也可能发生了其他事。在发生了所有这一切之后,我现在相信我不是做梦,但是那一天我以为我产生了幻觉,因为当我目送萨隆离开酒吧时,我好像看见他在一个街角会见了一个长着东方面孔的人。

不管怎样,萨隆对我说的足以使我的想象再次处于亢奋状态。"山中老人"和阿萨辛派对我来说并不陌生:我在论文中已提到过,圣殿骑士曾被指控与他们勾结。我们怎么没有早点想到呢?

于是,我又开动了脑筋,首先是动用手指尖,翻阅旧卡片时,有一个闪念无比强烈,让我激动不已。

一天早晨,我兴冲冲地来到贝尔勃的办公室:"他们全都弄错了。我们也全都弄错了。"

"不要急,卡索邦,谁? 啊,我的天哪,'计划'。"他迟疑了一下,"您知道吗? 迪奥塔莱维的情况很不好。他什么也没有说,我给医院打了电话,他们不愿告诉我具体情况,因为我不是他的亲属——他没有什么亲属,那么谁来照顾他呢? 我不喜欢他们的这种缄默。他们说有一个良性肿瘤,但光治疗还不够,最好彻底住院个把月,也许需要动个小手术……总之,那些人没有把全部情况告诉我,这一切让我忧心忡忡。"

我不知道该如何回答,我假装翻阅一些东西,想使他忘记我进来时那种兴高采烈的劲头。但是贝尔勃按捺不住,就像一个赌徒看到别人突然向他亮出了一副牌似的。"见鬼去吧,"他说,"不幸的是人生在继续。您说吧。"

"他们全弄错了。我们也全弄错了,或者说几乎全错了。好吧:希特勒对犹太人做了那么多坏事,但他一事无成。大半个世界的神秘学者多世纪以来就一直学习希伯来文,从各个方面研究喀巴拉,但最多也只搞出了星占学,为什么?"

"唉……那是因为耶路撒冷团组掌握的密文还藏在某个地方。另一方面,保罗派团组的密文也还未出现,至少据我们所知……"

"这是来自阿列埃的答案,不是我们的。我有个更好的答案。犹太人与此无关。"

"什么意思?"

"犹太人同'计划'没有关系。他们不可能进入'计划'。我们试想一下圣殿骑士的情况,先是在耶路撒冷,后来在欧洲的各个统率部。法国骑士同德国骑士、葡萄牙骑士、西班牙骑士、意大利骑士、英国骑士会晤。大家都与拜占庭地区保持联系,尤其同对手,即土耳其人进行较量。正如我们所看到的,他们同土耳其既斗争又打交道。

在战场上是力量的较量，而在同等级别的贵族之间则联系紧密。在那个年代生活在巴勒斯坦的犹太人是什么人呢？他们在宗教上和种族上是少数民族，受阿拉伯人宽待和尊重，阿拉伯人以仁爱宽宏的态度善待他们，而基督徒却相反，因为不要忘记，在各次十字军东征的过程中，他们是用劫掠犹太人居住区和大屠杀开路的。我们难道认为自知劣迹斑斑的圣殿骑士会同犹太人交换秘密情报吗？永远不会。在欧洲各统率部里犹太人都是以放高利贷者的身份出现的，他们被人蔑视、被人利用、不受信任。在这里我们谈论的是骑士之间的关系，我们正在编造一个有关精神骑士的计划，我们能够想象普罗万的圣殿骑士介入二等公民的事务中去吗？永远不会。"

"然而文艺复兴时的所有魔法学都在研究学习喀巴拉……"

"那是必然的，人们当时已接近第三次会晤，他们咬牙忍耐，在寻求捷径，希伯来文看上去既神圣又神秘，喀巴拉信徒为谋私利，各自为政，分散在世界各地的三十六个隐形者脑袋中想的却是，一种难以理解的文字说不定掩盖了某些秘密。正如皮科·德拉·米兰多拉后来说的那样：nulla nomina, ut significativa et in quantum nomina sunt, in magico opere virtutem habere non possunt, nisi sint Hebraica.[①]怎么样？皮科·德拉·米兰多拉是个笨蛋。"

"瞧您说的！"

"另外，他作为意大利人是被排斥在'计划'之外的。他知道些什么呢？对扑向错误线索的各种阿格里帕、罗依希林和其他人来说，更为不妙。我们重新构编历史时跟错了线索，明白吗？我们让钻研喀巴拉的迪奥塔莱维影响了。迪奥塔莱维宣扬喀巴拉，我们就把犹太人纳入'计划'中去了。如果迪奥塔莱维研究中国文化，我们也要把

---

① 拉丁文，任何名称，无论多么有意义，无论多么的是名称，如果不是希伯来语的话，就不能够在魔法作品中发挥作用。

中国人纳入'计划'中去吗?"

"或许会。"

"或许不会。但没什么好气急败坏的,我们所有人都走错路了。所有人,可说是从波斯特尔往后的人都犯了错误。在普罗万之后的两百年,他们确信,第六个团组就是耶路撒冷派。事实并非如此。"

"不过,对不起,卡索邦,是我们修改了阿尔登蒂的解释,我们说过在石头上会晤不是在巨石阵,而是在奥马尔清真寺的石头上。"

"那我们原先弄错了。还有别的石头。我们应当想到一个建立在石头上的地方,在山上,在岩石上,山嘴上,悬崖绝壁上……第六团组在阿拉穆特要塞上等待着。"

一〇三

> 凯洛斯现身了,他手中握着象征王权的权杖,他把它交给了第一个创造出来的神,神接过权杖后说:"你的秘密名字将有三十六个字母。"
>
> 哈桑·伊本·萨巴哈,Sargozăst-i Sayyid-nā

我完成了我那部分华美乐章,现在我应做出一些解释。我在随后的几天里做出详尽的资料翔实的说明,当时我在皮拉德的小桌子上向贝尔勃展示一个又一个证据,他听着听着,眼神越来越迷惘,用烟头点燃下一根香烟,一根接一根地抽,每隔五分钟便向后伸出臂膀,杯子见底,只剩冰块,皮拉德连忙给他斟上,无需等待他吩咐。

第一批资料来源就是关于圣殿骑士的最初描述,从斯特拉斯堡的热拉尔到儒安维尔。圣殿骑士同阿萨辛派的"山中老人"有过冲突,但更多的是结成神秘的联盟。

这段历史自然更复杂,它开始于穆罕默德死后,在正统法的拥护者逊尼派教徒与被窃取了继承权的阿里——先知的女婿,法蒂玛的丈夫——的支持者之间发生了分裂。阿里的支持者——他们自称shi'a,即追随者——建立了伊斯兰分支什叶派。它遵循一种神秘主义教义,认为启示的延续性不在于依据传统重新思考先知的话,而在于伊玛目本人,他是主宰、首领、神性的显现,是神显的现实,是"世界之王"。

在伊斯兰的这个派系里发生了什么事呢？它渐渐地被地中海地区所有秘传教义渗透，从摩尼教派到诺斯替教派，从新柏拉图主义到古伊朗的神秘主义，它还遭到了我们多年来一直跟踪其发展的所有启示的渗透。这段历史很长，我们难以把它理清，特别是各位阿拉伯作者和主角都有极长的名字，最严肃的文章也都用区分同音字的符号转写，而到深夜我们就再也无法分辨阿布·阿卜杜拉·穆罕默德·本·阿里·伊本·拉扎姆·阿德·塔伊阿勒、库菲、阿布·穆罕默德·奥卜杜拉、阿布·穆丁·纳西尔·伊本·霍斯劳·马瓦兹·库巴迪安尼（我想，一个阿拉伯人在区分以下这些名字时，同样也会感到一头雾水：亚里士多德、亚里士多塞诺斯、阿里斯塔尔科、阿里斯蒂德、阿那克西曼德、阿那克西美尼、阿那克萨哥拉、阿那克里翁、阿纳卡西斯）。

但有一事确定无疑。什叶派分成两个分支，一支叫十二伊玛目派，它等待隐遁的伊玛目，另一分支叫伊斯玛仪派，它诞生于开罗的法蒂玛王朝，后来因各种事件，由一个很有魅力而又凶残的神秘人物哈桑·萨巴赫推动改革落足波斯。哈桑在那里建立了自己的中心，在里海的西南地区，在阿拉穆特要塞，在"鹰巢"，打造难以攻克的宝座。

哈桑周围全是随从，他们对他极为忠诚，不惜为他牺牲自己，他利用他们完成政治刺杀任务，他们就是秘密圣战的工具。他们后来有了一个著名到可悲地步的名字"刺客"——现在这并非一个好名字，但在那时，对他们来说光彩荣耀，是僧侣战士的标志，同圣殿骑士团极为相似，两者都随时准备为信仰而死。他们就是精神骑士。

阿拉穆特要塞或城堡就是"石头"。它建在高耸入云的山脊上，山脊长约四百米，有些地方只有几步宽，最宽的地方也只有三十米左右，从阿塞拜疆远远望去就好像是天然壁垒，在太阳照射下闪耀着白色光芒，在傍晚日落时的晚霞映照下又略呈蓝色，在黎明时分显出灰白色，太阳一出就是血红一片了，在一些日子里隐约消逝在云雾之中，或者像闪电般发着光。沿着它的上脊可以勉强分辨出一个模糊的人工四角形尖塔，从下面看去就像是一排排岩石利剑向上直插天际数百米，悬于你的身躯之上，惊险万分。最容易走的山坡是由碎石泥石流形成的滑坡，可就连当今的考古学家也难以攀登上去，在那个年代，可以沿着一些秘密阶梯攀登，就像是在岩石上啃咬出的螺旋式阶梯，如同削一个化石苹果似的。所以只要安插一个弓箭手，就"一夫当关，万夫莫开"了。它坚不可摧，高得使人头晕目眩，如同置身于另一个世界。阿拉穆特，就是阿萨辛派之山。只有驾雄鹰才能飞到那里。

哈桑在那里统治称王，人们称他的继任者为"山中老人"，其中首先就是名声不佳的锡南。

哈桑发明了一种统治技巧，用于对付自己人和敌人。他对敌人宣称，如果他们不屈从于他的意愿，他就会杀死他们。没人能逃脱阿萨辛派的手掌心。当十字军还在忙于征服耶路撒冷时，苏丹首相尼扎姆·穆勒克乘坐驮轿在去他妻子家的途中，被一个乔装打扮成穆斯林托钵僧靠近他的杀手用刀刺死。霍姆斯的总督走出他的城堡去做星期五礼拜时，由一小队武装到牙齿的士兵护卫，但即使如此，他也被"山中老人"派来的杀手刺死。

锡南决定杀害基督徒蒙费拉的康拉德侯爵，他指使两名手下混入异教徒中，模仿他们的习惯和语言，进行艰苦的准备。这两个人乔装打扮成僧侣，当推罗的基督教主教为这位浑然不知危险临近的侯爵举行宴会时，两个刺客扑向了他，把他刺伤了。一个刺客被卫士当场击毙，另一个刺客躲在一个教堂里，等待运送伤者时，再发起袭击，结束了他的生命，然后自杀，到天国里享真福。

逊尼派的阿拉伯历史编纂者，后来还有基督教的编年史学者——从波代诺内的奥多里克到马可·波罗——说"山中老人"发现了一种残酷的方法,能使他们的骑士极为忠诚不惜牺牲生命,成为战无不胜的战争机器。"山中老人"在这些人青春年少时,趁他们熟睡把他们弄到山顶上,给他们提供各种享乐,酒、女人、鲜花、磨灭意志的欢宴。还叫他们吸食印度大麻,使他们成天晕晕乎乎。这个派别的名称就来自大麻一词①。当他们再也难以拒绝这虚构天堂的扭曲享乐时,在他们睡着时把他们带到外面去,让他们选择:去杀人,事成后你离开的这个天堂将永远属于你,如果失败了,你就要回到日常的地狱生活中去。

那些被毒品弄得晕头转向的人就屈从于他的意愿,成为牺牲他人的牺牲者,成为被判死刑的杀人犯,成为迫害他人的受害者。

十字军是多么惧怕他们,在没有月光的夜晚在荒漠的西蒙风紧吹时编了很多他们的故事!野兽般凶残的圣殿骑士被明确的殉道意愿折服,是多么的赞赏他们,圣殿骑士同意交纳通行税,同时要求以正式的捐税作为交换,他们是在玩相互让步、同谋共犯、战斗友谊的游戏。在公开的战场上开肠剜肚地厮杀,暗地里却相互迎合奉承,频传神秘的眼神,窃窃私语魔法咒语,炼金术秘法……

从阿萨辛派那里,圣殿骑士学到了神秘的仪式。只是腓力国王的大法官和宗教裁判所的法官胆怯愚昧,无法理解圣殿骑士向十字架吐口水、亲吻臀部、黑猫和对巴风特的崇拜只是在重复其他仪式,而圣殿骑士都是在受了他们从东方学到的吸食印度大麻的影响下完成这一切的。

所以显而易见,"计划"在那里诞生了,它应当诞生在那里:从阿拉穆特人那里,圣殿骑士知道了地下潮流,他们同阿拉穆特人在普罗万会晤,策划了三十六个隐形者的密谋,为此,克里斯蒂安·罗森克罗伊茨旅行到非斯和东方的其他地方,也因此波斯特尔才转向东方,

---

① 指阿萨辛(Assassins),该词来源于印度大麻(hashish)。

也因此文艺复兴时的魔法师从东方,从埃及——法蒂玛王朝伊斯玛仪派的所在地——输入了为"计划"命名的神灵赫耳墨斯或透特,而搬弄是非的卡廖斯特罗把古埃及的形象作为他那些仪式中的幻魔形象。耶稣会士,没有我们想象中那么荒诞不经的耶稣会士,同善良的基歇尔立即埋头于象形文字、科普特语和其他东方语言的研究,希伯来语只是掩护,是对当时时尚的一种让步。

一〇四

> 这些文章并非针对凡人……诺斯替教的统觉是专为出类拔萃的人开辟的一条路径……因为据《圣经》的说法：不要把你们的珍珠丢在猪前。
> 卡迈勒·琼布拉特，《日报》专访
> 一九六七年三月三十一日

> 秘密一旦曝光就贬值了，就失去了被玷污的雅致。因此，不要给笨猪戴珍珠项链，不要给蠢驴送玫瑰花。
> 约翰·瓦伦丁·安德烈亚《克里斯蒂安·罗森克罗伊茨的化学婚礼》
> 斯特拉斯堡，策次纳，一六一六年，扉页

另一方面，到哪里去找一个能够在石头上等待六个世纪的人呢？到哪里去找那个在石头上已等待了六个世纪的人呢？当然，阿拉穆特终究是在蒙古人的压力下陷落了，但是伊斯玛仪派在整个东方延续了下来，一方面它同非什叶派的苏非主义混合在一起，另一方面它派生出了可怖的德鲁兹派，最后它还在印度的霍加派中扎根，霍加派是阿迦汗的追随者，离阿加尔塔不远。

但我还发现了其他东西。在法蒂玛王朝统治下，古埃及人的神秘学知识由赫利奥波利斯学院流传下来，在开罗被重新发现，在那里建立了一个科学宫。科学宫！培根的所罗门圣殿从哪里获得了灵感？巴黎国立工艺博物馆的原型是什么样的？

"就是这样,不错,再没有任何疑问了,"贝尔勃得意洋洋地说。然后他又开口,"那喀巴拉信徒呢?"

"这是一个并行不悖的故事。耶路撒冷的拉比们直觉地感到在圣殿骑士与阿萨辛派之间发生了什么事,而西班牙的拉比们对他们为欧洲统率部放高利贷的传说也已有所闻。他们被排除在秘密之外,所以出于民族自尊心,他们决定自己弄清事实真相。我们是神选的子民,怎么能被蒙在鼓里,对这一秘密中的秘密一无所知呢?于是喀巴拉的传统开始了,散居在外的犹太人、主流社会之外的人进行了英勇的尝试,他们在认为自己无所不晓的主宰者和统治者眼皮底下行动。"

"但他们这样做,会让基督徒以为他们真的无所不知。"

"当时,有人干出大蠢事。把伊斯玛仪与以色列混为一谈。"

"所以巴吕埃尔、《纪要》和大屠杀只是弄错辅音的结果。"

"由于皮科·德拉·米兰多拉的过错,六百万犹太人被杀害。"

"或许有其他原因。神选的子民潜心于解释《托拉》,使着了魔似的风气传播开来。另一些人在《托拉》中什么也没有找到,于是伺机报复。人们惧怕那种让他们面对面地正视律法的人。但是为什么阿萨辛派不早点露面呢?"

"贝尔勃!您想想,自从勒班陀战役以来,那个地区消沉到了何等地步。您的泽博腾多尔夫也明白应当到土耳其的穆斯林苦行僧中去找,可是阿拉穆特已不复存在,天晓得那些人躲到哪里去了。他们在等待。现在他们的时刻到来了,伊斯兰领土收复主义重新抬头。把希特勒纳入'计划',使我们找到了发动第二次世界大战的一个好理由。将阿拉穆特的阿萨辛派纳入'计划',我们就能解释多年来在地中海和波斯湾发生的所有事件。在这里,我们找到了'特莱斯'(秘密共治公平复兴圣殿骑士团)的位置,这是一个秘密会社,它提出最终重新建立不同信仰的精神骑士会之间的联系。"

"或许它是在鼓动冲突,好浑水摸鱼。很明显。我们修补历史的工作临近尾声。在最高时刻傅科摆也许会揭示出'世界之脐'就在阿拉穆特?"

"现在我们不要夸大其词。就我个人而言,我或许会让这最后一点成为悬案。"

"像傅科摆。"

"如果您要这么想的话,也可以。不能把脑中闪过的念头都说出来。"

"当然,当然,严谨高于一切。"

那天晚上我只不过为构建了一个美丽的故事而得意。我是一个唯美主义者,利用世界的肉与血创造美。贝尔勃已经是一个信徒了。像所有人一样,不是受了启示,而是退而求其次。

一〇五

智慧蹒跚,言语出轨,神智失控。

卢克莱修《物性论》,Ⅲ,453

贝尔勃应当就在那几天想弄明白自己到底怎么了。但即使他严肃地分析问题,也没能从已习惯了的困扰中脱身。

而如果是呢?.doc

发明一个"计划":"计划"给你充足的理由,让你甚至不用为它负责。只要抛出石头,袖手旁观就行。如果真的有一个"计划",那就不会失败。

你从未拥有过切奇莉娅,因为阿尔康们造就了阿尼巴莱·康塔拉梅沙和皮奥·博,他们却连铜管乐器中最容易的乐器也演奏不好。你逃到了对面的小运河帮那里去了,因为旬星饶你一命是为了把你引向另一次大屠杀。脸上带伤疤的人有一个比你的护身符更强大的护身符。

一个"计划",一个罪人。人类的梦想。An Deus sit.[①]如果有上帝,就是他的错。

我丢失了方向的那个东西并不是"结局",而是"开始"。不是要占有的客体,而是占有我的主体。多人同难不觉苦,"神话"还说明什么来着?一倍半的八音节诗句。

谁写下了那种想法,从未有过的最使人平静的想法?什么东西也不能从我的头脑中把这种想法铲除,即这个世界是黑暗的上帝创造的成果,而我延长了上帝的阴影。信仰带来"绝对的乐观"。

的确,我与人私通了(或者没有私通),但是上帝无法解决"恶"的问题。好了,我们把胎儿放在研钵中同蜂蜜与胡椒一起捣碎。上帝要的就是这个。

如果真要信仰,那就信仰一种不会使你感到自己有罪的宗教吧。一种分离的、烟雾缭绕的、地下的宗教,它永无终结。像一部小说,而不是神学。

五条道路只通向一个终点。多么浪费。相反,一个迷宫四通八达,却到不了任何地方。要死得有风度,活得巴罗克。

只有糟糕的造物主会令我们感觉自己是善良的。

但如果宇宙"计划"不存在呢?

多么戏弄人,没有人流放你,你却过着流亡生活。流亡到一个并不存在的地方。

如果存在"计划",但它却永远逃脱你的掌握呢?

当宗教退让时,艺术就上场了。"计划",你发明了它,它是不可知事物的隐喻。甚至人类的一个阴谋就可填补空白。他们没有出版我的著作《心灵与迷醉》,因为我不属于圣殿骑士派系。

就好像"计划"真的存在似的活着:哲人石。

If you cannot beat them, join them.[②]如果"计划"存在,只

[①] 拉丁文,上帝是否存在。
[②] 英文,如果你不能战胜他们,那就加入他们。

要顺应它好了……

洛伦扎让我经受考验。谦恭。如果我能谦恭地召唤天使，即便不相信它们，只要我画出正确的圆来，可能我就会得到安宁。

你相信真的有一个秘密，那么你就会感到自己知晓有一个奥秘。这又不费力气。

勾画出一个巨大的期望，永远不会被根除，因为原本就没有根。从不曾存在过的先人，永远不会说你背叛了他们。一种只有无限地背叛它才能信奉的宗教。

像安德烈埃那样：玩世不恭地创造了历史上最伟大的启示，当其他人误入迷途时，你却以你的余生起誓这不是你干的。

创造一个模糊不清的真理：一旦有人寻求廓清它的时候，你就将他清除出去。只为比你态度更暧昧的人辩解。从来不要在右边树敌。

为什么写小说呢？重写"历史"。然后你就成为"历史"。

为什么您不把它放在丹麦呢，纪尧姆·S先生？七海吉姆约翰·瓦伦丁·安德烈埃·路加马太在帕特莫斯与阿瓦隆之间的巽他群岛一带活动，从白山到棉兰老岛，从大西岛到塞萨洛尼基……在尼西亚主教会议上，奥利金割下了睾丸，把这血淋淋的东西拿给太阳城的神父们看，拿给咬牙切齿的希兰看。这时君士坦丁将其鹰勾般锋利的尖指甲伸向罗伯特·弗卢德空洞的眼窝，让安条克的犹太人去死、去死，上帝与我的法规，挥舞博尚社团①的旗帜扑向咕噜咕噜地吐着毒汁的拜蛇教教徒和"肮脏的人"。小号在奏鸣，圣城乐善好施骑士团来了，长矛上插着摩尔

---

① Beauceant，圣殿骑士团1890年在美国创建的帮助穷人的社团。

人的头,雷比斯!雷比斯!磁力的暴风雨,巴别塔坍塌了,拉奇科夫斯基俯视雅克·德·莫莱被烧焦的尸体奸笑。

我没有拥有过你,但我可以让历史爆炸。

如果问题就在于存在的阙如,如果存在就如人们以很多方式所表述的那样,那么我们说的越多,存在就越多。

科学的梦想是只有很少的存在,集中而且能够言表,$E=mc^2$。错了。为了从永恒的开始就能够得救,必须追求一个任意的存在。就如同一条被酗酒海员捆扎住的蛇一样。解不开的。

发明,疯狂地发明,不管它们之间的联系,以至难以综述。一种在标志之间接力的普通游戏,一个指代另一个,没有休止。把世界分解成连锁字谜游戏的萨拉班德舞。然后去相信"无法表述的东西"。这难道不是真正地解读《托拉》吗?真理就是字谜游戏的字谜游戏。字谜游戏=伟大的艺术。

这应该就是那些天发生的事。贝尔勃决心认真对待魔鬼作者的世界,不是因为信仰过度,而是因为信仰不足。

他因无力创造而羞愧(他一生都在利用受挫的欲望和从未写出的文章,前者是后者的隐喻,反之亦然,一切都基于他那假想的、感触不到的懦弱),现在他开始悟到,通过构建"计划",他实际上是在创造。他爱上了他的"假人",并从中找到了使他欣慰的原因。生命——他的生命和人类的生命——犹如艺术,当艺术阙如时,艺术就成了谎言。Le monde est fait pour aboutir à un livre (faux)[①]。但现

[①] 法文,世界的目的就是一本(假)书。

在他努力相信这本假书,因为这是他写的,如果真有阴谋的话,那他也不会再怯懦、失败和怠惰。

关于后来发生的事,他利用"计划"——他知道它不是真实的——去打败他认为是真实的对手。后来,当觉察到"计划"在包围他,好像它是真实存在的,或者好像他贝尔勃和"计划"如出一辙,他就去了巴黎,去寻求启示和帮助。

悔恨交加的他,多年来只同自己的幻想打交道,他隐隐约约地看到幻想正在变为客观存在,得到了安慰,而且其他人也知道这些客观存在,即使是"敌人"又有何妨?他去自投虎口了吗?当然,因为那老虎样貌分明,比七海吉姆更真实,也许比切奇莉娅,比洛伦扎·佩雷格里尼更真实。

贝尔勃因多次错过机会而忧郁成疾,现在感到有人定下了一个现实的约会。他不能因怯懦而逃避,因为他已无路可退了。恐惧迫使他勇敢起来。他通过发明,创建了现实的原则。

一〇六

> 五号清单,六件汗衫,六条短裤,六块手帕,总是困扰学者,因为其中缺少袜子。
>
> **伍迪·艾伦《梅特灵清单》**
> 引自《扯平》,纽约,兰登书屋,一九六六年

就在那些天,不到一个月以前,莉娅认为度度假也许对我会有好处。你看来有点累,她对我说。也许我让"计划"搞得筋疲力尽了。另一方面,正如爷爷奶奶们说的,孩子需要呼吸新鲜空气。有几个朋友把山上的一栋小房子借给我们用。

我们没有立即动身。米兰有一些事情需要处理,而且莉娅说过,当你知道随后要离开城里时,那就再没有比在城里更令人心旷神怡的了。

在那些日子里,我第一次同莉娅谈到了"计划"。此前,她一直忙于照看孩子:她泛泛地知道我同贝尔勃,还有迪奥塔莱维正在解决一个难题,它耗去了我们整日整夜的时间,但从她给我就相似癖做了一番布道之后,我没有再告诉她任何情况。也许我是羞于启齿吧。

在那些日子里我对她讲了全部的"计划",详尽到细枝末节。她知道迪奥塔莱维病了,而我感到内疚,好像我做了不应该做的事,我试着就事论事,称那只是一场展示才干的游戏而已。

但莉娅却对我说:"砰,我不喜欢你那个故事。"

"不是很美吗？"

"海妖也很美呀。听着：你对你的无意识知道些什么？"

"一点也不了解，我甚至不知道它是否存在。"

"是呀，现在，你想象一下一个乐天派的维也纳人为了取悦朋友，发明了一个关于本我和俄狄浦斯的故事，假想出一些从未做过的梦，想象出从未见过的小汉斯……后来又发生了什么呢？有几百万人愿意成为真正的神经官能症患者。还有成千上万人想利用它而赚钱。"

"莉娅，你是一个妄想狂。"

"我？你才是！"

"我们都可能是妄想狂，但至少你要同意我这一点：我们是从因戈尔夫的文章出发。对不起，你面前有一封圣殿骑士的密文，你想要彻底解读它。就算你为了嘲弄密文的解读者而添油加醋，但密文还是现实存在的。"

"看来，你只知道阿尔登蒂告诉你的那些事，我倒真愿意看看这封密文。"

这再容易不过了，我的档案夹里就有。

莉娅拿到了密文，她前看后看，皱着鼻子，把眼前的头发往后拨了一下，好看清第一部分，那个密码部分。她问："全在这里吗？"

"这还不够吗？"

"够了，足够了。你给我两天的时间思考。"当莉娅要求给她两天的时间思考时，那就是向我表明，我是蠢货。我总是因此指责她，而她的回答则是："如果我明白你是个蠢货，我就可以肯定我是真的爱你。你就算是个蠢货，我也爱你，你放心了吧？"

随后两天，我们没有再谈及这个话题，另外，她几乎总是不在家。晚上，我看到她蜷缩在房间的角落里做札记，撕掉一页又一页。

我们来到了山上，小孩子整天在草地上爬来爬去，莉娅做好了晚餐，她要我多吃点，因为我瘦得像根钉子。晚餐后，她要我为她准备加很多冰和少量苏打水的双份威士忌,她点燃了一支烟,她只在一些重要的时刻才这样做,她让我坐下,然后向我解释。

"砰,你注意听,因为我要向你证明,最简单的解释永远是最真实的。你们那个上校告诉你们说,因戈尔夫在普罗万找到了密文,我并不怀疑这一点。或许他下到地道里,真的找到一个保存这份文件的盒子,"她用手敲打法文的那些段落,"没有人告诉我们说他找到了一个镶钻石的盒子。上校唯一告诉你们的是因戈尔夫的笔记称曾经卖过一个盒子:为什么不卖呢,那是件古董,他也许还因此弄到了一点钱,但没人说,后来他靠这些钱维生。他从他父亲那里应该继承了一点遗产。"

"何以见得那个盒子不值钱呢?"

"因为这个密文就是一个清单。我们读读看。"

> a la ... Saint Jean
> 36 p charrete de fein
> 6 ... entiers avec saiel
> p ... les blancs mantiax
> r ... s ... chevaliers de Pruins pour la ... j . nc .
> 6 foiz 6 en 6 places
> chascune foiz 20 a .... 120 a ....
> iceste est l'ordonation
> al donjon li premiers
> it li secunz joste iceus qui ... pans
> it al refuge
> it a Nostre Dame de l'altre part de l'iau
> it a l'ostel des popelicans
> it a la pierre
> 3 foiz 6 avant la feste ... la Grant Pute.

"那又怎么样?"

"天哪,你们从未想过查查旅游手册,看看这个普罗万的历史介绍吗?你会立即发现什一税谷仓,也就是找到密文的地方,曾经是商人的聚会场所,因为普罗万是香槟地区的市集中心。谷仓就位于圣约翰路上,在普罗万什么都能进行交易,各种布匹生意尤其好,呢绒(draps)那时拼写成 dras,每块布匹上都印有质量保障标记,一种类似封印的东西。普罗万的另一个重要产品是玫瑰,是十字军从叙利亚带回的红玫瑰。它们非常有名,以至兰开斯特的埃德蒙娶阿图瓦的布朗什为妻并得到香槟地区的伯爵爵位时,他把普罗万的红玫瑰放在了盾形纹章上,这就有了'双玫瑰之战'这一说法,因为约克军队的家徽是白玫瑰。"

"这是谁告诉你的?"

"普罗万旅游局出版的一本二百页的小册子上写的,我在法国文化中心找到了这本小册子。但还没有完。在普罗万有一个叫 Donjon 的地方,真是地如其名,它就是一个城堡的主塔,还有一个'面包门'(Porte-aux-Pains),还有一处避难教堂(Eglise du Refuge),显然,还有各种献给'圣母'(Notre-Dame)的教堂,曾经或者现在还有一条叫'圆石'(Pierre-Ronde)的路,有一块'年贡石',伯爵的子民去那里交什一税。还有一条'白幔'(Blancs-Manteaux)路和一条叫做'大娼妓'(Grande-Putte-Muce)的路,之所以叫这个名称可想而知,因为那条路上都是妓院。"

"那么波佩利康呢?"

"在普罗万有一些纯洁派,后来肯定是被烧死了。而宗教裁判所的法官本人就是一个悔过的纯洁派,人称'好人'(bougre)罗贝尔。所以有一条路或一个地区仍然被称为纯洁派地盘不足为奇,尽管纯洁派已不复存在了。"

"那可是在一三四四年……"

"但谁告诉你这个文件是一三四四年写的?你那个上校说'干草牛车之后三十六年',但注意,在那个年代,加上省文撇的 p 是'在后'的意思,而不加省文撇的 p 是'每'的意思,这份文件的作者是一个性格温和的商人,他就圣约翰路上的谷仓的一些事做了札记,而不是在圣约翰夜,并记下了一个三十六个苏或旦尼尔,或其他货币单位的价格,这可能是一辆或每辆牛车所载干草的价格。"

"那一百二十年呢?"

"谁说那是年代?因戈尔夫找到的东西写的是 $120a$,谁说它就是一个'a'呢?我查了那时使用的缩略语表,发现旧时法国的辅币旦尼尔或第纳尔使用奇怪的符号,一种像 δ,另一种像 θ,类似左边撕开一个小口的圆圈。可怜的商人写起来匆忙又潦草,像上校那样的狂热者可能把它错看成了一个'a',因为他已经在哪里读到过一百二十年的故事,他可能在关于玫瑰十字会的任何故事里读到类似的东西,就想找到某种与'一百二十年后我被打开'相似的文字!那么他会怎么做呢?他看到了一些 it,他把它们读成 iterum(重新)。但是 iterum 的缩写是 itm,而 it 就是 item,意即同样的,正是用于替代单子中的重复词语。我们的那位商人计算的是他收到的订货单能给他带来多少进项,他写交货单。他要将普罗万的玫瑰花束交付供货,这就是 r... s... chevaliers de Pruins。而在上校读成"复仇"即 vainjance(因为他脑子里想的是卡多什骑士)的地方,应当是 jonchée(撒在地上的花)。玫瑰是在各种节庆时用来做花冠或花毯的。这样,你的那个普罗万的密文就应解读为:

在圣约翰路

一牛车干草三十六苏。

六匹打有印戳的新布

在白幔路上

十字军的玫瑰将用来撒在地上

六朵一束的六束玫瑰分送下面六个地方

每束二十旦尼尔,总计为一百二十旦尼尔。

顺序如下:

> 第一束送城堡
>
> 同样的,第二束送"面包门"
>
> 同样的,送避难教堂
>
> 同样的,送河对面的圣母院
>
> 同样的,送纯洁派旧址
>
> 同样的,送圆石路。
>
> 在节前,六朵为一束的三束送娼妓街。

因为她们这些可怜人也想庆祝一下节日,给自己编一顶玫瑰花小帽。"

"耶稣基督,"我说,"我想你说的有道理。"

"我说得没有错。那是一张送货清单,我再说一遍。"

"等一下,这也许是一张送货清单,但第一部分是一个讲到三十六个隐形者的密码文字。"

"事实上,法文的那段我花了一个小时就解决了,而另一部分却花了我两天时间。仔细查阅特里特米乌斯要到安布罗乔图书馆,还要去特里沃齐奥图书馆,你知道那些图书管理员会在让你接触古书之前死死地盯着你,好像你要把书吃掉似的。但是故事极为简单。首先,这一点你自己也该发现,你敢断定'三十六个隐形者分为六组'同我们那个商人用的法文是相同的吗?事实上,你们也觉察到这是十七世纪的一本小册子使用的表述,当时玫瑰十字会已出现在巴黎。但你们就如同你们那些魔鬼作者那样去考虑问题:如果密文是根据特里特米乌斯的方法用密码写成,那就意味着特里特米乌斯是抄圣殿骑士的,而鉴于引用的是在玫瑰十字会圈内流行的话,这就说明人们认为是玫瑰十字会搞的这个计划本来是圣殿骑士的计划,可是请尝试一下逆向思考,正如任何明智的人那样:鉴于密文是以特里特米乌斯的密码写成,那就是在特里特米乌斯之后写的，又鉴于引用的表述是在十七世纪玫瑰十字会圈内流行的，那就是在十七世纪以后写的。最简单的假设是什么呢？因戈尔夫找到了普罗万的密文，鉴于他同上校一样也是个神秘学的狂热爱好者，他读到三十六和一百二十就立即想到了玫瑰十字会。鉴于他也是一个密码学迷，他就把普罗万密文中的重要部分解了码。他是在做练习，是按照特里特米乌斯的密码书写他那玫瑰十字会的漂亮句子。"

"巧妙的解释。但是这和上校的推测一样没有根据。"

"可以说迄今为止是这样的。但是想象一下，就推测而言，你还可以做出好几个推测，把所有的推测放在一起就可以看出它们相互印证。你就更有把握猜对了，不是吗？我是从一个怀疑开始的。因戈尔夫使用的那些词并非特里特米乌斯暗示的那些。它们与巴比伦亚述喀巴拉语言风格相仿，但是并不完全相同。然而如果因戈尔夫想要一些以他感兴趣的字母打头的词，那在特里特米乌斯那里要多少有多少。但为什么他没有选择那些词呢？"

"为什么？"

"也许他需要某些在第二、第三、第四位置上都有特定字母的词。也许我们这位机敏的因戈尔夫想要一个多重密码。他想显示自己比特里特米乌斯更厉害。特里特米乌斯说有四十种主要密码体系：其中一种只是看首字母；另一种是看第一和第三个字母；还有一种是间隔地看词的首字母，诸如此类，你只要略加变化，就能发明出其他上百种体系来。至于次要的十种密码体系，上校只考虑第一个轮盘，这是最容易的。但接下来都是根据第二个轮盘的原则，看看誊写件。假想一下内圈是活动的，转动它，让首字母'A'同外圈的任何字母相遇。这样你就能得到一个体系，'A'改写成'X'，以此类推。另一体系是'A'同'V'相遇，以此类推……每圈上有二十二个字母，你就能得到不是十个而是二十一个密码体系,剩下的第二十二个没有用,因为'A'与'A'相遇了……"

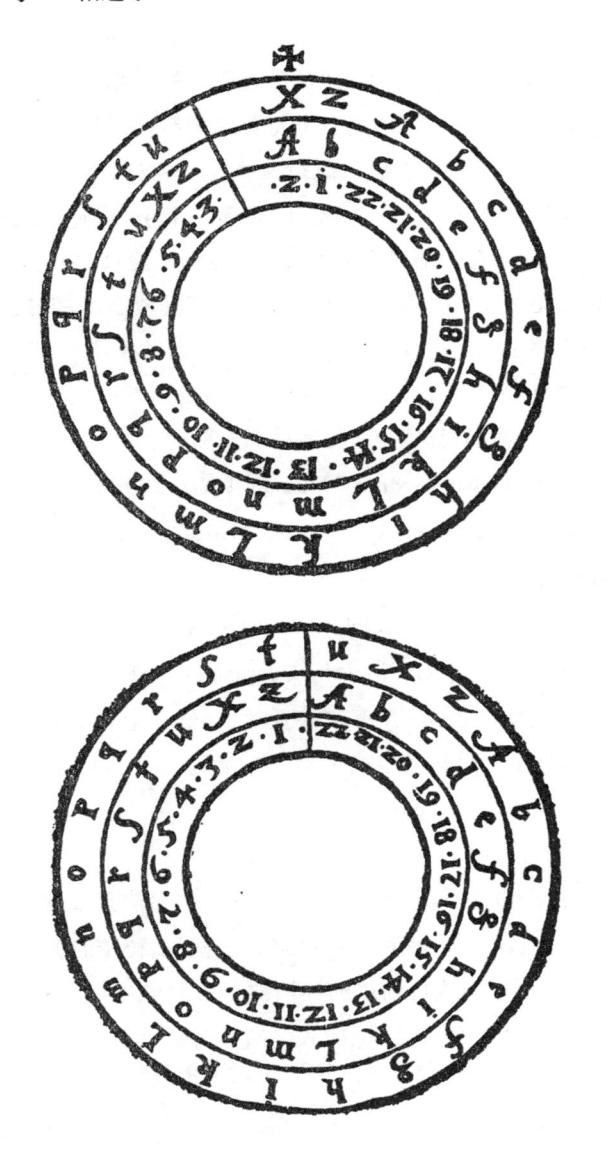

"你不要对我说,你为每个词的每个字母都试验过二十一个密码系统……"

"我不是笨蛋,而且我还有运气。鉴于最短的词有六个字母,那就很明显,只有前面六个是重要的,其余只是为了摆摆样子。为什么是六个字母?我想是因为因戈尔夫将首字母编码,然后跳过一个字母,将第三个字母编码,然后再跳过两个字母,将第六个字母编码。如果对首字母我使用的是一号轮盘,对第三个字母,我就试着用二号,就产生一个意思。那时我又用第三号轮盘试验第六个字母,又有了另一种意思。我不排除因戈尔夫还使用了其他字母,但三个证明对我来说就够了,如果你愿意的话,你可继续做做看。"

"你不要再吊我胃口了,你从中得出什么结论?"

"你再看看密函,我把有效的字母下面都划了线。"

Kuabris Defrabax Rexulon Ukkazaal Ukzaab Urpaefel Taculbain Habrak Hacoruin Maquafel Tebrain Hmcatuin Rokasor Himesor Argaabil Kaquaan Docrabax Reisaz Reisabrax Decaiquan Oiquaquil Zaitabor Qaxaop DugraqXaelobran Disaeda Magisuan Raitak Huidal Uscolda Arabaom Zipreus Mecrim Cosmae Duquifas Rocarbis

"现在,我们知道第一个密文涉及什么,是三十六个隐形者。现在,你听着,按第二号轮盘替换了第三个字母之后出来的结果什么:chambre des demoiselles,l'aiguille creuse。"

"这我知道,这是……"

"在埃特勒塔河下游——小姐闺房——在福瑞弗塞城堡下——空心尖塔。这是亚森·罗宾①发现'空心岩柱'的秘密时解密出来的密文!我提醒你:在埃特勒塔河的河滩上耸立着'空心岩柱',一座天然城堡,里边可以住人,当恺撒入侵高卢时那是他的秘密武器,后

---

① Arsène Lupin,法国作家莫里斯·勒布朗(Maurice Leblanc,1864—1941)作品中的侠盗。

来为法国国王们所占有。它是罗宾无限权势的发源地。你知道,罗宾学者们为这个故事而疯狂,他们纷纷去埃特勒塔朝觐,寻找另一些秘密通道,把勒布朗的每一个词都做成字谜……因戈尔夫也是个罗宾学者,正如他也曾是玫瑰十字会学者一样,所以总是用我演示的方法加密。"

"不过,我的那些魔鬼作者总是可以说,圣殿骑士了解岩柱的秘密,所以密文是十四世纪在普罗万写成的……"

"对,这我知道。但现在第三封来了。第三号轮盘应用在第六个字母上。你听着:'merde i'en ai marre de cette steganographie'①。这是现代法语,圣殿骑士是不会这么说的。因戈尔夫却会这样,在他把自己的那些废话编成密码却被弄得焦头烂额之后,他又再一次以诅咒他正在编写密码的行为而自娱。但他仍不失机灵,我提醒你注意,三封密文,每封都是由三十六个字母组成的。砰,我的小可怜,因戈尔夫像你们一样在玩把戏,而那个愚蠢的上校却把他当真了。"

"那么,因戈尔夫为什么消失了呢?"

"谁对你说他被人杀害了呢?因戈尔夫厌恶老住在欧塞尔,在那里只能看到一个药剂师和整天哭哭啼啼的老处女女儿。至少去巴黎也许能够赚上一票,转卖自己的一本旧书,再找一个随遇而安的风流寡妇。如同那些出门去买烟的男人,老婆就再也见不到他们了。"

"那上校呢?"

"不是你告诉我的吗?就连那个警察也不能肯定他是否被人杀害了。他惹了点麻烦,那些受害者认出了他,他就逃之夭夭了。他此时此刻也许正在向一位美国游客兜售埃菲尔铁塔模型呢,他摇身一变成了杜邦。"

我不能全面退却:"那好吧,我们是从一份送货清单开始的,但我

---

① 法文,他妈的,我受够了暗号书写法。

们还是够聪明的。我们也知道我们正在编故事,我们把它变成了诗篇。"

"你们的计划并不富有诗意。反而滑稽可笑。人们不会因为读了荷马的诗篇而想到去焚烧特洛伊城。按他的说法,特洛伊的大火从未发生过,也将永远不会发生,但是它将会永远存在。它具有很多的意义,因为一切都很清楚,一切都条理分明。你的那些关于玫瑰十字会的宣言既无条理又不清晰,是腹鸣,却允诺有一个秘密。因此很多人都想将它们变为现实,每一个人都找到了他想要的。在荷马史诗中无任何秘密可言。你们的计划充满了秘密,因为充满了矛盾。为此,你们或许会找到成千上万没有主见的人愿意自投罗网。抛弃这一切吧。荷马并没有装模作样。你们却在故弄玄虚。当心点,大家会相信你的。塞麦尔维斯叫医生接触产妇之前要洗净手,人们没有相信他。他说的事太普通了。人们相信卖生发液的人。他们本能地感到,他把前后矛盾的真实情况混在一起,那既不合乎逻辑,又不诚实。然而人们总说上帝是复杂的,深奥难测的,所以前后不一是他们感到的与上帝的本质最为相似的东西。似是而非的东西与奇迹最为相似。你们发明了一种生发液。我不喜欢,这是一个恶劣的游戏。"

这个故事没有破坏我们在山上几周的休假。我常愉快地散步,阅读严肃的书籍,我从未同孩子如此亲近过。但是在我与莉娅之间却有些难以说出口的事。一方面,莉娅把我逼到墙角,让我没有退路,她为羞辱我而愧疚,另一方面她又不相信她已劝服了我。

事实上,我十分想念"计划",我不愿舍弃它,我与它相伴已久。

前几天早晨,我起了个大早,去赶到米兰的唯——趟火车。在米兰我会接到贝尔勃从巴黎打来的电话。我就会开始经历我尚未终结的故事。

莉娅是对的。我们本应早点谈谈这些事。但我或许照样不会听信她的话。我经历了"计划"的创建，如蒂菲莱特时刻，塞菲拉的心脏，规则与自由的和谐。迪奥塔莱维告诉我说，摩西·科尔多维罗曾警告我们说："谁要是因为他的《托拉》而对无知者表现出傲慢态度，也就是说对雅赫维全体子民表现出傲慢，那他就会使蒂菲莱特对马尔库特表现出傲慢。"但马尔库特是什么，是地球王国，我现在才明白了它那闪闪发光的纯真。了解它还来得及，但要幸免于真理却为时已晚。

莉娅，我不知道能否再见到你。如果再也见不到你，那你留给我的最后印象就是几天前的早晨，你盖着被子半睡半醒的模样。我亲吻了你，恋恋不舍地离开了。

第七章
耐扎克

一〇七

你可看见那黑狗在麦陇和草丛中游荡？……我感到它似乎在画一个圈套，不久就要套住我们的脚跟。圈子变小了，它已经逼近。

《浮士德》Ⅰ，"城门外"

我不在的时候，特别是在我返回的前几天发生的事情，我只能根据贝尔勃的文档推测。但是其中只有一个文档条理清晰，这也是最后一个文档，可能是他去巴黎之前输进去的，为了保留这段记忆，好让我或别人能够读到它。其他文档，通常是他为自己写的，自然就不那么容易解读了。因为我已经进入他对阿布拉菲亚说体己话的私人世界里，所以只有我才能够解读它们，或者至少可以做出推测。

那是六月初。贝尔勃有点烦躁不安。医生们渐渐明白他和古德龙可能是迪奥塔莱维的唯一亲属，终于说了病情。针对印刷厂工人和校对的发问，古德龙现在做出一个双音节词的嘴型，不发出任何元音。就这样来命名禁忌病。

古德龙每天都去找迪奥塔莱维，我觉得她那双充满怜悯的眼睛会使他感到困扰。他自己知道，但他羞于其他人知道此事，他说话已很费力。贝尔勃曾写道："他的面孔只剩下颧骨。"他的头发在脱落，但这是治疗的副作用。贝尔勃曾写道："他的双手只剩下骨瘦如柴的指头。"

我想，在他们某次痛苦的交谈中，迪奥塔莱维提前向贝尔勃讲出了他最后那天向他讲的话。贝尔勃已经感到太执着于"计划"是不好的，也许就是"恶"。但是，也许是为了使"计划"更客观，并还它以纯粹虚构的面目，他一字一句地把它写了下来，就如同上校的回忆录似的。他讲述时就好像是一个洞悉奥秘者传达其最后的秘密。我想，对他来说，也许就是一种疗法：他要把不属于生活的东西归还给文学，哪怕是糟糕的文学。

然而在六月十日肯定发生了什么事，使他心烦意乱。关于这方面的记载很乱，只能凭推测。

洛伦扎请他开车送她去利古里亚海岸，她要顺道去女友那里取一样什么东西，可能是一份文件、一份公证书、一件完全可以邮寄的小东西。贝尔勃同意了，他高兴极了，因为想到可以同她去海边度过星期天。

他们到了那个地方，我没能弄清究竟是什么地方，也许靠近菲诺港。贝尔勃的描述是带有情绪的，没有透露看到什么景观，而是极端的发作、情绪紧张、灰心丧气。洛伦扎去办她的事，贝尔勃在一家酒吧等待，然后她说他们可以去一个临海的山顶上吃海鲜。

从这时起，故事就变得支离破碎了。我从贝尔勃不打引号的谈话片断中推断故事的来龙去脉。看上去是事后马上写的，以便不漏掉细节。他们是驱车前往的，直到车无法通行为止。然后，他们沿着利古里亚海岸那些布满鲜花又难以行走的山间小径继续前行。他们找到了那家餐馆，但是刚刚落座，就看到在旁边的桌子上立着一张为阿列埃先生保留座位的卡片。

你看，多巧呀，贝尔勃应该是这样说的。讨厌的巧遇，洛伦扎说，她不愿让阿列埃知道她同他在一起。为什么不愿让他知道，有什么不好，阿列埃有什么权利嫉妒呢？这不是什么权利的问题，是得不得体的问题。他邀请我今天出去,我说我有事,我不愿被看成大话精。你没撒谎,你真的是和我在一起,这难道是一件丢人的事吗?不丢人,但得允许我有自己待人处世的规矩。

他们离开了餐馆,又开始攀登山间小路。但洛伦扎突然停了下来,她看到了贝尔勃不认识的一些人来了,他们是阿列埃的朋友,她说她不愿让他们看到。情况很尴尬。旁边有个长满橄榄树的陡峭溪谷,她背靠在溪谷上小桥的栏杆上,脸埋在一张报纸里,好像她极度渴望知道世界上正在发生什么事情似的,他则离她有十步远,抽着烟,假装偶然路过这里。

与阿列埃同席的那些人过去了,但洛伦扎说,现在如果继续沿着这条山间小路走,就有可能碰到他,他肯定快要出现了。贝尔勃说,去他的吧,见鬼去吧,碰到又怎么样?洛伦扎说他没有起码的同情心。办法有了,避开小路沿着峭壁回到停车的地方。贝尔勃跑得气喘吁吁,穿过一个又一个朝阳的山间高台,他的一只脚都扭伤了。洛伦扎说你没见过比这更美的风景了吧,都因为你抽烟抽得凶,难怪上气接不上下气。

他们回到车上,贝尔勃说还是返回米兰为好。不,洛伦扎对他说,也许阿列埃迟到了,我们可能会在高速公路上碰到他,他认得你的车,你看,今天天气多好,我们往里面开吧,那里风光明媚,我们上太阳高速公路到波河岸边的帕维亚吃晚饭。

为什么要到波河岸边的帕维亚,什么叫往里面开,只有一种解决办法,你看地图,我们过了乌肖之后要爬山,然后越过整个亚平宁山,在博比奥停留一下,再到皮亚琴察,你疯了,比汉尼拔和他的大象还糟糕。你没有冒险精神,她说,而且你想想,我们在那些山上能找到多少漂亮的小餐馆啊。车到达乌肖之前,有马努埃里纳餐馆,它在米其林上得了十二颗星,我们想吃的鱼全有。

马努埃里纳餐馆已座无虚席,来客排成了长队,眼巴巴地盯着正在上咖啡的那些餐桌。洛伦扎说,没关系,再向上爬几公里就会找到其他比这还好的餐馆。他们在下午两点半时找到了一家餐馆,它坐落在一个名声不好的乡镇上,据贝尔勃说,连军事地图上都羞于标注它。他们吃的是煮得过烂的面条,外加罐头肉。贝尔勃问她背后搞的什么名堂,因为她把他带到阿列埃要去的地方并非偶然,她是想挑衅某个人,而他难以弄清她想挑衅的是他们二人中的谁,而她却诘问他是否妄想狂。

过了乌肖之后,他们穿过一个小村庄,试图翻过一座山。这个小村庄就像是在波旁王朝时代西西里的一个小村庄,正当星期天的下午,一条黑色大狗突然出现,挡在公路上,好像它从来没见过汽车似的。车的前保险杆撞到了它,乍一看没有什么要紧的,然而他们下车察看时才发现这可怜的畜生肚子上鲜血淋漓,还有某些奇怪的玫瑰色的东西(阴茎还是内脏?)露在外面,它流淌着口水在呻吟。一些乡下人跑过来,他们围过来像开村民大会似的,贝尔勃问谁是狗的主人,他会赔偿损失的,但是这条狗没有主人,是条野狗。它可以说占了那个被上帝遗忘的角落里十户居民中的一户,但谁也不知道它是谁家的,尽管大家都见过它。有人说要找一个宪兵队的上士来给它补一枪,完事。

他们正在寻找宪兵队上士,这时来了一位女士,她自称是动物保护人士。我有六只猫,她说。这又有何干,贝尔勃说,这是一只狗,就要死了,我还有急事。不管是狗是猫都要有一点爱心,这位女士说。找什么宪兵队上士,要去找动物保护协会,或者到附近的医院去,也许这畜生还有救。

火热的阳光直冲贝尔勃和洛伦扎射来,也照射在汽车上和在场的围观者身上,它好像永不落山似的。贝尔勃感到自己像只穿着内裤就出了门,但没法醒过来,找不到上士,狗仍流血不止,喘着气发出呻吟声。它在哀吠,咬文嚼字的贝尔勃说,而那位女士也说,当然,当然是在哀吠，可怜的宝贝在痛苦中挣扎，为什么您不能小心点呢？围上来的人越来越多，贝尔勃、洛伦扎和狗变成了这悲伤星期天的一台戏。一个小姑娘手里拿着冰淇淋走近了问他们是不是电视台的人在这里组织"亚平宁利古里亚小姐"选拔赛，贝尔勃叫她立即离开这里，否则她的下场会和这条狗一样，小姑娘被吓哭了。来了一个市镇医生，他说小姑娘是他的女儿，而贝尔勃不知道他得罪的是什么人。在很快地互致歉意和自我介绍之后，才知道这位医生在米兰著名的马努齐奥出版社出版了一本《一个迷失的女村医的日记》。贝尔勃跌入了陷阱，说自己是马努齐奥出版社的大人物，医生想留他和洛伦扎共进晚餐，洛伦扎焦急地用臂肘捅贝尔勃的肋骨，要是这样，我们就会被曝光在报纸上，魔鬼情人，你就不能闭嘴吗？

太阳仍在高照，晚祷的钟声已经敲响（我们是处在"最后的图勒"，贝尔勃低声评论。六个月有太阳，从午夜到午夜，而我没有烟抽了），那条狗还在挣扎，现在谁也不再注意它了，洛伦扎说她的气喘病发作了，贝尔勃现在已经可以断定宇宙是造物主犯的一个错误。终于他有了一个主意，他们可以开车到附近的市镇寻求救援。爱护动物的那位女士也赞同，叫他们快去快回，她信任在出版诗文的出版社工作的人，她也很喜欢马里诺·莫莱蒂[①]的诗文。

贝尔勃驾车离开了，他玩世不恭地穿过了附近的市镇，洛伦扎咒骂上帝从第一天到第五天造出来的污染地球的所有动物，贝尔勃赞同她，但进一步批评了上帝在第六天的造物，也许还要批评第七天的休息，因为这是他经历过的最该死的星期天。

他们开始翻越亚平宁山，在地图上看起来好似不难，却花费了好几个小时，他们跨过了博比奥，在傍晚时分到达了皮亚琴察。贝尔勃

---

① Marino Moretti（1885—1979），意大利黄昏派诗人、小说家。

觉得很累,他想至少同洛伦扎一起共进晚餐,他在靠近火车站的唯一一家还有空房的旅馆订了一个双人间。当他们上楼后,洛伦扎说,像这样的地方,我是睡不着觉的。贝尔勃说他们或许可以找另外的地方,只要她让他下去到酒吧喝一杯马丁尼酒。他只找到一杯国产白兰地,他再上楼回到房间时,洛伦扎已不见了踪影。他到前台去问,看到了一个留言:"亲爱的,我发现有趟很棒的车去米兰。我走了。我们下周见。"

贝尔勃急忙跑到车站,站台上已空空如也,正如西部片中的情景一样。

贝尔勃在皮亚琴察住了一宿。他想找一本侦探小说看看,但就连车站报亭也关门了。在旅馆里他只找到一本《旅游俱乐部》杂志。

真倒霉,杂志上就有一篇写关于翻越亚平宁山的报道,他刚从那里经过。在他的记忆中——这段记忆已经模糊,就好像是很久以前发生的事一样——那里是一片烈日炙烤、尘土飞扬的干旱土地,到处是矿场的碎石与岩屑,而在杂志的铜版彩色纸页上,却成了梦想之地,甚至值得再次徒步重游,一步一步地回味美景。简直是七海吉姆的萨摩亚群岛。

一个人怎么能只因为撞了一条狗就一败涂地呢?然而事实如此。那天晚上在皮亚琴察贝尔勃决定搞他的"计划",因为这样就不会再遭遇别的失败了,因为在"计划"里他一个人就能够决定是什么人、怎么样和什么时候。

并且应当是在那天晚上,他决定要报复阿列埃,即便他还不太清楚为什么和出于什么理由。他打算把阿列埃拉进"计划"中来,而不让他知道。另一方面,这是贝尔勃的典型做法,报仇雪耻只要他一个人见证就行了。不是出于羞怯,而是因为对别人不信任。一旦阿列埃跌到"计划"中,他就将消逝,就像烛芯一样化为一股轻烟。就如同普罗万圣殿骑士、玫瑰十字会,还有贝尔勃自己一样不真实了。

这不会很难,贝尔勃想:我们都能把培根和拿破仑贬低到我们所需要的份上,为什么不能把阿列埃也搞成那样?我们也派遣他去寻找"地图"。抛开阿尔登蒂和他的回忆,把他放进比他的虚构还要好的虚构中,我获得了解脱。阿列埃也将一样。

我想他是真的相信这一点,何况落空的欲望是那样强烈。他那个文档不可能有其他的结尾,只能以引述所有被生活战胜的人的话作为结束:Bin ich ein Gott?[①]

---

① 德文,我是一个神吗?

一〇八

>在围绕我们的所有颠覆运动背后,通过舆论施加的隐蔽影响是什么呢?有各种不同的"力量"在运作吗?或者只有一种"力量",一个指挥所有其他团伙的隐形团伙——真正知晓奥秘者的圈子?
>
>内斯塔·韦伯斯特《秘密会社与颠覆运动》
>伦敦,博斯韦尔出版社,一九二四年,第三四八页

也许他会忘记他的设想。也许他只要把它写出来就行了。也许他能立刻见到洛伦扎也就足够了。他又会被欲望所困扰,欲望迫使他同生活达成和解。然而相反,正是在星期一下午,阿列埃出现在办公室里,浑身散发着异国情调的香水气味,面带微笑,把一些要"枪毙"的书稿交给他,并且说他是在利古里亚海滨欢度一个美好周末时读的。贝尔勃再次充满了怨恨。他决定戏弄他一番,用血玉髓来诱惑诱惑他。

于是,他以薄伽丘笔下的布法尔马科那种轻浮人的口气说,他十多年来就被一个秘密折磨。一个叫阿尔登蒂的上校称他掌握圣殿骑士的"计划",交给他一份手稿……上校被绑架或被杀害,凶手把他的材料据为己有,可上校离开加拉蒙出版社时带走了一篇设圈套的文章,有意弄得错误百出,奇异怪诞,甚至幼稚可笑,唯一的用处是让人明白他瞧见过普罗万的密文和因戈尔夫真正的最后札记,也就是凶

手还在寻找的那些东西。但是一份录有真实原文的十页文件夹，也就是在因戈尔夫那些材料中真正找到的东西现在在贝尔勃手中。

太有趣了，阿列埃回应道，告诉我，告诉我。贝尔勃就对他讲了。他向他讲述了整个"计划"，正如我们所构想的那样，讲得好像是在那份久远的手稿中发现的。他甚至以慎重保密的口吻对他说一个叫德·安杰里斯的警察快要接近真相了，但他遭遇到他神秘的沉默——这么说并不为过——贝尔勃是人类最大秘密的守护者。这个秘密归根结底变成了"地图"的秘密。

说到此处他停顿了一下，像所有伟大的停顿一样充满了不言而喻的奥妙。他关于最终真相的知而不言保障了开端的真实性。对那些真正相信秘密传统的人来说（他算计着），没有什么比沉默更掷地有声了。

"这多有趣，多有意思，"阿列埃说着，从小坎肩的口袋里掏出了鼻烟盒，心不在焉地问，"那……地图呢？"

贝尔勃想：你这个老奸巨滑的偷窥狂，你已经有点激动了，你装得像圣日耳曼一样气派，其实只不过是一个靠玩纸牌戏法过活的无赖，然后你从第一个比你更加无赖的无赖那里买下了斗兽场。现在我就派你去寻找那些地图吧，这样你就会消失在地球内脏里被潮流卷走，让你到布满凯尔特人插头的南极去碰得头破血流吧。

贝尔勃以慎重的口气说："自然在手稿中也有地图，也就是关于它的准确描写和对原件的详细说明。真出人意料，您永远想不到答案是多么简单。地图是大家唾手可得的，谁都能看到它，几百年以来每天有成千上万人从它前面经过。从另一方面看，它的定向体系又极其简单，只要把模式记住就行了，地图是能够在任何地方立即被复制出来的。是如此简单，又是如此难以预料……假设一下——我说这些只是为了让您有一个概念——就好像地图是刻在胡夫金字塔上似的，展示在所有人的眼前，所有人几百年以来读了又读不断解密，想找到其他启示、其他算计,不去直观令人难以置信的简单答案。那是纯洁无邪的杰作。也是背信弃义的产物。普罗万的圣殿骑士是魔法师。"

"您真的引起了我的好奇。您不能让我看看吗?"

"我向您坦陈,我全毁掉了,那十页纸和地图。我那时吓坏了,您会理解的,是吧?"

"您是说您把如此重要的文件毁掉了……"

"我是把它毁掉了,但我对您说,启示非常简单明了。地图就在这里,"他拍了拍自己的前额——他很想笑,因为他想起了德国人的一个笑话,"全在我的屁股上","我与那个秘密形影不离已有十多年了,我把地图带在这里也十多年了,"他又拍了拍脑门,好像着了迷一样,"只要我决定接受三十六个隐形者的遗产我就可能获得巨大的权力,我因此胆战心惊。现在,您明白为什么我要说服加拉蒙先生出版'揭开面纱的伊希斯'和《魔法史》了。我在等待与对的人接触。"然后,他越来越进入了那个角色,为了让阿列埃接受考验,他向他逐字逐句地诵读了《空心岩柱》的结尾处罗宾在博特莱面前的慷慨陈词:"有时候,我的权势使我头晕目眩。我醉心于力量和权威。"

"算了吧,亲爱的朋友,"阿列埃说,"您是不是过于相信了一个狂热者的幻想?您敢肯定那份文件是真实可靠的吗?为什么您不相信我在这些事情上的经验呢?您知道,在我的一生中,我有过多少这样的发现。我至少可以证明它们是否有根据。我只要扫一眼地图就能评估出它是否可靠。我以在传统制图学方面的知识为豪——尽管有限,但很准确。"

"阿列埃博士,"贝尔勃说,"您也许是第一位提醒我一个被揭开的秘密就不再有任何用处的人。我沉默了很多年,我还可以继续保持沉默。"

他缄默不语。阿列埃不管卑鄙与否,都认真地演绎他的角色。

他一生都在乐此不疲追逐不可捉摸的秘密,他坚定地相信,贝尔勃的嘴巴也许永远封起来了。

在那个时刻,古德龙进来了。她宣布说,在博洛尼亚的会晤定在星期五中午:"可以乘早上的特快列车。"

"早晨那趟快车非常舒适。"阿列埃说,"但要预订座位,特别是在现在这个季节。"贝尔勃说哪怕在最后一刻上车也能找到座位,至少在提供早餐的餐车车厢里。"那就预祝您能找到了,"阿列埃说,"博洛尼亚是一座美丽的城市。但是在六月份热极了……"

"我在那里也就待两三个小时。我要去参加关于一本铭文学著作的讨论,我们在插页的复制上遇到了一些问题。"然后放出话来,"我的假期还没到。我将在夏至前后度假,也许我决定在……您明白我的意思吧。我相信您会为我保密。我把您当做朋友。"

"我比您更善于守口如瓶。无论如何,我感谢您对我的信任,真的。"说罢他便离开了。

贝尔勃离开了,他为这次会晤感到欣慰。他讲述的关于这卑鄙无耻尘世的天马行空的故事取得了完全的胜利。

第二天,他接到了阿列埃的电话:"请原谅我,亲爱的朋友。我遇到了一个小问题。您知道我在从事小型的古书贸易活动。今晚从巴黎要来大约十二本十八世纪的珍本精装书,我一定要在明天之内送到我在佛罗伦萨的代理人那里。我本应亲自送去,但我有事脱不开身。我想到了一个解决办法。您要去博洛尼亚。我明天在车站上等您,在开车前十分钟,我把一个小行李箱交给您,您把它放在行李架上,到了博洛尼亚就把它留在那里,假如您最后下车,这样更好,可以保证谁也不会把它窃走。在佛罗伦萨,我的代理人将在车停站时上车把它取走。这给您带来了麻烦,我知道,但如果您能帮我这个忙,我将感激不尽。"

"没有问题,"贝尔勃回答说,"但是您那位佛罗伦萨的朋友怎么知道我把小行李箱放在什么地方呢?"

"我比您有先见之明,我已预订了一个座位,8车厢45号,一直到罗马,这样一来,不管是在博洛尼亚还是在佛罗伦萨都不会有人上来坐这个位子。您看,为弥补我给您带来的麻烦,我为您确保了一个座位,不用到餐车临时凑合去了。我不敢也给您买票,我不想让您认为我是想以如此粗俗的方式偿还您的人情。"

这真是一位君子,贝尔勃想。他将会送我一箱好葡萄酒。要为他的健康干杯。昨天我想叫他消失,而现在我甚至在帮他一个忙。算了,我不能对他说不。

星期三早晨,贝尔勃提早去了火车站,他购买了去博洛尼亚的车票,他在8号车厢旁找到了提着小行李箱的阿列埃。那行李箱挺重的,但并不鼓鼓囊囊。

贝尔勃把行李安放在45号位置上,并安顿下来,拿出一沓报纸来看。那天的新闻是贝林格[①]的葬礼。过了一会儿,一位蓄着胡子的男士坐到他旁边。贝尔勃觉得好像见过他(后来他想到,可能是在皮埃蒙特,但他不敢肯定)。开车时,车厢里已坐满了人。

贝尔勃在看报,然而那位蓄胡子的旅客却尝试同所有人交谈。话题从评论天气热和空调不够冷开始,讲到在六月份不知道该穿夏装还是穿春秋季的服装。他发现最好的服装是阔条法兰绒薄上衣,正如贝尔勃穿的那种,他问贝尔勃是不是英国产的。贝尔勃回答说是的,巴宝莉牌,他又继续看报。"那是最好的,"那位先生说,"但这件特别漂亮,因为没有刺眼的金色纽扣。恕我冒昧,它与您的酒红色领带非常相配。"贝尔勃向他表示感谢,又打开报纸看了起来。那人

---

① Enrico Berlinguer(1922—1984),意大利共产党总书记。

又同其他人谈论起领带同上衣非常难配的问题,而贝尔勃仍在读报。我知道,他想,大家都在看我,把我当成了一个缺乏教养的人,但我坐车不是为了搞人际关系,在地面上我已经有太多人际关系了。

那位先生又对他说:"您读那么多的报纸,各种倾向的报纸。您一定是法官或者政界人士。"贝尔勃回答说,不是,他是在一家出版阿拉伯玄学图书的出版社工作,他对他这么讲,希望能吓唬一下对手。那人显然被吓住了。

后来,检票员来了。他问,为什么贝尔勃买的是去博洛尼亚的票,而预订的却是去罗马的座。贝尔勃说他在最后一刻改变了主意。"多好呀,"蓄胡子的先生说,"可以随心所欲做决定,不需要考虑钱袋。我很羡慕您。"贝尔勃答以微笑,就把脸转过去了。看,他心想,现在大家都在看我,好像我是一个败家子,或者我刚抢了银行。

到了博洛尼亚,贝尔勃站起身准备下车。"您看,您忘了取行李箱了,"他旁座的人说。"不是,到佛罗伦萨,会有一位先生取走它的,"贝尔勃说,"我还要请您多看着点。"

"包在我身上,"蓄胡子的人说,"您就放心好了。"

贝尔勃傍晚时回到米兰,他回到家里拿出了两个肉罐头和一些薄脆饼干,打开了电视机。自然,还是贝林格。那条新闻简直就像在节目尾声时慌慌张张补上去的。

在上午的晚些时候,在从博洛尼亚到佛罗伦萨段特快列车上的8号车厢里,一位蓄胡子的旅客表示对一位在博洛尼亚下车的旅客产生了怀疑,这位旅客在行李架上留下了一个小行李箱。他说了,某个人会在佛罗伦萨把它取走,但恐怖分子不就是这样干的吗?而且,既然他在博洛尼亚下车,为什么他预订了去罗马的座位呢?

在同一车厢的旅客中一种非常不安的情绪传播开来。后来,那位蓄胡子的旅客说,他已无法忍受这种紧张气氛了。犯错总比死好,他报告了车长。车长让列车停了下来,并叫来了铁路警察。我不太知道发生了什么事,火车停在了山区,旅客们怀着焦急不安的心情从车上拥出,工兵正在赶往现场……专家打开了小行李箱,找到了一个定时爆炸装置,时间定在了到达佛罗伦萨的时候。其威力足以造成数十人伤亡。

警察再没有找到那位蓄胡子的先生。也许他改换了车厢,在佛罗伦萨下车了,因为他不愿出现在报纸上。警方发出呼吁,希望他露面。

其他旅客能非常清楚地回忆起丢下小行李箱的那位男士。他是那种叫人一看就会产生怀疑的人。他着蓝色英式上衣,没有金色纽扣,系一条酒红色领带,沉默寡言,好像不惜任何代价在回避人们的注意。但是他说漏了嘴,说他为一家报纸、一家出版社工作,他的工作(在这点上证人的意见就有分歧了)与物理、天然气或灵魂的转世轮回有关。但可以肯定的是与阿拉伯人有牵连。

警察局和宪兵队都惊恐不安。报告送到侦察机关仔细审查。两个利比亚人在博洛尼亚被拘留。警察局的制图师正在绘制犯罪嫌疑人的画像,现在已把它放上所有节目了。这幅画像不像贝尔勃,但贝尔勃却像这幅画像。

贝尔勃确定了,放小行李箱的人就是他。但是小行李箱中放的是阿列埃的书。他给阿列埃打电话,但电话那头无人应答。

已经是深夜了,他没有勇气再出去转悠,服了一片安眠药入睡了。第二天早晨,他再次试着拨电话寻找阿列埃。仍然无人应答,于是他下楼去买报纸。幸运的是头版仍然登满了送葬的消息,关于火车的新闻和模拟画像刊登在报纸内页上。他又上了楼,把领子竖起来,后来发觉他还穿着那件上衣,幸运的是没有系那条酒红色领带。

当他再次想把发生的事串联起来时,他接到了一个电话。一个陌生的外国口音,好像带点巴尔干人的腔调。一通甜蜜圆润的电话,好像是一个人抱着善意谈论与他毫不相干的一件事似的。他说,可怜的贝尔勃先生受到一件不愉快的事牵连。任何时候在没有核查包裹内容的情况下都不应当为他人充当邮差。如果有人向警察通风报信说,贝尔勃先生就是那个45号座位上的陌生人,那可就倒霉透了。

当然可以避免走到那一步,只要贝尔勃决定合作。比如,说出圣殿骑士的地图在哪里。既然米兰已经成为一个焦点城市,大家都知道快车上的杀手是从米兰出发的,谨慎起见,不如把整件事转移到一块中立的土地上,比如巴黎。不如在一周之内把会晤安排在曼蒂科尔路三号的斯隆书店吧?但也许最好在有人认出他之前立即动身。斯隆书店,曼蒂科尔路三号。在六月二十日星期三的中午,他会碰到一个熟面孔,就是那个同他在车里相谈甚欢的蓄胡子的先生。他会告诉他,到什么地方去找其他的朋友,然后到夏至那天,在好伙伴的陪同下,贝尔勃就会知无不言,言无不尽,一切都将结束,没有伤害。曼蒂科尔路三号,很容易记住。

一〇九

圣日耳曼……文雅清秀，幽默诙谐……他说他掌握着所有秘密……为了使他再现，他常常使用那面著名的魔镜，它也助长了他的声望……鉴于他常利用反射的效果，召唤受欢迎的、经常是几乎无法辨认的影子，他同另一个世界的联系已被证实。

勒库尔特·德·康特勒《派别与秘密会社》
巴黎，迪迪埃，一八六三年，第一七〇至一七一页

贝尔勃感到不知所措。一切都很清楚。阿列埃相信了他的故事，他想得到地图，设计了一个陷阱，现在他已把他攒在手心里。要么贝尔勃去巴黎，去揭露他所不知道的（但他不知道这个事实，只有他一个人知道，我离开时没有留地址，迪奥塔莱维已到弥留之际），要么意大利的所有警察都会扑向他。

然而阿列埃可能屈就如此肮脏的游戏吗？他能得到什么好处呢？一定要揪着这个老疯子的衣领，只有把他拽到警察局才能够从这桩事中解脱。

他叫了出租车，到靠近皮奥拉广场的那幢公馆去。窗户紧闭，在大门上挂了一块房地产中介公司的牌子：招租。这太疯狂了，阿列埃一周前还住在那里，他还给他打过电话。他按了邻居的门铃。"那位先生？昨天他才搬走的。我还真不知道他搬到什么地方去了呢，我和他只是点头之交,他很内向,好像总是在旅行。"

没有别的办法,只有去问房地产中介公司了。但是公司职员从未听说过他。这幢房子当时是由一家法国公司租用的。房租通过银行定期转账。在二十四小时内办完了退租手续,并且放弃了押金。他们所有的联系都只通过信件,中间人是一个叫拉戈夫斯基的先生。其他情况,他们就一概不知了。

那是不可能的。不管他叫拉科斯基还是拉戈夫斯基,这位造访上校的神秘人士、被足智多谋的德·安杰里斯和国际刑警组织通缉的人,可以这样到处租房子。在我们的故事里阿尔登蒂说的那个拉科斯基是俄国社会安全和秩序保卫局的拉奇科夫斯基的转世,而追根溯源他就是圣日耳曼。但这同阿列埃有什么关系呢?

贝尔勃去了办公室,上楼时就像一个小偷,他关在房间里闭门不出,想把问题弄清楚。

这会让人失去理智,而贝尔勃相信他已经失去了理智。没有可以相信的人了。正当他揩去额头上的汗珠时,他机械地翻了一下桌子上前一天送来的稿子,他就这样随意翻着,突然在翻到一页时,他看到了阿列埃的名字。

他看了看稿件的标题。某个魔鬼作者写的短文,《关于圣日耳曼伯爵的真相》。贝尔勃翻到那一页读了起来。上面引述沙科纳克的传略,称克洛德-路易·德·圣日耳曼依次使用了叙尔蒙先生、索尔蒂可夫伯爵、韦尔登先生、贝尔马侯爵、拉科齐或拉戈斯基王子等名字,但他的姓却是圣马丁伯爵和阿列埃侯爵,来自他在皮埃蒙特的那些祖传领地。

好极了,现在贝尔勃可以消停了。不仅他被当成恐怖分子通缉,找不到出路,不仅"计划"是真实的,阿列埃不仅在两天之内人间蒸发了,而且他没有撒谎,他就是真正的不朽的圣日耳曼伯爵,他也从未隐瞒这件事。在那个被证实的谎言旋涡中唯一真实的就是他的名字。甚至不,他连名字也是假的,阿列埃不是阿列埃,但他到底是谁并不重要,因为事实上,多年来他的行为表现就如同我们将在更晚一些时候虚构的故事中的人物一样。

不管怎样,贝尔勃别无选择。阿列埃消失了,他无法向警察表明是谁把小行李箱交给了他。就算警察相信了他,那就牵出了他是从一个被通缉的杀人犯那里接过那个小行李箱的,那个人杀了阿尔登蒂上校,并且至少做了他两年的顾问。好一个脱身的借口。

但是为了构思出这全部的故事——它本身就够得上一部小说了——并且为了说服警方,就需要设想出超越虚构本身的另一个故事。也就是说我们发明的"计划"中点点滴滴的细节,包括最后对地图进行的艰难寻找,必须与一个真实的计划相吻合,阿列埃、拉科斯基、拉奇科夫斯基、拉戈斯基、蓄胡子的先生、"特莱斯",还有普罗万的圣殿骑士,全都包括在内。上校是正确的。但是他正确的同时却又错了,因为归根结底我们的"计划"有别于他的计划,如果他的计划是真实的,那我们的"计划"就不可能是真实的,反之亦然,所以如果我们是对的,为什么十年前拉科斯基要从上校那里偷走一份假造的回忆录呢?

那天早晨单就阅读贝尔勃输入阿布拉菲亚的文档,我就想用头撞墙,为了说服我自己,墙壁,至少墙壁是真实的。我能想象贝尔勃在那天和在其后的日子里是怎么想的。但事情并未完结。

贝尔勃想找人出主意,他给洛伦扎打了电话。但她不在。他敢打赌自己再也不会看到她了。从一定意义上讲,洛伦扎是阿列埃发明的造物,阿列埃则是贝尔勃发明的,而贝尔勃已经不再知道自己是由谁发明出来的了。他又拿起报纸,唯一可以肯定的是,他是模拟画像上的那个人。为了彻底打消怀疑,在这个时刻办公室来了一个电话,还是那个巴尔干口音,还是那些劝告和建议。在巴黎会晤。

"你们究竟是谁?"贝尔勃吼叫着。

"我们是'特莱斯',"那声音回答,"而您对'特莱斯'比我们了解的还清楚。"

那时他下了决心。他拿起电话找德·安杰里斯。警察局那头一直为难他,好像说警官已经不在那里工作了。然后在他的再三要求下,向他让了步,把电话接到另一个办公室去。

"哎呀,看是谁呀,贝尔勃博士,"德·安杰里斯说,他的腔调使贝尔勃感到有点讽刺的意味,"巧了,我正在收拾行李。"

"行李?"贝尔勃担心,他是在暗示吗?

"我被调往萨丁岛了。似乎在那里工作比较省心。"

"德·安杰里斯先生,我有急事要同您谈谈。是关于那件事……"

"什么事?"

"就是上校的那件事。还有别的事……有一次您问卡索邦,他是否听说过'特莱斯'。我听说过。我有事要向您报告,很重要。"

"您别对我说。那已经不是我该管的事了,而且您不觉得有点晚了吗?"

"我承认,我在几年前对某些情节保持了沉默,但是现在我想向您坦陈。"

"不,贝尔勃博士,您不要对我讲了。首先您知道肯定有人在监听我们的电话,我想叫那个人知道我什么也不想听,什么也不知道。我有两个孩子。很小。有人让我知道孩子可能会发生不测。为了证明他们不是同我开玩笑,昨天早晨,我妻子刚把汽车发动,汽车引擎盖就飞上了天。一个很小的炸药,比爆竹稍大一点,但足以让我明白,他们说到做到,我去找警察局局长,我对他说,我一直尽职尽责地工作,甚至逾越本职,但我并不是一个英雄。我可以献出我的生命,但不能不顾我妻子和孩子的生命。我要求调离。后来我又去对大家说,我是个懦夫,那事可把我吓坏了。现在我也告诉您和那些监听我们谈话的人。我的职业生涯毁了,我失掉了自尊,我发现我不是一个体面人,但我救了最亲的人。大家告诉我萨丁岛风景秀丽,我甚至不用为了夏天把孩子带到海边去而存钱了。再见!"

"等一等,事态很严重,我遇到麻烦了……"

"遇到麻烦了?我真高兴。我要求您帮忙时,您没有帮我。甚至您的那位朋友卡索邦也不肯。现在您遇到麻烦了却来求我。我也是麻烦缠身。您来晚了。警察是为公民服务的,电影中总这么说,您想说的是这个吧?好吧,去找警察,找我的继任者。"

贝尔勃放下了电话。一切都无懈可击:他们连唯一一个或许能相信他的警察也恐吓了,让他断了求助的念头。

随后他想到加拉蒙,以他的社会关系,省长、警察局局长、政府高级官员,或许能助他一臂之力。于是他赶忙去找他。

加拉蒙亲切和蔼地听了他的讲述,中间偶尔礼貌地发出惊叹打断他的话,如"这叫什么事","瞧,我真不知道这是什么滋味","但这简直就是一部小说呀,甚至是一个创作"。然后他两手交叉,以无限同情的眼神盯视着贝尔勃说:"我的孩子,请允许我如此称呼您,因为我可算您的父辈了——唉,我的天哪,也许没您父亲年龄大,因为我还是一个年轻人,甚至可以说是一个少年,我可以算是一个哥哥,如果您同意的话。我是诚心对您说的,我们毕竟认识多年了。我觉得您过于激动,精疲力竭,神经紊乱,甚至疲惫不堪。您不要认为我不体恤您,我知道您全身心地扑在出版社的事业上,并且总有一天我也将会,怎么说呢,从物质的角度加以考虑,因为那也不会有什么害处。不过,我要是您的话,就会去休一个假。您说您的处境很尴尬。坦率地讲,我不是小题大做,尽管请允许我这样说,对加拉蒙出版社来讲,一个职员、优秀的职员,被牵扯进一桩尚不明朗的事情中是不愉快的。您说,有人想叫您去巴黎。我不愿深入细节,很简单,因为我相信您。那么怎样? 去吧,难道不就能立即把事情澄清了吗? 您说您——怎么说呢——同一个像阿列埃这样的正人君子发生了冲突。我不想知道你们二人之间究竟发生了什么事,我不会在您对我说的那些同名同姓的情况上过多地费脑筋。在这个世界上有多少叫日耳曼的人呀,您不认为是这样吗? 如果阿列埃真的让人对您说,来巴黎吧,一切都会搞清楚,那就去巴黎,天塌不下来。要以诚待人。去巴黎,如果心里有什么想法,可不要知而不言噢。要心口如一。所有这些秘密算得了什么呀! 如果我没弄错的话,阿列埃伯爵之所以抱怨,是因为您不愿告诉他地图在什么地方,或者一张纸、一封信函,或者随便什么东西,您有,但没什么用,而对我们的阿列埃来说至少会方便他的研究工作。我们是为文化服务的,难道我说错了? 您把这张地图、这张世界地图、这张印刷品——我连它是什么东西都不想知道——给他。他把这看得那么重是有道理的,而且是出于一个值得尊重的理由,正人君子就是正人君子。到巴黎去,握手言和,问题就全解决了。好吗? 不要杞人忧天。您知道,我会一直在这里。"然后他就抓起内线电话:"格拉齐亚女士……看,不在,我需要她时,她总是不在。您有您的麻烦,亲爱的贝尔勃,但您知道我也有自己的麻烦事,再见,如果在走廊里碰到格拉齐亚女士,叫她到我这里来。休息一下,听我的。"

贝尔勃出来,经过秘书处时,格拉齐亚女士不在那里,他看到加拉蒙的专线亮着红指示灯,显然是他正在通话。贝尔勃克制不住(我想这可能在他一生中第一次做出了如此没教养的举止)。他拿起了话筒窃听他们的谈话。加拉蒙对某人说:"您不必担忧。我想我已劝服了他。他会去巴黎的……这是我应当做的。我们同属一个精神骑士集团嘛。"

这么说加拉蒙也是秘密的一部分了。是哪个秘密呢？是那个只有他贝尔勃可以揭开的秘密。但它并不存在。

当时已经入夜了。贝尔勃去了皮拉德酒吧，他同不知是谁交谈了几句，他喝多了。第二天早晨，他去寻找唯一可能仍然是他朋友的那个人。他到迪奥塔莱维那里去了。他去向一位濒临死亡的人求助。

贝尔勃在阿布拉菲亚上留存了他们最后一次谈话的综述，我难以分清楚哪些是迪奥塔莱维说的，哪些是贝尔勃说的，因为看上去像是一个人在小声嘀咕，好似这个道出真相的人知道已经不能再抱有幻想了。

一一〇

> 伊斯梅耶·本·埃利夏拉比与他的信徒发生了这样的事：信徒学习《创世之书》，由于字母的原因，他们弄错了运动的方向，向后退走，都跌入地下，直至地球的肚脐。
>
> 萨阿迪亚(笔名)《评〈创世之书〉》

我从未见过这么像白化病患者的人，没有汗毛，也没有头发，没有眉毛，也没有睫毛。看起来像一个台球。

"对不起，"他对他说，"可以同你谈谈关于我的蹊跷事吗？"

"说吧。我是再碰不上蹊跷事了。日复一日迫不得已待在这里。"

"我听说发现了一种新的治疗方法。这些玩意儿吞噬二十岁的人，但对五十岁的人就慢下来了，还能及时找到治疗办法。"

"说说你的事吧。我还不到五十岁呢。我的体质还算年轻。我有比你早死的优先权。但你看，我说话都费劲。你说吧，这样我还可以休息一下。"

出于顺从与尊重，贝尔勃向他讲述了全部的故事。

迪奥塔莱维就像科幻电影中的"怪物"一样气喘吁吁。他现在就如"怪物"那样透明，在内外之间，在皮肉之间，在他敞开睡衣的肚皮上黄色的汗毛和黏液质的内脏之间没有分界线，只有 X 光或晚期疾病可以使之一目了然。

"亚科波,我现在躺在床上,无法看到外面发生的事。据我所知,要么你给我讲述的那些只是在你的内部发生的,要么是在外面发生的。不管哪种情况,是你还是世界变成了疯子,都是一回事。在这两种情况下,有人过分详尽地阐述、掺和与夹缠《托拉》的文字。"

"什么意思?"

"我们对'圣言'犯下了罪行,即创造了世界并使它屹立不倒的'圣言'。你现在被惩罚了,正如我受到惩罚一样。我们之间没有区别。"

一位护士进来了,给了他一点湿润口唇的东西,并告诉贝尔勃,不要使他疲劳,但迪奥塔莱维却不以为然地说:"不要管我,我要告诉他'真相',您了解'真相'吗?"

"哎呀,我,您怎么问我这,先生……"

"那么,走吧,我要告诉我的朋友一件重要的事。亚科波,你听着。正如人的身体有肢体、关节和器官一样,在《托拉》中也是这样,对吗?在《托拉》中有肢体、关节和器官,就如同在人的身体中一样,对吧?"

"对。"

"梅叶尔拉比向阿吉巴拉比学习时,把矾同墨水混在一起了,但老师却什么话也没有说。但当梅叶尔拉比向伊斯梅耶请教,问他这样做对不对时,他对他说:孩子,你在工作中要小心谨慎,因为那是一件神圣的工作,只要遗漏一个字母或者多写一个字母,就能毁掉整个世界……我们曾试图重写《托拉》,但我们没有关心那些字母是多一个还是少一个……"

"我们开了个玩笑……"

"同《托拉》可不能开玩笑。"

"但我们是同历史开了个玩笑,同其他人写的东西开了个玩笑……"

"创造世界的书难道不是《托拉》吗?给我点水喝,不,不是用杯子,把那块布蘸湿,谢谢。现在你听着。搅乱了《托拉》的字母,就意味着搅乱了世界。那是必然的。任何书,就连拼音课本也一样。像你的瓦格纳医生那样的家伙不是说过,一个玩弄文字游戏和字谜、搅乱词典的人,他的灵魂中有丑恶的东西并且仇恨自己的父亲吗?"

"不完全是这样。可以这样讲,那些精神分析学家这么说是为了捞钱,他们和你的拉比不一样。"

"拉比,全是拉比。他们讲的都是一样的。你相信那些讲解《托拉》的拉比是在谈一个卷轴吗?他们谈论的是我们,说我们通过语言再造我们的躯体。现在你听着。要操纵《托拉》上的字母,需要非常虔诚,而我们缺少这种虔诚。每本书都是用上帝的名字编纂的,而我们却把历史上的书都变成了字谜,却没有祈求和祷告。你闭嘴,听着。从事《托拉》研究的人使世界保持运动状态,而当他阅读抄写时又使他的身体处于运动状态,因为身体上的任何一部分都在世界上有对应之物……把那块布蘸蘸湿,谢谢。如果你改变了《托拉》,你就改变了世界,如果你改变了世界,你就改变了躯体。这一点我们并没有弄明白。《托拉》让一个字从宝盒里出来,只是一晃就又藏起来了。它只是向爱它的人显露一下。就像一个极漂亮的女人深藏闺中一样。她只有一个情人,任何人都不知道他的存在。如果有人——不是她的心上人——想施暴于她,把肮脏的手伸向她,她会奋起反抗。她熟悉她的情人,把窗打开一条小缝,瞬间露一下面,旋即躲藏起来。《托拉》只给热爱它的人启示。我们非但没有怀着爱去谈论它们,还加以嘲弄……"

贝尔勃又用布润湿了一下他的口唇:"然后呢?"

"然后我们想去干那种没有得到允许的和我们没有准备好的事。我们想通过玩弄《托拉》的文字去构建'假人'"。

"我不明白……"

"你不会再明白了。你是你的造物的囚徒。但你的故事是在外部世界演绎。我不知道究竟如何,但你能从中解脱出来。对我来说,情况就不同了,我正在我的躯体中试验我们的'计划'。"

"不要瞎说,你的病是细胞的问题……"

"什么细胞问题?几个月以来,就像忠实的拉比一样,我们亲口宣告了《托拉》文字的不同组合。GCC,CGC,GCG,CGG。我们嘴上讲过的东西,我们的细胞学会了。我的细胞做了什么呢?它们发明了一个不同的'计划',现在它们各行其是了。我的细胞正在发明一个不同于所有人的故事。我的细胞学会了把《托拉》和世界上所有书都变成字谜来诅咒。它们也学会了如此这般地对待我的躯体。它们颠倒、换位、变更、置换,创造从未见过的和无意义的,或者与正确意义相悖的细胞。应当存在一个正确的意义和一些错误的意义,否则就死亡了。但是它们恶意地盲目玩弄着。亚科波,这几个月来,趁着还能阅读,我阅读了很多字典。我研究文字,想弄明白究竟在我身体里发生了什么事。你从未想过修辞学术语'换位'(metatesi)同肿瘤学术语'转移'(metatasi)很相似吗?什么是'换位'呢?把'palude'(沼泽)说成'padule'(沼地)。把'amori'(爱情)说成'aromi'(香料)。这便是特木拉。字典称'换位'就是移位、变化。而'转移'就是变化、移位。字典是多么的愚蠢。词根是相同的,动词是'metatithemi'或'methistemi'。但是'metatithemi'是我置于中间,我搬动,我转移,我换位,我废除一条法律,我改变了意思。那'methistemi'呢?完全相同,我搬动,我置换,我调位,我改变了通常的见解,我失去了理智。我们以及任何寻求超越字面的秘密意义的人,我们都失去了理智。我的细胞就这样顺从地做了。所以我现在快死了,亚科波,这你是知道的。"

"现在你这样讲,是因为你在生病……"

"我现在这样讲,是因为我终于弄清楚了我身体的一切。我日复一日地研究它,我知道发生了什么,只是我不能干预,细胞已经不再听话了。我就要死去,因为我劝服了我的细胞规则不复存在,就像对每一篇文章你都可以为所欲为。我一生都在说服自己,用我的头脑。我的头脑肯定把信息传送给它们,为什么我要奢望它们比我的头脑更为谨慎呢?我已处于弥留之际,因为我们的幻想超越了任何界限。"

"你听着,发生在你身上的事同我们的'计划'毫不相干……"

"不相干?为什么在你身上发生了那些事呢?世界表现得如同我的细胞一样。"

他筋疲力尽,顺势倒在了病床上。医生来了,低声说,一个临终的病人不能再受刺激了。

贝尔勃离开了,这是他最后一次见到迪奥塔莱维。

好吧,他写道,我被警方通缉的原因与迪奥塔莱维患癌症的原因是相同的。可怜的朋友,他要死了,而我又没有患癌症,我该做什么呢?我去巴黎寻找肿瘤形成的规律。

他并没有立即前往。他把自己关在家里四天闭门不出。他重新整理了文档,逐字逐句地,要找到解释。然后他叙述了近期发生的事情,像是一篇遗嘱,是讲给自己听的,也是讲给我或任何能读到它的人听的。最后在星期二那天,他出发了。

我认为贝尔勃是去巴黎告诉他们没有秘密,真正的秘密是让细胞根据它们天生的智慧行事,为了寻找地下的秘密,世界变成了一个肮脏的癌肿,比所有人都肮脏愚蠢的是他,他一无所知,却编造了一切——这使他付出了很大的代价,但德·安杰里斯向他证明英雄是很少的,现在他接受了长久以来就有的他是一个懦夫的想法。

在巴黎,他应当有过第一次接触,他发现"他们"不相信他的话。他的话过于普通了。现在"他们"在期待一个启示,宁死不渝。贝尔勃没有什么启示可言,而且他怯懦性格中的最后怯懦就是怕死。所以他千方百计地想销声匿迹,他给我打来了电话。但是"他们"已经逮住了他。

一一一

>这是给后来人的告诫。当你们的敌人再现时——因为这并非他最后的假面具——立即把他打发走,尤其不要去那些山洞里寻找他。
>
>雅克·卡佐特《多情的魔鬼》
>一七二二年,重版中被删除的一页

现在,我在贝尔勃的寓所读完他的自白之后想,我应当做什么呢?去找加拉蒙没有任何意义,德·安杰里斯已经离开了,迪奥塔莱维能说的也都说了。莉娅在一个连电话都没有的遥远地方。现在是六月二十三日星期六早晨六点钟,如果真要发生什么事,将会在今晚,在巴黎国立工艺博物馆发生。

我要迅速做出决定。为什么,那天晚上在潜望镜室我问自己,为什么你没有选择假装什么事都没有发生?在你面前的是一个疯子写的东西,讲述他同其他疯子的谈话,还有与一个过于激动或过于抑郁的临终病人的最后一次交谈。你甚至不能肯定贝尔勃从巴黎给你打过电话,也许他是从离米兰只有几公里的地方同你通话的,也许就是从街角的那个电话亭里给你打的电话。你为什么要卷入一个可能纯粹虚构再说又与你无关的故事里去?

但这都是我在潜望镜室里给自己打的问号,当时我双脚麻木,光线变得昏暗,我感受到任何一个人黑夜独自在无人的博物馆应会感受到的那种非自然和极为自然的恐惧。然而那天早晨我却毫不恐惧,只有好奇。也许是出于责任感或友谊。

我对自己说,我也应当去巴黎,我并不清楚去做什么,但我不能丢下贝尔勃一个人不管。也许他期待的就是这个,在深夜潜入黑镖客①的洞穴里,正当善敌②要把献祭的屠刀刺向他心脏之际,我同手握装满废铁砂的步枪的印度兵从神庙的拱顶下突然现身,把他救了出来。

幸运的是我随身还带了一点钱。在巴黎我叫了辆出租车,让他把我送到曼蒂科尔路。出租车司机诅咒了半天,因为就连在他的游览指南上也找不到那条路,事实上,那是一条只有火车车厢走廊那样宽的小巷,在穷人圣朱利安教堂后面的比耶夫尔旧城区一带。甚至出租车都进不去,只能让我在街角下车。

我怀着疑问走进这条没有任何门的小巷,但走了一段街巷稍宽了一点,出现了一家书店。我不明白为什么门牌号是3,因为没有1、2或其他门牌号。那是一家只亮着一盏电灯的小店铺,门的一半还是一个橱窗。两侧陈列有不多的几十本书,足以说明这是一家什么样的书店了。在下面有一系列对物体放射有特殊感应力的摆,蒙灰的香料包,东方或南美的护身符,很多不同风格不同包装的塔罗牌。

在店内更无舒适可言,靠墙码着一大堆书,地上摆的也是书,在店铺最里面有一张小桌子和一个书商,好像是故意安排了一位比书还要老的老人。他查阅一本手抄的账簿,没有理顾客。另一方面,在这个时刻只有两位来访者,他们从摇摇欲坠的书架上抽出几乎没有了封面的旧书来看时,店内的尘土像云雾似的飞扬起来,而他们看上去并无购买之意。

---

① Thug,在印度各地结伙流窜几百年、组织严密的职业暗杀团伙成员。
② Suyodhana,《摩诃婆罗多》中的人物。

唯一没有塞满书架的空间里贴着一张海报。鲜艳的色彩，上面有一系列框着双边的圆胖脸的肖像，如同胡迪尼①魔术师的海报。"难以置信的小马戏团。奥尔科特夫人和她同隐形者的关系"，一张有男子气的茶青色女人脸，两束黑发在颈项处挽成一个髻，我好像见过这张脸。"大声吼叫的托钵僧与他们的神圣舞蹈……可爱的小怪物，即弗尔蒂尼奥·利切蒂的孩子们。"一群令人怜悯的肮脏小魔鬼的聚会。"亚历克斯和德尼，阿瓦隆的巨人。泰奥、莱奥和若奥·福克斯，从灵媒外质中脱颖而出的装饰画家……"

斯隆书店确实提供所有书籍，从摇篮到坟墓的书样样都有，甚至还有健康的晚间娱乐活动，可以在孩子们被研钵研磨之前与他们一起玩。我听到了电话铃声，看见那个书商将一叠纸推开，直到他找到了电话。"Oui, monsieur,"他说，"c'est bien ça.②"他静静地听了几分钟，开始表示同意，后来露出了疑惑的神情，但是——我猜测——他似乎专为在场的人着想，仿佛他们也能够听到他听到的话，而他不愿承担责任。后来他显出了生气的样子，像巴黎的商人被问道有没有某种他商店里没有的东西时，或者旅馆的前台对你说旅馆已无空房时那种生气的样子。"Ah non, monsieur. Ah, ça... Non, non monsieur, c'est pas notre boulot. Ici, vous savez, on vend des livres, on peut bien vous conseiller sur des catalogues, mais ça... Il s'agit de problèmes très personnels, et nous... Oh, alors, il y a - sais pas, moi - des curés, des... oui, si vous voulez, des exorcistes. D'accord, je le sais, on connaît des confrères qui se prêtent... Mais pas nous. Non, vraiment la description ne me suffit pas, et quand même... Désolé monsieur. Comment? Oui... si vous voulez. C'est

---

① Harry Houdini（1874—1926），匈牙利裔美国魔术师。
② 法文，是的，先生。正是如此。

un endroit bien connu, mais ne demandez pas mon avis. C'est bien ça, vous savez, dans ces cas, la confiance c'est tout. A votre service, monsieur. ①"

另外两个顾客已经出去了,我感到不自在。我决定用咳嗽来引起老人的注意,我告诉他,我要找一个熟人,一个朋友,通常他常来这一带,就是阿列埃先生。他看我的表情就好像我是那个打来电话的人。也许,我说,也许他不认识叫阿列埃的他,而是拉科斯基,或索尔蒂科夫,或者……他还在眯着眼睛打量我,脸上毫无表情,他对我说,我的那些朋友有很多怪名字,我告诉他没关系,我只是问问而已。等一等,他说,我的合伙人就要来了,或许他认识您要找的人。请坐,后面有张椅子。我打个电话,再确认一下。他拿起电话听筒,拨了号码,开始低声通话。

卡索邦,我对自己说,你比贝尔勃还蠢。现在你在等什么呢?等"他们"来,说,噢,多巧啊,亚科波·贝尔勃的朋友也在这儿,来,来,您也来……

我猛地站起来,告别他离开了书店。我只用一分钟就走完了曼蒂科尔路,又转到另一些小巷里去,沿着塞纳河畔走。傻瓜,我对自己说,你以为呢?到那里找到阿列埃,揪住他的上衣,他一个劲地道歉,说全是一场误会,你的朋友在这里,我们没有动他一根头发。而现在,"他们"知道你也在这里。

已经过了中午,晚上在国立工艺博物馆将会发生什么事。那我应当干什么?我走进圣雅克路,不时向后看。有一刹那,我感到好像

---

① 法文,啊,不,先生。啊,这个……不,不,先生,这不是我们的工作。这里,您知道,这里是卖书的地方,我们可以向您推荐图书目录,但是,这……这纯属私人问题,而我们……哦,我也不知道是否有神父……或者说,驱魔师。是的,我知道,有一些所谓的同僚……但绝不是我们。不,真的,您的描述不足以让我明白,唉,无论如何……我很抱歉,先生,怎么啦?是的……就这样。这是一个很有名的地方,但是请不要问我的意见。是这样,您知道,在这种情况下,信任最重要。先生,愿为您效劳。

有一个阿拉伯人在跟踪我。但为什么我会想到是一个阿拉伯人呢？阿拉伯人的特征是看起来不像阿拉伯人，至少在巴黎是如此，在斯德哥尔摩就不是这样。

我经过一家旅馆，走了进去，要了一间客房。当我拿着钥匙沿着一个有扶手的木楼梯上楼时，瞥见前台好像是阿拉伯人的那个人进来了。后来我在走廊里又看到另外一些人，可能也是阿拉伯人。这很正常，那一带的小旅馆就是为阿拉伯人开设的。我究竟在想什么呢？

我走进房间，还说得过去，甚至还有电话，只可惜我真不知给谁打电话。

我在房间里打了个盹，心神不安，直到下午三点。然后我洗了把脸就向国立工艺博物馆走去。现在我要做的事，就是进博物馆，待在那里直到闭馆，等待午夜降临。

我这样做了。在午夜前几个小时，我到了潜望镜室，等待某件事情发生。

对一些评注家来说，耐扎克是抵抗、忍受、恒久耐心的塞菲拉。事实上"考验"等待着我们。但对另一些评注家来说，它就是胜利。谁的胜利？也许在那个失败者的故事里，在被贝尔勃嘲弄的魔鬼作者的故事里，在贝尔勃被魔鬼作者嘲弄了的故事里，在迪奥塔莱维被他的细胞欺骗了的故事里，我是目前唯一一个胜利者。我在潜望镜室里埋伏着，我知道"他们"，"他们"却不知道我在那里。我计划的第一部分按部就班地实现了。

那第二部分呢？它将按我的计划，还是按现在已不属于我的那个"计划"进行呢？

第八章
贺德

一一二

　　就我们的"礼仪"和"仪式"来讲,我们在玫瑰十字会的圣殿里有两条美丽的长廊。在其中的一条长廊里,陈列的是所有珍稀与卓绝发明的模型和样品,而在另一条长廊里则摆放着主要发明者的雕像。

　　约翰·海登《英国医生指南:神圣指南》
　　伦敦,费里斯,一六六二年,前言

　　我在潜望镜室里待了很久。大约已经十点钟或十点半了,如果要发生什么事,那将会在中殿里,在傅科摆前。因此,我应该下来,找一个藏身之所、一个观察点。如果我到得太晚,在"他们"进来(从哪里?)之后,"他们"就会发现我。

　　下去,行动起来……几个小时了,我最渴望的莫过于此,现在我可以这么做了,而且现在做是明智的,我却感到好像瘫痪了一样。我应当小心地借助手电的光亮,在夜里穿过大厅。疏朗的夜色从大玻璃窗透进来,如果我想象博物馆在月光下会变成光谱似的五颜六色,那我就错了。从大玻璃窗透进来的是模糊的反光。如果我走动时不当心,或许就会撞到什么东西,在水晶玻璃被打碎或废铜烂铁互相撞击的响声里摔倒在地。我不时打开一下手电筒。我感到好似在"疯马夜总会"一样,有时候一束突然射来的光会让一切在我面前暴露无遗,不是赤裸的肉体,而是螺丝灯、钳子、铆钉。

如果突然间我照亮了一个活体、一个人形、一个"世界的主宰者"的使者，而他正在像镜面反射一样地重复我的路线呢？谁会先叫喊起来？我竖起了耳朵。有什么用呢？我不出声响，猫着腰轻轻地走过。他也必然如此。

下午我仔细研究了大厅的排列顺序，我确信就是在黑暗里我也能够找到大楼梯。但事实上，我却几乎是在摸索前进，我失去了方向。

或许我反复经过的是同一些大厅。也许我永远无法从那里走出来，也许在毫无意义的机器之间迷途漂泊就是仪式。

事实上我不想下去，说真的我想推迟会晤。

经过耗时长久、残酷无情的反省后，我才从潜望镜室出来，在好几个小时里，我重新审视了我们近年来犯的错误，想弄清楚为什么在没有合理解释的情况下，现在我会在这里寻找贝尔勃，他沦落到这个地方更没有什么合理的解释。但我的脚刚刚迈出去，一切都发生了变化。当我向前走的时候，我在用别人的脑袋进行思考。我变成了贝尔勃。而作为贝尔勃，现在已到了获得启示的长途旅行的终点，我知道地球上的每一个臣民，即便是最愚钝的，也应被解读为另一种事物的象形文字；而且没有其他东西像"计划"一样真实。哦，我是精明的，我只要一个闪念，在闪光中的一瞥就会明白。我不会让自己上当受骗。

……弗罗芒发动机：一种底部为平行四边形的垂直结构，就像露出人造肋骨的解剖蜡像一样，一系列卷轴，还有电池、断路器，只有教科书上才会出现的怪名字，它们通过由大齿轮带动小齿轮支配传送带驱动……它有什么用呢？回答是，显然，它可以测量地下潮流。

蓄电池。它蓄什么呢？只有想象那三十六个隐形者如同顽强坚持的秘书（秘密的守护者）在夜里像敲琴键似的敲击着他们的键盘，发出一丝声音、一个火花、一声呼唤,企求海岸与海岸之间、深渊与地面之间的对话,从马丘比丘到阿瓦隆,飒,飒,飒,喂,喂,喂,帕迈尔谢尔,帕迈尔谢尔,我捕捉到了震动,是"穆"潮流 36,也就是婆罗门人视为上帝的微弱呼吸而加以崇拜的那个潮流,现在我插入一个插头,微观—宏观宇宙的线路就通了,在地壳下面所有曼德拉草的根茎都在颤动。你听"宇宙共鸣曲",结束了。

我的天哪,各国军队相互厮杀,血洗欧洲平原,教皇们发出了诅咒,一个个像血友病人似的、乱伦成性的帝王们在花园的狩猎木屋里频频会晤,为在所罗门圣殿听诊"世界之脐"的微弱召唤的那些人提供掩护,披上阔绰豪华的外衣。

"他们"就在这里,在所谓发动热力的六个四字组成的电毛细管装置里——加拉蒙会这样说,是吧?——天晓得,不时有人发明了一种疫苗,或者一种小灯泡,以便为金属奇妙的历险正名,然而"他们"的任务完全不同,"他们"半夜三更聚集在这里,启动这部静止不动的迪克勒泰机器,一个好像子弹带的透明轮子,在它后面有两个振动的小球,由两个弓形杠支撑着,也许它们相互碰撞了,于是产生了火花。弗兰肯斯坦①曾希望这样能赋予他的"假人"以生命,然而却没有,要等待另一种信号:推测,工作,挖,挖,老鼹鼠……

……一架缝纫机(和刻印广告上的完全不同,广告上还有丰乳药丸和用爪子抓着复活的"征服者罗布尔"飞越火山的雄鹰),如果开动它,它就会带动一个轮子,轮子带动一个环……环有什么用,谁听从这个环?小纸牌上说"潮流是从地下引出来的",真是恬不知耻。连小孩子在下午参观时也能读到,人类对自己正向另一个方向前进多么深信不疑;可以进行一切尝试,高级的实验,并说它用于力学。"世

---

① Frankenstein,英国作家玛丽·雪莱(Mary Shelley,1797—1851)创作的科幻小说《科学怪人》中的人物。

界的主宰者"多世纪以来一直在欺骗我们。我们被"阴谋"包裹、捆绑、诱骗,书写了火车头的颂歌。

我踱来踱去。我想象自己变小,成了微观的小人,就这样行走在以金属摩天大楼为雉堞的机械城市的大街上,我成了一个目瞪口呆的游客。汽缸、电池、莱顿瓶一个压着一个。高二十厘米的旋转木马,应用引力与斥力的电动转盘。激励共鸣潮流的护身符。由九根管子构成的列柱、电磁铁、一个断头台,中央——好像是一台印刷机——悬挂着一些由马厩的铁链拴着的钩子。一台可以伸进一只手、一个头的印刷机。双汽缸气泵驱动的玻璃钟,一台蒸馏器,在它下面有一个杯子,右面有一只铜球。圣日耳曼在这里为黑森的地伯调制染料。

一个烟斗托架,许多长颈小漏壶,像莫迪里亚尼画中女人的长颈,不知装有何物,它们排成两排,每排十个。每一排中上部鼓起的部分高低不同,像要飞翔的小热气球,被地上的一个圆球形重物固定住。这是众目睽睽之下的雷比斯生产设备。

玻璃器皿馆。我又重踏旧路。绿色小玻璃瓶,一个虐待狂主人用精制的毒药招待我。制瓶的铁机器用两个操纵杆可以打开或关闭,如果有人不是放进瓶子,而是把手腕放进去了会怎样?咔嚓,就如同使用能深入到括约肌、耳朵、子宫的大钳子、大剪刀、弯嘴手术刀时那样,它们能把鲜活的胚胎取出来,加上蜂蜜、胡椒捣碎研磨以满足阿斯塔特的渴望……我现在穿过的大厅有大型陈列柜,隐约可看到有一些按钮,它们能使螺旋形尖锥动起来,无情地钻向受害者的眼睛,"井"和"摆",我们几乎是在看讽刺画,在看戈德堡[①]画中那些无用的机器,那些酷刑压榨机:坏彼得把米老鼠捆绑在酷刑压榨机上。

---

① Rude Goldberg(1883—1970),美国漫画家,作品多讽刺美国人过于注重技术的癖好。

三个小齿轮组成的外齿轮传动系统,文艺复兴时力学的胜利,布兰卡,拉迈里,宗卡的胜利。我熟知这些齿轮,我把它们写到金属历险记中去了,随后它们被放在这里,在上个世纪,在征服世界之后,已准备好打压那些难以驯服者,圣殿骑士从阿萨辛派那里学会了如何使诺佛·戴伊在其被擒之日闭嘴,冯·泽博腾多尔夫的卍记号也许把"世界的主宰者"的敌人的气喘吁吁的肢体扭向了太阳,一切都准备就绪了,就等在众目睽睽之下的一个示意了。"计划"已经公布,但谁也猜不到。机器吱吱嘎嘎的响声在高歌它们的征服之曲,嘴巴化简为一颗牙齿,一个咬着另一个,滴答滴答,好像所有的牙齿同时落地似的。

终于,我见到了专为埃菲尔铁塔设计的闪光发射机,它是为了定时在法国、突尼斯以及俄罗斯(普罗万的圣殿骑士、保罗派、非斯的阿萨辛派——非斯不在突尼斯,而阿萨辛派在波斯,这就是说当生活在"微妙的时间"圈中时,是不能吹毛求疵钻牛角尖的)之间发送报时信号,我已经看到过那台巨大的机器,比我还高,机器的壁板打了一系列的开口与通气孔,谁想说服我这是一台电台设备来着?但它确实是,我知道它,下午我还从它旁边走过。蓬皮杜艺术文化中心!

就在我们大家的眼皮底下。事实上,那个位于巴黎琉堤喜阿(琉堤喜阿,地下污泥浊水海洋的出口)中心的巨型匣子有什么用途呢?那里曾经是巴黎的"腹地",有能吸引空中潮流的大鼻子,那些管子和通道疯狂错乱,还有那个狄奥尼修斯之耳,它竖立在外面以便发出声音、信息、信号,一直到地球的中心,然后又把地狱里的新闻吐出来,还原它们吗?首先是国立工艺博物馆,它像是一个实验室,其次是铁塔,它像一个探测器,最后是蓬皮杜文化中心,它像是全球的收发报机。也许他们创建那个巨大的吸盘是为了取悦那四个披头散发、臭气熏天、戴着日本耳机听最新流行唱片的大学生?人人有目共睹,蓬皮杜文化中心就如同通向阿加尔塔地下王国的一道门,是"复活的公平的秘密共治"的纪念碑。而其他人,二十亿、三十亿、四十亿其他人却不了解它,不理会它,或者尽力无视它。愚蠢的人和属物质的人。属灵人径直奔向他们的目标,经历了六个世纪。

我猛然间找到了大楼梯。我愈加警觉地下了楼。午夜已经临近。我要在"他们"到来之前藏到我的哨所里去。

我想可能十一点了,也许还不到。我穿过了拉瓦锡大厅,没有打手电筒,下午的幻觉还牢记在心,我走过了陈放铁路设备模型的长廊。

中殿已经有人来了。我看到有光亮,移动的、微弱的光亮。我听到了脚步声,移动和搬走物体的响声。

我关了手电筒。我还能及时走到那个岗亭吗?我靠着陈列车厢的展柜轻轻擦过,很快靠近了耳堂的格拉姆雕像。它竖立在一个方形的木质基座之上(伊索德的方形石!),好像盯视着祭坛的入口。我记得我那尊自由女神雕像就差不多紧靠在它身后。

基座的前面向前伸出,形成了一个好似跳板的通道,从那里走出来一个人,提着一盏灯——可能是汽灯,灯罩是彩色玻璃做的,照得他满脸通红。我赶紧缩在一个角落里,他没有看见我。有人从祭坛那里向他走来,"Vite"①,他对他喊叫着,"快一点,再过一小时他们就到了。"

看来那个人是打前站的,他正在为仪式做一些前期准备。如果他们人不多的话,我可以躲过他们回到自由女神像。要在"他们"到达之前,但天晓得"他们"从哪里来,有多少人,是否走同一条路线。我隐藏了很长时间,注视着教堂里灯光的反射,它们定时地时强时弱地变换。我计算他们距自由女神像还有多远,它还会有多久被阴影

---

① 法文,赶紧、赶快。

覆盖。在某一刻,我赌了一把,紧靠格拉姆雕像左侧滑过去——我艰难地贴着墙,收紧了腹肌。还好我瘦得像钉子一样。莉娅……我扑向岗亭,钻了进去。

为了不被人发现,我顺势滑倒在地,强制自己像胎儿一样蜷曲着一动不动。我的心跳加快了,牙齿也在不停打战。

我要放松下来。用鼻子有规律的呼吸,逐渐加深呼吸。我想只有这样在受刑时才能下决心失去知觉以逃避疼痛。事实上,我感到我正慢慢地倒在"地下世界"的怀抱里。

一一三

我们的事业就是秘密中的秘密,是某种被掩饰的事物的秘密,是一种只有别的秘密才能解释的秘密,是关于满足于一个秘密的那种秘密的秘密。

第六任伊玛目贾法尔·萨迪克

我慢慢地回过神来了。我听到了声响,被增强的光亮扰得焦躁不安。我感到两脚麻木。我尝试着无声无息地慢慢站起来,感到自己好像站在一片刺海胆上。小美人鱼。我弯腰踮足移动了几下,痛苦似乎减轻了一些。只有等我小心翼翼地伸出头去左右张望,觉察到岗亭完全笼罩在阴影里,我才控制了局面。

教堂中殿到处都是亮堂堂的。现在有几十个与会者正从我身后进入中殿,个个手里都提着灯盏。他们自然是从地下通道里出来的,从我左边列队进入祭坛,在中殿里站定。我的上帝,我自言自语,沃尔特·迪斯尼版本的"荒山之夜"。

他们不吵吵嚷嚷,只是低声细语,但齐心协力发出了强有力的嗡嗡声,就好像是歌剧中的群众角色:大黄,大黄。

在我的左边,灯在地上摆成半圆形,同祭坛东边的弧线连成一个扁圆,这个假半圆形朝南尽头的那个点触及帕斯卡的雕像。在那里放了一个燃烧的炭火盆,有人向里面投掷一些草和香料。烟已进入岗亭熏到我了,使我的喉咙干涩,让我有过度兴奋的晕眩感。

在闪烁的灯光下，我发现祭坛中央有一个非常灵活瘦削的影子在晃动。

傅科摆！摆已经不在它往常所在的交叉甬道里摆动了。它悬挂着，很大，挂在祭坛中央的拱顶石上。圆球更大，摆索也更粗壮，我觉得好似麻绳，或者拧在一起的金属缆绳。

傅科摆现在看上去如此巨大，就好像先贤祠里的那个，就好像在天文望远镜里看到的月亮。

他们想把它复原到圣殿骑士在傅科之前五百年第一次试验它时的那个样子。为了使它能自由地摆动，他们去掉了一些部件，在祭坛的梯形部分建造了一个由灯光勾勒出的对称结构。

我问自己，既然在祭坛的地下不可能有磁性调节器，傅科摆如何保持持续摆动。后来我明白了。在祭坛边上靠近柴油发动机的地方有一个人——他像猫一样随着摆幅的变化随时移动——每次当摆锤向他摆来的时候，他就轻轻地推它一下，出手很准，用指头轻轻地一碰。

那人穿着礼服，像曼德拉草。后来，在看到他的那些同伙时，我明白了，他是一个魔术师，是"奥尔科特夫人小马戏团"的幻术师，他很专业，手腕很稳，力道恰到好处，灵活熟练地调整极细微的偏差。也许他能通过他那锃亮的皮鞋的薄底感知潮流的震颤，按圆球的逻辑、与圆球相呼应的地球的逻辑操纵双手的动作。

他的同伙。现在我也看到他们了。他们在中殿的汽车之间活动，从德耐式自行车和摩托车旁掠过，几乎要滚入阴影中，有人搬来主教座，有人搬来盖了红布的桌子，放在后面宽敞的过道上。有人安放另一些灯。他们瘦小，在夜里出没，叽叽喳喳，像患佝偻病的孩童。其中一个从我旁边经过，我瞥见蒙古人种的面部轮廓，还有秃顶。"奥尔科特夫人的可爱小怪物"，那是我在斯隆书店的海报上看到过的肮脏的小魔鬼。

669

马戏团全班人马都在那里了,团员、警察、仪式的舞蹈设计者。我看到阿瓦隆的巨人亚历克斯和德尼,身上披挂着钉饰皮甲胄,他们真是硕大无朋,一头金发,靠在那巨型的奥贝桑特车上,两臂交叉待命。

我没有时间再细想其他问题。有人进来了,神色庄严地伸出手来示意大家安静。我认出他是布拉曼蒂,只因为他穿的猩红祭服、白色法衣、主教冠冕是我在皮埃蒙特那天晚上看到过的。布拉曼蒂走近炭火盆,向里面投了点什么东西,蹿起了一股火苗,然后一团白色的浓烟升起,香气渐渐地弥漫了整个大厅。我想,这就如同里约热内卢那次炼金术晚会一样。但现在我没有阿哥哥。我把手帕捂在了口鼻上,权当过滤器。但是我已感觉看到了两个布拉曼蒂,傅科摆在我面前向四面八方摆动,如同旋转木马。

布拉曼蒂开始唱赞美诗:"Alef bet gimel dalet he waw zain het tet jod kaf lamed mem nun samek ajin pe sade qof resh shin tau!"

人群回应:"帕迈尔谢尔、帕迪埃尔、卡穆埃尔、阿瑟列尔、巴米埃尔、吉蒂埃尔、阿西埃尔、马塞埃尔、多希谢尔、乌希埃尔、卡巴里埃尔、雷希埃尔、西米埃尔、阿马迪埃尔……"

布拉曼蒂做了一个手势,从人群中走出来一个人,跪倒在他的脚下。我瞥见了那人的面孔。他是里卡尔多,就是那个脸上有伤疤的画家。

布拉曼蒂向他发问,那个人则回答,并背诵仪式的咒语。

"你是谁?"

"我是一个信徒,还未被允许分享'特莱斯'最高级之谜。我已做好了准备,是在静默中,是在与巴风特之谜相类似的默祷中,我意识到'伟业'围绕着六个封印转动,只有到最后我们才能认识到第七个秘密。"

"你是如何被接待的?"

"穿过傅科摆的垂直线。"

"谁接待了你?"

"一个神秘特使。"

"你能认出他来吗?"

"不能,因为他戴着面具。我只认识比我级别高的'骑士',而他只认识级别比他高的,每一个人只认识一个。我希望如此。"

"Quid facit Sator Arepo?"

"Tenet Opera Rotas."

"Quid facit Satan Adama?"

"Tabat Amata Natas. Mandabas Data Amata, Nata Sata."①

"你把女人带来了吗?"

"带来了,她就在这里。我把她交给了给我下指令的那个人。她已经准备好了。"

"去吧,听候吩咐。"

对话使用的是不太准确的法语。然后布拉曼蒂说:"兄弟们,我们是以'唯一的修会'、'隐形的修会'的名义在这里集会,直到昨天,你们还不知道自己从属于它,你们是一直从属于它的!让我们起誓。诅咒亵渎秘密的人。诅咒隐秘哲学的揭露者,诅咒把'仪式'和'神秘'搞得洋相百出的人!"

"诅咒。"

"诅咒隐形学院,诅咒希兰和寡妇生下的杂种,诅咒东方或西方上古的被认可或被修正的谎言的实际操作与投机的首领,诅咒米斯拉伊姆和孟菲斯,菲拉特特斯和九姐妹,严规礼仪派和东方圣殿骑士团,诅咒巴伐利亚和阿维尼翁的光照派,卡多什骑士,科恩神选子民

---

① 拉丁文文字游戏,类似回文,意义含混。

圣殿骑士团,完美友谊分会,黑鹰骑士,英吉利玫瑰十字协会,金玫瑰十字会的喀巴拉信徒,黄金黎明,圣殿骑士与圣杯天主玫瑰十字会,启明星,银星会和泰莱玛会,维利会与图勒协会,诅咒窃取大白兄弟会名义的所有古老与神秘的篡位者,诅咒圣殿守护者,锡永或高卢的所有会社与修道院!"

"诅咒!"

"不管是谁,出于天真幼稚、命令、改宗、算计或恶意加入共济会、社团、修道院、教士会,加入非法仿效服从'最高未知者'和'世界的主宰者'的会社的人,都要在今晚公开背弃这些组织,恳求从精神与肉体上一心一意地真正地信奉'特莱斯',它是遵循三位一体哲学的神秘的和极为秘密的秘密共治公平复兴圣殿骑士团!"

"在你翅膀的荫佑下!"

"现在让三十六个最高级别和最秘密的显贵进来。"

当布拉曼蒂一个一个点名叫这些神选子民时,他们穿着礼拜仪式服装进来,胸前均佩戴金羊毛骑士团的徽章。

"巴风特骑士,六个未动封印骑士,第七封印骑士,四字母神名骑士,弗洛里安努斯与戴伊的刽子手骑士,炼丹炉骑士……巴别塔至尊测量师,大金字塔至尊测量师,大教堂至尊测量师,所罗门圣殿至尊测量师,赫利奥波利斯圣殿至尊测量师……"

布拉曼蒂念着这些头衔。被点名者分批进入,我难以弄清每个人的头衔,但是可以肯定的是在第一批十二个人中我看到了德·古贝尔纳蒂斯、斯隆书店的老书商、卡迈斯特莱斯教授以及我那天晚上在皮埃蒙特遇到的其他人。而听到四字母神名骑士时,我看到了加拉蒙先生,庄严地沉浸在他的新角色之中,他用颤抖的双手抚摸他胸前佩戴的金羊毛骑士团徽章。布拉曼蒂继续念:"卡纳克神秘特使,巴伐利亚神秘特使,巴尔贝勒诺斯替教派神秘特使,卡默洛特神秘特使,蒙塞居尔神秘特使,隐藏的伊玛目神秘特使……托玛尔至尊族长,基尔温宁至尊族长,圣马丁大教堂至尊族长,马林巴德至尊族长,隐形社会安全和秩序保卫局至尊族长,阿拉穆特要塞至尊族长……"

隐形社会安全和秩序保卫局至尊族长当然就是萨隆了,他脸色还是灰白的,但没有穿那件工作服,现在穿的是引人注目的镶红边黄祭服。跟在他后面的是皮埃尔,他是路西法教派的亡灵引路人。不过他胸前没有佩戴金羊毛骑士团徽章,而是佩戴一把有金色刀鞘的短刀。布拉曼蒂又继续念:"化学婚礼的至尊结合者,至尊亡灵引路人,秘中之秘的至尊大臣,象形单子的暗号至尊书写家,两个宇宙间的至尊联系人,罗森克罗伊茨墓的至尊守护者……潮流深奥难解的阿尔康,空心地球深奥难解的阿尔康,神秘极地深奥难解的阿尔康,迷宫深奥难解的阿尔康,摆中之摆深奥难解的阿尔康……"布拉曼蒂暂停了一下,我感到他不太情愿地要宣告最后一个头衔了:"深奥难解的阿尔康中的深奥难解的阿尔康,仆人中的仆人,古埃及俄狄浦斯王谦恭驯服的秘书,'世界的主宰者'的小信差,阿加尔塔的门房,傅科摆的终极崇奉敬仰者,克劳德-路易·圣日耳曼伯爵,拉科茨王子,圣马丁伯爵,阿列埃侯爵,叙尔蒙先生,威尔登侯爵,蒙费拉侯爵,艾玛尔侯爵和贝尔马侯爵,索尔蒂科夫伯爵,舍宁骑士,察洛基伯爵!"

当其他人在傅科摆和中殿信徒前站定后,阿列埃进来了,他穿着镶白色细条纹的蓝色双排扣套装,面色苍白表情紧张,用手拉着洛伦扎·佩雷格里尼,好像他陪同幽灵走在阴间的小路上,她的脸色也很苍白,看上去被药物折磨得呆若木鸡,只穿着一件白色半透明的长内衣,头发披散在肩上。当她走过时,我只看到她的侧影,像拉斐尔前派笔下纯洁娇柔的偷情女人。她那过于透明的衣着让我有点情不自禁。

阿列埃把洛伦扎领到炭火盆前,靠近帕斯卡雕像的地方,他用手抚摸了一下她那心不在焉的脸,并向阿瓦隆的巨人做了一个手势,于是他们分立在两侧扶着她。然后阿列埃走到桌前,面对信徒坐下,我能非常清楚地看到他,他从背心口袋里取出鼻烟盒,在说话之前静静地抚摸它。

"兄弟们,骑士们。你们来这里是因为在这些天神秘特使通知了你们,所以现在大家都知道我们在这里聚会的原因了。我们本应在一九四五年六月二十三日夜里聚会,也许你们中的一些人那时还不曾生下来——我说的是至少以现在这副躯壳。在六百年极度痛苦的迷途之后我们找到了一个知情人。他是怎么知道的——而且知道得比我们更清楚——这是个令人焦急不安的谜。但我相信,我们中间有个人——你不可能不在场,真的,我的朋友,你的好奇心太重了——这个人能向我们吐露真相。阿尔登蒂!"

阿尔登蒂上校——当然是他,还是梳着油光发亮的头发,尽管变老了——他从在场的人中间穿过,走到他的"审判台"前面,同划定一个不可跨越范围的傅科摆保持一定的距离。

"我们好久不见了,兄弟,"阿列埃微笑着说,"我知道,消息一传出,你就按捺不住了,怎么样?你知道囚徒是怎么说的吗?他说是从你那里知道的。所以你知道但守口如瓶。"

"伯爵,"阿尔登蒂说,"囚徒在撒谎。我羞于启齿,但荣誉至上。我告诉他的不是神秘特使告诉我的那个故事。是的,我的确得到了一封密文,多年前在米兰,我并没有向您隐瞒过它,对密文的解释是不同的……我没有能力像囚徒那样解读它,为此那时我寻求帮助。我应当说,我没有得到鼓励,遇到的只是不信任、挑战和威胁……"也许他还想说别的,但他看着阿列埃时同时也看着傅科摆,它好像让他着了魔。他好像被催眠了,跪倒在地只说:"请宽恕我,因为我不知道。"

"你被宽恕了,因为你知道你并不知情,"阿列埃说,"你去吧。这么说,兄弟们,囚徒知道的比我们之中任何人知道的都要多。他甚至知道我们是什么人,而我们是从他那里知道这一点的。要抓紧进行,很快就要天亮了。你们留在这里沉思默祷,我现在再把他带走问话。"

"唉,不,伯爵先生!"皮埃尔在围成半圆形的人群中向前跨了一步,瞪大了双眼,"您瞒着我们同他已谈了两天了,没有任何进展,而他什么也没有看到,什么也没有说,什么也没有听到,像三只小猴子。您今晚还想问他什么?不,在这里问,就在这里,在大家面前问!"

"亲爱的皮埃尔,请冷静点。我今晚带到这里来的是索菲亚降世为人的最优雅出众的代表,是错误世界和最高的埃及八神之间神秘的联系。不要问我如何和为什么,但有这个中间人,那个男人就会说话,索菲亚,告诉那些人你是谁?"

洛伦扎还是像梦游一样,费力地吐出了断断续续的几个字:"我是……妓女和圣女。"

"啊,她太棒了,"皮埃尔大笑,"我们这里有通晓奥秘的精英,可我们却求助于妓女。不,把那个人立即带到这里来,带到傅科摆面前。"

"别孩子气了,"阿列埃说,"请给我一小时时间。为什么您认为他会在这里、在傅科摆前说出来呢?"

"他只有在解除顾虑后才会开口讲话。Le sacrifice humain[①]!"皮埃尔对着中殿大声喊叫。

中殿里交声回应:"人的献祭!"

萨隆走上前来:"伯爵,不要说他孩子气,这位兄弟说的对。我们又不是警察……"

"这话不应当出自您的口。"阿列埃嘲讽道。

"我们不是警察,而且我们认为用通常的调查方法是不恰当的。但是我也不认为向地下力量献祭会有什么意义,如果地下力量想给

---

① 法文,人的献祭。

我们一个信号,那么它早就给了。除了囚徒之外,还有人知道,只不过他消失了。好吧,今晚我们有可能让囚徒与那些知情者对证,而且……"他微笑着,浓眉下半闭着的眼睛盯视阿列埃,"还可以让他同我们对证,或者同我们中的某些人……"

"您想说什么,萨隆?"阿列埃问道,声音里显然缺乏把握。

"如果伯爵先生允许的话,让我来解释一下,"奥尔科特夫人说。她就是我在海报上看到的那个人。她脸色苍白,穿着浅橄榄色裙子,油光发亮的头发在后脑勺挽成了一个髻,声音沙哑,说话像男人。我好像在斯隆书店里看到过这张面孔,现在我记起来了:她是德鲁伊特,那天晚上她在林间空地上几乎冲我们跑来。"亚历克斯,德尼,把囚徒带到这里来。"

她专横地命令着,中殿的嗡嗡声助长了她的威严,两个巨人服从命令,把洛伦扎交给两个"可爱的小怪物",阿列埃的双手紧握着座位的扶手,不敢反对。

奥尔科特夫人向她的那些小喽啰示意,在帕斯卡雕像和奥贝桑特汽车模型之间安放了三张椅子,现在她让三个人坐在上面。三个人全是深褐色皮肤,身材矮小,神情紧张,有着白色的大眼睛。"福克斯三胞胎,您对他们是很熟悉的,伯爵。泰奥,莱奥,若奥,你们坐下,做准备吧。"

此刻,阿瓦隆的两个巨人又出现了,他们挟着亚科波·贝尔勃的手臂,他的个头勉强能到他们的肩膀。我那可怜的朋友面如土色,胡子也好多天没刮了,两手被反绑在身后,衬衣敞开,露出了胸脯。他一进入这烟雾弥漫的竞技场,就眨了眨眼睛。他对面前祭司云集的场面并不感到惊讶,这几天来他大概已经习惯了面对一切。

不过,他倒没有料到会看到傅科摆,没想到它是在那个位置上。但是巨人将他拽到阿列埃的座位前。现在,他只听到傅科摆在他身后发出轻微的摆动声。

只一瞬间,他转过头去,看到了洛伦扎。他十分激动,想呼喊她,并试图挣脱束缚,但洛伦扎却茫然地看着他,好像没有认出他似的。

贝尔勃当然要问阿列埃对她做了什么,但他没有时间。在中殿深处,靠近车身和书架的地方,可以听到擂鼓声和刺耳的笛声。突然,四辆汽车的门打开了,出来了四个人,我也在小马戏团的海报上看到过他们。

像土耳其帽一样没有帽檐的毡帽,宽大的黑色斗篷扣到了颈项,"大声吼叫的托钵僧"从汽车里下来,犹如复活了从坟墓中爬出来的人,他们蜷缩在魔圈边缘。现在背景里的长笛声调抑扬,奏出了甜美的音乐,此时他们以同样的温柔用手击打着地面,弯腰低头。

从布雷盖飞机的座舱里,第五个人像清真寺宣礼塔上的穆安津一样探头出来,他开始用一种听不懂的语言诵唱赞美诗,呜咽着,以刺耳的尖叫声哀婉倾诉,此时鼓声又起,并且越来越密。

奥尔科特夫人在福克斯兄弟身后弯腰低声说了一些鼓励的话。三人于是向后靠坐在椅子上,双手紧抓椅子的扶手,双目紧闭,开始冒汗,脸上的肌肉都在抽动。

奥尔科特夫人朝向显贵的席位开口说:"现在精明能干的兄弟们将把三个知情人带到我们中间。"她停顿了一下,然后宣布,"爱华德·凯利,海因里希·孔拉兹和……"又停顿了一下,"圣日耳曼伯爵。"

我第一次看到阿列埃失去了控制。他从座位上站起来,而他犯了一个错误。他扑向那个女人——几乎是偶然地避开了傅科摆的摆动轨道——并大声喊道:"毒妇,骗子,你知道得很清楚,这是不可能的……"然后又朝向中殿:"骗子,欺诈!抓住她!"

但是谁也没有动,相反,皮埃尔上前坐到了阿列埃的座位上说:"夫人,我们继续吧。"

阿列埃安静了下来。他又冷静地站在一旁,混在人群中。"来吧,"他挑衅地说,"我们走着瞧。"

奥尔科特夫人一挥手,好像赛跑时发出起跑令一样。音乐的声调越来越高亢刺耳,在不和谐的旋律中无以为继,鼓声也乱了节奏,之前已经前后左右地扭动身躯的舞者,现在站了起来,脱掉长袍,两臂僵硬地平伸,像要展翅飞翔。在瞬间停顿之后,他们脸朝上,以左脚为轴开始自转,他们全神贯注地忘我舞动,此时他们那打褶子的衣服随着他们自身的旋转飘成了喇叭形,就好像是在暴风雨打击下的花朵。

与此同时,通灵者变得麻木僵硬,面孔抽动得都变了形,好似要大便却又力所不及的样子,喘气都变得沙哑了。炭火盆的光亮暗下去了,奥尔科特夫人的随从把地上所有的灯都熄灭了。教堂里只有中殿的灯光还亮着。

渐渐地奇迹出现了。从泰奥·福克斯的嘴里开始吐出白沫样的东西,白沫又渐渐凝固了,稍后他兄弟的口中也吐出了类似的白沫。

"小兄弟加油!"曲意奉承的奥尔科特夫人低声说,"用力,再用力,对,就这样……"舞者边舞边节奏紊乱、歇斯底里地唱着,他们扭转身躯,摇头晃脑,发出的喊叫声开始时像痉挛,后来就成了嘶哑的喘气声了。

通灵者身上好像渗出了一些物质,开始是气态的,后来就变为流体,像是火山熔岩,像蛋白弯弯曲曲地上上下下,掠过他们的肩头、胸口、双腿,那种蜿蜒曲折的样子,使人想起了爬行动物。我不明白那是从他们皮肤的毛孔中冒出来的,还是从口中、耳朵和眼睛里涌出来的。人群向前拥挤,越来越逼近通灵者和舞者。我已不再恐惧:我完全有把握混入那些人中,就从岗亭里走了出来,把自己暴露在拱顶下弥漫的缭绕烟雾之中。

一种轮廓不清晰的乳白色辉光笼罩在通灵者周围。他们身上的那些东西正在剥落,形状酷似阿米巴虫。从三兄弟中一人的身上掉下来一团，形成了一个尖状的东西，它弯曲后又沿着身躯向上爬，几乎好像是一种动物想用嘴啄他似的。在这一团东西的尖端又形成了两个能收缩的赘生物，像蜗牛的触角……

舞者眼睛紧闭，口中满含白沫，仍然不停旋转，他们开始在空间允许的情况下，围成了一个圈，围绕着傅科摆进行公转，奇迹般地不同傅科摆的运行线路相碰撞。他们旋转得越来越快，扔掉帽子，让长长的黑发在头上波动起伏，而他们的脑袋好像要从脖子上飞走似的。他们高声喊叫，就好像那天晚上在里约热内卢的情景，呼唔呼唔，呼唔唔……

白色的形体渐渐成形，其中一个像模糊的人形，另一个像男性生殖器、细颈瓶、蒸馏器，第三个的形状明显像一只鸟，像有大眼睛和直立耳朵的猫头鹰，钩状的嘴使人立刻想到了教自然科学的年迈女教授。

奥尔科特夫人考问第一个形状："凯利，是你吗？"从人形中发出了话音，当然不是泰奥·福克斯在说话，而是一种来自远方的声音，吃力地吐字："Now ... I do reveale, a ... a mighty secret if you marke it well..."①

"对，对，"奥尔科特夫人说。话音："This very place is call'd by many names ... Earth ... Earth is the lowest element of All ... When thrice yee have turned this wheele about ... thus my greate secret I have revealed ..."②

泰奥·福克斯做了一个手势，好像在请求恩泽。"你只可以稍加放松一下，坚持……"奥尔科特夫人对他说。然后朝向猫头鹰形状说："我认得你，孔拉兹，你想告诉我们什么呢？"

---

① 英文，现在……我要揭示……一个巨大的秘密，如果你仔细留心……
② 英文，这个地方有很多个名称……土……土是'所有'元素中最低级的……当你将这个轮转动三次时……我就会揭示出我的大秘密……

679

猫头鹰好像在说："哈莱卢……亚赫……哈莱卢……亚赫，Was①……"

"Was？"

"Was helfen Fackeln Licht … oder Briln … so die Leut … nicht sehen … wollen②…"

"这正是我们想要的，"奥尔科特夫人说，"把你知道的告诉我们……"

"Symbolon kósmou … tâ ántra … kaì tân enkosmiôn … dunámeôn eríthento … oi theológoi … "

莱奥·福克斯有点筋疲力尽了，猫头鹰的声音也减弱到了最低。莱奥把头垂在胸前，吃力地支撑着那个形状。无情的奥尔科特夫人鼓动他坚持住，并朝向最后一个幻化成人形的形状说："圣日耳曼，圣日耳曼，是你吗？你知道什么呢？"那形状开始唱一段旋律。奥尔科特夫人叫乐手减轻他们的嘈杂声，舞者此时也不再大声叫喊，但继续单脚旋转，因疲劳不堪而节奏越来越混乱。

那形状在高唱："Gentle love this hour befriends me … ③"

"是你，我认出你了，"奥尔科特夫人诱人地说，"你说，告诉我们在哪里，是什么……"

那个形状："……夜深了……头上蒙着亚麻轻纱……我到了……我找到一个铁祭坛，我把一根神秘的树枝放在上面……唉，我以为自己跌入到深渊里了……在由大块黑岩石构建的长廊里……继续我的地下之旅……"

"骗人，骗人，"阿列埃叫喊着，"兄弟们，你们都熟悉这出自于《圣三位一体》，就是我撰写的，任何人只要出六十法郎都能够读到它！"

---

① 德文，什么。
② 德文，火炬之光或布里恩能帮什么……这是大家不愿……看到的……
③ 英文，温柔的爱此时此刻支持着我……

他跑向若奥·福克斯,使劲摇动他的手臂。

"住手,你这个骗子,"奥尔科特夫人叫喊着,"你这样会弄死他的!"

"更待何时!"阿列埃叫嚷着,把通灵者从椅子上掀翻在地。

若奥·福克斯企图稳住自己,紧紧抓住他的分泌物,但它也被拽倒在地,摔得粉碎。若奥瘫倒在黏糊糊的呕吐物上,浑身僵硬,然后没有了生气。

"住手,疯子,"奥尔科特夫人叫嚷着并拦住了阿列埃,接着她对另外两兄弟说:"你们要顶住,我的小乖乖,他们还有话要说。孔拉兹,孔拉兹,告诉他你们是真的!"

莱奥·福克斯为了求生存,正要把猫头鹰再吸回去。奥尔科特夫人站在他身后,紧捏他的太阳穴,迫使他屈从于她的任性和固执。猫头鹰觉察到它要消失了,于是转向它的"产妇":"Phy, Phy Diabolo.①"发出低声的哀鸣,并啄他的双眼。莱奥·福克斯发出咕噜咕噜的响声,好像他的颈动脉被割断了似的,他跪倒在地。猫头鹰消失在呕吐出来的黏液中(phiii, phiii,它说),莱奥也倒在上面,被黏液包裹一动不动,他被闷死了。奥尔科特夫人火冒三丈,她朝向泰奥——他正在奋力支撑着——说:"凯利,你听得到我说话吗?"

凯利不再说话了,试图同通灵者分开,通灵者现在大声喊叫,好像有人在撕他的五脏六腑似的,他收回他先前生出来的东西,他在空中挥舞双手。"凯利,你这割耳朵的,不要再骗人了,"奥尔科特夫人叫嚷着。但凯利无法摆脱通灵者,于是企图闷死他。他变成了一个口香糖,而福克斯最后的那个兄弟想挣脱却也枉费心机。后来泰奥也跪倒在地,咳嗽不止,寄生物粘裹他,吞噬他,他在地上翻滚挣扎,

---

① 拉丁文,哼,哼,魔鬼。

好似大火缠身。曾是凯利的那种黏沫,像裹尸布似的首先把他盖住,然后液化而死,掏空他后倒在地上,只剩下一半大小,仿佛萨隆制作的孩童木乃伊。与此同时,四个舞者一齐停了下来,手臂伸向空中挥舞,几秒钟后就如游泳者一样被淹没了,并下沉,无力地倒下,像小狗崽似的尖叫哭泣,同时用手捂住了脑袋。

阿列埃又回到了走廊里,用上衣口袋上的装饰手帕擦去额头上的汗水。他吸了两口气,把一粒白色的药片放入口中,然后让大家安静。

"兄弟们,骑士们。你们已经看到,这个女人想使我们遭受多大的苦难。让我们镇定一下,回到我的计划中来。给我一个小时的时间,让我把囚徒带到那里去谈谈。"

奥尔科特夫人已被淘汰出局,她低头对着她的通灵者,沉浸在几乎是人类的痛苦之中。皮埃尔坐在椅子上一直看着事态的进展,又重新控制了局势。"不,"他说,"现在只有一个办法。人的献祭!把囚徒给我带过来!"

阿瓦隆的巨人像被他的能量吸引了似的,抓住惊愕地注视着眼前情景的贝尔勃,并把他推到皮埃尔面前。那个皮埃尔像杂耍大师一样机敏灵巧地站了起来,把座椅放在桌子上,一起推向祭坛中央,然后抓住正在掠过的傅科摆垂线,让球形锤摆停下来,因反弹力而向后退了一步。这都发生在一瞬间:好像按计划进行——也许在混乱中已达成了默契——两个巨人跳上了台,把贝尔勃提起来,放到座椅上,其中一人将摆垂线在他的脖子上缠绕了两圈,另一个人拿着球形摆锤,把它放在桌子的边缘。

布拉曼蒂急忙奔向绞刑台前,他身穿猩红长袍,涨红了脸,唱起了赞美诗:"Exorcizo igitur te per Pentagrammaton, et in nomine Tetragrammaton, per Alfa et Omega qui sunt in spiritu Azoth. Saddaï, Adonaï, Jotchavah, Eieazereie! Michael, Gabriel, Raphael,

Anael. Fluat Udor per spiritum Elohim! Maneat Terra per Adam Iot-Cavah! Per Samael Zebaoth et in nomine Elohim Gibor, veni Adramelech! Vade retro Lilith!①"

贝尔勃脖子上缠绕着绳子,在座椅上很冷静。巨人无需再扶住他。他摇摇欲坠,只要稍微行差踏错,就会摔下来,被勒断喉咙。

"蠢货,"阿列埃喊道,"我们怎么把它复归原位?"他想着救傅科摆。

布拉曼蒂笑了:"别担心,伯爵。我们可不是在调制您的染料。他就是傅科摆,因为都由'他们'创造出来。他知道该去哪里。再说无论如何,要挑动一股'力量',没什么比人的献祭更好了。"

直到那时贝尔勃一直在打哆嗦。我看到他现在放松了许多,还称不上平静,但他以好奇的眼光看着台下的人群。我想在那一瞬间,面对两个敌人之间的口角,看到自己面前那些脱臼散架的通灵者横七竖八地躺着,在他们旁边托钵僧还在低回地呻吟,显贵的祭服散乱皱褶,贝尔勃又找回了他真正的天赋:滑稽可笑的感觉。

在此刻,我敢肯定地说,他决定不再让自己被吓倒。也许他处在那样高的位置上赋予他优越感,此时,他从舞台上观望着那一群迷失在"大吉尼奥尔剧院"演出似的血腥复仇中的疯子,而在他们的背后,差不多在前厅,对事态已经兴趣索然的那些小怪物相互推搡着窃窃冷笑,就像吹不好杰尼斯的阿尼巴莱·康塔拉梅沙和皮奥·博一样。

---

① 拉丁文,我以五字母为名之神和四字母为名之神的名义,以存在于金丹之灵中的阿耳法和默默加的名义为你驱魔。伊勒沙代,万主之主,耶和华,自有永有之神!米迦勒,加百列,拉斐尔,汉尼尔。因埃洛希姆之灵而降雨吧。地球因有亚当而永存吧!以萨麦尔、天军和埃洛希姆的名义,亚达米勒来吧,夜魔退后吧!

683

他只有投向洛伦扎的目光还略带焦虑,她又被两个巨人挟持住双臂,她激动不安地浑身抽搐。洛伦扎恢复了神志,她在哭泣。

我不知道贝尔勃是否已经决定不向她显露出恐惧的神态,毋宁说他的这一决定是他面对这一群流氓无赖唯一能够表达蔑视和权威的方法,他挺胸昂首,衬衫敞开,两手被反捆在背后,表现出自豪的气概,好像是一个从不知恐惧为何物的英雄。

阿列埃看到贝尔勃镇定自若也平静了下来,不管怎样接受了傅科摆中断摆动的事实,但他仍然焦急地想了解秘密,眼看将对一生或几生的寻觅做一个了结,决心重新控制他的追随者,他再一次对亚科波说:"依我看,贝尔勃,下决心吧。您也看到了,少说您也是处在一种尴尬的境地。别再装模作样了。"

贝尔勃没有答理。他看看别处,好像出于谨慎,他想避免不小心偷听到别人的对话似的。

阿列埃仍不甘心,他表现出了和解的态度,像是对一个孩童讲话:"我了解您的怨恨,如果您不介意的话,我可以说了解您的保留。我知道,把如此珍惜和深藏的秘密透露给一群刚刚上演了一场闹剧的人是令人厌恶的。那好吧,您的秘密可以只透露给我一个人,悄悄说。现在,我把您放下来,我知道,您将会对我说一个字,就一个字。"

贝尔勃则说:"您说什么?"

于是阿列埃改变了口气。我第一次看到他表现出一种僧侣式的过分的威严。他说话时好像披上了他朋友的一件古埃及服装。我觉察到他的口气是装出来的,好像在拙劣地模仿他对其从未吝啬过自己的宽容大度和怜悯心的人。但同时,他又十分投入这个全新的角色。为了自己的某种图谋——因为这不可能是出于本能——他正把贝尔勃引向一出夸张的戏剧。如果他是在表演,那他表演得不错,因为贝尔勃没有觉察到任何的欺骗,他听他讲话,仿佛对他别无所求。

"现在你说吧,"阿列埃说,"说吧,不要置身于这场大游戏之外。你如果沉默,你就失算了。你如果开口,就可以分享胜利果实。因为我实话对你说,今晚,你,我和我们大家都在贺德之中,显赫的、庄严的、光荣的塞菲拉,贺德掌管着典礼和仪式的魔法,贺德是永恒展现的一刻。这一刻是我几百年以来梦寐以求的。你说出来,你就能同在你揭示后宣称是'世界的主宰者'的那几个人联合在一起。如果放下身段,你就会被提升。你说吧,因为我命令你,你说吧,因为我让你说,因为我的话 efficiunt quod figurant[①]!"

贝尔勃现在表现出一种不可战胜的气势说:"拔掉塞子。"

阿列埃尽管预料到会遭到拒绝,但还是被这一侮辱气得脸色发白。"他说什么?"皮埃尔歇斯底里地问道。"他不肯说,"阿列埃简要地概括。他伸开双臂,做出了一种介于投降和迁就让步之间的姿态,并对布拉曼蒂说:"他就交给您了。"

皮埃尔连忙说:"这就行了,这就行了,人的献祭,人的献祭!"

"对,让他死,我们一样能找到答案,"被搞得心慌意乱的奥尔科特夫人又回到舞台上叫喊着,她扑向贝尔勃。

几乎是同时,洛伦扎开始行动了。她挣脱了巨人的挟持,冲到贝尔勃面前,在绞刑架下,她伸开双臂好似要制止其他人,含泪喊道:"你们全都是疯子,怎么能这样干?"正要退出的阿列埃,被这一举动惊得呆若木鸡,跑去阻止她。

后来的一切都是在刹那间发生的。奥尔科特夫人的发髻散开了,她怀着满腔的妒恨和愤懑,像美杜莎一样向阿列埃伸出了她的利爪,抓他的脸,然后向前一个猛冲,将他撞到一边,阿列埃向后打了一

[①] 拉丁文,影响它的含义。

个趔趄,被炭火盆的一个脚绊了一下,像托钵僧一样靠着足尖自转,一头栽到了一部机器上,倒在地上,顿时一脸鲜血。在同一瞬间,皮埃尔扑向洛伦扎,当他向前冲时,从佩戴在胸前的刀鞘中抽出短刀,这时我只能看到他的背脊,我没能立刻弄清发生了什么事,但看到洛伦扎面色蜡黄,瘫软在贝尔勃的脚下,而皮埃尔挥舞着短刀喊着:"终于活人献祭了!"于是他朝向中殿大声喊叫:"I'a Cthulhu! I'a S'hat'n!"

挤满了中殿的人群也全都动了起来,一些人被撞倒了,另一些人威胁要掀翻屈尼奥汽车。我听到——至少,我认为听到了,我无法想象如此荒唐的细节——加拉蒙的声音,他说:"先生们,我请你们保持最低程度的教养……"欣喜若狂的布拉曼蒂跪倒在洛伦扎的尸体前,抑扬顿挫地叫道:"俄赛里斯,俄赛里斯,谁捏住了我的喉咙?谁把我钉在地上一动也不能动?谁用刀刺穿了我的心?我不配跨进玛特屋的门槛!"

或许谁都不愿如此,或许洛伦扎的牺牲已经足够了,随从们现在挤进魔圈里了,傅科摆静止不动后,他们可以随意进入,有人——我敢打赌,是阿尔登蒂——被另一些人推向桌子,桌子便眼看着在贝尔勃脚下被撞翻,由于这一撞,傅科摆开始快速而猛烈地摆动,也带着它的受害者一起摆动。摆垂线在锤摆的重力下绷紧了,现在像绳套一样,紧紧地拴在了我那可怜的朋友的脖子上,他已被抛到空中,悬空吊在摆锤线上,突然被抛向祭坛最东端,现在又荡回来朝向我摆动,此时(我希望)他已经死了。

相互拥挤践踏的人群现在又后退到圆圈边缘,为这奇观留出了空间。摆动起来的傅科摆陶醉于自己的重生,顺着冲力推动被吊的尸体。摆动的轴线形成了从我的眼睛到一个窗户之间的对角线,那扇窗户的色彩已经剥落,所以过不了几小时,第一束阳光就会从那里透射进来。我看不到亚科波从我面前晃过,却想世事大概就应当如此,这就是他在空间划出的轨迹……

贝尔勃的脖子似乎成了第二个锤摆,挂在从底部伸向拱顶石的垂线上——怎么说呢——当金属球向右倾斜时,贝尔勃的头,即另一个"锤摆"就倒向左边,反之亦然。在很长一段时间里,两个锤摆向相反的方向摆动,使得劈开空气的不再是直线,而是一个三角形结构。然而,当贝尔勃的头被绷紧的垂线拉扯时,他的身躯——可能一开始他还在痉挛,现在已经像木偶般灵活——在空中划出了其他方向,不取决于头、垂线和下面的锤摆,手臂摆向这里,腿脚摆向那里——我感到如果有人用迈布里奇的相机把这一幕拍摄下来,把在空间中连续动作的每一刻都定格在胶片上,把在摆动的每一个周期中头来去的两个终点、锤摆停顿的两个点、既不取决于头也不取决于摆锤的垂线的理想交叉点,以及躯干和腿摆动面的两极划出的中间点都记录下来,那么被吊死在傅科摆上的贝尔勃就会在空中划出塞菲拉之树,在他最后那一刻把所有世界的故事综述清楚,在他的空中漫游中,确定了神灵在世界上苍白无力地吐气和排泄的十个阶段。

后来,当傅科摆继续推动这悲伤的"秋千"时,由于残酷的合力和能量的转移,贝尔勃的身体变得静止不动,锤摆和线只从他的身躯到地面这一段悬空摆动,其余——连接贝尔勃和拱顶的那一段垂线——则纹丝不动。于是,逃脱了世界和它的运动的错误的贝尔勃,现在就变成了悬挂点,"固定轴",支撑世界拱顶的所在,垂线和锤摆只是在他的脚下摆动着,从一极到另一极,无休止地任由大地在它们下面逃脱,总是指向一个新大陆——锤摆不会指明,或许它从来就不知道"世界之脐"位于何方。

这群喧嚣的魔鬼先是被眼前的奇景惊得目瞪口呆,随后又开始叫嚷起来。我对自己说,故事真的结束了。如果贺德是代表"荣耀"的塞菲拉,那么贝尔勃就获得了这种荣耀。一个大无畏的举动使他同"绝对"言归于好了。

一一四

　　理想的摆包含一根容易弯折和扭曲的细垂线，它长为 L，系着一块重物。对球体锤摆来讲，重心即球体中心，对一个人体来讲，重心在从脚往上身高的 0.65 米处。如果吊在垂线上的人身高 1.70 米，那么他的重心就在从他的脚往上 1.05 米处，长度 L 包括了这一长度。也就是，如果头部到颈部长 0.30 米，那么他的重心从头算起就在 1.70－1.05＝0.65 米处，从被吊者的颈部算起则为 0.65－0.30＝0.35 米。

　　据惠更斯，摆的小摆动周期由下列公式计算出来：

$$T(秒)=\frac{2\pi}{\sqrt{g}}\sqrt{L} \tag{1}$$

　　在此公式中 L 的单位为米，$\pi=3.1415927\cdots\cdots$，$g=9.8$ 米/秒^2，得数(1)为：

$$T=\frac{2\times 3.1415927}{\sqrt{9.8}}\sqrt{L}=2.00709\sqrt{L},$$

　　也就是大约得数：

$$T=2\sqrt{L} \tag{2}$$

　　备注：T 与被吊者的体重无关（上帝面前人人平等）。

　　带有两个重物的双重摆系在同一根垂线上……如果移动 A，A 摆动，过一会 B 摆动。如果它们的质量与长度都不相同，能量就从一方传到另一方，而这种能量转移的时间不一样……如果不是在推动 A 之后开始让它随意摆动，而是定时用力推动它让它摆动,能量也会发生转移。简而言之,如果狂风以反共振的方式吹动被吊者,过一会儿之后,被吊者就不动了,傅科摆就如同固定在被吊者身上一样摆动。

引自马里奥·萨尔瓦托里的私人信件

哥伦比亚大学,一九八四年

在这个地方我已经待够了。我趁乱来到格拉姆雕像前。

雕像的基座还敞开着。我进到里面,走下去,走完狭窄的楼梯后我置身于一个被一盏灯照亮的小平台,前面是螺旋形的石头阶梯。走到石梯尽头我进入一个有高拱顶的走廊,那里灯光昏暗。一开始,我完全弄不清楚到了何处,也弄不清我听到的潺潺流水声来自何方。后来我的眼睛适应了:我在一个下水道中,一个扶手栏杆挡住了我没有掉进水里,但我还是闻到了那介于化学品与有机物之间的难闻臭味。在我们的全部故事中至少有些真实的东西:巴黎的下水道。是柯尔贝的,方托玛斯的,还是德·科的呢?

我沿着主路走,避开那些更黑的岔路,希望能看到某种标志,提醒我地下行程的终点在哪里。不管怎样,我现在离国立工艺博物馆已经很远了,与那个夜晚的王国相比,巴黎的下水道则是轻松自由、空气洁净和光明之所在。

在我眼中只有一个形象,贝尔勃的尸体在祭坛上描画的象形文字。我那时不明白那图形同什么图形相吻合。现在我知道了,那是一条物理法则,但是我知道这点的方式使这一现象更具有象征意义。在这里,在亚科波的乡下住宅里,在他很多的札记中,我找到了某人的一封信,答复他所提的一个问题,信中给他讲解了摆如何摆动,如果在它的垂线上再悬挂另一个重物的话,它如何摆动。这么说,天晓得从何时开始,在贝尔勃想到傅科摆的时候,就把它想象为西奈山和耶稣遇难处。他并非因不久前才诞生的"计划"而死,他早已在幻想之中做好了赴死的准备,却不知道在相信自己无力创造的同时,他的深思熟虑正投射着现实。或许不是这样,他以这种方式死去是为了向自己和其他人证明,即便缺乏天赋,想象力总能创造一切。

在一定程度上,虽然有所失,但他还是胜利者。或者说只要全心投入这唯一取胜的方式,必然失掉一切?凡是不明白这是另一种胜利的人,就失掉了一切。但我在星期六晚上还没有发现这一点。

我在地下通道里行走,像波斯特尔一样疯疯癫癫的,也许在同样的黑暗里迷失了方向,突然标记出现了。有一盏固定在墙上的强光灯向我指明了看来是临时搭建的另一个阶梯,直通木活板门。我试探着打开这活板门,来到了一个堆满空瓶的地下室,这地下室连着一个有两个厕所的走廊,在厕所的门上有小男人和小女人的图标。我回到了活人的世上。

我停下来,喘了口气。直到此时此刻,我才想到了洛伦扎。现在我为她而哭泣。但她正从我的血管中流逝,好像她就从未存在过似的。我甚至难以记起她的面孔。就这死者的世界而言,她死得最彻底。

在走廊尽头我看到了一个新楼梯,还有一道门。我进入一个烟雾腾腾、气味难闻的环境里,那是一家小饭馆,一个酒吧,一个东方式酒吧,服务员是有色人种,顾客冒着汗,吃着肥腻的烤肉串,喝一瓶瓶的啤酒。我从门里出来时就好像原已在那儿,只是去方便的。没人注意到我,或者也许账台上的那个男人看到我从后面冒出来了,眨眼给我使了一个难以觉察的眼色,好像在说,我明白了,走吧,我什么也没看见。

一一五

> 如果眼睛能够看见聚居在宇宙的魔鬼,那存在就是不可能的了。
>
> 塔木德,祝福词,6

我从酒吧出来,置身于圣马丁门的灯光之中。我刚刚离开的那间酒吧是东方酒吧,附近还有其他一些东方店铺,灯都还亮着,阿拉伯菜肴"古斯古斯"和炸丸子的气味扑鼻而来,人流如织。年轻人成群结队,面有饥色,很多人背着睡袋。我无法进咖啡馆喝点东西。我问一个男孩发生了什么事。游行,第二天有一次大规模的反萨瓦里法的游行。他们乘大客车到达。

一个土耳其人——一个德鲁兹派教徒,一个乔装打扮的伊斯玛仪派教徒用蹩脚的法语邀请我到一个什么地方。绝不去,逃离阿拉穆特。我不明白谁在为谁效劳。不要相信。

我穿过十字路口。现在,我只听到自己的脚步声。大城市的优越性在于你只要移动几米远就会重新回到孤独。

但是突然,经过几幢孤立的建筑物后,我左边就是国立工艺博物馆了,它在夜里显得那样苍白。从外面看起来完美无缺。它是一座问心无愧地沉睡着的纪念碑。我继续向南朝塞纳河方向走去。我头脑中有一个目标,但并不清楚。我想问问,究竟发生了什么事。

贝尔勃死了?天空是宁静的。我遇到一群学生。他们沉默无语,为守护神所迷。在左边是圣尼古拉教堂的侧影。

我继续沿圣马丁大街走,穿过公熊路,这条路宽广得像林荫大道。我真担心会迷失方向,虽然我并无方向。我向四周观望,在我右边的街角处看见蔷薇十字出版社的两个陈列橱窗。橱窗的照明已经熄灭,但借街灯和手电筒的微光,我弄清了它的内容。那是一些书和物品。犹太人史、圣日耳曼伯爵、炼金术、隐秘世界、玫瑰十字会的秘密宫殿、大教堂建造者的信息、纯洁派、新大西岛、埃及草药、卡纳克神殿、《薄伽梵歌》、投胎再生、玫瑰十字架与烛台、伊希斯和俄赛里斯的胸像、筒装与块状香料、塔罗牌、一把短刀、一把上有玫瑰十字封印的锡制圆柄裁纸刀,它们在干什么,在嘲弄我吗?

现在我从蓬皮杜艺术文化中心前面走过。白天这里像乡间的节日,现在广场几乎空无一人,有几伙人借对面啤酒馆的光亮静悄悄地睡觉。这是真的。巨大的通风孔吸收着大地的能量。也许白天挤满广场的人群有益于为它提供振动,神秘的机器是以新鲜的肉体作为营养维生的。

圣梅里教堂对面是一家"蛇书店",四分之三的书是关于神秘学的。我不能让自己变得歇斯底里。我又转悠到伦巴第人路,也许是为了避开一群从仍在营业的小餐馆里笑闹着走出来的斯堪的纳维亚女孩。闭嘴,你们不知道洛伦扎也死了吗?

可是她死了吗? 如果死的是我呢? 伦巴第人路:与其成直角相连的是弗拉梅尔路,在弗拉梅尔路尽头可以看到白色的圣雅各塔。在十字路口的拐弯处是"秘术二十二书店",那里出售塔罗纸牌和摆尼古拉·弗拉梅尔,炼金术士,专售炼金术书籍的书店,还有圣雅各塔:塔基有白色的巨型雄狮雕刻,这是塞纳河畔一座无用的哥特后期风格的塔,有一家神秘学杂志还以它为名,帕斯卡曾在塔上试验过空气的重量,好像如今在五十二米的塔上还设有一个气象观测站。或许在埃菲尔铁塔建成之前,"他们"是从这里开始的。有些区域特别受青睐。但谁也没有注意到。

我返回圣梅里教堂。又听到了女孩子们的笑声。我不想见到人，我围着教堂绕行，转到圣梅里隐修院路——有一道连接十字形耳堂的古旧的粗糙木门。在它左面有一个广场，与蓬皮杜艺术文化中心的边缘相接。广场上灯火通明。在空地上有丁格利①机器和其他一些彩色人造的东西漂浮在一个水池或人造小湖上，那些齿轮狡诈而懒散地咬在一起，在它们的后面，我又找到了用达尔米内管做成的脚手架和蓬皮杜艺术中心那些张开的大口径管子——就像被遗弃的泰坦尼克号靠在被洋常春藤蔓吞没的墙上，淹没在月亮上的环形山中。在大教堂没有得以建成的地方，越洋的大型管口同"黑贞女"窃窃私语。只有会围绕着圣梅里教堂环行的人才能发现它们。所以，我必须继续，我有一条线索，我正在光明之城的中心揭露"他们"的一个阴谋，一个"隐秘者"的阴谋。

我折回执政裁判官路，又到了圣梅里教堂的正面。我不知为什么，但好像有某种东西驱使我打开手电筒朝向正门照去。华丽的哥特式建筑风格，呈括号形的拱门。

突然间，在寻找我并未指望找到的那个东西时，我却在门饰上看到了它。

巴风特。它正是在两个半圆形的连接处，而在第一个半圆形的顶端有一只圣灵之鸽，向四周散发着石刻的荣耀之光，在第二个半圆形的顶端，巴风特被一群祈祷的天使围绕着，它有两只惊人的翅膀。它出现在一座教堂的正面。无耻。

为什么在那里呢？因为我们离圣殿不远。圣殿在哪里？或者它的遗址在哪里？我向西北方向走，到了蒙莫朗西路的拐角处。五十

---

① Jean Tinguely（1925—1991），瑞士雕塑家、实验艺术家，以在操作过程中会自行摧毁的机械式动态雕刻著称。

一号就是尼古拉·弗拉梅尔的故宅。在巴风特与圣殿之间。精明的炼丹家非常清楚应当同谁算账。垃圾箱里满是肮脏的垃圾,它们就在尼古拉·弗拉梅尔餐馆的对面。这房子不知是哪个年代的建筑物。出于吸引游客的考虑,重新装修了它,供低级的魔鬼,即属物质的人之用。在它旁边有一家美国酒吧,张贴着苹果牌电脑的广告:"Secouez vous les puces[①]"。赫耳墨斯软件。特木拉指南。

现在我在圣殿路,我穿过马路到了布列塔尼路的拐角,在那里有圣殿广场,一个凄凉的像墓地似的花园,牺牲的圣殿骑士的公墓。

布列塔尼路与圣殿旧路相接。圣殿旧路在过了与巴尔贝特路交叉口后,有一些奇特的商店,贩卖奇形怪状的灯泡,有鸭子形的,有常春藤叶状的。过于炫耀的现代产品。它们迷惑不了我。

自由人路:我在玛莱区,我熟悉这里,前面就是符合犹太人戒律的旧肉铺,既然我们断定犹太人在"计划"中的地位被阿拉穆特的阿萨辛派取代,犹太人同圣殿骑士有何关系?为什么我在这里?我在寻找答案吗?不,也许我只是想远离国立工艺博物馆。或者我糊里糊涂地去一个地方,我知道不会在这里,但我只是想回忆在什么地方,就像贝尔勃在梦中寻找遗忘的地址。

我碰到了一帮猥亵的人。他们发出了邪恶的笑声,散乱地走着,迫使我不得不走下人行道。有一刻,我怕他们是"山中老人"派来的,是冲我而来。不是这样,他们消失在夜色中,但他们操的是外国语言,发音有什叶派的咝咝声,像读犹太法典时那样,犹如荒漠中的蛇说的科普特语。

迎面而来的是穿着玫瑰十字会会员那种宽袍大袖长衣的雌雄共体人,他们从我身旁走过,转向塞维涅路。现在已是深夜。我逃离国立工艺博物馆是为了重新找到普通人居住的城市,却发现普通人的

[①] 法文,既可表示"振作起来",又可表示"摇晃你们的芯片"。

城市如同一个墓窖，入会者四处穿行，游刃有余。

一个酒鬼。也许是假装的。不要相信，永远不要相信。我路过一家还在营业的酒吧，服务员系着长至脚踝的围裙，他们在收拾椅子和桌子。我及时迈了进去，他们给我递上一杯啤酒。我一饮而尽，又要了一杯。"您可够渴的了，嗯？"其中一人说道。但一点也不亲切和蔼，而是显出了怀疑的神态。是的，我当然渴了，从下午五点到现在我滴水未进。但即使不在傅科摆下过夜也会感到口渴的。他们都是傻瓜。我付钱后立即离开，在他们能够记住我的相貌之前匆匆离开。

我来到孚日广场的拐角。我穿行在柱廊间。那部在夜里的孚日广场回响着疯狂杀手马蒂亚斯单调脚步声的电影叫什么名字？我停下来。听到身后有脚步声？当然没有。脚步声也停了。只要有一些玻璃柜，这些柱廊就会变成国立工艺博物馆的展厅了。

十六世纪的低矮天花板，半圆形的拱顶，销售版画、古董和家具的艺廊。孚日广场这块低洼之地，柱廊陈旧斑驳，颓败残缺，那里有几百年来就没有动过窝的居民。穿着黄色长袍的男人们。一个只有动物标本剥制师居住的广场。他们只在晚上才出来活动。他们熟悉下水道的遮板和盖子，熟悉进入地下世界的入口。它们就在大家的眼皮底下。

在这里，木板钉在拱形门框上。显然，这里有过一家出售神秘学书籍的书店，但现在已不复存在了。整个都清空了。在一夜之间撤离。像阿列埃一样。现在他们知道有人知道了内情，所以他们转入了地下。

我又到了比拉格路的拐角处。我看见一排望不到头的柱廊，空无人迹，我更希望这里漆黑一片，但却有昏黄的灯光。我想大声喊叫，任何人都不会听到我的叫声。静悄悄的，在那些紧闭的窗户后面透不出一丝光亮来，动物标本剥制师也许会穿着黄色的长袍在后面冷笑呢。

也许不会,在柱廊与中心花园之间有停泊的汽车,偶尔有人影闪过。但这并不会使人感到亲切。一只德国大牧羊犬在我面前穿过马路。在黑夜里,一只黑狗单独出行。浮士德在哪里?难道他派遣忠实的瓦格纳带狗出来撒尿吗?

瓦格纳。一直在我脑海中翻腾,却未浮出水面。瓦格纳医生,我想见的就是他。他能告诉我,这一切都不是真的,说贝尔勃还活着,"特莱斯"并不存在。如果我病了,那对我是多大的安慰。

我几乎是跑着离开广场的。我被一辆汽车跟踪。不,也许它正在寻找停车位呢。我被垃圾袋绊了一下。汽车在停车。不是要找我。我走上圣安东尼路。我在找出租车。好像是神灵召唤,一辆出租车过来了。

我对司机说:"隐居者爱丽舍大道七号。"

一一六

我愿变成一座塔,我愿悬挂在埃菲尔铁塔上。

布莱兹·桑德拉尔

我不知道隐居者爱丽舍大道七号究竟在哪里,我不敢向出租车司机打听,因为在这个时分搭出租车的人都是回家的,否则至少可以怀疑你是个杀人犯,另一方面,他嘟囔着抱怨说,在市中心还满是那些该死的学生,大客车横七竖八地到处乱停,令人厌恶。如果落在他手里的话,他会把他们统统枪毙,现在要绕很长的路。他实际上是环巴黎绕行了一大圈,最后把我放在了一条偏僻街道的七号。

那里并没有瓦格纳医生此人。那么是十七号?或者是二十七号?我试探了两三次,然后我恢复了清醒。即便我找到了门牌,我能在这个钟点把瓦格纳医生从床上叫起来听我讲述我的故事吗?我从圣马丁门到孚日广场流落到此地,也是为了同样的原因。逃亡。现在我是从国立工艺博物馆逃出来后逃到的那个地方逃出来的。我不需要看心理医生,但需要一件束缚疯子的紧身衣。或者进行睡眠疗法。再或者莉娅。让她抱住我的头,按在她的乳房与腋间,低声细语地对我说,要听话。

我寻找的是瓦格纳医生还是隐居者爱丽舍大道?因为现在我想起来了,那个名字我是在准备"计划"的过程中碰到的,有人在上个世纪写了一本什么关于地球、地下以及火山的书,以从事学术性地理研究为借口探索地下世界。是他们中的一个。我躲避他们,却无法摆脱他们。在几个世纪中,他们逐渐地占领了整个巴黎。还有世界其余地方。

我应该返回旅馆。我还能找到出租车吗?据我判断,我可能是在偏远郊区。我瞄准了有更明亮的散射光的方向走去,隐约看见了开阔的天空。塞纳河?

我来到拐角时看到了它。

在我左边。我本该猜到它在这里,埋伏在附近,在这座城市里街道的名字都标示着明确的信息,总是广而告之的,而我却没有想到,真糟糕。

它在那里,肮脏的矿物蜘蛛,"他们"权力的象征和工具:也许我该逃走,然而我感到我被那张网吸引住了。我从下向上,又从上向下地移动脑袋,仔细观看,因为现在我已不再能只瞥它一眼就看清它,实际上我已置身于其中,我被它千百个棱角所砍杀,我感到遭受从四面八方落下的铁幕的轰击,仿佛只要它动一下,我就会被那些金属结构的利爪压得粉碎。

埃菲尔铁塔。我现在是在城市中唯一一个并非从远处看它轮廓的地方,看不到它从屋顶海洋上方友好地探头露面,看不到轻佻得犹如杜菲画中的情景。它在我头上,它在我之上滑翔。我能猜到它的塔尖,但我首先在塔基周围转,后来进入了它的内部,因在它的两腿之间,我发现了脚踝、肚皮、阴茎,我还猜到令人头晕的肠子,全都同那个综合多种技术制成的长颈鹿脖子上的食道融为一体。它是镂空的,它能够使周围的灯光暗下来,由于我在移动,它从不同的透视角度向我展现了各种洞穴穹窿,这些穹窿仿佛在用变焦镜头拍摄黑夜的画面。

现在,在它右边朝向东北方向,一轮弯月升起,低垂在地平线上。

699

有时铁塔好像框起了月亮,形成视觉幻觉,仿佛是它那些奇形怪状的框架之一发出的荧光,但只要我移动一下,框架就变形了,月亮也不复存在,它同一些金属肋骨绞缠在一起,那怪物就把它捣碎,吞噬消化,让它消失在另一个维度里。

超正方体。四维立方体。现在,透过拱孔我看到了一束移动的光,不,是两束,红光与白光,它们在闪烁,一定是飞机正在寻找戴高乐机场或奥利机场。但随即——我移动了一下,或者是飞机,抑或是塔移动了一下——光就在肋后消失了,我等待它们重现在另一个框架中,但并未再出现。埃菲尔铁塔有成百扇窗户,全部是活动的,每一扇窗户都开向不同的时空。它的肋并不标示欧几里得曲线,打破了宇宙的组织,倾覆了大灾难,掀开了平行世界的篇章。

谁说过这旧货店圣母院①的塔尖的用途是将"巴黎悬挂在宇宙的天花板上"? 相反,它是将宇宙悬挂在自己的塔尖上——自然,难道它不是傅科摆的"替代物"吗?

人们怎么称呼它的呢? 孤独的栓剂,空心方尖塔,铁线的荣耀,电池的神化,偶像崇拜的空中祭坛,罗盘中心的蜜蜂,凄凉的虚墟,与黑夜同色的丑八怪,无用之力的畸形象征,荒唐的奇迹,毫无意义的金字塔,吉他,墨水瓶,望远镜,犹如部长讲话一样冗长,古代的神灵,现代的野兽……还有别的,如果我有"世界的主宰者"的第六感,既然我被它那生了螺栓息肉的声带捆绑住了,我或许会听到天体音乐嘶哑的低声演奏,埃菲尔铁塔此时此刻正从空心地球的中心吸取浪潮,并传播到世界上所有糙石巨柱。被钉死的关节的根茎,颈关节炎,假体的假体——多可怕,要让我掉进深渊摔得粉碎,他们就要把我从我此刻所在的地方送上塔顶。我一定是刚刚结束穿越地心之旅,被对跖点的反重力弄得头晕目眩。

---

① 对埃菲尔铁塔的贬称。

虽然我们从未这样想过,但它现在在我看来仿佛是"计划"的铁证,过不了多久,它就会发现我是间谍,是敌人,是它齿轮传动装置中的一粒沙子,它是这装置的外表和动力,它会难以觉察地张开一个铅灰色花边的菱形窗户,把我吞进去,让我消失在它虚无的皱褶里,并被转移到"别处"。

如果我在它镂空的框架下再待一会儿,那些巨型利爪就会收拢,就会弯曲如獠牙,把我噙住,然后这怪物又会恢复奸险罪恶的卷笔刀姿势。

另一架飞机:这架飞机很有来头,是从那瘦削的庞然大物的两节脊椎之间生育出来的。我观望它,它永无止境,就如同它为之而生的那个"计划"。如果我待在那里不被吞噬,我或许会跟踪它的位移,它缓慢的变化,它在潮流的寒风吹拂下几不可辨的分解与重组,也许"世界的主宰者"知道如何把它解读为土占的痕迹,在它难以察觉的变形中,他们或许会解读出有决定意义的信号和不能坦陈的指令。埃菲尔铁塔在我的头上旋转,"神秘点"的螺丝刀。或者不,它是静止的,像磁轴,让天体穹窿转动。同样会感到晕眩。

埃菲尔铁塔怎么自我保护得那么好,我问自己,从远处看它在向你暗送秋波,但如果你靠近它,如果你企图深入到它的秘密中,它就会杀死你,冻僵你的骨头,很简单,它只要炫耀一下造就它的那种无意义的恐惧就行了。现在,我明白贝尔勃死了,"计划"是真的,因为埃菲尔铁塔是真的。如果我没能逃脱,没能再一次逃走,我将无法将此事告诉任何人。一定要敲响警钟。

有响声。止步,返回现实。一辆出租车高速行驶。我一下子挣脱魔带,急忙打手势,几乎被出租车撞上,因为出租车司机在最后一秒才踩了刹车,好像他不太愿意停车似的。在行车过程中,他对我说,当夜晚从那里经过时,铁塔也使他感到恐惧,所以他加速行驶。

"为什么?"我问他。"Parce que... parce que ça fait peur, c'est tout.①"

很快我就回到我住的旅馆。我按了半天铃才叫醒那个睡眼惺忪的门房。我对自己说:你一定要睡,现在。一切都等到明天再说吧,我服了几片药,药量足以毒死自己。后来,我就不记得了。

---

① 法文,因为……因为它很可怕,就这样。

一一七

> 有座大屋真荒唐,它收留来自四面八方的人,特别是那些拥有金子和有能力炼金的人。
>
> 萨巴斯蒂安·布兰特《愚人船》,46

我在下午两点醒了,迷迷糊糊,像患了紧张症似的。我准确地记得发生的一切,但我不敢肯定我记起的那些情景都是真实的。我先是想跑下楼去买报纸,后来我对自己说,纵然有一队土耳其骑兵在事件发生之后立即冲入国立工艺博物馆,这消息也来不及出现在早报上。

而且,那天巴黎无暇他顾。这是门房在我刚下去喝咖啡时就告诉我的。城市处于骚乱之中,许多地铁站都封闭了,在一些地方警察荷枪实弹,大学生太多了,他们的行为越来越过分。

我在电话簿黄页上找到了瓦格纳医生的电话号码。我还试探地拨了一下他的电话,但显然星期天他不在诊所里。无论如何,我要去国立工艺博物馆核实一下。我记得,星期天下午它也是开门的。

拉丁区动荡不安。吵吵嚷嚷的人群举着旗帜一批一批地走过。在西岱岛上,我看到警察设置了路障。远处还可听见一些枪声。在一九六八年就应是这种情景。在圣礼拜堂附近曾经有过冲突,我闻到了催泪弹的气味。我听到了类似冲锋枪的声音,不知是学生还是警察,人们在我周围奔跑,我们躲进了一个大栅栏后面,前面有警戒线,此时在街上发生了骚乱。多么可耻,我现在同上了年纪的资产阶级站在一起,期待革命风暴平息。

后来我找到了可通行的路,我折小路绕旧中央市场走,又回到了圣马丁路。国立工艺博物馆开着,白色庭院外的一块告示板上写着:"国立工艺博物馆是根据法兰西共和历三年葡月十九日国民议会颁布的法令设立的……在建于十一世纪的圣马丁修道院旧址内。"一切都井井有条,有一小群星期天的来访者,他们对学生的这种民间狂欢无动于衷。

我走进博物馆——星期天免费——一切都如昨天下午五点以前那样。门卫、参观者一如往常,傅科摆在原来的位置上……我寻找曾经发生过的事的踪迹,但如果真的发生过,有人已认真仔细地清扫过。如果真的发生过的话。

我不记得如何度过下午剩余的时间。我甚至不记得我在街上四处游荡时看到了什么,当时我为了避开骚乱,不得不时时绕路。我打电话到米兰,只为试探一下,出于迷信,我拨了贝尔勃的电话号码。然后又拨了洛伦扎的电话号码。再拨了加拉蒙出版社的电话,出版社当然不办公。如果昨晚还是今天的话,那一切都发生在昨天。但从前天到昨晚却仿佛经过了永恒。

傍晚时分,我发现自己还没有吃饭。我想要静一静,最好也让自己美餐一顿。在中央市场附近,我进入一家餐馆,这里能吃到鱼,甚至可说是太多了。我的餐桌对面就是个大鱼池。一个可称为非现实的世界,使我再次陷入一种绝对怀疑的气氛中。什么都不是偶然的。那条鱼好像患了哮喘病的东方苦行僧,它失去信仰,指责上帝缩减了宇宙的意义。万军之神,万军之神,你怎么如此狡猾,使我相信你已不存在了呢?肉体像坏疽一样在世界上蔓延……另一条鱼很像米妮,眨着长长的睫毛,做出了一个心形的口形。米妮是米老鼠的未婚妻。我吃了一大盘凉拌菜加黑线鳕鱼,鱼肉软嫩得像婴儿的肉。还加了蜂蜜和胡椒粉。保罗派的人在这里。那条在珊瑚之间滑翔游弋的鱼像布雷盖飞机——鳞翅目的翼拍打着,一百条中就有一条发现它的何蒙库鲁兹胚胎被遗弃在被刺穿的炼丹炉的底部,被扔在弗拉梅尔故居对面的垃圾堆里。还有一条圣殿鱼,全身黑色胸甲,在寻找诺佛·戴伊。它轻轻地碰触到了患哮喘病的东方苦行僧,它正专注而悲愤地游向不知名处。我转移了目光,在街道的那一边我发现一家餐馆的招牌为"CHEZ R"……玫瑰十字会?罗伊希林?泼洒露水的人?拉奇科夫斯基拉戈兹杜罗基?标记,标记……

瞧吧,能使魔鬼陷入尴尬境地的唯一方式是让它相信,你不相信它。无须为巴黎夜游和铁塔营造的幻觉自寻烦恼。在看见或以为看见那些场面之后走出国立工艺博物馆,然后像做恶梦一般在城市里游荡,这都是正常的。但是我在国立工艺博物馆究竟看到了什么呢?

我绝对需要同瓦格纳医生谈谈。我不明白,为什么我脑海里认准这就是灵丹妙药,但我就是这么想的。语言疗法。

我是如何熬到今天早晨的呢?我好像进了一个电影院,放映的是奥森·威尔斯的《上海小姐》。当镜子的场景出现后,我经受不住便离开了。不过也许这不是真的,只是我的想象而已。

今天早晨九点,我给瓦格纳医生打了一个电话,加拉蒙的名字让我越过女秘书的障碍,医生好像还记得我,面对我表现出的急迫性,他让我立即去他那里,九点半,在其他患者来到之前。他显得热情和体谅。

也许去瓦格纳医生那里诊病也都是我的幻想。女秘书询问我的个人信息,为我填写了一张表格,并让我付了诊金。幸运的是我早买好了回程的机票。

这是一个小型诊所,连沙发都没有。窗户朝向塞纳河,左边有埃菲尔铁塔的身影。瓦格纳医生以专业的和蔼态度接待了我——说到底这才对,我已不是他的编辑了,而是他的一个患者。他平静地挥手打了一个手势,请我在他对面坐下,他在桌子后面俨然像一个部委官员似的。"怎么了?"他这样说道,推了一下自己的旋转椅,背向了我。他低下头,两手好像交叉着。我只好说了。

　　我说了,就如打开了水闸似的,一泻而下从头到尾全说出来了,说出了两年前我想到的,去年我想到的,说出了我想到的贝尔勃和迪奥塔莱维之所想。还有在圣约翰之夜发生的事情。

　　瓦格纳从未打断我的话,也从未表示赞同我的话,或者表示不能苟同。据我理解,他可能是昏昏欲睡了。不过这也许是他的一种技巧。而我还在滔滔不绝地说。语言疗法。

　　后来,我等他说话,拯救我的话。

　　瓦格纳慢悠悠地站起身来,并没有转向我,他绕写字台走了一圈,走到窗前。现在,他双手交叉在身后看着窗外,凝神深思。

　　静默了约十分钟,或十五分钟。

　　然后,他还是背向着我,用单调而平静的声音安慰我说:"Monsieur, vous êtes fou. ①"

　　他没有动,我也一动未动。又过了五分钟,我知道他不会再继续说了。就诊结束了。

　　我离开时没有道再见。女秘书倒是笑容可掬,我又回到了隐居者爱丽舍大道。

　　已经是十一点了,我回旅馆收拾好了行李,急忙奔向飞机场,指望有好运降临。我要等待两个小时,于是我给米兰的加拉蒙出版社

---

① 法文,您疯了。

打了电话,话费由受话人支付,因为我已身无分文。是古德龙接的电话,她好像比平时更迟钝,我向她喊上三遍,她才能说上个是,好,对,这才接受由受话者付费。

她哭泣着说,迪奥塔莱维在星期六午夜去世了。

"没有一个朋友参加今天早晨举行的葬礼,多么羞耻!连加拉蒙先生也没有去,人家说他到国外去了。我、格拉齐亚、卢恰诺去了,还有一位全身黑衣的先生,他蓄着胡子,两腮的胡子卷曲着,戴一顶大帽子,活像个掘墓人。只有上帝知道他来自何方。但您在哪里,卡索邦?贝尔勃又在哪里?到底在发生什么事?"

我低声语无伦次地解释了一番,就挂断了电话。他们已在叫我了,于是我登上了飞机。

第九章
叶索德

一一八

> 阴谋诡计的社会理论……是没有提及上帝的结果,也没有思考以下问题:"谁取而代之了?"
> 卡尔·波普尔《推测与驳斥》
> 伦敦,劳特利奇出版社,一九六九年,I.4

旅行使我感觉好多了。我不仅离开了巴黎,也远离了地下,甚至地面和地壳。天空和山脉还是一片雪白。在一万米高处会倍感孤独,再加上气压增高和轻轻颠簸,飞行总能带来微醺的感觉。我在想,只有在天上我才又脚踏实地。我决定把这一切记下来,首先在我的笔记本上列出要点,然后闭上眼睛,放松遐想。

我决定先罗列那些无可辩驳的事实。

毫无疑问,迪奥塔莱维死了,古德龙告诉我他的死讯。古德龙总是在我们的故事之外,她不明白我们的故事,因此只剩下她能说出真相。然后就是加拉蒙真的不在米兰。当然,他可能在任何地方,但事实是他现在不在,前些天也不在,可以猜想或许他在巴黎,我真的看到了他。

同样,贝尔勃也不在。

现在让我们试着把我星期六在圣马丁大教堂看到的情景当做真的发生了。也许不是像我所看到的那样,当时我受到音乐和香料的诱惑,但是肯定发生了某些事情。正如安帕罗那样。她回到家后不敢肯定她是否被班巴吉拉附体,但她敢肯定,她曾在翁邦达的帐篷里待过,她相信——或者她表现为——好像被班巴吉拉附体了。

最后,莉娅在山上对我讲的事是真的,她的解读绝对令人信服,普罗万的密文是一张送货清单。圣殿骑士从来没有在什一税谷仓聚会过。"计划"不存在,也没有密文。

对当时的我们来说送货清单是一个纵横格填字游戏,格子还空在那里,没有解决。所以要填满这些空格,使一切交叉会合。但或许这个例子不太准确。在纵横格填字游戏中,词交叉后应当在共同的字母上会合。在我们的游戏中,不是词交叉会合,而是概念和事实的交叉会合,所以规则是不一样的,基本规则有三条。

第一条,概念是由类比联系在一起的。没有规则在一开始就能决定一个类比是好的还是坏的,因为任何事情都是在某些方面同另外的任何事情有相似之处。比如,土豆与苹果交叉,因为两者均属蔬果而且是圆形的。从苹果到蛇是由《圣经》联系在一起的。从蛇到面包圈,形状类似,从面包圈到救生圈再到游泳衣,从游泳到卷浪,从卷浪到卫生纸卷,从卫生到酒精,从酒精到毒品,从毒品到注射器,从注射器到针眼,从针眼(洞)到土地,从土地到土豆。

完美无缺。第二条规则事实上是说如果最后一切相互都有联系,那么游戏就成功了。从土豆到土豆,一切都有关联,所以是对的。

第三条规则,联系不应是全新的,它应当至少被别人提及过一次,多次更好。只有这样交叉才显得是真实的,因为显而易见。

这说到底是加拉蒙先生的想法:魔鬼作者的书不应当革新,应当重复已经讲过的东西,否则如何体现"传统"的力量?

我们就是这样做的。我们没有发明任何东西,只是摆放一些拼图。阿尔登蒂也是这样做的。他没有发明什么,只是拙劣地摆放拼图,另外,他不如我们有文化,他也没有全部拼图。

"他们"有那些拼图,但没有填字游戏的纵横格。我们——再一次——略胜一筹。

我想起了莉娅在山上对我说过的一句话,当时她责备我玩的游戏很拙劣:"人们贪图计划,如果你给他们提供一个,他们就会像狼群似的一哄而上。你发明,他们就相信。想象的东西已经不少,不该再火上浇油。"

事实上,事情总是这样的。一个黑若斯达特斯[①]式的年轻人非常苦恼,因为不知道如何才能出名。后来,他看到电影中有一个瘦弱的小孩向乡村音乐女明星开枪射击,轰动一时。他找到了一个诀窍,去朝约翰·列侬开了枪。

这正如自费作者一样。我如何使自己成为众所周知的诗人,并被收进百科全书呢?加拉蒙做出了解释:很简单,给钱。自费作者以前从未想到过,但鉴于有马努齐奥出版社的计划,他们就认同了。自费作者相信他们从小在等待马努齐奥出版社,只是那时不知道它的存在。

后果是我们发明了并不存在的"计划","他们"不仅当真了,而且确信自己早已介入其中,也就是说,他们按照不可辩驳的类比逻辑、近似逻辑和怀疑逻辑把他们混乱的计划片段等同于我们的"计划"。

但如果发明一个计划,其他人来实施它,"计划"就好像真的存在了,甚至它已经存在了。

从此刻起,大批魔鬼作者将走遍世界去寻找地图。

我们向寻求战胜莫名挫折感的人提供了地图。什么地图?贝尔勃的最后一个文档提示了我:如果"计划"真的存在,那就不会失败。即使失败了,也不是你的过错。在一个宇宙阴谋面前败北,并不可

---

① Herostratus,古希腊人,为了出名,于公元前350年纵火烧毁了世界七大奇迹之一的阿耳忒弥斯神庙。

耻。你不是懦夫,你是烈士。

你不要抱怨成为你无法控制的无数微生物的猎物而死去,你不应为你缺乏抓力的脚、消失的尾巴、掉了不会再长出来的头发和牙齿、播撒在路上的神经元、硬化的血管负责,那归咎于"嫉妒的天使"。

这对日常生活也同样适用。像证券交易所的崩盘。它之所以发生,是因为每个人都做出错误的行动,所有错误行动加在一起引发了恐慌。而且神经不够坚强的人会问:是谁策划了这个阴谋,它对谁有利呢?糟糕的是当找不到策划阴谋的敌人时,你就会感到自己是有罪过的。总之,鉴于你感到自己有错,你杜撰一个阴谋,甚至很多阴谋。而为了同这些阴谋作斗争,你又要策划你自己的阴谋。

为了给自己的不理解找一个理由,你设想出越多其他人的阴谋,就越会爱上它们,以它们的标尺来策划自己的阴谋。总之,这就是当时在耶稣会会士和培根的追随者之间,在保罗派和新圣殿骑士之间发生的事,他们每一方都在指责另一方的计划。那时,迪奥塔莱维指出:"当然,你把你正在做的事归咎于别人,鉴于你正在做的事是可恶的,所以别人就变得可恶了。不过,鉴于其他人通常会愿意做你正在做的那种令人憎恶的事,他们就会同你合作,让人相信——对——事实上你归咎于他们的事就是他们一直希望做的。上帝想使谁灭亡,必先使其疯狂,现在只要助上帝一臂之力就行了。"

一个阴谋必须像所有阴谋一样是秘密的。一定有一个秘密,如果知道有一个秘密,我们将不会再感到失望和受挫,因为,秘密要么能拯救我们,要么知道这个秘密等同于拯救。存在如此昭然若揭的秘密吗?

当然存在,只是永远不会为人所知。一旦被揭穿,它就只能令我们失望。阿列埃不是对我说过追逐秘密的紧张气氛导致罗马帝国安东尼王朝动荡不安吗?然而,刚刚有人来声称他是上帝之子,上帝之子有血有肉,他救赎世界的罪恶。这是一个廉价的秘密吗?他允诺为所有人赎罪,只要他们爱邻人。这是不值一提的秘密吗?他留下遗产,不管是谁只要在恰当的时刻说出恰当的话,他就能把一片面包和半杯葡萄酒变成上帝之子的血肉,且能汲取营养。这是一个只配进垃圾桶的谜团吗?他引导教父们猜测、声明说上帝是"一"又是"三位一体",圣灵源自圣父和圣子,但圣子并非源自圣父和圣灵。这是属物质的人的用语吗?然而现在其他那些赎救唾手可得的人——do it yourself[①]——却没有那样做。启示全在于此吗?多么平庸:他们乘船歇斯底里地在整个地中海地区巡游,寻找另一种失落的知识,那三十个旦尼尔的教义也许只是这知识的表层面纱,精神空虚者的寓言,影射的象形文字,向属灵者使的眼色。三位一体的奥秘?这太容易了,背后肯定另有隐情。

曾经有这么一个人,可能是鲁宾斯坦,当人家问他是否信仰上帝时,他回答说:"咳,不,我信仰……某种更大的东西……"但有另一个人(也许是切斯特顿?)说过:从人们不再信仰上帝的那个时候起,并不是他们什么也不再信仰了,而是信仰一切。

并非所有都是更大的秘密。没有更大的秘密可言了,因为一旦揭示出来,它们就显得微不足道。只有一个空洞的秘密。一个站不住脚的秘密。兰花的秘密是它象征和作用于睾丸,而睾丸又象征着黄道十二宫,黄道十二宫象征天使的品级,天使的品级象征音阶,音阶象征体液之间的比例,凡此种种。投身于追逐奥秘就是永不止息地学习,像剥洋葱头似的层层剥开宇宙,因为洋葱头全由层次组成,我们可以设想宇宙是一个层次无穷的葱头,到处都是中心,却没有圆周,或者把它做成莫比乌斯环。

真正洞悉奥秘的人知道最有力量的秘密是无内容的,因为任何

---

① 英文,自己动手。

敌人都难以使他供认,任何信徒都难以从他那里窃走。

现在我觉得那夜在傅科摆前面举行的仪式如此激烈更为合乎逻辑和具有连贯性。贝尔勃声称他掌握一个秘密,于是他获得了控制"他们"的权力。甚至像阿列埃这样谨慎的人也冲动地立即敲锣把其他人召集起来,要从他那里骗取秘密。贝尔勃越拒绝揭露秘密,"他们"就越认为这是一个大秘密;他越是信誓旦旦地说他没有掌握什么秘密,"他们"就越相信他拥有秘密,拥有一个真的秘密,因为如果是假秘密,贝尔勃就会把它揭露出来。

多世纪以来,寻找这个秘密就是把"他们"凝聚在一起的黏合剂,虽然这中间有人被逐出教会,有内部斗争,有突然袭击。现在"他们"已接近答案了。他们恐惧两件事:一是那秘密可能会令人失望,另一个是——变得人所共知时——便没有任何秘密可言了。那将是"他们"的末日。

那时,阿列埃直觉地感到,如果贝尔勃说了,所有人就会知道,而他阿列埃就会失去赋予他魅力和权势的那个模糊的光环。如果贝尔勃只告诉他一个人,阿列埃就会继续成为永垂不朽的圣日耳曼——他的死亡被延期,与秘密拥有相同的时效。他企图诱使贝尔勃悄悄告诉他,当他明白这不可能的时候,他便想通过煽动贝尔勃投降来激怒他,还让他目睹一场自命不凡的好戏。哦,这位老伯爵很熟悉贝尔勃,他知道对那一带的人来说固执和滑稽感可以使他们战胜恐惧。他迫使他提高了挑衅的嗓门,最终斩钉截铁地拒绝。

其他人出于同样的恐惧,选择杀死他。"他们"失去了地图——也许要花很多个世纪去寻找——但是这样就拯救了"他们"馋涎欲滴的衰落愿望。

我想起了安帕罗给我讲述的一个故事。在来意大利之前,她在纽约待了几个月,她住的街区几乎可以为拍摄谋杀题材的电视剧提供布景。她常常在夜里两点单独一人回家。当我问她怕不怕碰到性变态狂时,她向我讲述了她的应对办法。一旦性变态狂靠近,你挽住他的臂膀对他说:"怎么样,我们上床吧。"那个人就会不知所措地跑掉了。

如果你是一个性变态狂,你想要的不是性,你只是对性有一种欲望,最多是偷取这一乐趣,但是在受害者不知情的情况下。如果把性放在你面前,对你说,来,上吧,你自然会逃跑的,否则你还算什么性变态狂。

我们迎合了他们的欲望,向他们提供了一个空洞得不能再空洞的秘密,因为不仅我们不了解它,而且我们还知道它是假的。

飞机飞越勃朗峰,旅客们都拥向飞机的一侧,争相观看那因地下潮流的张力不足而长成的钝形鼓包。我想,如果我的思考是对的,那么也许潮流并不存在,就像普罗万的密文不存在一样,但是解读和重建"计划"的故事,就是"历史"本身。

我又想起了贝尔勃的最后那个文档。但是如果存在是如此空虚脆弱,它只能依托寻求其秘密的那些人的幻想,那就真的——如安帕罗那天晚上在帐篷中遭遇失败之后所说的——没有赎救,我们全都成了奴隶,给我们一个主人吧,我们罪有应得……

这是不可能的。因为莉娅告诉我还有其他东西,我有证据,他叫朱里奥,此时此刻正在一个山谷里拉着山羊尾巴玩耍。这是不可能的,因为贝尔勃说了两次"不"。

第一个"不"是对阿布拉菲亚说的,也是针对企图闯入秘密的人说的。"你有口令吗?"是这样问的。回答,获取秘密的钥匙,是"不"。有一点是真实的,不仅没有咒语,而且我们也不知道。但是懂得承认自己不知道的人反倒可能知道一点，至少知道我能知道的那一点。

第二个"不"是在星期六晚上说的，当时他拒绝了向他伸出的救命稻草。他本来可以杜撰一张地图，引用我给他展示的那些地图中的一张，反正傅科摆以那种方式悬挂，那群疯子永远也识别不出"世界之脐"，他们要浪费几十年时间才能明白，他并不知晓秘密。相反，他没有这样做，他不愿屈服，他选择了死亡。

他并非不愿屈服于对权力的狂热追逐，他不愿屈服于无意义。他在某种程度上知道，不管人的存在是何等脆弱，不管我们对世界的考问是如何层出不穷和漫无目的，总有某种东西是比其他更有意义。

贝尔勃直觉感受到的是什么？也许在那一刻使他能够反驳充满绝望的最后那个文档，而不把他的命运交给向他允诺随便哪个"计划"的人？他——终于——把生命赌进去，仿佛所有这一切他应当知道的东西，他早已发现了，直到那时才觉察到；仿佛在这唯一的、真实的、绝对的秘密面前，所有在国立工艺博物馆发生的事都愚蠢到不可救药——他明白了固执地想活下去也是愚蠢的吗？

链条上还缺了一环。现在我好像了解了贝尔勃的全部，从生到死，只缺一环。

到达时，我寻找护照，在口袋中找到了这个房子的钥匙。它是我上星期四同贝尔勃公寓的钥匙一起拿到的。我想起了那一天，贝尔勃指给我看那个旧书柜，他说那里保存有他的作品全集，或者说他青少年时代的作品。也许在阿布拉菲亚上找不到的东西就埋藏在这里，在×××。

我的推测中没有任何合乎情理的东西。理性就是——我对自己说——把它视为合理。如同现在。

我取回我的车，来到了这里。

我甚至没有找到卡乃帕家的那位老人,或者看门人。也许她在这期间也过世了。这里已经没有任何人了。我到各个房间转了转,到处散发出潮湿的霉味,我甚至考虑打开一个卧室中的暖床器。但是,在六月天没有必要把床铺烘暖,我刚把窗户打开,夜晚的温热空气扑面而来。

太阳刚刚落山,月亮还没有爬上来。像巴黎的星期六夜晚。月亮出来得很晚,现在我看到的只有那一点点——比巴黎的还少——它慢悠悠地从较矮的山丘上升起。山丘位于布里科山和另一个黄色隆起高地之间的凹陷处,上面的庄稼可能已收割完毕。

我大约是在晚上六点左右到达这里的,那时天还亮着。我没有带吃的,后来我到处转悠时,偶然进了厨房,在一个房梁上找到了香肠。我吃香肠加凉水充当晚餐,好像那时是晚上十点左右。现在我感到口渴,我带了一大瓶水到了卡尔洛姑父的书房,每十分钟就喝几大口,然后下楼去灌满,再拿上来喝。现在应当是凌晨三点了。但是灯关着,我看表很费劲。我望着窗外凝思。好像有一些萤火虫,有一些流星落在了山坡上。有少数汽车从这里经过,它们驶下山谷,驶上山顶的小村落。贝尔勃小时候应该还没有这些景色。那时没有汽车,也没有公路,晚上是宵禁的。

我一到这里就打开了那个收藏青少年时作品的书柜。层层隔板上堆满了纸,从小学作业到青春期的一册册诗歌和散文。在青春期,大家都写诗,后来真正的诗人把那些诗销毁了,拙劣的诗人则将它们发表。贝尔勃心知肚明不会发表,但他又无力毁掉它们,于是就把它们埋在卡尔洛姑父的书柜里。

我阅读了几个小时。在接下来的好几个小时中直到此刻,当我几乎放弃的时候,我找到了最后一篇文章并对它陷入了沉思。

我不知道贝尔勃是何时写的。很多页上在行与行的空白处交叉着不同的笔迹,或者说是不同时间写下的同一人的笔迹。就好像他是在十六或十七岁时写成的,后来把它收起来,在二十岁左右又拿出来,然后在三十岁左右再拿出来,也许再后来还拿出来过。直到他放弃写作——除了同阿布拉菲亚打交道,但没有胆量再重拾这行行字句,使它们遭受电子的羞辱。

读起来就好像是在聆听一个熟悉的故事,×××镇在一九四三年和一九四五年间发生的事,卡尔洛姑父,游击队员,小礼拜堂,切奇莉娅,小号。我熟悉序言,那都是让温柔的、沉醉于幻想与痛苦之中的贝尔勃困扰的主题。他自己也知道,回忆录文学是卑劣之人最后的避难处。

不过我并非文学评论家,我再次充当了山姆·斯佩德的角色,寻找最后的线索。

就这样,我找到了"关键文字",它可能就是贝尔勃在×××的故事的最后一章。在这之后,便不会再发生任何事了。

一一九

  小号的花环烧着了,于是我看见教堂的圆顶打开了一个口子,一支光芒四射的箭向下窜,穿过小号的管子射进已无生命的躯体。之后,圆顶的开口闭合了,小号也远去。

约翰·瓦伦丁·安德烈埃《克里斯蒂安·罗森克罗伊茨的化学婚礼》
斯特拉斯堡,策次纳,一六一六年,6,第一二五至一二六页

  文章中有一些空白、一些重叠、一些漏洞、一些删节——毕竟我刚从巴黎返回。与其说我是重读它,不如说我是在重温这段经历。

  那应当是在一九四五年四月末。那时德国军队分崩离析,法西斯已经穷途末路。不管怎样×××已经最终处于游击队的控制之下。

  在最后的战役——即两年前亚科波在这个房子里给我们讲的那次战役——之后,游击队各分队在×××汇集,开进城市。他们等待来自伦敦电台的信号,他们等米兰也准备好起义时采取行动。

  由拉斯指挥的加里波第军团也到达这里,拉斯人高马大,一脸黑胡子,在当地家喻户晓。士兵身穿别致的制服,除了系红领巾和佩红胸章之外,那些制服各不相同。他们的武器参差不齐,有的人拿着旧式滑膛枪,有的人拿着从敌人那里缴获的冲锋枪。他们同巴多里奥军队的服饰明显不同,巴多里奥的人系蓝领巾,像英国军队一样穿清一色卡其色制服,配备最新式的司登枪。盟军给巴多里奥军队慷慨

援助，在夜里空投了大量物品，这样继续了两年以后，每晚十一点钟，英国侦察机"神秘的皮佩托"都从这里飞过，谁也弄不明白它在侦察什么，因为绵延数公里都不见一点灯光。

加里波第军团与巴多里奥军队之间关系紧张。有人说在打仗那天晚上，巴多里奥的军队冲向敌阵，嘴里喊着"前进，萨伏依"，而他们中的一些人则说那是习惯使然，不然你向敌人进攻时喊什么，这样喊并不是说他们一定拥护君主政体，他们也知道，国王有很大的罪过。加里波第军团的人对此报以冷笑，他们认为，如果是上了刺刀在开阔地里冲向敌人而不是握着司登枪躲在一个拐角后面，倒是可以高喊"萨伏依"。事实是他们投靠了英国人。

不过，他们达成了一个权宜之计，攻城需要有一个统一的指挥。重任就落到了特尔齐身上，他指挥过装备精良的部队，年纪也较长，他参加过大战，是位英雄，得到了盟军司令部的信任。

在以后的日子里，我记得好像比米兰的起义早几天，他们开始攻占城市。好消息传来了，攻城告捷，他们又回到×××，但有一些伤亡，有传闻称拉斯在战斗中倒下了，特尔齐负了伤。

后来，在一天下午，听到了隆隆的汽车声、胜利的歌声，人们欢呼着拥向大广场，从国道那里来了第一批部队，他们高举拳头，挥舞旗帜，从车窗里，从卡车的脚踏板上挥舞着手中的武器。游击队员浑身洒满了鲜花。

突然，有人高喊拉斯，拉斯，拉斯就在那里，他坐在一辆道奇车的前保险杠上，胡须凌乱，前额垂下几绺头发，从敞开的衬衫中露出了挂着汗珠的黑色胸毛，他向群众挥手微笑致意。

坐在拉斯旁边的兰皮尼从道奇车上下来，这是一个近视眼的小孩，他在乐队里演奏，三个月前失踪：听说他参加了游击队。事实上他就在那里，脖颈上系着红色领巾，着卡其色制服上衣，穿蓝色裤子。这是蒂科乐队的统一着装，不过现在他腰扎皮带，挎着带枪套的手枪。他戴着厚厚的眼镜,为此他曾经受到过乐团伙伴们的嘲笑。现在他透过厚厚的镜片看着那些围在他周围的女孩子,好像他是连环画里"闪电戈登"。亚科波寻思,切奇莉娅是否也在这些女孩子中。

大约半小时后广场布满了多姿多彩的游击队,人们高声呼叫着特尔齐的名字,想听他演讲。

在市政府大楼的阳台上,特尔齐出现了,他拄着拐杖,脸色苍白,挥手想使人群安静下来。亚科波很期待演讲,因为如同他的同龄人一样,他整个童年都留下了"领袖"那些具有历史意义的伟大演说的痕迹,在学校里,孩子们要牢记那些最有意义的句子,也就是要牢记所有句子,因为每一句句子都是有意义的。

人们静下来,特尔齐讲话了,声调沙哑,听起来很费劲。他说:"公民们,朋友们,在付出了那么多痛苦的牺牲之后……看,我们终于来到这里。光荣属于为自由而牺牲的人。"

就讲了这些,他回到了室内。

人群于是高声欢呼,游击队员高举冲锋枪、司登枪、滑膛枪、九一式步枪,朝天鸣枪庆贺,弹壳散落在他们周围,孩子们在武装人员和平民的腿间窜来窜去捡拾弹壳,因为像这样捡拾弹壳的机会怕不会再有了,战争说不定在一个月内就要结束了。

不过还是有伤亡。残酷的巧合是牺牲的两个人都是来自圣大卫,一个在×××上面的小村庄,他们的家属要求葬在当地一个小公墓里。

游击队指挥部决定搞一次隆重的葬礼,军队要整装列队,灵车要庄严肃穆,要有市镇乐团和教堂的神父。还要有教堂的圣乐队。

蒂科立即表态接受任务。他说,首先,因为他一直反法西斯。其次,正如演奏者低声细语透露的,因为他让大家学习演奏葬礼进行曲已经有一年了,总有一天用得上。最后,正如镇上那些嚼舌根的人所说,他是为了让人忘记法西斯颂歌《青春进行曲》。

关于《青春进行曲》的故事是这样的。

几个月以前,在游击队来到之前,蒂科乐队外出为某个慈善节庆演奏,他们被"黑色旅"拦住。"演奏《青春进行曲》,尊敬的牧师。"上尉命令他,同时用手指敲打着冲锋枪的枪膛。怎么办?蒂科后来这样解释说,孩子们,让我们试试吧,性命要紧呀。他打起了拍子,混杂的不和谐的乐声飘过了×××,只有最疯狂渴望报复贬低军队荣誉的人才会把这样的声音当做《青春进行曲》。这对全体演奏人员来说都是耻辱。为让步而羞耻,但更为演奏得像狗一样狂吠乱叫而感到羞耻,过后蒂科说。他是一位牧师,也反对法西斯,但首先,为艺术而艺术。

那天亚科波不在。他的扁桃腺发炎了。只有阿尼巴莱·康塔拉梅沙和皮奥·博,他们的特别加盟从根本上导致了纳粹法西斯颂歌的失败。但对贝尔勃来讲问题却不在那里,至少在他写札记的时候是如此。他错过了一个了解他是否懂得说"不"的机会。他也许正是为此被吊死在傅科摆上。

总之,葬礼的日子定在了星期天早上。所有人都来到了教堂广场。特尔齐和他的队伍、卡尔洛姑父,还有市镇的政要显贵,他们佩戴着大战中荣获的勋章,而谁曾经是法西斯,谁又不是已不再重要,重要的是向英雄致敬。有神职人员,有市镇乐团,他们都身着黑衣,灵车由装饰成乳白色、银灰色和黑色披挂行头的马牵拉。马车夫的穿着好似拿破仑的将军,戴着二角帽,披着短斗篷,色彩与马具行头协调一致。圣乐队戴鸭舌帽,穿着卡其布上衣和蓝色裤子,铜管乐器锃亮,木管乐器乌黑,铙钹和大鼓在闪闪发光。

在×××和圣大卫之间有五六公里弯曲的上坡路。星期天下午,退休老人会沿着这条路边走边玩木滚球游戏,玩完一局,停下来,喝几瓶葡萄酒,再玩第二局,就这样下去,直到山顶上的教堂。

几公里长的上坡路，对玩木滚球游戏的人来说算不了什么，也许对编队行军、肩上背着武器、眼睛直视前方、呼吸着春天新鲜空气的人来说同样算不了什么。不过试试边吹奏边向上走，面颊鼓胀，汗滴如雨，上气接不上下气。市镇乐团就是干这一行的，但对教堂圣乐队的孩子们来说可是一次考验。他们像英雄一样经受了考验，蒂科在空中打着节拍，单簧管发出了疲惫的呜咽声，萨克斯管传出了窒息般的哀怨响声，中音号和小号吹出了垂死的哽咽声，不管怎样他们挺下来了，直到通往公墓的山脚下。好长时间阿尼巴莱·康塔拉梅沙和皮奥·博只是装装样子，但是贝尔勃在蒂科祝福的眼神中忠实扮演着牧羊犬的角色。面对市镇乐团，他们没有丢脸出丑，特尔齐和军队的其他指挥官说："孩子们，好样的，你们做了一件值得引以为荣的事。"

系着天蓝色领巾、佩戴着两次世界大战彩虹绶带的指挥官说："尊敬的牧师，让孩子们到村里休息一下，他们快支持不住了。稍后，在葬礼结束后再上来，有一辆卡车送他们回×××。"

他们匆忙冲进了一家小饭店。市镇乐团那些参加过无数次葬礼的老油子毫无节制地抢占了桌子，恣意地点了牛羊肚和葡萄酒。他们似乎要欢宴痛饮到夜晚！蒂科的孩子们相反却围在柜台前，老板给他们端来薄荷刨冰，绿得像化学试剂。冰水突然浇在喉咙里，一阵疼痛窜上前额中央，就如鼻窦炎似的难受。

后来他们来到了公墓，有一辆小货车等在那里。他们吵吵嚷嚷地上了车，现在全挤在一起，都站立着，随身带的乐器相互碰撞，原先那位指挥官从公墓出来时说："牧师，仪式最后需要一个小号手，这您知道，仪式的号角。就五分钟的事。"

"小号，"蒂科以专业的口吻说。拥有这一特权的倒霉蛋这时刚吃完绿色刨冰，正想回家饱餐一顿，他懒洋洋的，迟钝得像个乡下人，对任何美的冲动、任何思想上的团结意识都无动于衷，他抱怨说时间很晚了,他想回家,他口干舌燥,连口水也没有了,等等。这使蒂科感到尴尬,他在指挥官面前无地自容。

这时,在中午的荣耀场面中瞥见切奇莉娅美丽身影的亚科波说:"如果他把小号交给我,我就去吹奏。"

蒂科的眼睛里闪现出了感激的光芒,那满脸大汗的可怜的小号手也松了一口气,他们俩像换岗的卫兵似的交换了乐器。

亚科波在佩戴绶带的那个亡灵引路人的指引下进入公墓。墓地周围一片白色,太阳照射下的墙壁、墓地、墓地周围的树上开着鲜艳花朵、准备祈福的堂区神父穿的白色宽袖法衣,在墓碑上褪了色的照片是棕褐色的。在两个墓穴旁列队站立的士兵为场景增添了浓重的色彩。

"孩子,"领队说,"你站在这里,在我旁边,你听命令吹奏立正。然后听命令吹奏稍息。不难,对吗?"

太容易了。只不过亚科波可从来没有吹奏过立正号也没吹奏过稍息号。

他右臂弯曲紧靠肋骨握住小号,让小号头略向下倾,像持卡宾枪似的。他昂首挺胸收腹,等待命令。

特尔齐发表了一通枯燥乏味的演讲,用的都是很简短的句子。亚科波想,要使小号发出响声,眼睛应看向天空,但太阳会使他什么也看不见。一个小号手大概就是这样死的,既然人只死一次,那还不如把它做好。

然后,指挥官向他低声嘟哝:"现在。"他开始喊:"立……"可亚科波不知道如何吹"立正"。

旋律的结构本该更为复杂,但在此时,他只能吹出哆—咪—唆—哆,对那些粗鲁的军人似乎这就足够了。他吹最后那个"哆"音前换了口气,这样就能让它拉长,使它有时间——贝尔勃写道——传到太阳上去。

游击队员以立正的姿势直挺挺地站在那里。活着的人一动不动，就像死人一般。

只有掘墓人在动，能听到棺椁下放入墓穴和绳索解开抽上来时摩擦木头的声响。但是动作很轻微，好像在一个圆球上闪烁的反射光，光的微弱变化只能说明在"圆球"中没有任何东西在动。

然后是行举枪礼的响声。神父低声细语了几句洒圣水的话，指挥官走近墓穴，每人都抓了一把土撒向墓穴。这时，突然一声令下，立即响起了向天空射击的嗒—嗒—嗒，嗒—砰的枪声，树上的鸟群也嘎嘎叫着飞了起来。但这也好像是在不同视角下同一瞬间的呈现，而永远观望一个瞬间并不是说在时间流逝时观望它。

因此，亚科波站在那里不动，对滚落在他脚下的空弹壳无动于衷，也没有把小号放下来夹在腋下，小号仍在嘴上，手指还按着键，以立正的姿势笔挺地站在那里，乐器向上斜伸。他还在吹奏。

他那最后一个极长的音符一直没有间断：在场的人难以觉察到，它从小号口中逸出，像轻风吹拂，他继续把气流送进小号中，把舌头顶在刚刚开了一点小缝的两唇之间，没有把口唇压在铜管乐器的吸头上。乐器保持在向前直伸的位置，没有靠在脸上，这完全借助于臂肘和肩膀的张力。

亚科波继续吹出那虚幻的音符，因为他感到，在那一刻，他正在拉动一条绑住太阳的线。太阳在它的运行过程中被困住了，被固定在中午十二时，直到永远。这一切都取决于亚科波，只要他割断了那个联系，松开那条线，太阳就会像一个小气球似的跃起飞走，同它一起飞走的还有这一天和这天发生的事，那个没有阶段性的行动，那个没有先后的次序，它静止只是因为他有权力这么想和这么做。

如果他停止轻吹,转而吹奏一个新的音符,就会听到一种断裂的声音,比震耳欲聋的排射枪声还要响亮,那钟表就会又回到心动过速的节奏了。

亚科波满心希望那个站在他旁边的人不要下令叫吹奏"稍息"——我可以拒绝,他想,永远如此,尽量延长吹奏。

我想他已经头晕目眩了,正如潜水者不再上浮而想随惯性滑向水底时所感受到的那种状态。为了表达他当时的感受,我阅读的笔记本上的字句现在用省略号断开了,支离破碎,省略法的佝偻病。不过很明显,在那一刻——不,他没有这么写,但很明显:那一刻他占有了切奇莉娅。

亚科波·贝尔勃那时无法明白的是——在他无意识地书写时也没有弄清楚——他正在一劳永逸地庆祝他自己的化学婚礼,同切奇莉娅,同洛伦扎,同索菲亚,同天地的婚礼。在凡人中,他也许是唯一一个终于完成"伟业"的人。

还没人对他说,圣杯是一个酒杯,但也是一支箭,他举起的杯状的小号同时是一种武器,是一种极为温和的统治工具,它射向天空,把大地与"神秘点"联系在一起。同宇宙曾经有过的唯一一个"固定点"联系在一起:同他为之奋斗的存在相联,只在那一瞬间,拜他的吹奏所赐。

迪奥塔莱维还没有对他说,人可以在叶索德中存在,它是"基础"的塞菲拉,高级弓的联合标记,它要弯弓把箭射向它的目标"马尔库特"。叶索德是从箭中流出的一滴液体,为了产生树和果实,是 anima mundi[①],因为它是生殖力在创造过程中所有存在的各阶段相联的时刻。

---

① 拉丁文,世界的灵魂。

懂得纺这个 cingulum veneris①，就意味着弥补了巨匠造物主的错误。

如何能在寻找"机会"中度过一生，却不曾觉察决定性的时刻，那为生与死辩解的时刻，已经过去了呢？那一刻不会重来，但曾经不可逆转地充裕、闪光、慷慨，就如任何启示一样。

那天，亚科波·贝尔勃凝视着真理。这是赐予他的唯一真理，因为他所认知的真理都是言简意赅的（之后都是评论）。所以他企图驯服不耐烦的时间。

他那时肯定并没有明白，就连在他写的时候，或者当他决定不再写的时候也没有弄清楚。

今晚，我明白了这一点：作者必须死去，读者才能发现他的真理。

伴随亚科波·贝尔勃整个成年时期的对傅科摆的迷恋曾经是——正如梦中丢失的地址一样——这另一时刻的象征，这另一时刻他先记录了下来，但后来又压抑住了，他在这一时刻确实触摸到了世界的穹顶。而他射出他的芝诺之箭冻结时空的时刻，不是一个标记，也不是一个症状、一个影射、一个形体、一个签名、一个谜团：它就是它，无法代替其他，那是不能再推迟的时刻，账目都扯平了。

亚科波·贝尔勃没有弄明白他曾有过他的时刻，那本应当够他一生享用。他没有认出那个时刻，他余生直到下地狱，都一直在寻找另外的时刻。或者他也许猜测到了这一点，否则就不会如此经常地回忆起小号来。但他是把它作为失去之物，而不是拥有之物而忆及的。

我相信，我希望，我企求在亚科波·贝尔勃同傅科摆一起摆动而

---

① 拉丁文，（手相上的）感情线。

濒死的那个瞬间,他明白了这一点的,他得到了安息。

后来下令"稍息"。亚科波或许不管怎样都会支持不住的,因为他喘不上气来了。他中断了连续吹奏,然后只吹响了一个单音,高亢和渐弱,温柔的音符,以便使世界习惯等待它的那种忧郁。

指挥官说:"好样的,年轻人。你可以走了,漂亮的小号。"

神父溜走了,游击队员走向后门,那里停放着他们的汽车,掘墓人在把墓穴填平后也离去了。亚科波是最后一个出来的。他难以割舍那块幸福之地。

在空地上已不见运载圣乐队的小货车的踪影。

亚科波问这是怎么回事,蒂科永远不会把他这样扔下不管的。客观来看,最可能的回答是这样的,这可能是一场误会,当时有人告诉蒂科,游击队员会把那个小孩带回谷底。但是亚科波在那时想到的——并非没有道理——是在"立正"与"稍息"之间可能过去了太多的世纪,孩子们等啊等啊直到白发苍苍而死去,他们的骨灰弥散在空气中,形成了轻轻的雾霭,把他眼前的山丘染成了天蓝色。

剩下亚科波独自一人。他背后的公墓也已变得空空荡荡。他双手握着小号,他面前的那些山丘颜色越来越深,一个接一个次递变成了槭梓果酱的颜色,而在他头顶上的太阳,像解放了似的肆意报复。

他决定大哭一场。

但是突然间灵车出现了,马车夫装扮得有如将军,一溜黑色、白色和银灰色的马匹戴着面具,披着铠甲,只露出一双双眼睛,它们披挂整齐光溜如灵柩,躯干支撑着亚述-希腊-古埃及风格的三角楣,全是白金二色。戴二角帽的人在这位孤独的小号手面前停了一下,亚科波问他:"您能带我回家吗?"

那个人仁慈宽厚。亚科波于是上车坐在他旁边,他在运载死人的车上,开始了返回活人世界的旅程。那位已下班的驭马人沉默寡言,他扬鞭策动送葬的马匹沿着悬崖峭壁旁的山路行驶,亚科波腋下夹着他的小号正襟危坐,遮阳帽闪亮发光,他沉浸在他那意想不到的新角色之中。

他们下了山丘,每到一个拐弯处都会出现一片新的开阔的硫酸盐蓝色的葡萄园,而阳光仍然炫目晃眼。不知过了多长时间,他们到达了目的地×××。他们穿过布满拱廊的大广场,那里空荡荡的,如同在星期天下午两点钟时的蒙费拉广场那样荒无人烟。亚科波的一个同学在大广场的一角发现了坐在马车上的亚科波,腋下还夹着小号,眼睛盯着无限,他向他做了一个表示佩服的动作。

亚科波回到家后,不想吃饭,也不愿说什么。他蹲在阳台一角,开始吹奏小号,就好像小号自带一个弱音器,他低声吹奏,以便不影响人们午休时的宁静。

他的父亲来到他身边,没有恶意责怪,像一个深谙生活规律的人一样心平气和地对他说:"过一个月,如果一切都如预料的那么顺利,我们就回家了。你不用想在城里吹小号。房东会把我们赶出去的。所以你要开始忘记吹小号的事。如果你真的有音乐方面的天赋,我们可以让你上钢琴课。"然后,他看见他,目光发亮:"好了,小傻瓜,你晓得吗?坏日子已经过去了。"

第二天,亚科波就把小号还给了蒂科。两周之后,他们一家离开了×××,重归未来。

第十章
马尔库特

一二〇

然而我感到值得痛惜的是我看到一些没有头脑的愚笨的偶像崇拜者，那些……模仿埃及崇拜的人；他们在死亡的无生命的排泄物中寻找神性，可他们并不知道用这神性做什么；他们这么做不仅嘲笑了那些谨慎思虑周详的神明崇拜者，而且也戏弄了我们……更为糟糕的是看到他们那些疯狂的仪式享有崇高的声望，他们胜利了……"愿摩墨斯没有惹你厌烦，"伊希斯说，"因为天命安排了黑暗与光明的兴衰与沉浮。""然而不幸的是，"摩墨斯回答说，"他们确信他们是在光明之中。"

乔尔达诺·布鲁诺《驱逐趾高气扬的野兽》，3

我或许应当安心了。我明白了。"他们"中的一些人不是说过，当充分了解之后就可以得到赎救了吗？

我明白了。我应当安心了。谁说安宁产生于对秩序——理解了的秩序，享受到的秩序，毫无保留、欢喜、胜利、不停止努力而实现的秩序——的默祷？一切都是显而易见，清澈透明的，而眼睛望着全部与局部，看到局部是如何促进全部，发觉从中心里流淌出元气、灵感和疑问的根源……

我或许会因安宁而疲惫不堪。我从卡尔洛姑父书房的窗户里远眺山丘和正在升起的一弯新月。布里科山丘隆起的部分很开阔，在它背后的那些丘陵的山脊连绵蜿蜒,讲述着大地母亲睡眼惺忪的缓慢晃动的故事,她伸展着四肢,打着呵欠,在火山阴沉的光焰下造就和毁坏浅蓝色的平原。地下潮流没有任何深层的指令。大地在半睡半醒中裂开,调换着地表。在先前有古代菊石目的地方现在成了钻矿。先前的钻石出产地现在变成了葡萄园。冰碛、泥石流、山崩自有其逻辑。偶然移动了一块小石头,它骚动不安,向下滚动,下坡后留下了空当(唉,虚空的恐惧!),另一块石头跌落在它上面,于是就形成了高山。地面。地面的地面压在地面之上。大地的智慧。莉娅的智慧。深渊是平原的漩涡。为什么敬慕漩涡呢?

那为什么知晓并不能给我带来安宁呢?如果 Fatum① 和神意、和阿尔康的"阴谋"一样要杀死你,那你为什么还要爱它呢?也许我还没有完全明白,我还缺乏一个空当,一个间歇。

我曾在什么地方读到过,在最终时刻,当生命层层叠叠嵌满了经历时,你就知道了一切,秘密、权力和荣耀,为什么你出生了,为什么你濒临死亡,而所有这一切难道可以是另一个样子吗?你是明智的。但是在那个时刻大智就是要明白你明白得太晚了。人是在再没有什么需要明白时才会明白一切。

现在,我知道什么是"王国的法则",什么是穷困的、绝望的、残破的马尔库特的法则了,"智慧"被流放,盲目地想找回自己失去的明晰。马尔库特的真理,这唯一能在塞菲拉之夜发光的真理就是"智慧"在马尔库特被赤裸裸地揭示出来,而且发现自己的神秘就在于不存在之中,只在最后一刻的不存在。然后,又重新开始。

其他的魔鬼作者则寻找着隐藏他们为之发狂的秘密的深渊。

在布里科山坡上葡萄园延伸到远方。我熟悉它们,在我的那个

---

① 拉丁文,命运。

年代,我看见过类似的景象。从来就没有任何"数的教义"能够说清它们是从下向上还是从上向下延伸开来的。在葡萄藤架间行走,你从小就要光着后跟带茧的脚,那里有许多桃树。那是些结黄桃的桃树,只在葡萄藤架间生长。这种桃子只要手一捏就裂开了,桃核几乎是自动跳出,干干净净的就好像进行过化学处理似的,除非有肥白的果肉虫还由一颗原子附在上面。你吃它们时,几乎感觉不到使你从舌头到鼠蹊部微颤的桃皮上的绒毛。曾经一时,恐龙在这里吃过草。后来,另一个地面覆盖了它。然后,贝尔勃吹奏小号的时候,我咬桃子的时候,我明白了"王国",我和它完全是一体的。之后的一切都只是骗人的把戏了。发明吧,发明"计划"吧,卡索邦。因为大家都这么干,为了解释恐龙和桃子。

  我明白了。确信没有什么需要明白,那就应当是我的安宁与胜利。不过我在这里,我全明白了,"他们"在寻找我,"他们"认为我拥有他们卑鄙地希望得到的启示。光明白了还不够,如果其他人拒绝明白并继续质问的话。"他们"正在寻找我,"他们"看来找到了我在巴黎的足迹,"他们"知道现在我在这里,"他们"还想得到"地图"。即使我告诉"他们"地图都是不存在的,也没有用,"他们"还是想要。贝尔勃是对的:见鬼去吧,傻瓜,你想要什么,杀我吗?哦,到此为止。杀了我吧,但是我不告诉你"地图"是不存在的,必须学会一个人要诈……

  我一想到再也看不到莉娅和孩子就感到痛苦。"小东西",朱里奥,我的哲人石。但是石头会生存下来的。也许现在,他正体验着他的"机会",他找到了一只球,一只蚂蚁,一根草,他正在从中看到深渊中的天堂。也许等他明白过来一切都太晚了。那也很好,算了,就让他这样独自消磨他的时日吧。

  该死。我仍感到痛苦。耐心点,我只要一死,就会忘记的。

已是深夜时分，我今晨离开巴黎，留下了太多痕迹。"他们"有的是时间猜出我在何处。不久"他们"就会来的。我想把我从今天下午到现在所想到的全写出来。但如果"他们"读到它的话，"他们"就会从中得出另一个阴暗的理论，并永远去寻求解读隐蔽在我故事后面的秘密文字。那是不可能的，"他们"会说，那家伙不可能只说了他在同我们开玩笑。不，也许他不知道，但是存在通过他的遗忘向我们传递了一个信息。

我写了还是没写，并无区别。"他们"永远会悟出其他意思，哪怕我沉默也一样。"他们"就这德性，"他们"盲目追逐启示。马尔库特是马尔库特，就是这样。

去把这告诉"他们"吧。"他们"没有信仰。

那么还是在这里等待吧，欣赏山丘的起伏。

它是如此的美。

感谢 Gabriella Bonino 女士为本书翻译作出的贡献。

Umberto Eco
Il pendolo di Foucault
© RCS Libri S. p. A. -Milan Bompiani 1988
All rights reserved
All adaptations are forbidden.

图字：09 - 2005 - 647 号

图书在版编目(CIP)数据

傅科摆 /（意）翁贝托·埃科（Umberto Eco）著；
郭世琮译. —上海：上海译文出版社,2020.7
（翁贝托·埃科作品系列）
ISBN 978 - 7 - 5327 - 8489 - 9

Ⅰ.①傅… Ⅱ.①翁… ②郭… Ⅲ.①长篇小说-意大利-现代 Ⅳ.①I546.45

中国版本图书馆 CIP 数据核字(2020)第 082788 号

傅科摆	Umberto Eco	出版统筹 赵武平
Il pendolo di Foucault	翁贝托·埃科 著	责任编辑 缪伶超
	郭世琮 译	装帧设计 尚燕平

上海译文出版社有限公司出版、发行
网址：www.yiwen.com.cn
200001 上海福建中路 193 号
苏州市越洋印刷有限公司印刷

开本 890×1240 1/32 印张 23.5 插页 5 字数 417,000
2020 年 8 月第 1 版 2020 年 8 月第 1 次印刷

ISBN 978 - 7 - 5327 - 8489 - 9/I · 5220
定价：119.00 元

本书中文简体字专有出版权为本社独家所有，非经本社同意不得转载、摘编或复制
如有质量问题，请与承印厂质量科联系. T：0512 - 68180628